FANTASMAS

RAINA TELGEMEIER
FANTASMAS

CON COLOR DE BRADEN LAMB

graphix

Un sello editorial de
SCHOLASTIC

Originally published in English as *Ghosts*

Translated by Juan Pablo Lombana

ISBN 978-1-338-13368-4

12 11 10   21

Printed in China   62
First Spanish printing 2017

Edited by Cassandra Pelham
Spanish translation edited by Juan Pablo Lombana and María Domínguez
Spanish lettering by Joseph Semien
Book design by Phil Falco
Creative Director: David Saylor

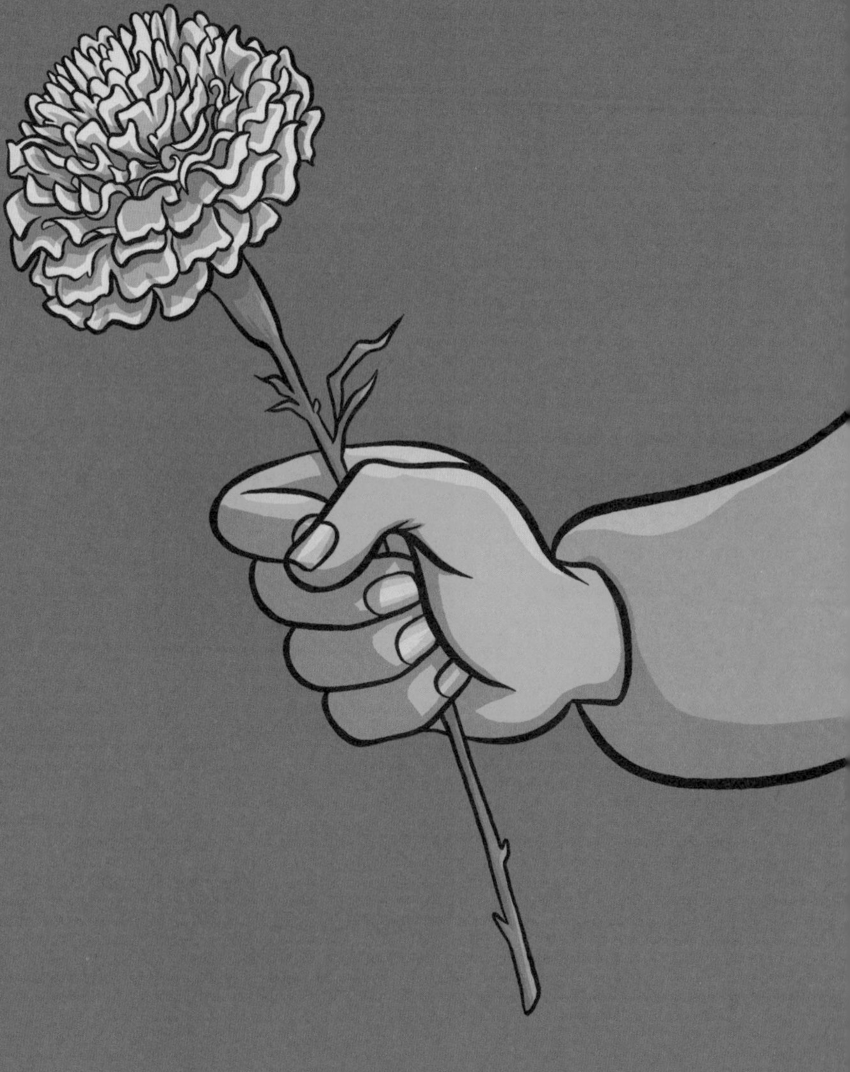

PARA SABINA

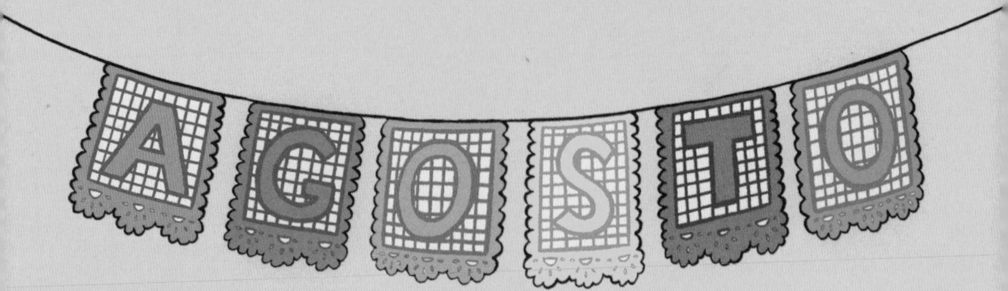
AGOSTO

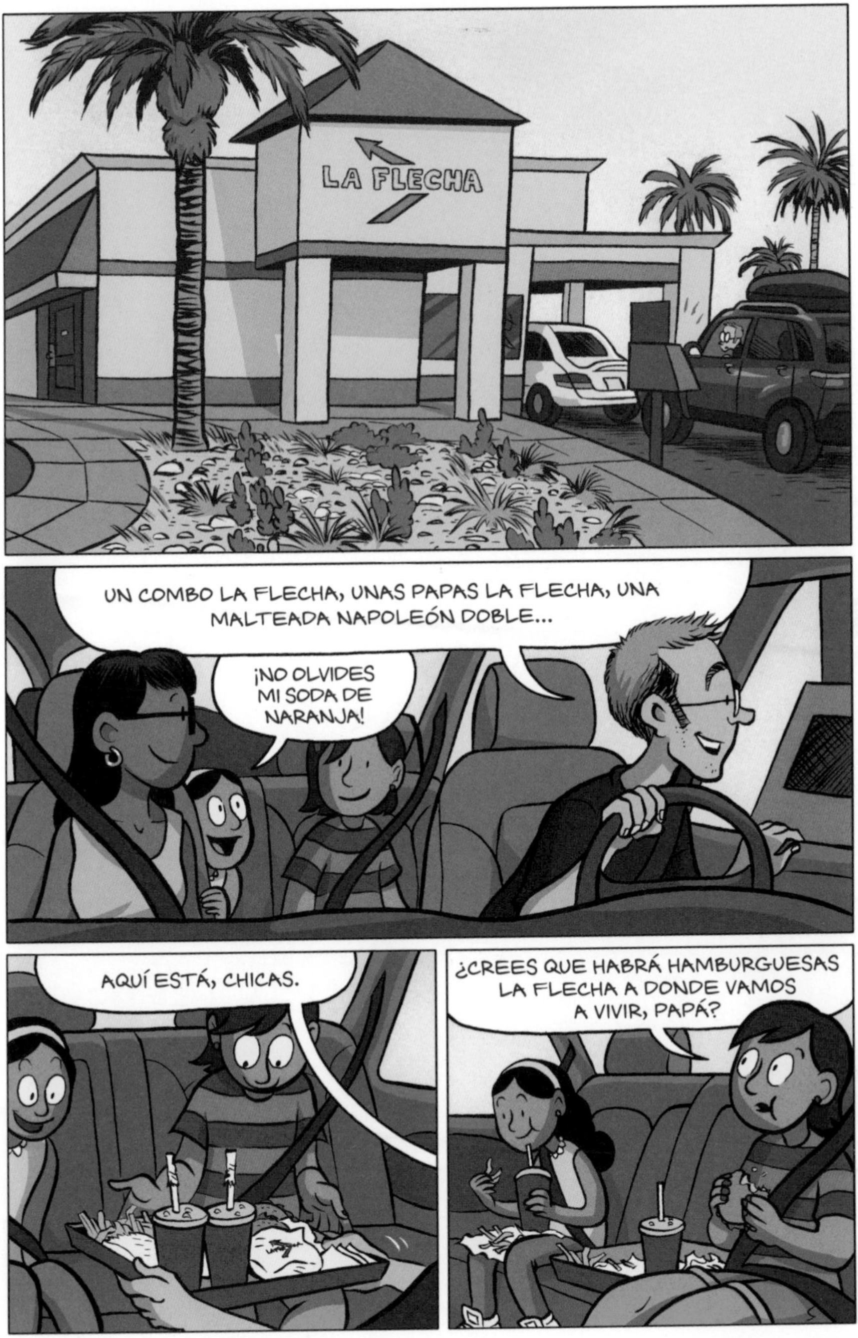
LA FLECHA
UN COMBO LA FLECHA, UNAS PAPAS LA FLECHA, UNA MALTEADA NAPOLEÓN DOBLE...
¡NO OLVIDES MI SODA DE NARANJA!
AQUÍ ESTÁ, CHICAS.
¿CREES QUE HABRÁ HAMBURGUESAS LA FLECHA A DONDE VAMOS A VIVIR, PAPÁ?

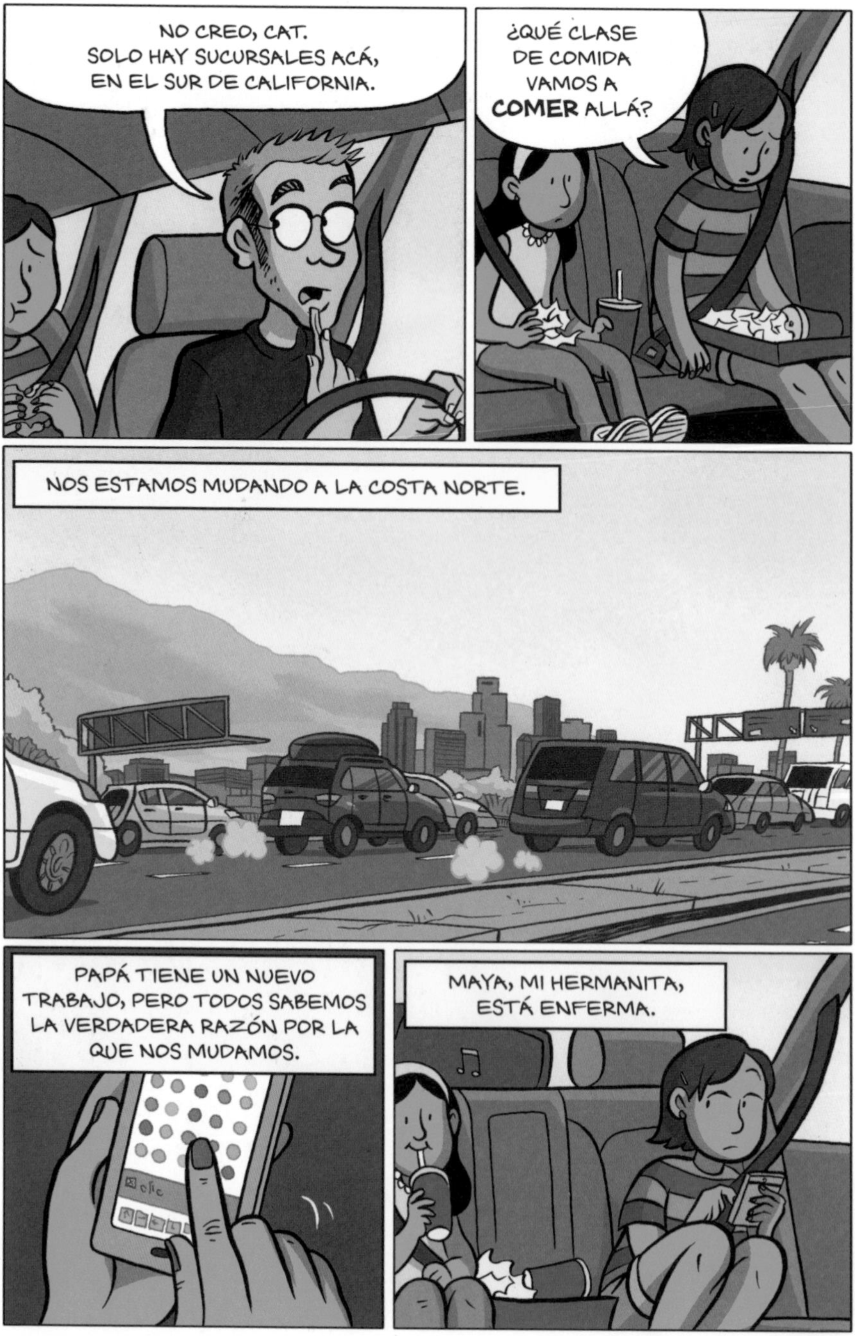
NO CREO, CAT.
SOLO HAY SUCURSALES ACÁ, EN EL SUR DE CALIFORNIA.
¿QUÉ CLASE DE COMIDA VAMOS A **COMER** ALLÁ?
NOS ESTAMOS MUDANDO A LA COSTA NORTE.
PAPÁ TIENE UN NUEVO TRABAJO, PERO TODOS SABEMOS LA VERDADERA RAZÓN POR LA QUE NOS MUDAMOS.
MAYA, MI HERMANITA, ESTÁ ENFERMA.

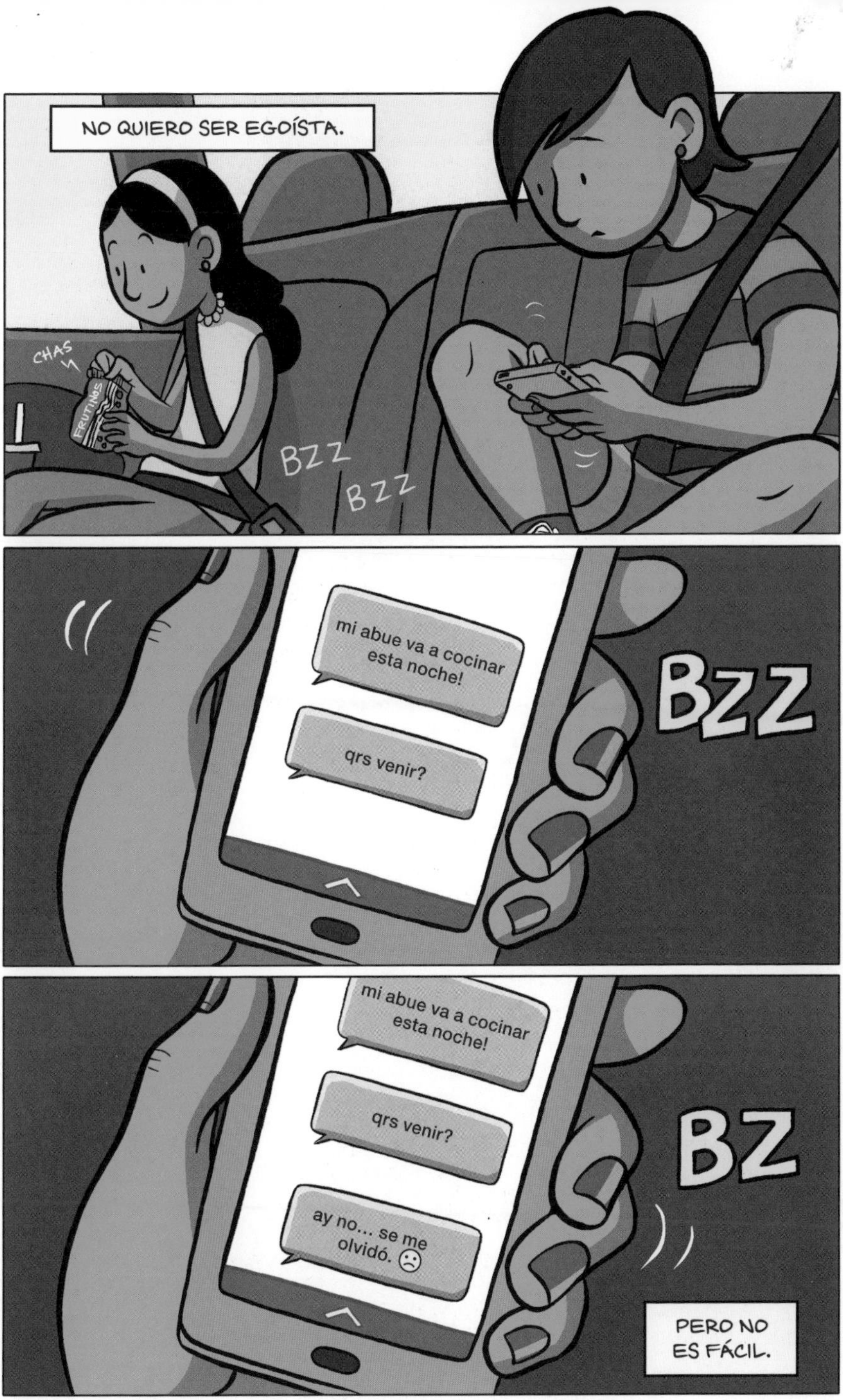
NO QUIERO SER EGOÍSTA.
CHAS
FRUTINOS
BZZ
BZZ
mi abue va a cocinar esta noche!
qrs venir?
BZZ
mi abue va a cocinar esta noche!
qrs venir?
ay no... se me olvidó. ☹
BZ
PERO NO ES FÁCIL.

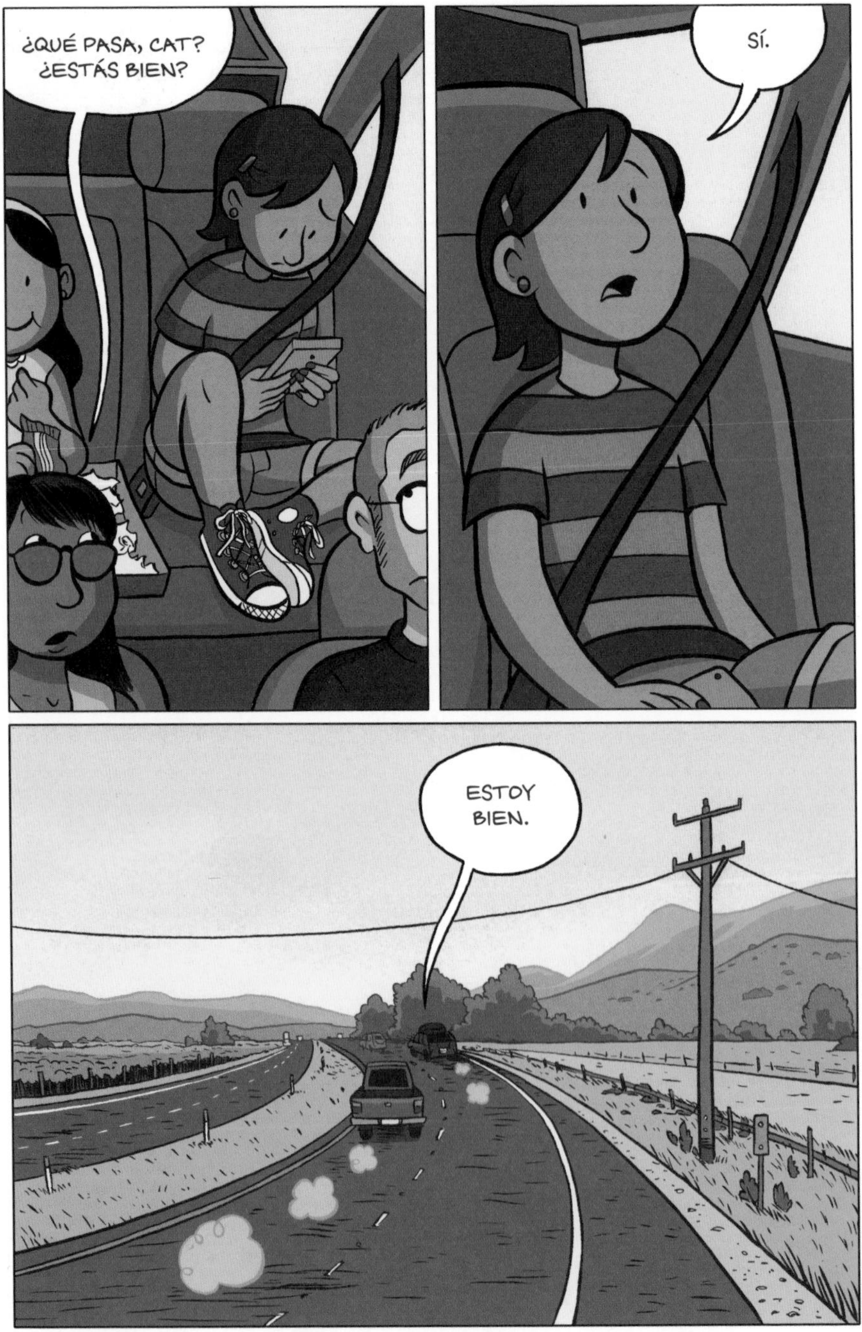
¿QUÉ PASA, CAT?
¿ESTÁS BIEN?
SÍ.
ESTOY
BIEN.

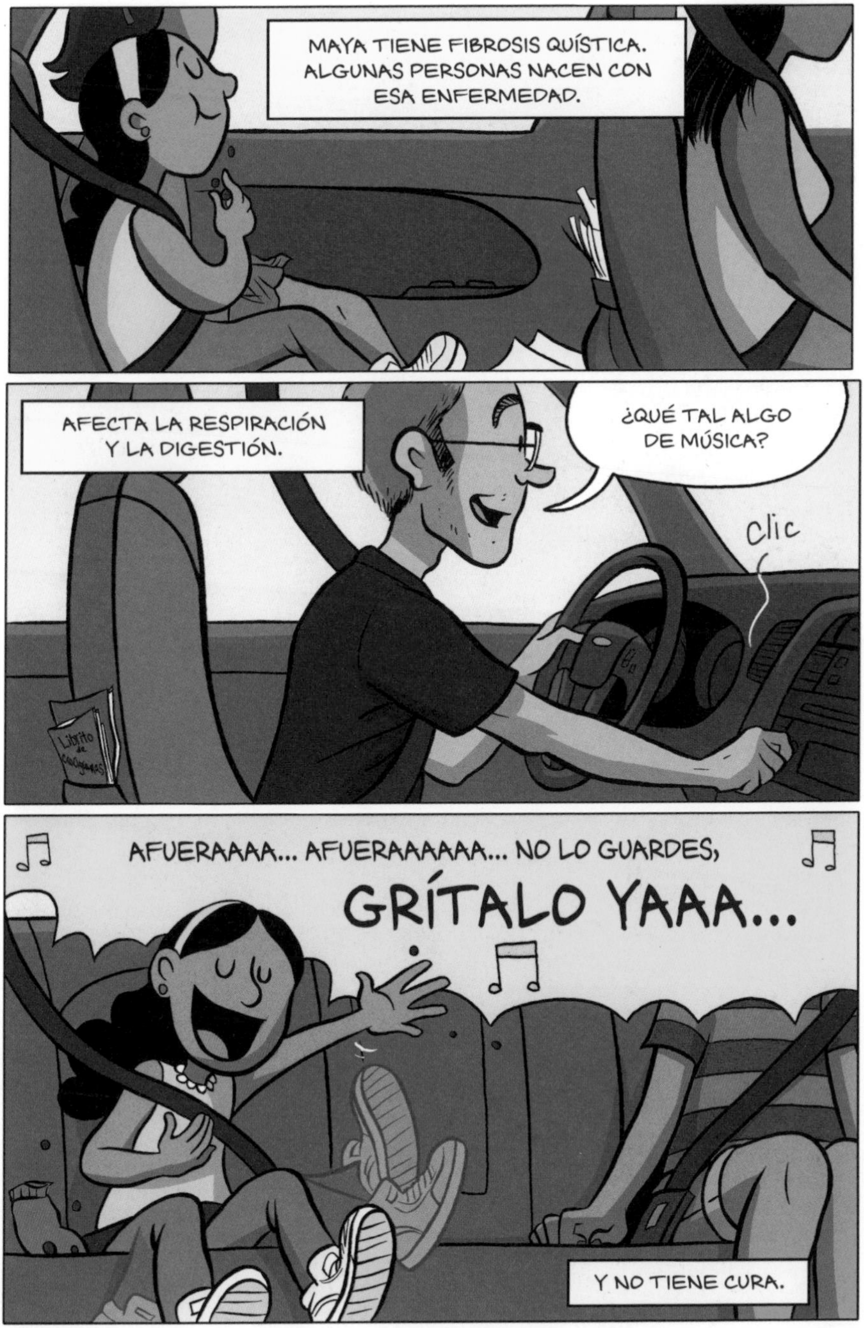
MAYA TIENE FIBROSIS QUÍSTICA. ALGUNAS PERSONAS NACEN CON ESA ENFERMEDAD.
AFECTA LA RESPIRACIÓN Y LA DIGESTIÓN.
¿QUÉ TAL ALGO DE MÚSICA?
Clic
Librito de canciones
AFUERAAAA... AFUERAAAAAA... NO LO GUARDES,
GRÍTALO YAAA...
Y NO TIENE CURA.

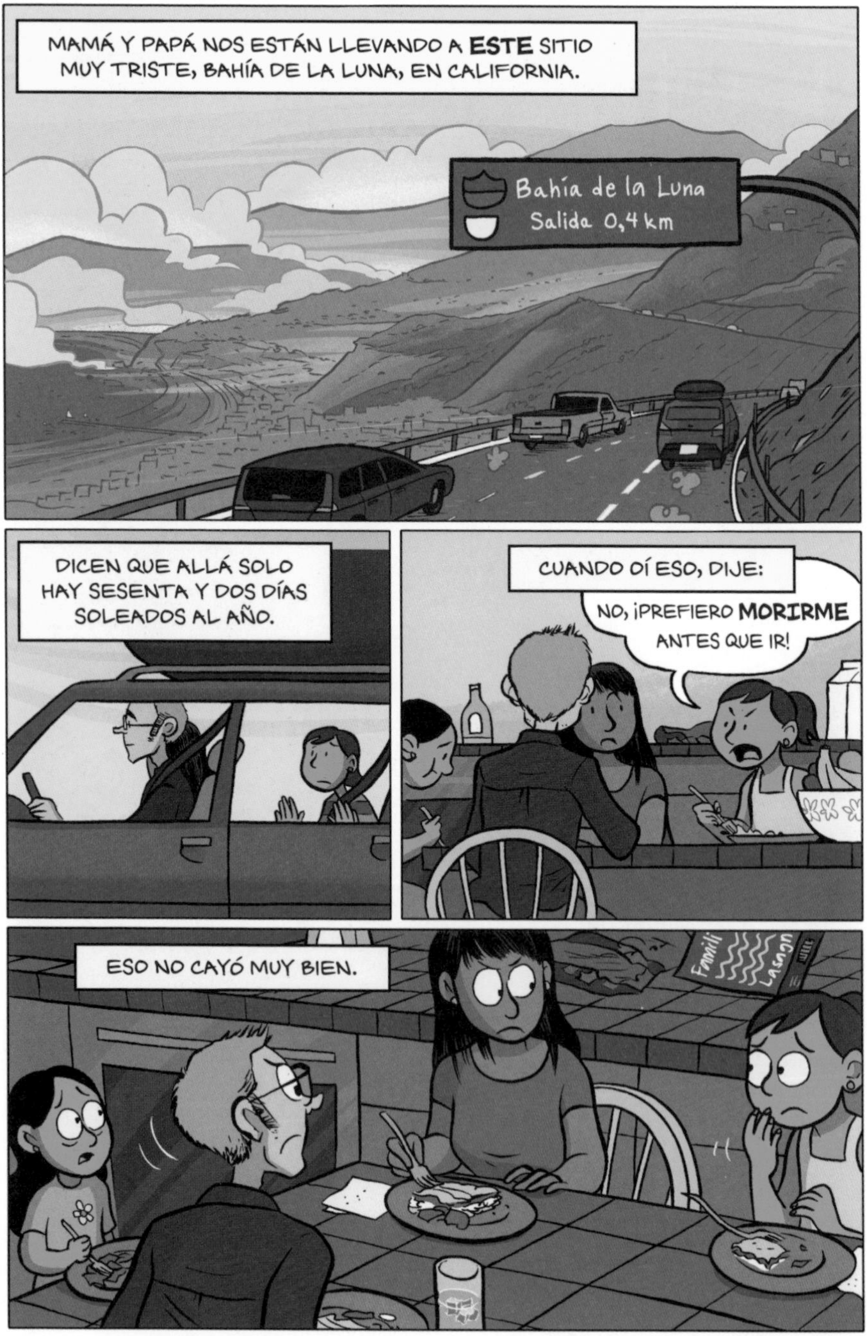
MAMÁ Y PAPÁ NOS ESTÁN LLEVANDO A **ESTE** SITIO MUY TRISTE, BAHÍA DE LA LUNA, EN CALIFORNIA.
Bahía de la Luna
Salida 0,4 km
DICEN QUE ALLÁ SOLO HAY SESENTA Y DOS DÍAS SOLEADOS AL AÑO.
CUANDO OÍ ESO, DIJE:
NO, ¡PREFIERO **MORIRME** ANTES QUE IR!
ESO NO CAYÓ MUY BIEN.

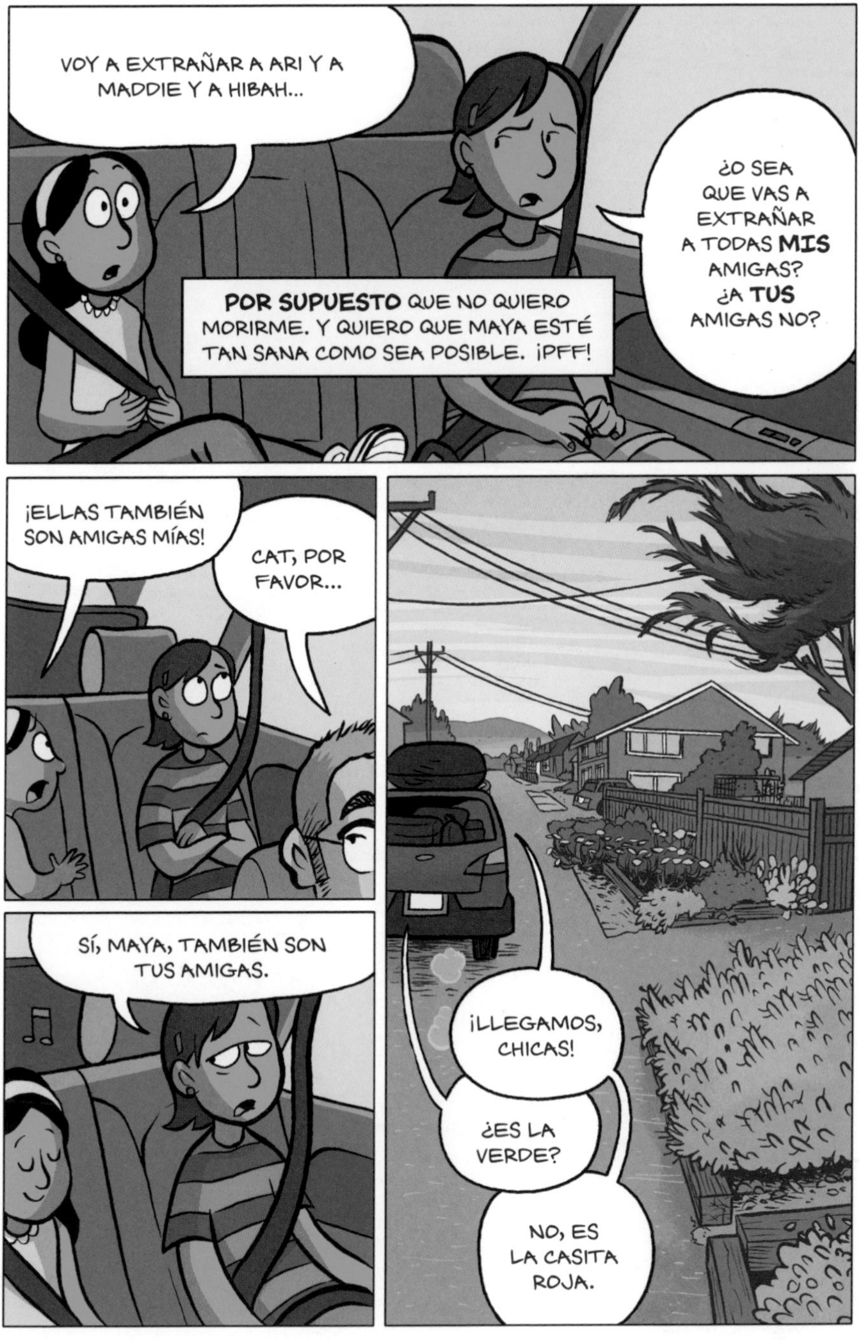
VOY A EXTRAÑAR A ARI Y A MADDIE Y A HIBAH...
¿O SEA QUE VAS A EXTRAÑAR A TODAS **MIS** AMIGAS? ¿A **TUS** AMIGAS NO?
POR SUPUESTO QUE NO QUIERO MORIRME. Y QUIERO QUE MAYA ESTÉ TAN SANA COMO SEA POSIBLE. ¡PFF!
¡ELLAS TAMBIÉN SON AMIGAS MÍAS!
CAT, POR FAVOR...
SÍ, MAYA, TAMBIÉN SON TUS AMIGAS.
¡LLEGAMOS, CHICAS!
¿ES LA VERDE?
NO, ES LA CASITA ROJA.

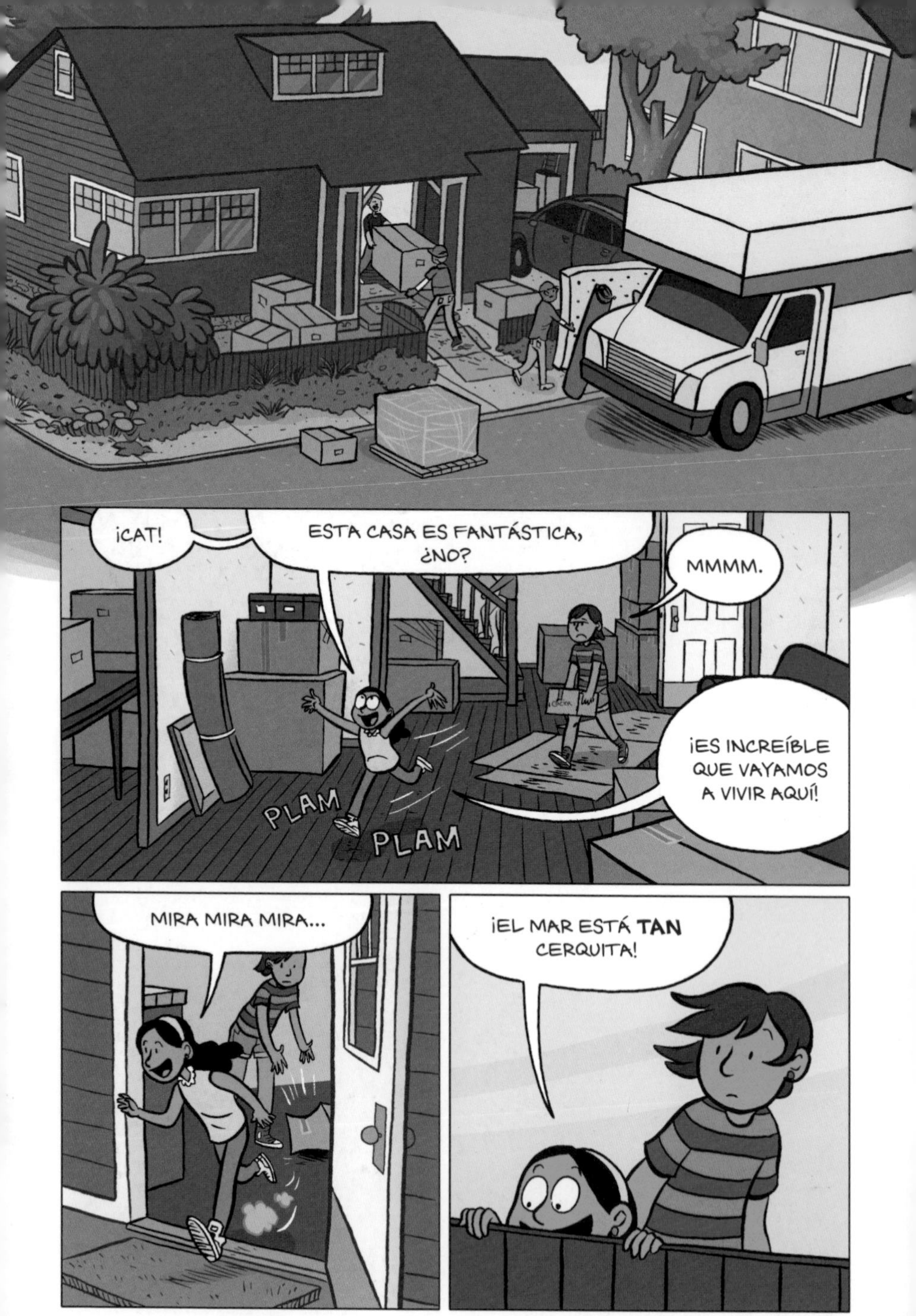
¡CAT!
ESTA CASA ES FANTÁSTICA, ¿NO?
MMMM.
¡ES INCREÍBLE QUE VAYAMOS A VIVIR AQUÍ!
PLAM
PLAM
MIRA MIRA MIRA...
¡EL MAR ESTÁ **TAN** CERQUITA!

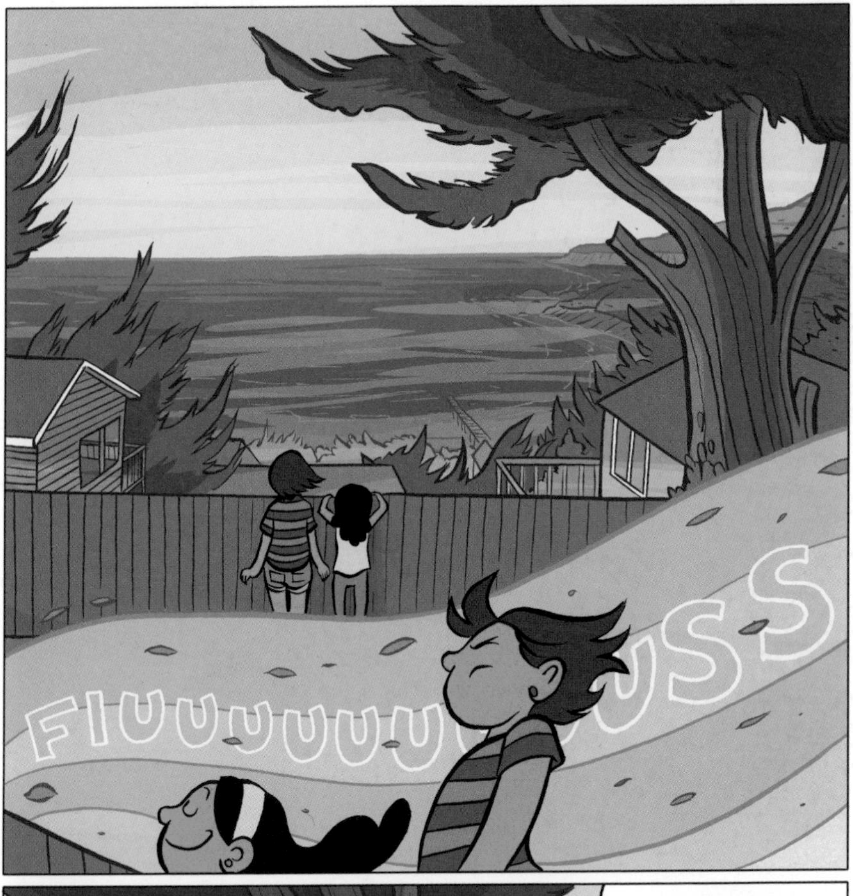
FIUUUUUUUUUSS

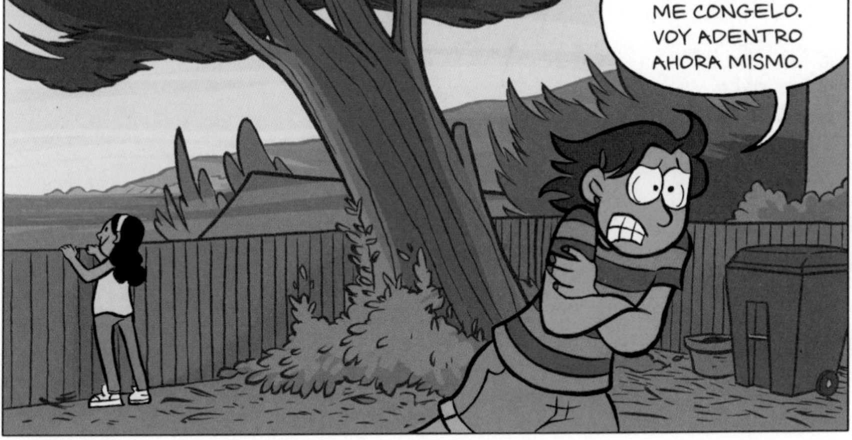
ME CONGELO. VOY ADENTRO AHORA MISMO.

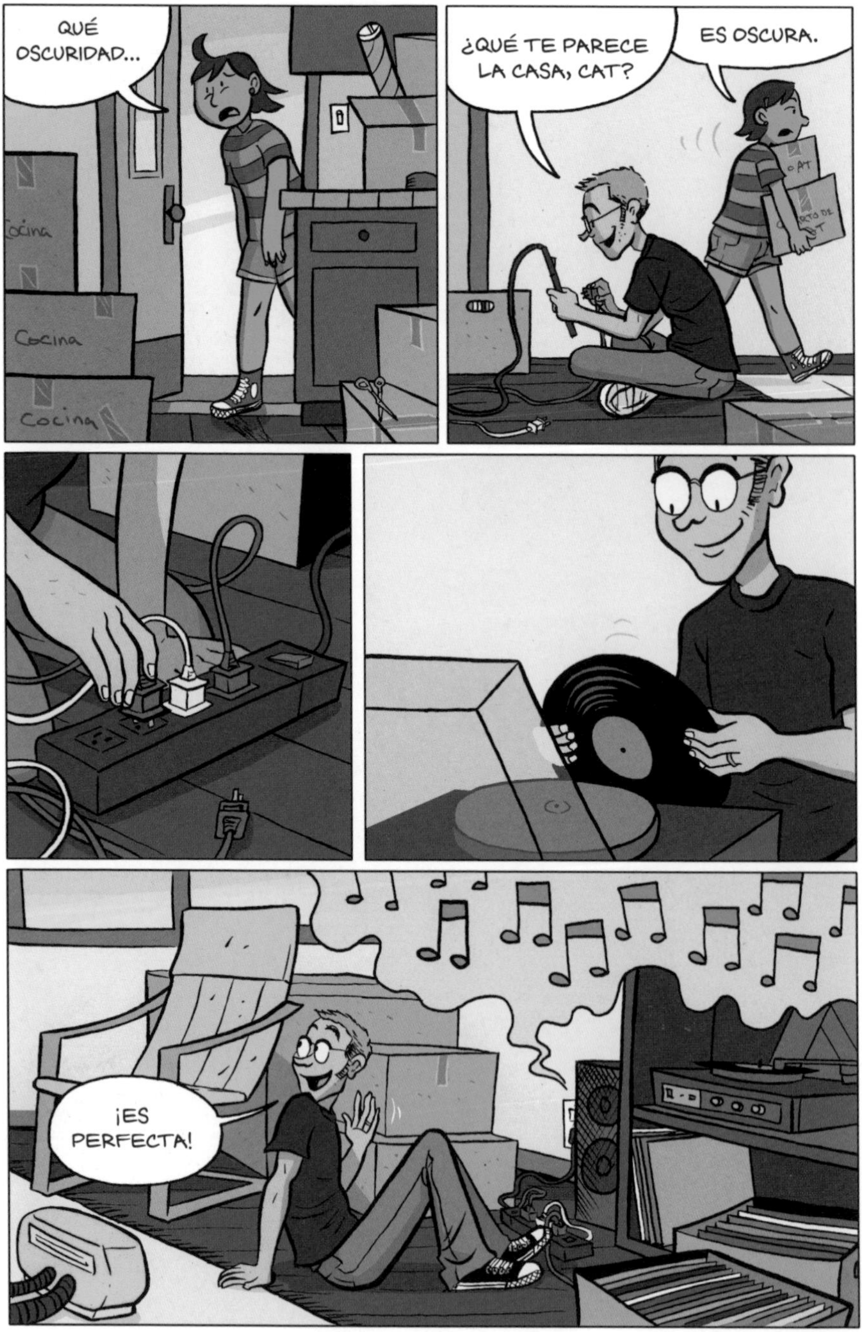
QUÉ OSCURIDAD...
Cocina
Cocina
Cocina
¿QUÉ TE PARECE LA CASA, CAT?
ES OSCURA.
¡ES PERFECTA!

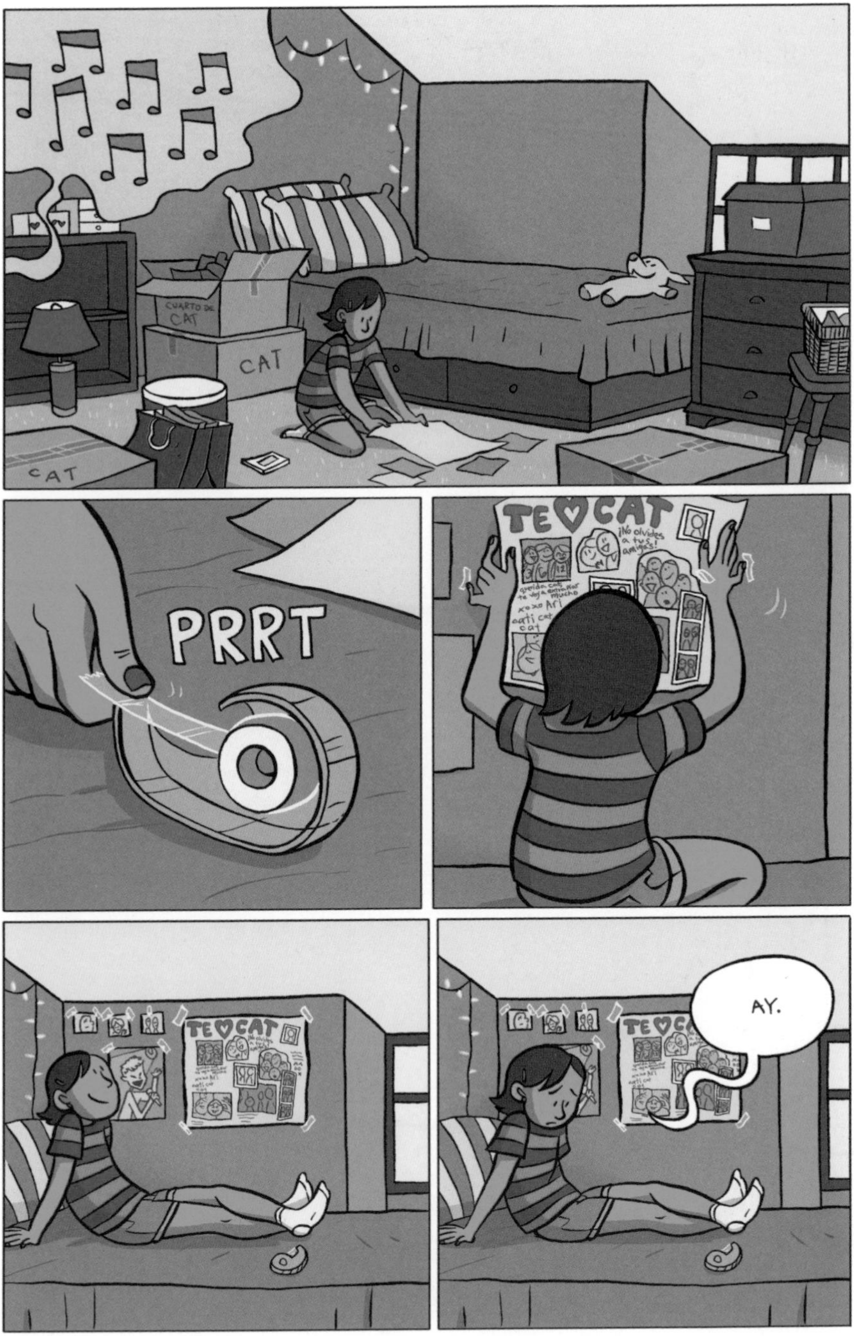
CUARTO DE CAT
CAT
CAT
PRRT
TE ♥ CAT
¡No olvides a tus amigas!
querida cat te voy a extrañar mucho
xoxo Ari
cati cat cat
AY.

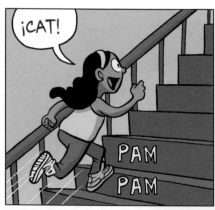

¡CAT!

PAM
PAM

PFF
PFF

¡VEN ABAJO! ¡¡VEN A VER MI NUEVO CUARTO!!

ESTÁ BIEN, YA VOY.

OYE, ¡ESTE CUARTO ESTÁ LINDO!

¡MIRA ESTO!

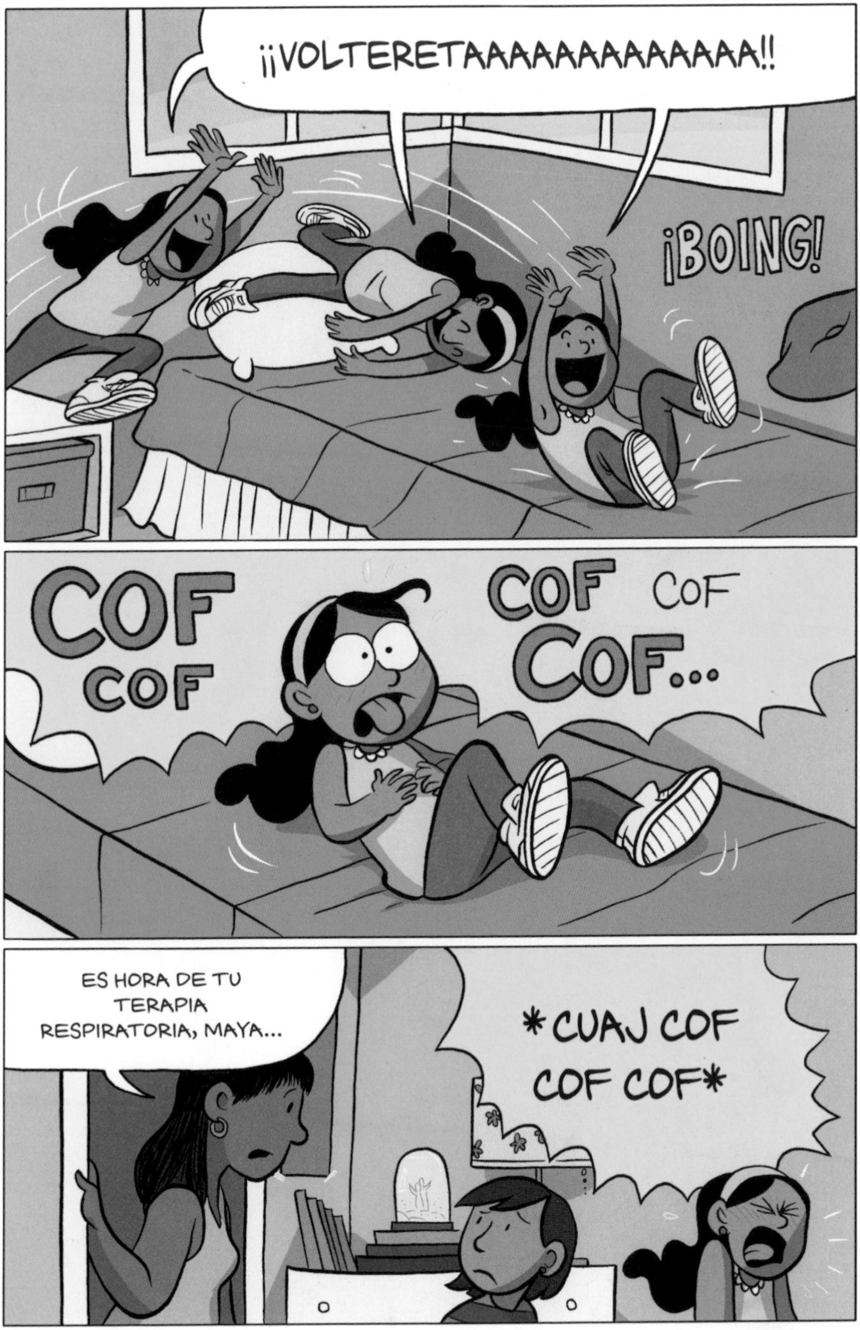
¡¡VOLTERETAAAAAAAAAAAAA!!
¡BOING!
COF COF
COF COF COF...
ES HORA DE TU TERAPIA RESPIRATORIA, MAYA...
CUAJ COF COF COF

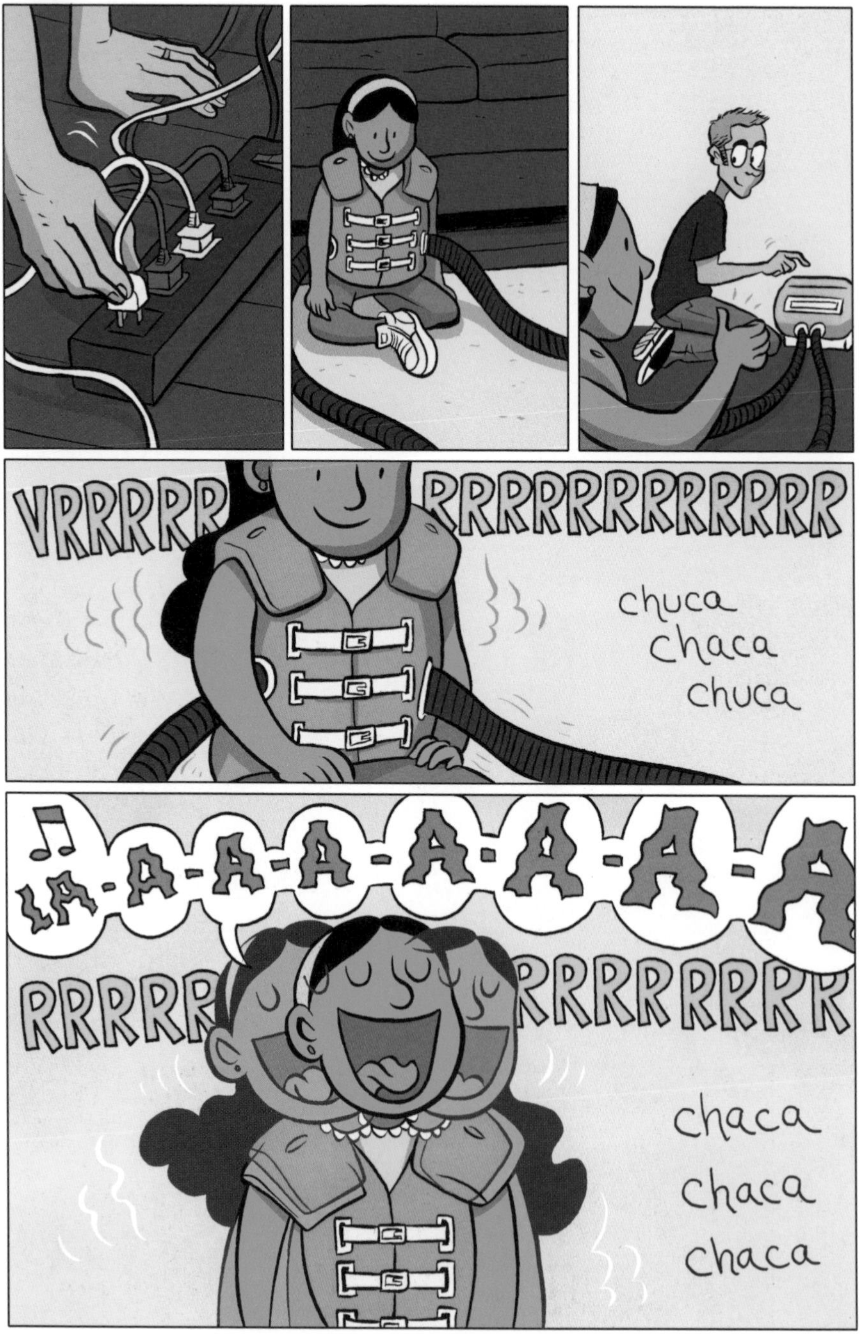
VRRRRR RRRRRRRRRRRR
chuca
chaca
chuca
♫ LA-A-A-A-A-A-A-A
RRRRR RRRRRRRR
chaca
chaca
chaca

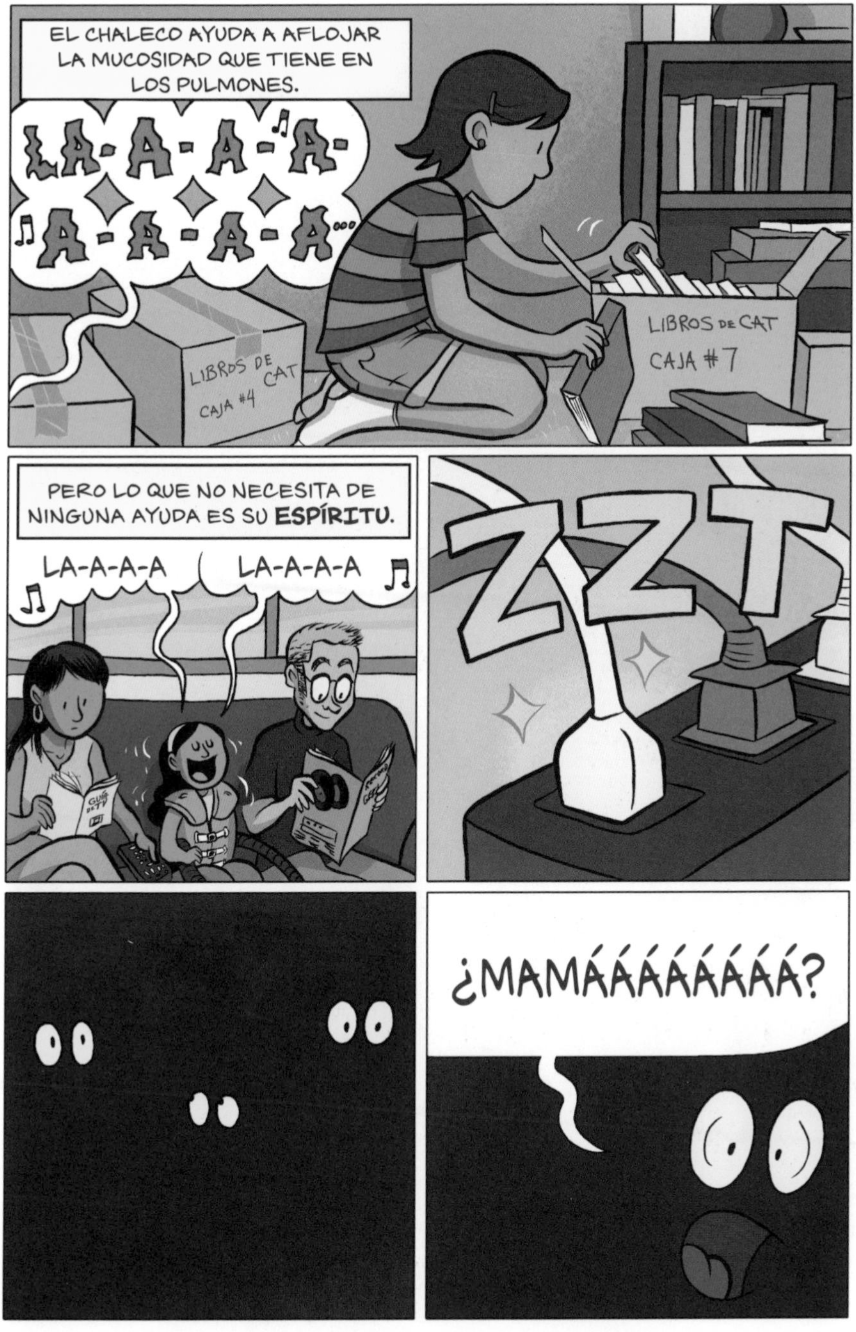
EL CHALECO AYUDA A AFLOJAR LA MUCOSIDAD QUE TIENE EN LOS PULMONES.
LA-A-A-A-A-A-A-A...
LIBROS DE CAT CAJA #4
LIBROS DE CAT CAJA #7
PERO LO QUE NO NECESITA DE NINGUNA AYUDA ES SU **ESPÍRITU**.
LA-A-A-A
LA-A-A-A
ZZT
¿MAMÁÁÁÁÁÁÁÁ?

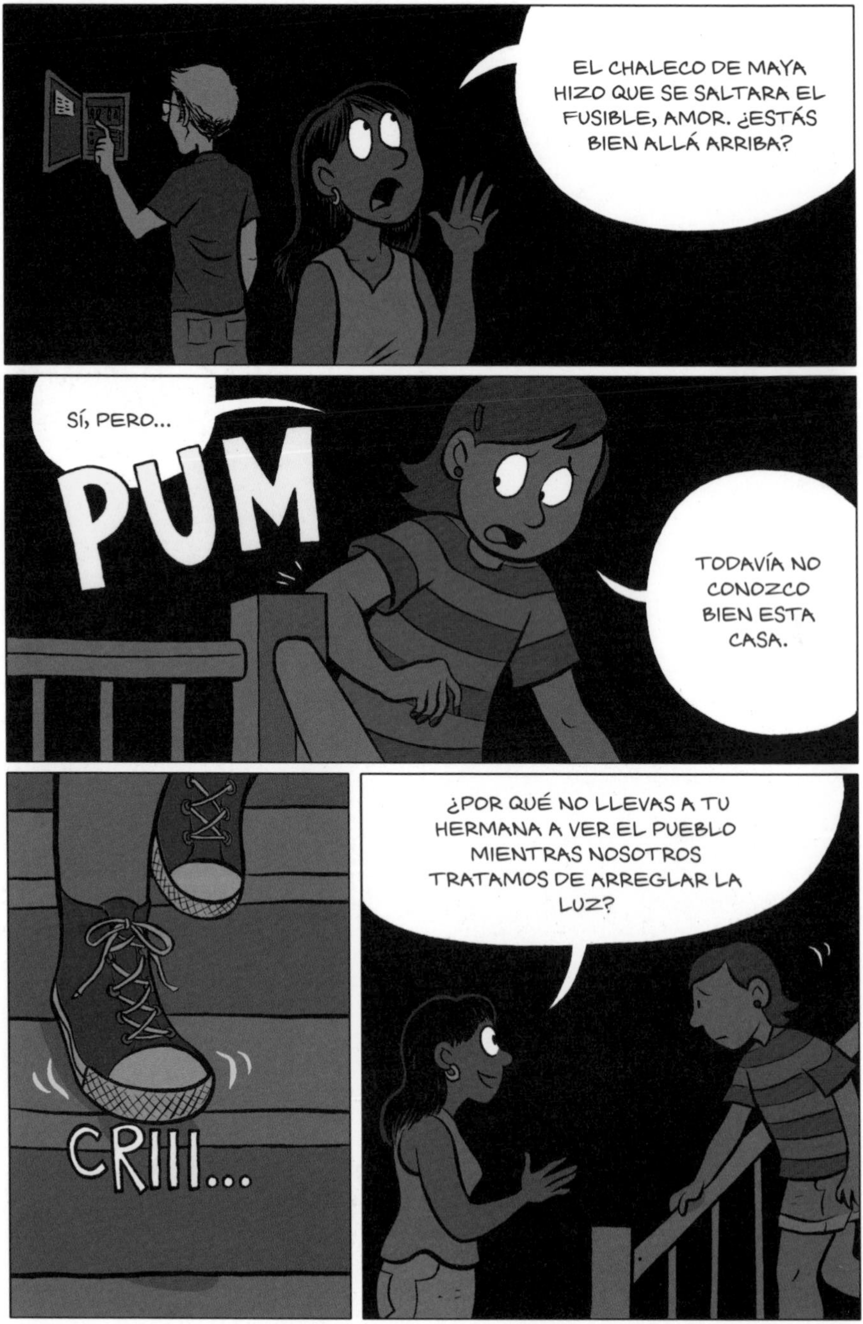
EL CHALECO DE MAYA HIZO QUE SE SALTARA EL FUSIBLE, AMOR. ¿ESTÁS BIEN ALLÁ ARRIBA?
SÍ, PERO...
PUM
TODAVÍA NO CONOZCO BIEN ESTA CASA.
CRIII...
¿POR QUÉ NO LLEVAS A TU HERMANA A VER EL PUEBLO MIENTRAS NOSOTROS TRATAMOS DE ARREGLAR LA LUZ?

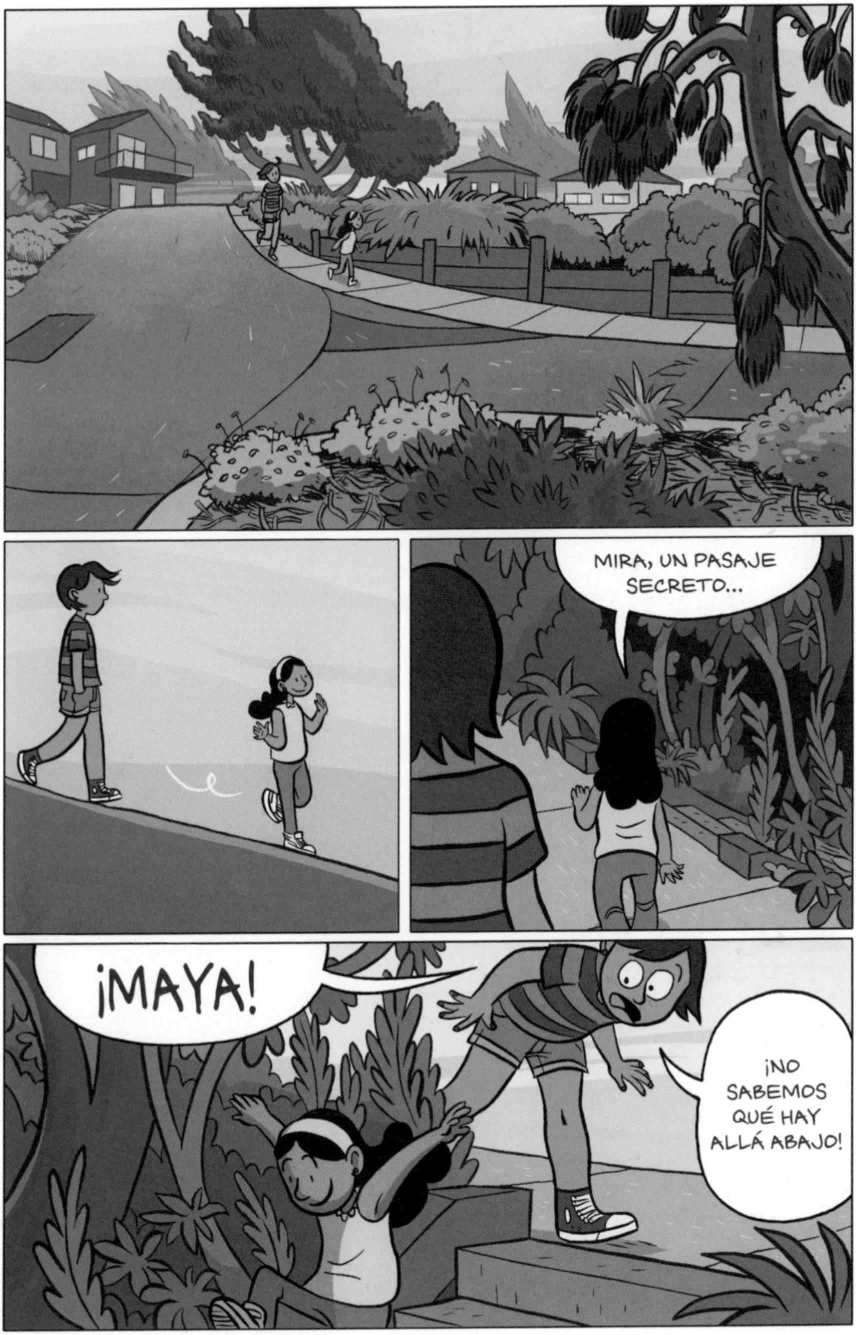
MIRA, UN PASAJE SECRETO...
¡MAYA!
¡NO SABEMOS QUÉ HAY ALLÁ ABAJO!

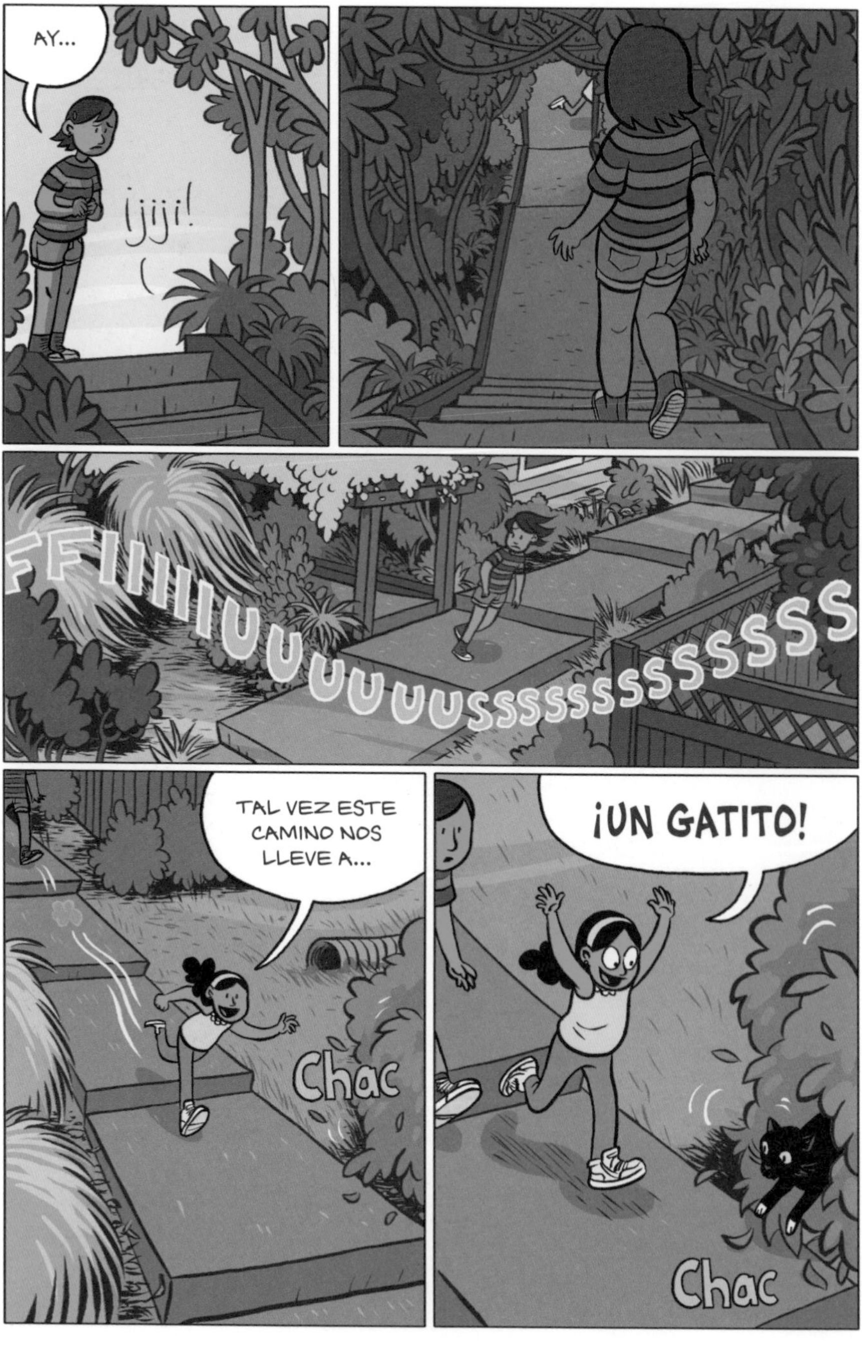
AY...
¡jiji!
FFIIIIIUUUUUUUSSSSSSSSSSSSSSS
TAL VEZ ESTE CAMINO NOS LLEVE A...
Chac
¡UN GATITO!
Chac

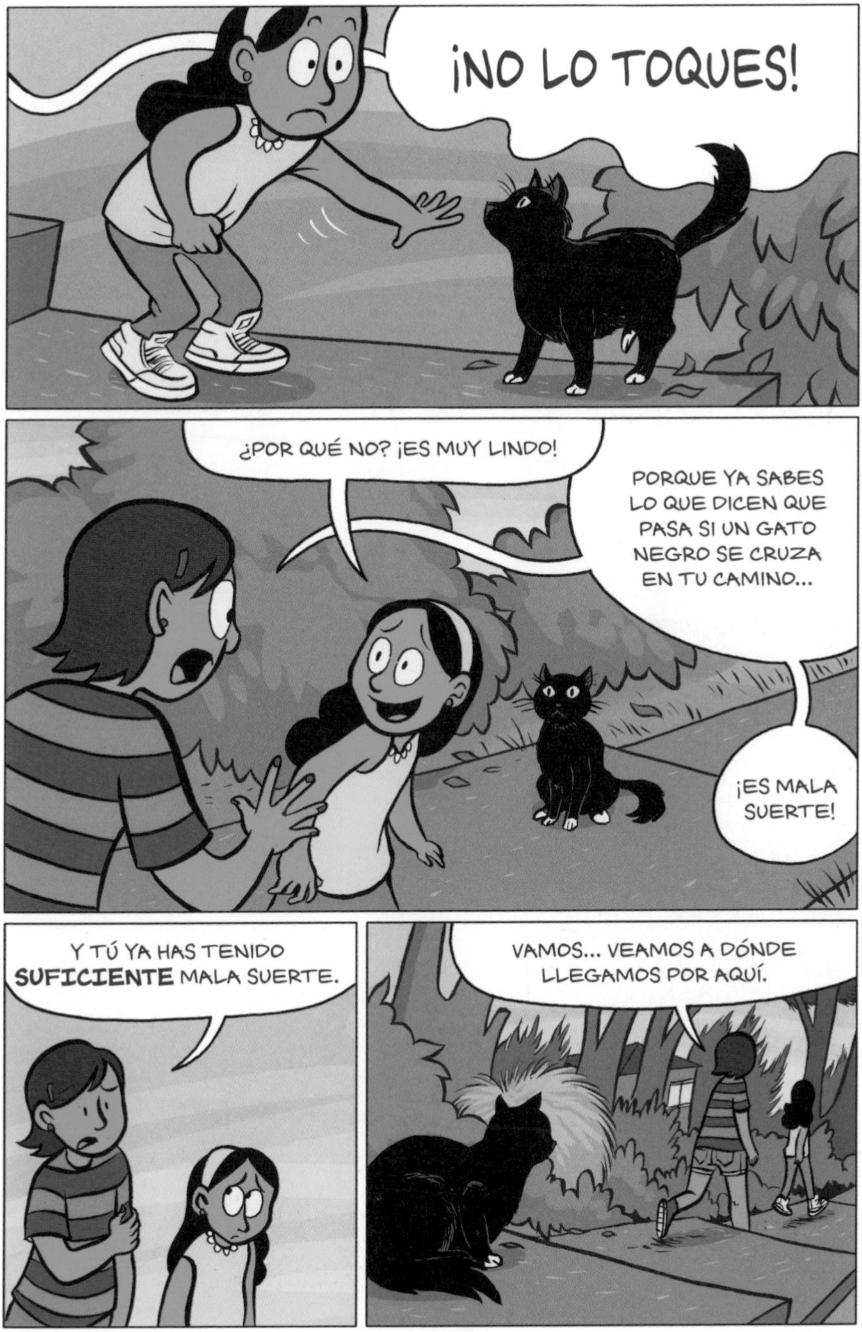
¡NO LO TOQUES!
¿POR QUÉ NO? ¡ES MUY LINDO!
PORQUE YA SABES LO QUE DICEN QUE PASA SI UN GATO NEGRO SE CRUZA EN TU CAMINO...
¡ES MALA SUERTE!
Y TÚ YA HAS TENIDO **SUFICIENTE** MALA SUERTE.
VAMOS... VEAMOS A DÓNDE LLEGAMOS POR AQUÍ.

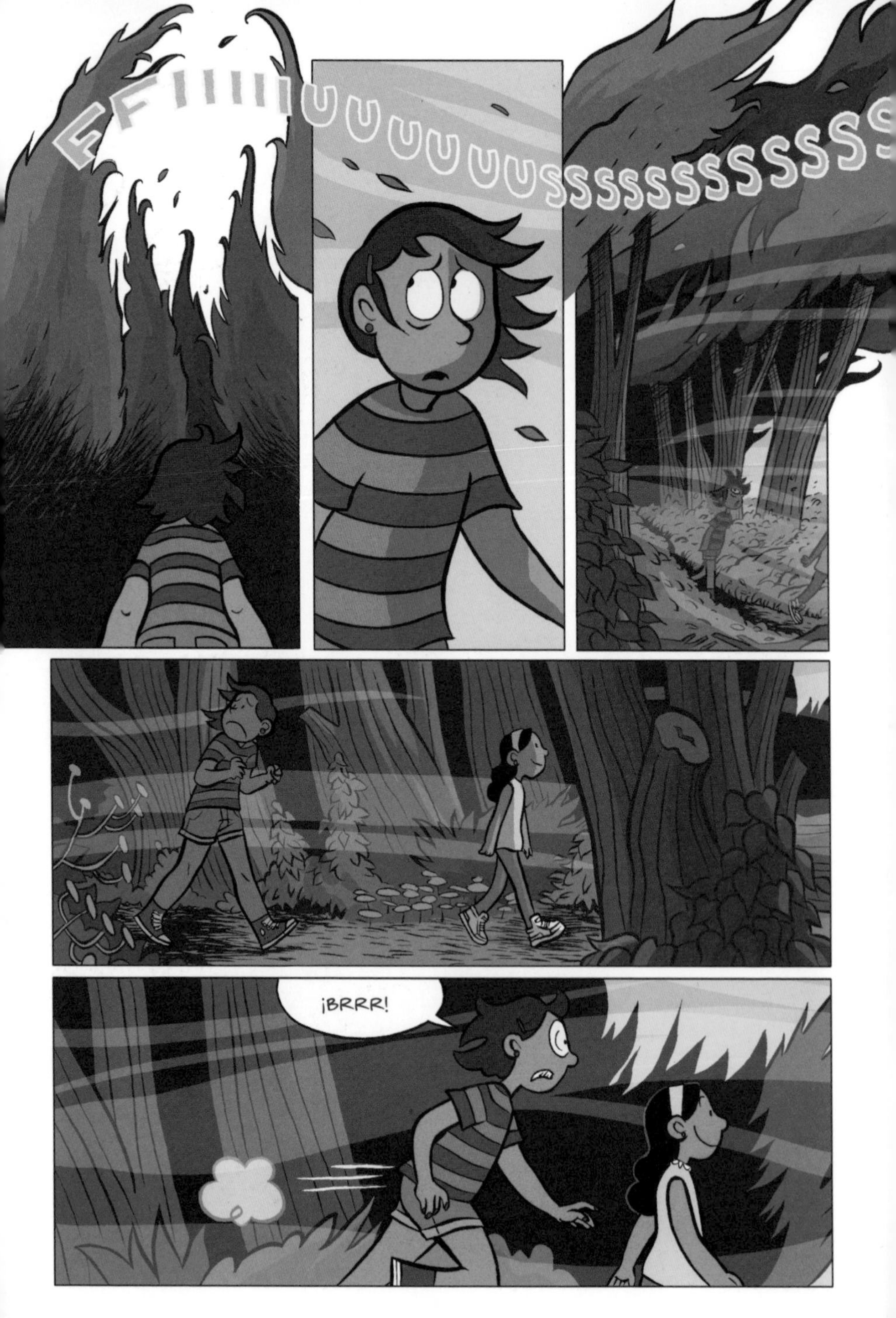
FFIIIIIUUUUUUUSSSSSSSSSSSSS
¡BRRR!

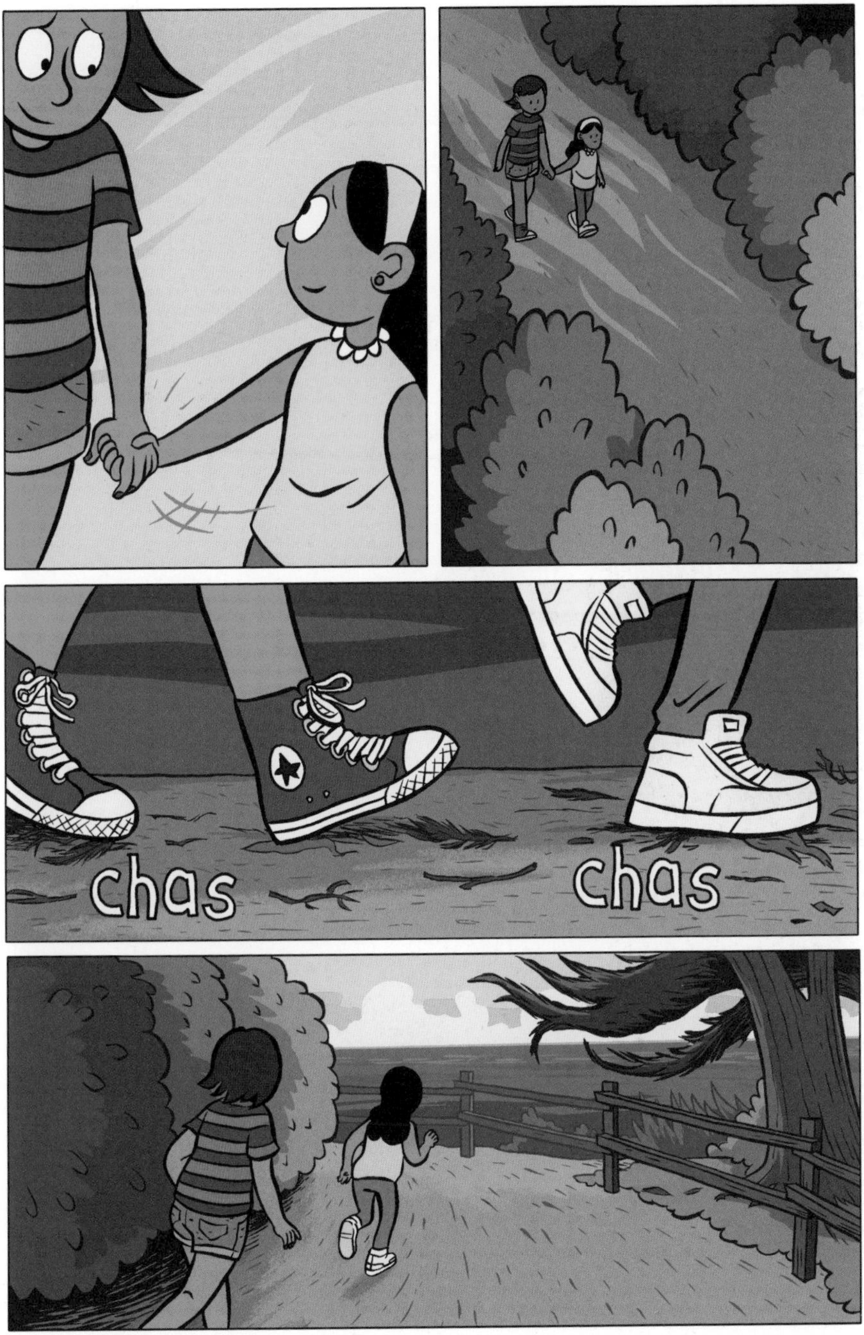
chas
chas

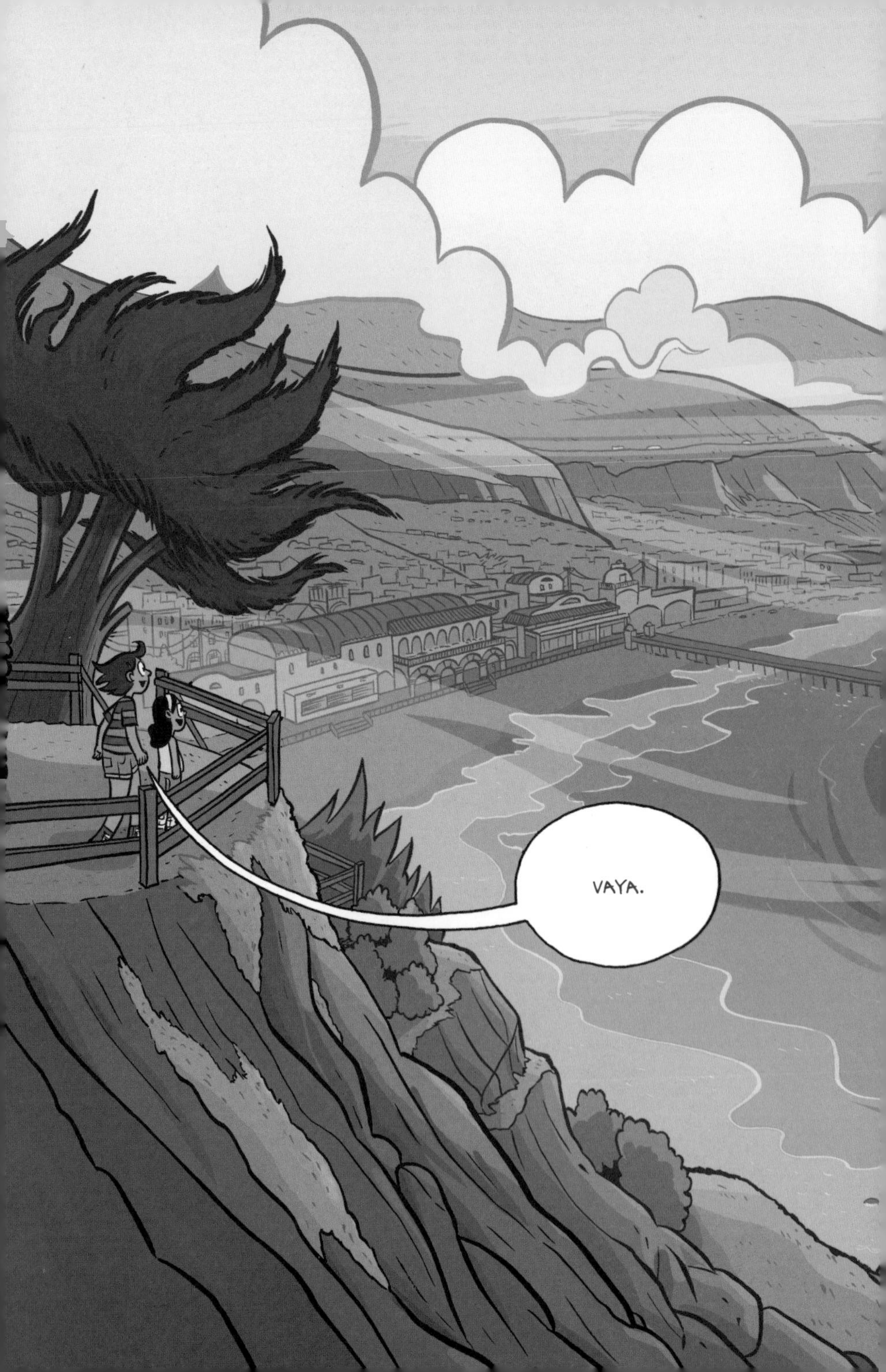
VAYA.

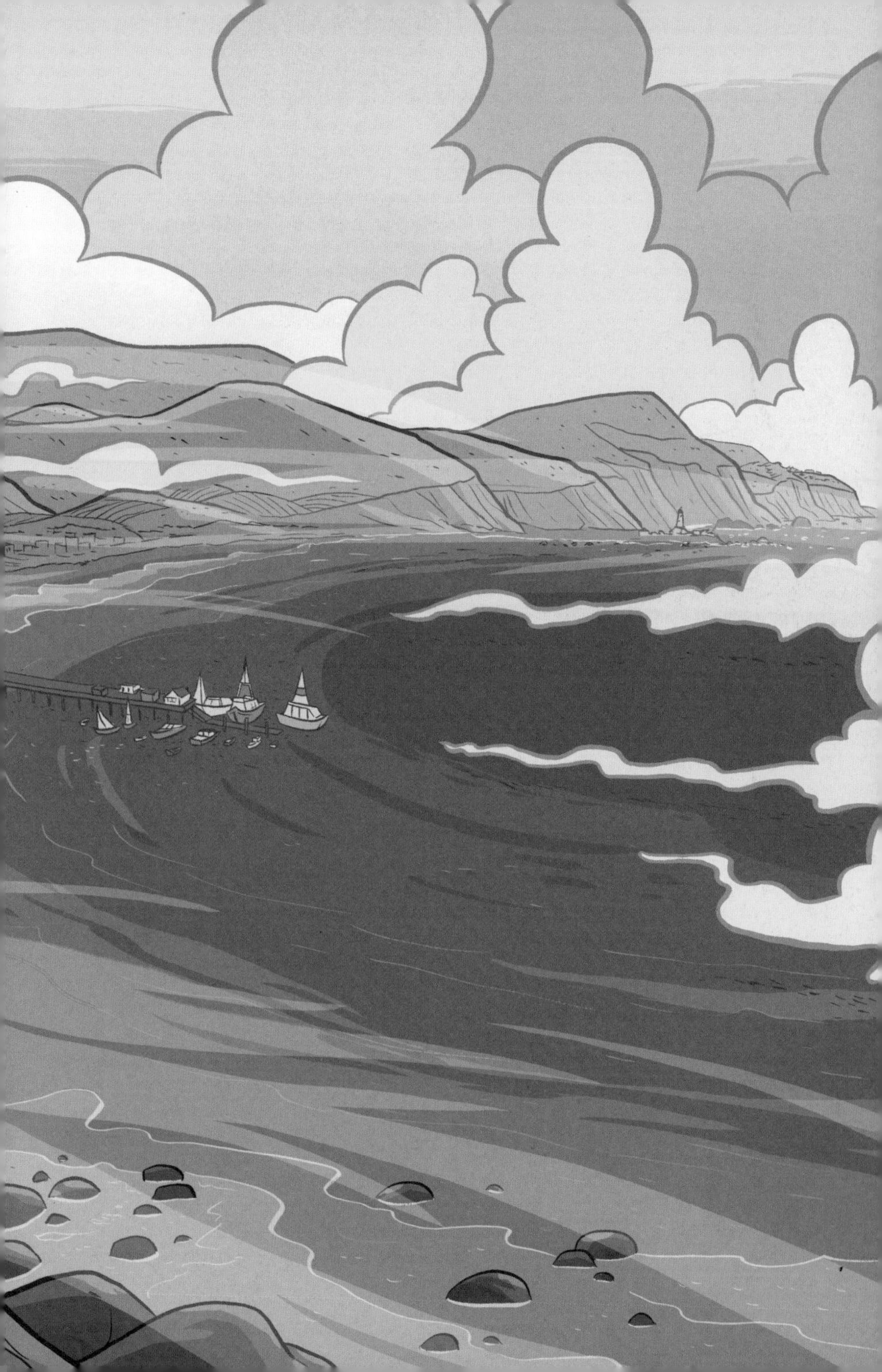

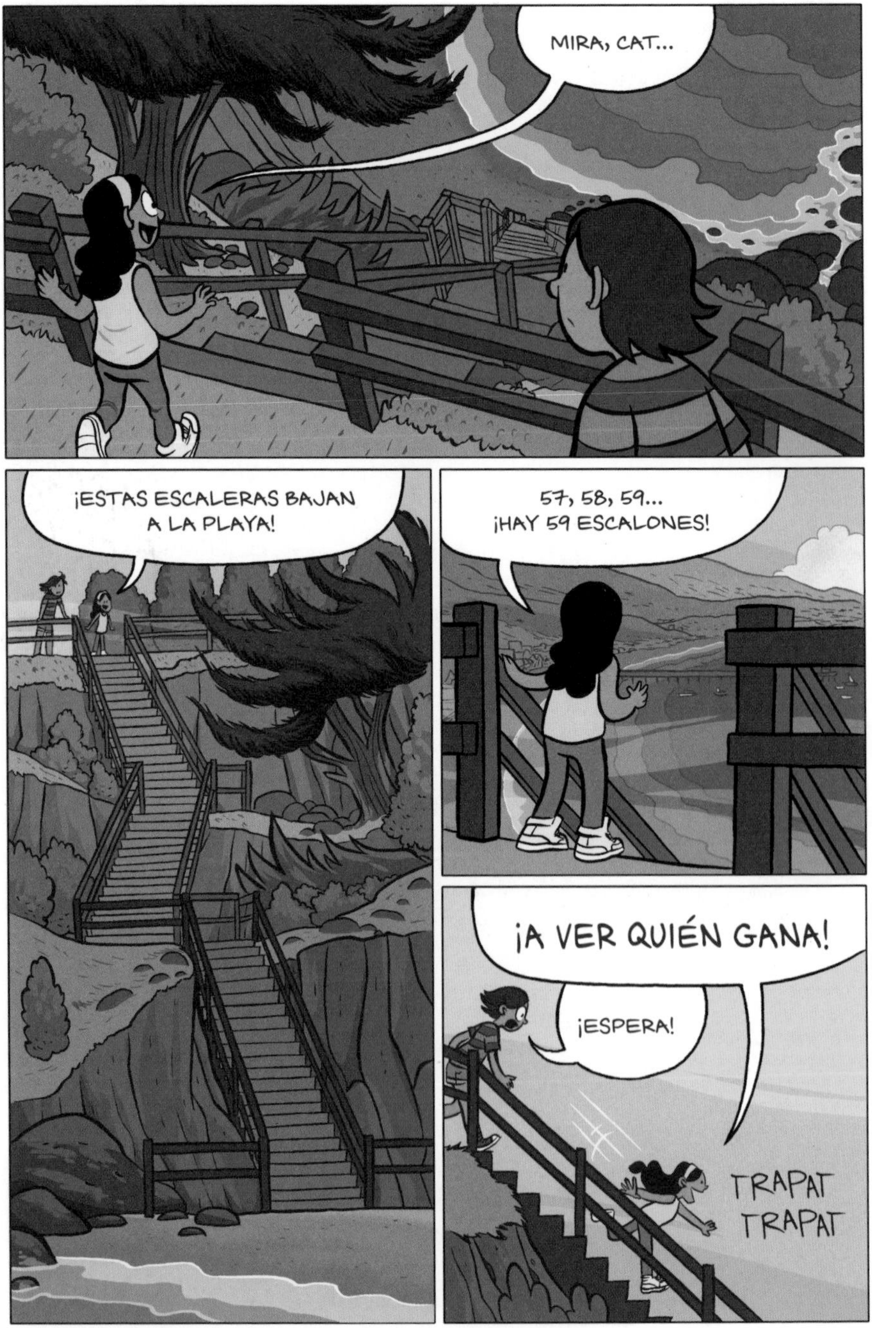
MIRA, CAT...
¡ESTAS ESCALERAS BAJAN A LA PLAYA!
57, 58, 59... ¡HAY 59 ESCALONES!
¡A VER QUIÉN GANA!
¡ESPERA!
TRAPAT TRAPAT

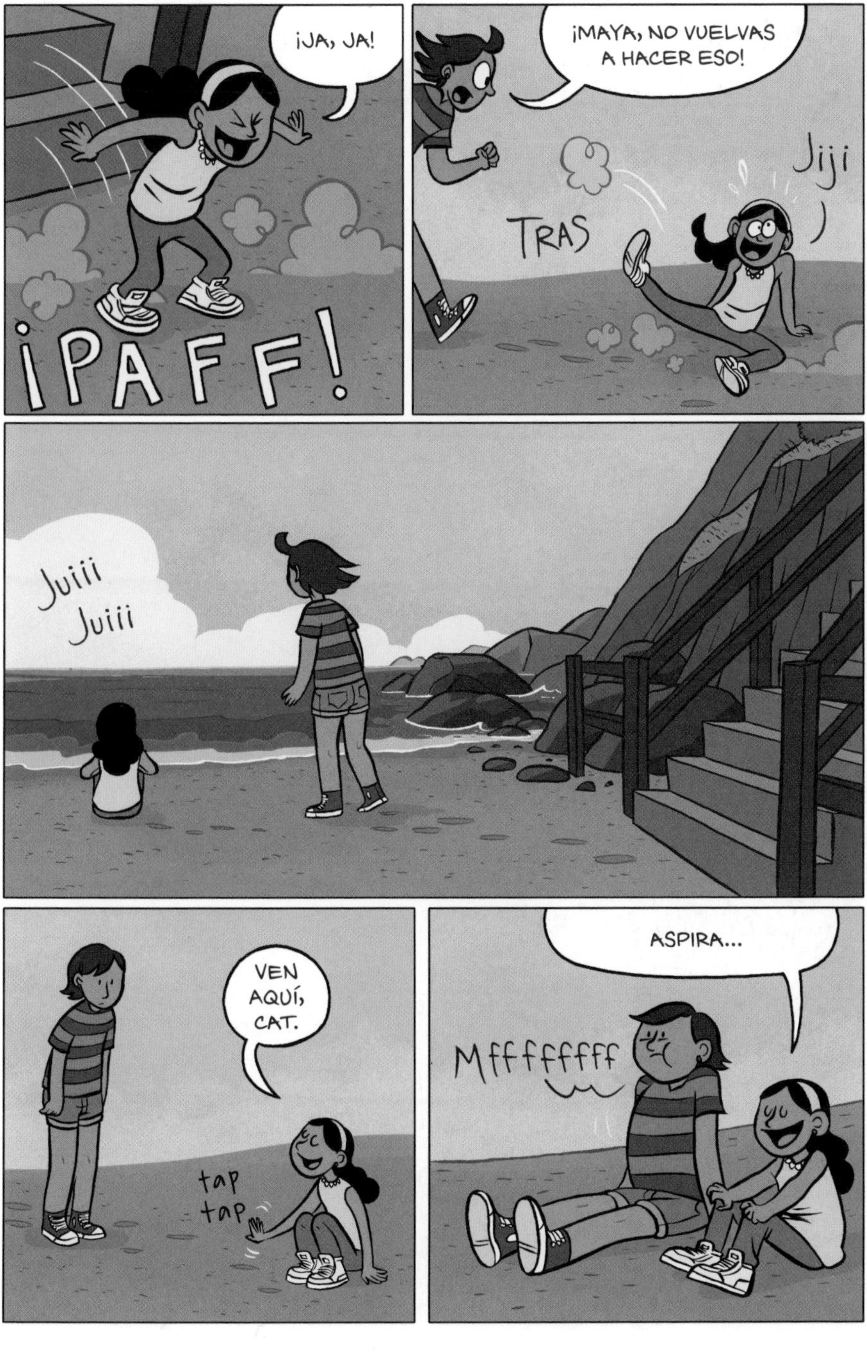
¡JA, JA!
¡PAFF!
¡MAYA, NO VUELVAS A HACER ESO!
TRAS
Jiji
Juiii
Juiii
VEN AQUÍ, CAT.
tap
tap
ASPIRA...
Mfffffff

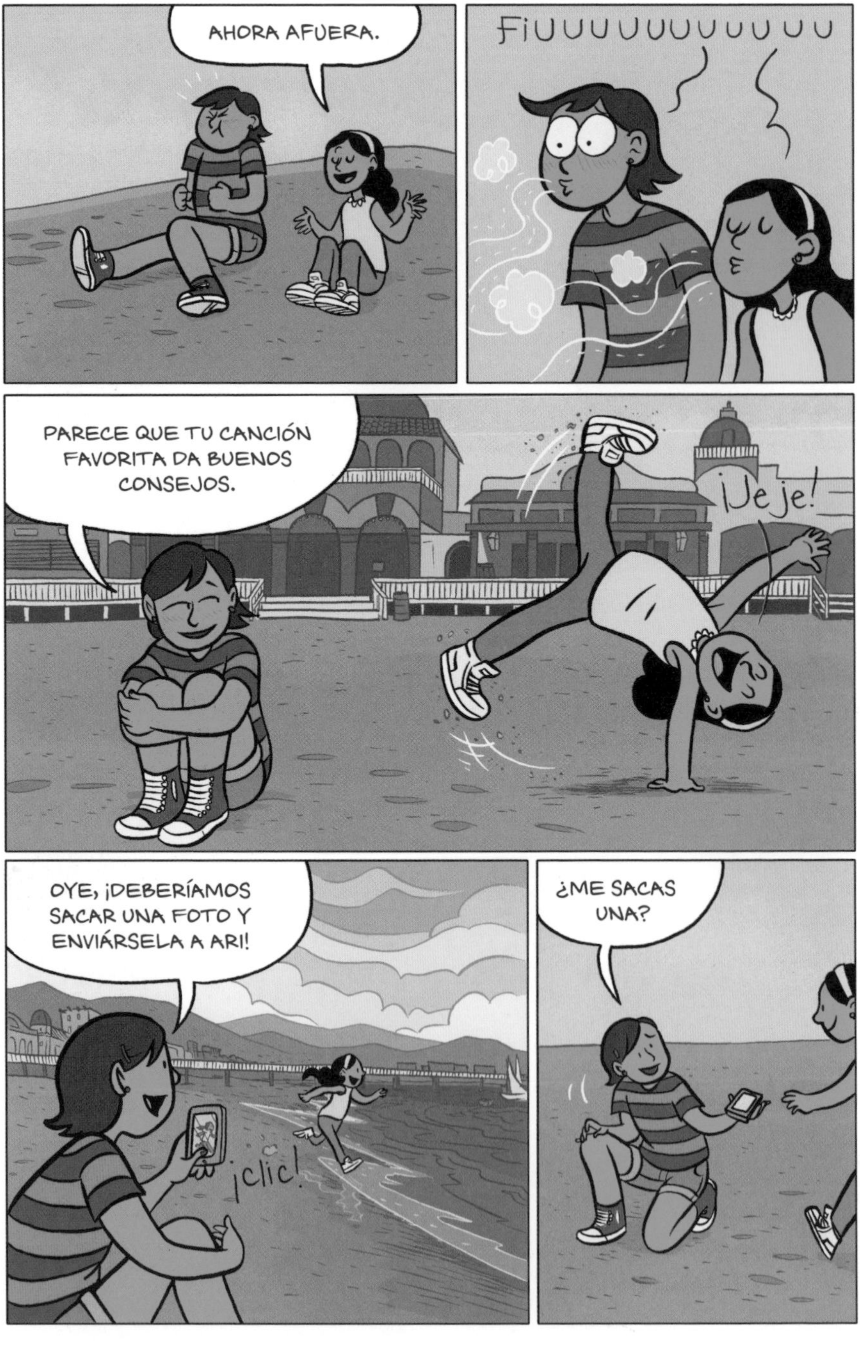
AHORA AFUERA.
FiUUUUUUUUUU
PARECE QUE TU CANCIÓN FAVORITA DA BUENOS CONSEJOS.
¡Jeje!
OYE, ¡DEBERÍAMOS SACAR UNA FOTO Y ENVIÁRSELA A ARI!
¡clic!
¿ME SACAS UNA?

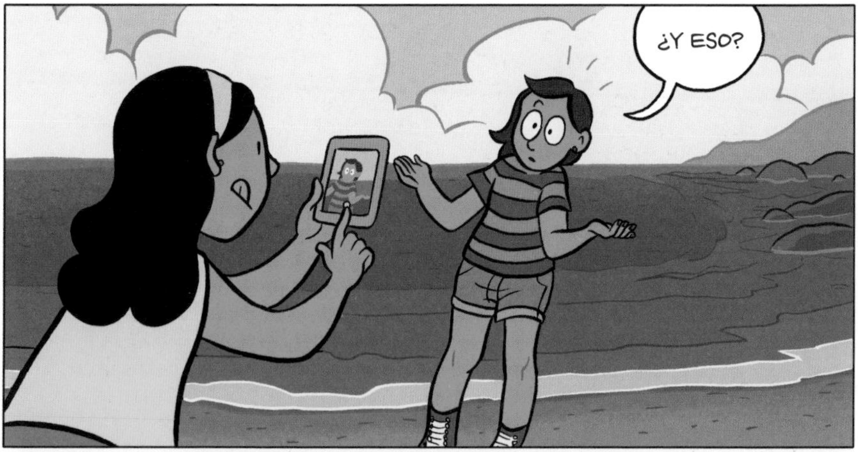
¿Y ESO?

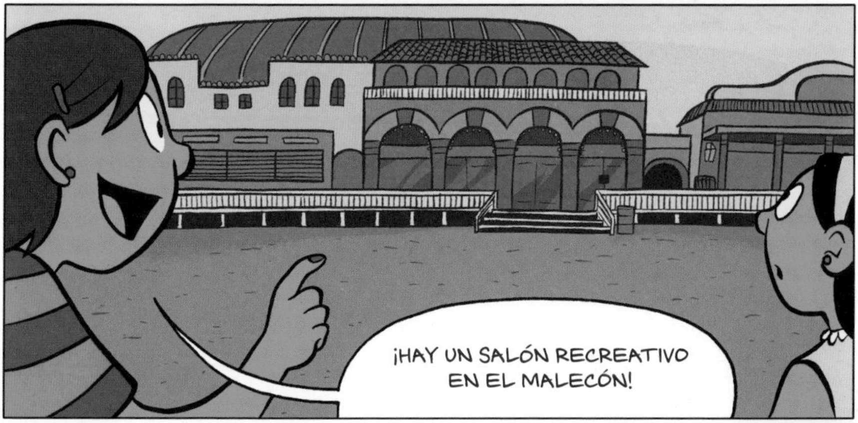
¡HAY UN SALÓN RECREATIVO EN EL MALECÓN!

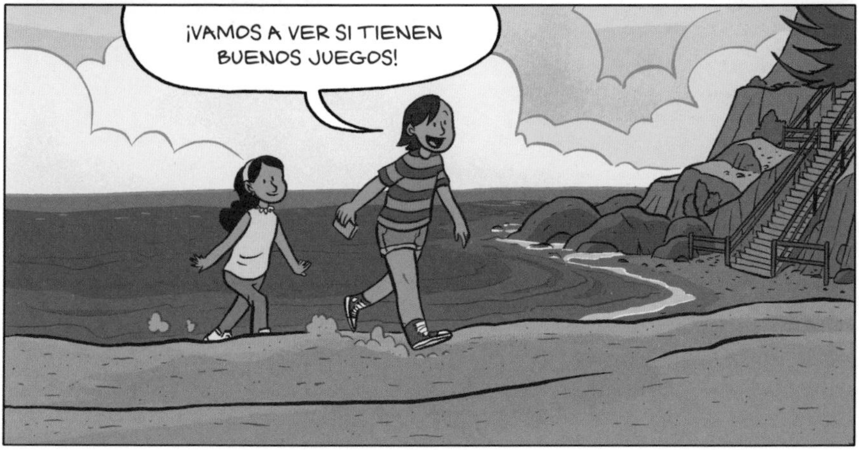
¡VAMOS A VER SI TIENEN BUENOS JUEGOS!

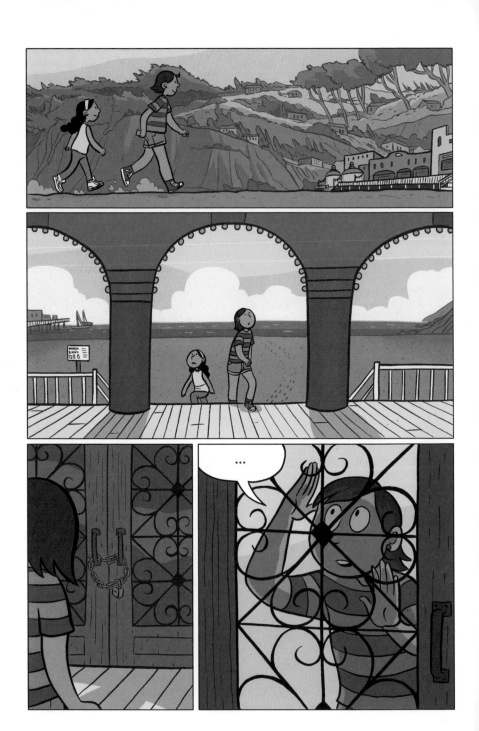

NO, OLVÍDALO. ESTÁ OSCURO Y ABANDONADO.

MEJOR NOS VAMOS A...

¿MAYA?

¿MAYA?

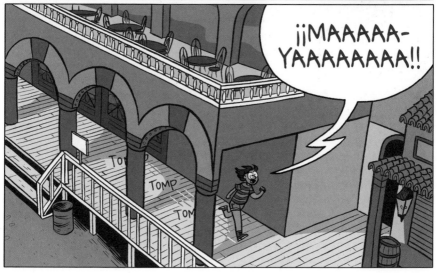

¡¡MAAAAA-YAAAAAAAA!!

TOMP

TOMP

TOM

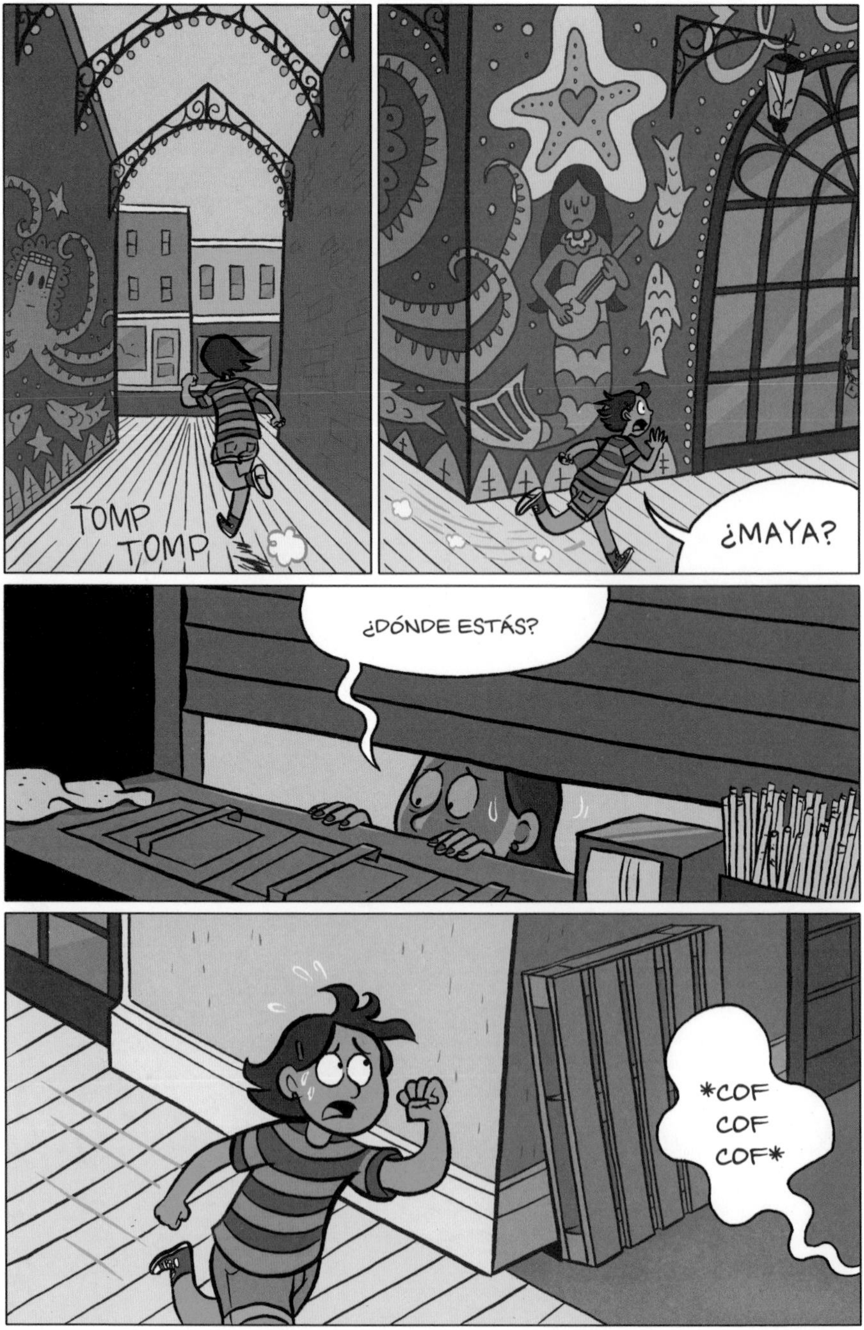
TOMP
TOMP
¿MAYA?
¿DÓNDE ESTÁS?
*COF
COF
COF*

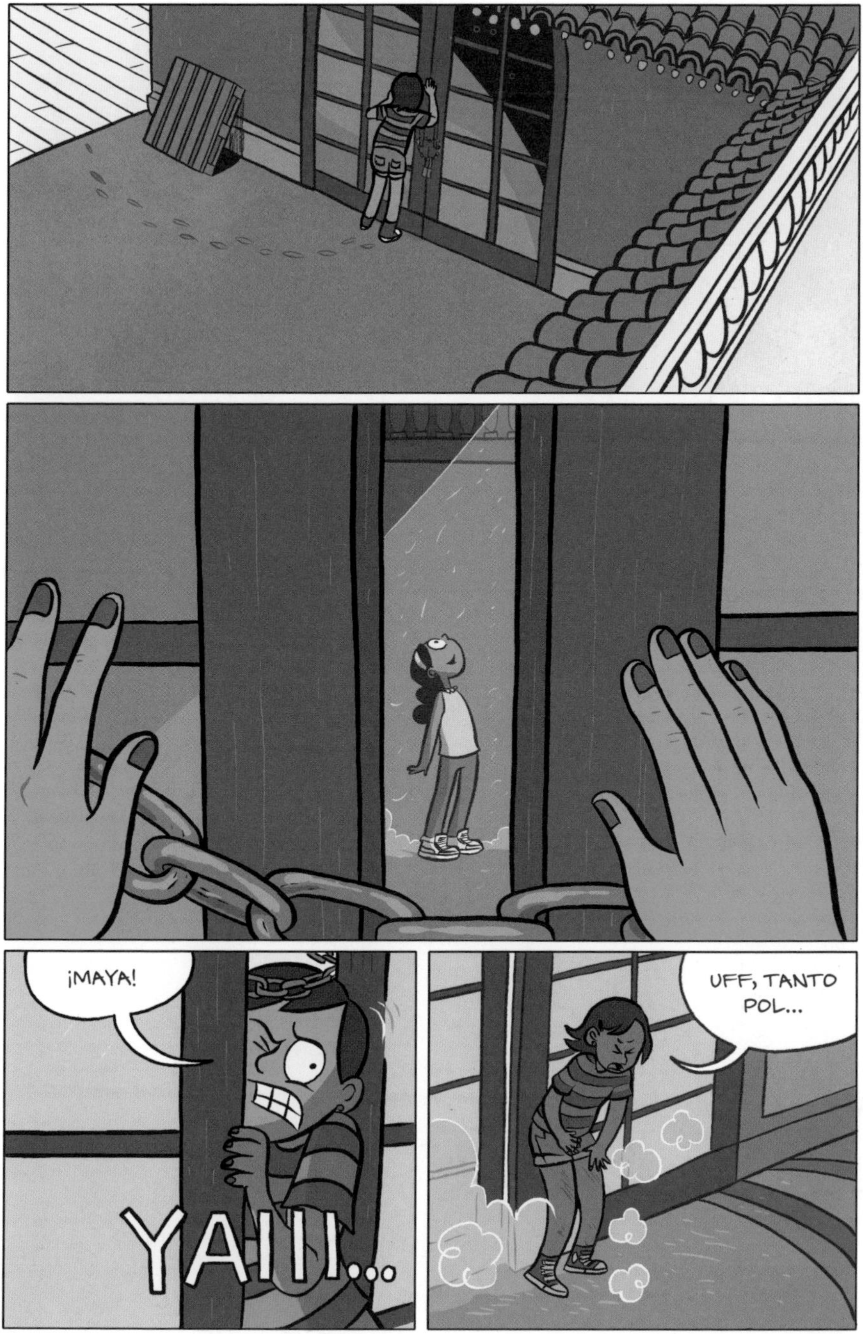
¡MAYA!
UFF, TANTO
POL...
YAIII...

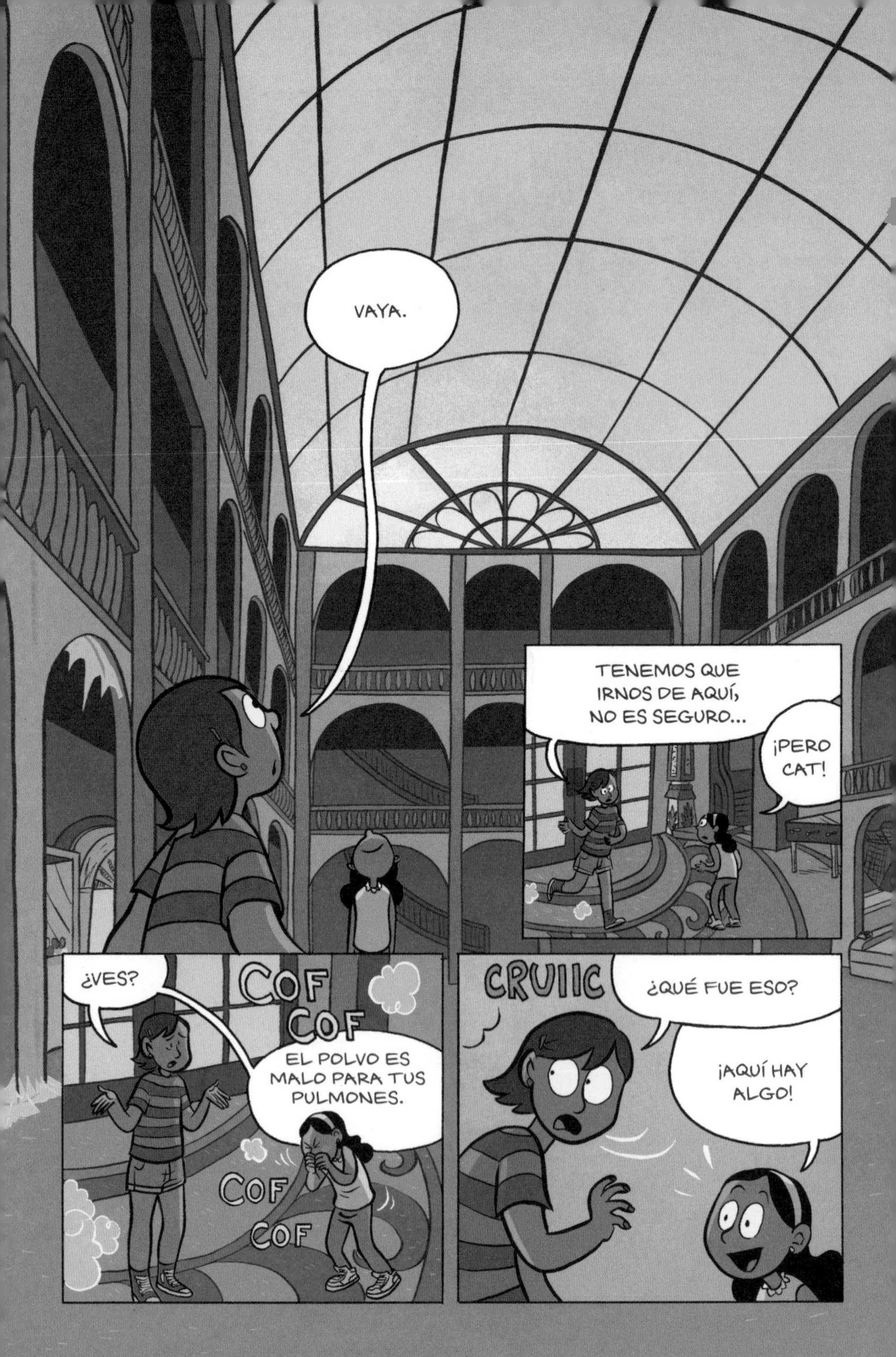
VAYA.
TENEMOS QUE IRNOS DE AQUÍ, NO ES SEGURO...
¡PERO CAT!
¿VES?
COF COF
EL POLVO ES MALO PARA TUS PULMONES.
COF COF
CRUIIC
¿QUÉ FUE ESO?
¡AQUÍ HAY ALGO!

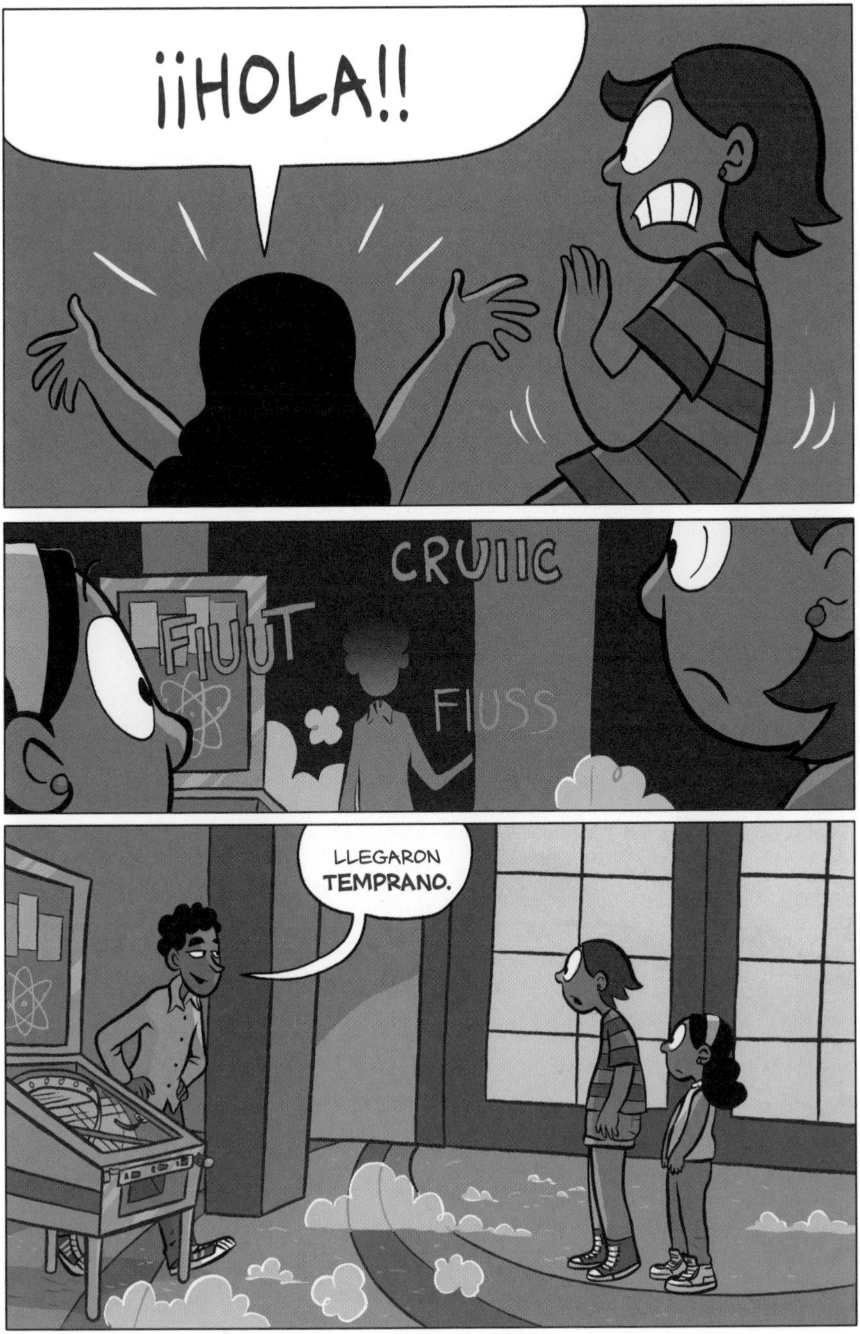
¡¡HOLA!!
CRUIIC
FIUUT
FIUSS
LLEGARON **TEMPRANO.**

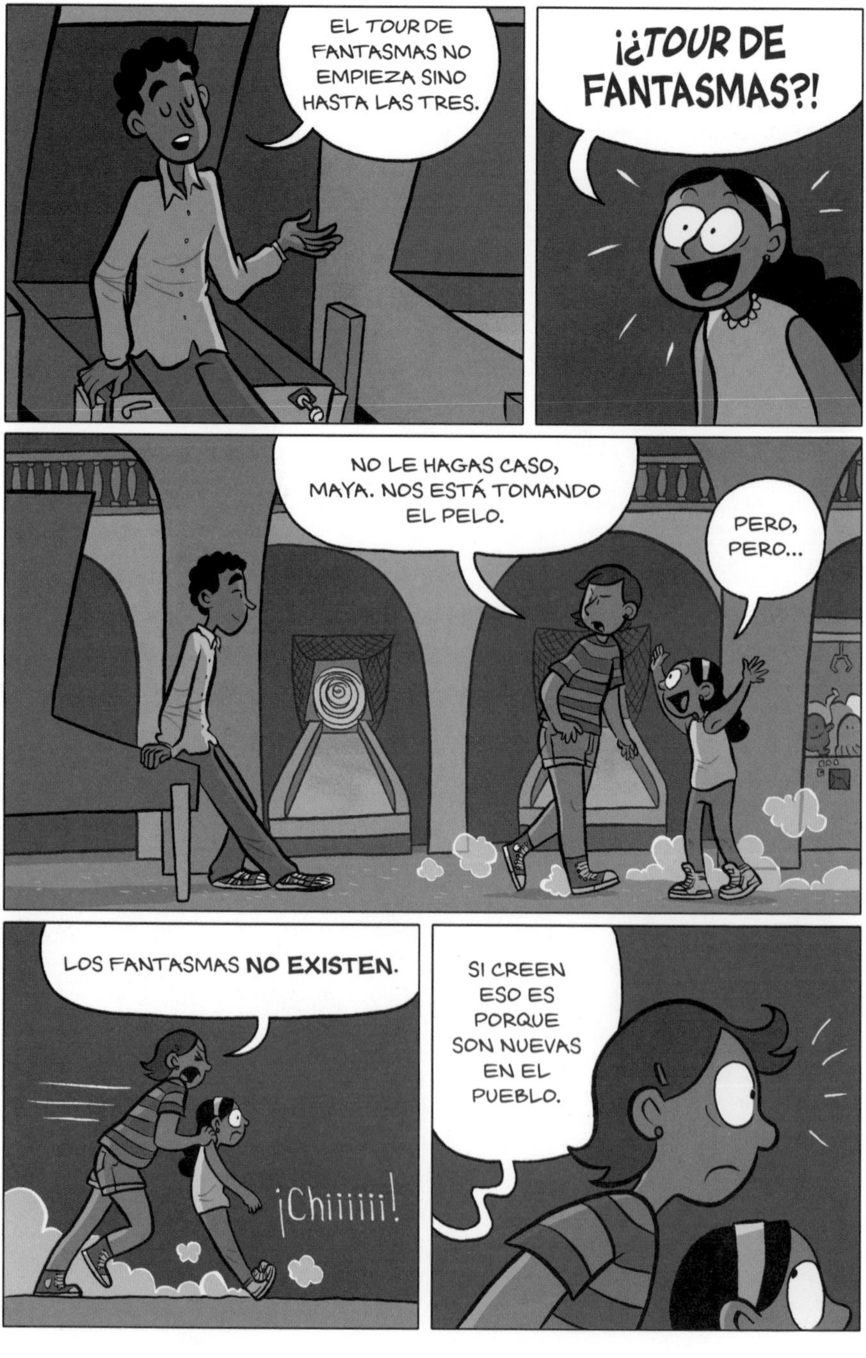

EL TOUR DE FANTASMAS NO EMPIEZA SINO HASTA LAS TRES.
¡¿TOUR DE FANTASMAS?!
NO LE HAGAS CASO, MAYA. NOS ESTÁ TOMANDO EL PELO.
PERO, PERO...
LOS FANTASMAS NO EXISTEN.
¡Chiiiiii!
SI CREEN ESO ES PORQUE SON NUEVAS EN EL PUEBLO.

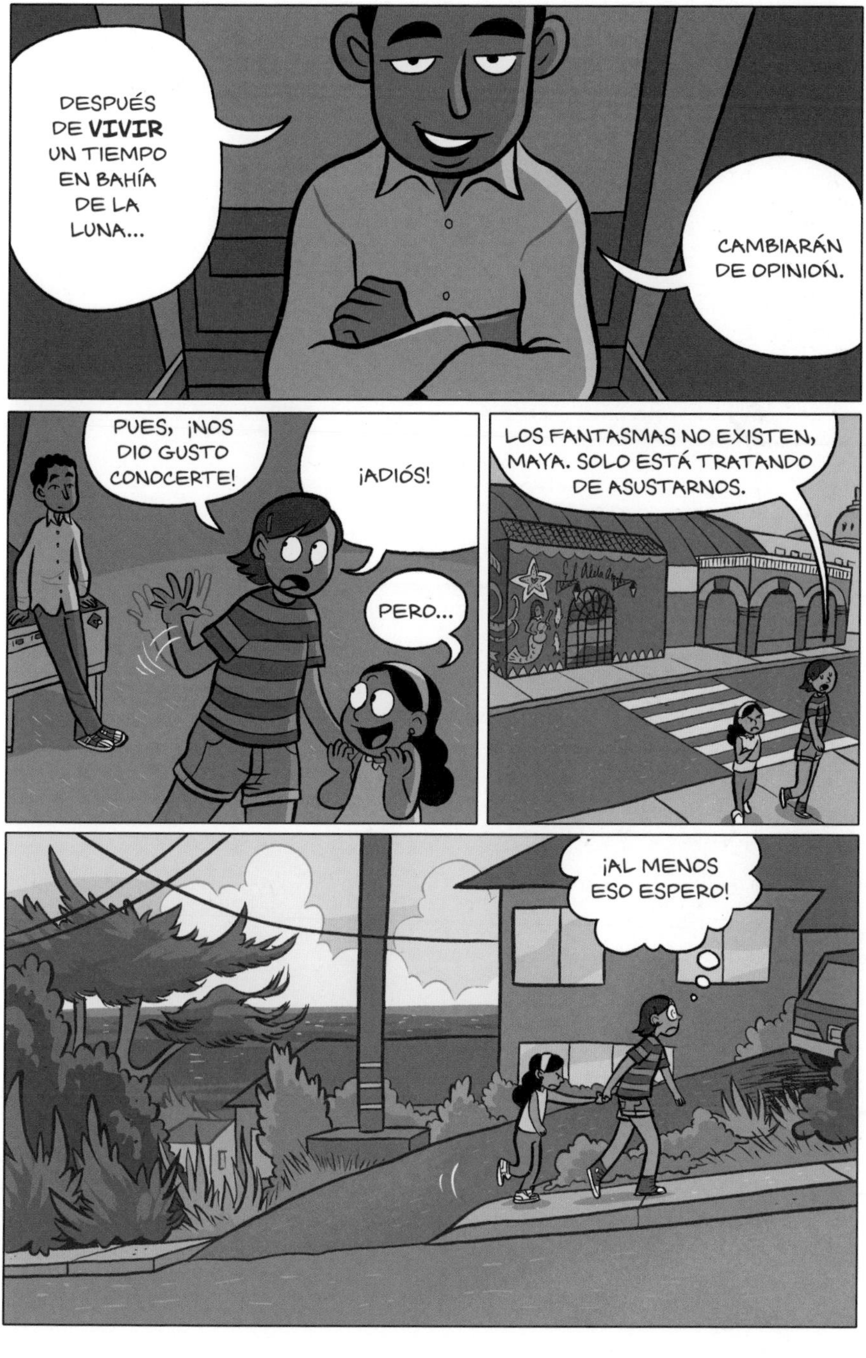
DESPUÉS DE **VIVIR** UN TIEMPO EN BAHÍA DE LA LUNA...
CAMBIARÁN DE OPINIÓN.
PUES, ¡NOS DIO GUSTO CONOCERTE!
¡ADIÓS!
PERO...
LOS FANTASMAS NO EXISTEN, MAYA. SOLO ESTÁ TRATANDO DE ASUSTARNOS.
¡AL MENOS ESO ESPERO!

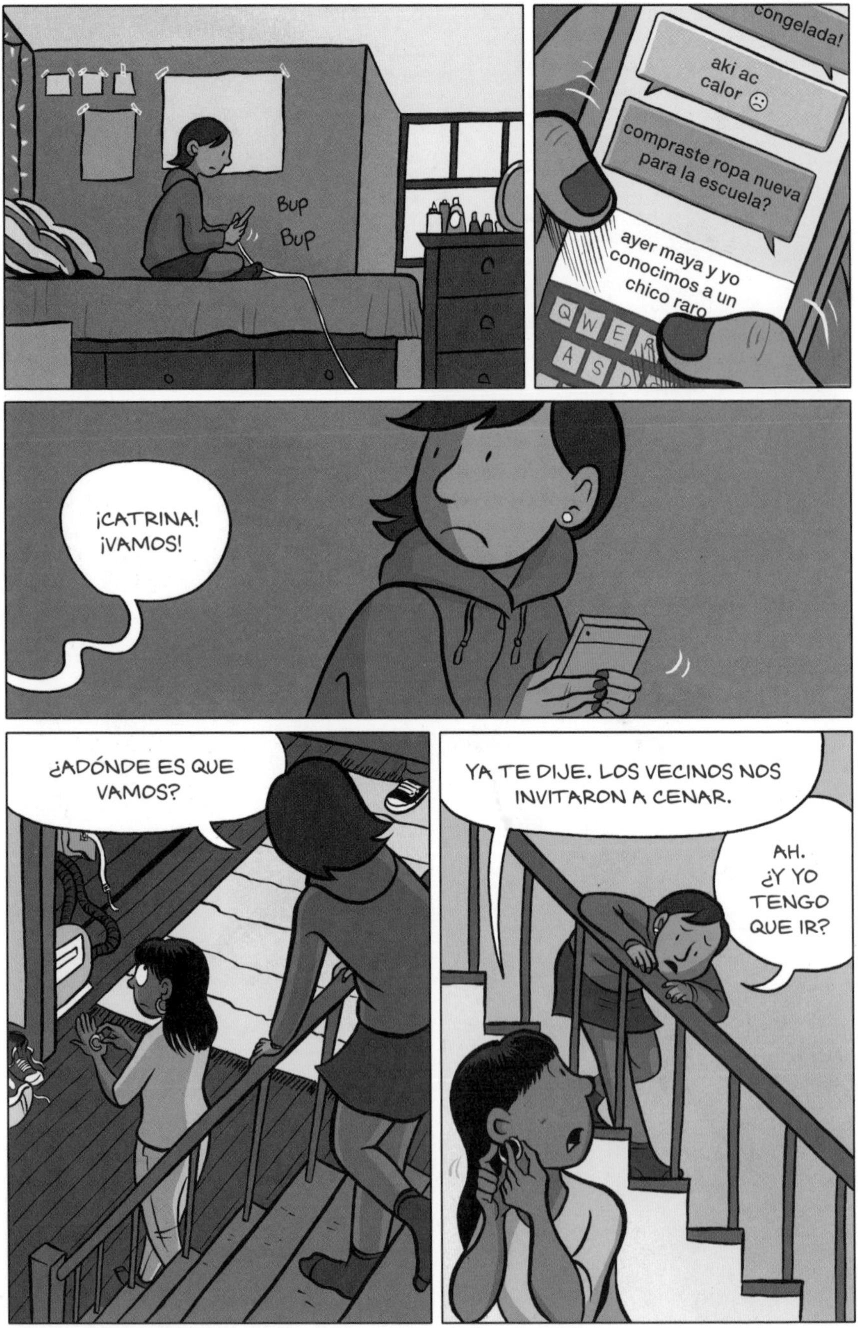
BUP
BUP
congelada!
aki ac calor ☹
compraste ropa nueva para la escuela?
ayer maya y yo conocimos a un chico raro
¡CATRINA! ¡VAMOS!
¿ADÓNDE ES QUE VAMOS?
YA TE DIJE. LOS VECINOS NOS INVITARON A CENAR.
AH. ¿Y YO TENGO QUE IR?

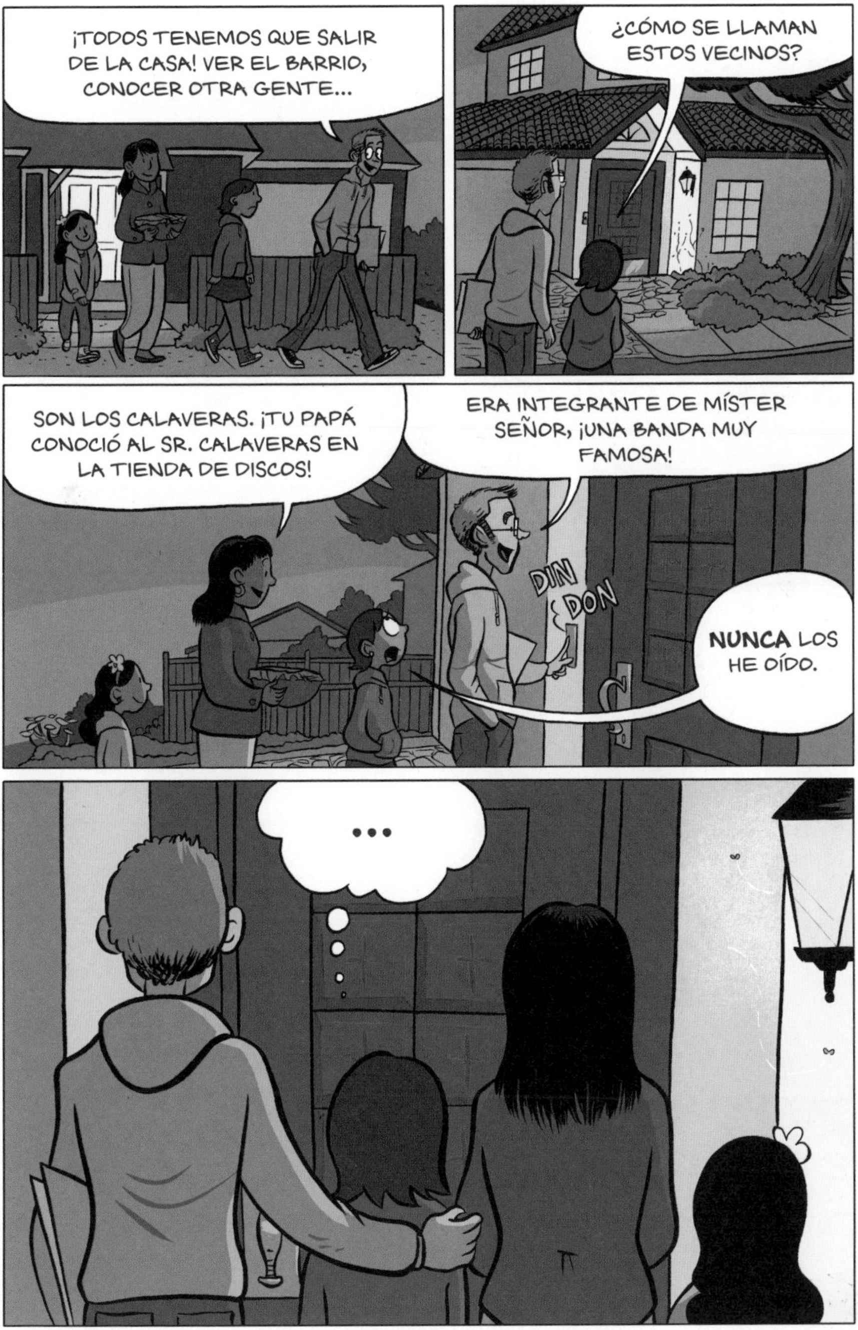
¡TODOS TENEMOS QUE SALIR DE LA CASA! VER EL BARRIO, CONOCER OTRA GENTE...
¿CÓMO SE LLAMAN ESTOS VECINOS?
SON LOS CALAVERAS. ¡TU PAPÁ CONOCIÓ AL SR. CALAVERAS EN LA TIENDA DE DISCOS!
ERA INTEGRANTE DE MÍSTER SEÑOR, ¡UNA BANDA MUY FAMOSA!
DIN DON
NUNCA LOS HE OÍDO.
...

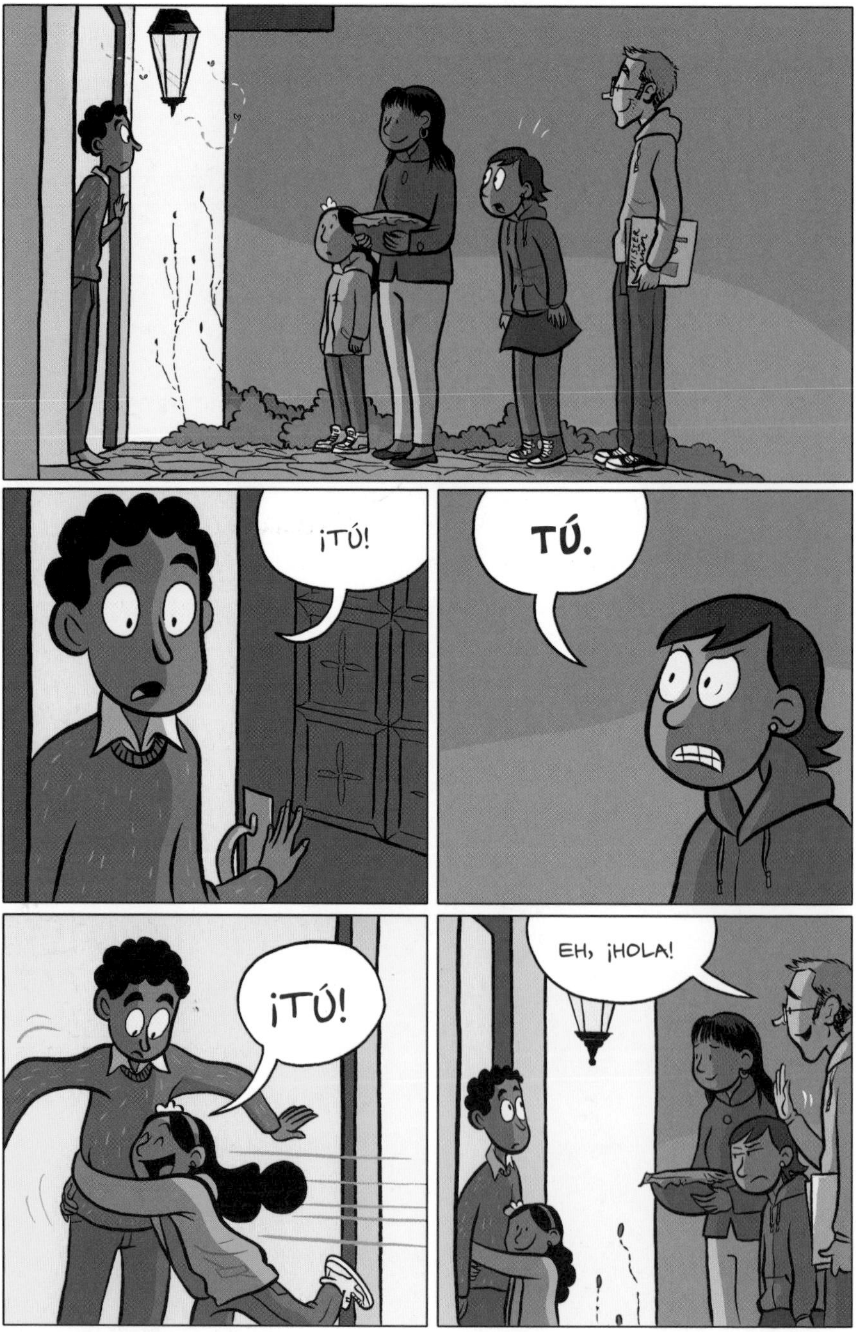
¡TÚ!
TÚ.
¡TÚ!
EH, ¡HOLA!

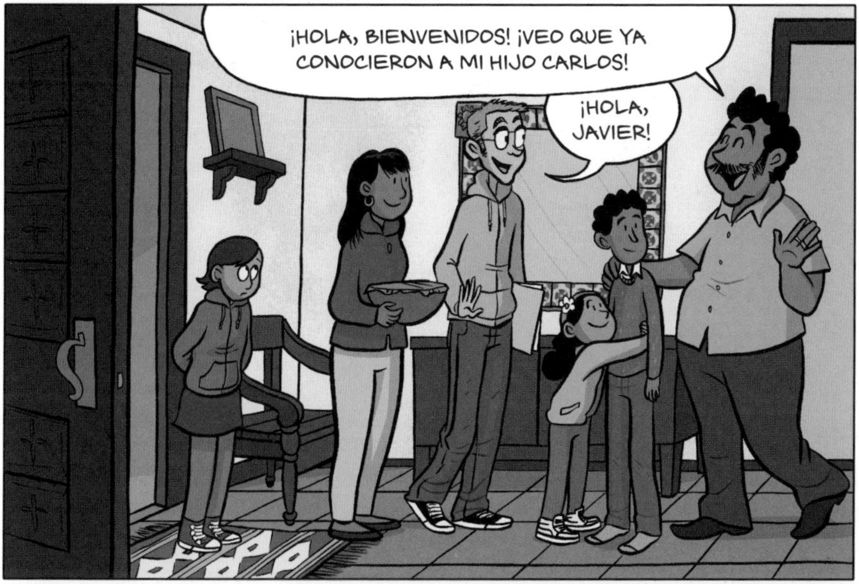
¡HOLA, BIENVENIDOS! ¡VEO QUE YA CONOCIERON A MI HIJO CARLOS!
¡HOLA, JAVIER!

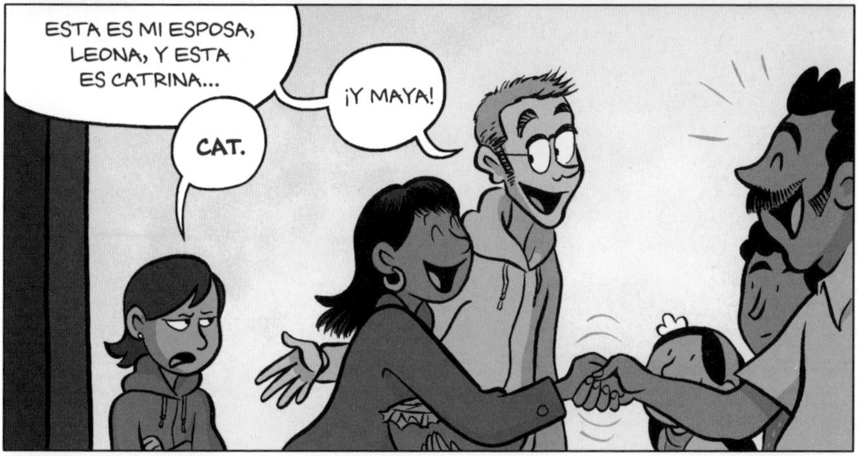
ESTA ES MI ESPOSA, LEONA, Y ESTA ES CATRINA...
CAT.
¡Y MAYA!

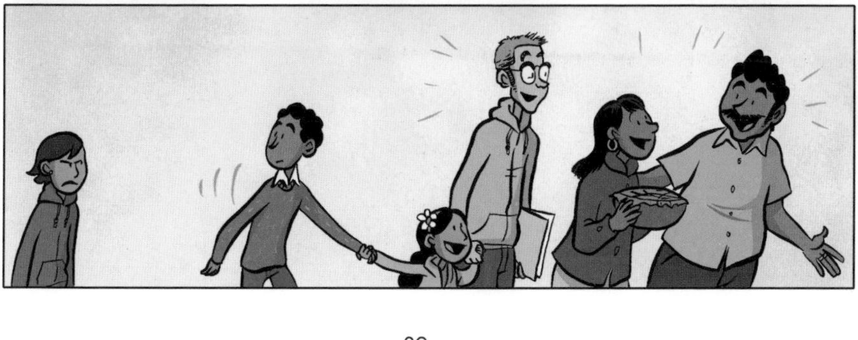

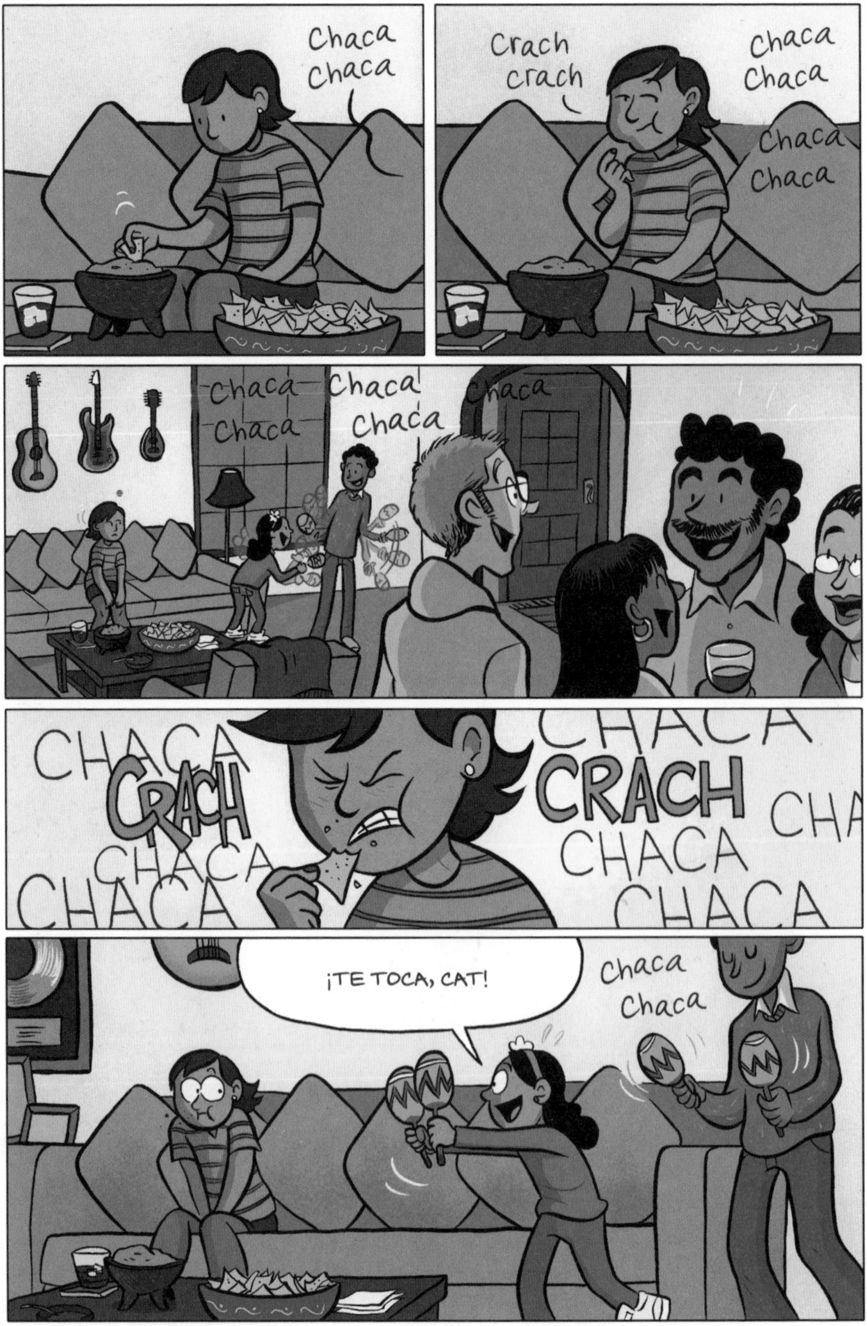
Chaca
Chaca
Crach
crach
Chaca
Chaca
Chaca
Chaca
Chaca
Chaca
Chaca
Chaca
Chaca
CHACA
CRACH
CHACA
CHACA
CHACA
CRACH
CHA
CHACA
CHACA
¡TE TOCA, CAT!
Chaca
Chaca

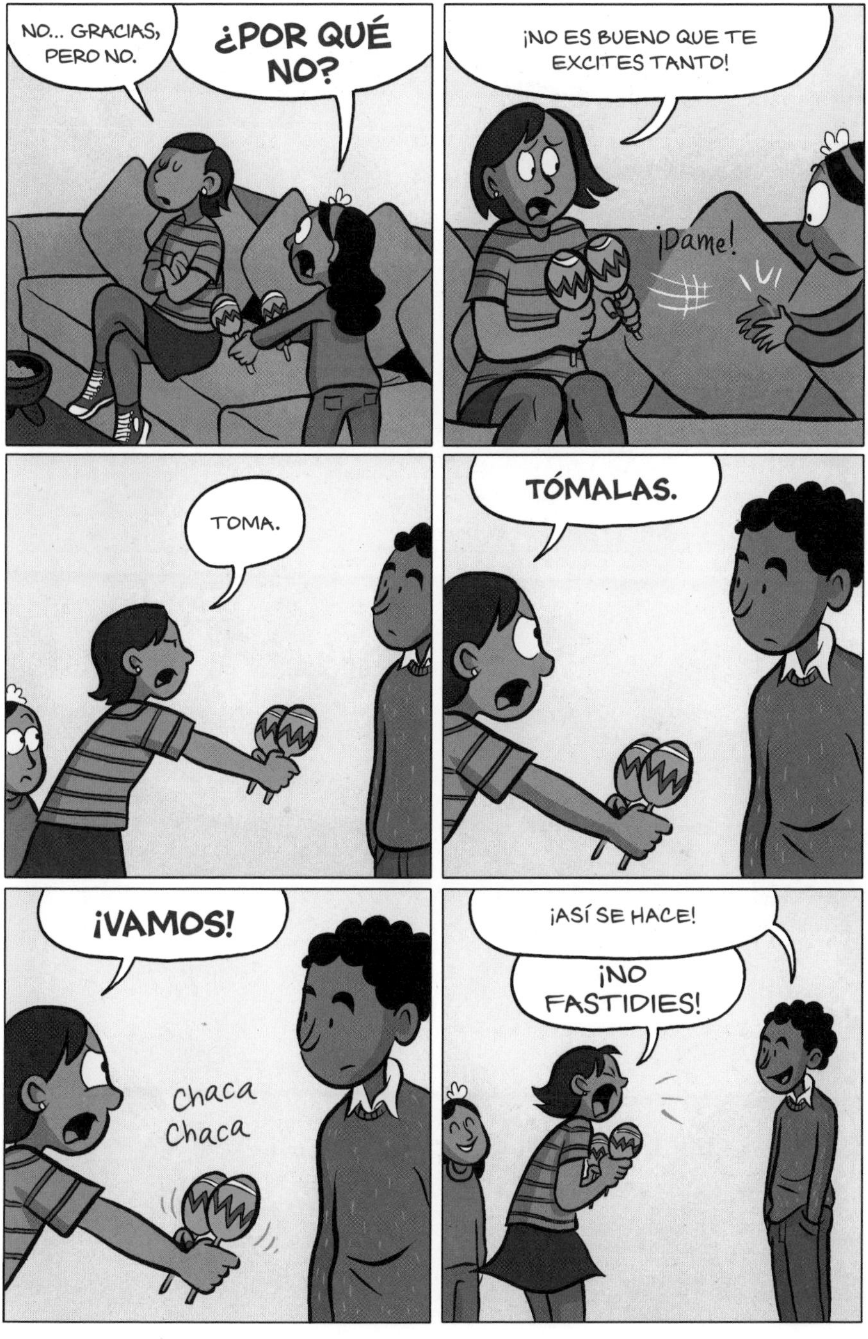
NO... GRACIAS, PERO NO.
¿POR QUÉ NO?
¡NO ES BUENO QUE TE EXCITES TANTO!
¡Dame!
TOMA.
TÓMALAS.
¡VAMOS!
Chaca Chaca
¡ASÍ SE HACE!
¡NO FASTIDIES!

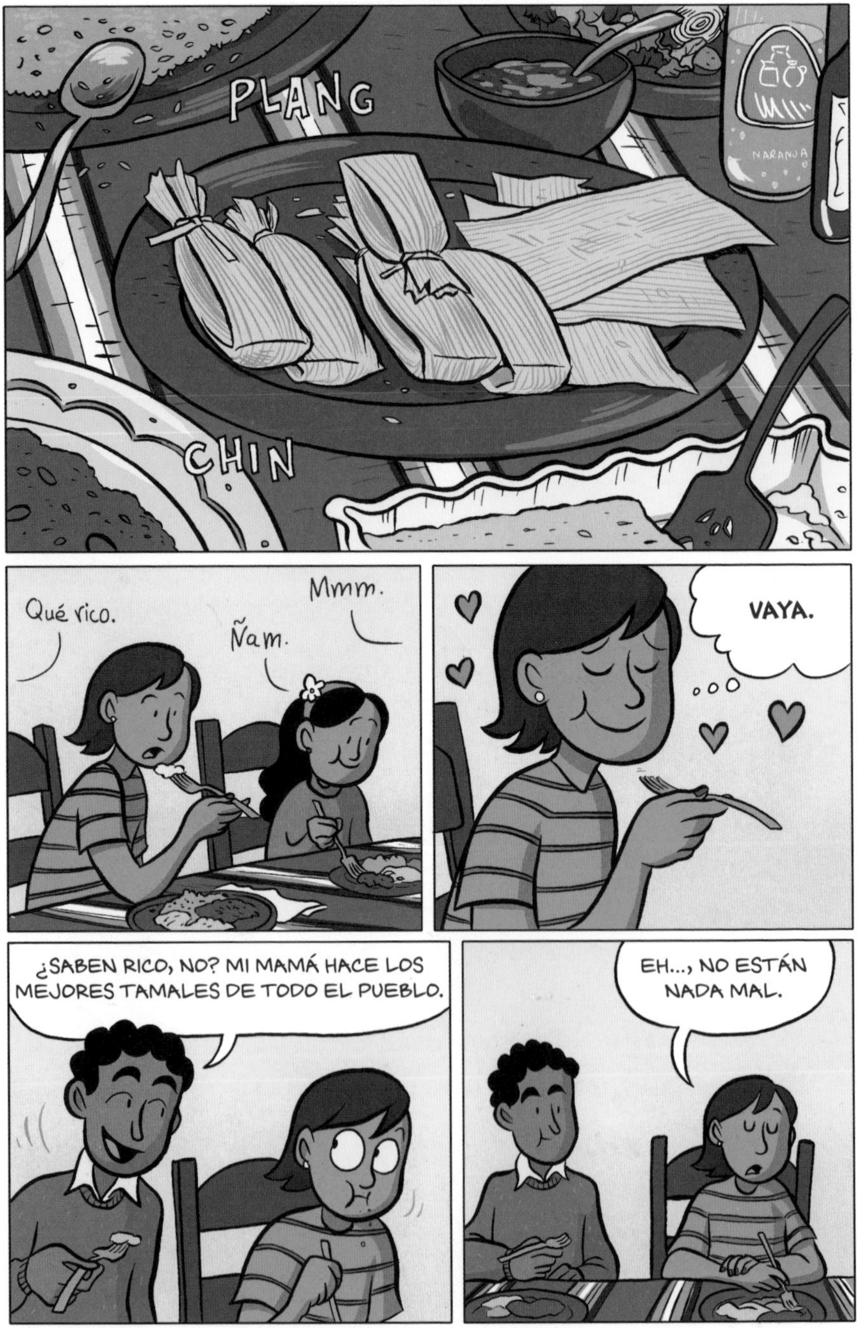
PLANG
CHIN
NARANJA
Qué rico.
Ñam.
Mmm.
VAYA.
¿SABEN RICO, NO? MI MAMÁ HACE LOS MEJORES TAMALES DE TODO EL PUEBLO.
EH..., NO ESTÁN NADA MAL.

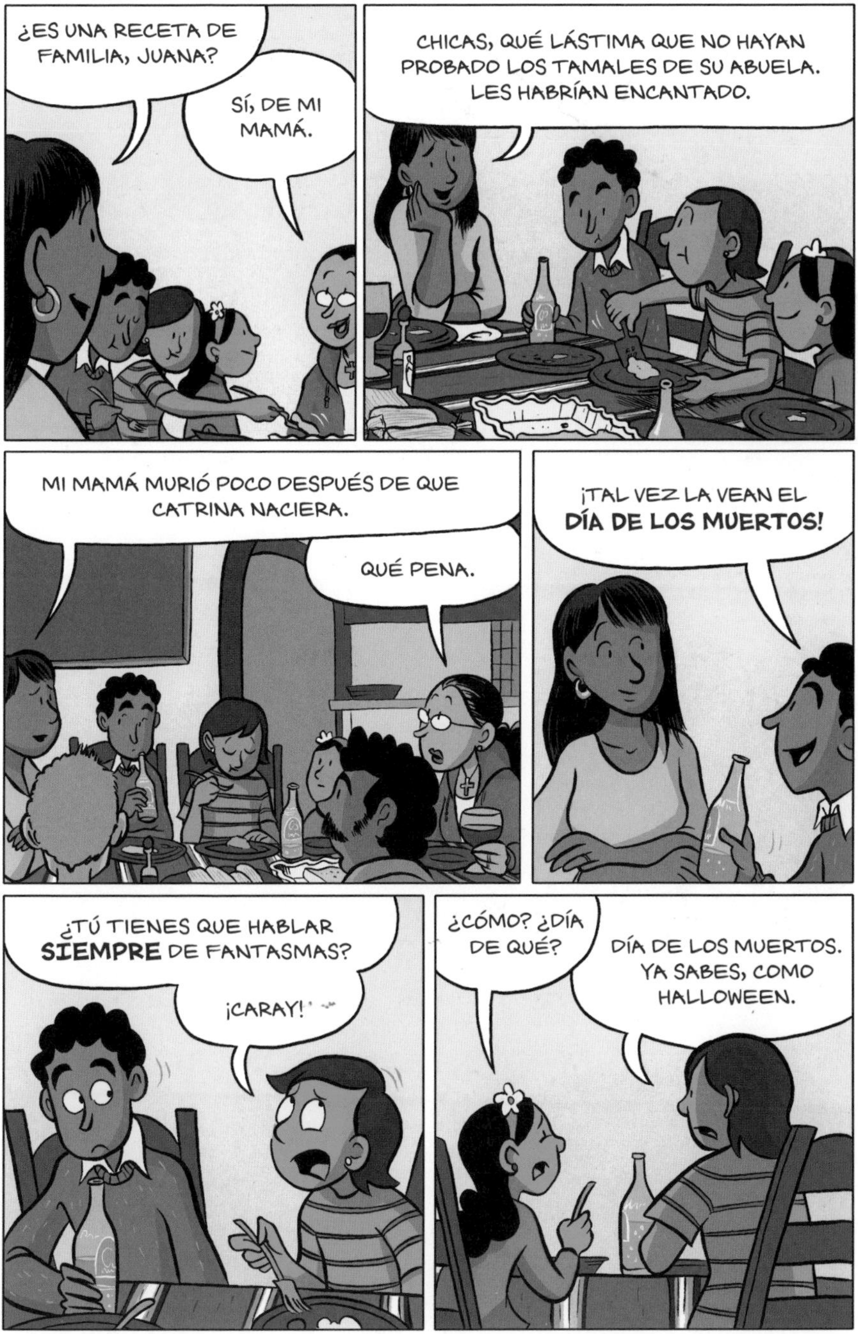
¿ES UNA RECETA DE FAMILIA, JUANA?
SÍ, DE MI MAMÁ.
CHICAS, QUÉ LÁSTIMA QUE NO HAYAN PROBADO LOS TAMALES DE SU ABUELA. LES HABRÍAN ENCANTADO.
MI MAMÁ MURIÓ POCO DESPUÉS DE QUE CATRINA NACIERA.
QUÉ PENA.
¡TAL VEZ LA VEAN EL **DÍA DE LOS MUERTOS!**
¿TÚ TIENES QUE HABLAR **SIEMPRE** DE FANTASMAS?
¡CARAY!
¿CÓMO? ¿DÍA DE QUÉ?
DÍA DE LOS MUERTOS. YA SABES, COMO HALLOWEEN.

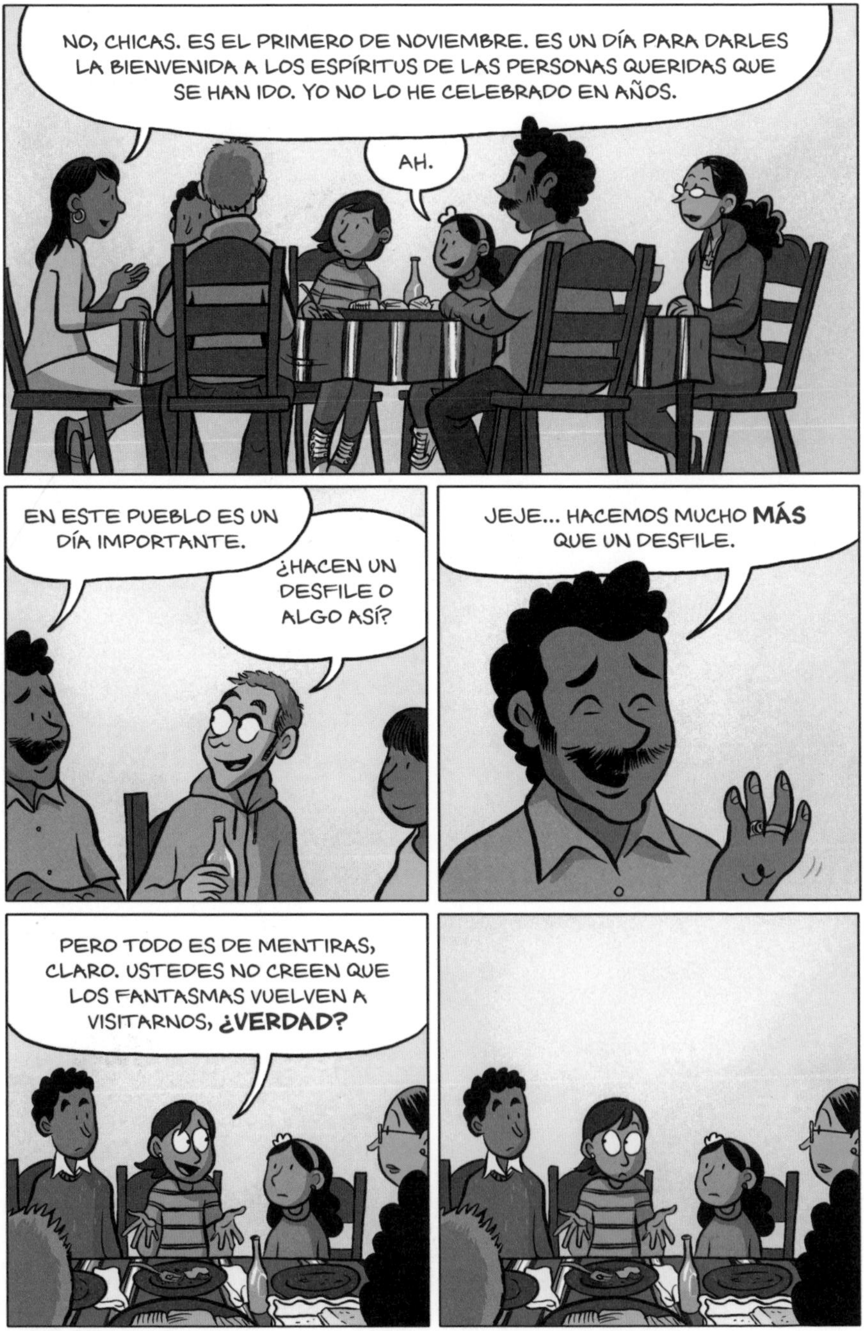
NO, CHICAS. ES EL PRIMERO DE NOVIEMBRE. ES UN DÍA PARA DARLES LA BIENVENIDA A LOS ESPÍRITUS DE LAS PERSONAS QUERIDAS QUE SE HAN IDO. YO NO LO HE CELEBRADO EN AÑOS.
AH.
EN ESTE PUEBLO ES UN DÍA IMPORTANTE.
¿HACEN UN DESFILE O ALGO ASÍ?
JEJE... HACEMOS MUCHO **MÁS** QUE UN DESFILE.
PERO TODO ES DE MENTIRAS, CLARO. USTEDES NO CREEN QUE LOS FANTASMAS VUELVEN A VISITARNOS, **¿VERDAD?**

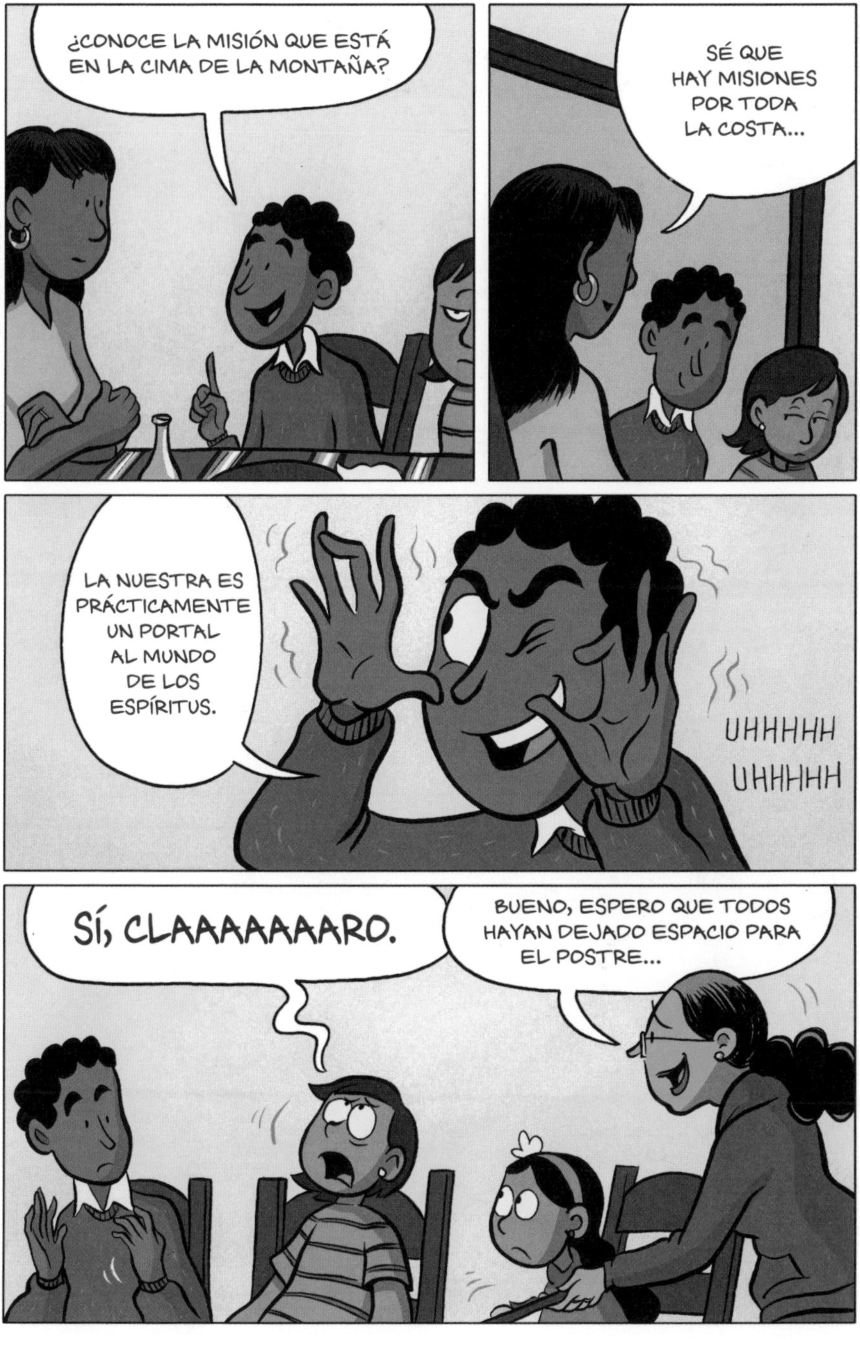
¿CONOCE LA MISIÓN QUE ESTÁ EN LA CIMA DE LA MONTAÑA?
SÉ QUE HAY MISIONES POR TODA LA COSTA...
LA NUESTRA ES PRÁCTICAMENTE UN PORTAL AL MUNDO DE LOS ESPÍRITUS.
UHHHHH UHHHHH
SÍ, CLAAAAAAARO.
BUENO, ESPERO QUE TODOS HAYAN DEJADO ESPACIO PARA EL POSTRE...

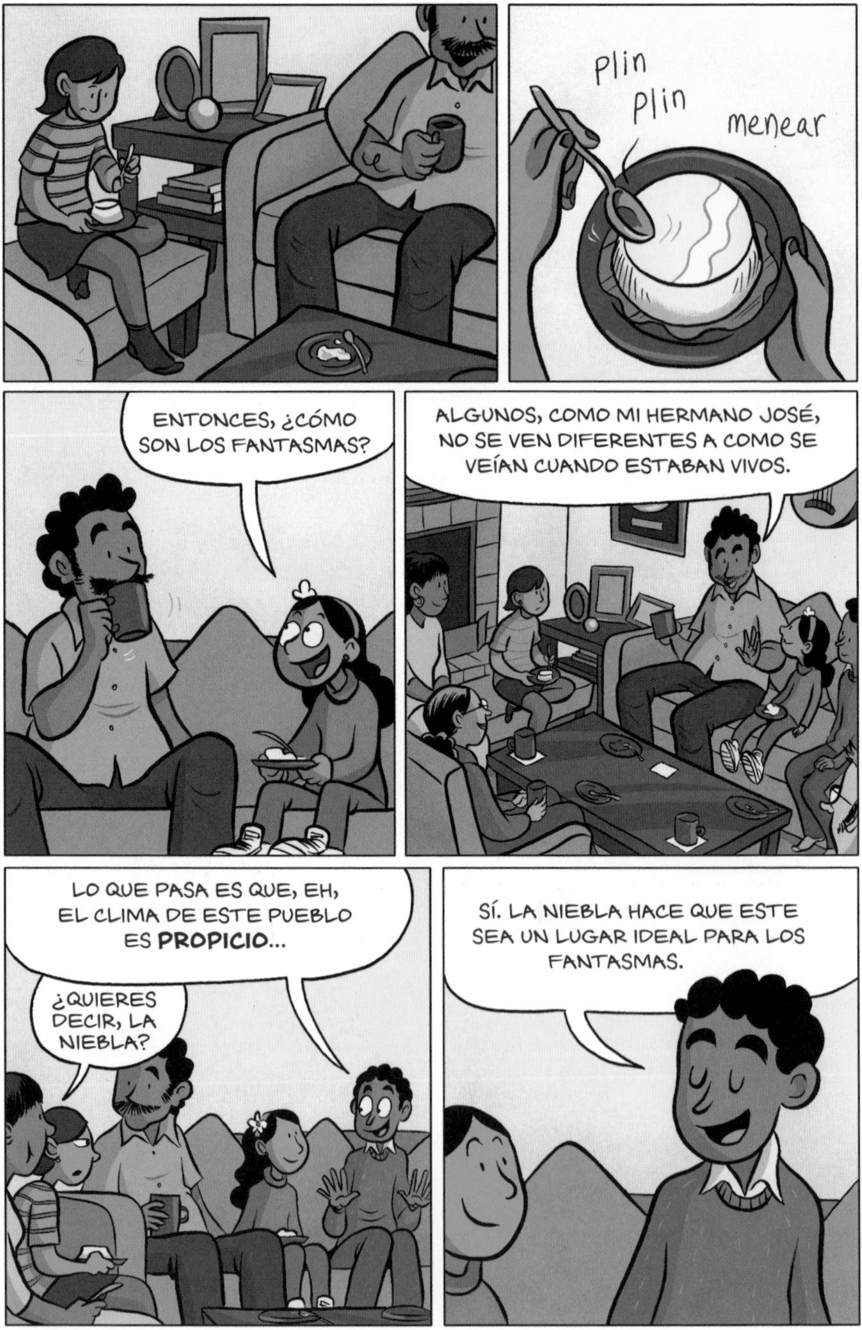
Plin
Plin
menear
ENTONCES, ¿CÓMO SON LOS FANTASMAS?
ALGUNOS, COMO MI HERMANO JOSÉ, NO SE VEN DIFERENTES A COMO SE VEÍAN CUANDO ESTABAN VIVOS.
LO QUE PASA ES QUE, EH, EL CLIMA DE ESTE PUEBLO ES **PROPICIO**...
¿QUIERES DECIR, LA NIEBLA?
SÍ. LA NIEBLA HACE QUE ESTE SEA UN LUGAR IDEAL PARA LOS FANTASMAS.

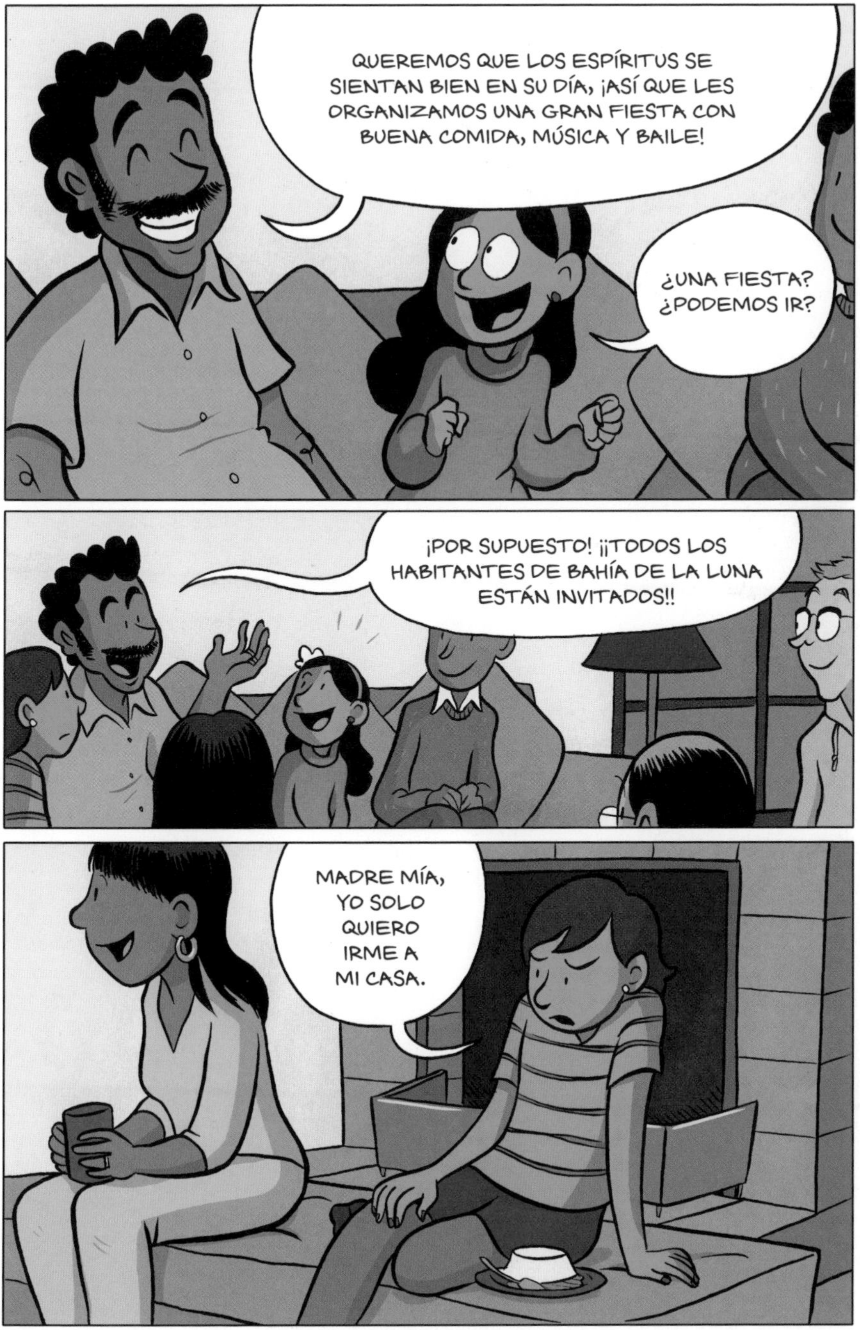
QUEREMOS QUE LOS ESPÍRITUS SE SIENTAN BIEN EN SU DÍA, ¡ASÍ QUE LES ORGANIZAMOS UNA GRAN FIESTA CON BUENA COMIDA, MÚSICA Y BAILE!
¿UNA FIESTA? ¿PODEMOS IR?
¡POR SUPUESTO! ¡¡TODOS LOS HABITANTES DE BAHÍA DE LA LUNA ESTÁN INVITADOS!!
MADRE MÍA, YO SOLO QUIERO IRME A MI CASA.

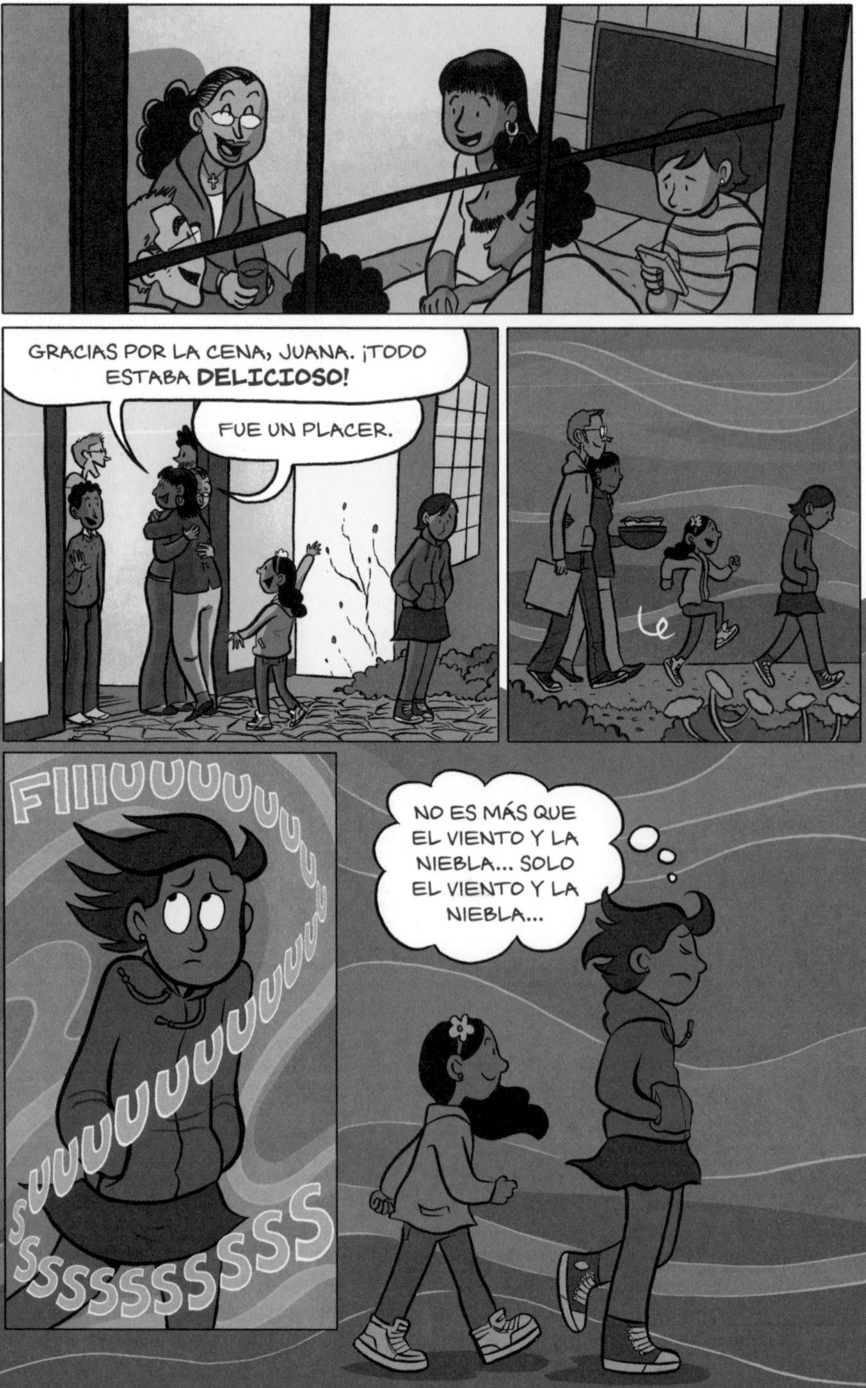
GRACIAS POR LA CENA, JUANA. ¡TODO ESTABA DELICIOSO!
FUE UN PLACER.
FIIIUUUUUUUUUUUUUUUUUUUUUUUUUUSSSSSSSSSSS
NO ES MÁS QUE EL VIENTO Y LA NIEBLA... SOLO EL VIENTO Y LA NIEBLA...

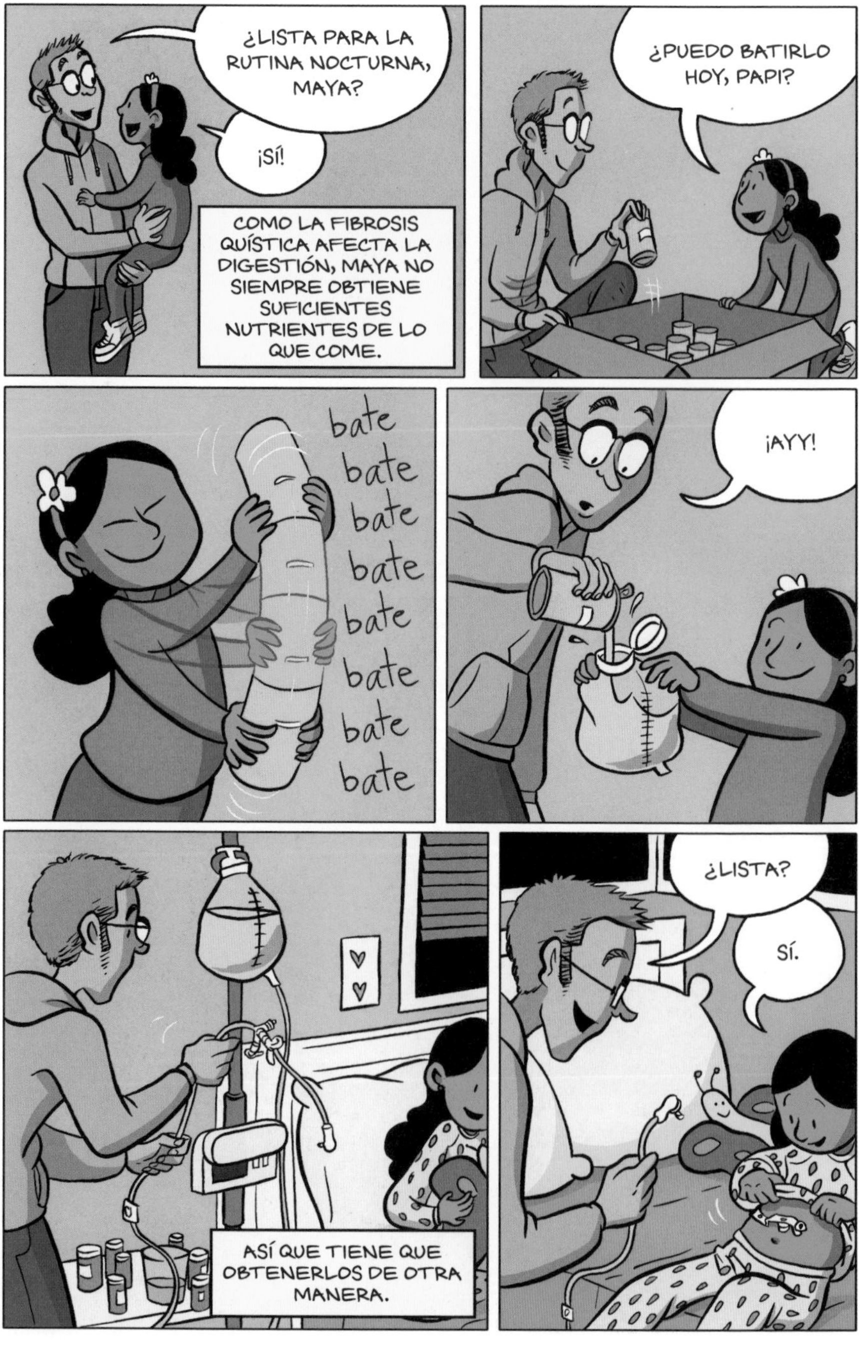
¿LISTA PARA LA RUTINA NOCTURNA, MAYA?
¡SÍ!
COMO LA FIBROSIS QUÍSTICA AFECTA LA DIGESTIÓN, MAYA NO SIEMPRE OBTIENE SUFICIENTES NUTRIENTES DE LO QUE COME.
¿PUEDO BATIRLO HOY, PAPI?
bate bate bate bate bate bate bate bate
¡AYY!
ASÍ QUE TIENE QUE OBTENERLOS DE OTRA MANERA.
¿LISTA?
SÍ.

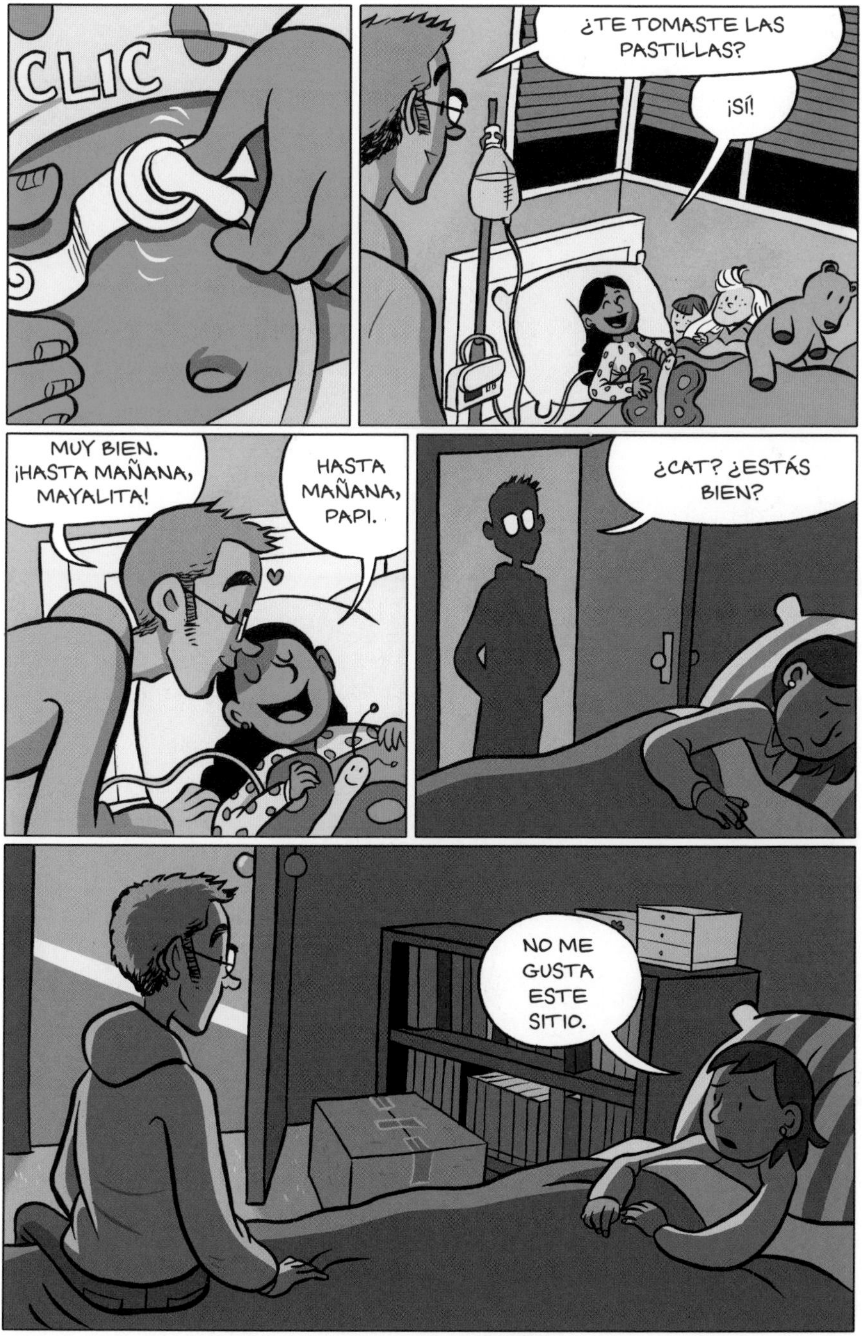
CLIC
¿TE TOMASTE LAS PASTILLAS?
¡SÍ!
MUY BIEN. ¡HASTA MAÑANA, MAYALITA!
HASTA MAÑANA, PAPI.
¿CAT? ¿ESTÁS BIEN?
NO ME GUSTA ESTE SITIO.

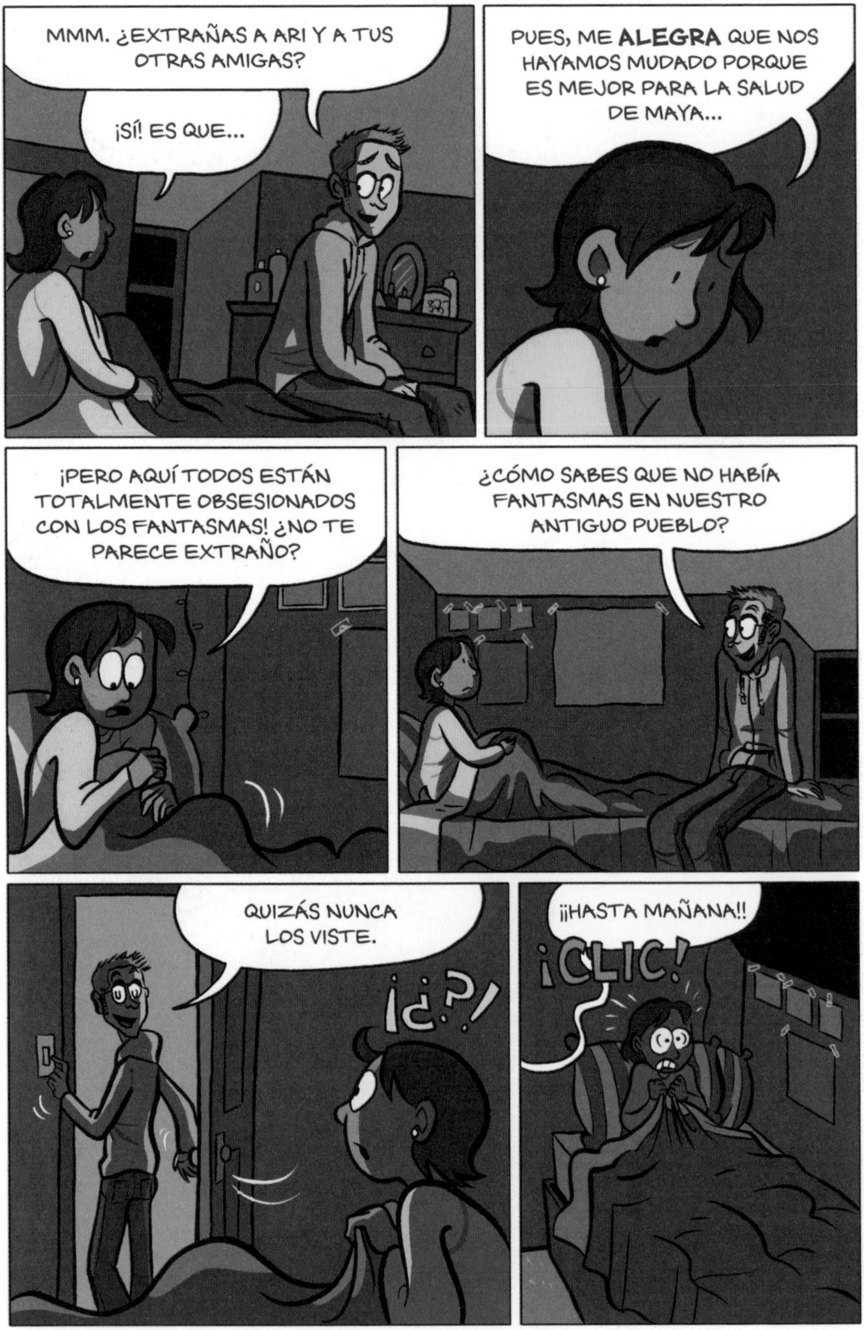
MMM. ¿EXTRAÑAS A ARI Y A TUS OTRAS AMIGAS?
¡SÍ! ES QUE...
PUES, ME **ALEGRA** QUE NOS HAYAMOS MUDADO PORQUE ES MEJOR PARA LA SALUD DE MAYA...
¡PERO AQUÍ TODOS ESTÁN TOTALMENTE OBSESIONADOS CON LOS FANTASMAS! ¿NO TE PARECE EXTRAÑO?
¿CÓMO SABES QUE NO HABÍA FANTASMAS EN NUESTRO ANTIGUO PUEBLO?
QUIZÁS NUNCA LOS VISTE.
¡¿?!
¡¡HASTA MAÑANA!!
¡CLIC!

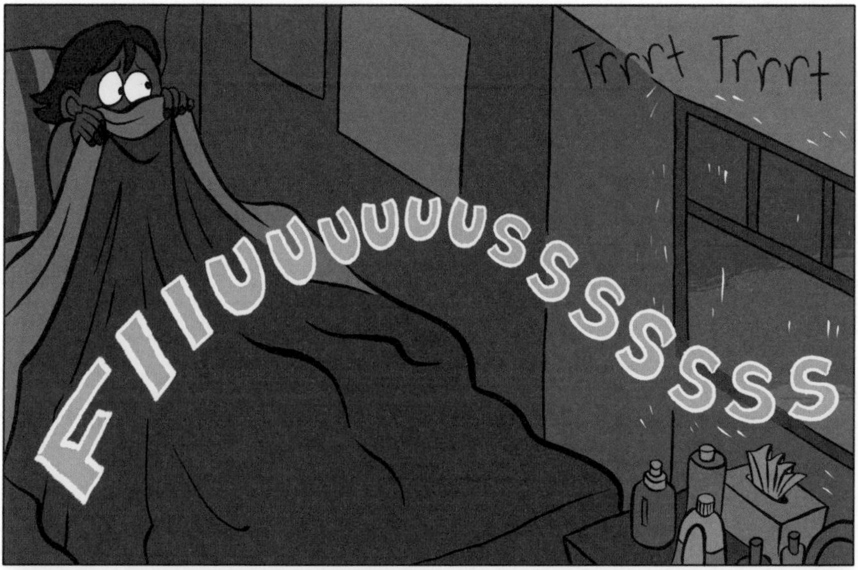
Trrrt Trrrt
FIIUUUUUUSSSSSSSS

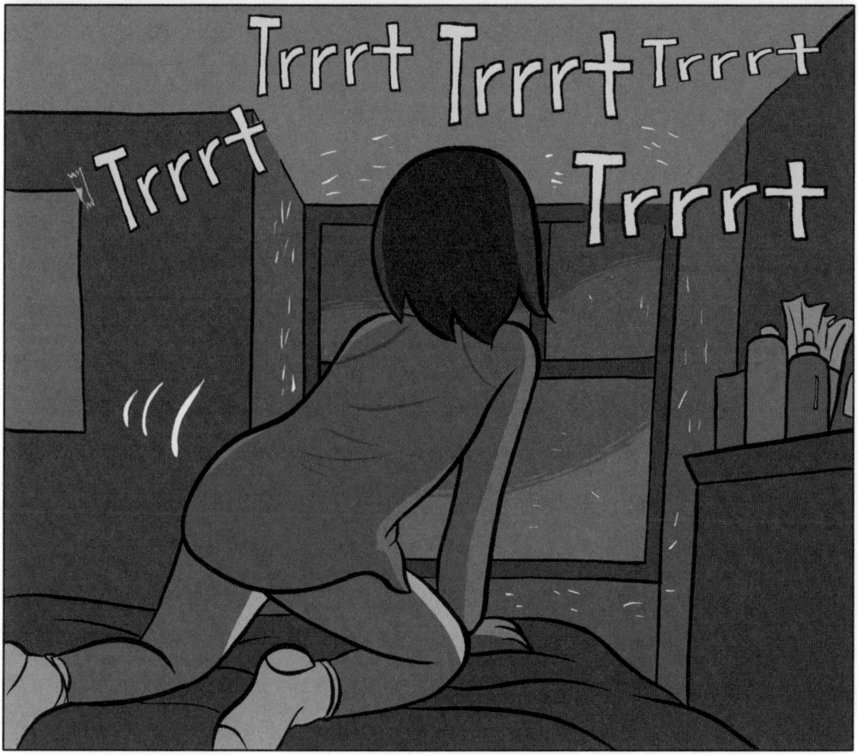
Trrrt Trrrt Trrrt
Trrrt
Trrrt

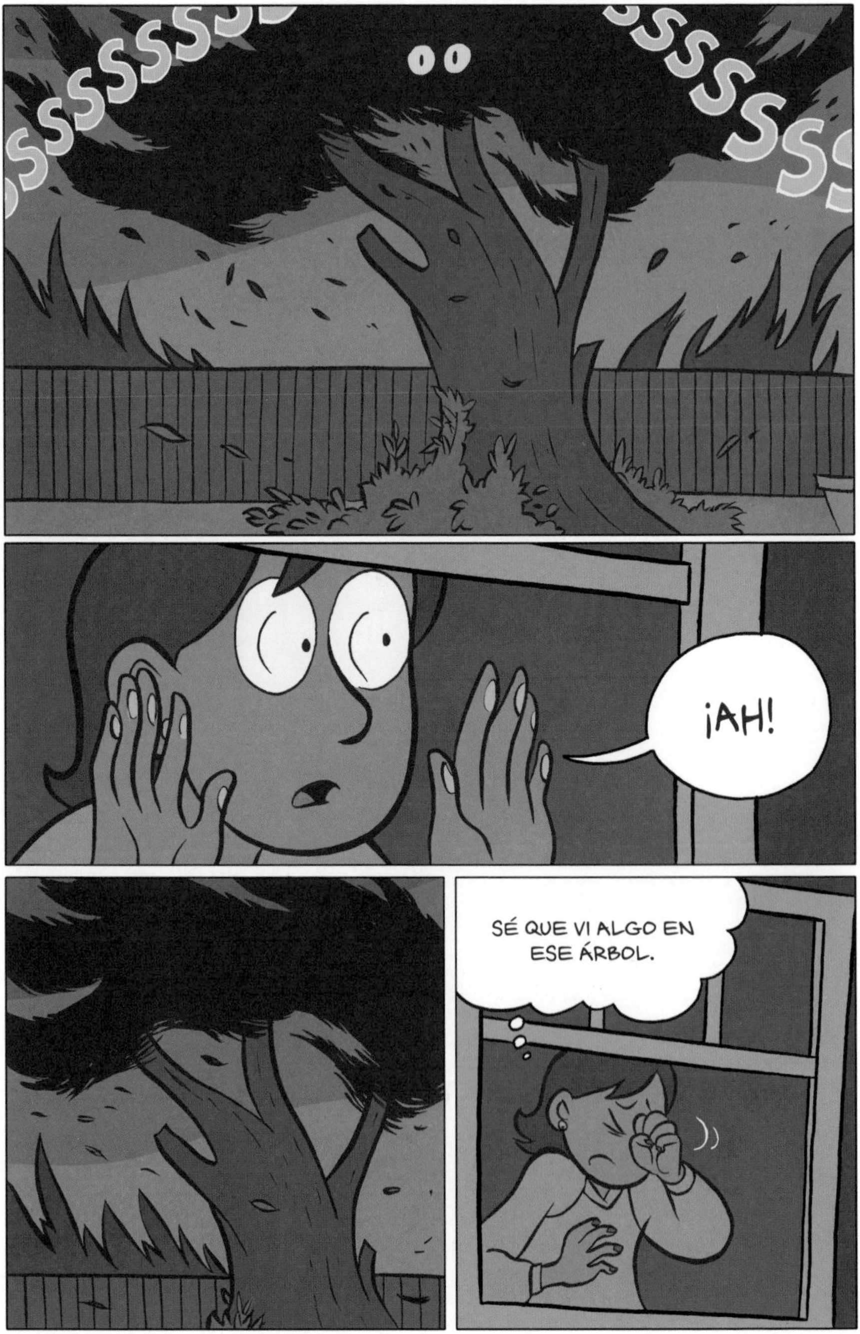
SSSSSSSSSSSSSSSS
¡AH!
SÉ QUE VI ALGO EN ESE ÁRBOL.

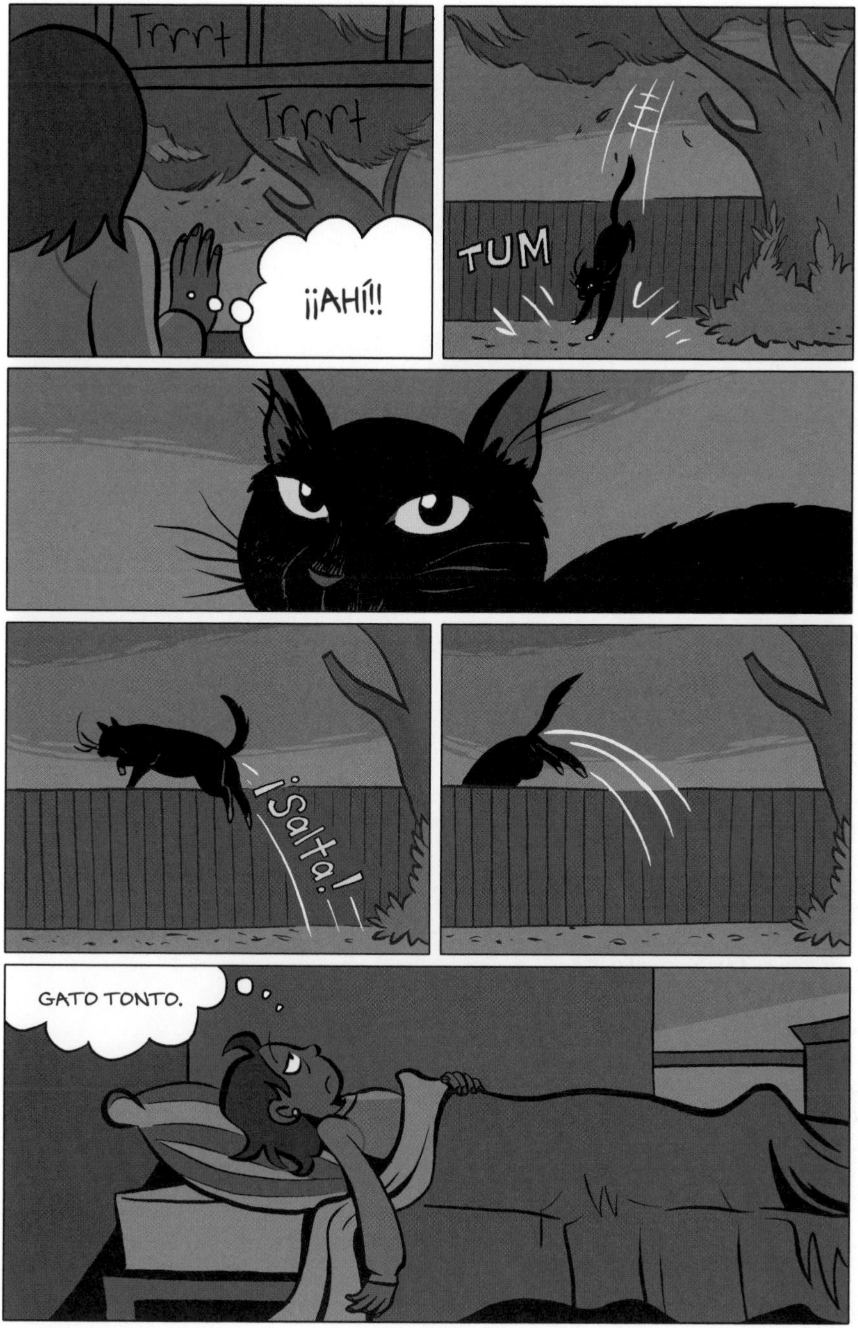
Trrrt
Trrrt
¡¡AHÍ!!
TUM
¡Salta!
GATO TONTO.

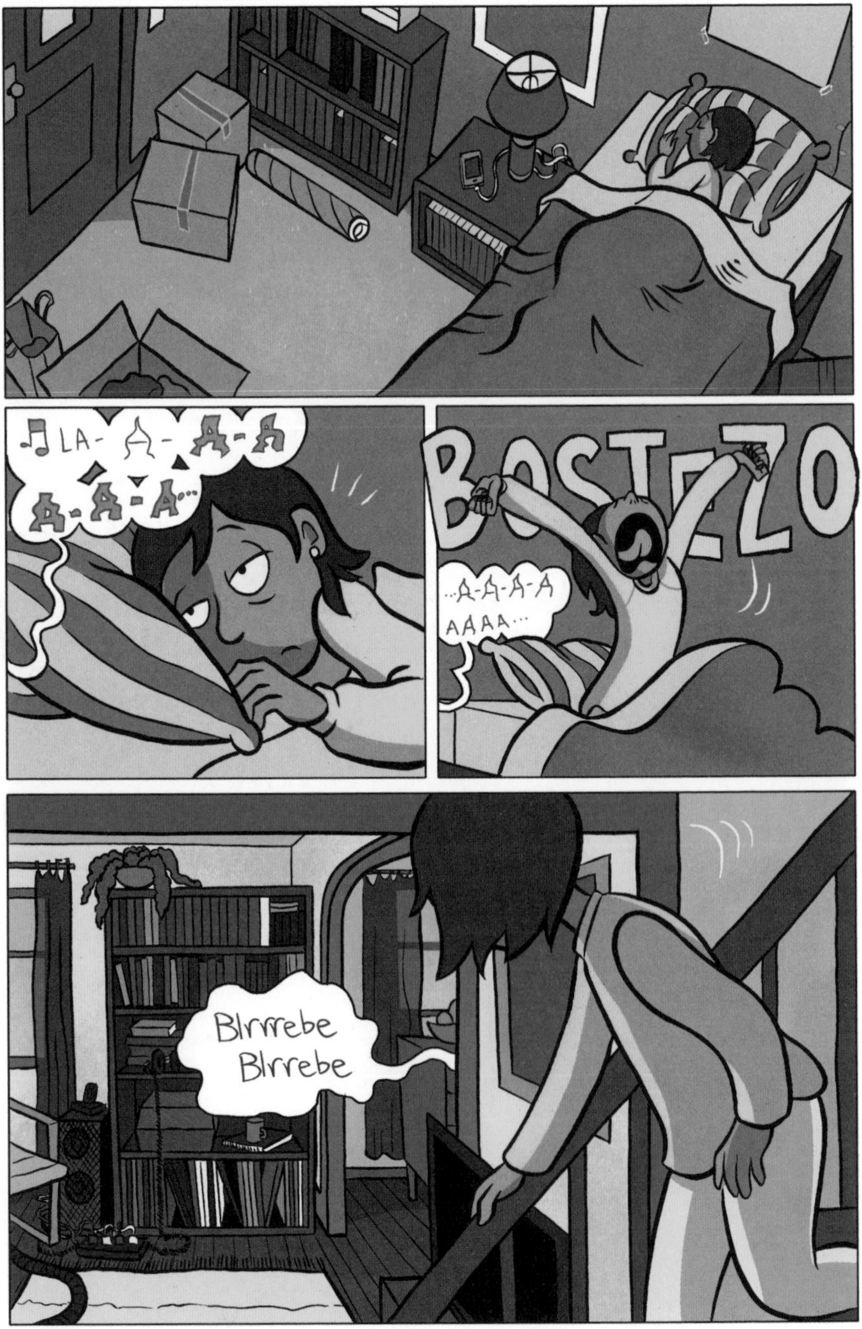
LA-A-A-A
A-A-A...
BOSTEZO
...A-A-A-A
AAAA...
Blrrrebe
Blrrebe

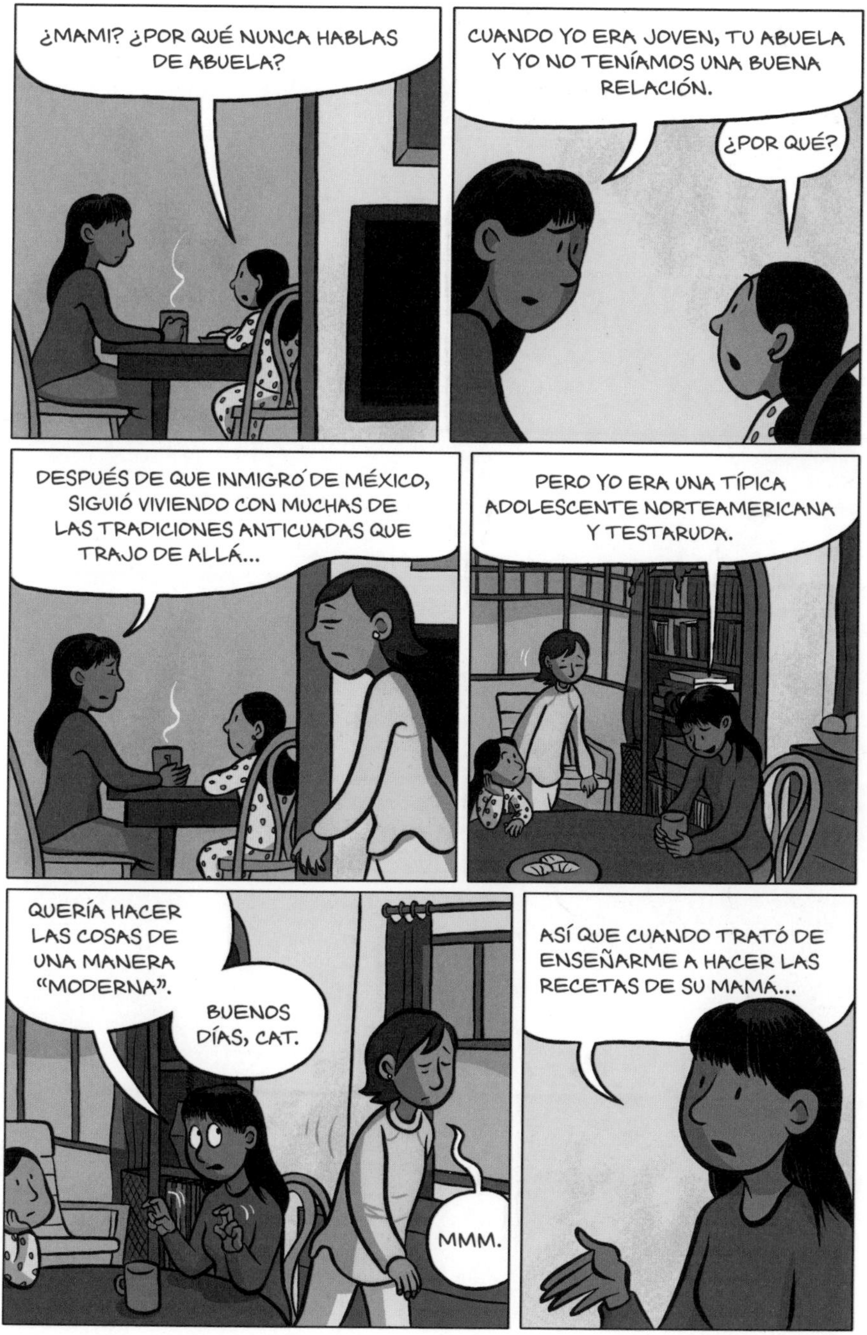
¿MAMI? ¿POR QUÉ NUNCA HABLAS DE ABUELA?
CUANDO YO ERA JOVEN, TU ABUELA Y YO NO TENÍAMOS UNA BUENA RELACIÓN.
¿POR QUÉ?
DESPUÉS DE QUE INMIGRÓ DE MÉXICO, SIGUIÓ VIVIENDO CON MUCHAS DE LAS TRADICIONES ANTICUADAS QUE TRAJO DE ALLÁ...
PERO YO ERA UNA TÍPICA ADOLESCENTE NORTEAMERICANA Y TESTARUDA.
QUERÍA HACER LAS COSAS DE UNA MANERA "MODERNA".
BUENOS DÍAS, CAT.
MMM.
ASÍ QUE CUANDO TRATÓ DE ENSEÑARME A HACER LAS RECETAS DE SU MAMÁ...

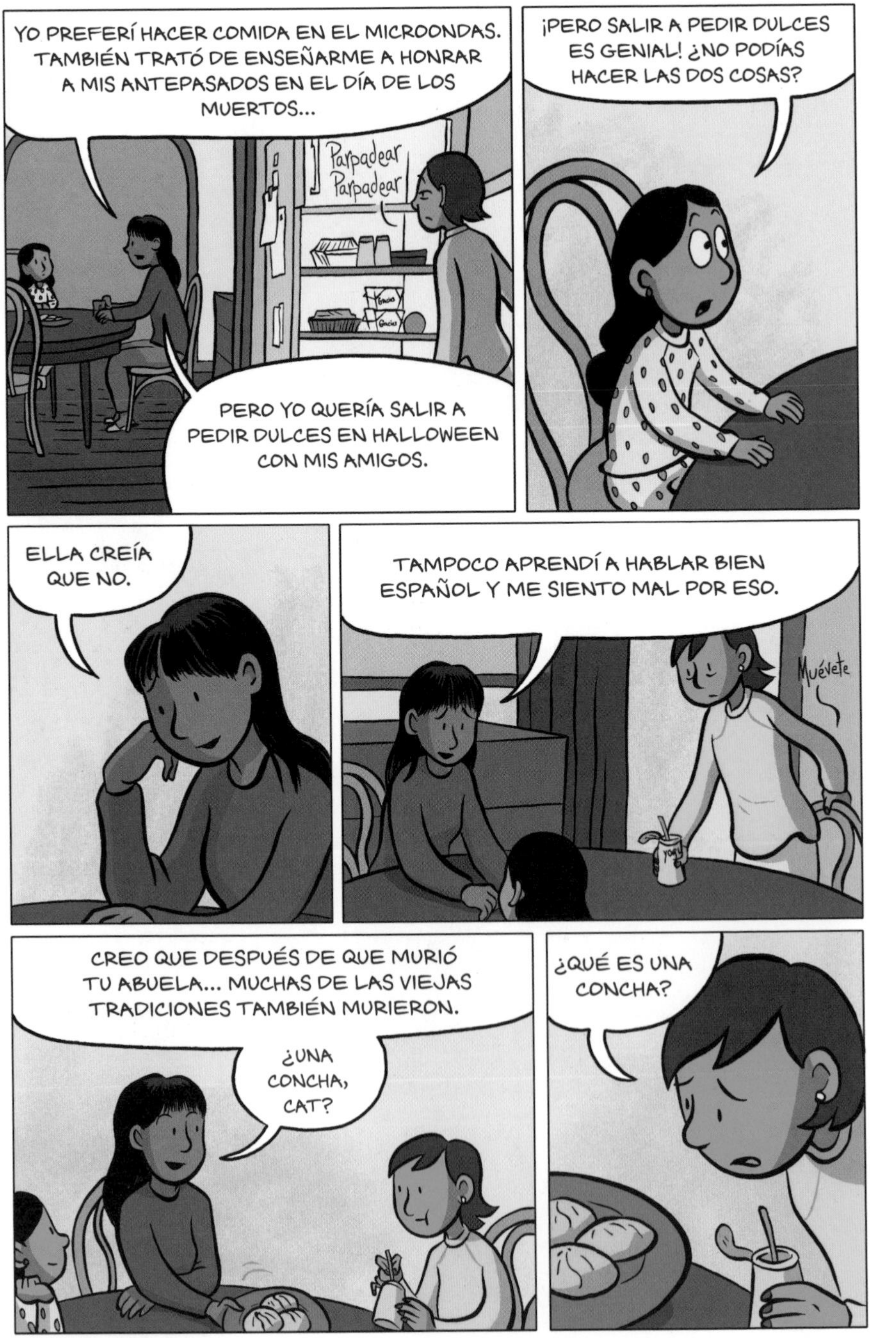
YO PREFERÍ HACER COMIDA EN EL MICROONDAS. TAMBIÉN TRATÓ DE ENSEÑARME A HONRAR A MIS ANTEPASADOS EN EL DÍA DE LOS MUERTOS...
Parpadear Parpadear
PERO YO QUERÍA SALIR A PEDIR DULCES EN HALLOWEEN CON MIS AMIGOS.
¡PERO SALIR A PEDIR DULCES ES GENIAL! ¿NO PODÍAS HACER LAS DOS COSAS?
ELLA CREÍA QUE NO.
TAMPOCO APRENDÍ A HABLAR BIEN ESPAÑOL Y ME SIENTO MAL POR ESO.
Muévete
CREO QUE DESPUÉS DE QUE MURIÓ TU ABUELA... MUCHAS DE LAS VIEJAS TRADICIONES TAMBIÉN MURIERON.
¿UNA CONCHA, CAT?
¿QUÉ ES UNA CONCHA?

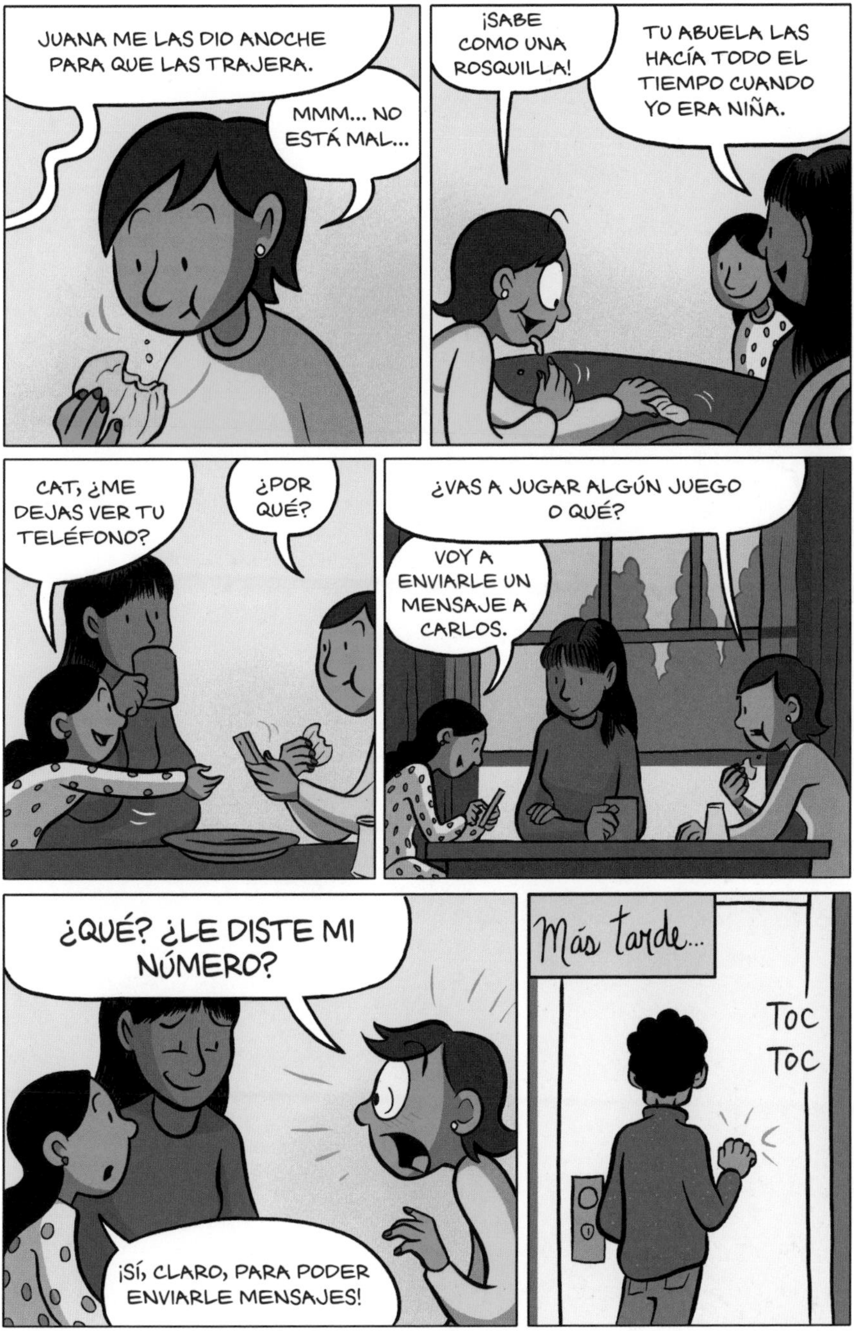
JUANA ME LAS DIO ANOCHE PARA QUE LAS TRAJERA.
MMM... NO ESTÁ MAL...
¡SABE COMO UNA ROSQUILLA!
TU ABUELA LAS HACÍA TODO EL TIEMPO CUANDO YO ERA NIÑA.
CAT, ¿ME DEJAS VER TU TELÉFONO?
¿POR QUÉ?
¿VAS A JUGAR ALGÚN JUEGO O QUÉ?
VOY A ENVIARLE UN MENSAJE A CARLOS.
¿QUÉ? ¿LE DISTE MI NÚMERO?
¡SÍ, CLARO, PARA PODER ENVIARLE MENSAJES!
Más tarde...
TOC
TOC

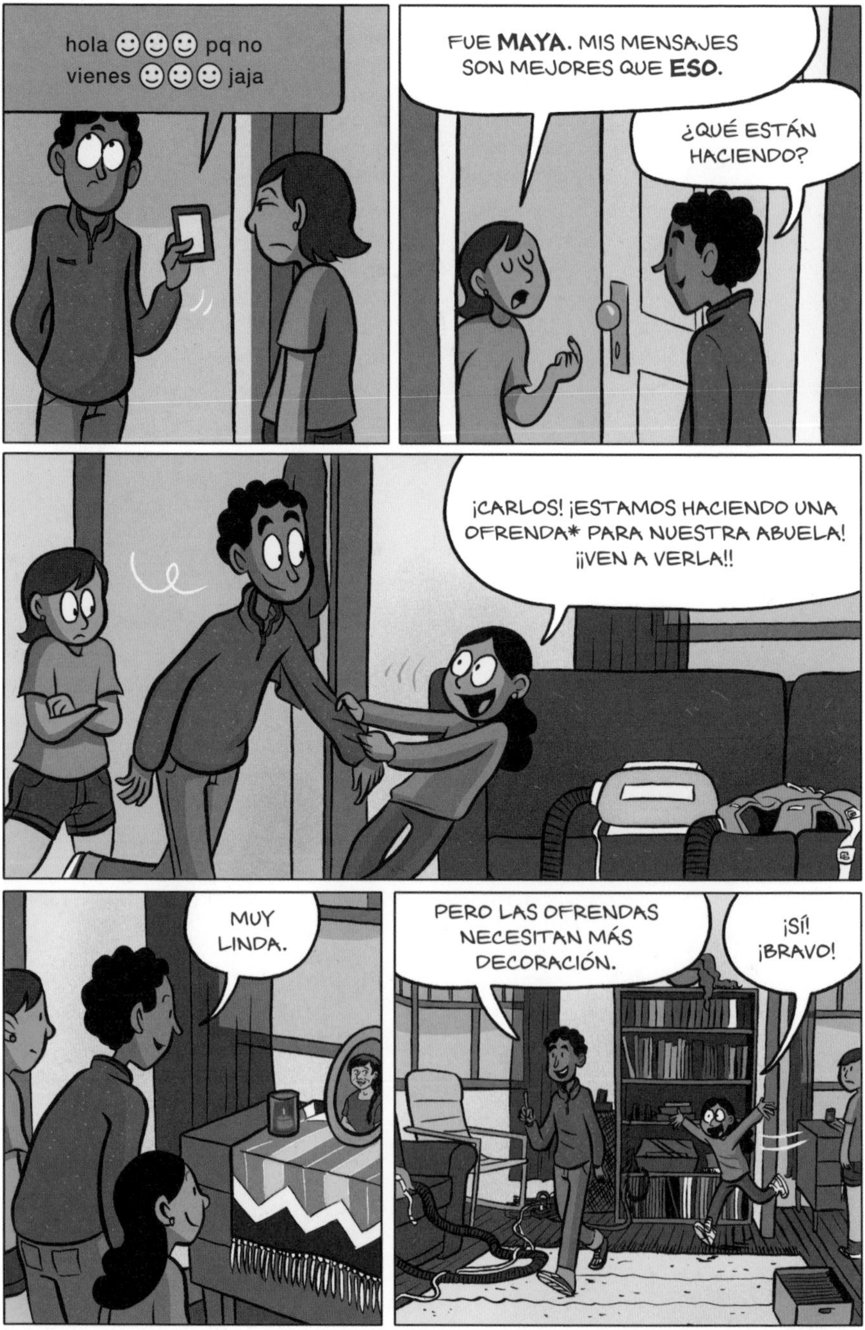
hola ☺☺☺ pq no vienes ☺☺☺ jaja
FUE MAYA. MIS MENSAJES SON MEJORES QUE ESO.
¿QUÉ ESTÁN HACIENDO?
¡CARLOS! ¡ESTAMOS HACIENDO UNA OFRENDA* PARA NUESTRA ABUELA! ¡¡VEN A VERLA!!
MUY LINDA.
PERO LAS OFRENDAS NECESITAN MÁS DECORACIÓN.
¡SÍ! ¡BRAVO!

*UN ALTAR PARA UN PARIENTE MUERTO

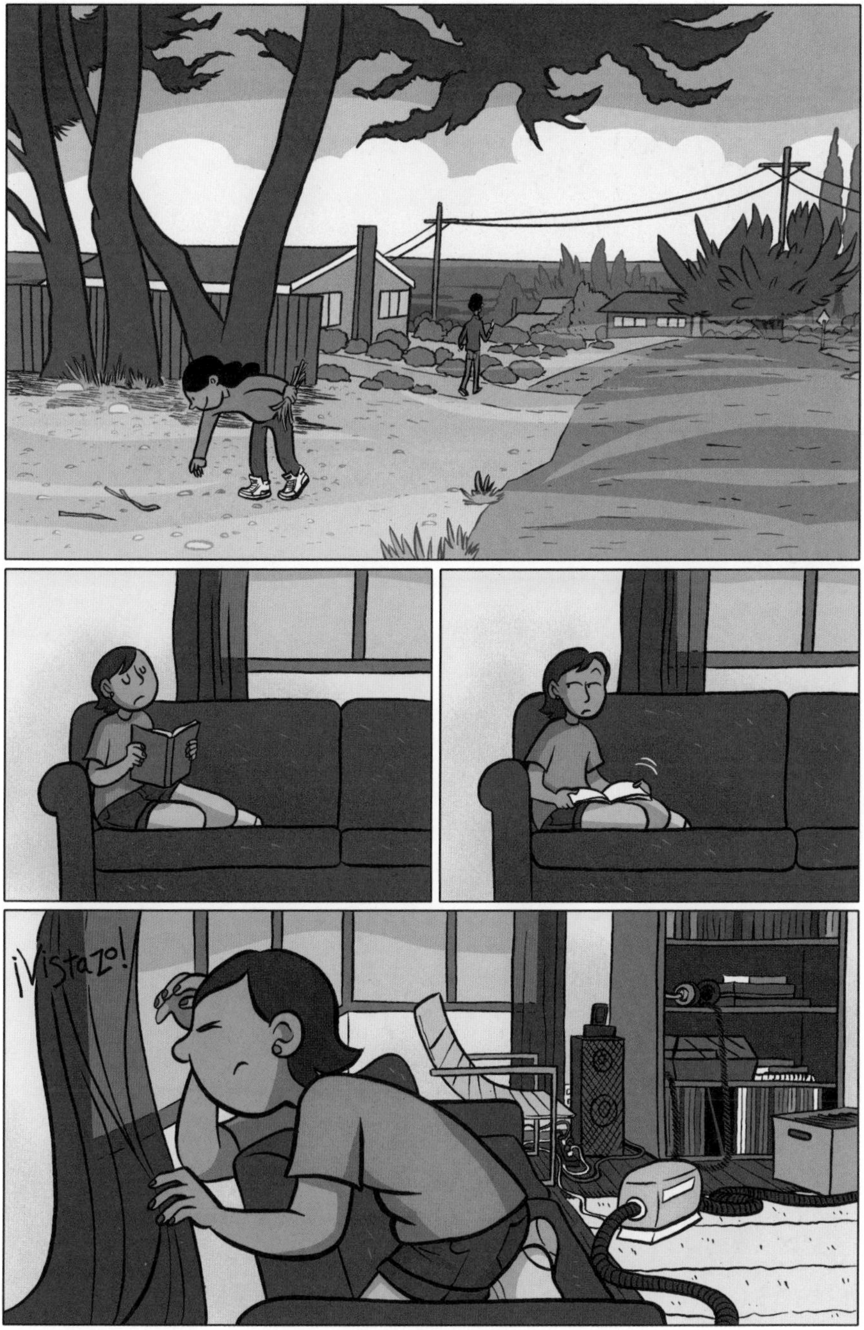
¡Vistazo!

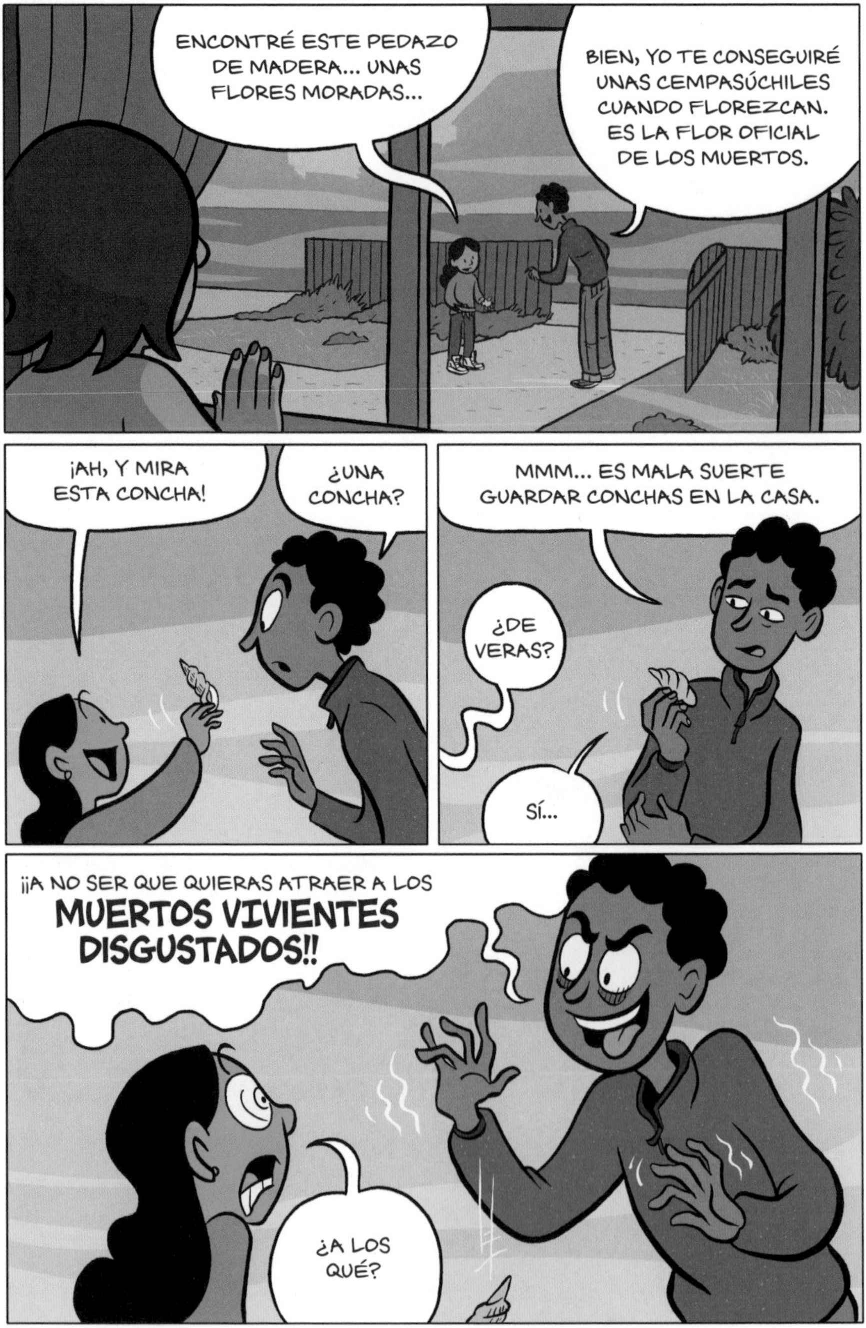
ENCONTRÉ ESTE PEDAZO DE MADERA... UNAS FLORES MORADAS...
BIEN, YO TE CONSEGUIRÉ UNAS CEMPASÚCHILES CUANDO FLOREZCAN. ES LA FLOR OFICIAL DE LOS MUERTOS.
¡AH, Y MIRA ESTA CONCHA!
¿UNA CONCHA?
MMM... ES MALA SUERTE GUARDAR CONCHAS EN LA CASA.
¿DE VERAS?
SÍ...
¡¡A NO SER QUE QUIERAS ATRAER A LOS MUERTOS VIVIENTES DISGUSTADOS!!
¿A LOS QUÉ?

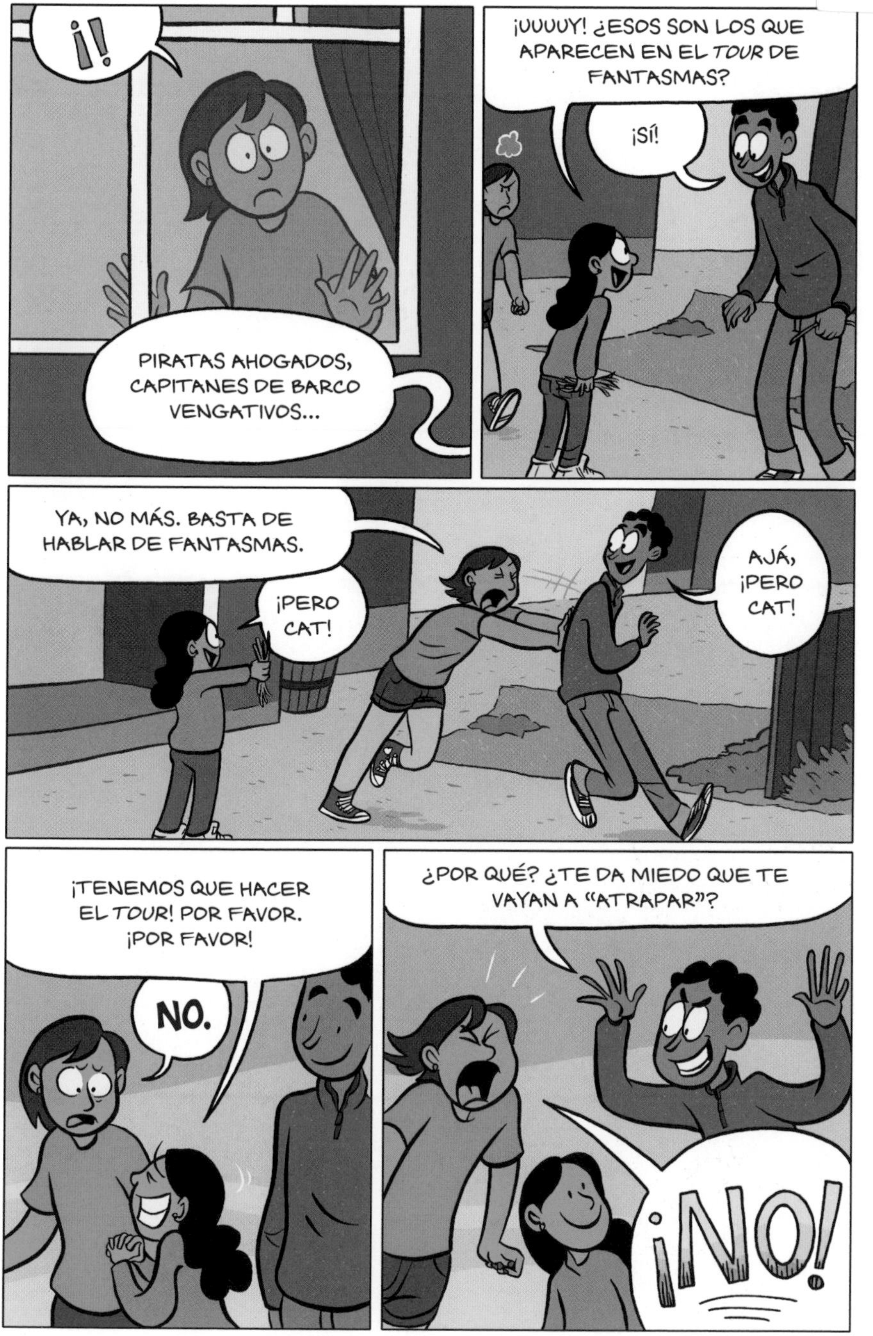
¡!
PIRATAS AHOGADOS, CAPITANES DE BARCO VENGATIVOS...
¡UUUUY! ¿ESOS SON LOS QUE APARECEN EN EL *TOUR* DE FANTASMAS?
¡SÍ!
YA, NO MÁS. BASTA DE HABLAR DE FANTASMAS.
¡PERO CAT!
AJÁ, ¡PERO CAT!
¡TENEMOS QUE HACER EL *TOUR*! POR FAVOR. ¡POR FAVOR!
NO.
¿POR QUÉ? ¿TE DA MIEDO QUE TE VAYAN A "ATRAPAR"?
¡NO!

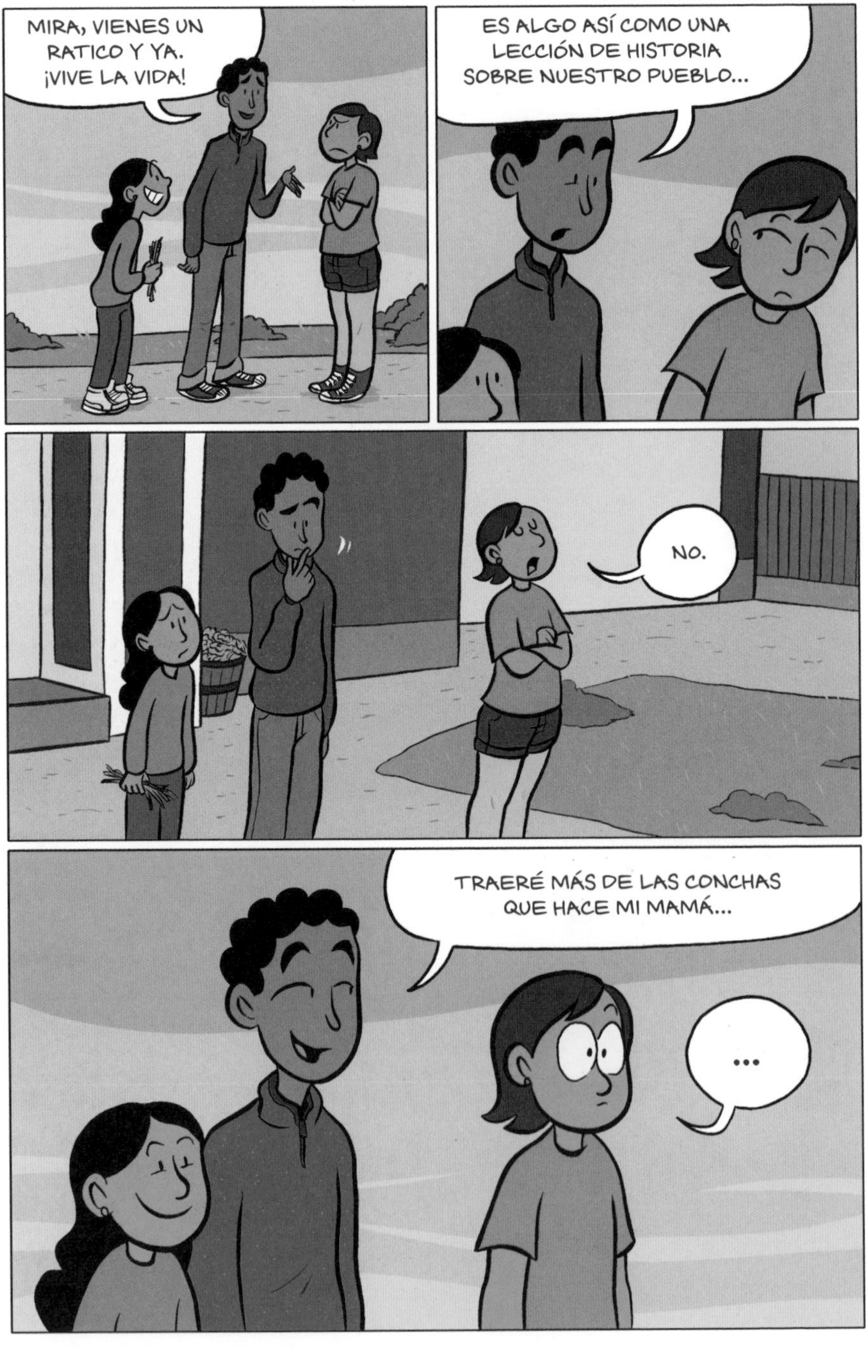
MIRA, VIENES UN RATICO Y YA. ¡VIVE LA VIDA!
ES ALGO ASÍ COMO UNA LECCIÓN DE HISTORIA SOBRE NUESTRO PUEBLO...
NO.
TRAERÉ MÁS DE LAS CONCHAS QUE HACE MI MAMÁ...
...

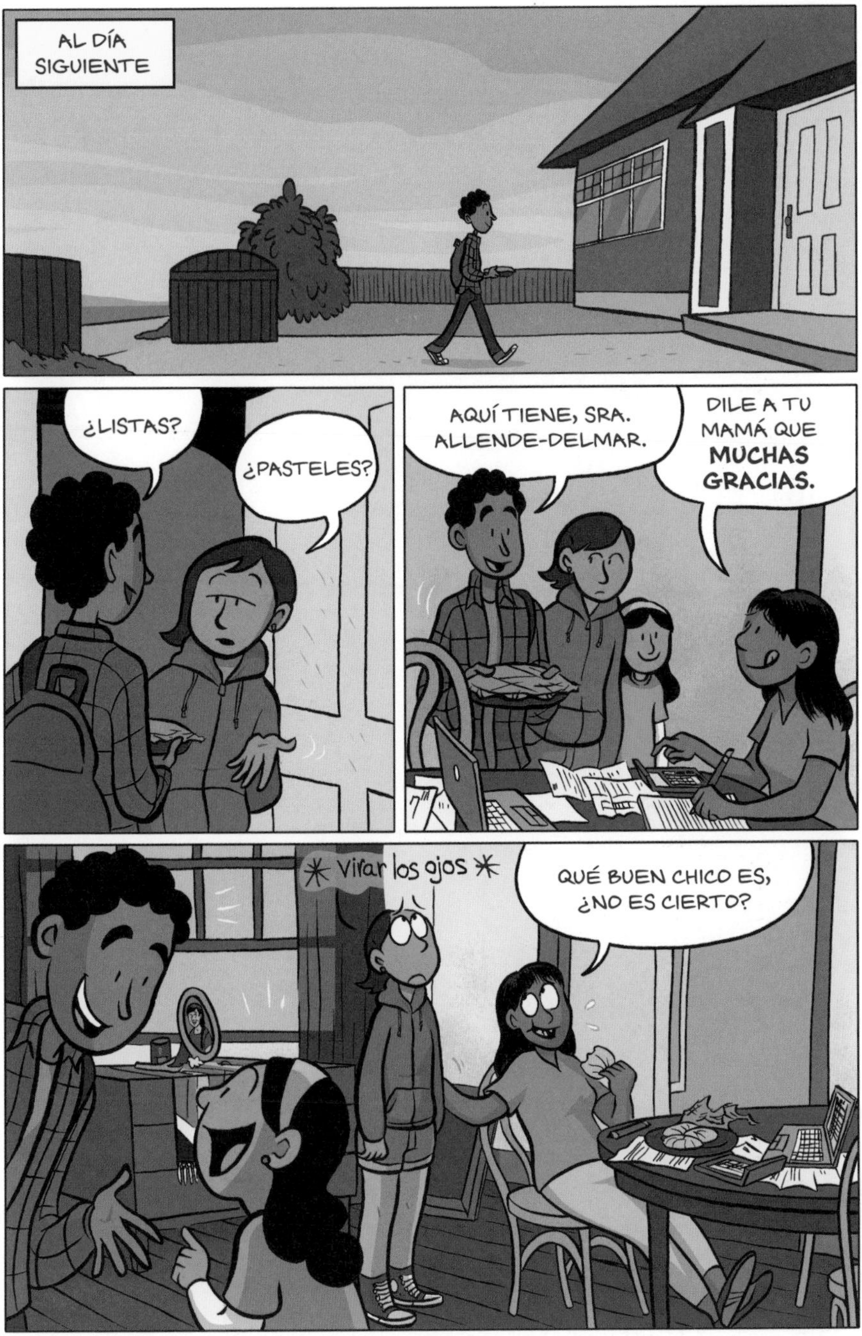

AL DÍA SIGUIENTE
¿LISTAS?
¿PASTELES?
AQUÍ TIENE, SRA. ALLENDE-DELMAR.
DILE A TU MAMÁ QUE **MUCHAS GRACIAS.**
virar los ojos
QUÉ BUEN CHICO ES, ¿NO ES CIERTO?

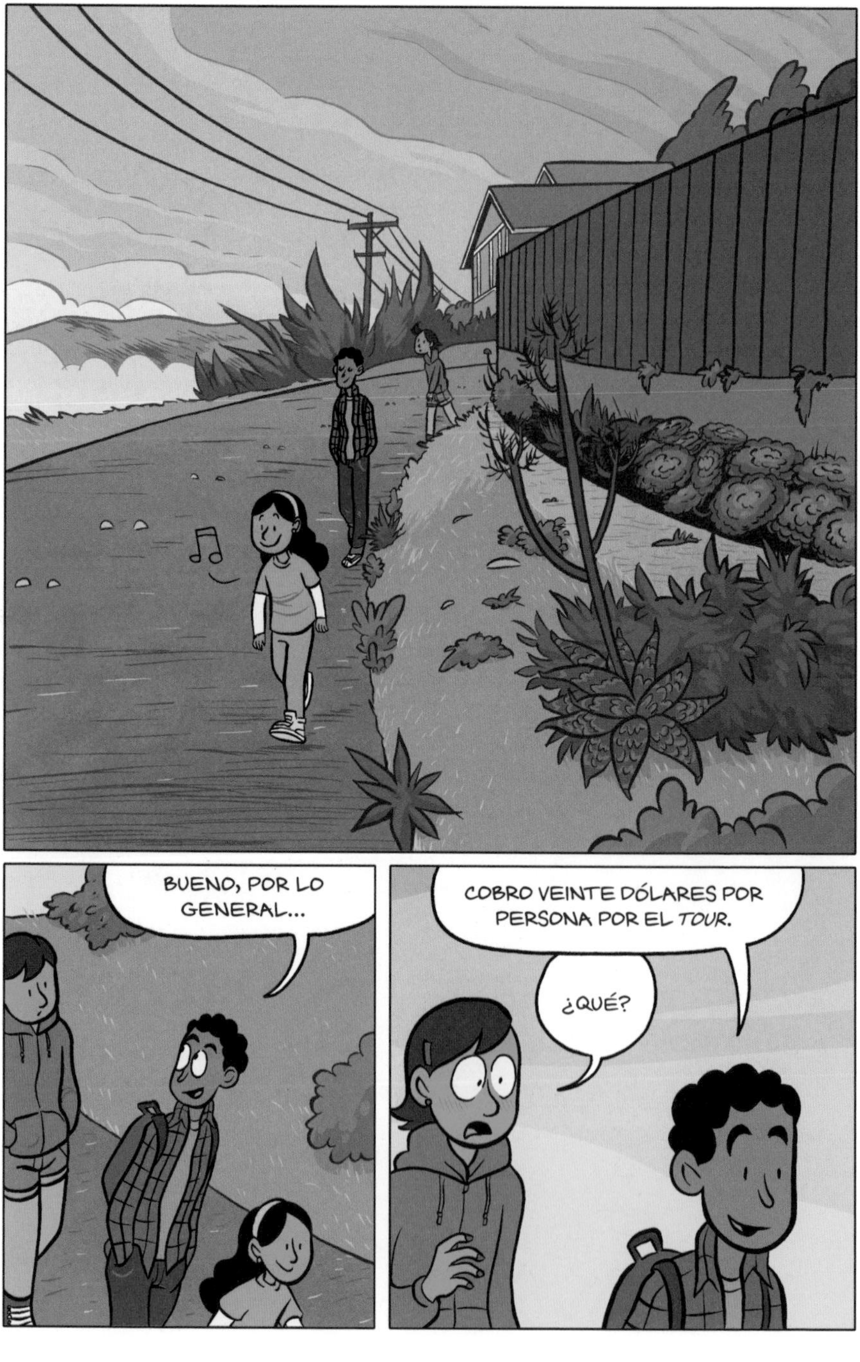
BUENO, POR LO GENERAL...
COBRO VEINTE DÓLARES POR PERSONA POR EL *TOUR*.
¿QUÉ?

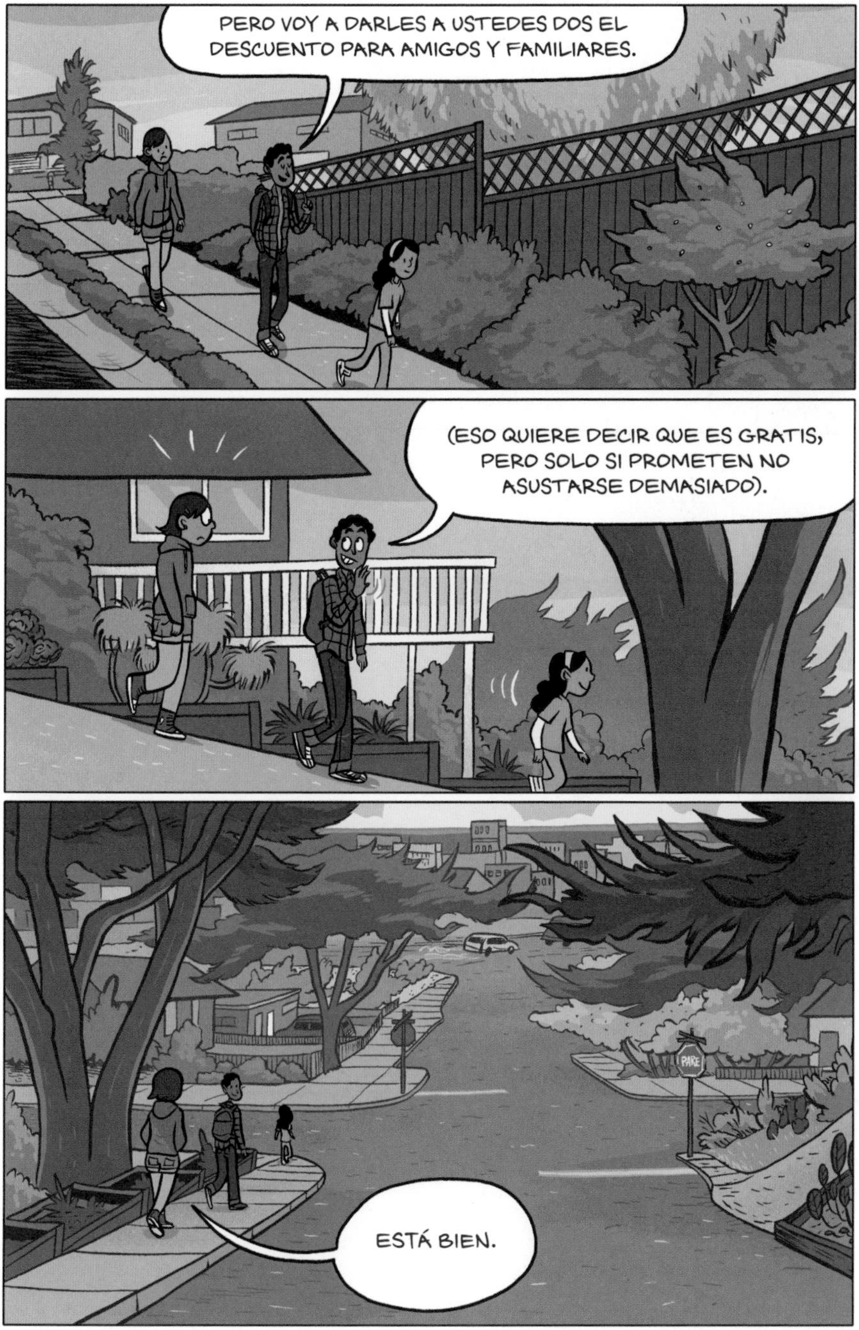
PERO VOY A DARLES A USTEDES DOS EL DESCUENTO PARA AMIGOS Y FAMILIARES.
(ESO QUIERE DECIR QUE ES GRATIS, PERO SOLO SI PROMETEN NO ASUSTARSE DEMASIADO).
PARE
ESTÁ BIEN.

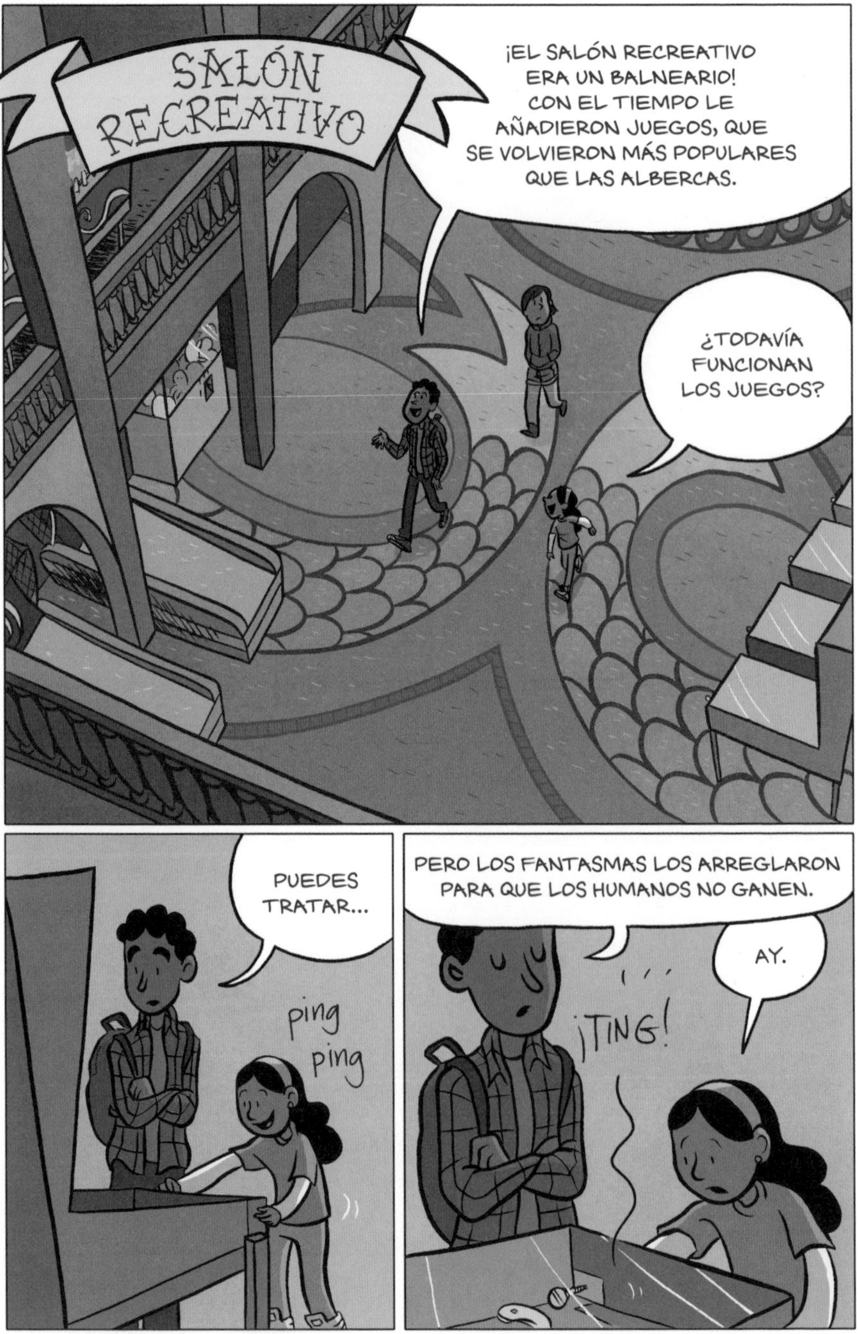
SALÓN RECREATIVO
¡EL SALÓN RECREATIVO ERA UN BALNEARIO! CON EL TIEMPO LE AÑADIERON JUEGOS, QUE SE VOLVIERON MÁS POPULARES QUE LAS ALBERCAS.
¿TODAVÍA FUNCIONAN LOS JUEGOS?
PUEDES TRATAR...
ping ping
PERO LOS FANTASMAS LOS ARREGLARON PARA QUE LOS HUMANOS NO GANEN.
AY.
¡TING!

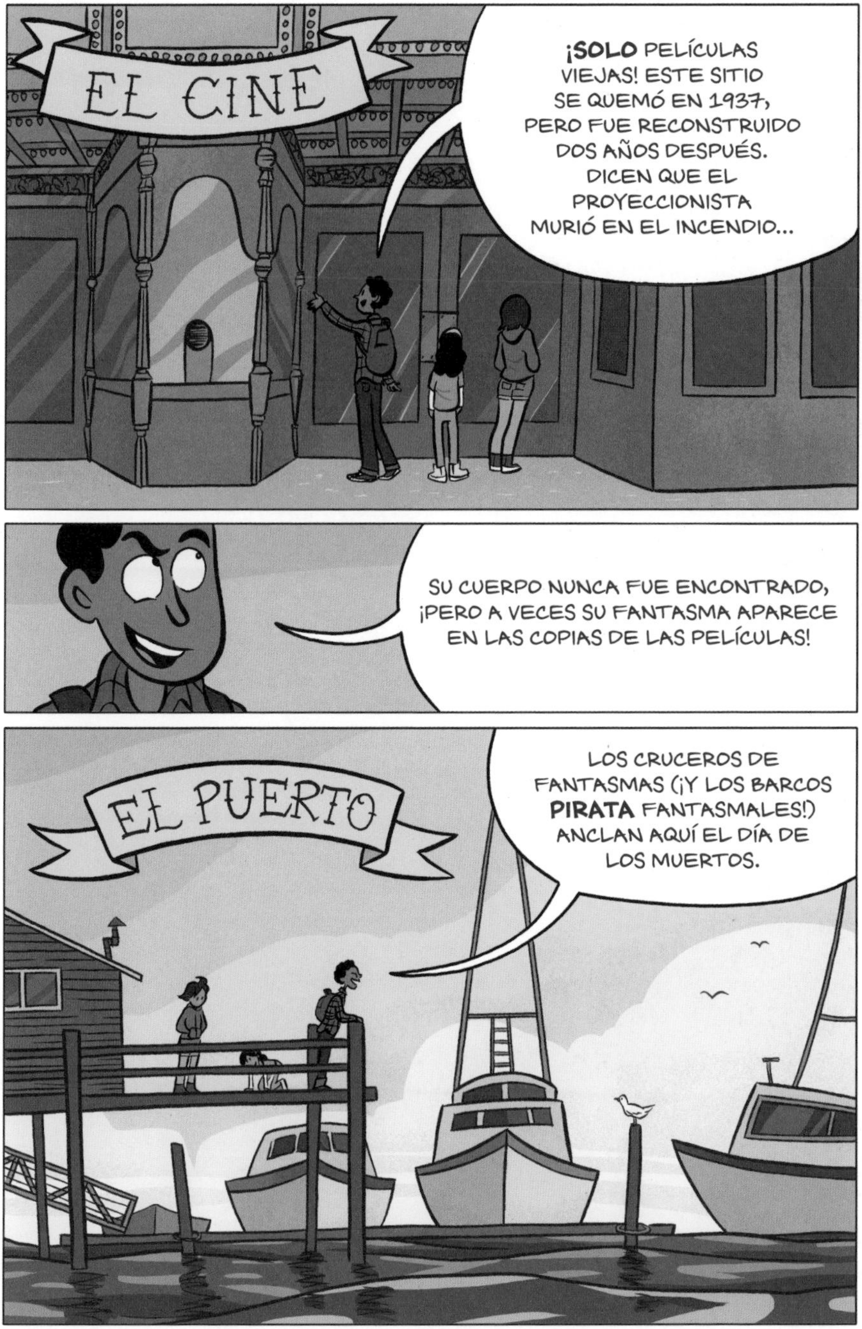
EL CINE
¡SOLO PELÍCULAS VIEJAS! ESTE SITIO SE QUEMÓ EN 1937, PERO FUE RECONSTRUIDO DOS AÑOS DESPUÉS. DICEN QUE EL PROYECCIONISTA MURIÓ EN EL INCENDIO...
SU CUERPO NUNCA FUE ENCONTRADO, ¡PERO A VECES SU FANTASMA APARECE EN LAS COPIAS DE LAS PELÍCULAS!
EL PUERTO
LOS CRUCEROS DE FANTASMAS (¡Y LOS BARCOS PIRATA FANTASMALES!) ANCLAN AQUÍ EL DÍA DE LOS MUERTOS.

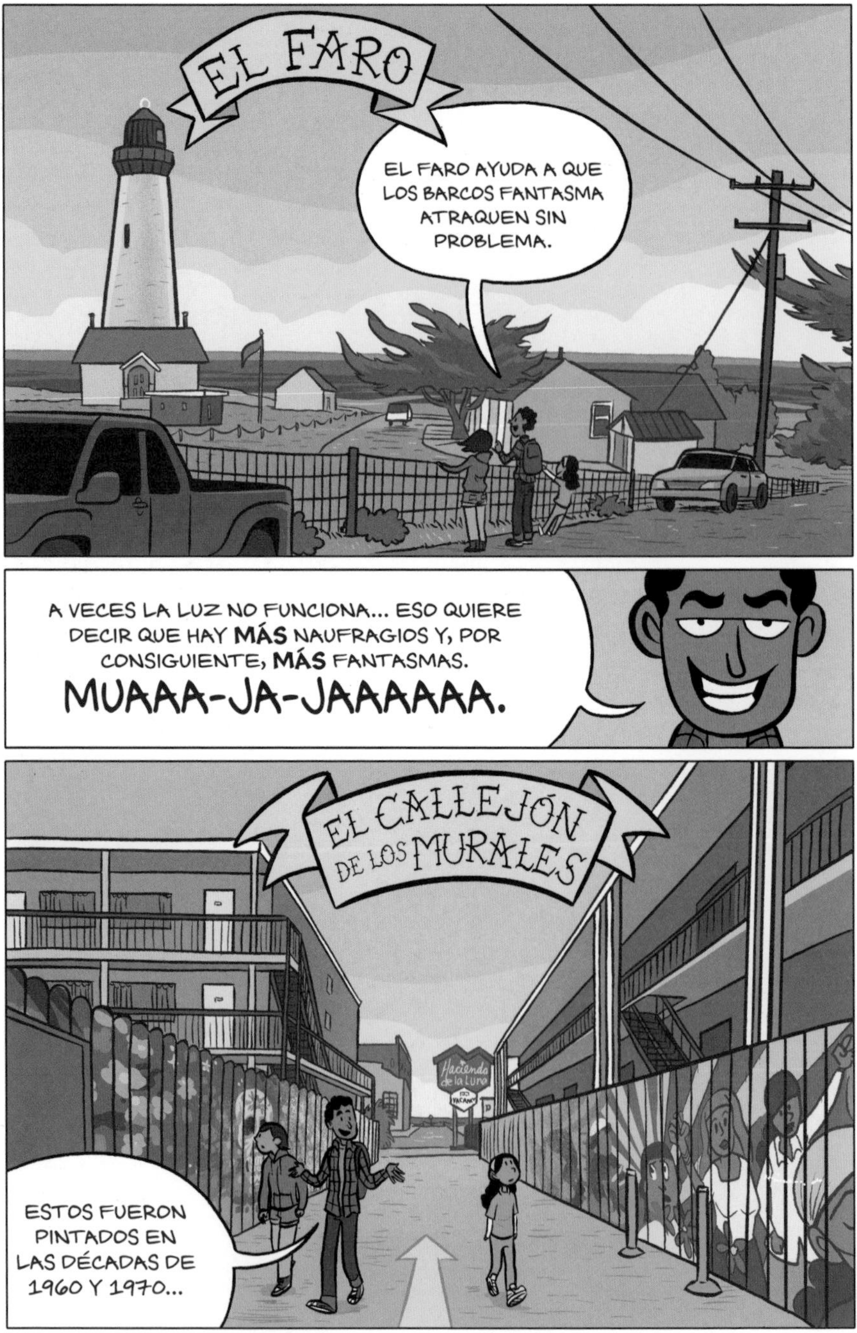
EL FARO
EL FARO AYUDA A QUE LOS BARCOS FANTASMA ATRAQUEN SIN PROBLEMA.
A VECES LA LUZ NO FUNCIONA... ESO QUIERE DECIR QUE HAY **MÁS** NAUFRAGIOS Y, POR CONSIGUIENTE, **MÁS** FANTASMAS.
MUAAA-JA-JAAAAAA.
EL CALLEJÓN DE LOS MURALES
ESTOS FUERON PINTADOS EN LAS DÉCADAS DE 1960 Y 1970...

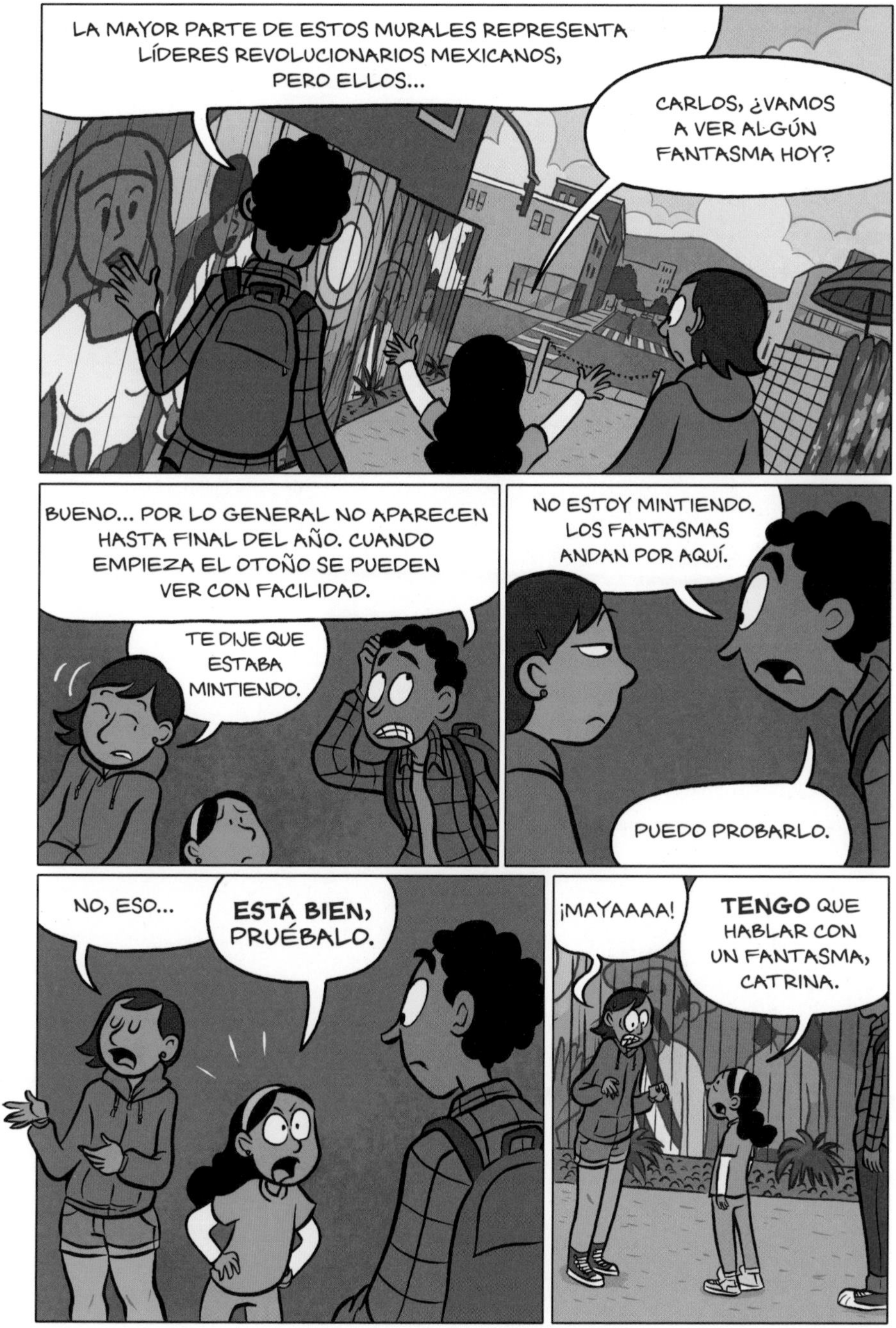
LA MAYOR PARTE DE ESTOS MURALES REPRESENTA LÍDERES REVOLUCIONARIOS MEXICANOS, PERO ELLOS...
CARLOS, ¿VAMOS A VER ALGÚN FANTASMA HOY?
BUENO... POR LO GENERAL NO APARECEN HASTA FINAL DEL AÑO. CUANDO EMPIEZA EL OTOÑO SE PUEDEN VER CON FACILIDAD.
TE DIJE QUE ESTABA MINTIENDO.
NO ESTOY MINTIENDO. LOS FANTASMAS ANDAN POR AQUÍ.
PUEDO PROBARLO.
NO, ESO...
ESTÁ BIEN, PRUÉBALO.
¡MAYAAAA!
TENGO QUE HABLAR CON UN FANTASMA, CATRINA.

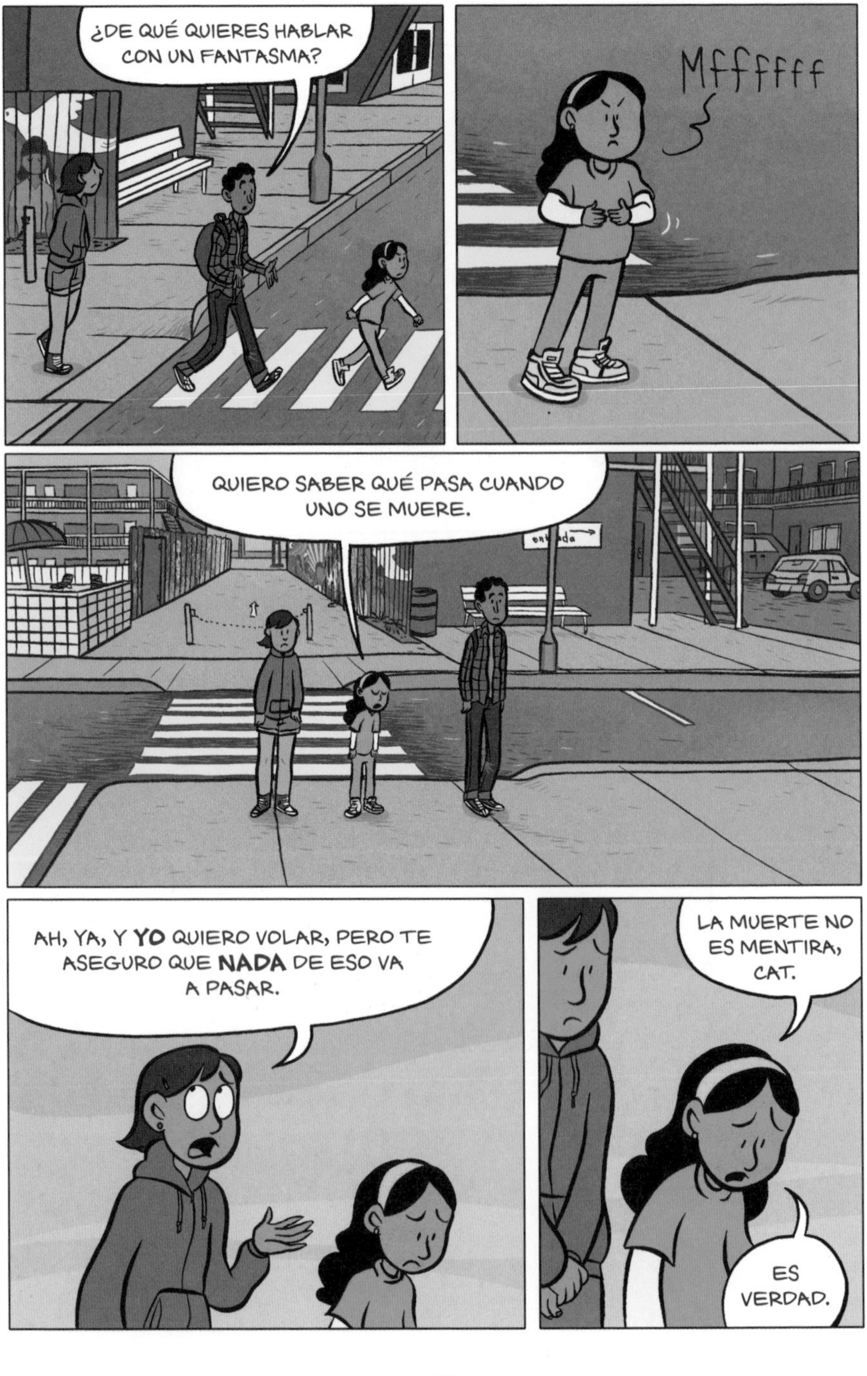
¿DE QUÉ QUIERES HABLAR CON UN FANTASMA?
Mffffff
QUIERO SABER QUÉ PASA CUANDO UNO SE MUERE.
AH, YA, Y **YO** QUIERO VOLAR, PERO TE ASEGURO QUE **NADA** DE ESO VA A PASAR.
LA MUERTE NO ES MENTIRA, CAT.
ES VERDAD.

OIGAN... NO SUELE SER PARTE DEL *TOUR*, PERO...

PUEDO LLEVARLAS A LA MISIÓN.

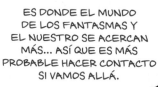

ES DONDE EL MUNDO DE LOS FANTASMAS Y EL NUESTRO SE ACERCAN MÁS... ASÍ QUE ES MÁS PROBABLE HACER CONTACTO SI VAMOS ALLÁ.

VAMOS.

¿CAT?

NUNCA EN TODA MI VIDA HE QUERIDO QUE DOS PERSONAS ESTÉN MÁS EQUIVOCADAS...

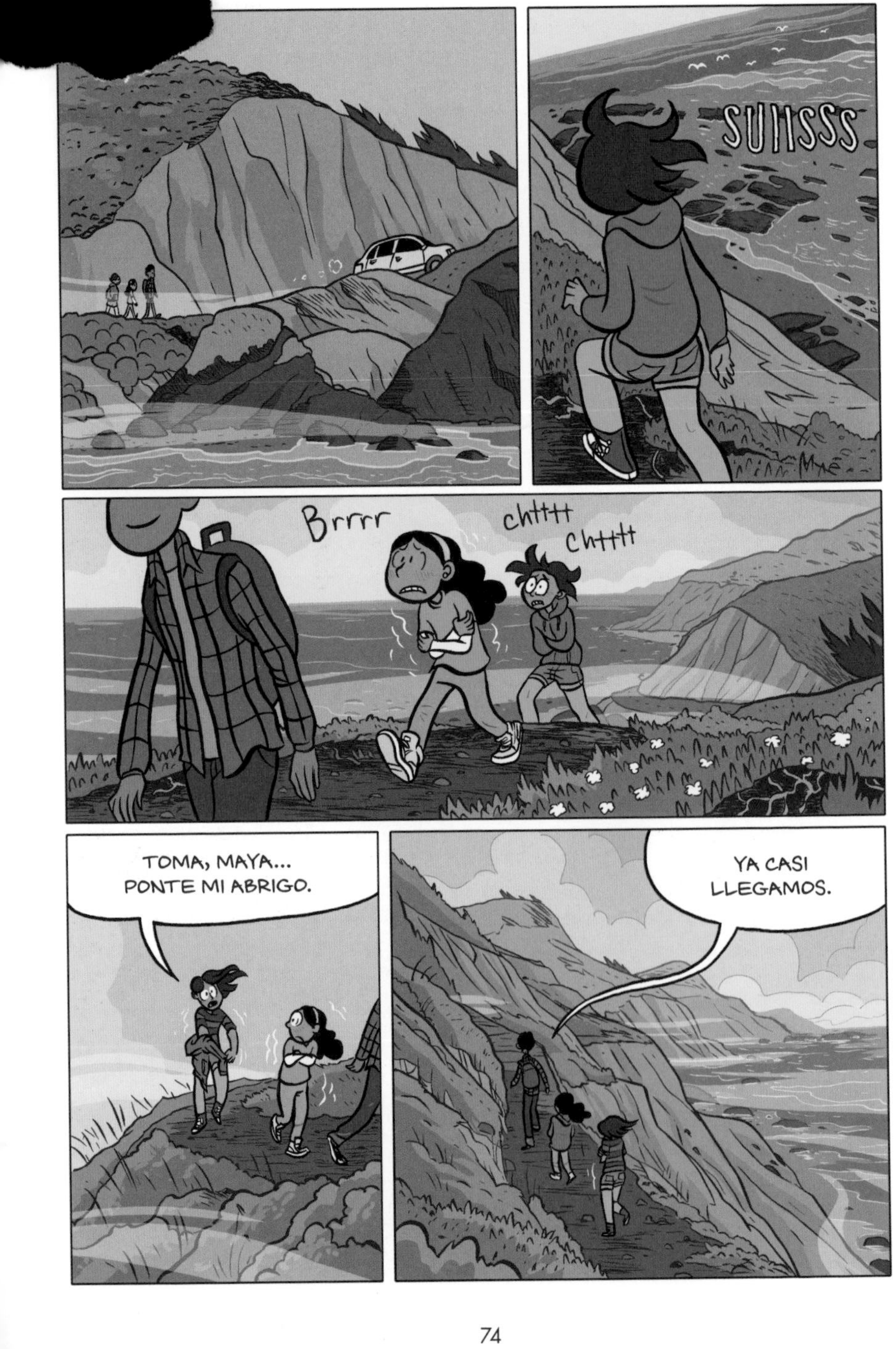
SUIISSS
Brrrr
chtttt
Chtttt
TOMA, MAYA...
PONTE MI ABRIGO.
YA CASI
LLEGAMOS.

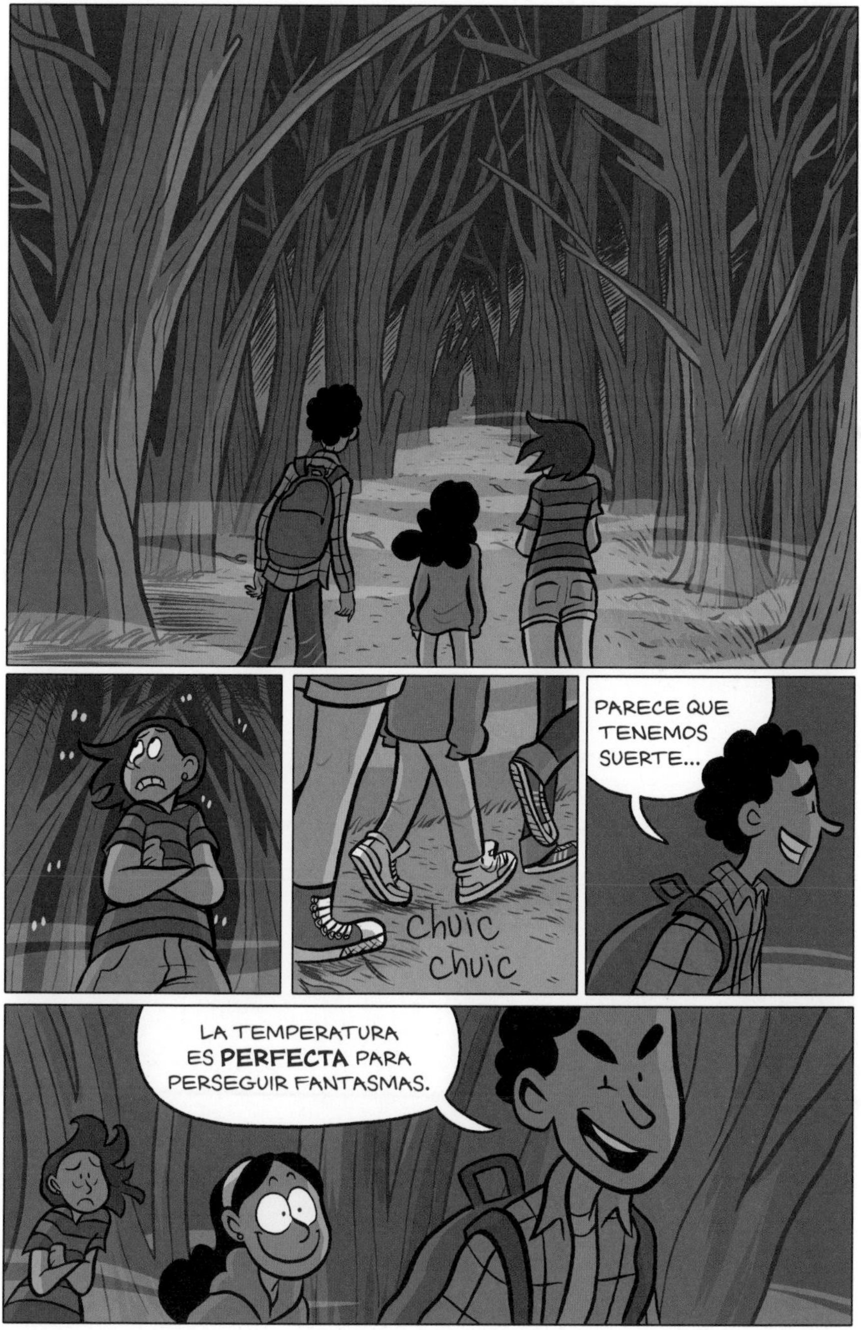
chuic
chuic
PARECE QUE TENEMOS SUERTE...
LA TEMPERATURA ES **PERFECTA** PARA PERSEGUIR FANTASMAS.

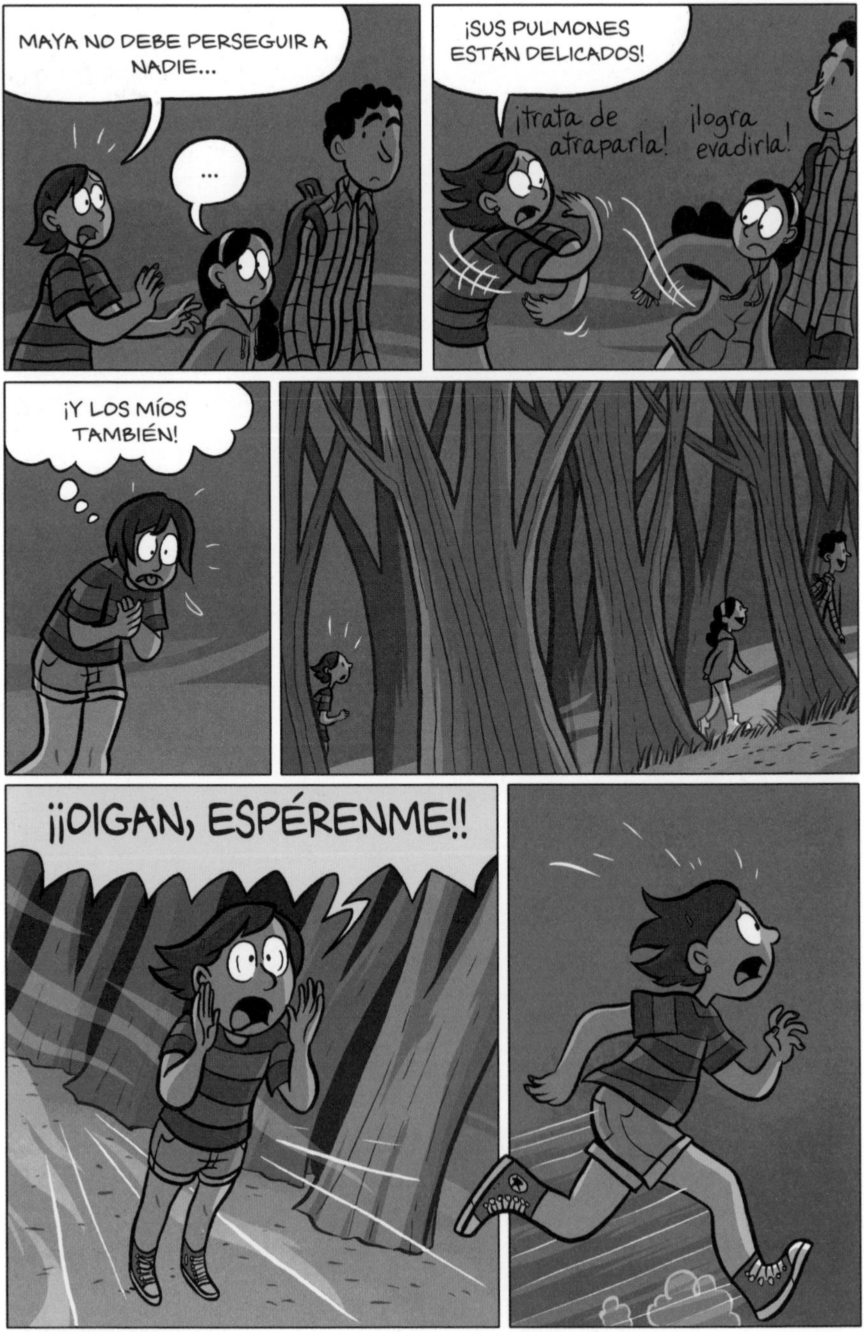
MAYA NO DEBE PERSEGUIR A NADIE...
...
¡SUS PULMONES ESTÁN DELICADOS!
¡trata de atraparla!
¡logra evadirla!
¡Y LOS MÍOS TAMBIÉN!
¡¡OIGAN, ESPÉRENME!!

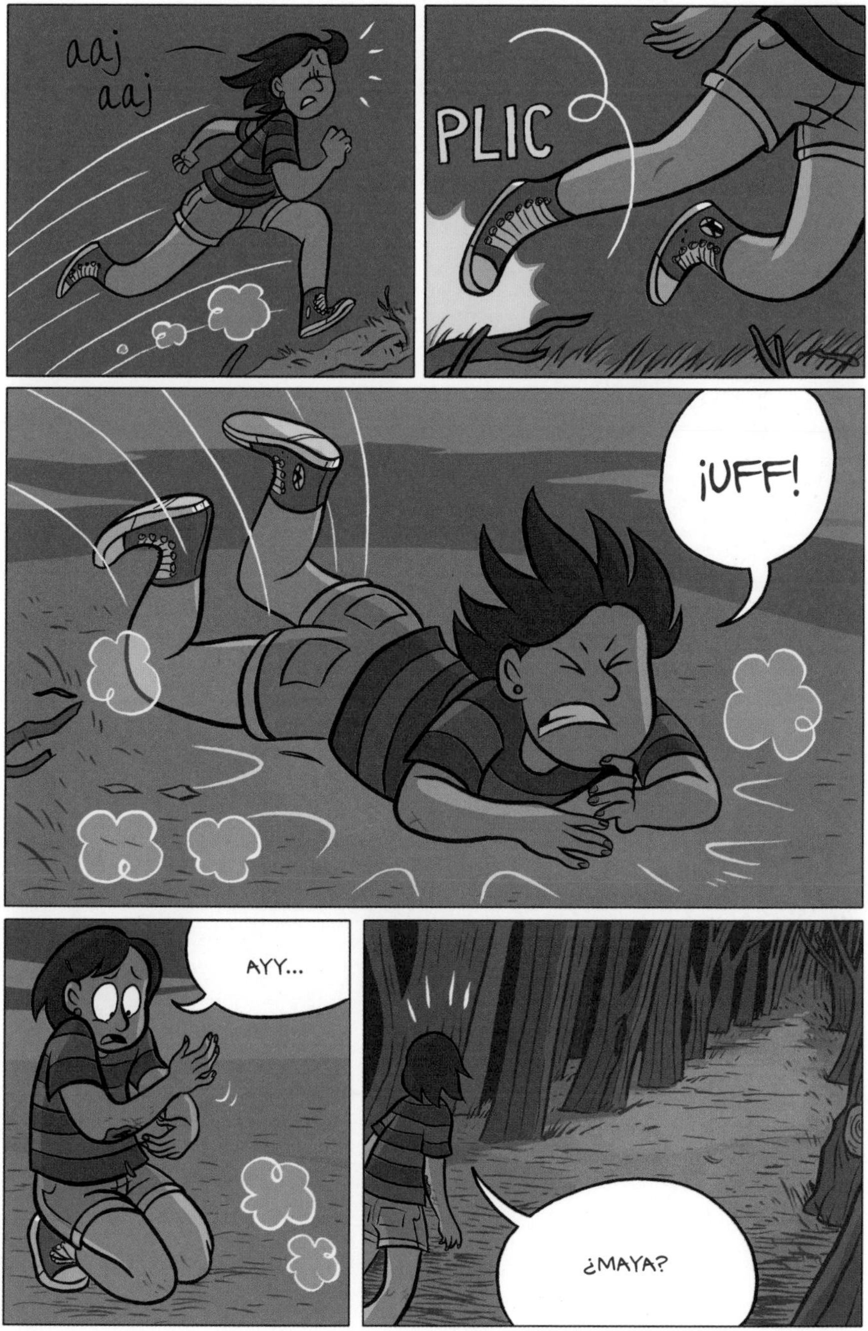
aaj
aaj
PLIC
¡UFF!
AYY...
¿MAYA?

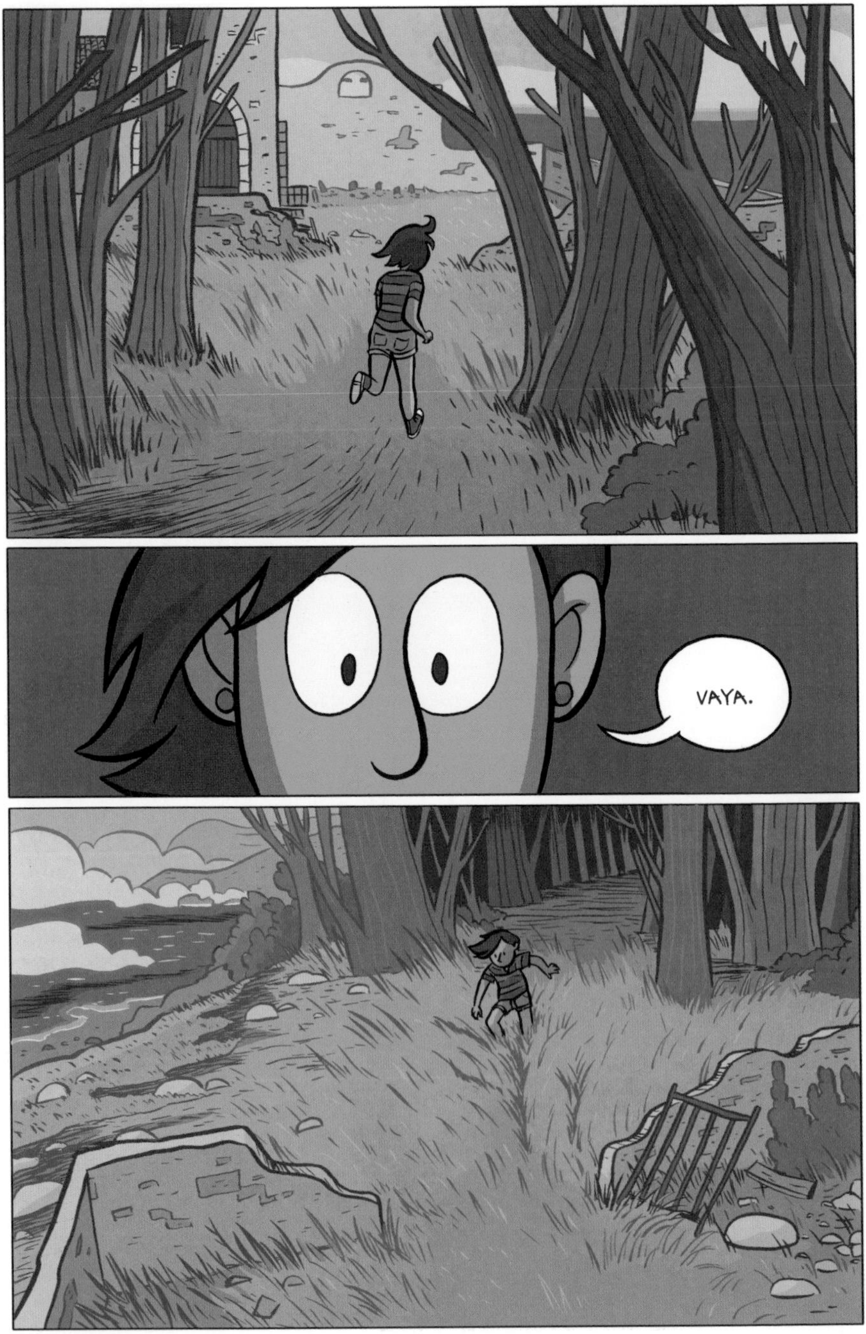
VAYA.

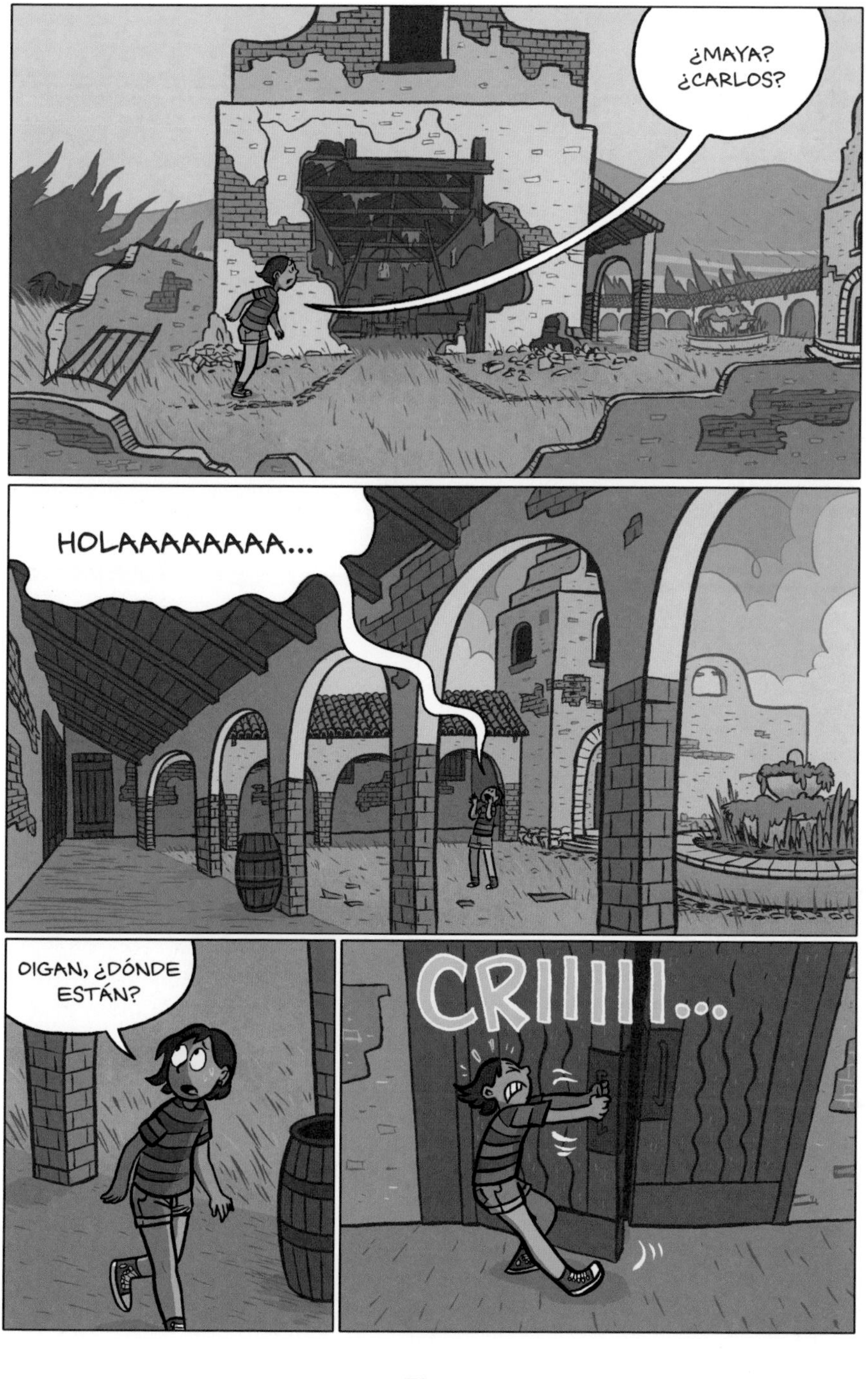
¿MAYA?
¿CARLOS?
HOLAAAAAAAAA...
OIGAN, ¿DÓNDE ESTÁN?
CRIIIII...

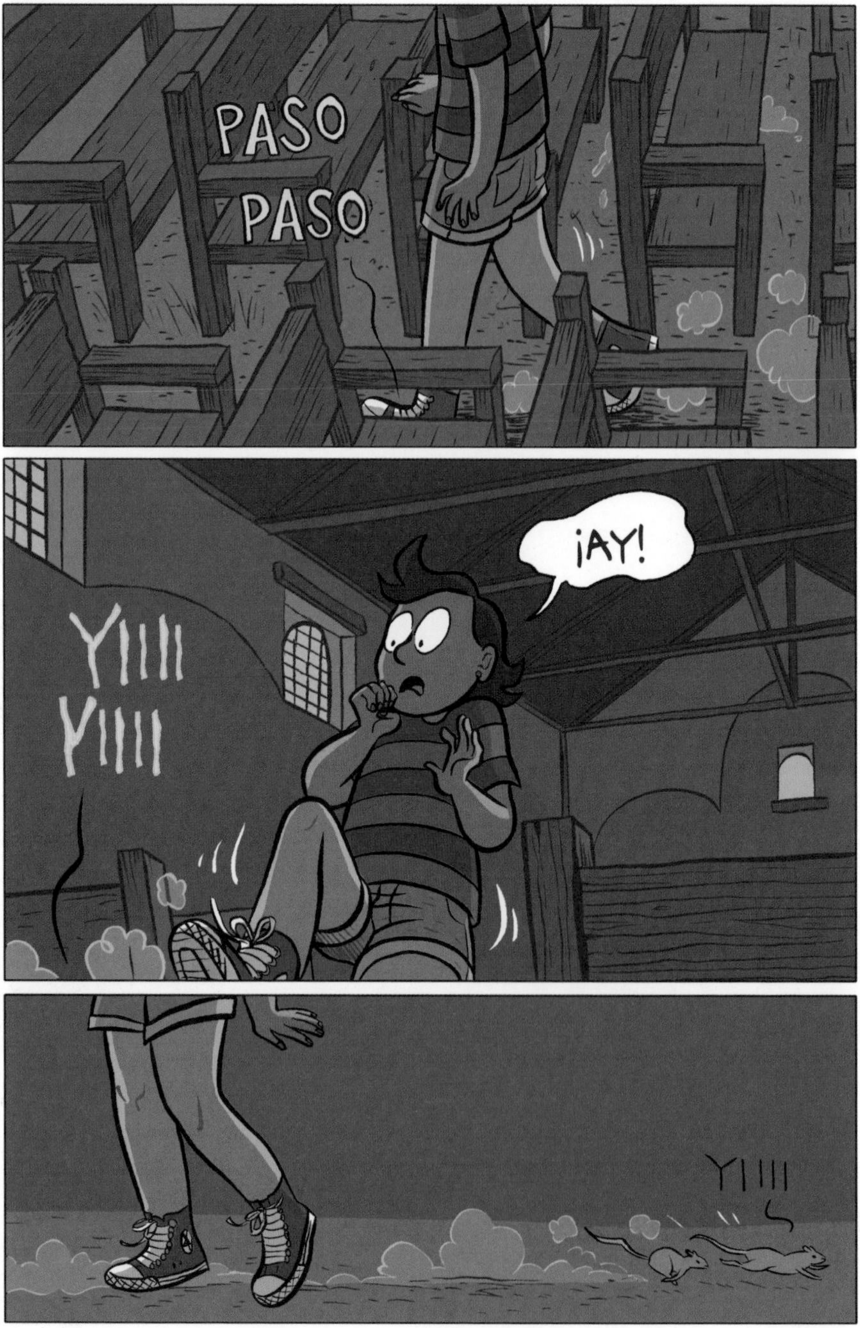
PASO
PASO
¡AY!
YIIII
YIIII
YIIII

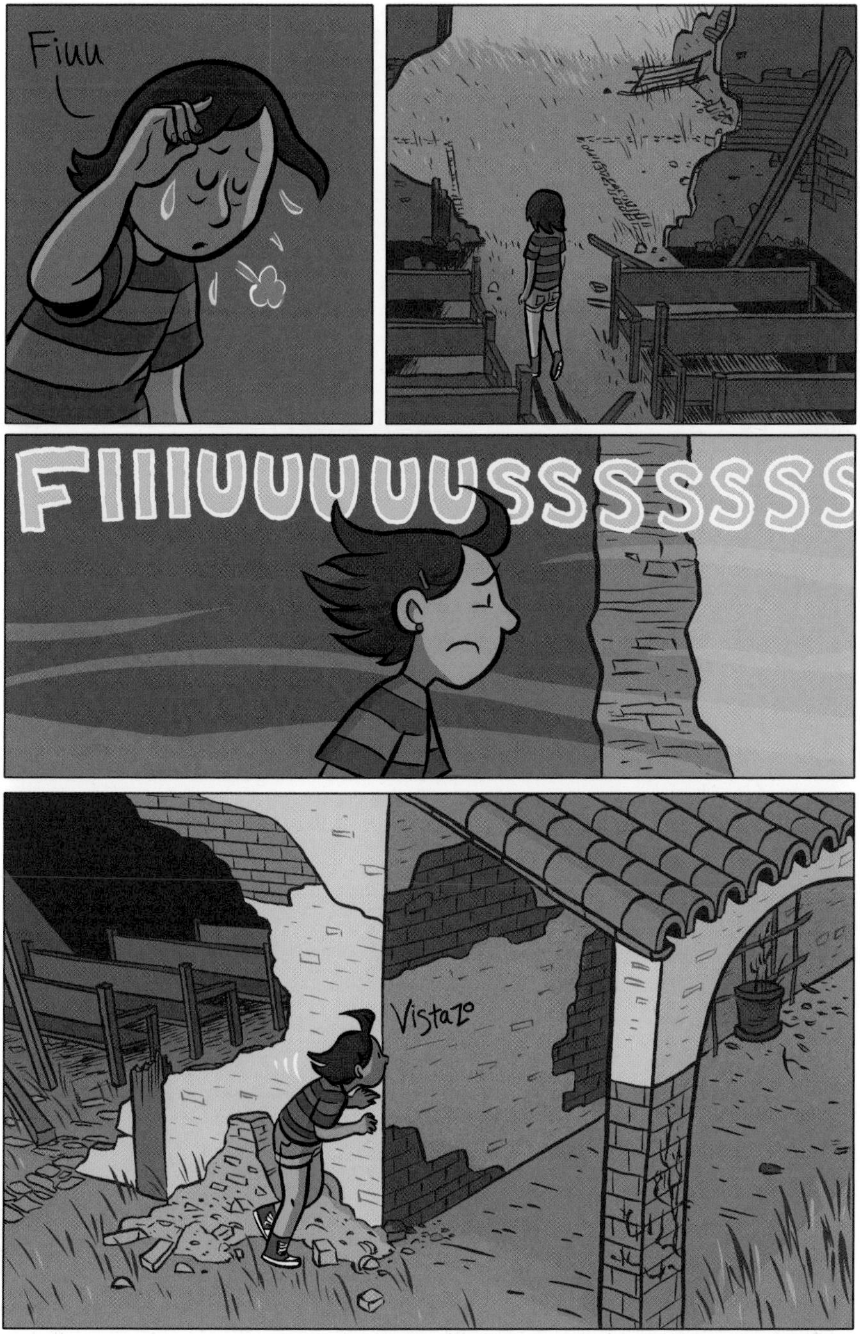
Fiuu
FIIIUUUUUSSSSSS
Vistazo

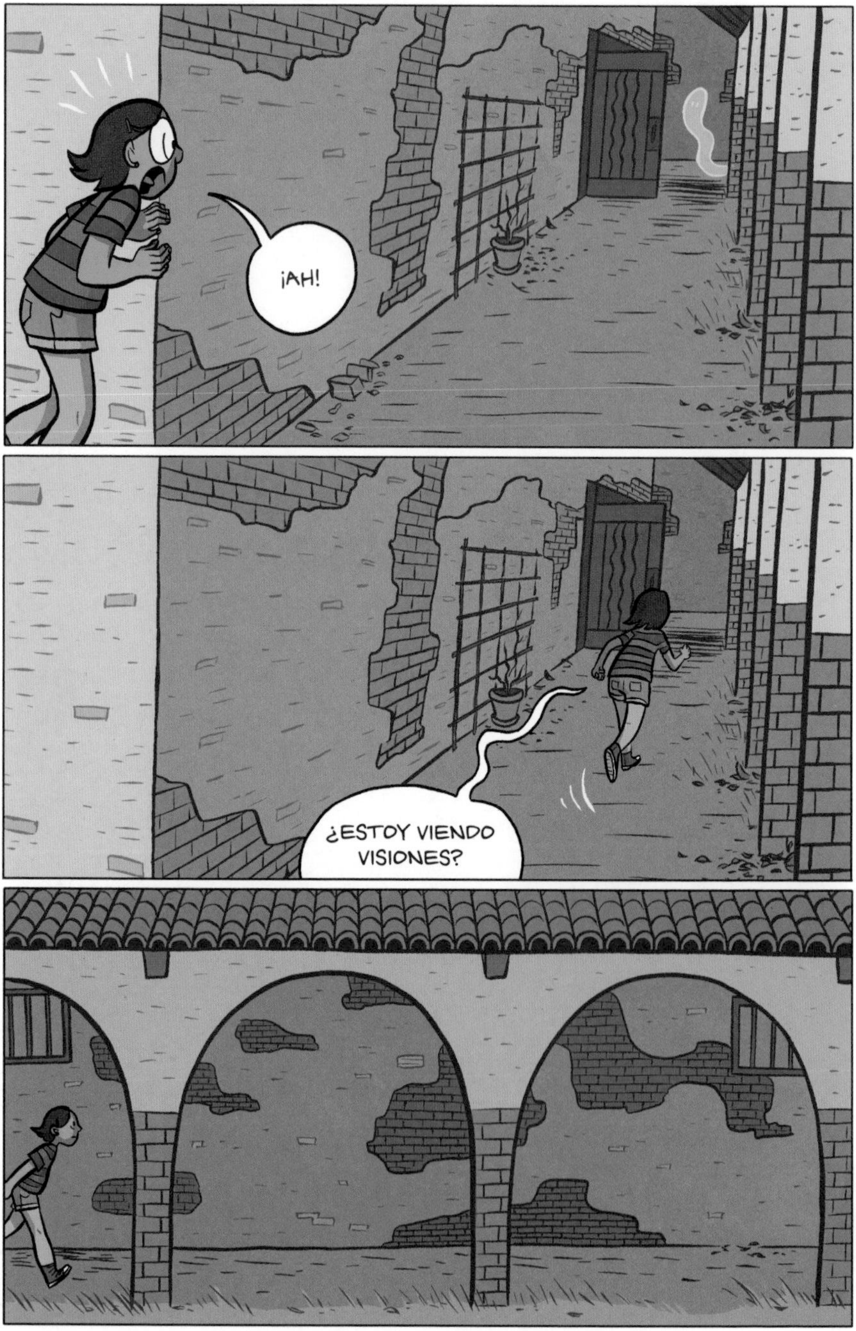
¡AH!
¿ESTOY VIENDO VISIONES?

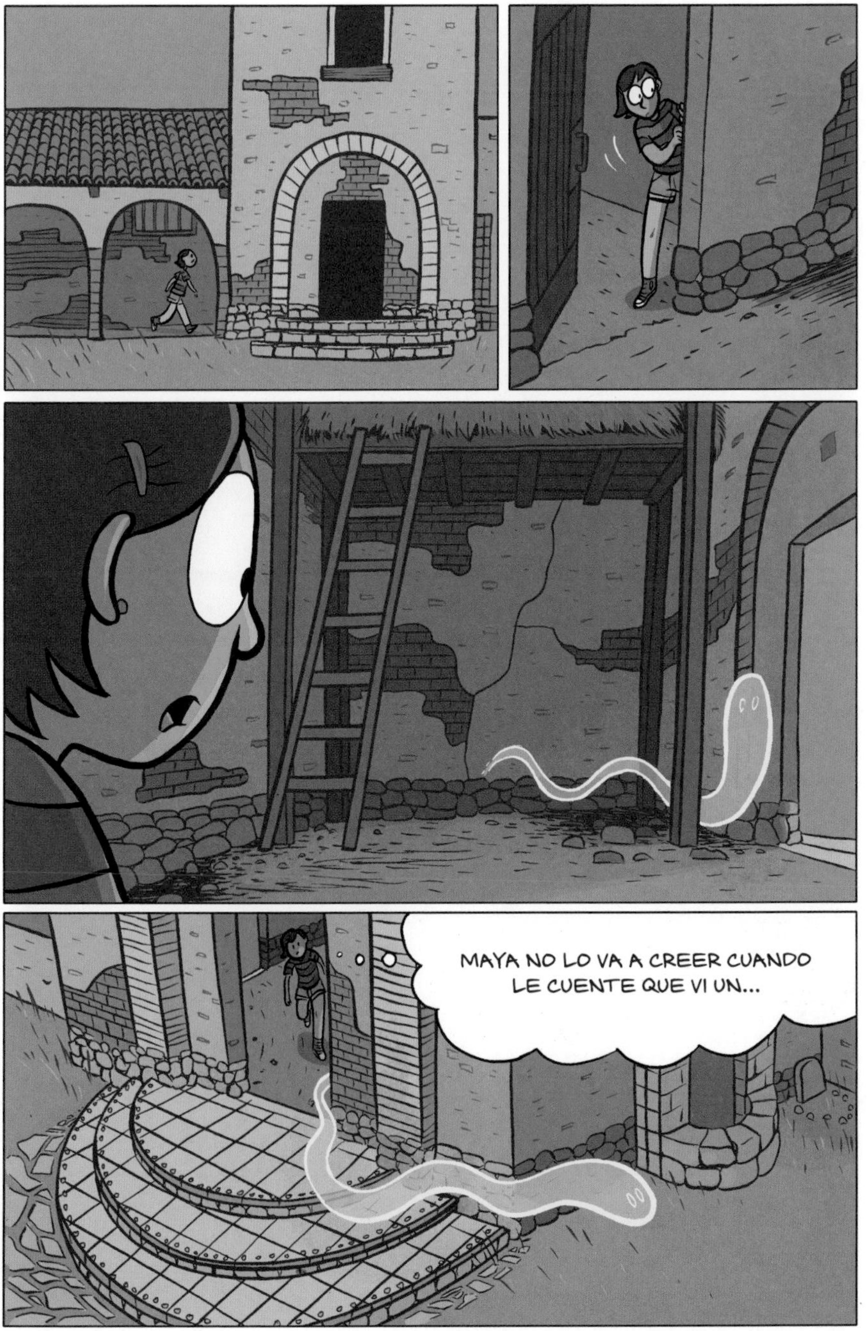
MAYA NO LO VA A CREER CUANDO LE CUENTE QUE VI UN...

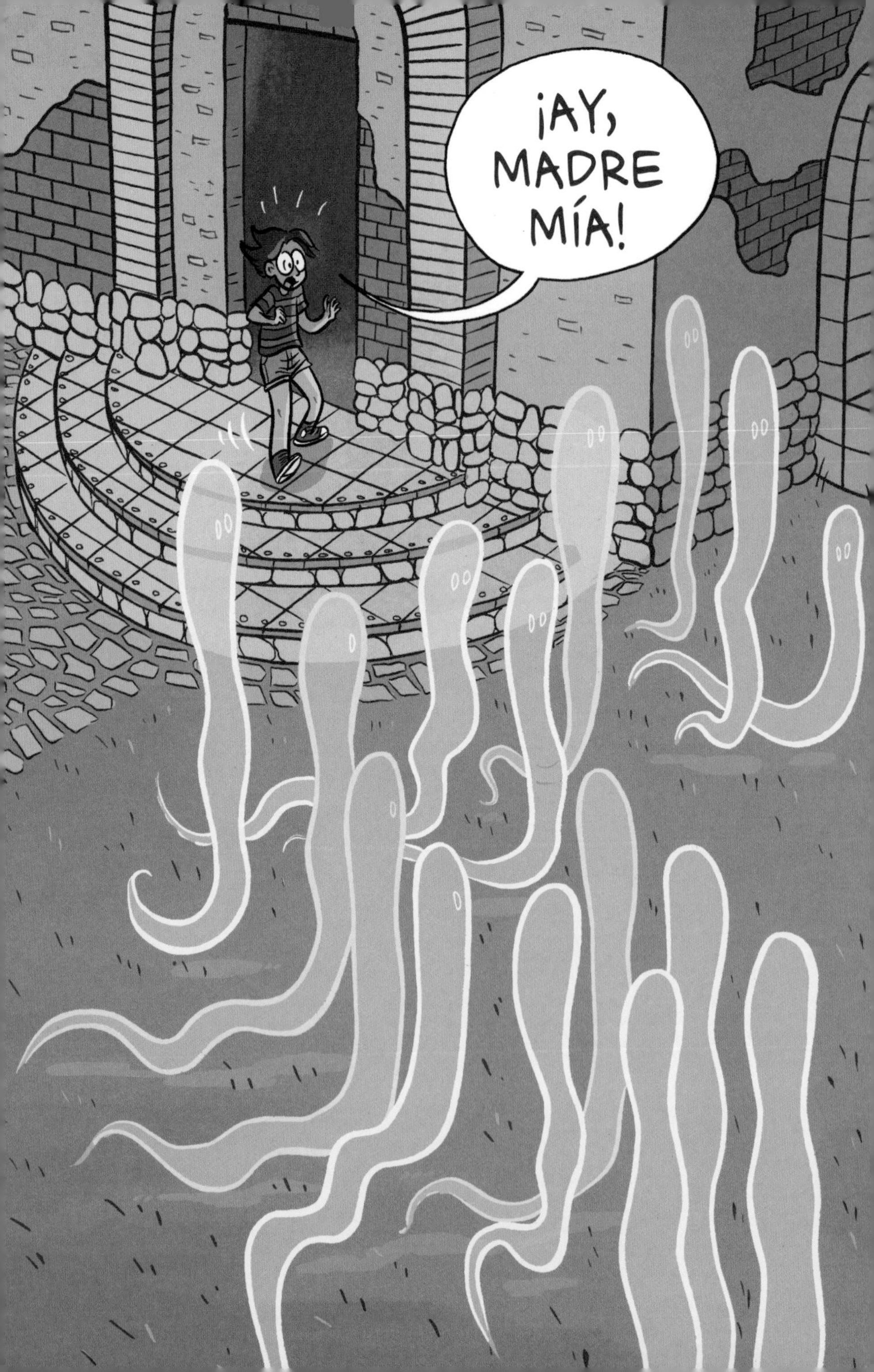
¡AY, MADRE MÍA!

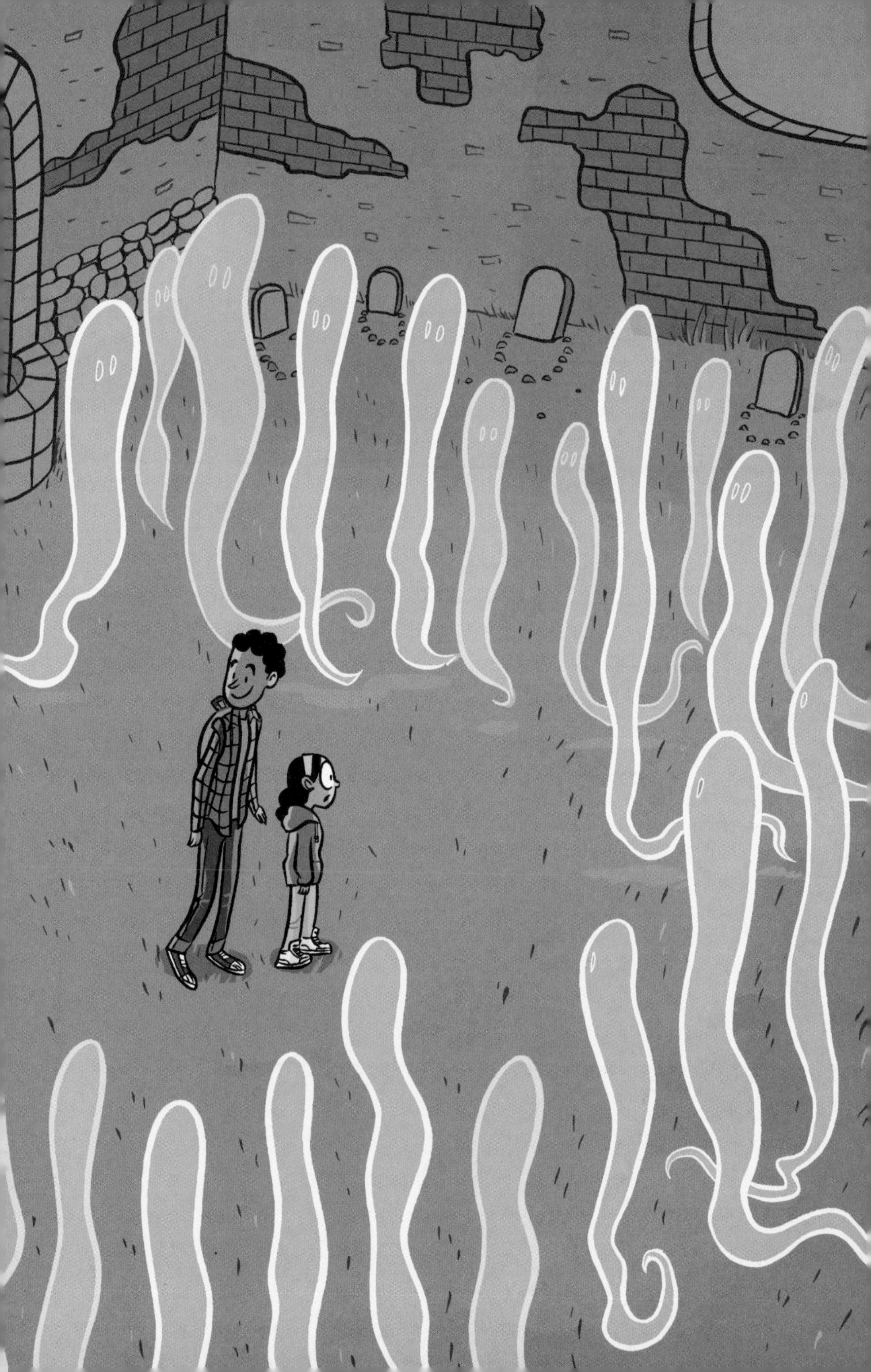

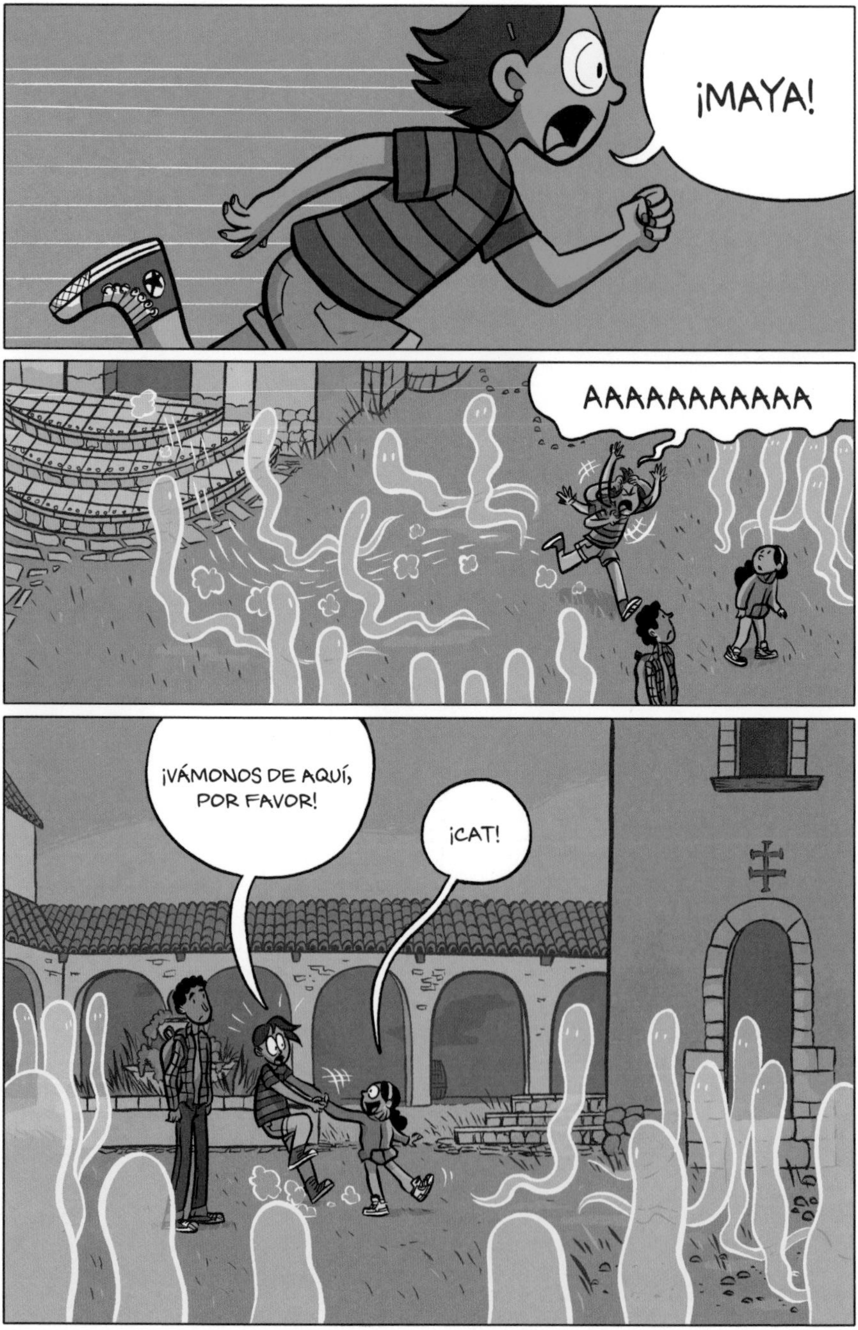
¡MAYA!
AAAAAAAAAAA
¡VÁMONOS DE AQUÍ, POR FAVOR!
¡CAT!

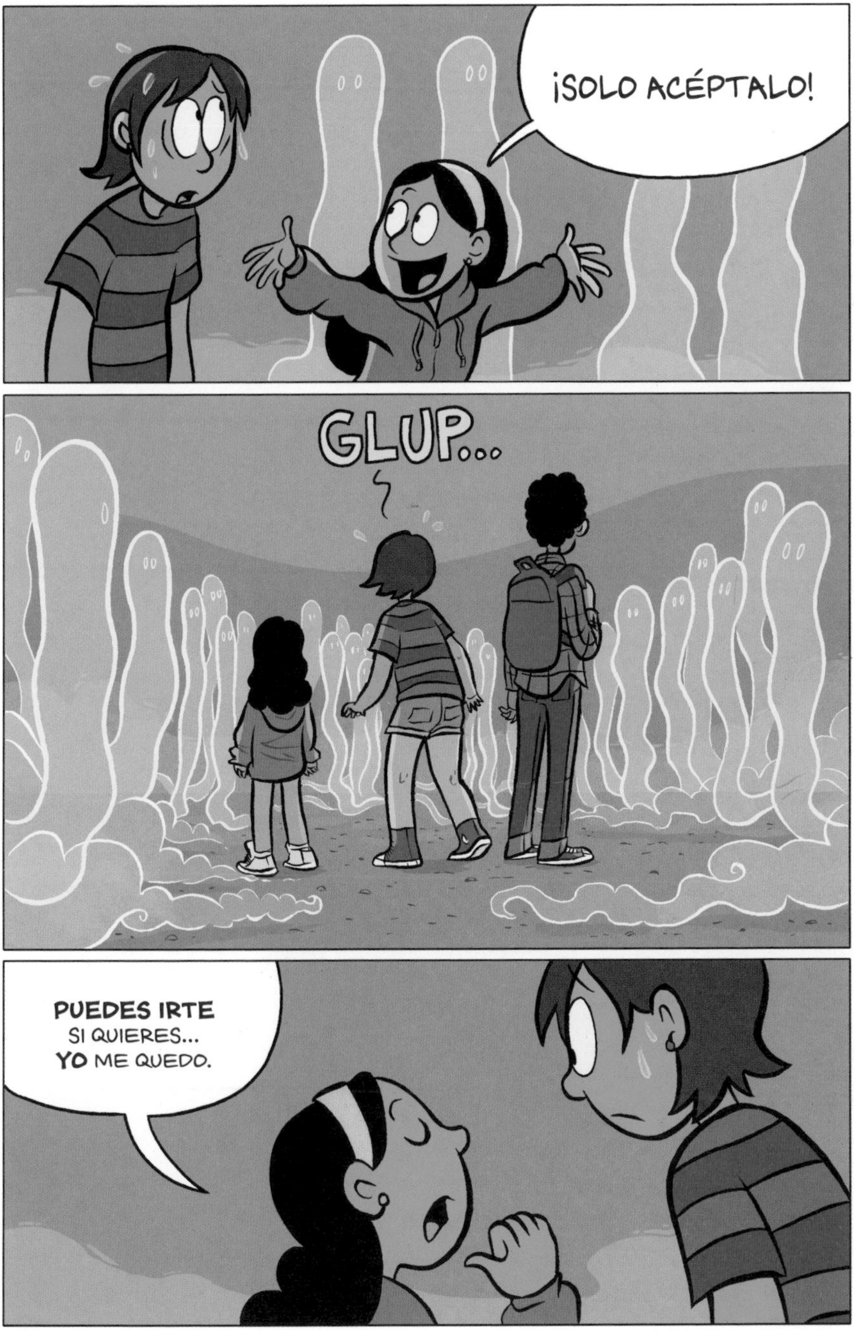
¡SOLO ACÉPTALO!
GLUP...
PUEDES IRTE SI QUIERES... YO ME QUEDO.

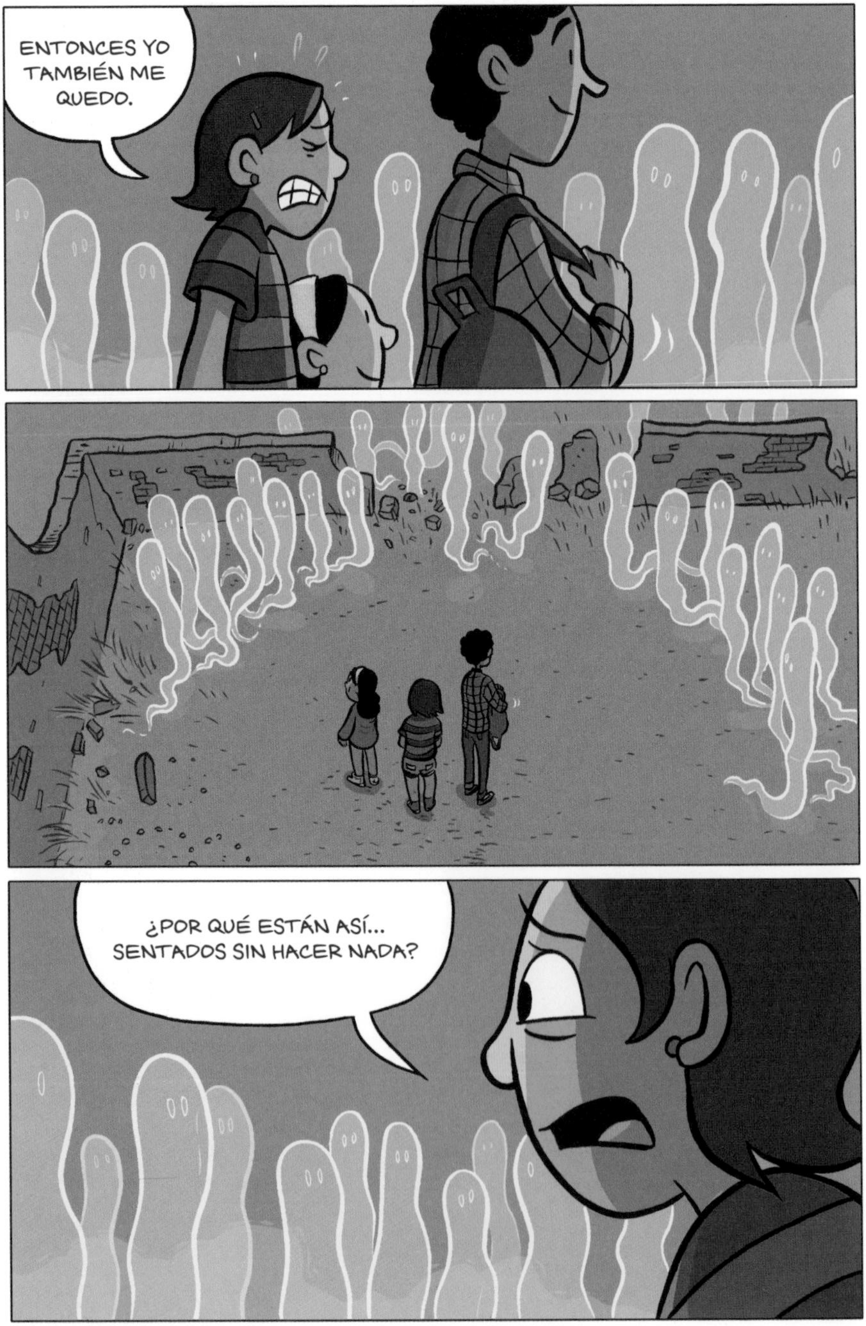
ENTONCES YO TAMBIÉN ME QUEDO.
¿POR QUÉ ESTÁN ASÍ... SENTADOS SIN HACER NADA?

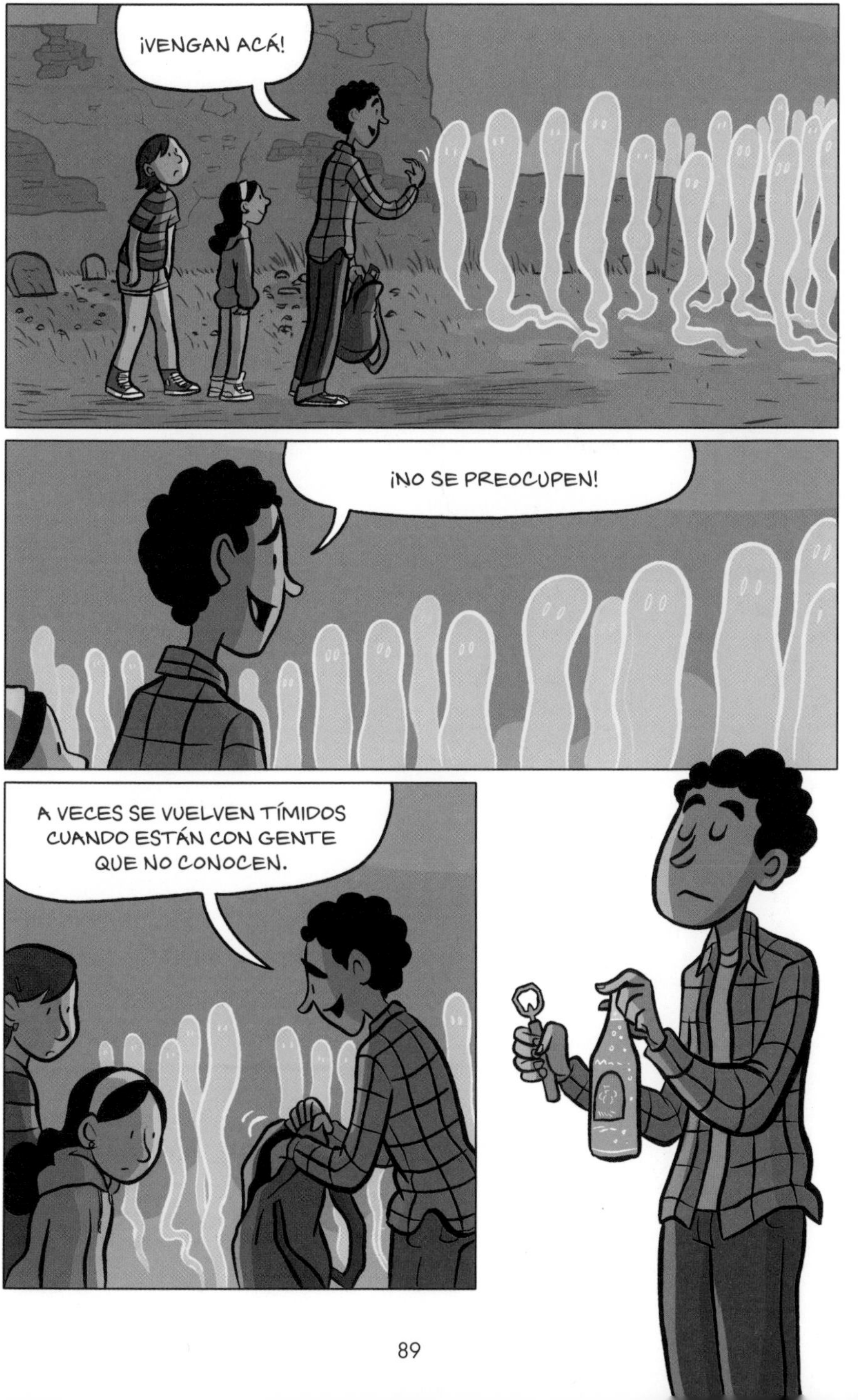
¡VENGAN ACÁ!
¡NO SE PREOCUPEN!
A VECES SE VUELVEN TÍMIDOS CUANDO ESTÁN CON GENTE QUE NO CONOCEN.

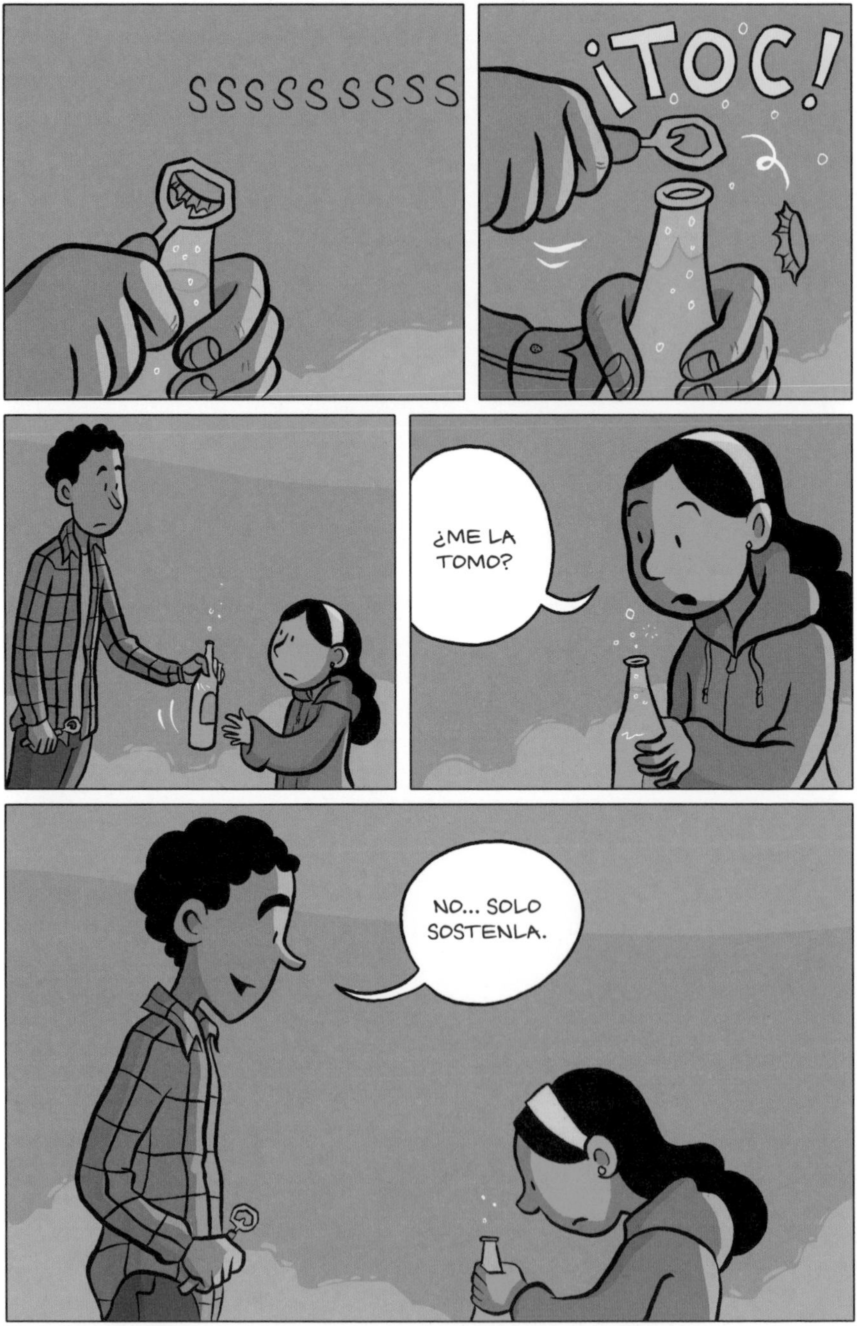
SSSSSSSSS
¡TOC!
¿ME LA TOMO?
NO... SOLO SOSTENLA.

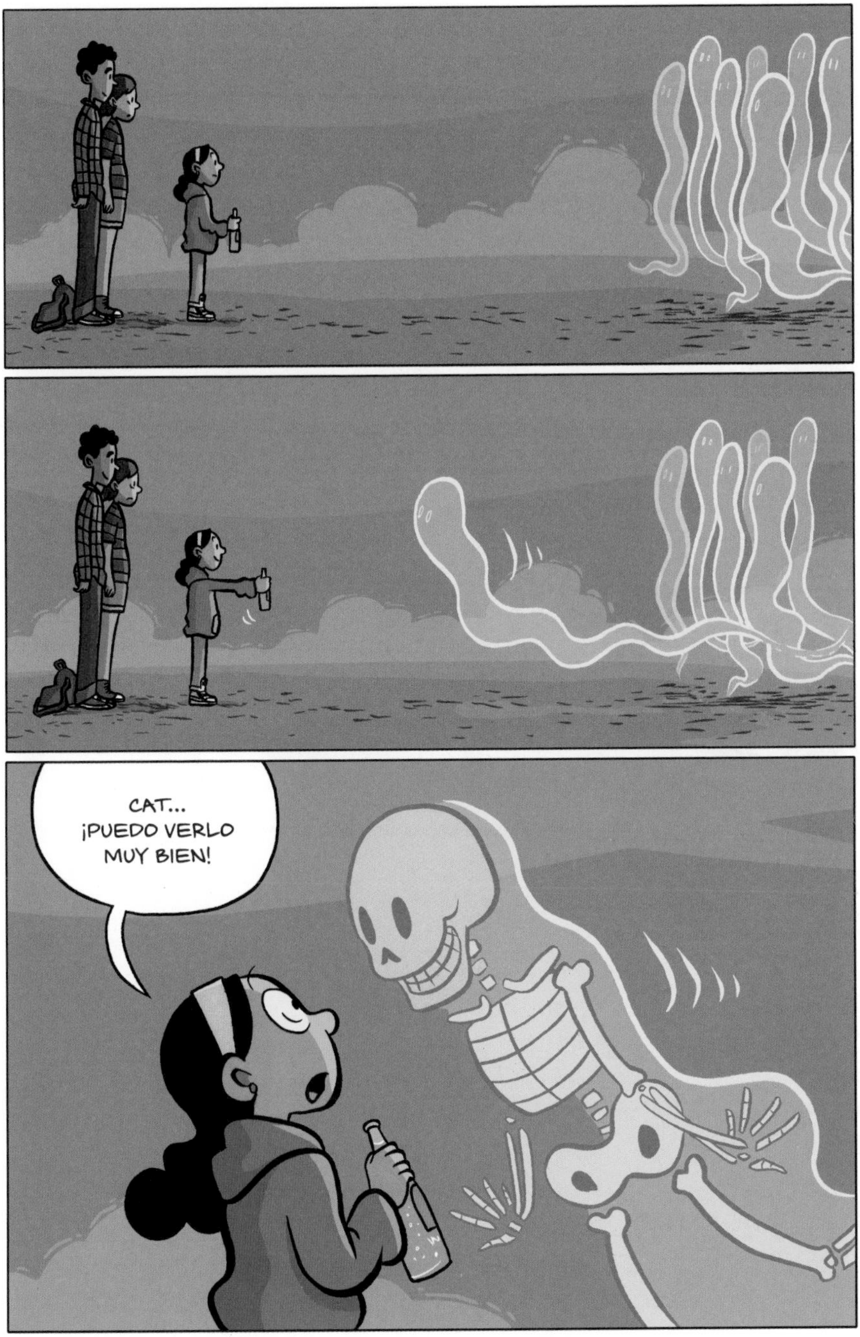
CAT...
¡PUEDO VERLO
MUY BIEN!

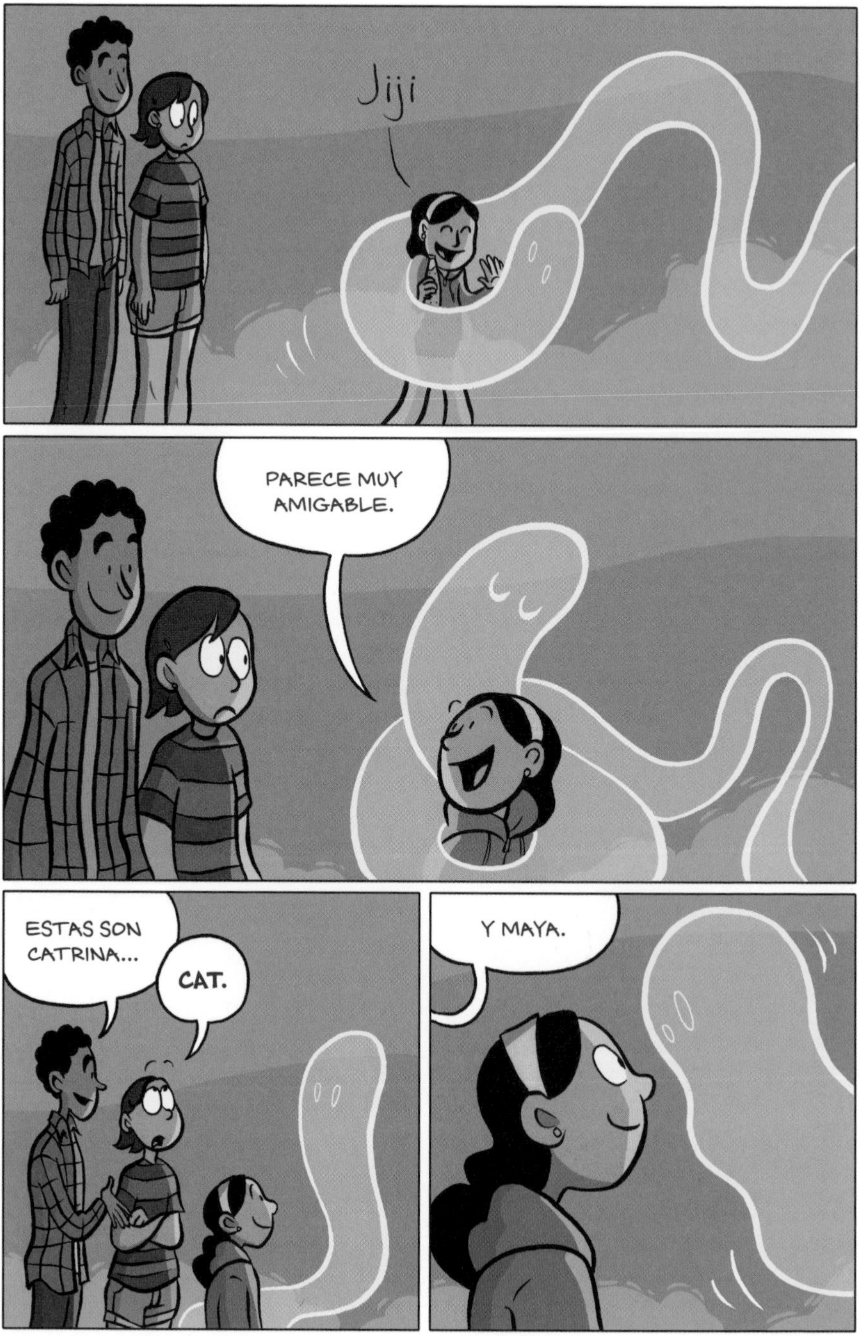
Jiji
PARECE MUY AMIGABLE.
ESTAS SON CATRINA...
CAT.
Y MAYA.

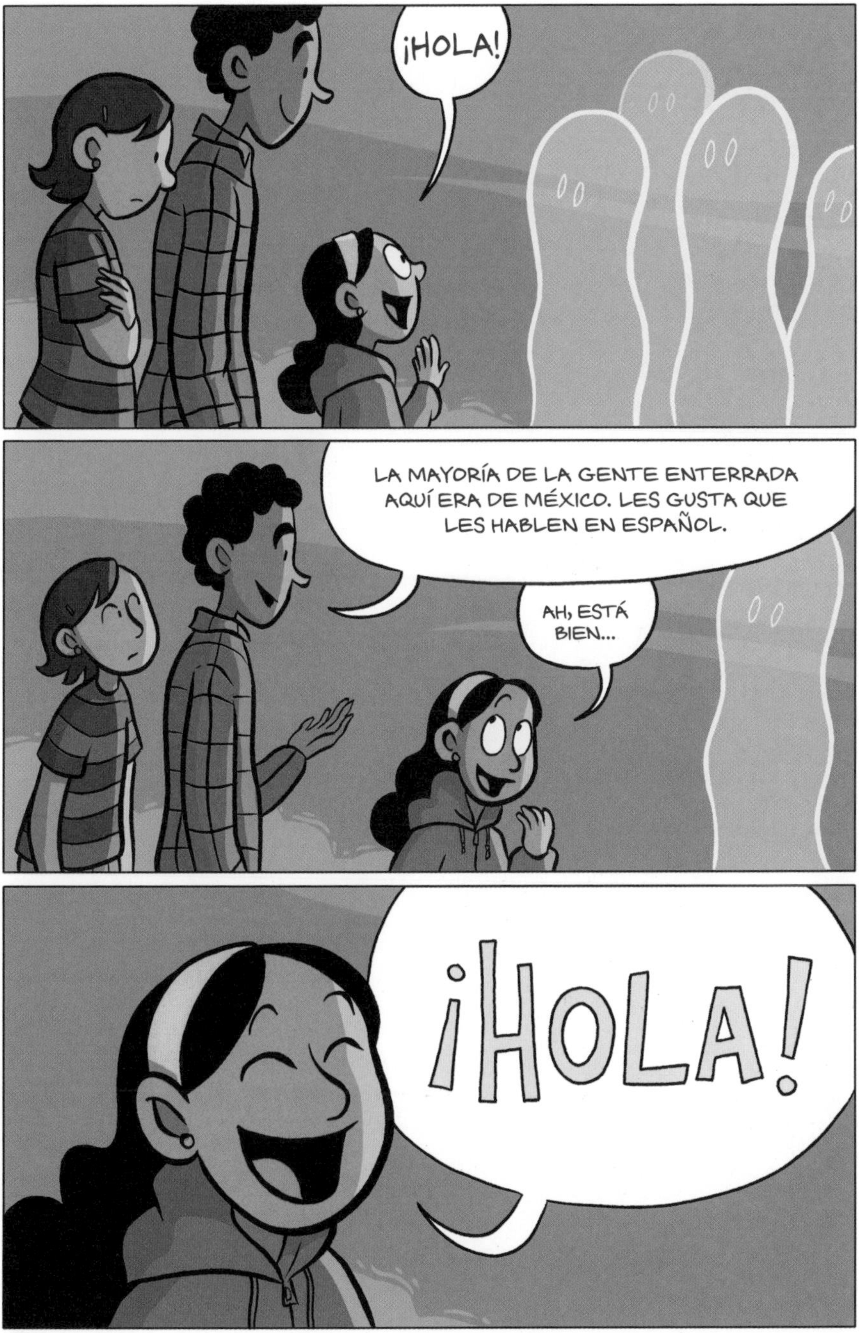
¡HOLA!
LA MAYORÍA DE LA GENTE ENTERRADA AQUÍ ERA DE MÉXICO. LES GUSTA QUE LES HABLEN EN ESPAÑOL.
AH, ESTÁ BIEN...
¡HOLA!

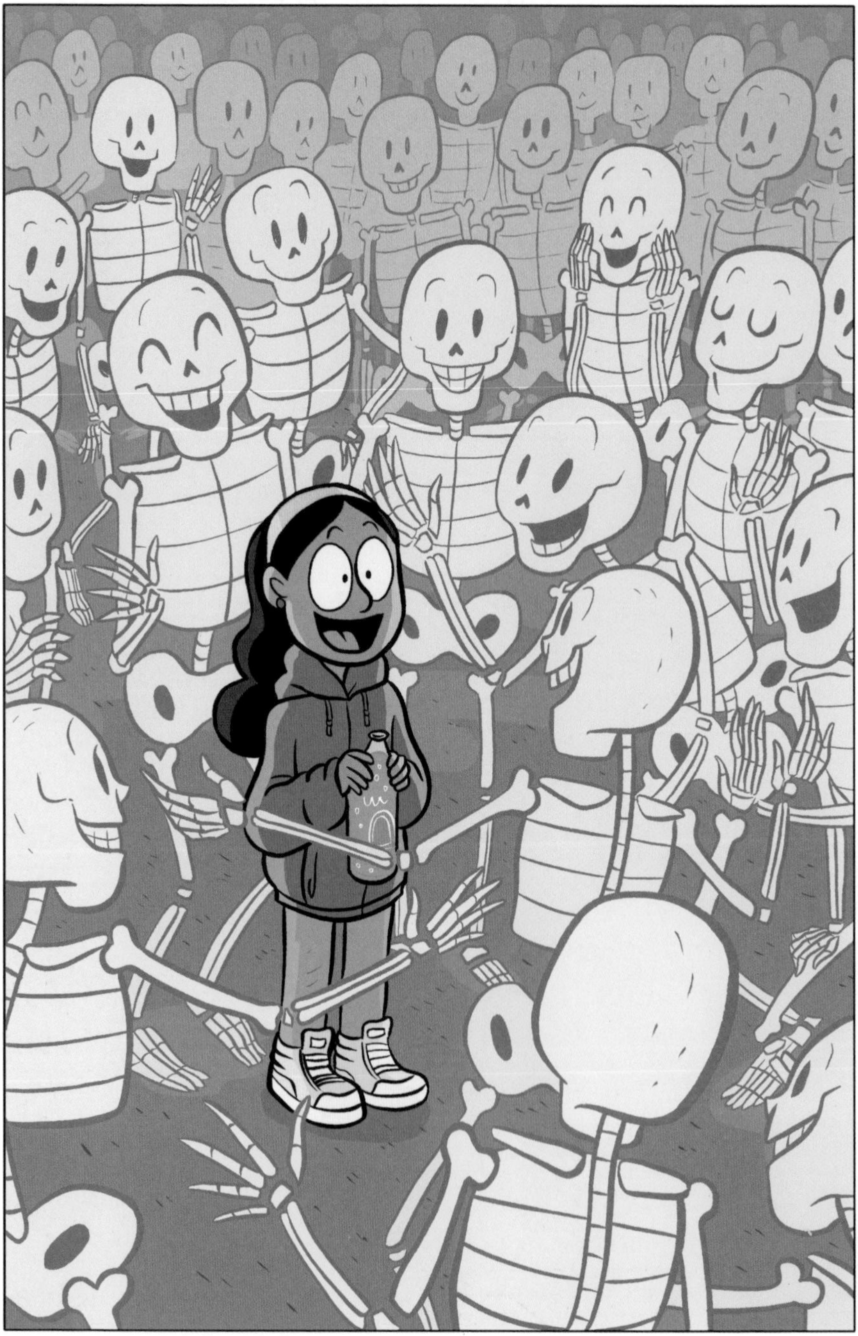

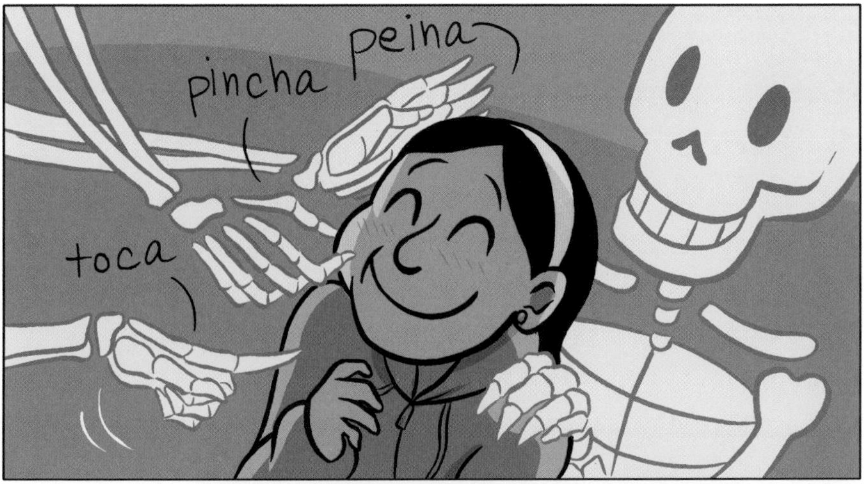
pincha
peina
toca

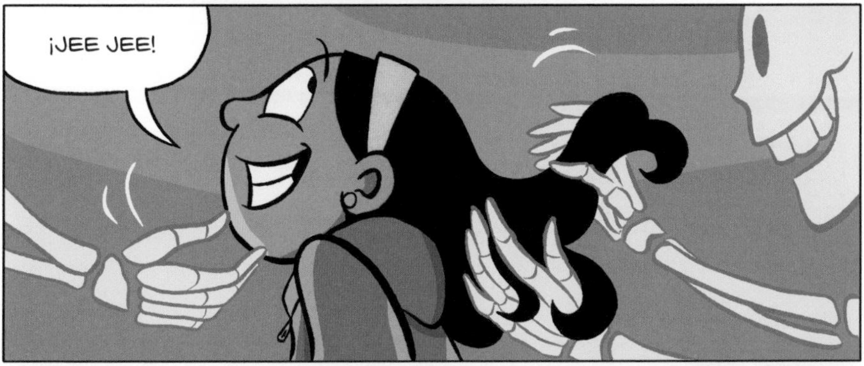
¡JEE JEE!

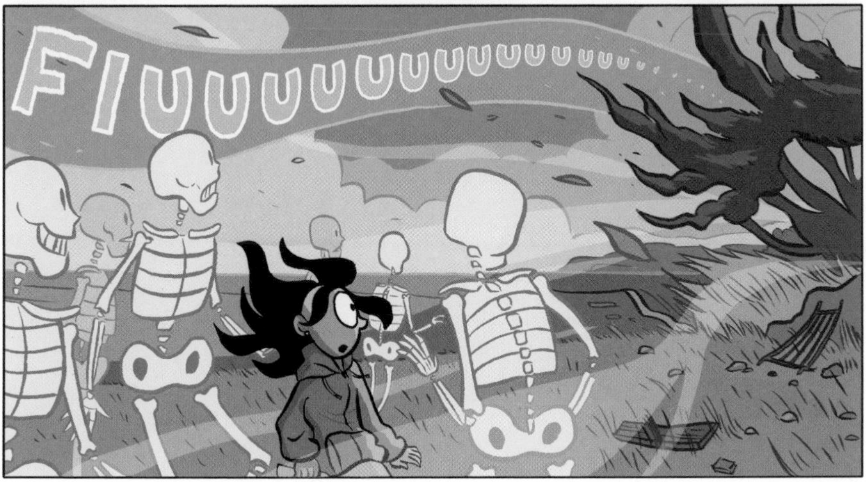
FIUUUUUUUUUUUUU

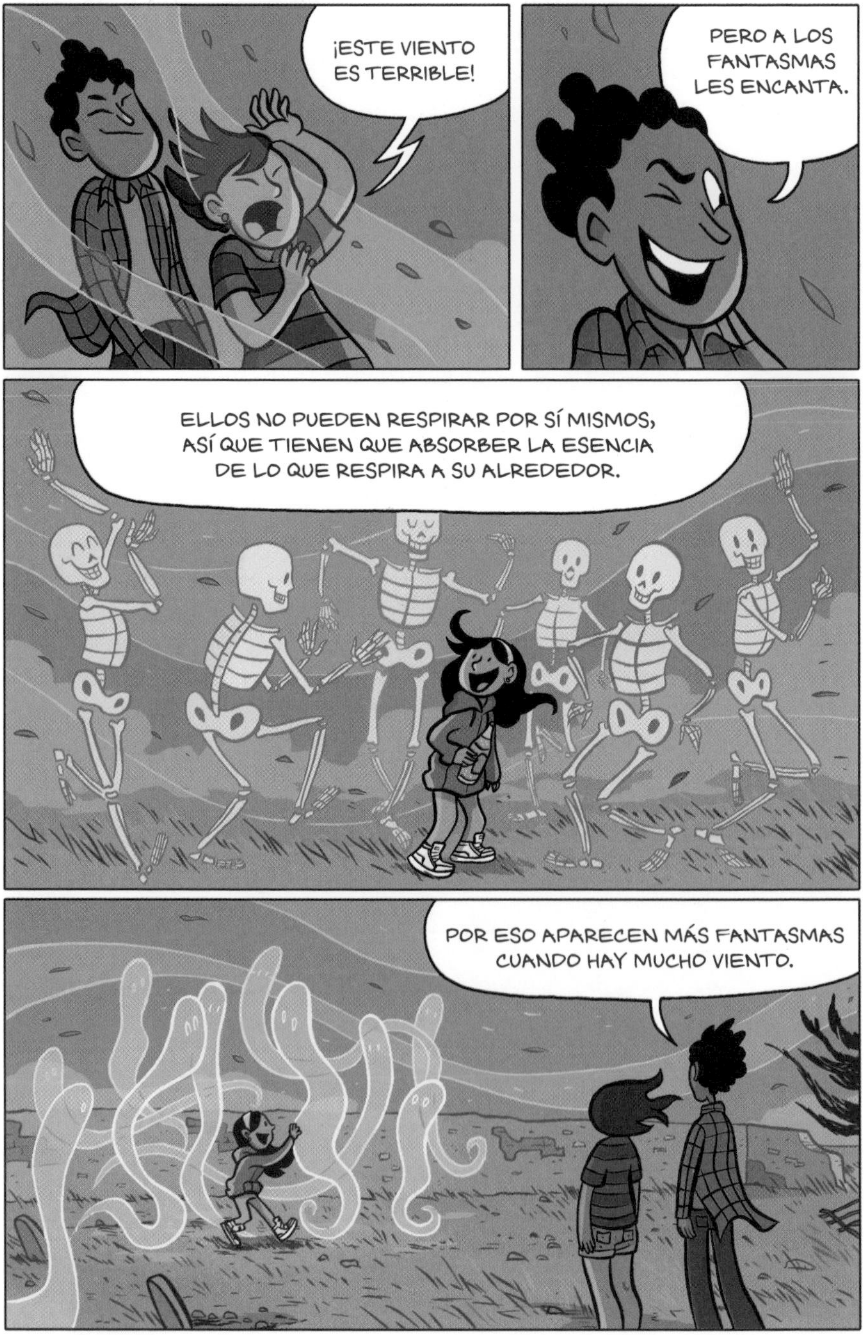
¡ESTE VIENTO
ES TERRIBLE!
PERO A LOS
FANTASMAS
LES ENCANTA.
ELLOS NO PUEDEN RESPIRAR POR SÍ MISMOS,
ASÍ QUE TIENEN QUE ABSORBER LA ESENCIA
DE LO QUE RESPIRA A SU ALREDEDOR.
POR ESO APARECEN MÁS FANTASMAS
CUANDO HAY MUCHO VIENTO.

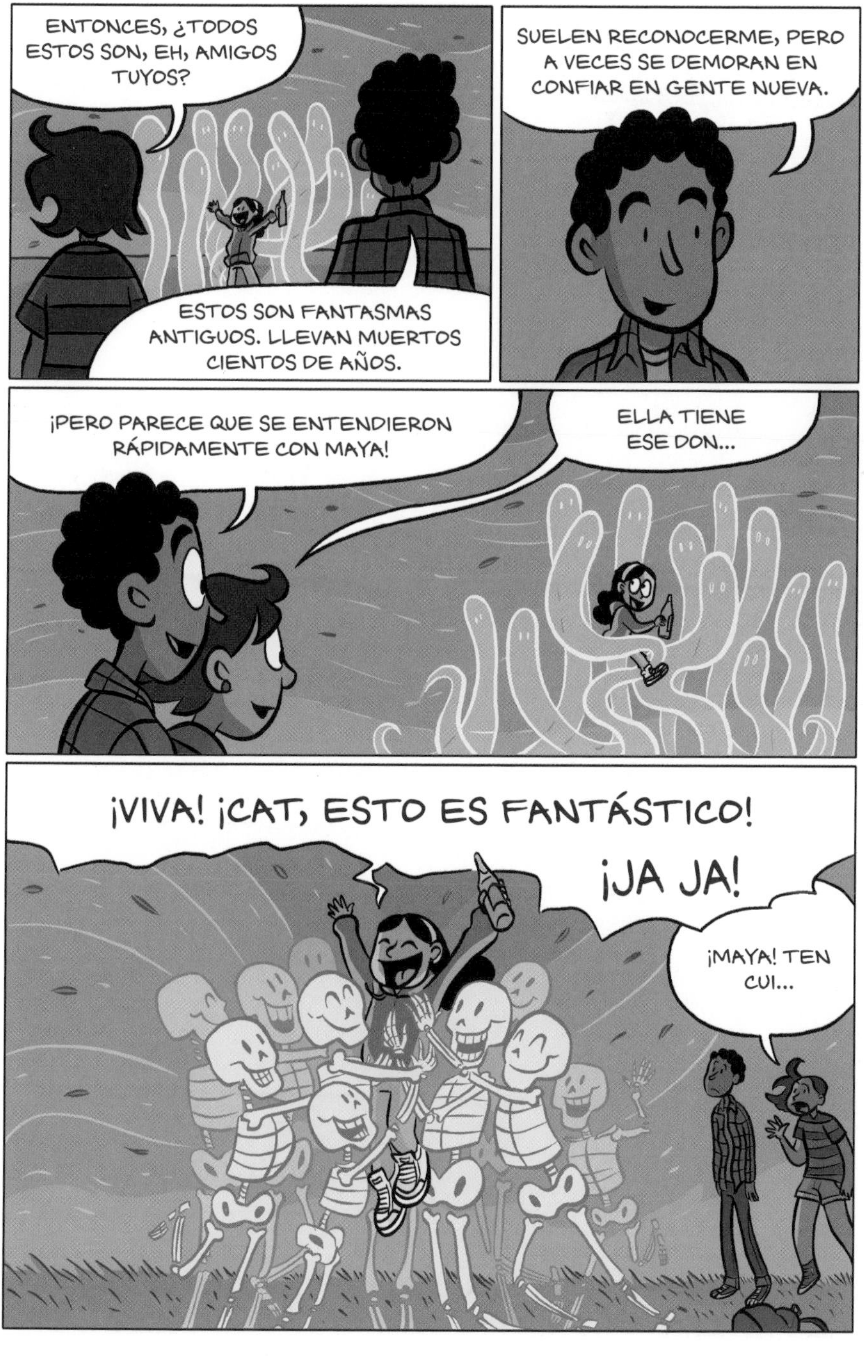
ENTONCES, ¿TODOS ESTOS SON, EH, AMIGOS TUYOS?
ESTOS SON FANTASMAS ANTIGUOS. LLEVAN MUERTOS CIENTOS DE AÑOS.
SUELEN RECONOCERME, PERO A VECES SE DEMORAN EN CONFIAR EN GENTE NUEVA.
¡PERO PARECE QUE SE ENTENDIERON RÁPIDAMENTE CON MAYA!
ELLA TIENE ESE DON...
¡VIVA! ¡CAT, ESTO ES FANTÁSTICO!
¡JA JA!
¡MAYA! TEN CUI...

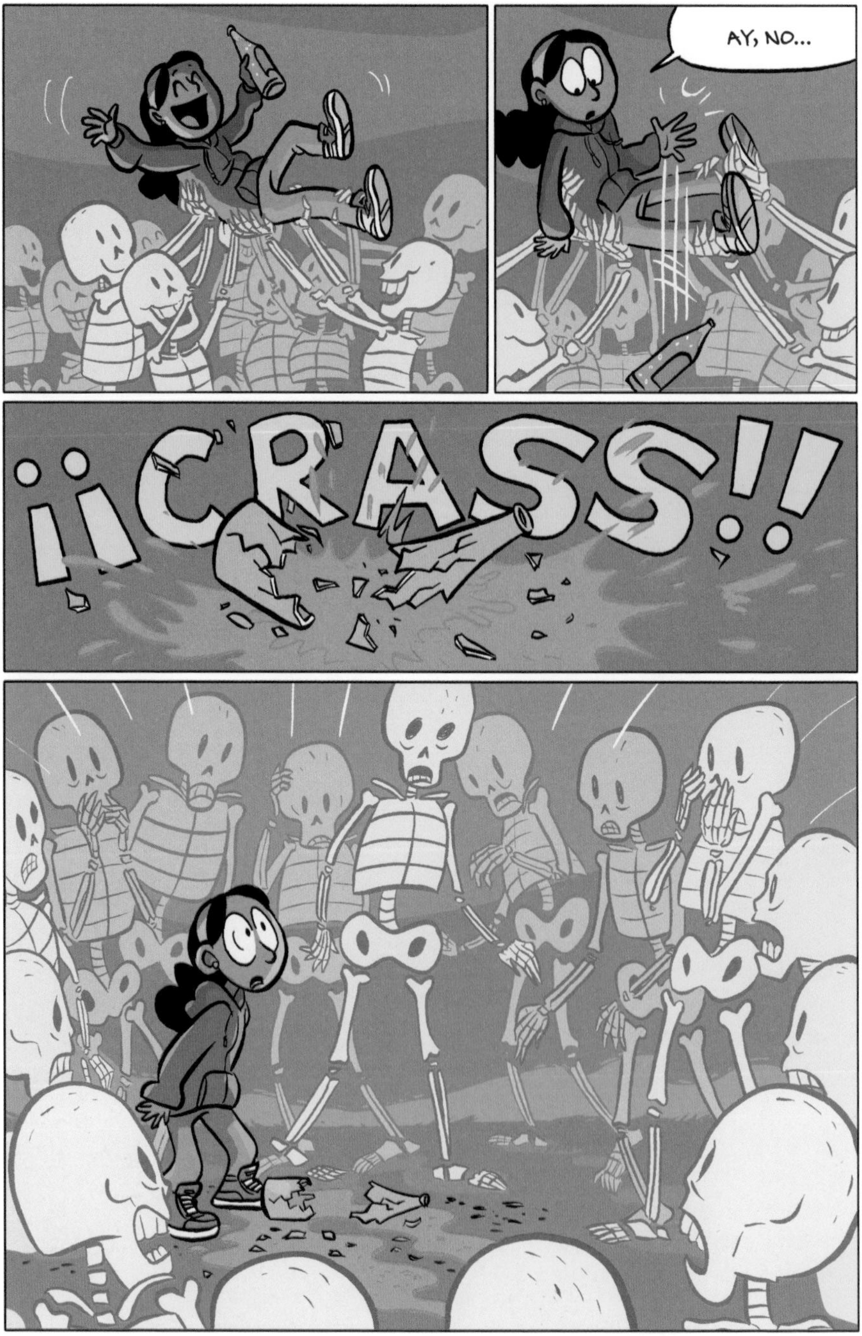
AY, NO...
¡¡CRASS!!

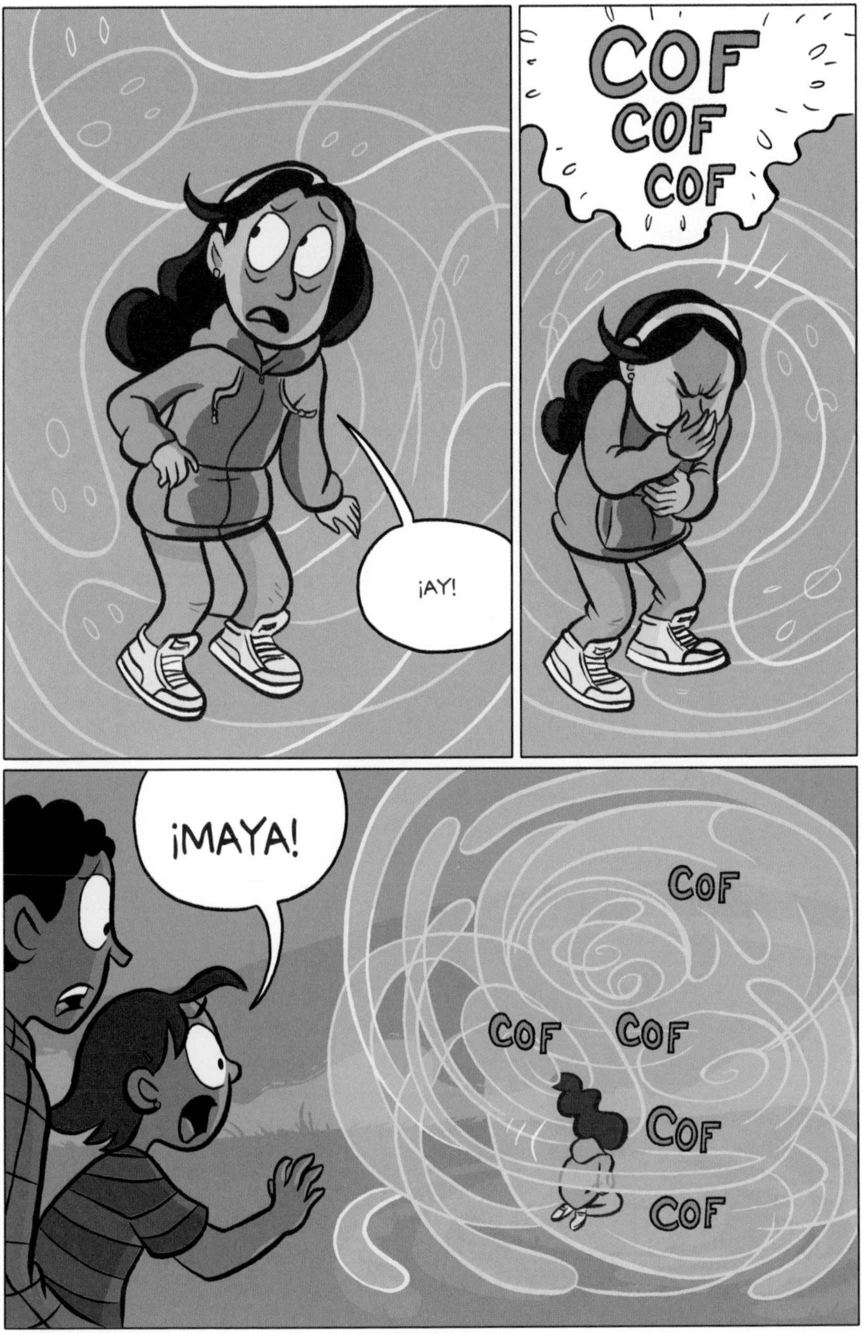
¡AY!
COF
COF
COF
¡MAYA!
COF
COF
COF
COF
COF

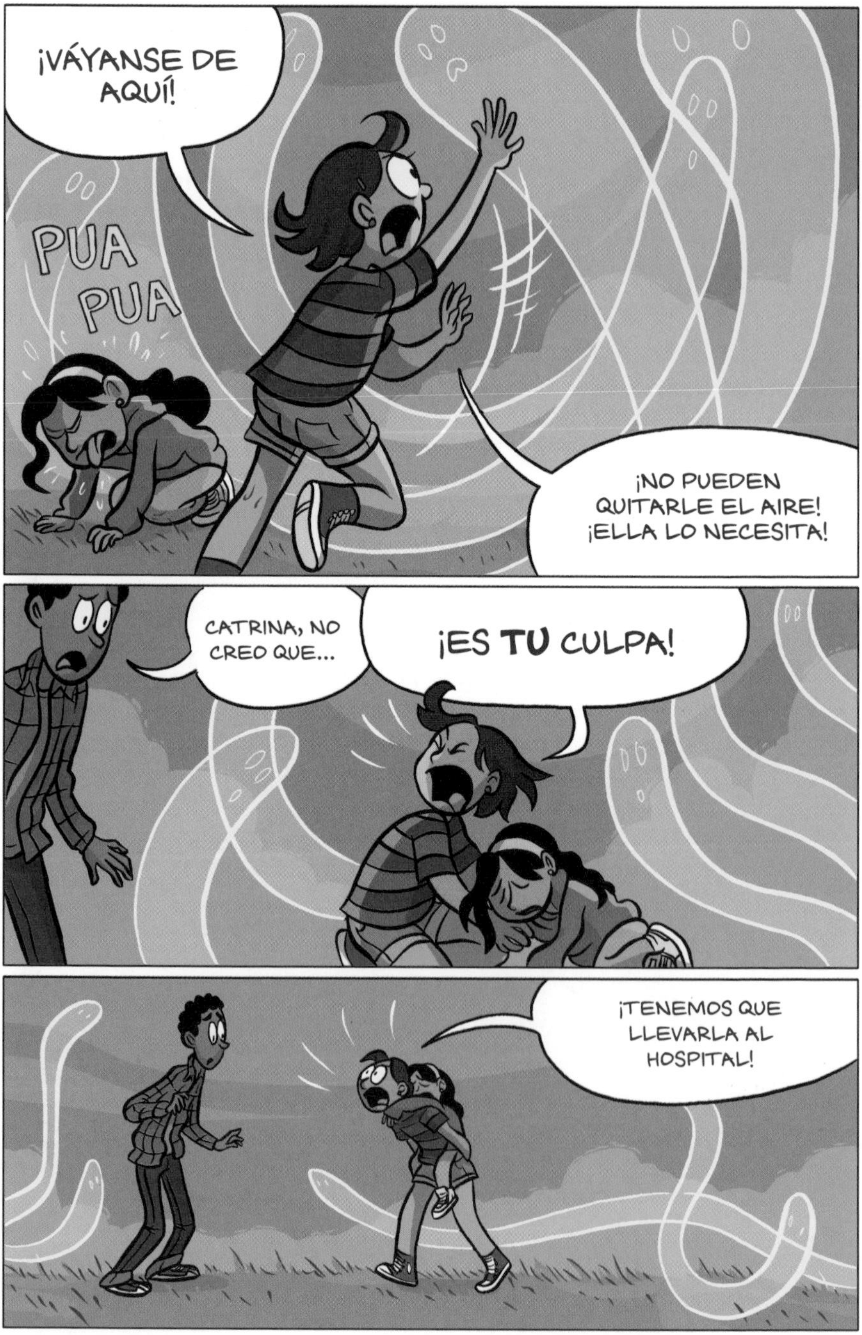
¡VÁYANSE DE AQUÍ!
PUA
PUA
¡NO PUEDEN QUITARLE EL AIRE! ¡ELLA LO NECESITA!
CATRINA, NO CREO QUE...
¡ES **TU** CULPA!
¡TENEMOS QUE LLEVARLA AL HOSPITAL!

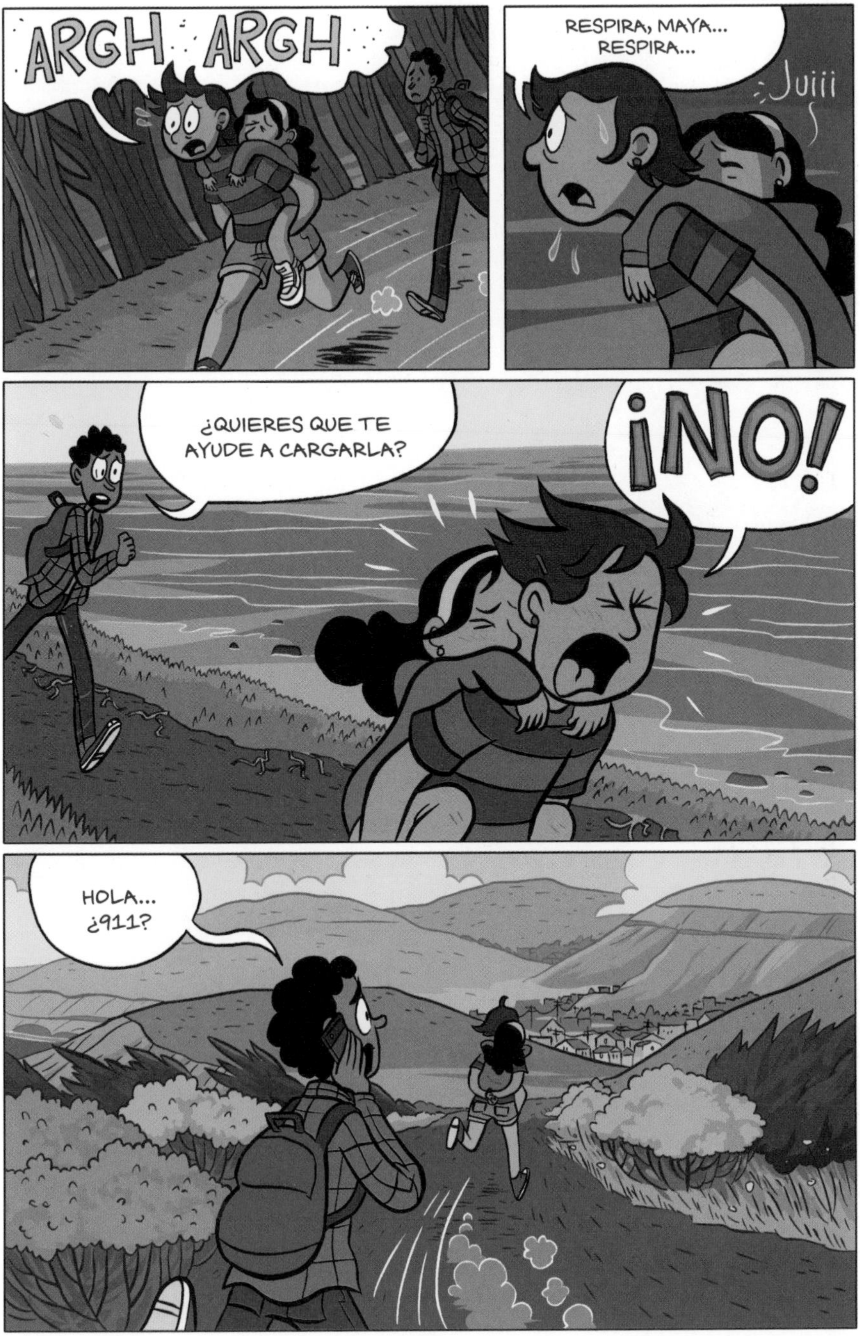
ARGH ARGH
RESPIRA, MAYA... RESPIRA...
Juiii
¿QUIERES QUE TE AYUDE A CARGARLA?
¡NO!
HOLA... ¿911?

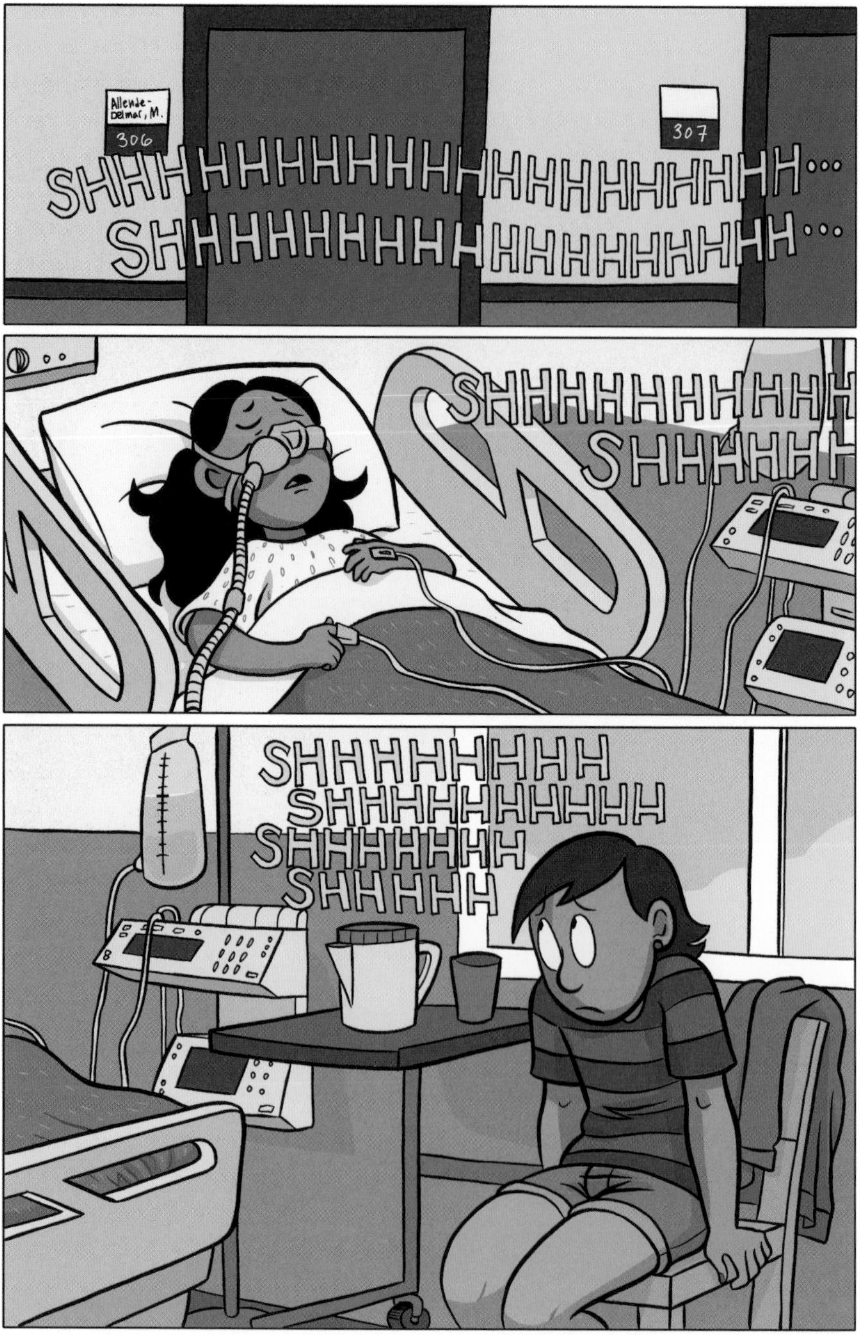
Allende-Delmar, M.
306
307
SHHHHHHHHHHHHHHHHHHHHH...
SHHHHHHHHHHHHHHHHHH...
SHHHHHHHHHH
SHHHHHH
SHHHHHHHH
SHHHHHHHHHH
SHHHHHHH
SHHHHH

LO MÁS PROBABLE ES QUE EL ATAQUE HAYA SIDO CAUSADO POR EL FRÍO, Y PORQUE SE ESFORZÓ DEMASIADO.

SHHHHHH
SHHHHHH
SHHHHHH

CATRINA, ¿CÓMO SE TE OCURRIÓ SALIR A **CAMINAR** CON MAYA SIN LLEVAR SU MEDICINA?

SHHHHHH SHHHHHH

¡LO SIENTO! ELLA... ELLA QUERÍA IR EN ESE MISMO MOMENTO Y YO PENSÉ...

SHHHHH SHHHHH

TIENES QUE SER MÁS RESPONSABLE, CAT.

LO SÉ.

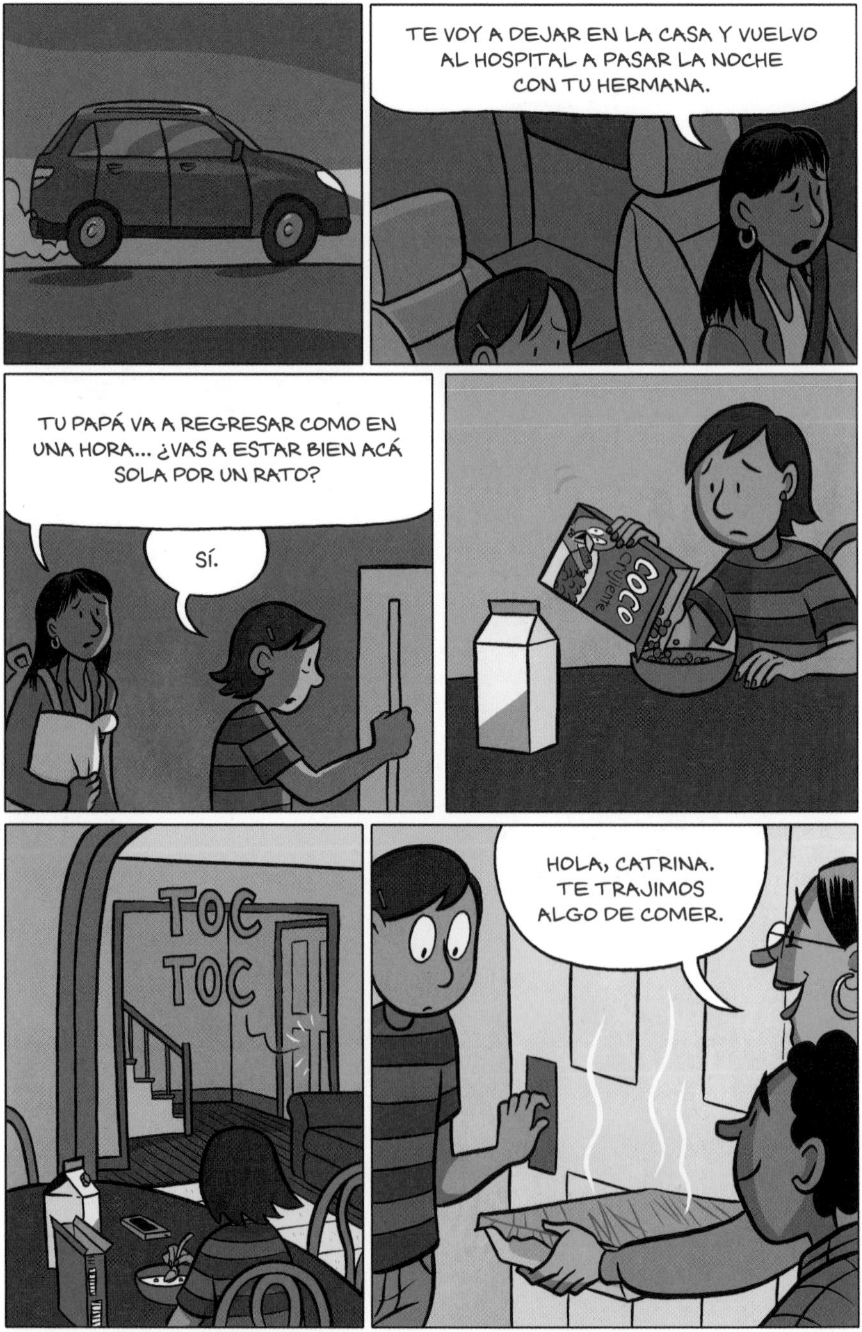
TE VOY A DEJAR EN LA CASA Y VUELVO AL HOSPITAL A PASAR LA NOCHE CON TU HERMANA.
TU PAPÁ VA A REGRESAR COMO EN UNA HORA... ¿VAS A ESTAR BIEN ACÁ SOLA POR UN RATO?
SÍ.
COCO Crujiente
TOC TOC
HOLA, CATRINA. TE TRAJIMOS ALGO DE COMER.

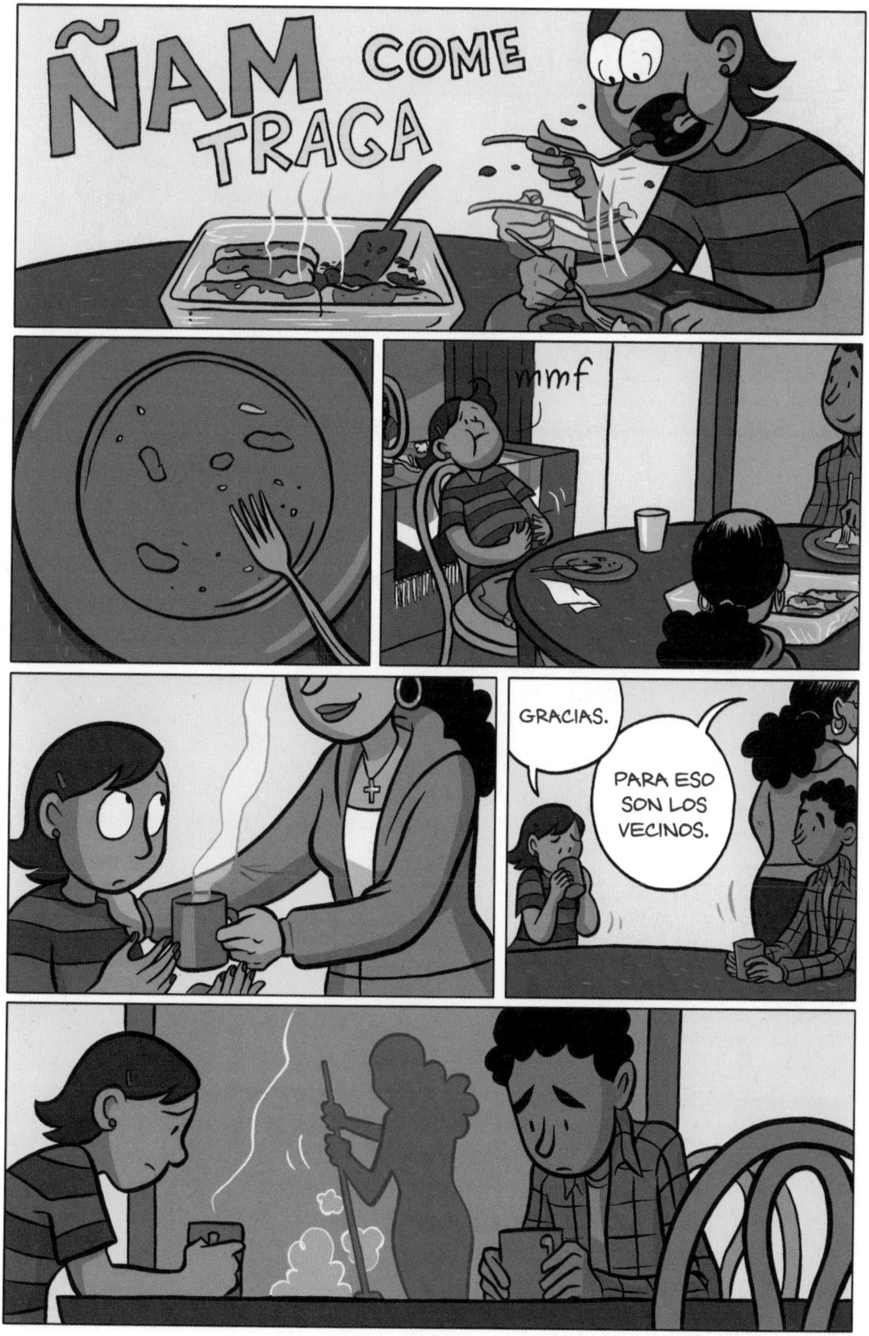
ÑAM
COME
TRAGA
mmf
GRACIAS.
PARA ESO SON LOS VECINOS.

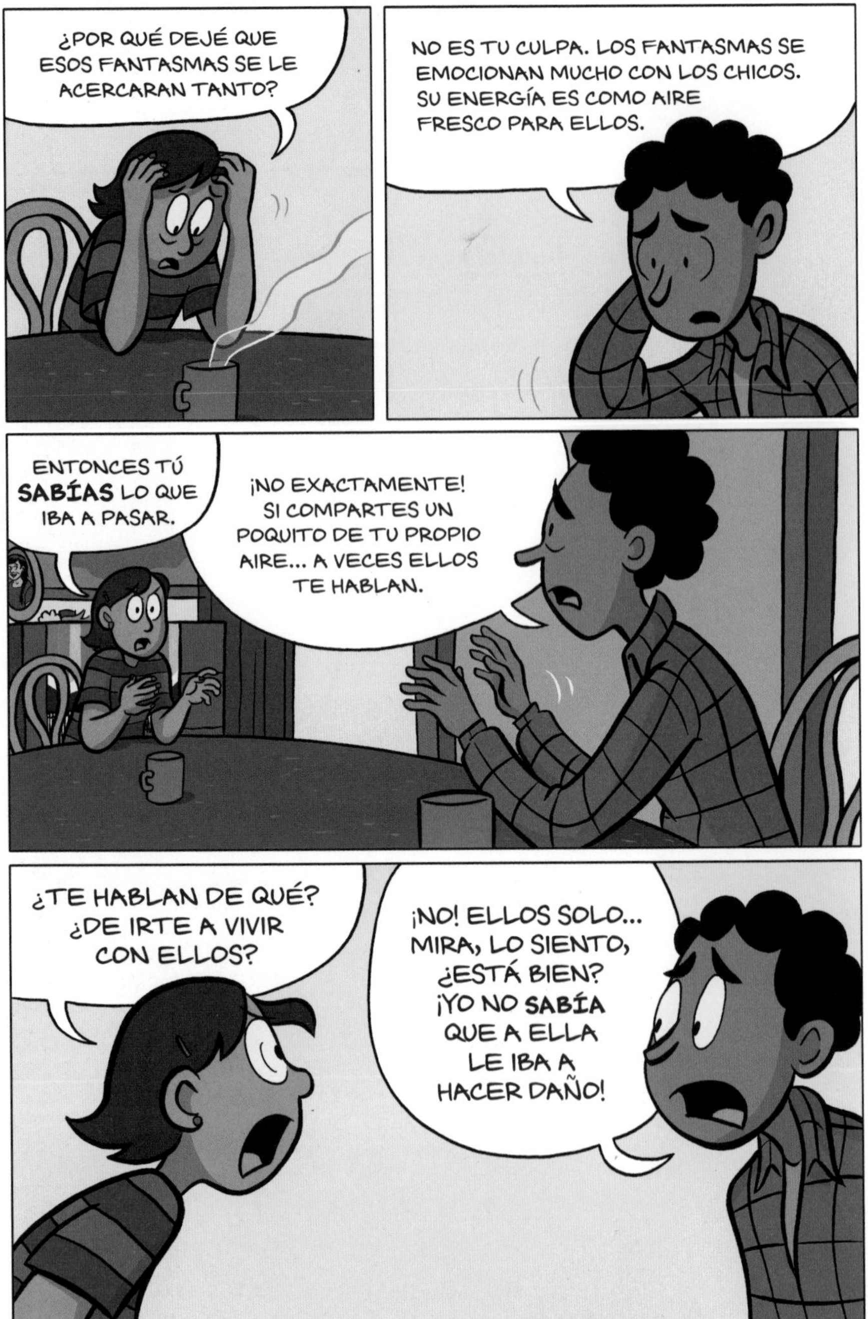
¿POR QUÉ DEJÉ QUE ESOS FANTASMAS SE LE ACERCARAN TANTO?
NO ES TU CULPA. LOS FANTASMAS SE EMOCIONAN MUCHO CON LOS CHICOS. SU ENERGÍA ES COMO AIRE FRESCO PARA ELLOS.
ENTONCES TÚ **SABÍAS** LO QUE IBA A PASAR.
¡NO EXACTAMENTE! SI COMPARTES UN POQUITO DE TU PROPIO AIRE... A VECES ELLOS TE HABLAN.
¿TE HABLAN DE QUÉ? ¿DE IRTE A VIVIR CON ELLOS?
¡NO! ELLOS SOLO... MIRA, LO SIENTO, ¿ESTÁ BIEN? ¡YO NO **SABÍA** QUE A ELLA LE IBA A HACER DAÑO!

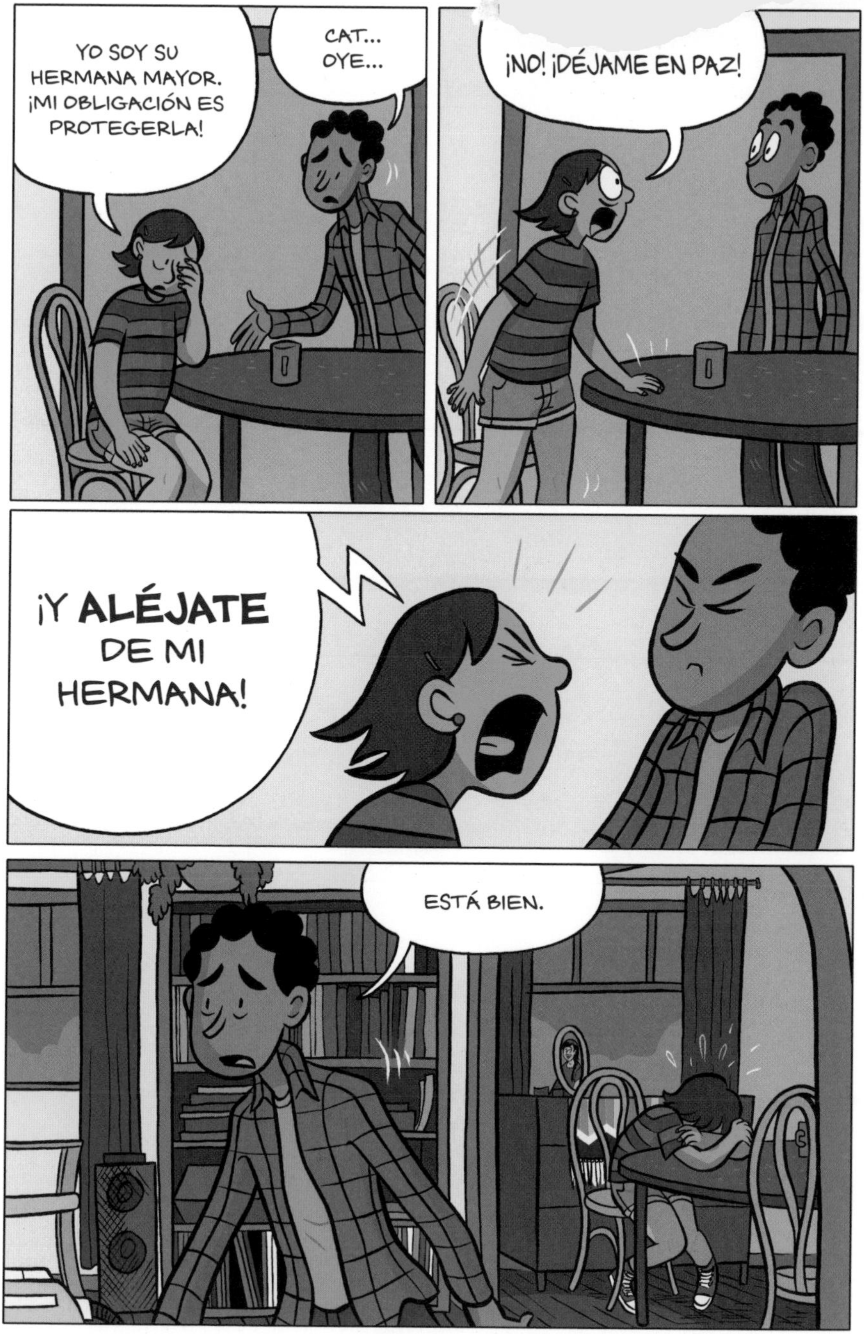
YO SOY SU HERMANA MAYOR. ¡MI OBLIGACIÓN ES PROTEGERLA!
CAT... OYE...
¡NO! ¡DÉJAME EN PAZ!
¡Y **ALÉJATE** DE MI HERMANA!
ESTÁ BIEN.

SEPTIEMBRE

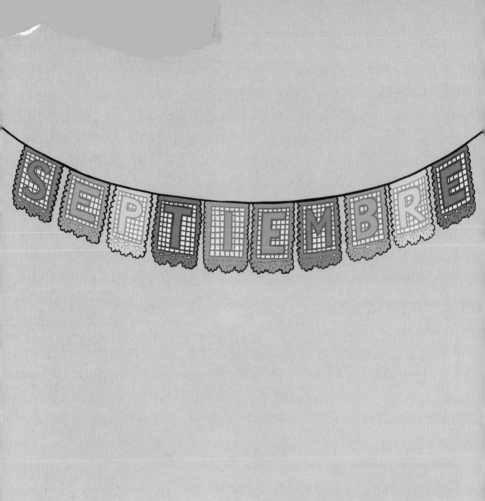

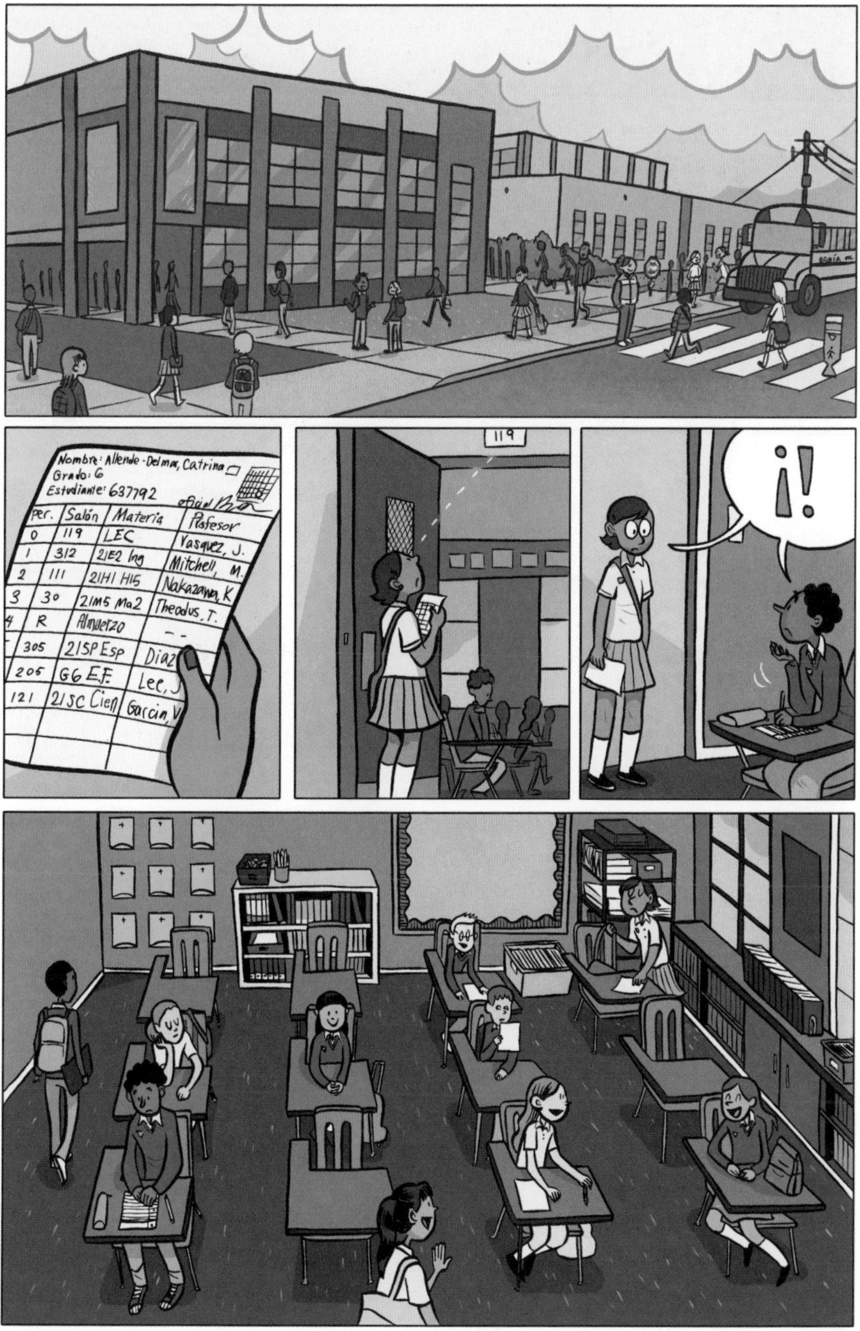
Nombre: Allende-Delmar, Catrina
Grado: 6
Estudiante: 637792
oficial
Per. | Salón | Materia | Profesor
0 | 119 | LEC | Vasquez, J.
1 | 312 | 21E2 Ing | Mitchell, M.
2 | 111 | 21H1 HI5 | Nakazawa, K
3 | 30 | 21M5 Ma2 | Theodus, T.
4 | R | Almuerzo | - -
305 | 21SP Esp | Diaz
205 | G6 E.F. | Lee, J
121 | 21SC Cien | Garcin, V
119
¡!

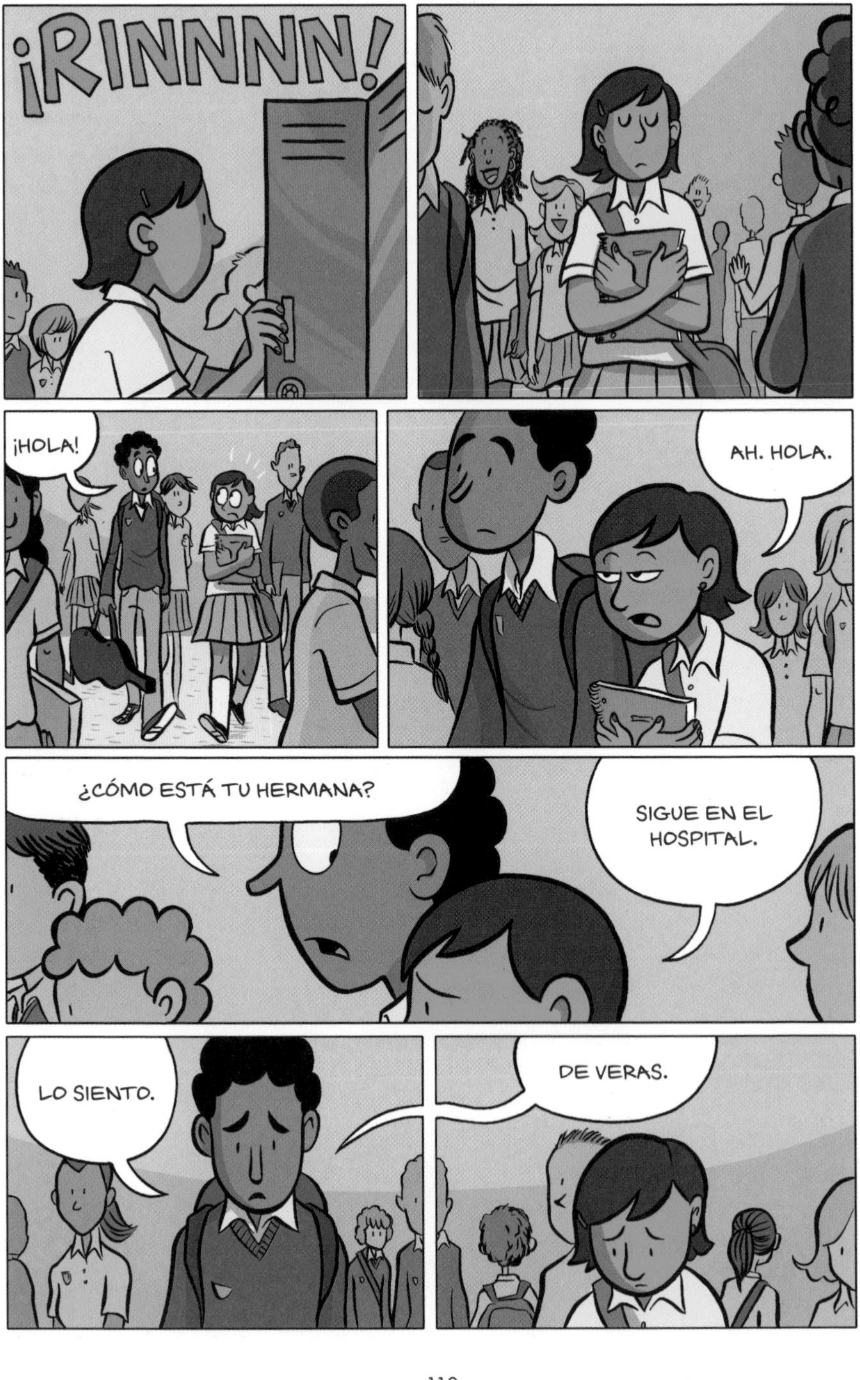
¡RINNNN!
¡HOLA!
AH. HOLA.
¿CÓMO ESTÁ TU HERMANA?
SIGUE EN EL HOSPITAL.
LO SIENTO.
DE VERAS.

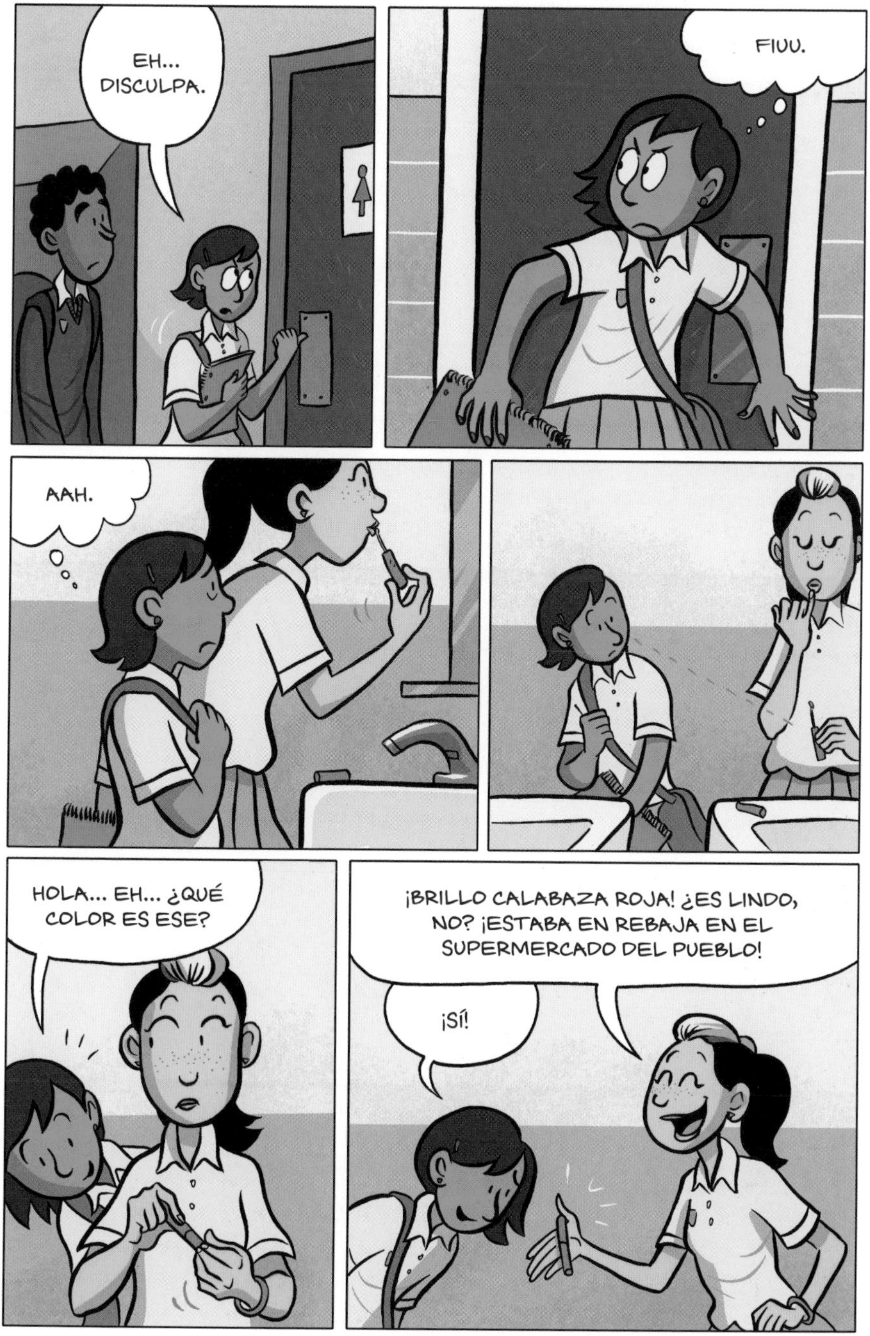
EH...
DISCULPA.
FIUU.
AAH.
HOLA... EH... ¿QUÉ COLOR ES ESE?
¡BRILLO CALABAZA ROJA! ¿ES LINDO, NO? ¡ESTABA EN REBAJA EN EL SUPERMERCADO DEL PUEBLO!
¡SÍ!

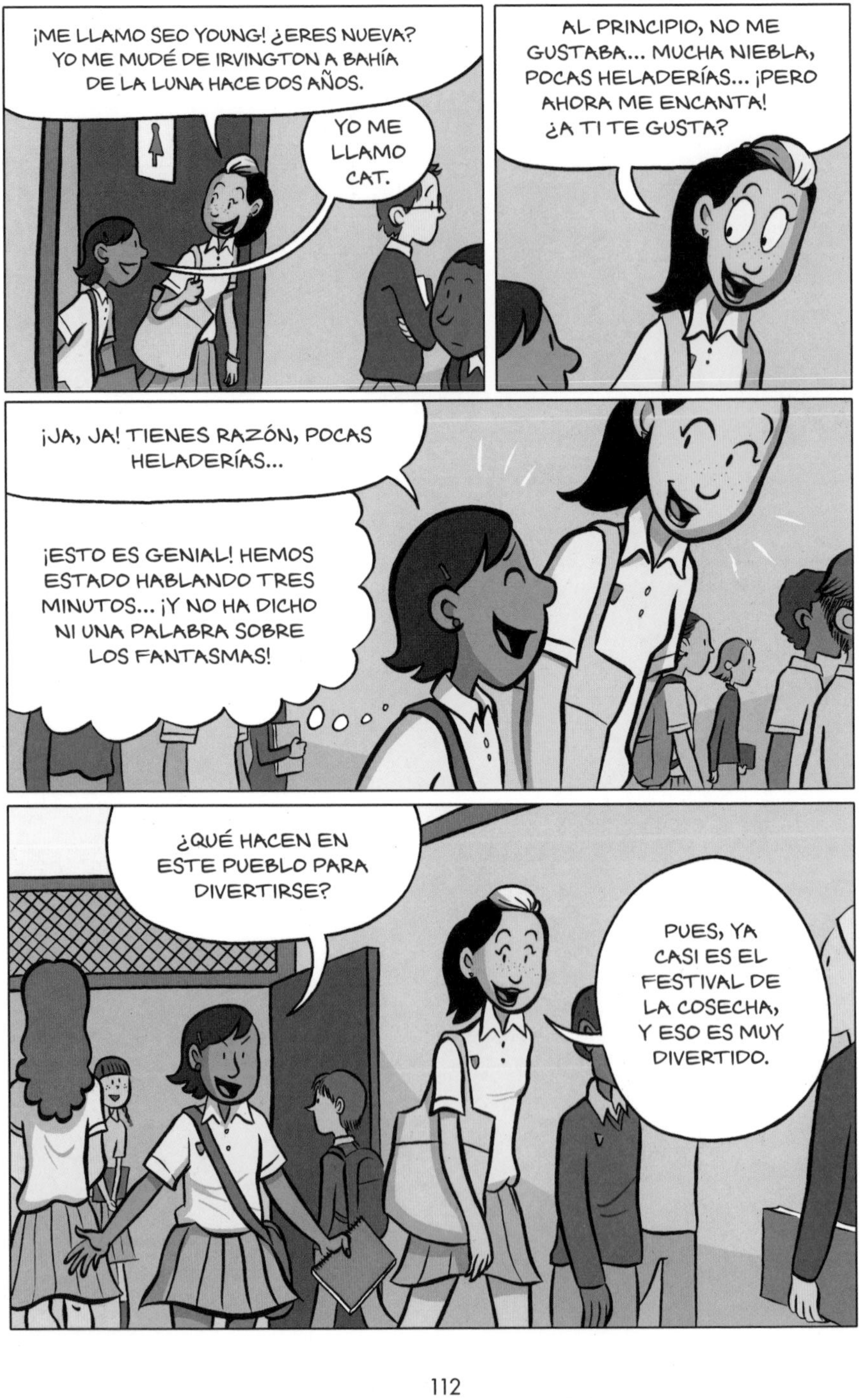
¡ME LLAMO SEO YOUNG! ¿ERES NUEVA? YO ME MUDÉ DE IRVINGTON A BAHÍA DE LA LUNA HACE DOS AÑOS.
YO ME LLAMO CAT.
AL PRINCIPIO, NO ME GUSTABA... MUCHA NIEBLA, POCAS HELADERÍAS... ¡PERO AHORA ME ENCANTA! ¿A TI TE GUSTA?
¡JA, JA! TIENES RAZÓN, POCAS HELADERÍAS...
¡ESTO ES GENIAL! HEMOS ESTADO HABLANDO TRES MINUTOS... ¡Y NO HA DICHO NI UNA PALABRA SOBRE LOS FANTASMAS!
¿QUÉ HACEN EN ESTE PUEBLO PARA DIVERTIRSE?
PUES, YA CASI ES EL FESTIVAL DE LA COSECHA, Y ESO ES MUY DIVERTIDO.

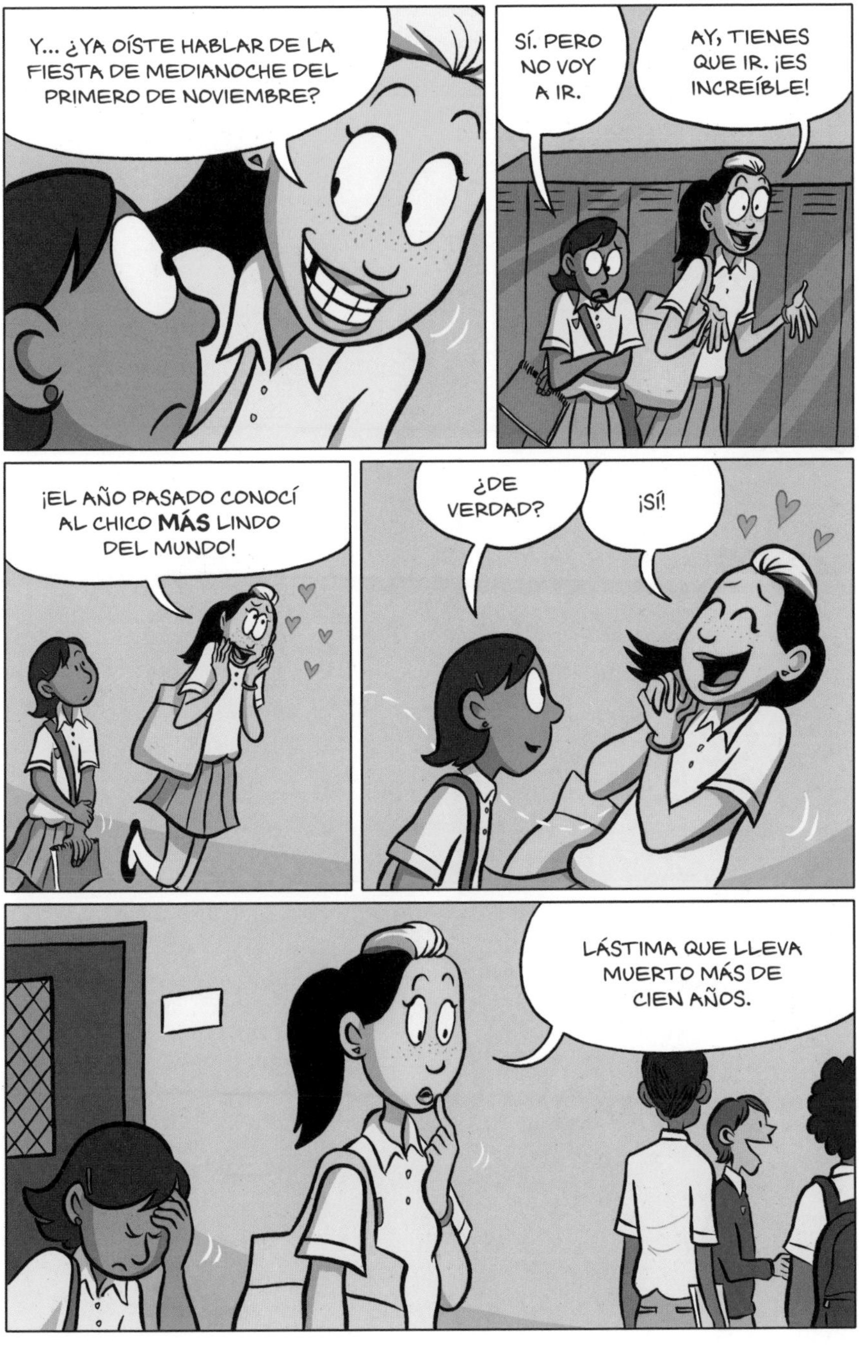
Y... ¿YA OÍSTE HABLAR DE LA FIESTA DE MEDIANOCHE DEL PRIMERO DE NOVIEMBRE?
SÍ. PERO NO VOY A IR.
AY, TIENES QUE IR. ¡ES INCREÍBLE!
¡EL AÑO PASADO CONOCÍ AL CHICO **MÁS** LINDO DEL MUNDO!
¿DE VERDAD?
¡SÍ!
LÁSTIMA QUE LLEVA MUERTO MÁS DE CIEN AÑOS.

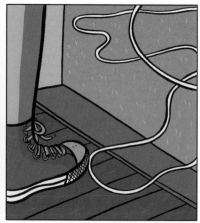

¿EL TUBO PARA RESPIRAR ES PERMANENTE, MAMÁ?

TODAVÍA NO SABEMOS, CARIÑO.

SABES QUE LA FIBROSIS QUÍSTICA ES DEGENERATIVA... ASÍ QUE SUS PULMONES SEGURAMENTE EMPEORARÁN A MEDIDA QUE CREZCA. NO VAN A MEJORAR.

AY, NO.

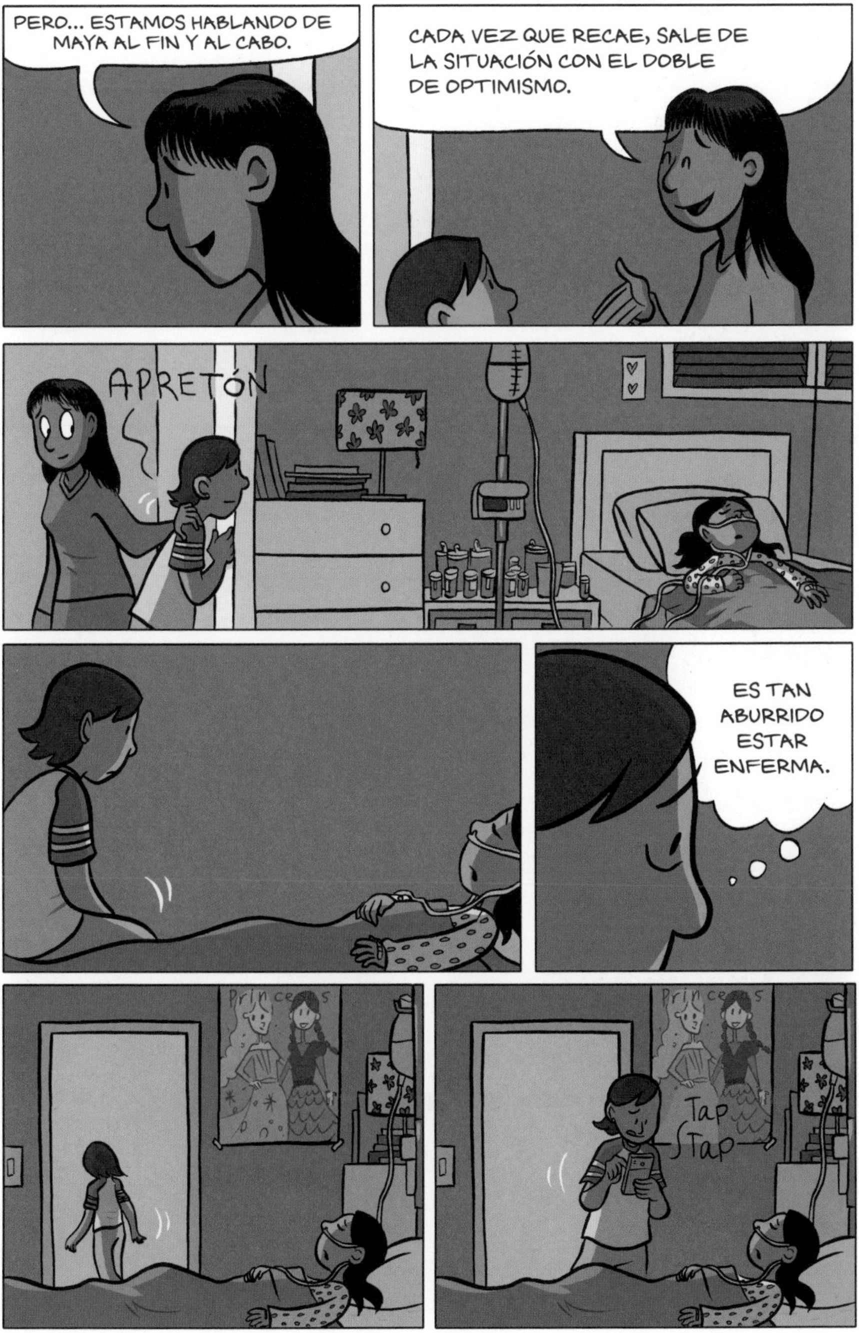
PERO... ESTAMOS HABLANDO DE MAYA AL FIN Y AL CABO.
CADA VEZ QUE RECAE, SALE DE LA SITUACIÓN CON EL DOBLE DE OPTIMISMO.
APRETÓN
ES TAN ABURRIDO ESTAR ENFERMA.
Princesas
Princesas
Tap Tap

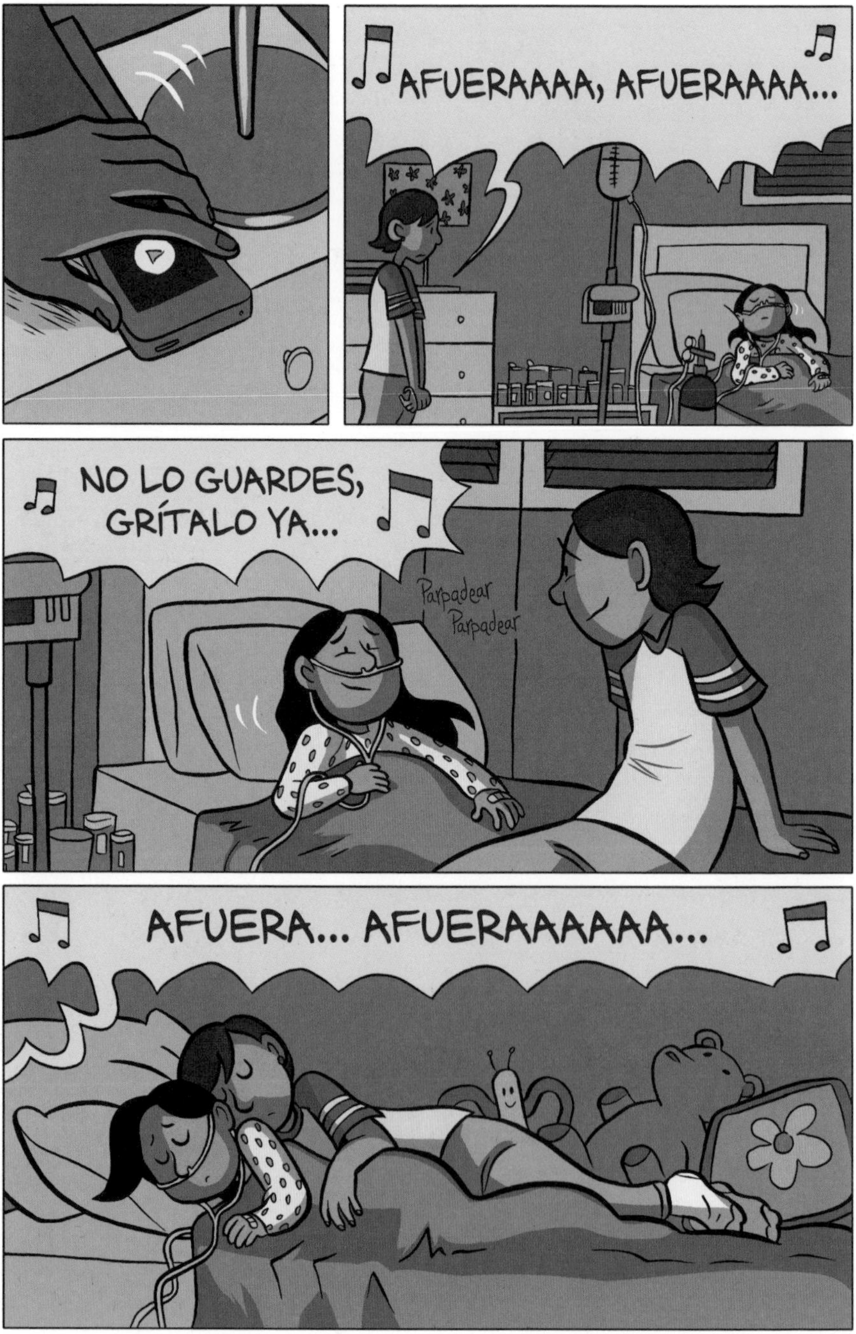
AFUERAAAA, AFUERAAAA...
NO LO GUARDES, GRÍTALO YA...
Parpadear
Parpadear
AFUERA... AFUERAAAAAA...

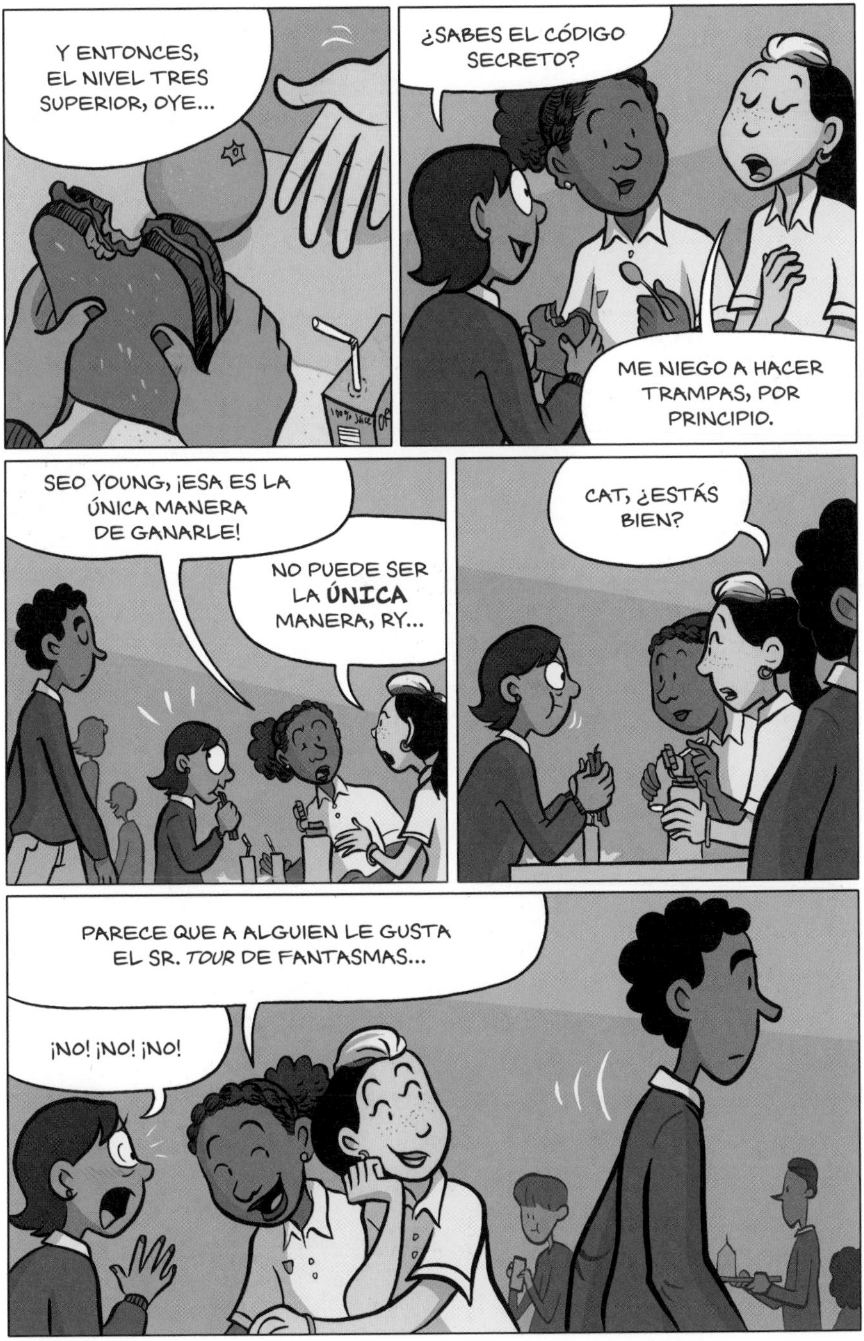
Y ENTONCES, EL NIVEL TRES SUPERIOR, OYE...
¿SABES EL CÓDIGO SECRETO?
ME NIEGO A HACER TRAMPAS, POR PRINCIPIO.
SEO YOUNG, ¡ESA ES LA ÚNICA MANERA DE GANARLE!
NO PUEDE SER LA **ÚNICA** MANERA, RY...
CAT, ¿ESTÁS BIEN?
PARECE QUE A ALGUIEN LE GUSTA EL SR. *TOUR* DE FANTASMAS...
¡NO! ¡NO! ¡NO!

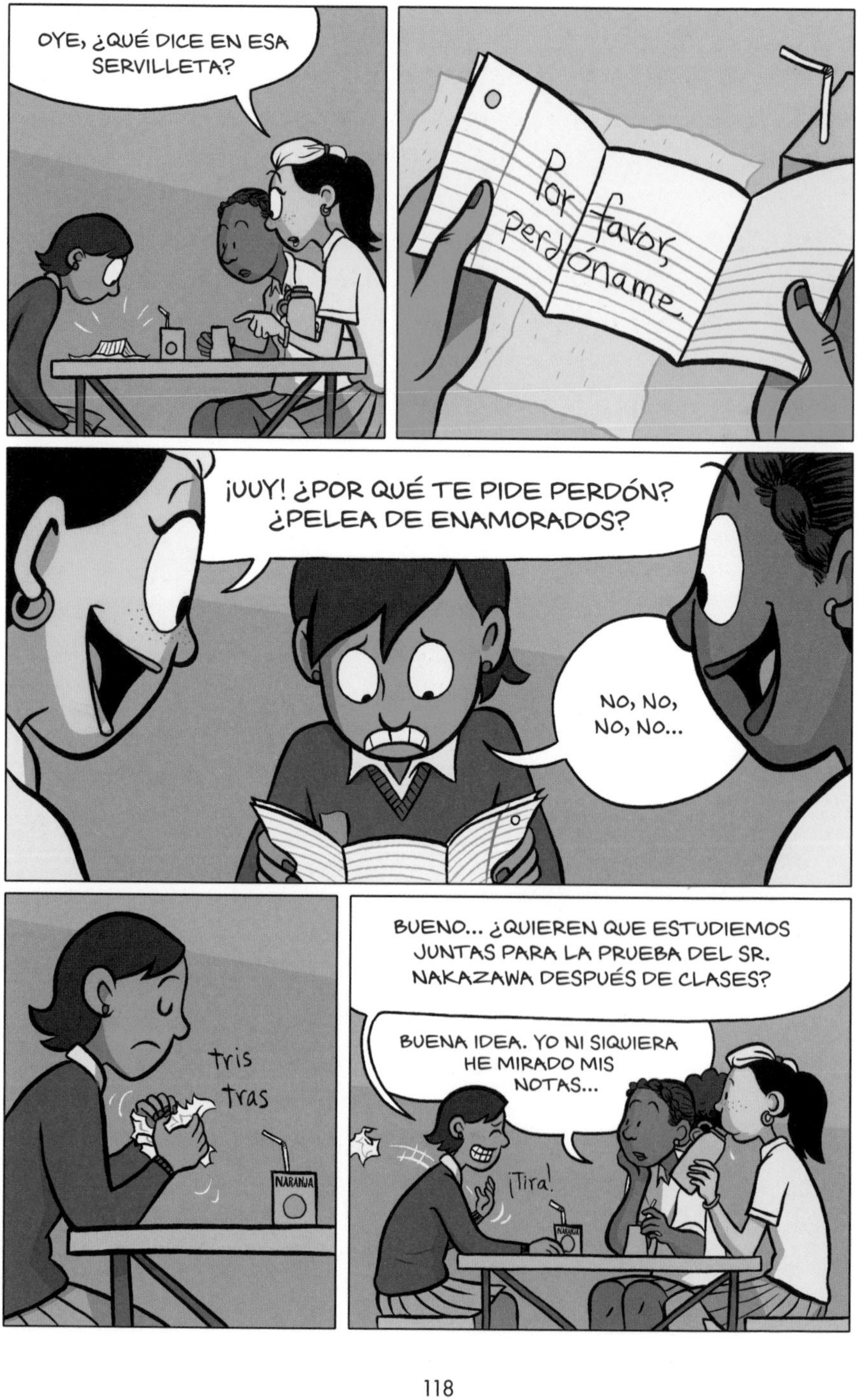
OYE, ¿QUÉ DICE EN ESA SERVILLETA?
Por favor, perdóname.
¡UUY! ¿POR QUÉ TE PIDE PERDÓN? ¿PELEA DE ENAMORADOS?
NO, NO, NO, NO...
tris tras
NARANJA
BUENO... ¿QUIEREN QUE ESTUDIEMOS JUNTAS PARA LA PRUEBA DEL SR. NAKAZAWA DESPUÉS DE CLASES?
BUENA IDEA. YO NI SIQUIERA HE MIRADO MIS NOTAS...
¡Tira!
NARANJA

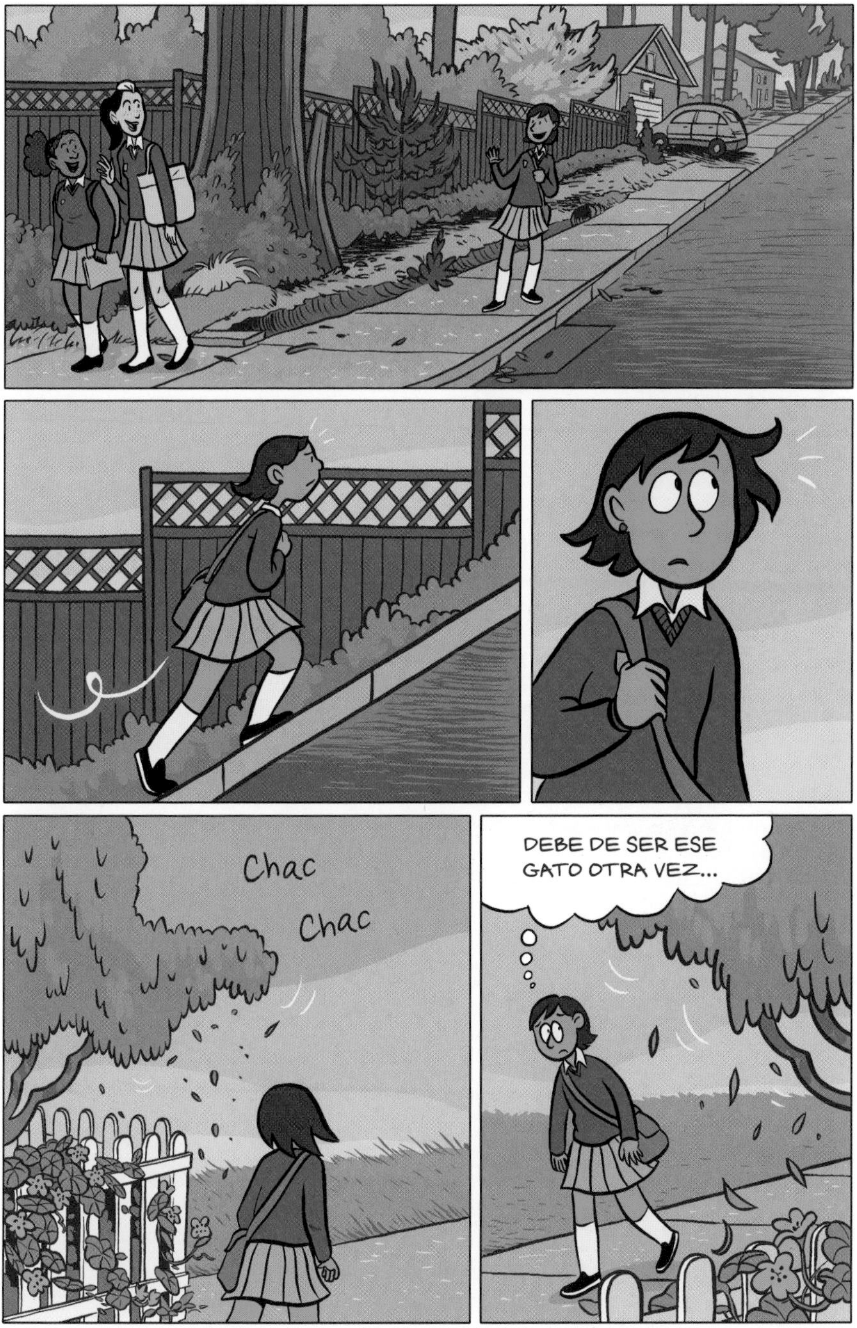
Chac
Chac
DEBE DE SER ESE GATO OTRA VEZ...

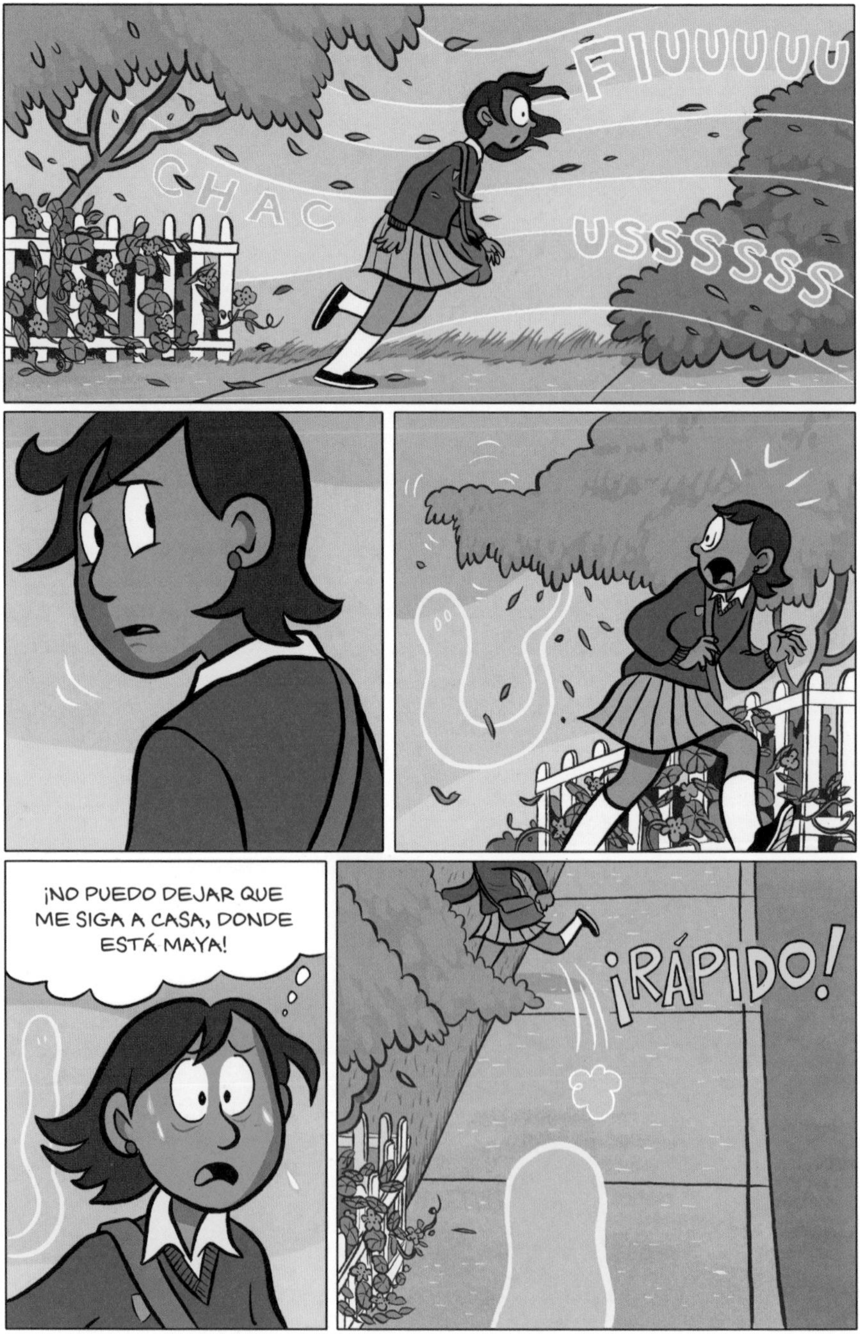
FIUUUUU
CHAC
USSSSSS
¡NO PUEDO DEJAR QUE ME SIGA A CASA, DONDE ESTÁ MAYA!
¡RÁPIDO!

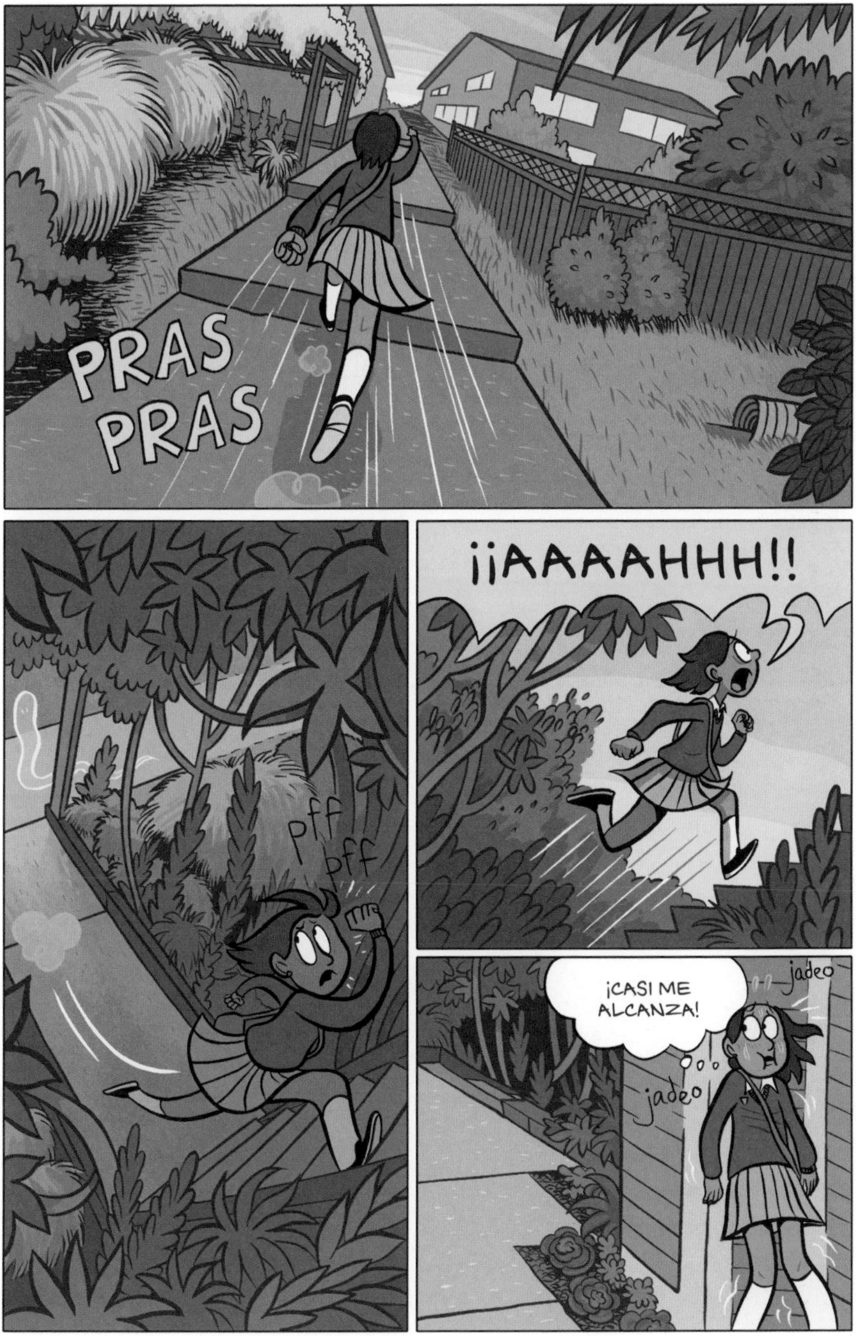
PRAS
PRAS
pff
pff
¡¡AAAAHHH!!
¡CASI ME ALCANZA!
jadeo
jadeo

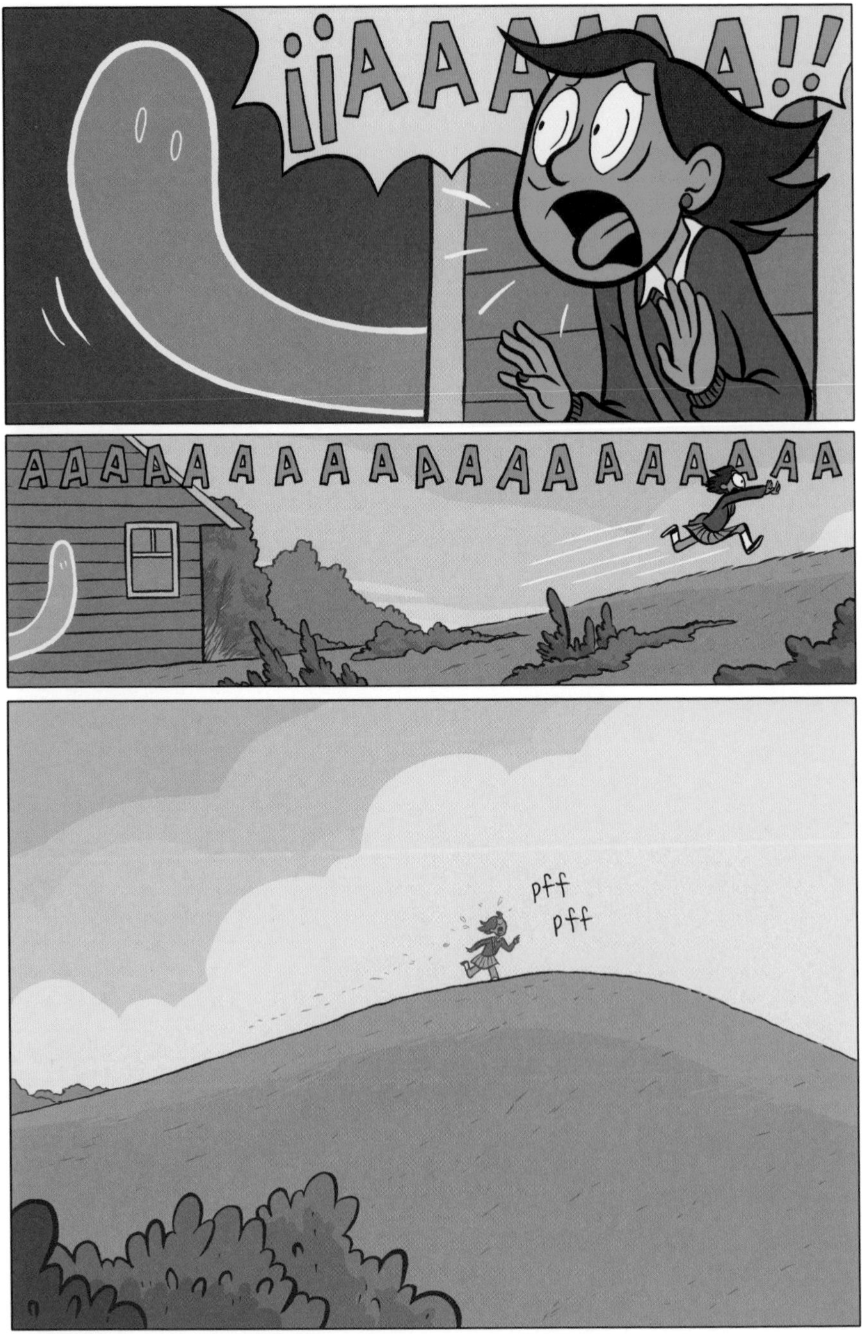
¡¡AAAAAA!!
AAAAAAAAAAAAAAAAAA
pff
pff

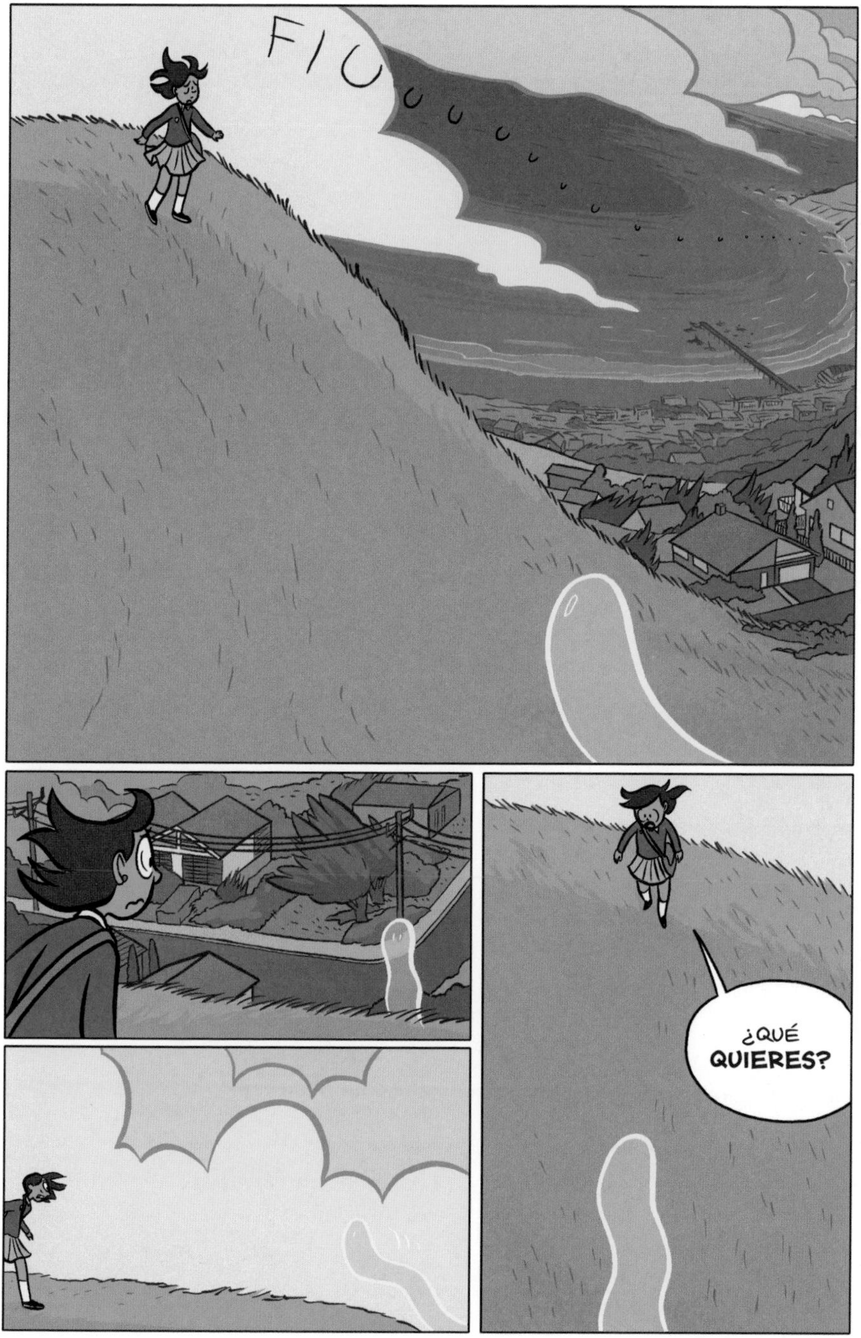
FIUUUUUUUUU.....
¿QUÉ QUIERES?

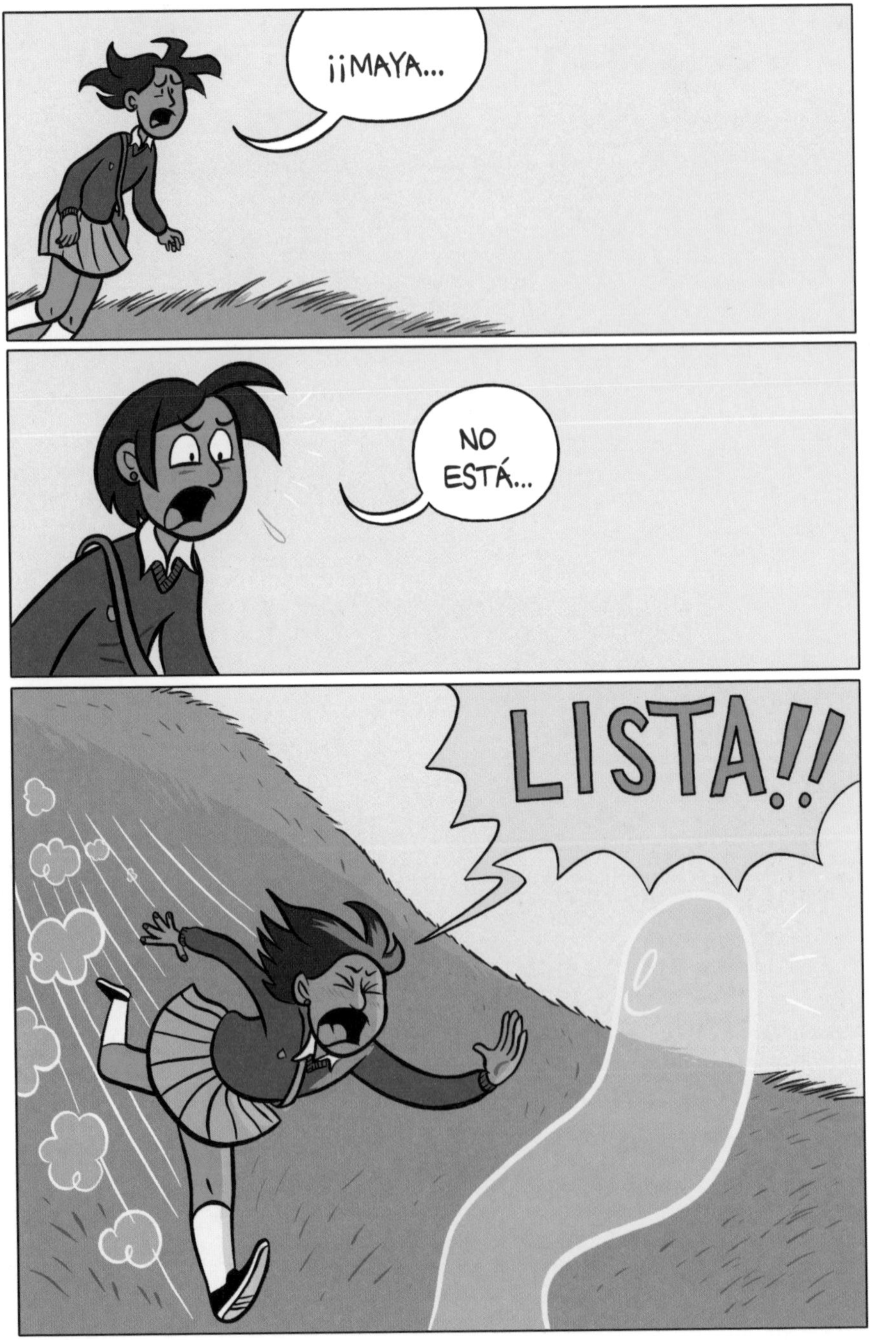
¡¡MAYA...
NO ESTÁ...
LISTA!!

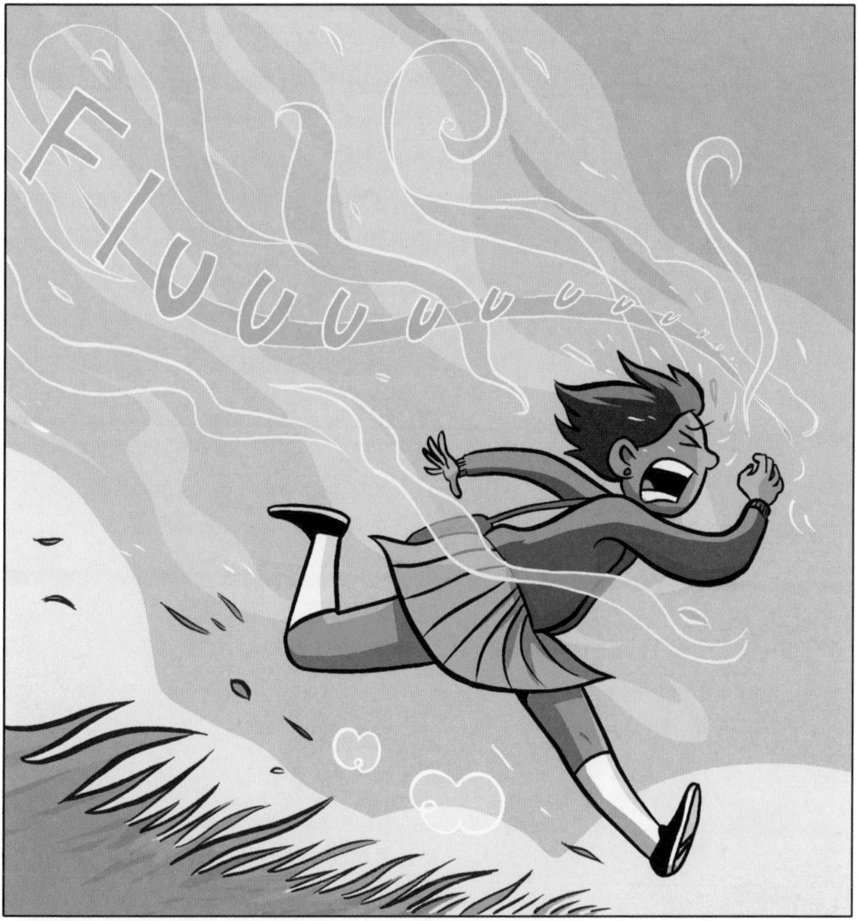
FIUUUUUUUUUUU...

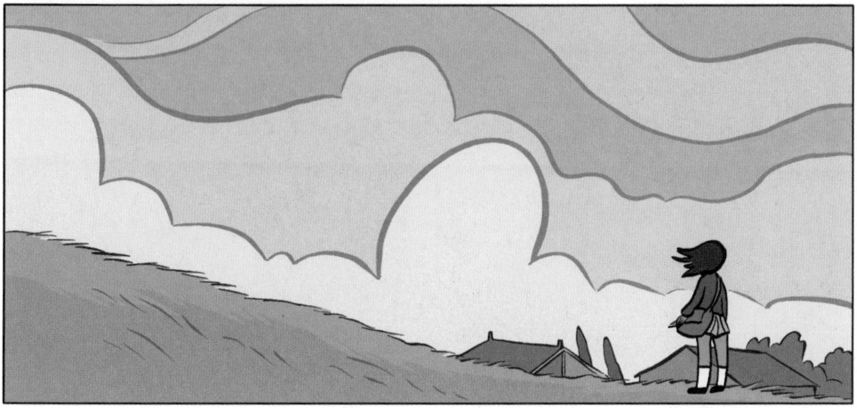

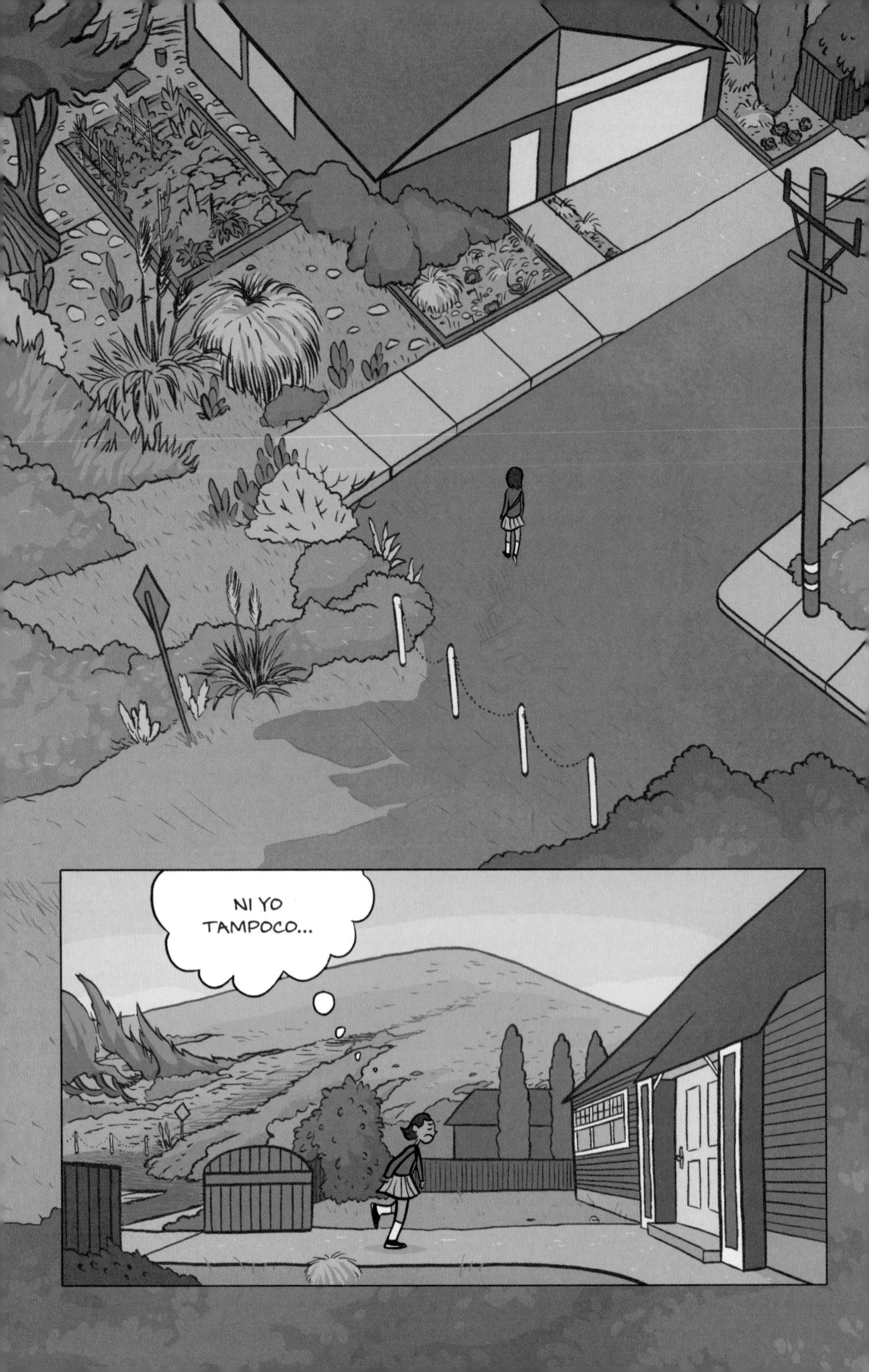
NI YO
TAMPOCO...

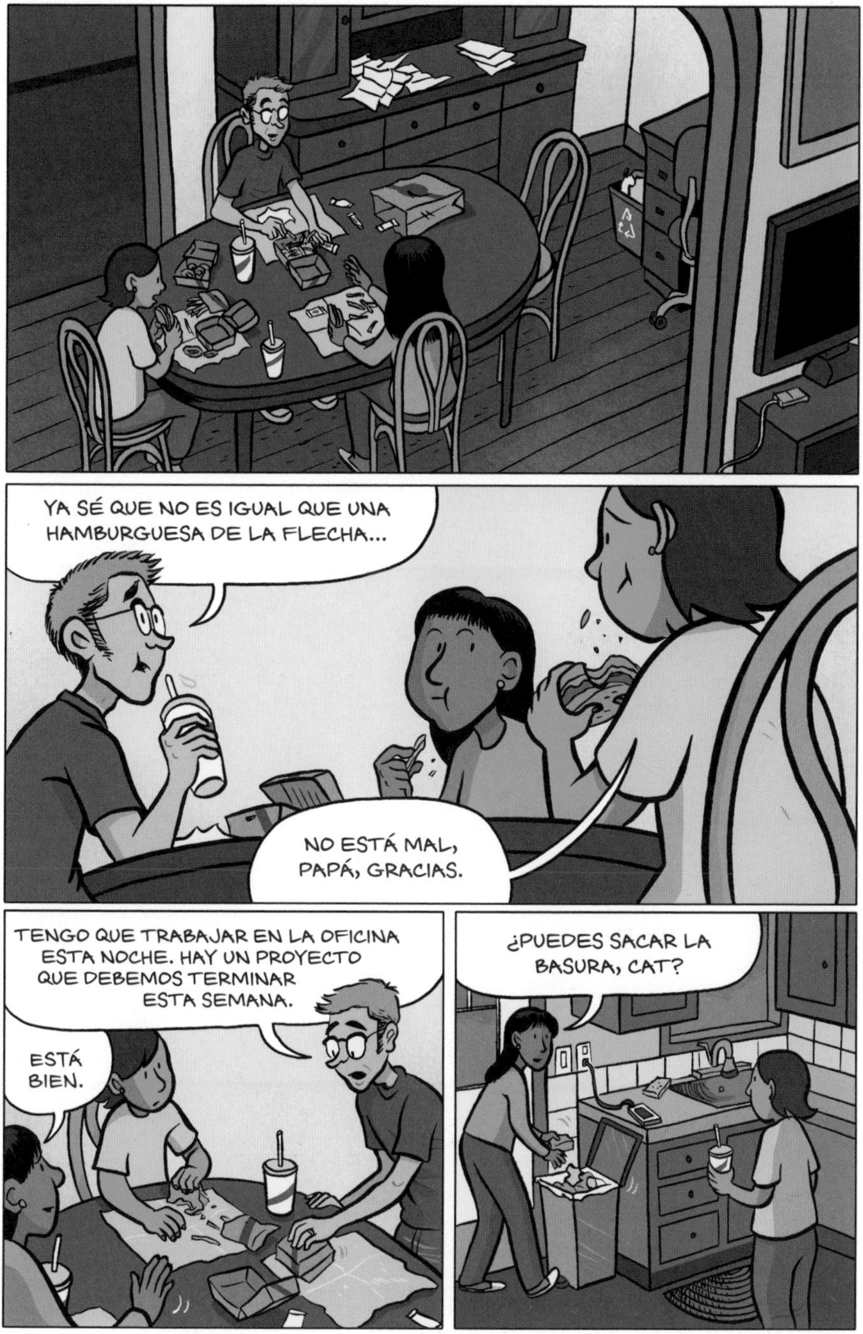
YA SÉ QUE NO ES IGUAL QUE UNA HAMBURGUESA DE LA FLECHA...
NO ESTÁ MAL, PAPÁ, GRACIAS.
TENGO QUE TRABAJAR EN LA OFICINA ESTA NOCHE. HAY UN PROYECTO QUE DEBEMOS TERMINAR ESTA SEMANA.
ESTÁ BIEN.
¿PUEDES SACAR LA BASURA, CAT?

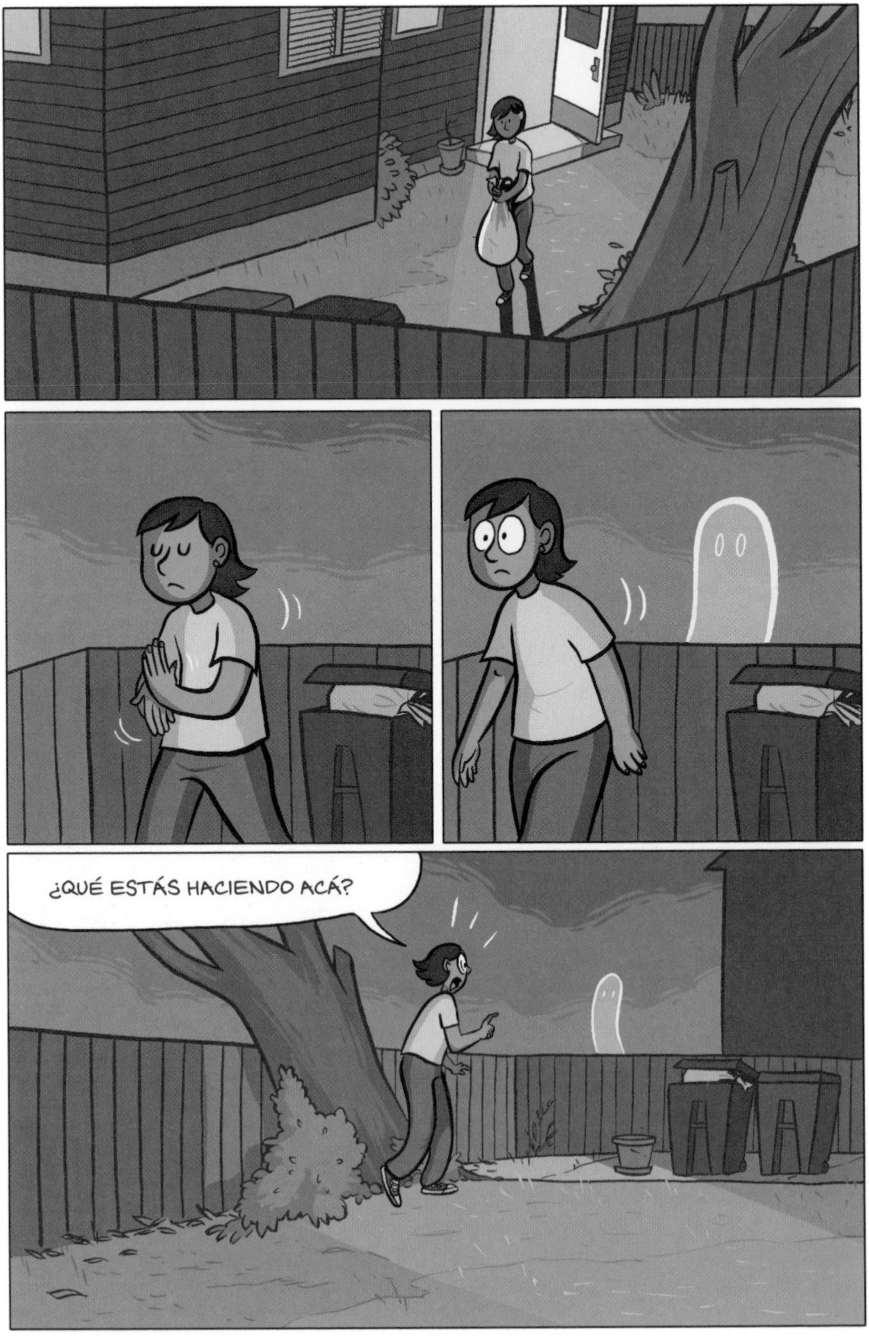
¿QUÉ ESTÁS HACIENDO ACÁ?

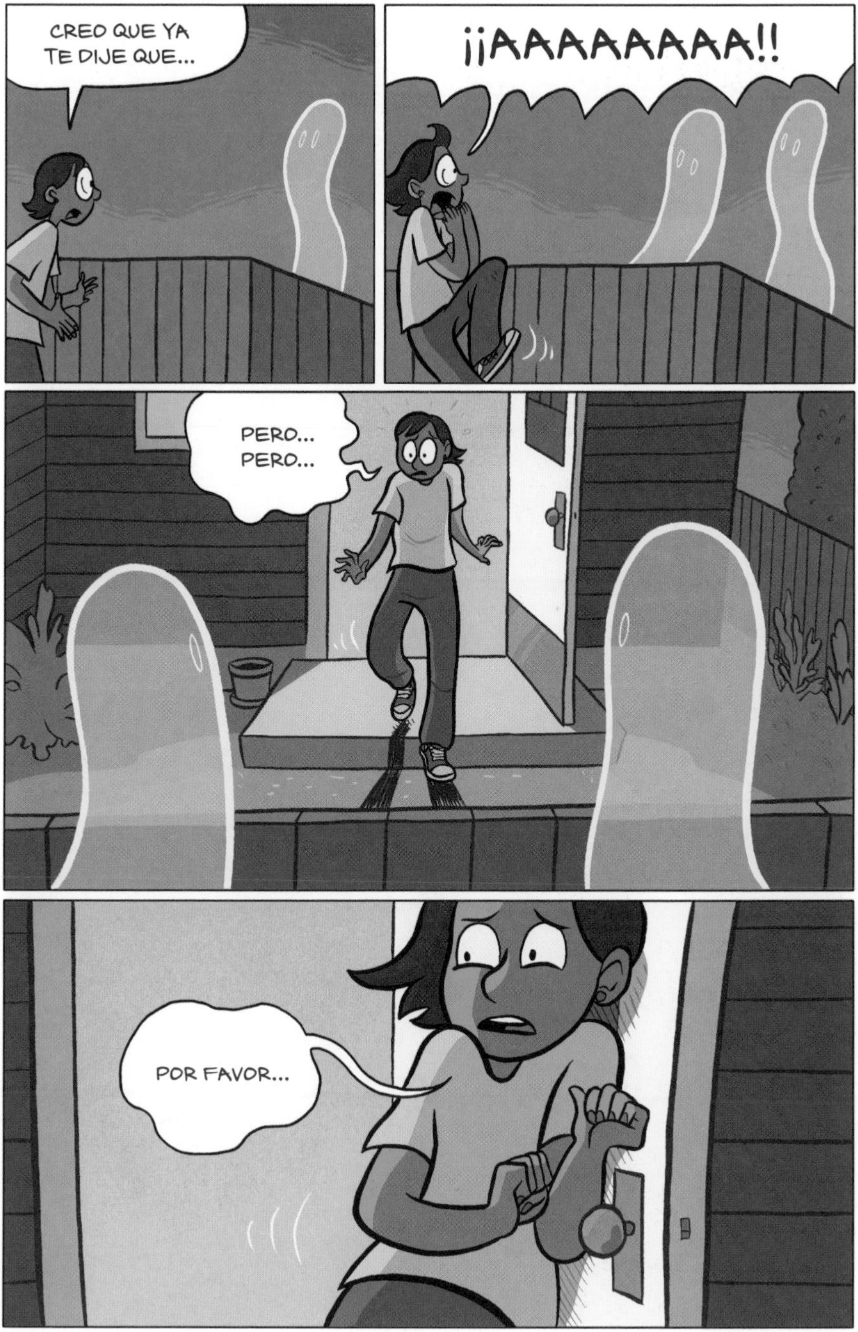
CREO QUE YA TE DIJE QUE...
¡¡AAAAAAAA!!
PERO... PERO...
POR FAVOR...

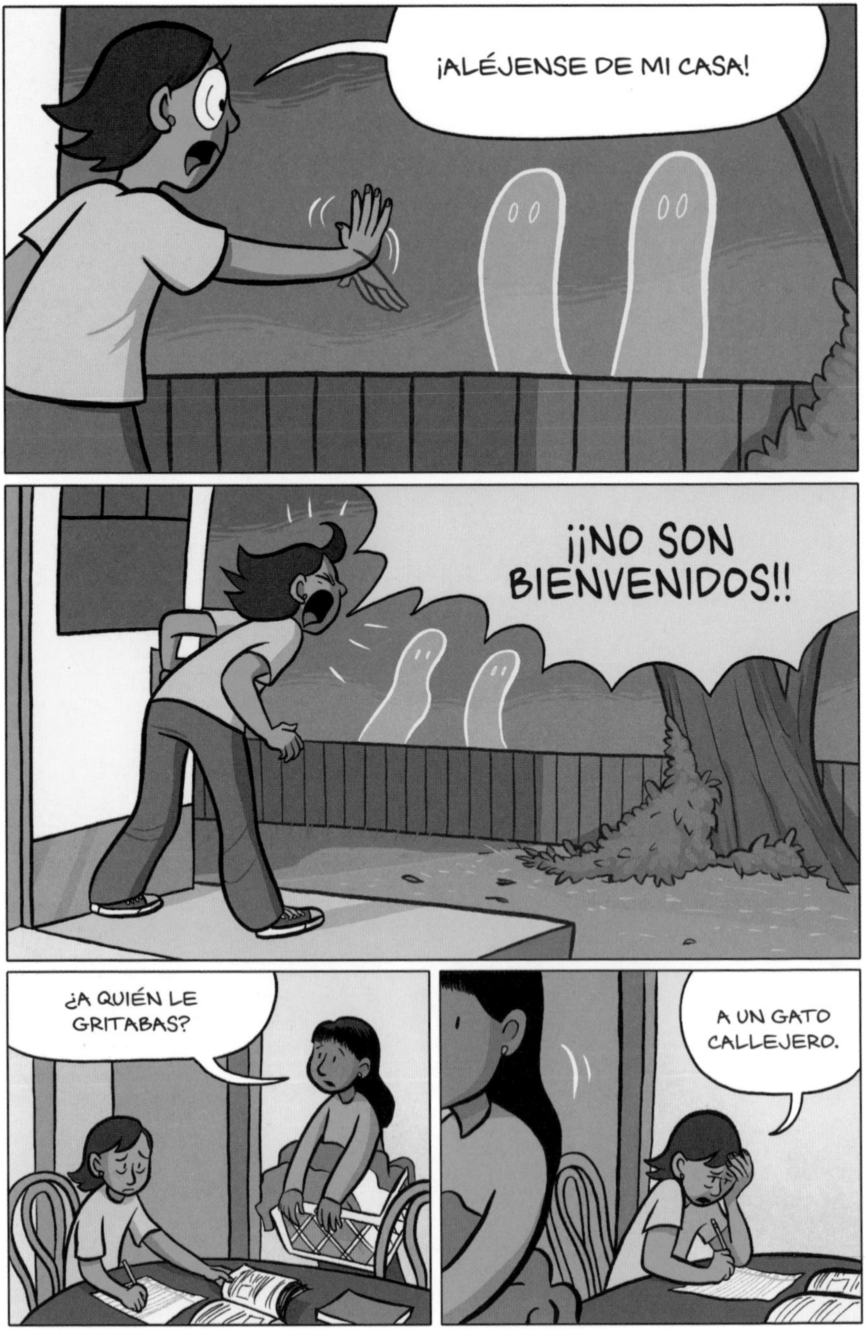
¡ALÉJENSE DE MI CASA!
¡¡NO SON BIENVENIDOS!!
¿A QUIÉN LE GRITABAS?
A UN GATO CALLEJERO.

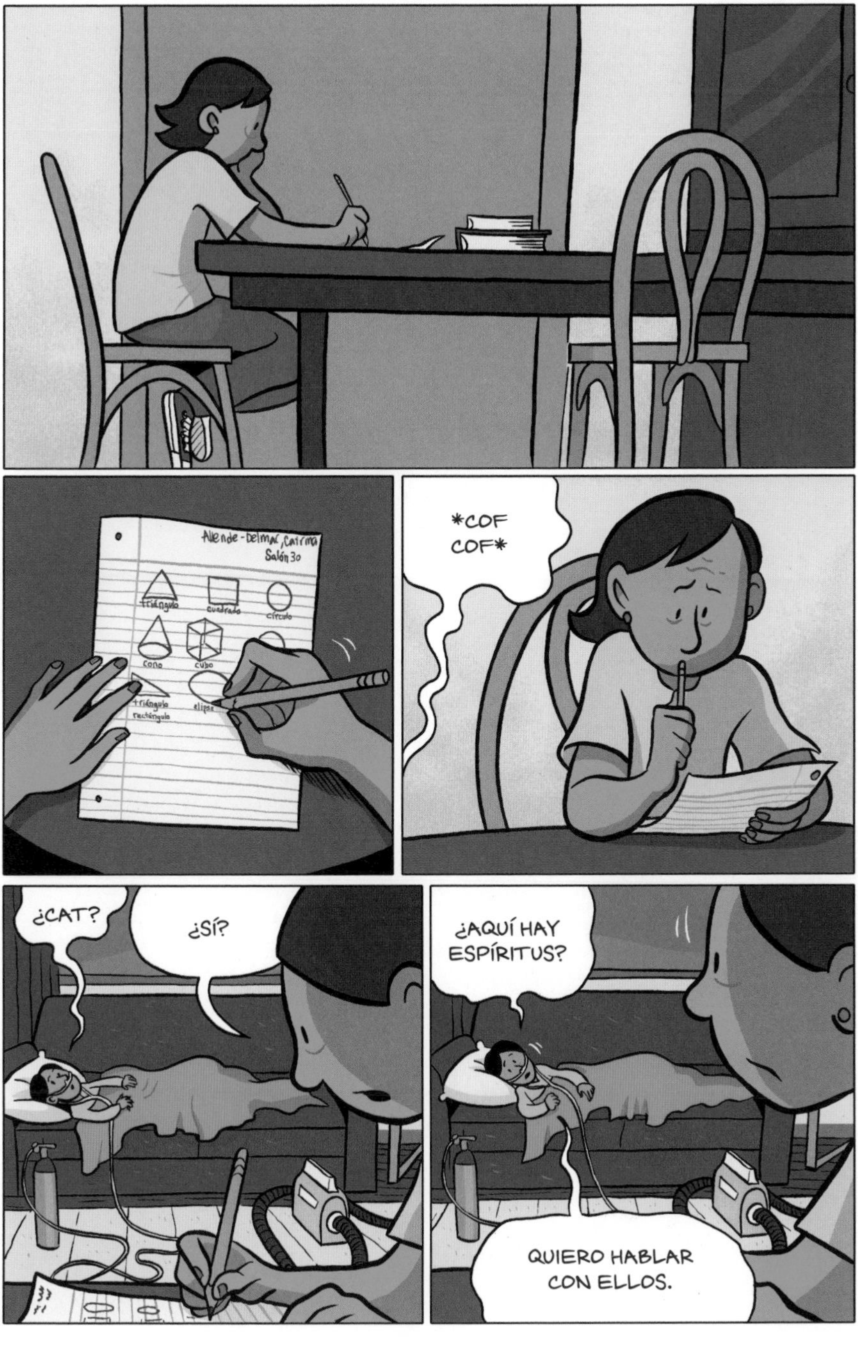
Allende-Delmar, Catrina
Salón 30
triángulo
cuadrado
círculo
cono
cubo
triángulo rectángulo
elipse
COF COF
¿CAT?
¿SÍ?
¿AQUÍ HAY ESPÍRITUS?
QUIERO HABLAR CON ELLOS.

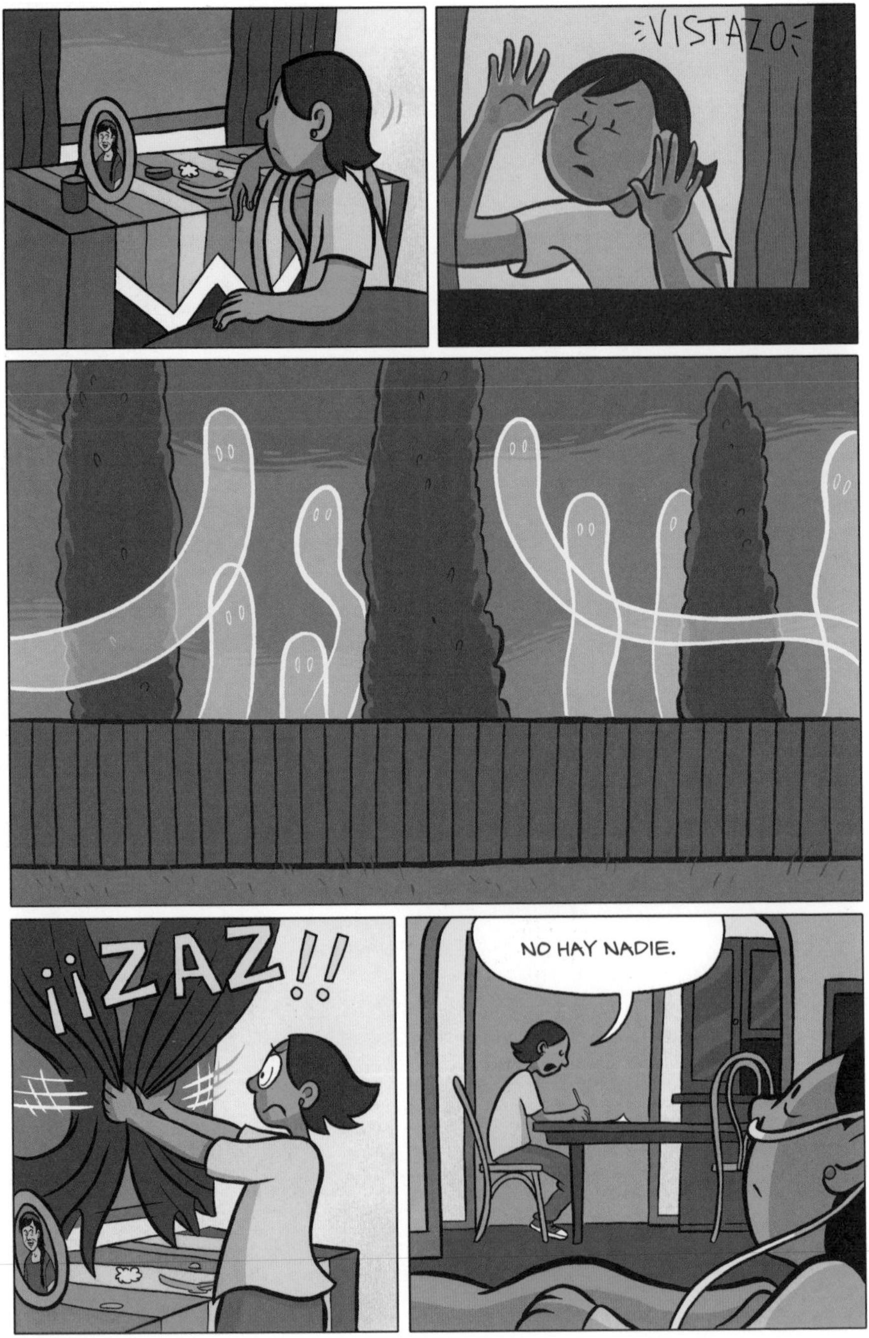
VISTAZO
¡¡ZAZ!!
NO HAY NADIE.

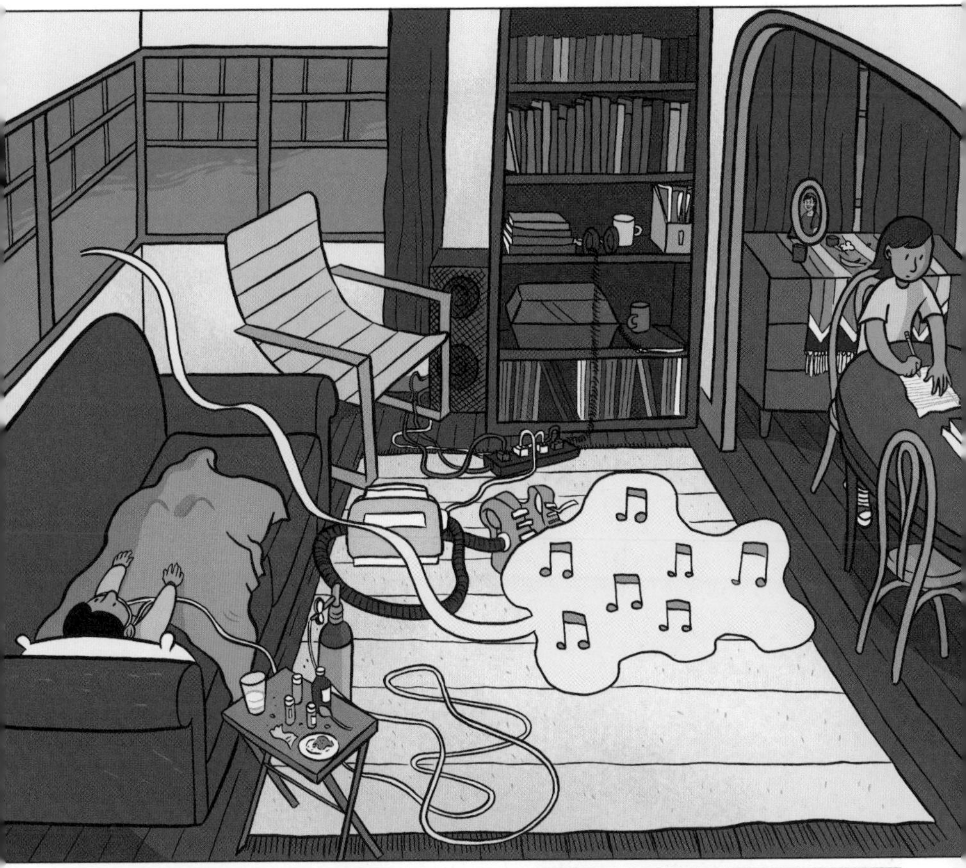

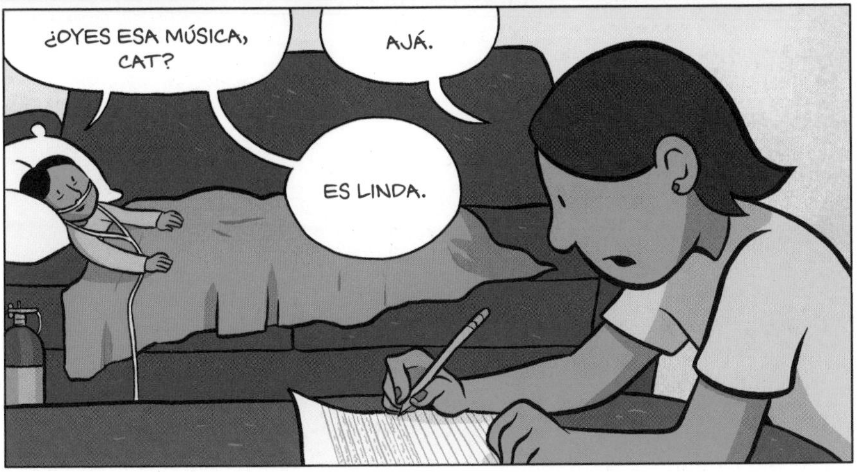
¿OYES ESA MÚSICA, CAT?
AJÁ.
ES LINDA.

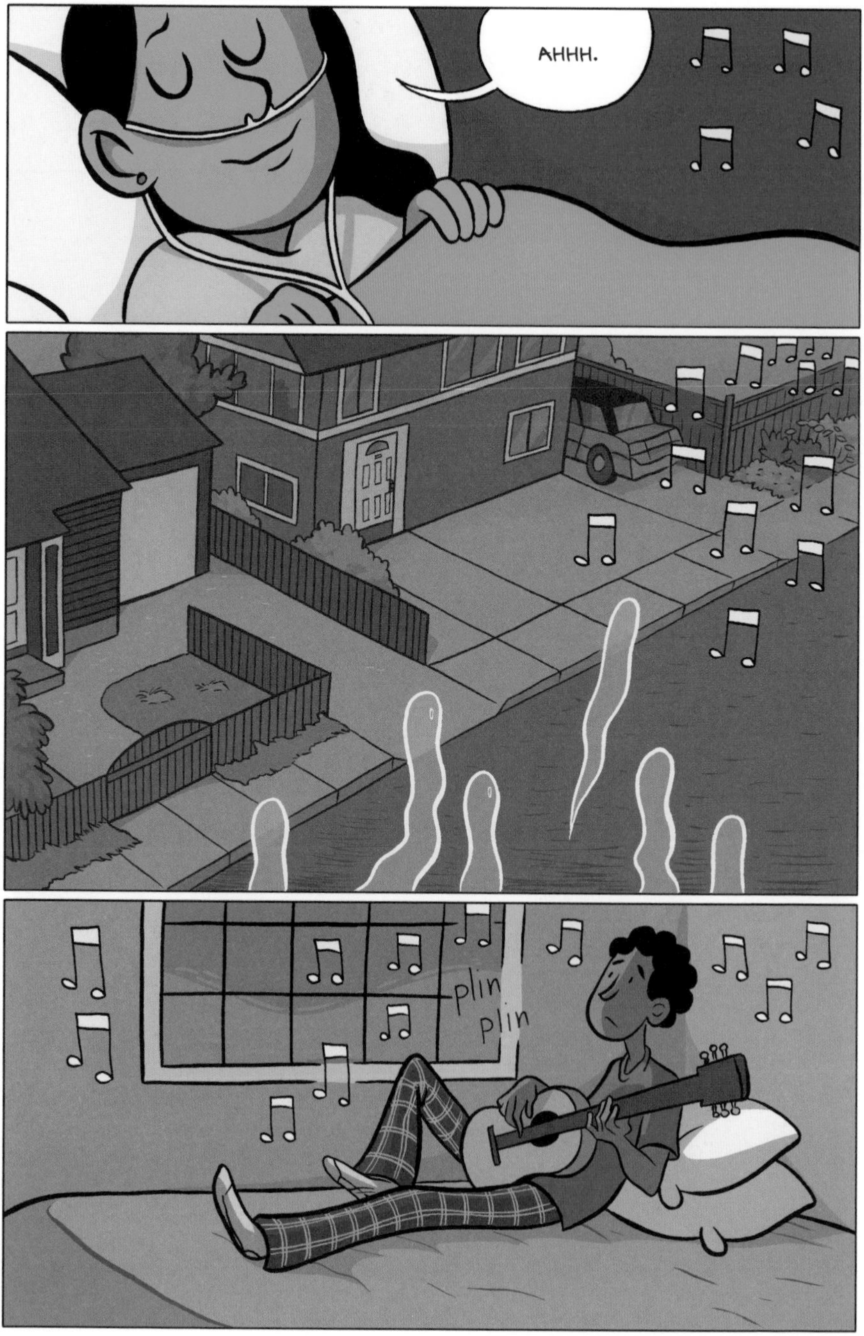
AHHH.
plin
plin

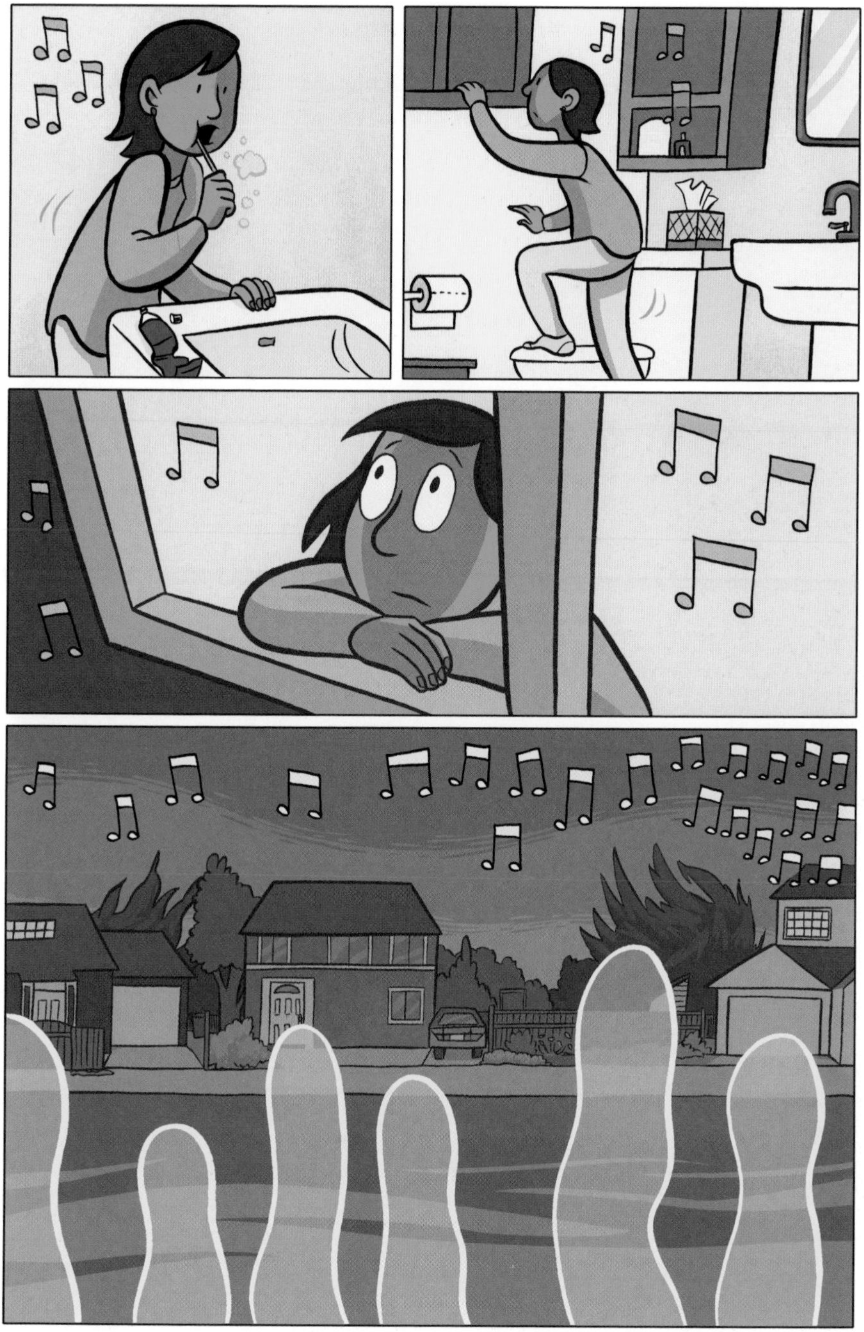

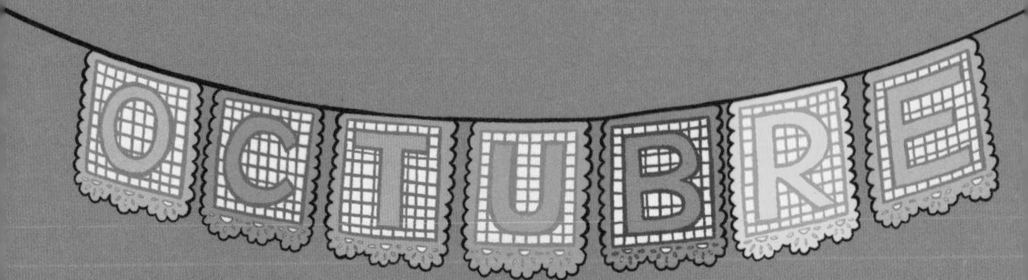
OCTUBRE

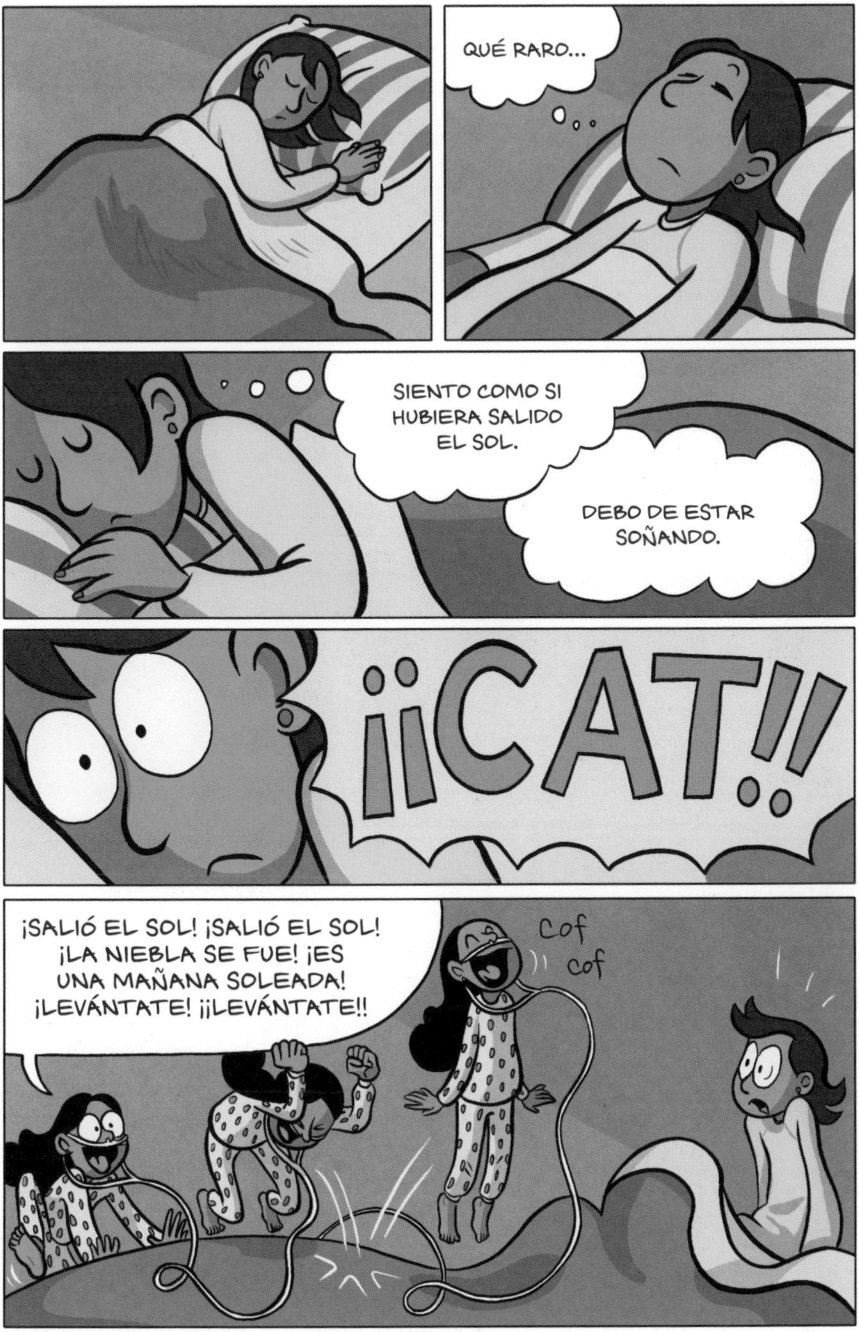
QUÉ RARO...
SIENTO COMO SI HUBIERA SALIDO EL SOL.
DEBO DE ESTAR SOÑANDO.
¡¡CAT!!
¡SALIÓ EL SOL! ¡SALIÓ EL SOL! ¡LA NIEBLA SE FUE! ¡ES UNA MAÑANA SOLEADA! ¡LEVÁNTATE! ¡¡LEVÁNTATE!!
cof cof

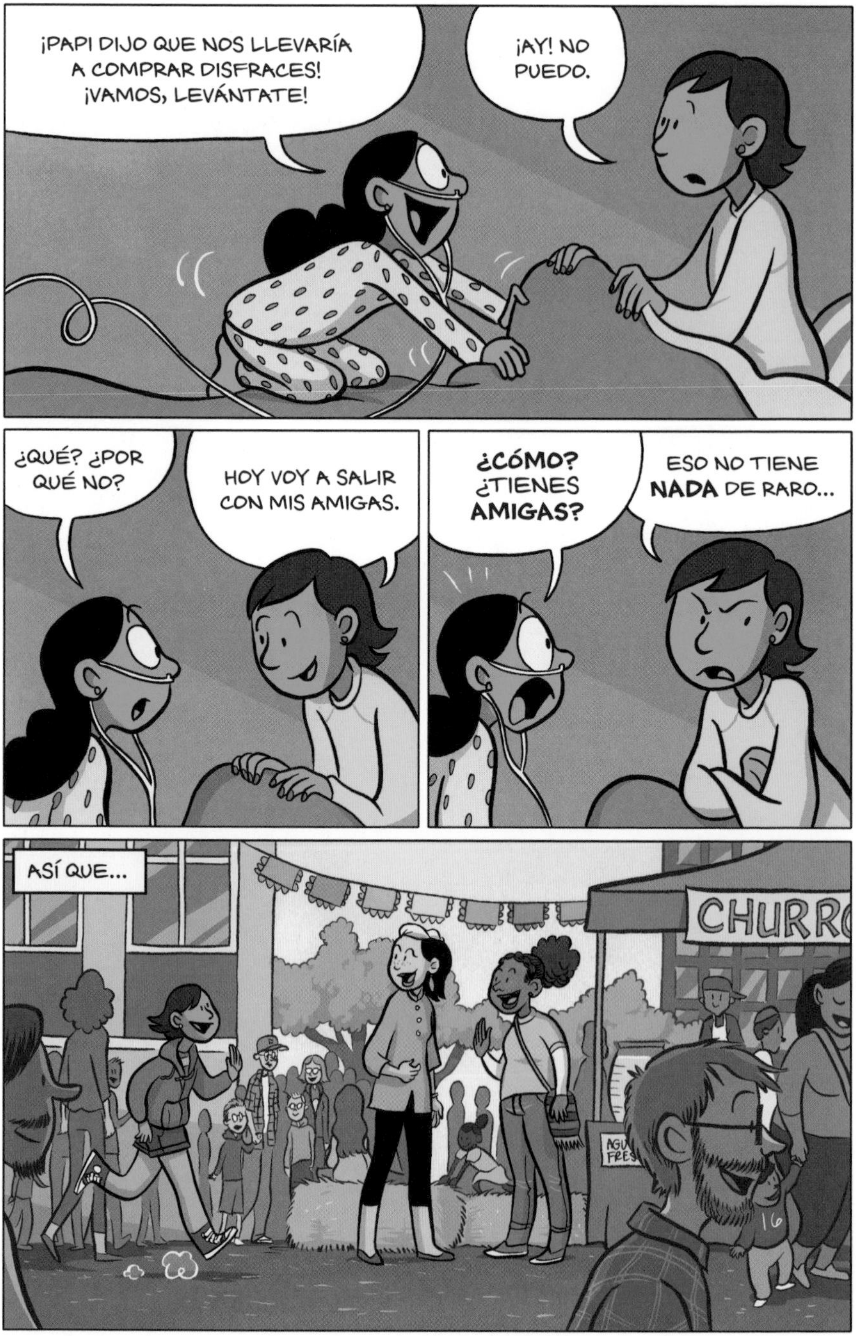
¡PAPI DIJO QUE NOS LLEVARÍA A COMPRAR DISFRACES! ¡VAMOS, LEVÁNTATE!
¡AY! NO PUEDO.
¿QUÉ? ¿POR QUÉ NO?
HOY VOY A SALIR CON MIS AMIGAS.
¿CÓMO? ¿TIENES AMIGAS?
ESO NO TIENE NADA DE RARO...
ASÍ QUE...
CHURRO
16

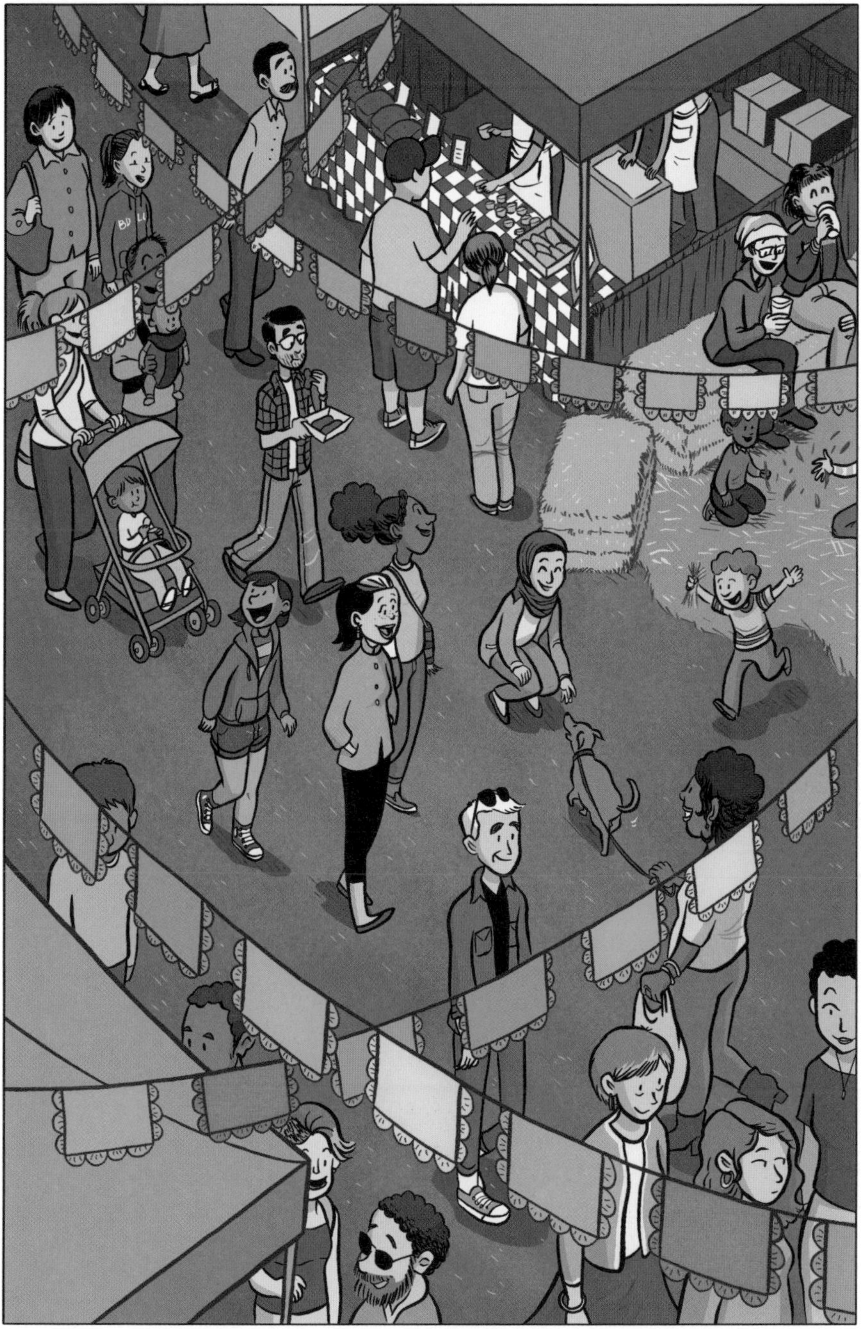

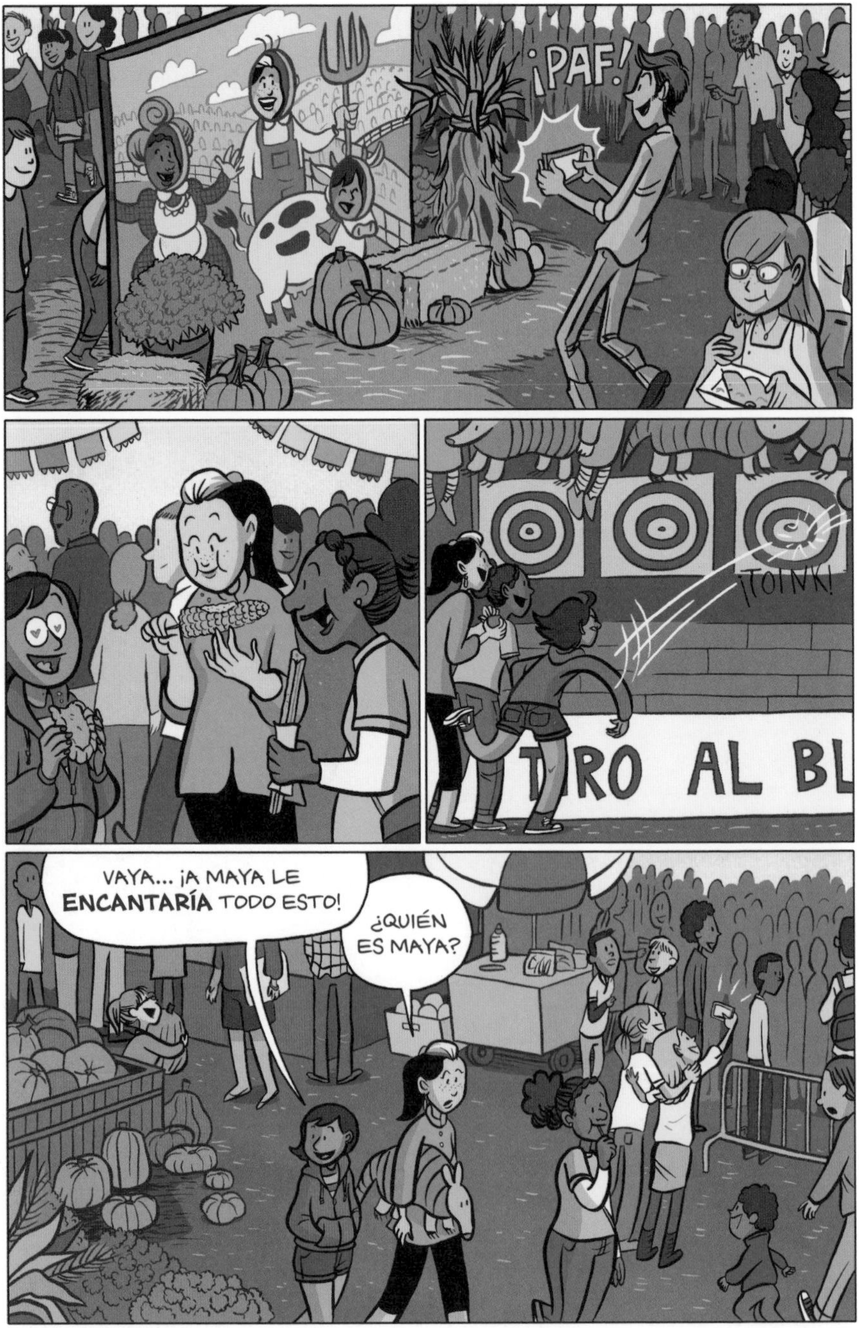
¡PAF!
¡TOINK!
TIRO AL BL
VAYA… ¡A MAYA LE ENCANTARÍA TODO ESTO!
¿QUIÉN ES MAYA?

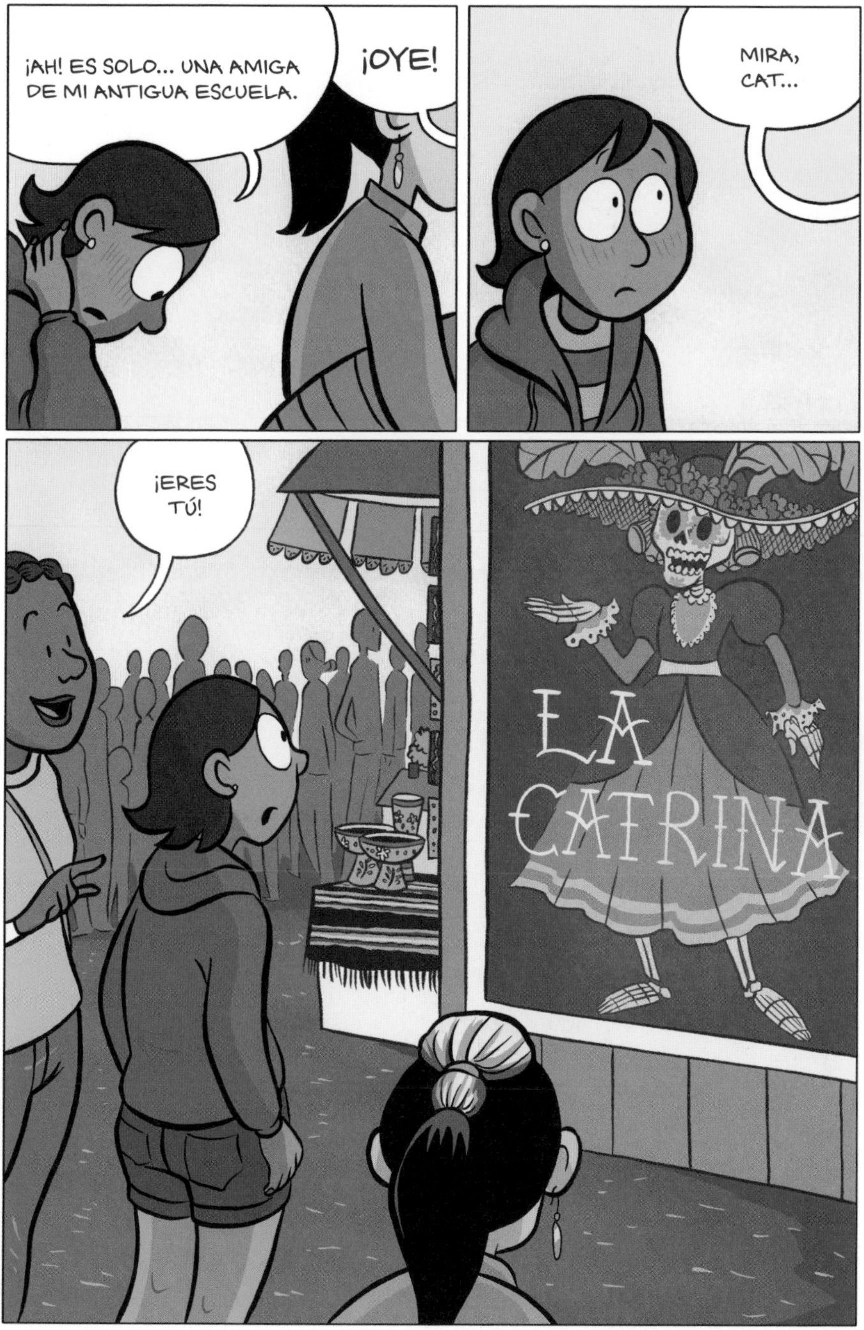
¡AH! ES SOLO... UNA AMIGA DE MI ANTIGUA ESCUELA.
¡OYE!
MIRA, CAT...
¡ERES TÚ!
LA CATRINA

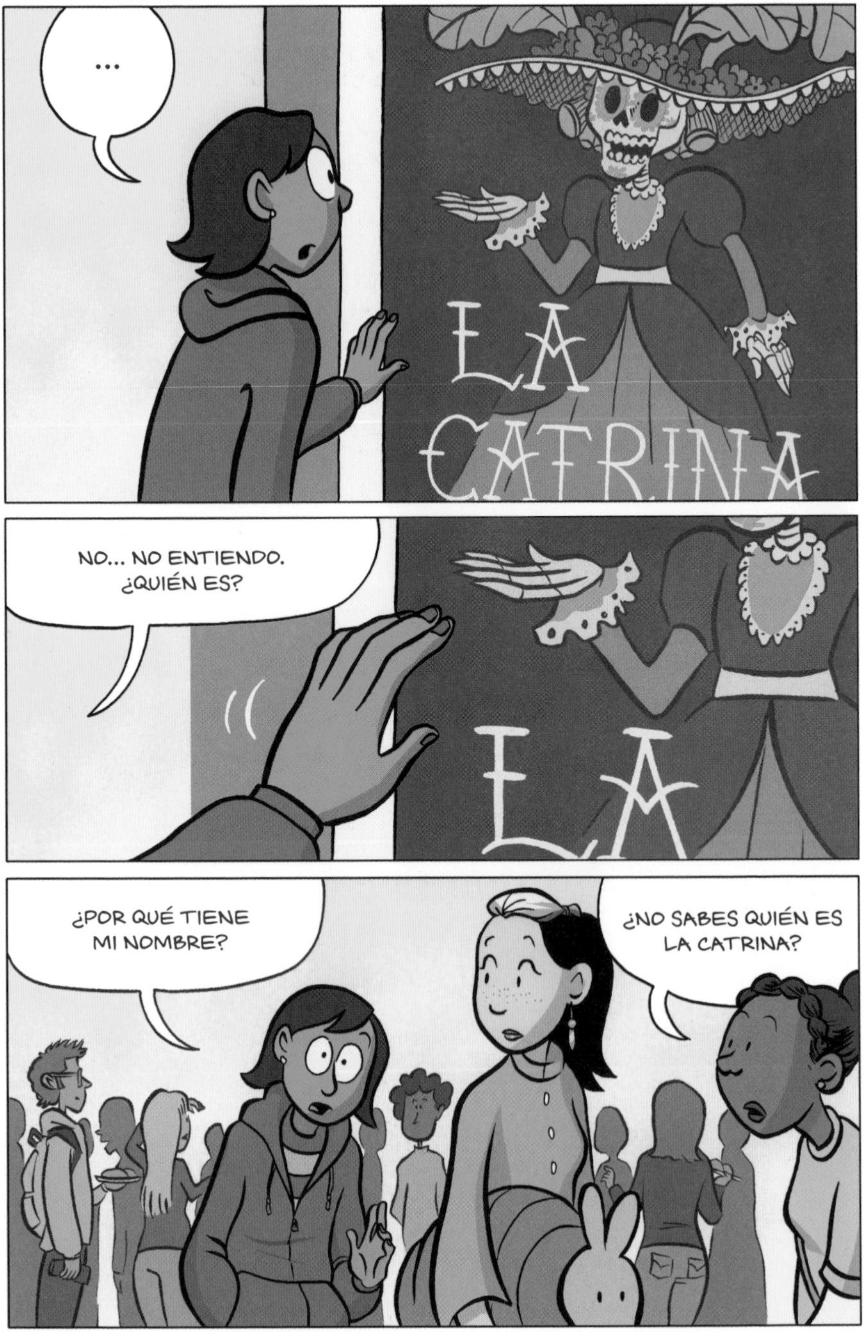
...
LA CATRINA
NO... NO ENTIENDO. ¿QUIÉN ES?
LA
¿POR QUÉ TIENE MI NOMBRE?
¿NO SABES QUIÉN ES LA CATRINA?

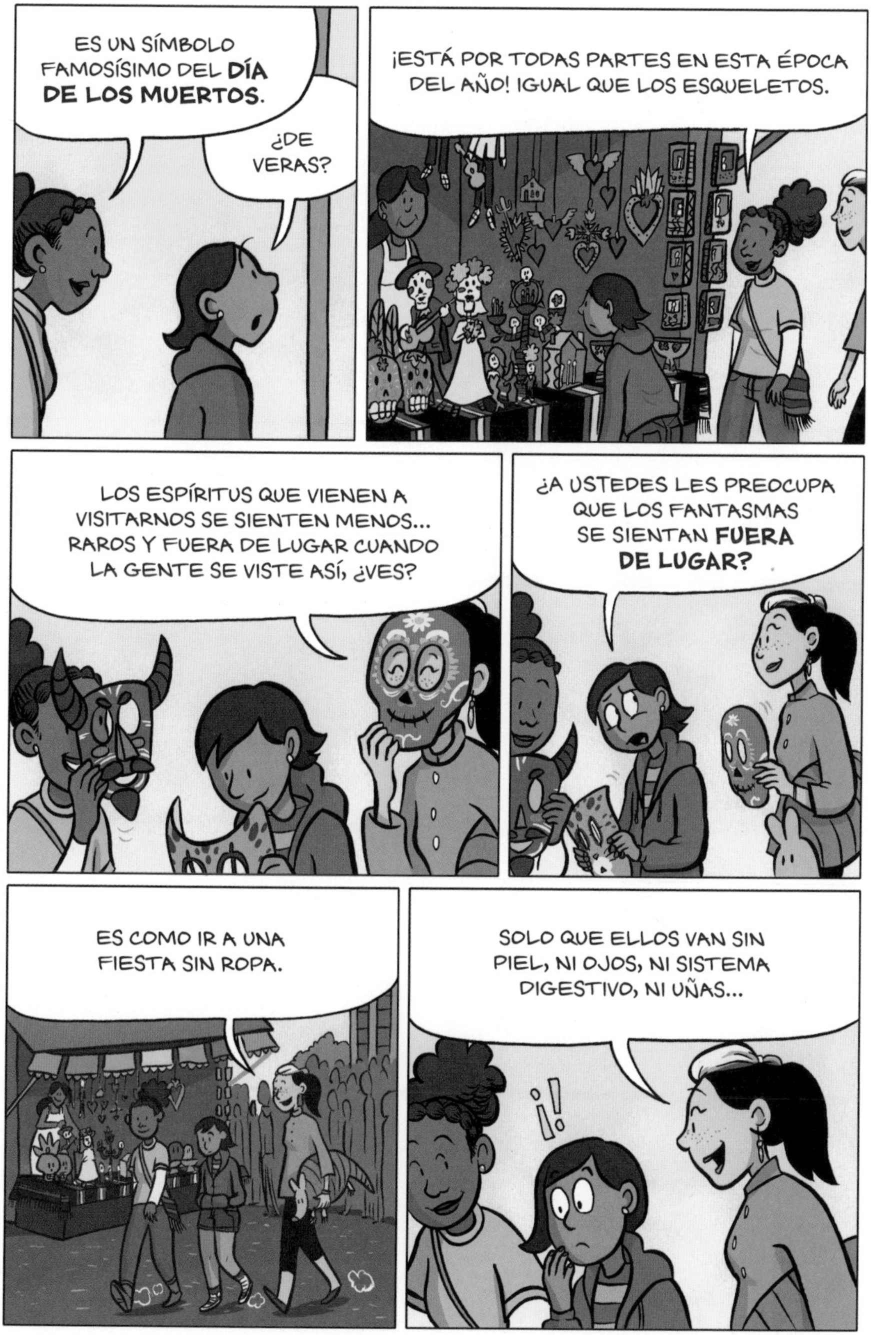
ES UN SÍMBOLO FAMOSÍSIMO DEL **DÍA DE LOS MUERTOS**.
¿DE VERAS?
¡ESTÁ POR TODAS PARTES EN ESTA ÉPOCA DEL AÑO! IGUAL QUE LOS ESQUELETOS.
LOS ESPÍRITUS QUE VIENEN A VISITARNOS SE SIENTEN MENOS... RAROS Y FUERA DE LUGAR CUANDO LA GENTE SE VISTE ASÍ, ¿VES?
¿A USTEDES LES PREOCUPA QUE LOS FANTASMAS SE SIENTAN **FUERA DE LUGAR?**
ES COMO IR A UNA FIESTA SIN ROPA.
SOLO QUE ELLOS VAN SIN PIEL, NI OJOS, NI SISTEMA DIGESTIVO, NI UÑAS...
¡!

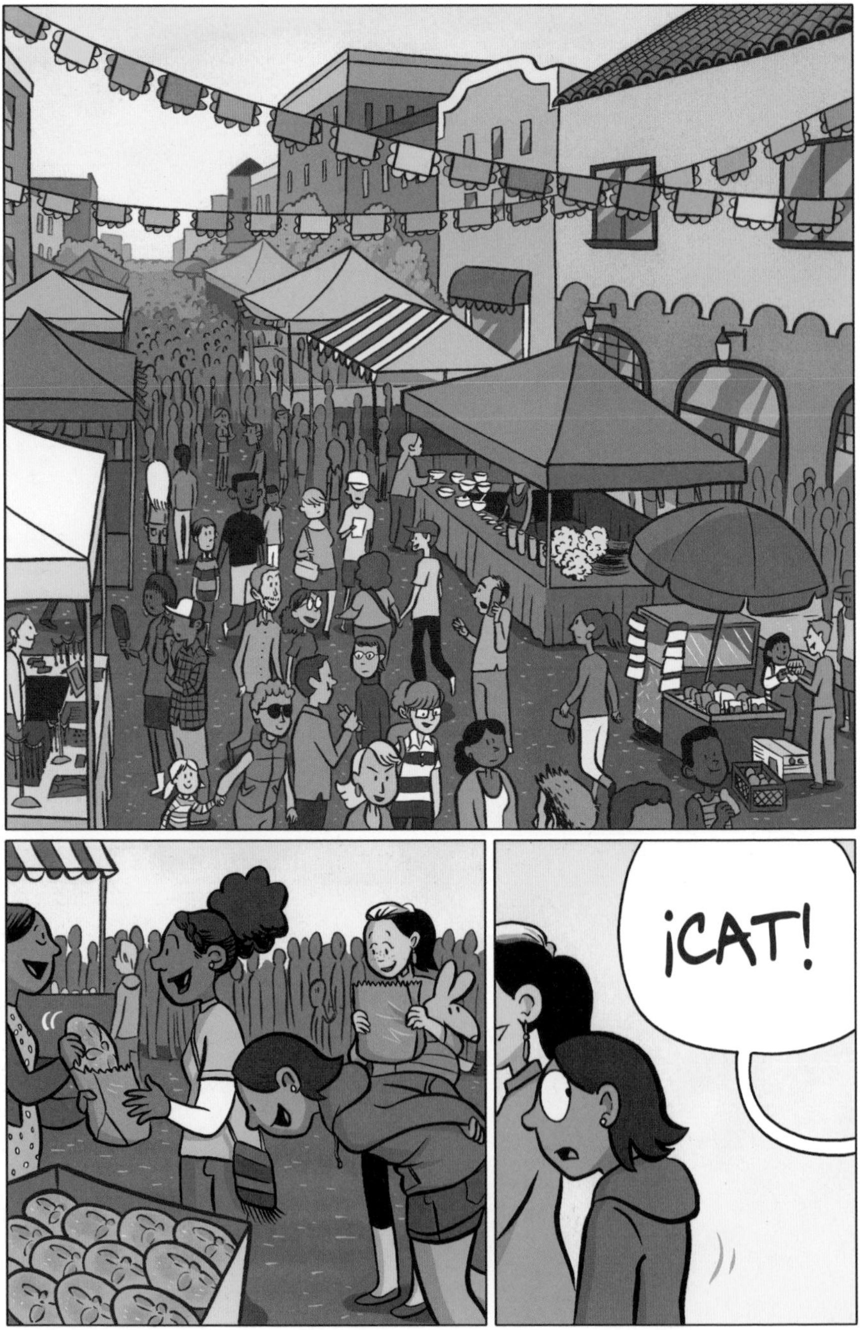
¡CAT!

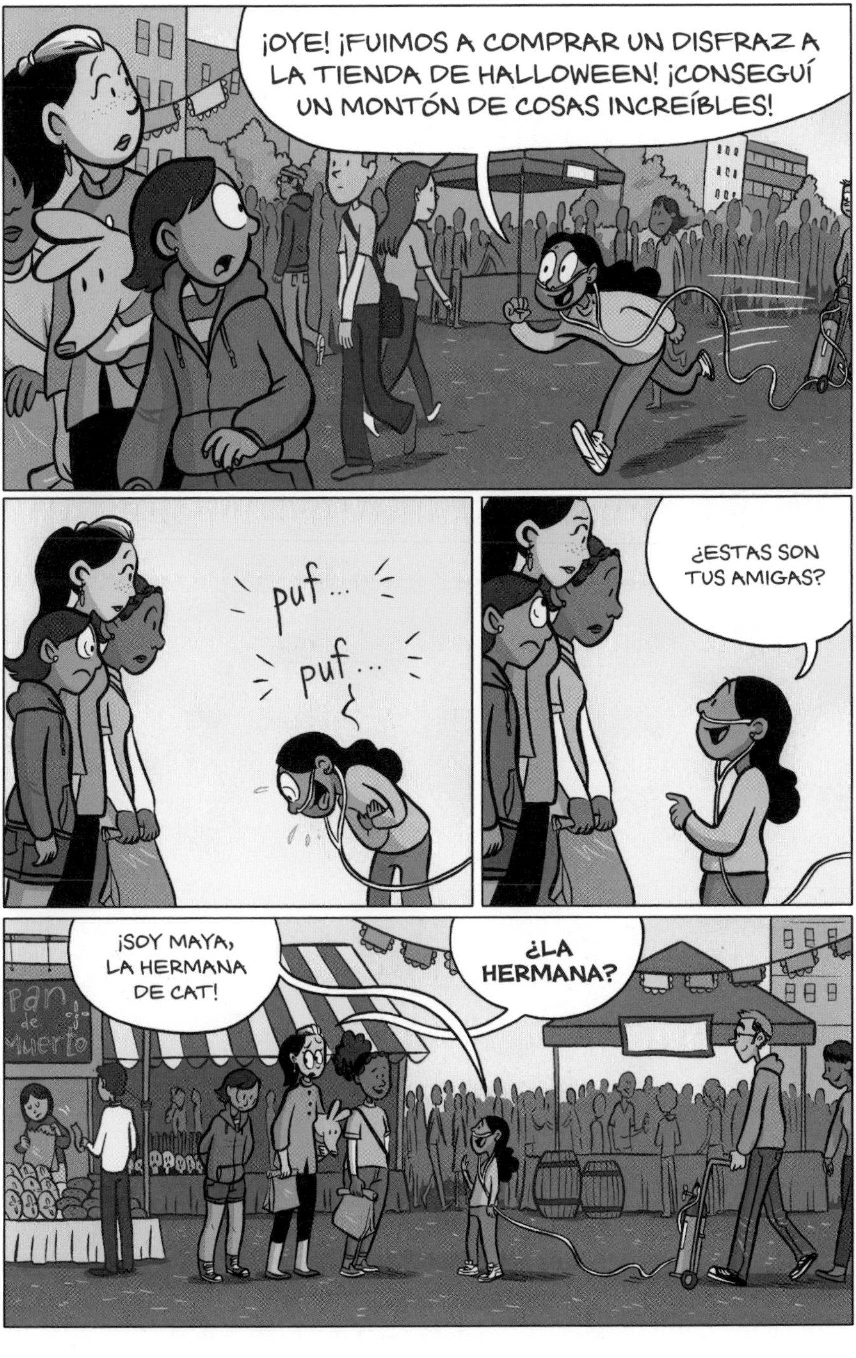
¡OYE! ¡FUIMOS A COMPRAR UN DISFRAZ A LA TIENDA DE HALLOWEEN! ¡CONSEGUÍ UN MONTÓN DE COSAS INCREÍBLES!
puf...
puf...
¿ESTAS SON TUS AMIGAS?
¡SOY MAYA, LA HERMANA DE CAT!
¿LA HERMANA?
Pan de Muerto

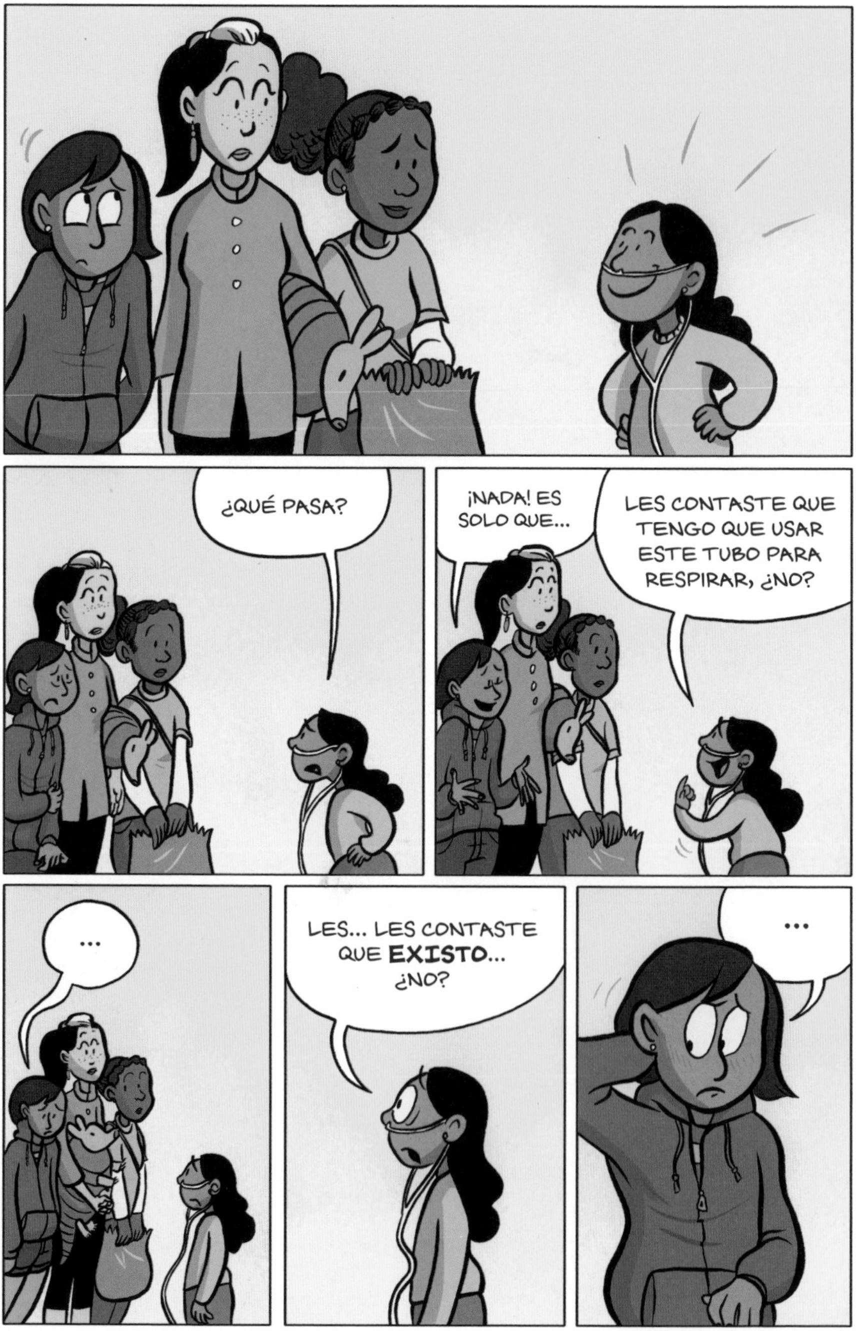

¿QUÉ PASA?
¡NADA! ES SOLO QUE...
LES CONTASTE QUE TENGO QUE USAR ESTE TUBO PARA RESPIRAR, ¿NO?
...
LES... LES CONTASTE QUE **EXISTO**... ¿NO?
...

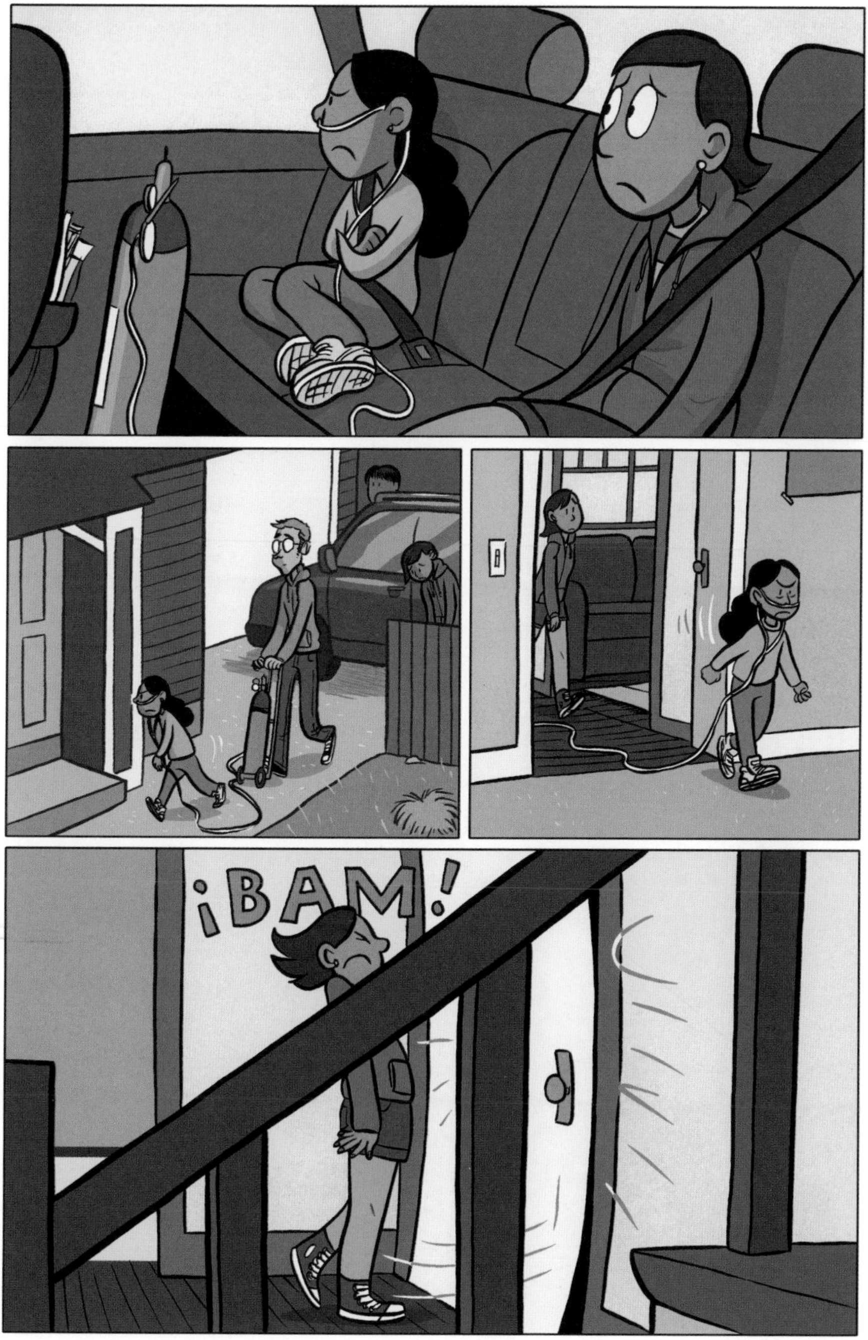
¡BAM!

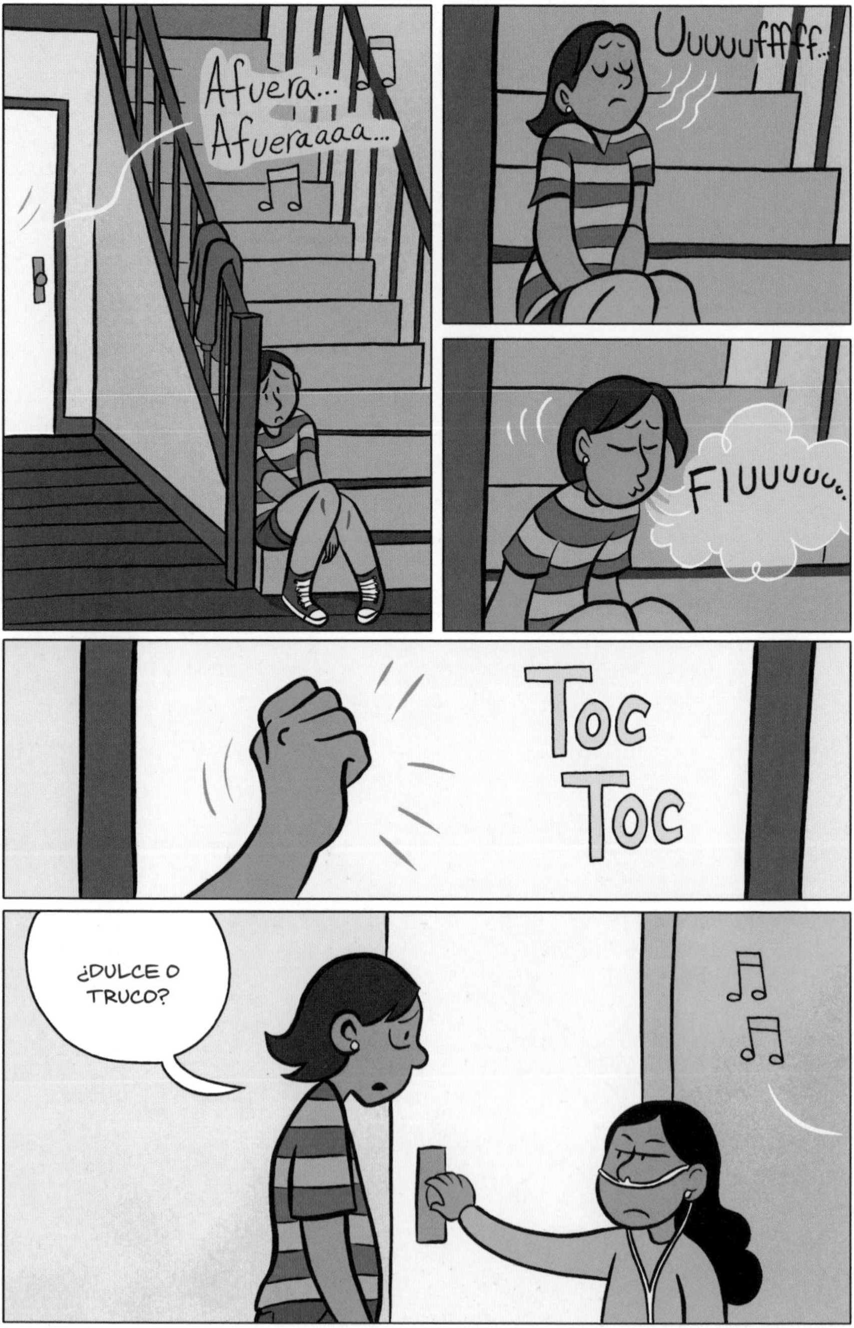
Afuera... Afueraaaa...
Uuuuufffff...
FIUUUUU...
Toc Toc
¿DULCE O TRUCO?

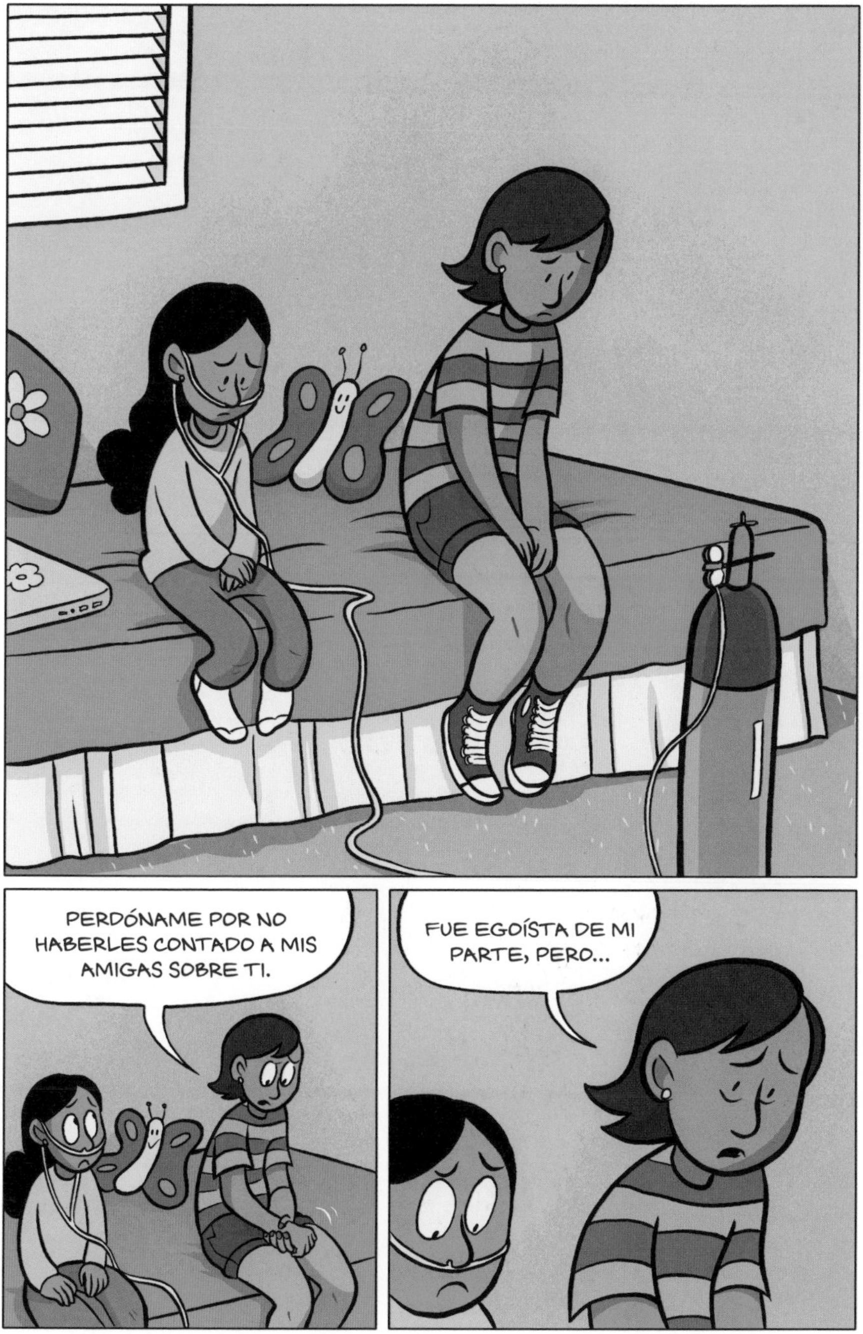
PERDÓNAME POR NO HABERLES CONTADO A MIS AMIGAS SOBRE TI.
FUE EGOÍSTA DE MI PARTE, PERO...

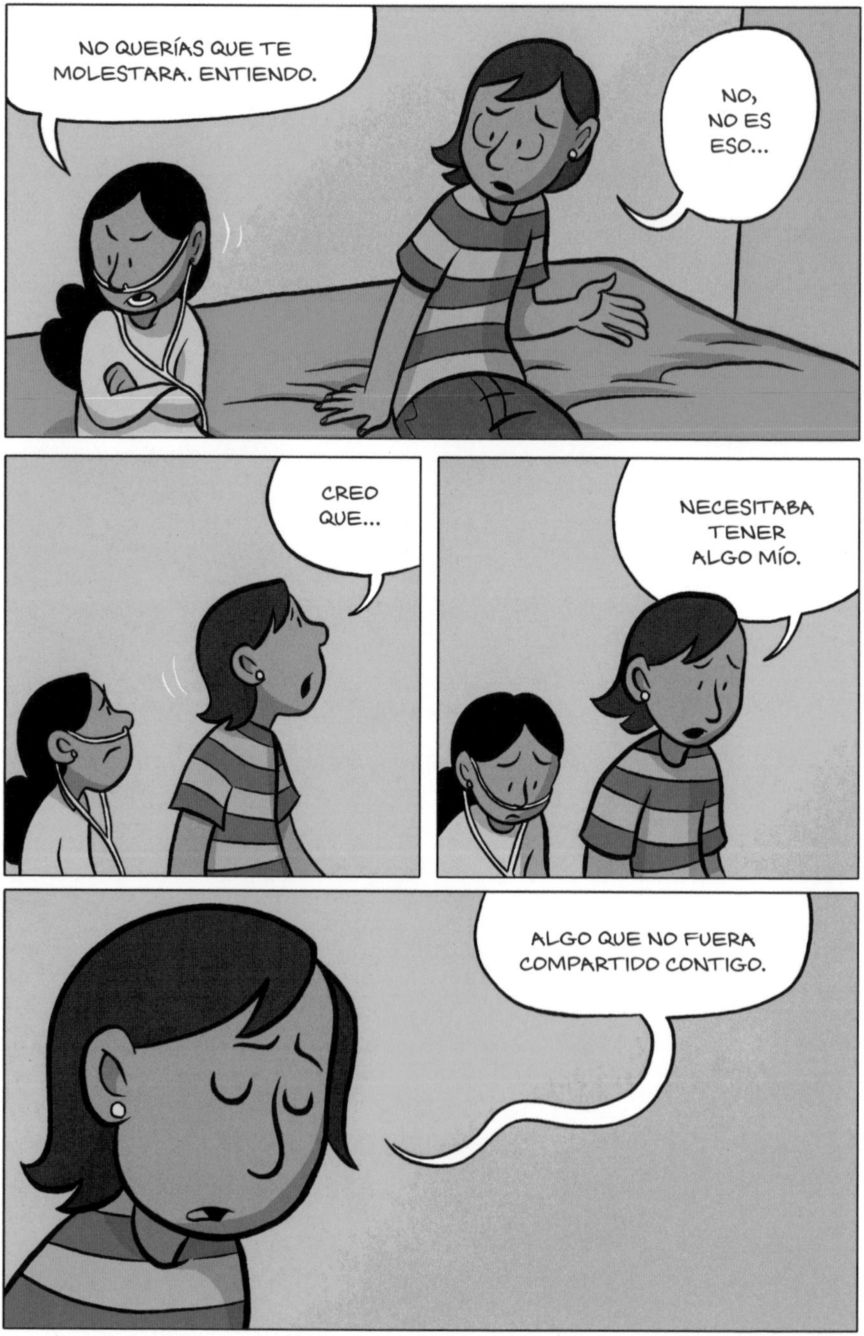
NO QUERÍAS QUE TE MOLESTARA. ENTIENDO.
NO, NO ES ESO...
CREO QUE...
NECESITABA TENER ALGO MÍO.
ALGO QUE NO FUERA COMPARTIDO CONTIGO.

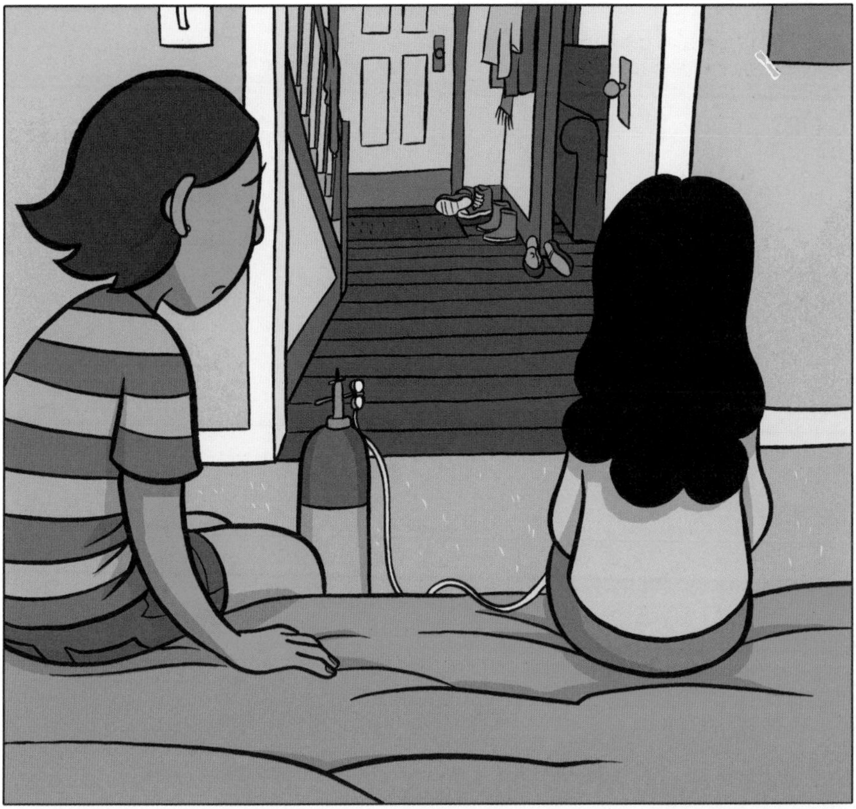

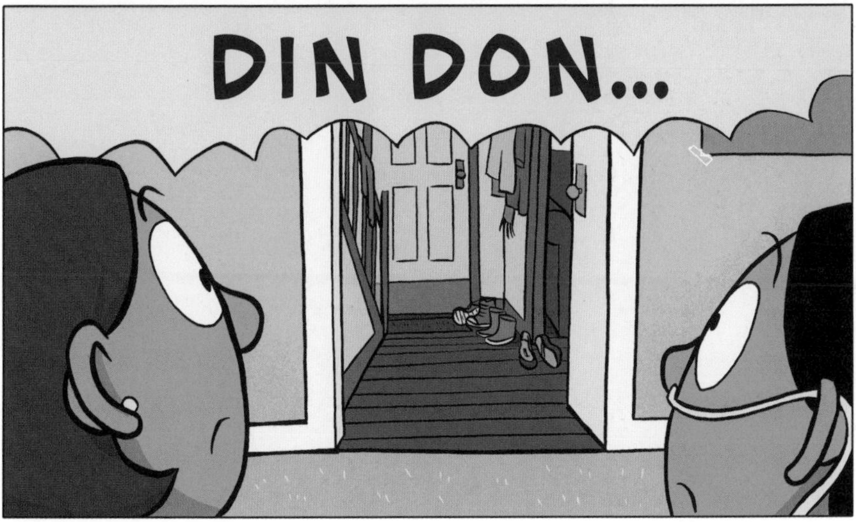
DIN DON...

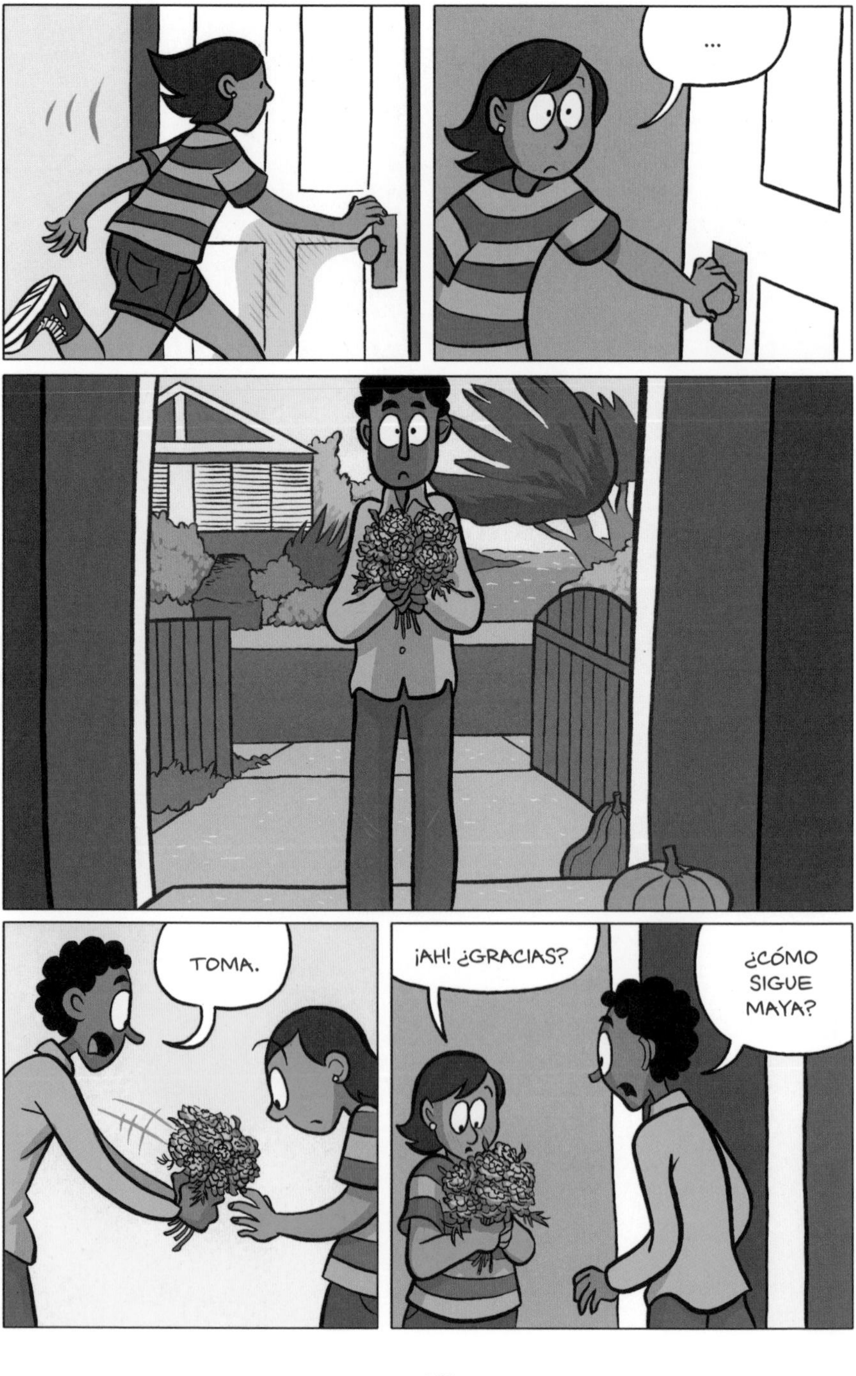
...
TOMA.
¡AH! ¿GRACIAS?
¿CÓMO SIGUE MAYA?

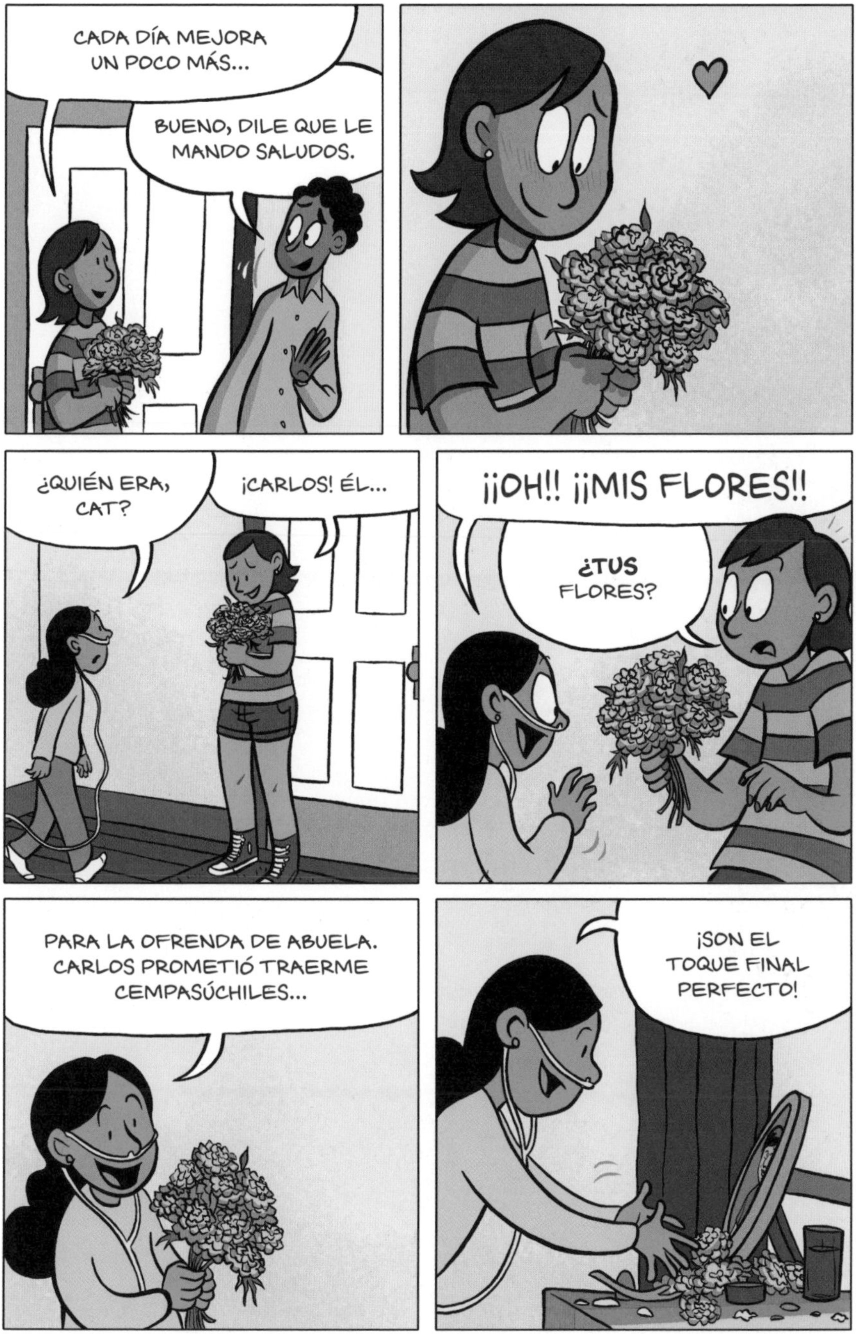

CADA DÍA MEJORA UN POCO MÁS...
BUENO, DILE QUE LE MANDO SALUDOS.
¿QUIÉN ERA, CAT?
¡CARLOS! ÉL...
¡¡OH!! ¡¡MIS FLORES!!
¿TUS FLORES?
PARA LA OFRENDA DE ABUELA. CARLOS PROMETIÓ TRAERME CEMPASÚCHILES...
¡SON EL TOQUE FINAL PERFECTO!

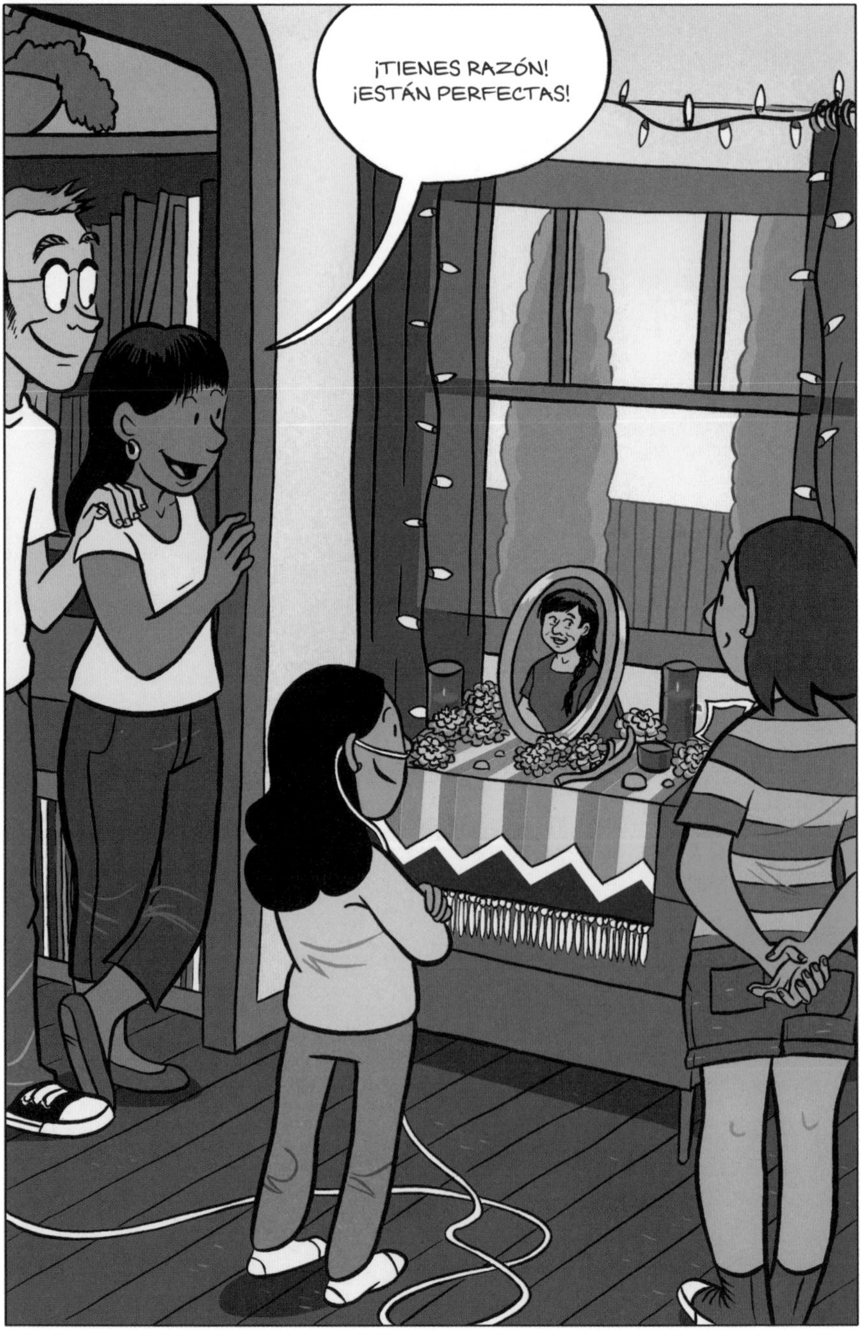
¡TIENES RAZÓN! ¡ESTÁN PERFECTAS!

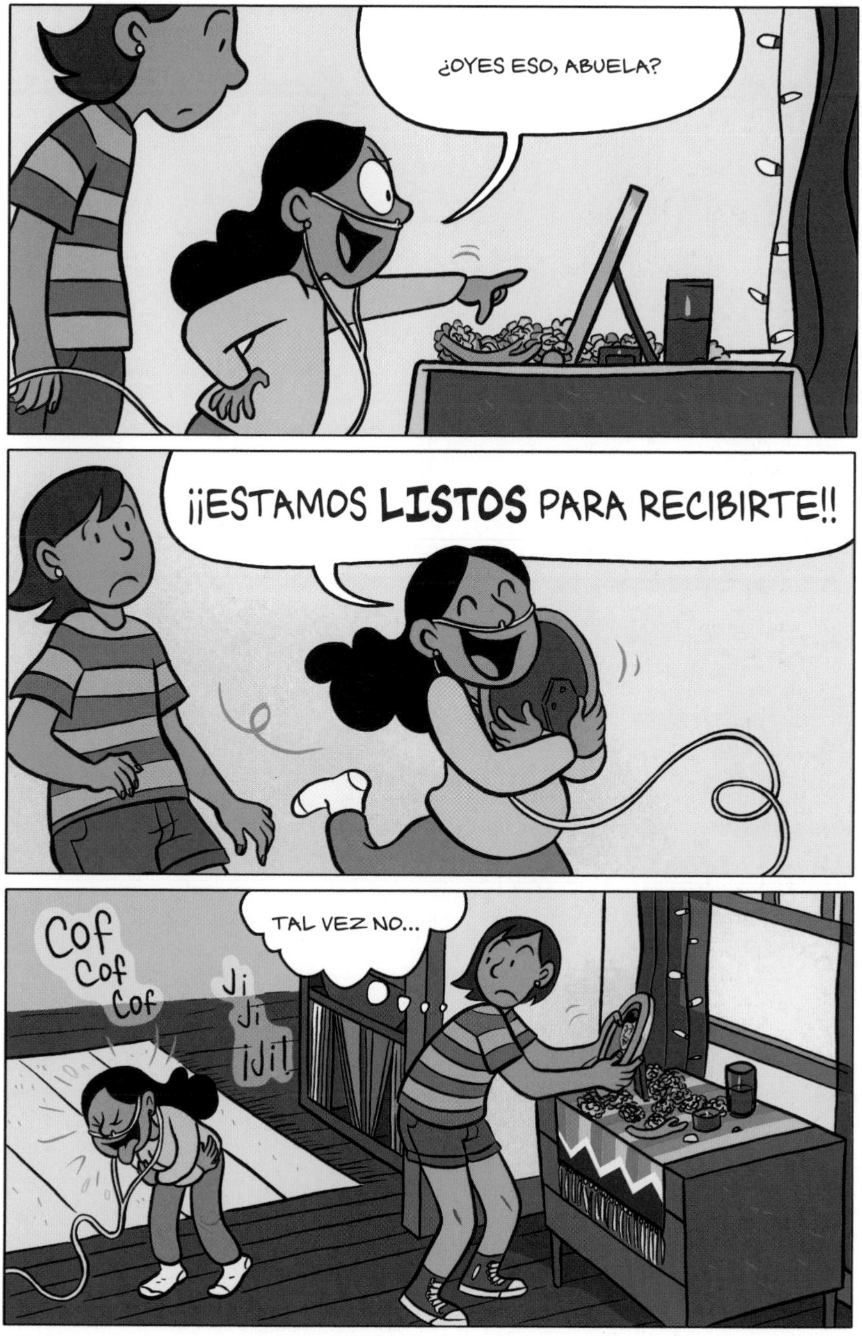

¿OYES ESO, ABUELA?
¡¡ESTAMOS LISTOS PARA RECIBIRTE!!
TAL VEZ NO...
Cof
Cof
Cof
Ji
Ji
¡Ji!

FINAL DE
OCTUBRE

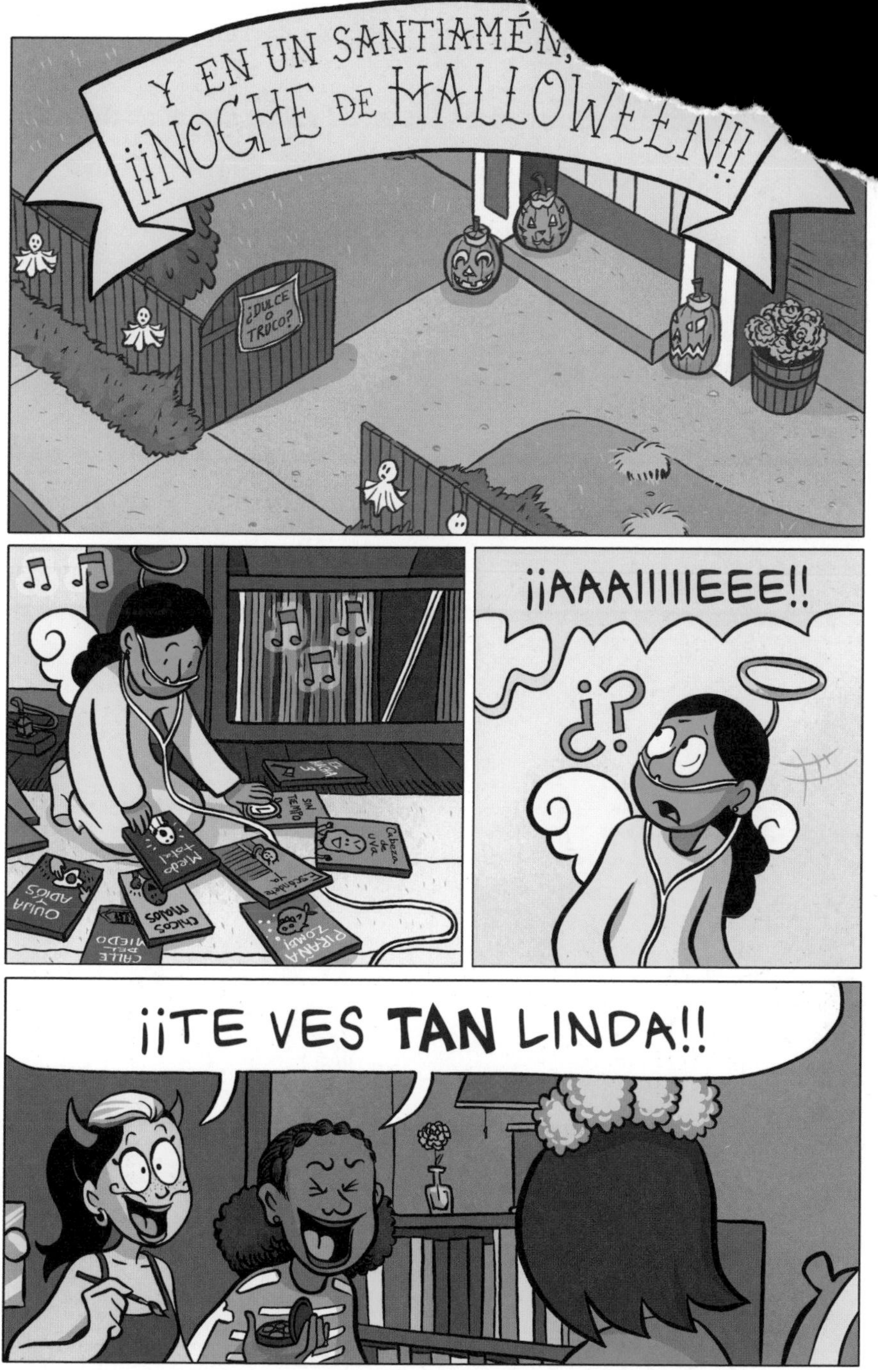
Y EN UN SANTIAMÉN,
¡¡NOCHE DE HALLOWEEN!!
¿DULCE O TRUCO?
Miedo total
Cabeza de uva
Sin tiempo
Escóndete ya
Ouija y adiós
Chicos malos
Calle del miedo
Piraña zombi
¡¡AAAIIIIIEEE!!
¿?
¡¡TE VES TAN LINDA!!

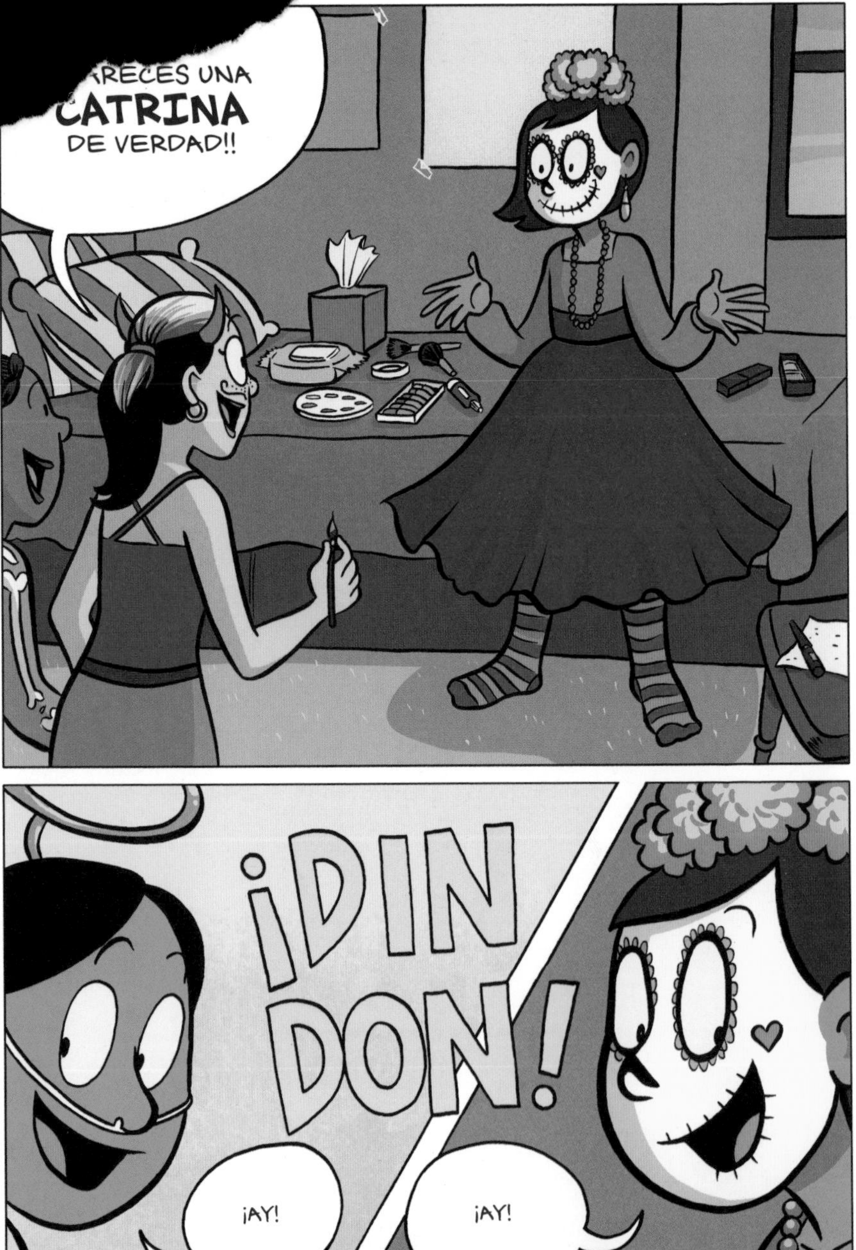
[redacted]RECES UNA CATRINA DE VERDAD!!
¡DIN DON!
¡AY!
¡AY!

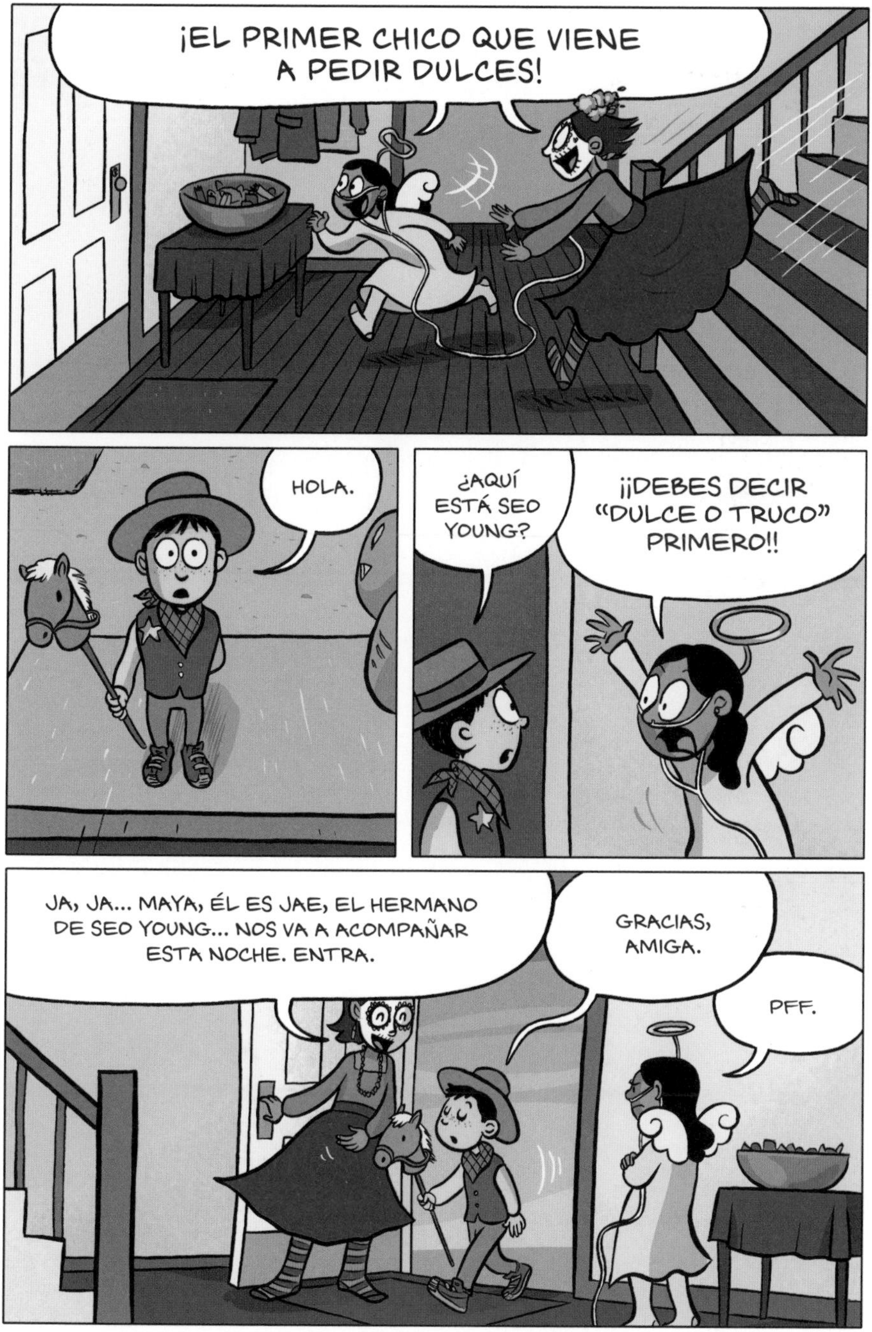
¡EL PRIMER CHICO QUE VIENE A PEDIR DULCES!
HOLA.
¿AQUÍ ESTÁ SEO YOUNG?
¡¡DEBES DECIR "DULCE O TRUCO" PRIMERO!!
JA, JA... MAYA, ÉL ES JAE, EL HERMANO DE SEO YOUNG... NOS VA A ACOMPAÑAR ESTA NOCHE. ENTRA.
GRACIAS, AMIGA.
PFF.

NO ES JUSTO.

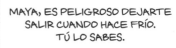

MAYA, ES PELIGROSO DEJARTE SALIR CUANDO HACE FRÍO. TÚ LO SABES.

TE DARÉ LA MITAD DE MIS DULCES...

TRES CUARTAS PARTES. TODOS LOS CHOCOLATES.

LO QUE DIGAS...

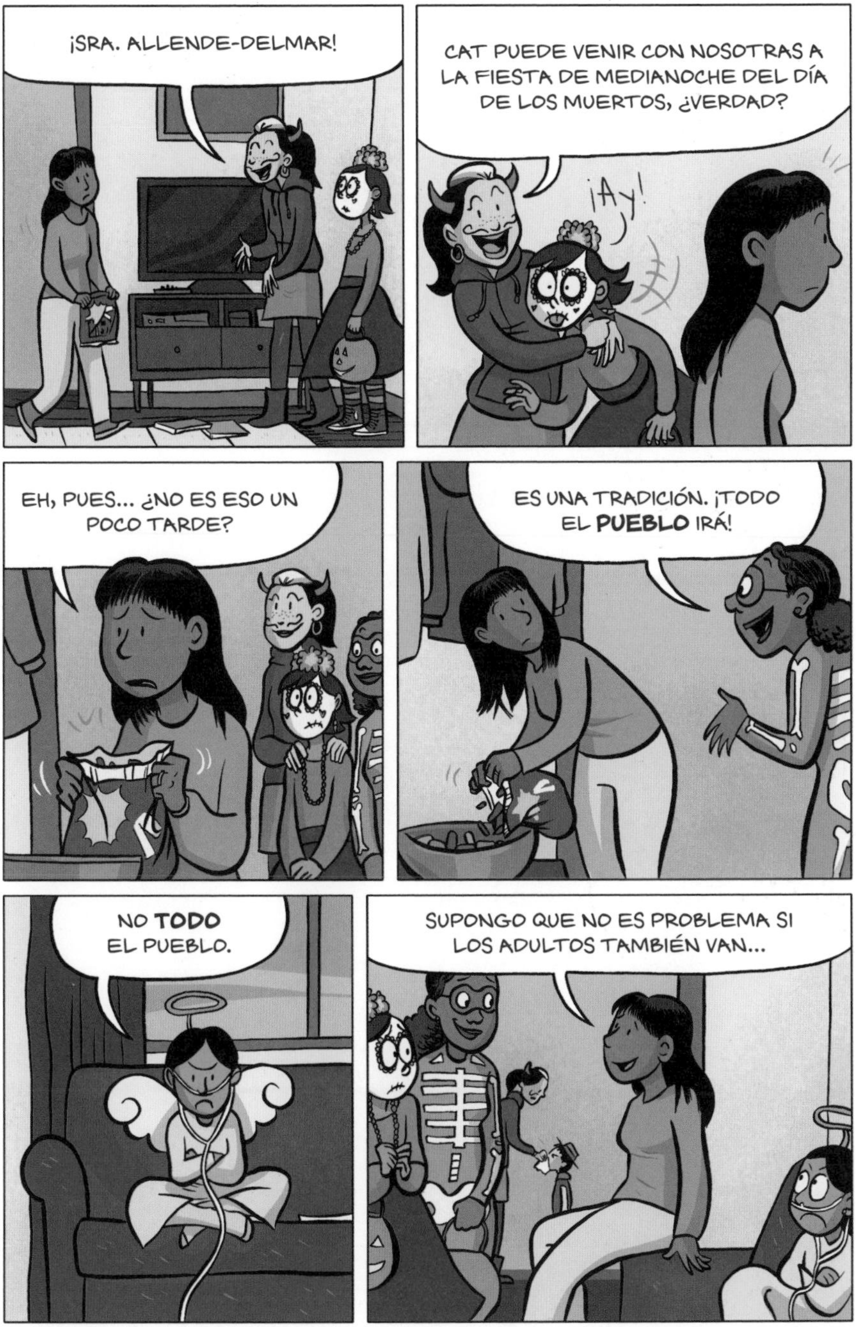
¡SRA. ALLENDE-DELMAR!
CAT PUEDE VENIR CON NOSOTRAS A LA FIESTA DE MEDIANOCHE DEL DÍA DE LOS MUERTOS, ¿VERDAD?
¡AY!
EH, PUES... ¿NO ES ESO UN POCO TARDE?
ES UNA TRADICIÓN. ¡TODO EL **PUEBLO** IRÁ!
NO **TODO** EL PUEBLO.
SUPONGO QUE NO ES PROBLEMA SI LOS ADULTOS TAMBIÉN VAN...

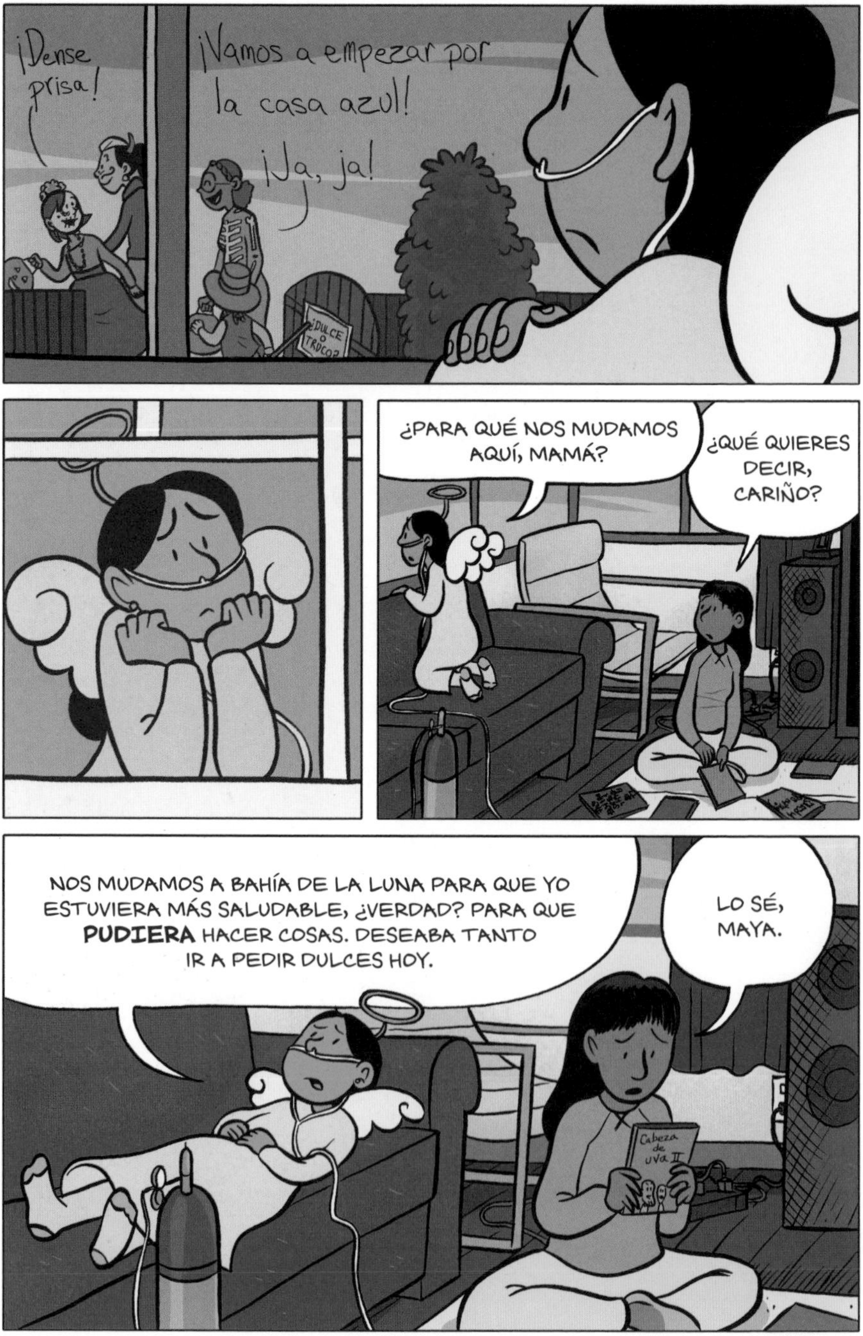
¡Dense prisa!
¡Vamos a empezar por la casa azul!
¡Ja, ja!
¿DULCE O TRUCO?
¿PARA QUÉ NOS MUDAMOS AQUÍ, MAMÁ?
¿QUÉ QUIERES DECIR, CARIÑO?
NOS MUDAMOS A BAHÍA DE LA LUNA PARA QUE YO ESTUVIERA MÁS SALUDABLE, ¿VERDAD? PARA QUE **PUDIERA** HACER COSAS. DESEABA TANTO IR A PEDIR DULCES HOY.
LO SÉ, MAYA.
Cabeza de uva II

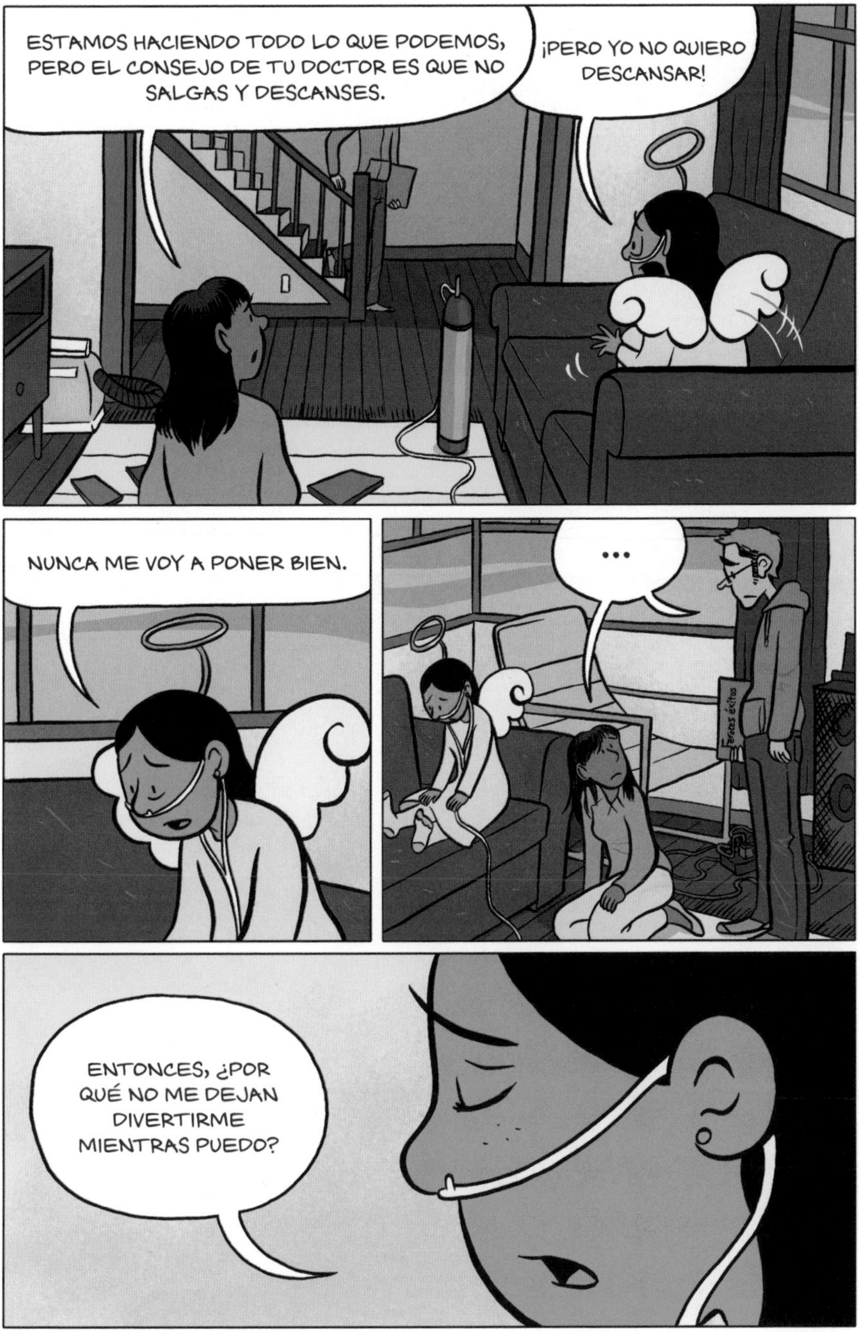
ESTAMOS HACIENDO TODO LO QUE PODEMOS, PERO EL CONSEJO DE TU DOCTOR ES QUE NO SALGAS Y DESCANSES.
¡PERO YO NO QUIERO DESCANSAR!
NUNCA ME VOY A PONER BIEN.
...
Grandes éxitos
ENTONCES, ¿POR QUÉ NO ME DEJAN DIVERTIRME MIENTRAS PUEDO?

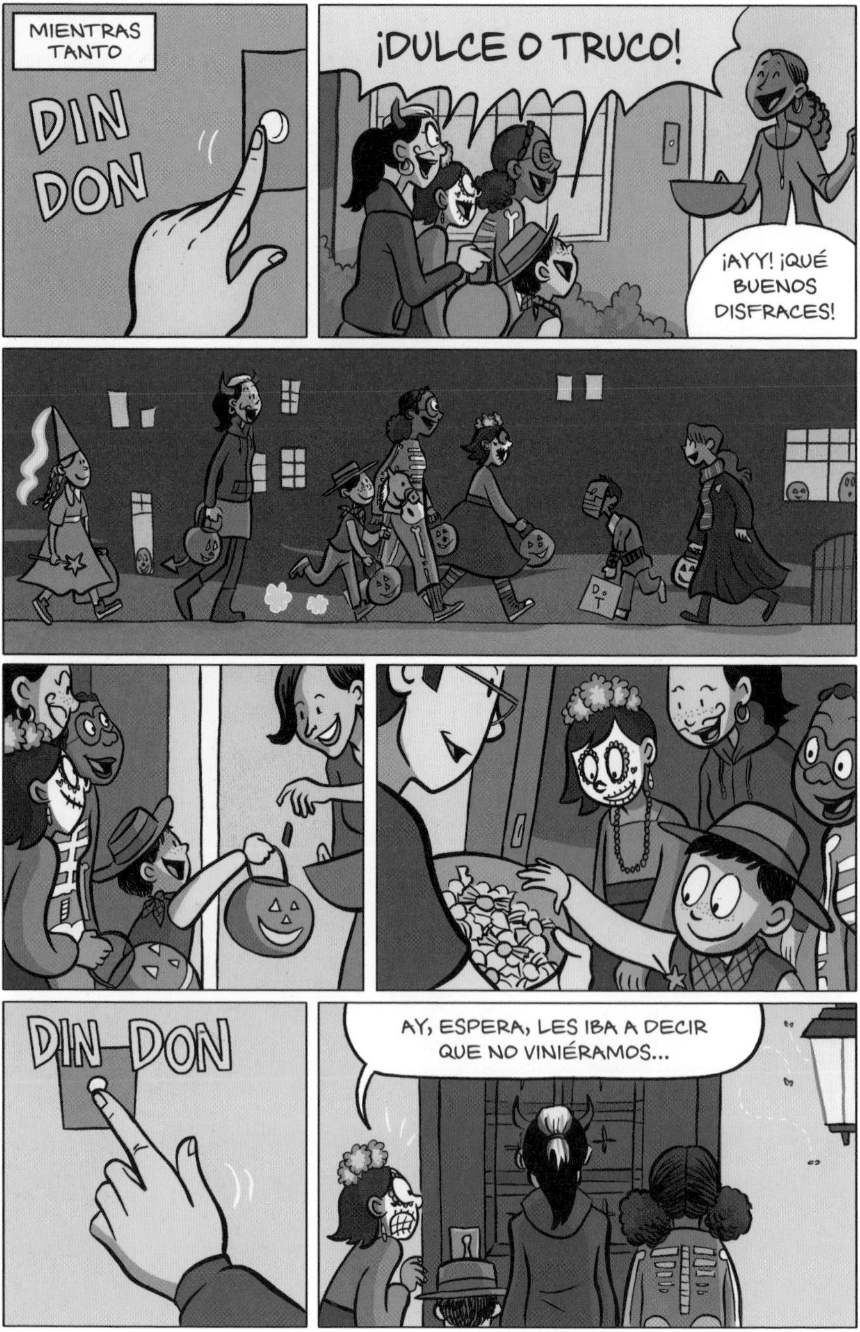
MIENTRAS TANTO
DIN DON
¡DULCE O TRUCO!
¡AYY! ¡QUÉ BUENOS DISFRACES!
DIN DON
AY, ESPERA, LES IBA A DECIR QUE NO VINIÉRAMOS...

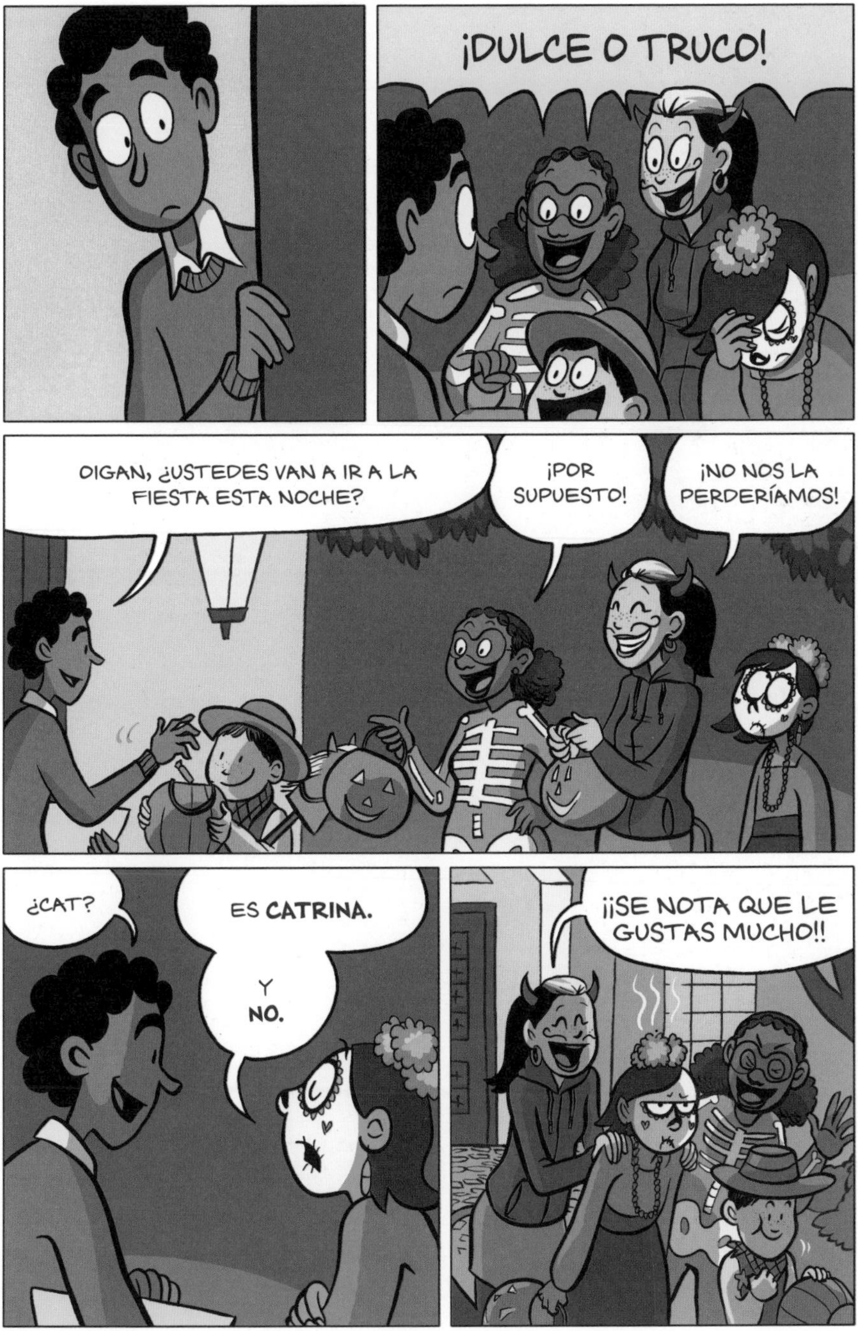
¡DULCE O TRUCO!
OIGAN, ¿USTEDES VAN A IR A LA FIESTA ESTA NOCHE?
¡POR SUPUESTO!
¡NO NOS LA PERDERÍAMOS!
¿CAT?
ES **CATRINA.**
Y **NO.**
¡¡SE NOTA QUE LE GUSTAS MUCHO!!

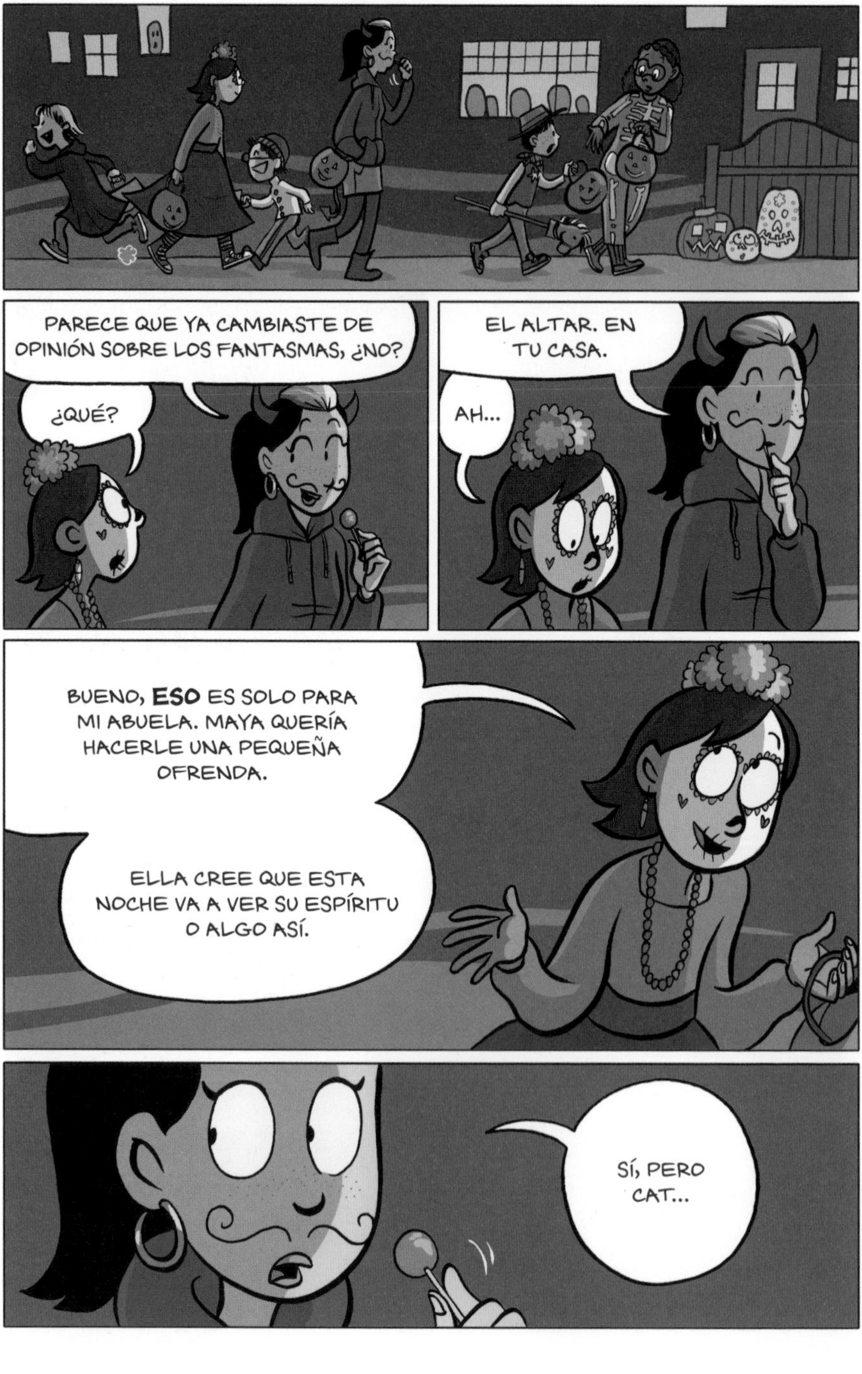
PARECE QUE YA CAMBIASTE DE OPINIÓN SOBRE LOS FANTASMAS, ¿NO?
¿QUÉ?
EL ALTAR. EN TU CASA.
AH...
BUENO, **ESO** ES SOLO PARA MI ABUELA. MAYA QUERÍA HACERLE UNA PEQUEÑA OFRENDA.
ELLA CREE QUE ESTA NOCHE VA A VER SU ESPÍRITU O ALGO ASÍ.
SÍ, PERO CAT...

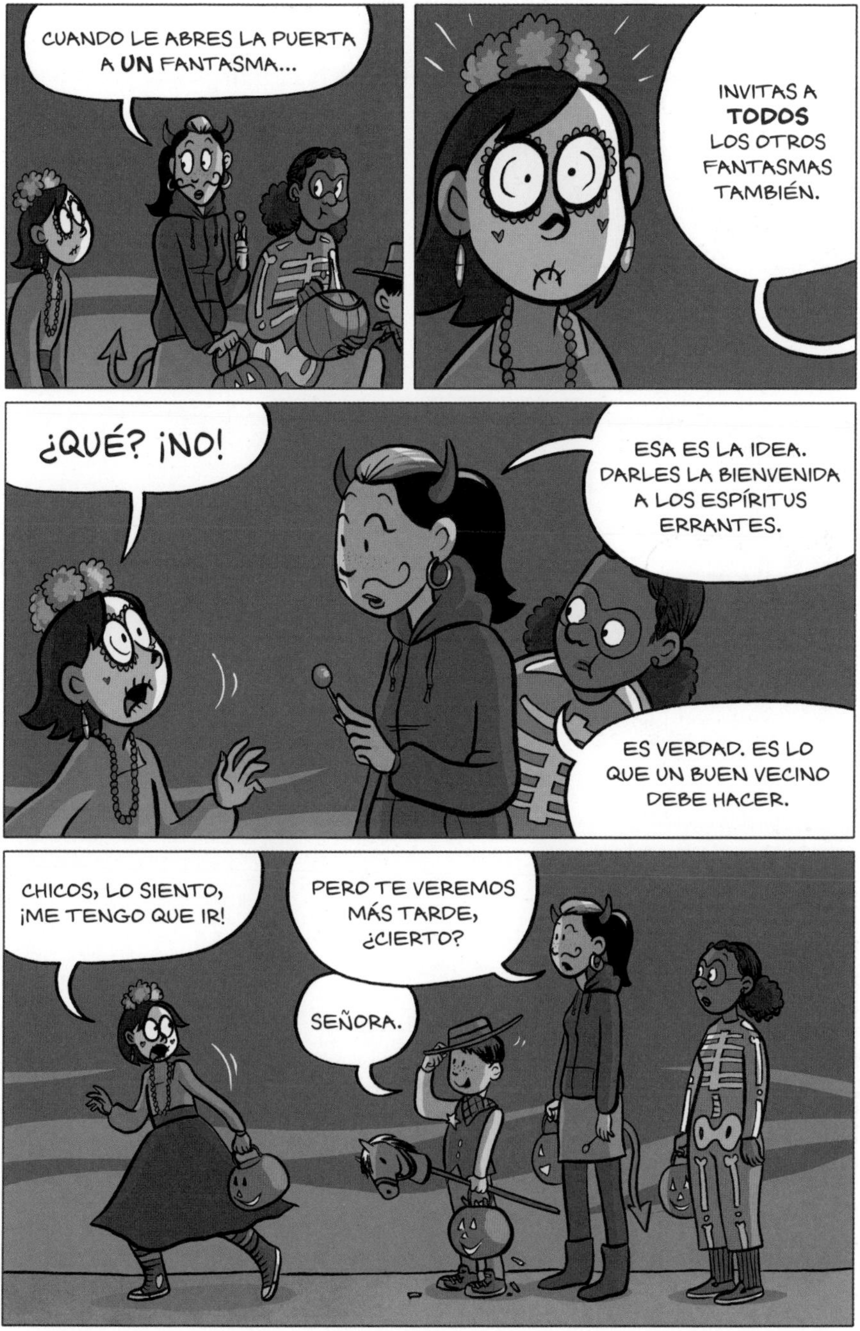
CUANDO LE ABRES LA PUERTA A UN FANTASMA...
INVITAS A TODOS LOS OTROS FANTASMAS TAMBIÉN.
¿QUÉ? ¡NO!
ESA ES LA IDEA. DARLES LA BIENVENIDA A LOS ESPÍRITUS ERRANTES.
ES VERDAD. ES LO QUE UN BUEN VECINO DEBE HACER.
CHICOS, LO SIENTO, ¡ME TENGO QUE IR!
PERO TE VEREMOS MÁS TARDE, ¿CIERTO?
SEÑORA.

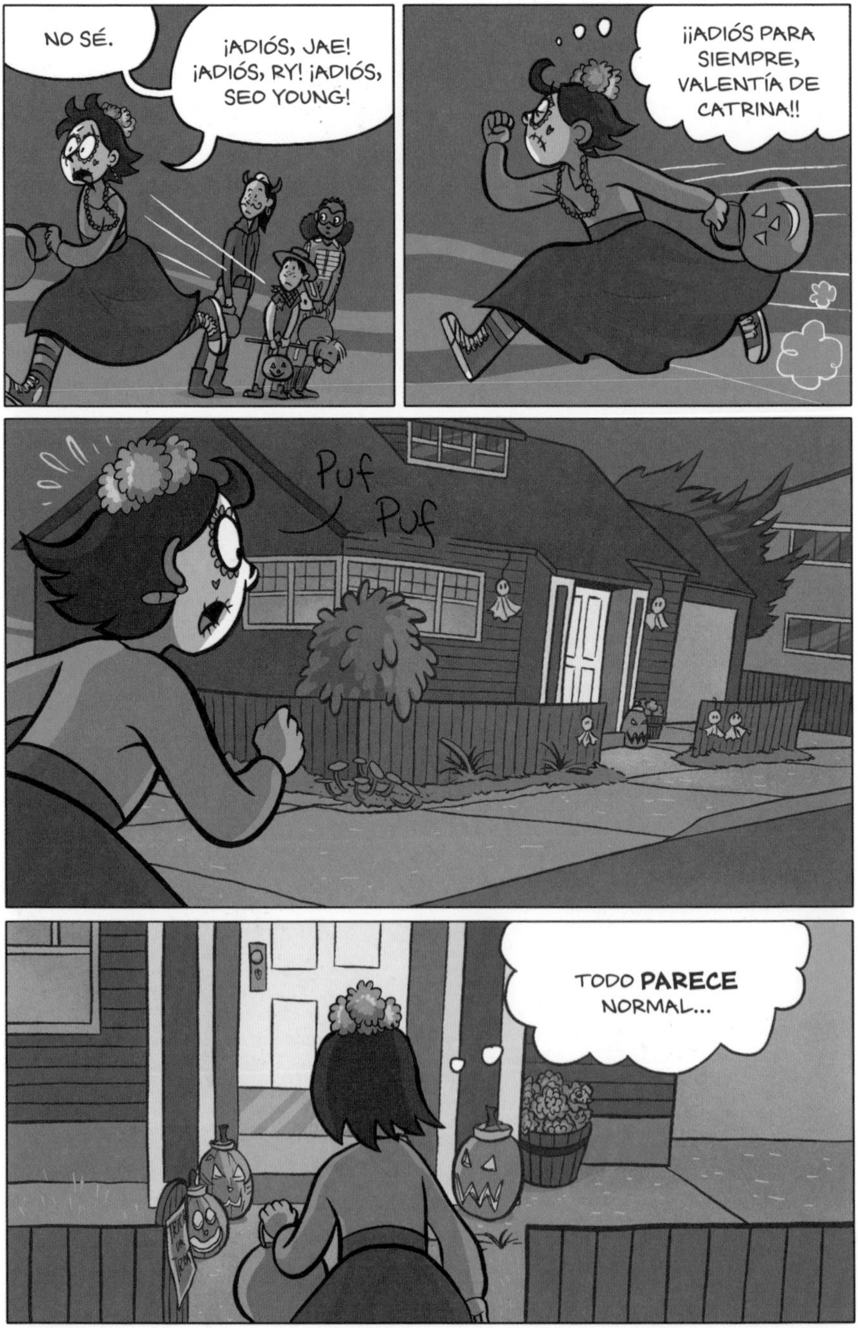
NO SÉ.
¡ADIÓS, JAE! ¡ADIÓS, RY! ¡ADIÓS, SEO YOUNG!
¡¡ADIÓS PARA SIEMPRE, VALENTÍA DE CATRINA!!
Puf
Puf
TODO PARECE NORMAL...

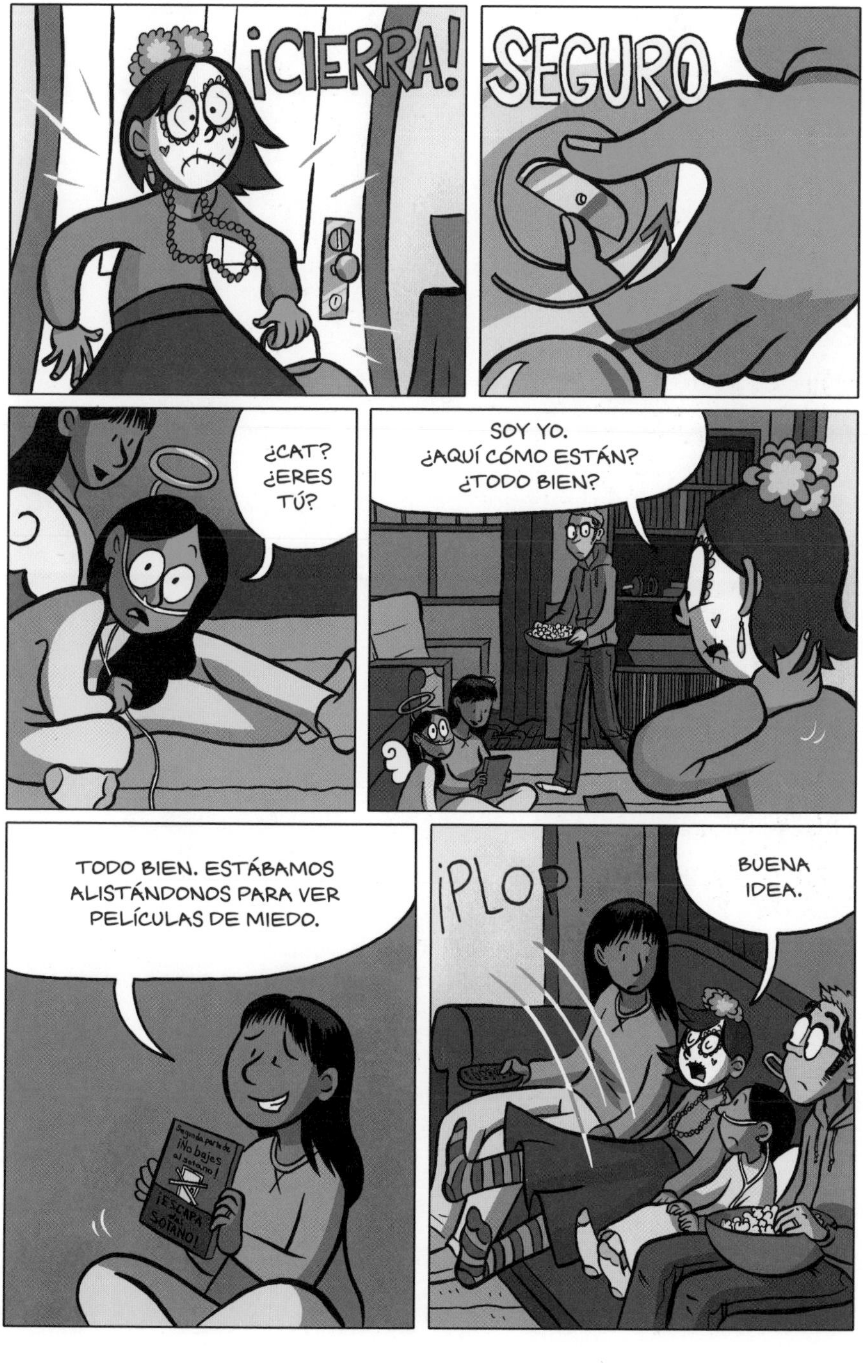
¡CIERRA!
SEGURO
¿CAT? ¿ERES TÚ?
SOY YO. ¿AQUÍ CÓMO ESTÁN? ¿TODO BIEN?
TODO BIEN. ESTÁBAMOS ALISTÁNDONOS PARA VER PELÍCULAS DE MIEDO.
¡PLOP!
BUENA IDEA.

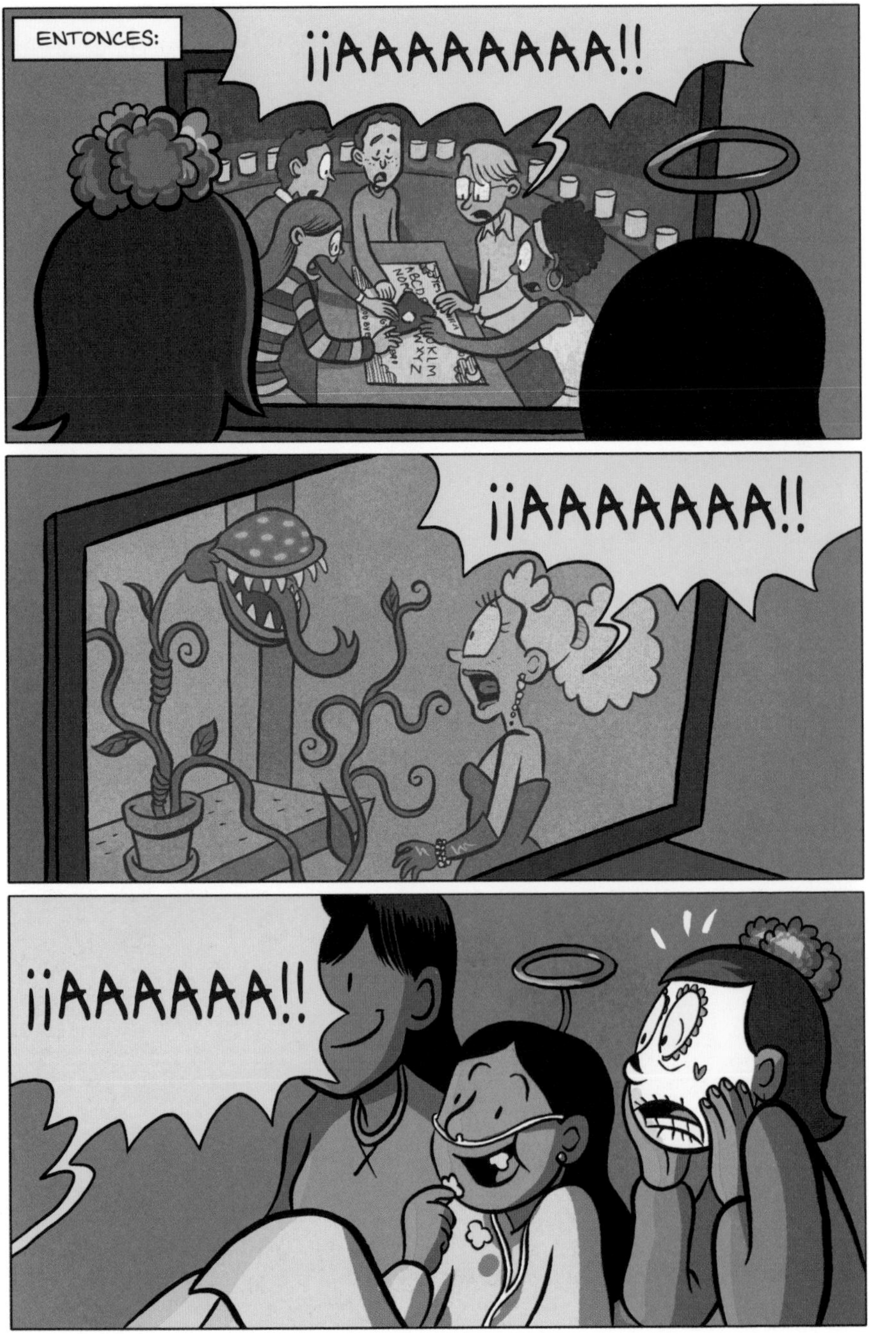
ENTONCES:
¡¡AAAAAAAAA!!
¡¡AAAAAAAA!!
¡¡AAAAAA!!

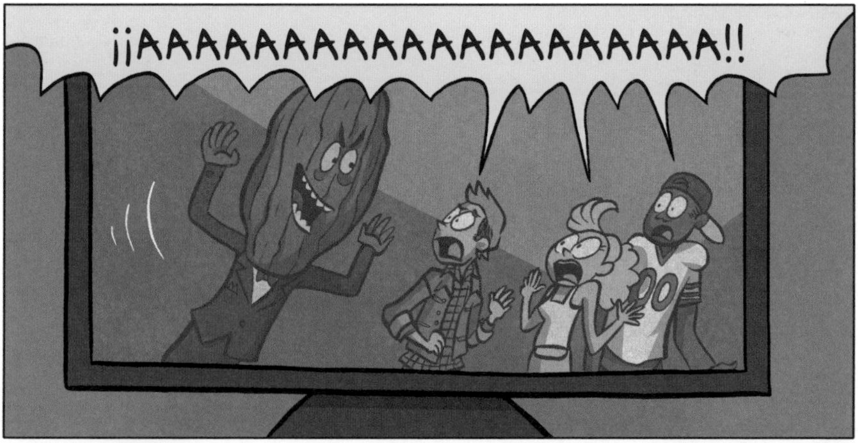
¡¡AAAAAAAAAAAAAAAAAAAAAAA!!

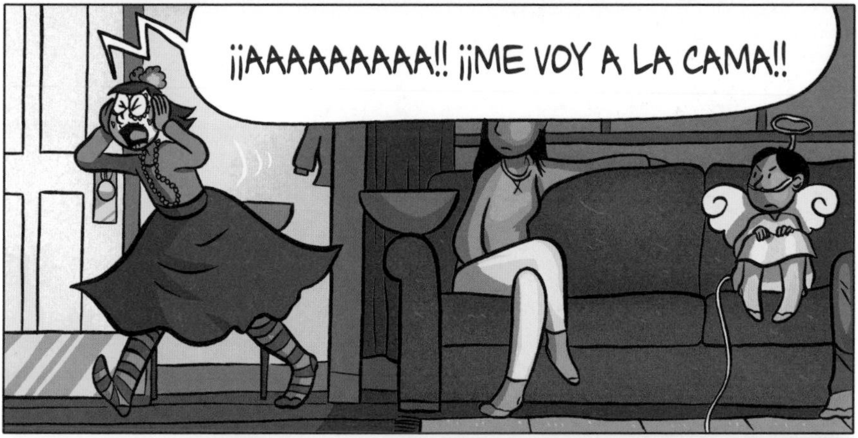
¡¡AAAAAAAAA!! ¡¡ME VOY A LA CAMA!!

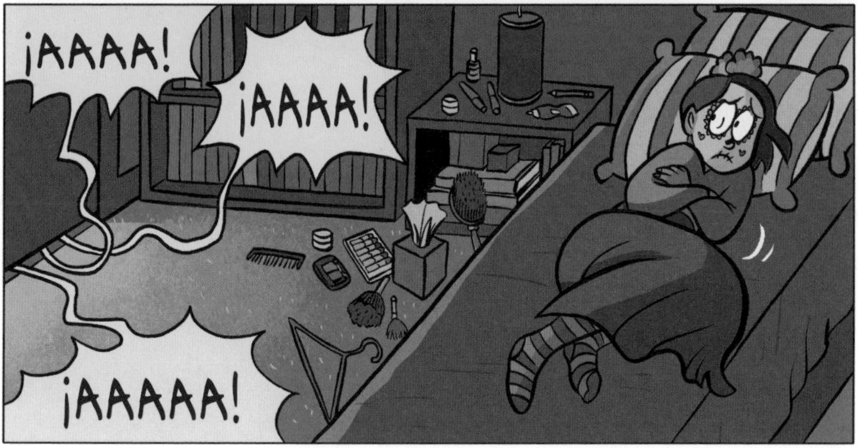
¡AAAA!
¡AAAA!
¡AAAAA!

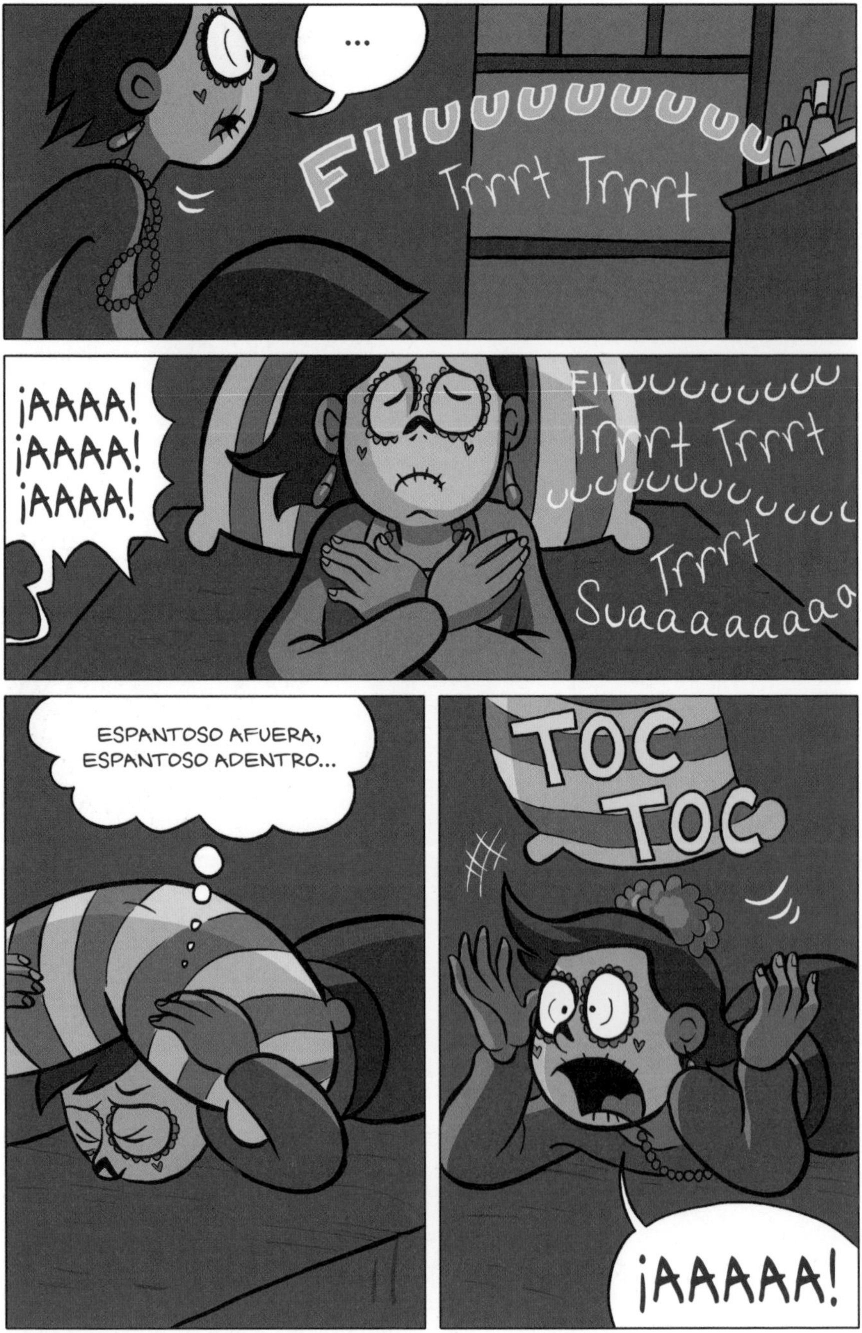
...
FIIUUUUUUUUU
Trrrt Trrrt
¡AAAA! ¡AAAA! ¡AAAA!
FIIUUUUUUUUU
Trrrt Trrrt
UUUUUUUUUUUUU
Trrrt
Suaaaaaaaa
ESPANTOSO AFUERA, ESPANTOSO ADENTRO...
TOC TOC
¡AAAAA!

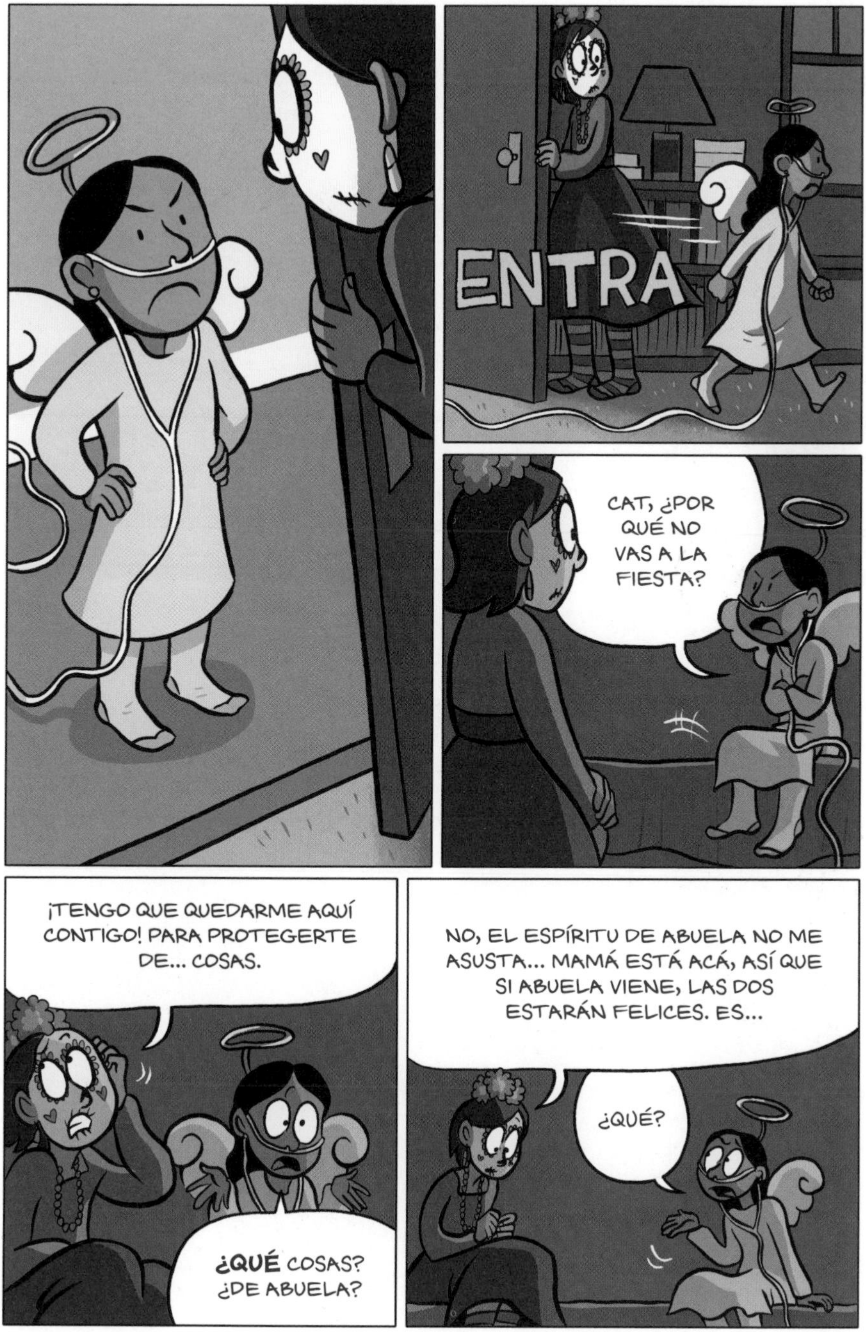
ENTRA
CAT, ¿POR QUÉ NO VAS A LA FIESTA?
¡TENGO QUE QUEDARME AQUÍ CONTIGO! PARA PROTEGERTE DE... COSAS.
¿QUÉ COSAS? ¿DE ABUELA?
NO, EL ESPÍRITU DE ABUELA NO ME ASUSTA... MAMÁ ESTÁ ACÁ, ASÍ QUE SI ABUELA VIENE, LAS DOS ESTARÁN FELICES. ES...
¿QUÉ?

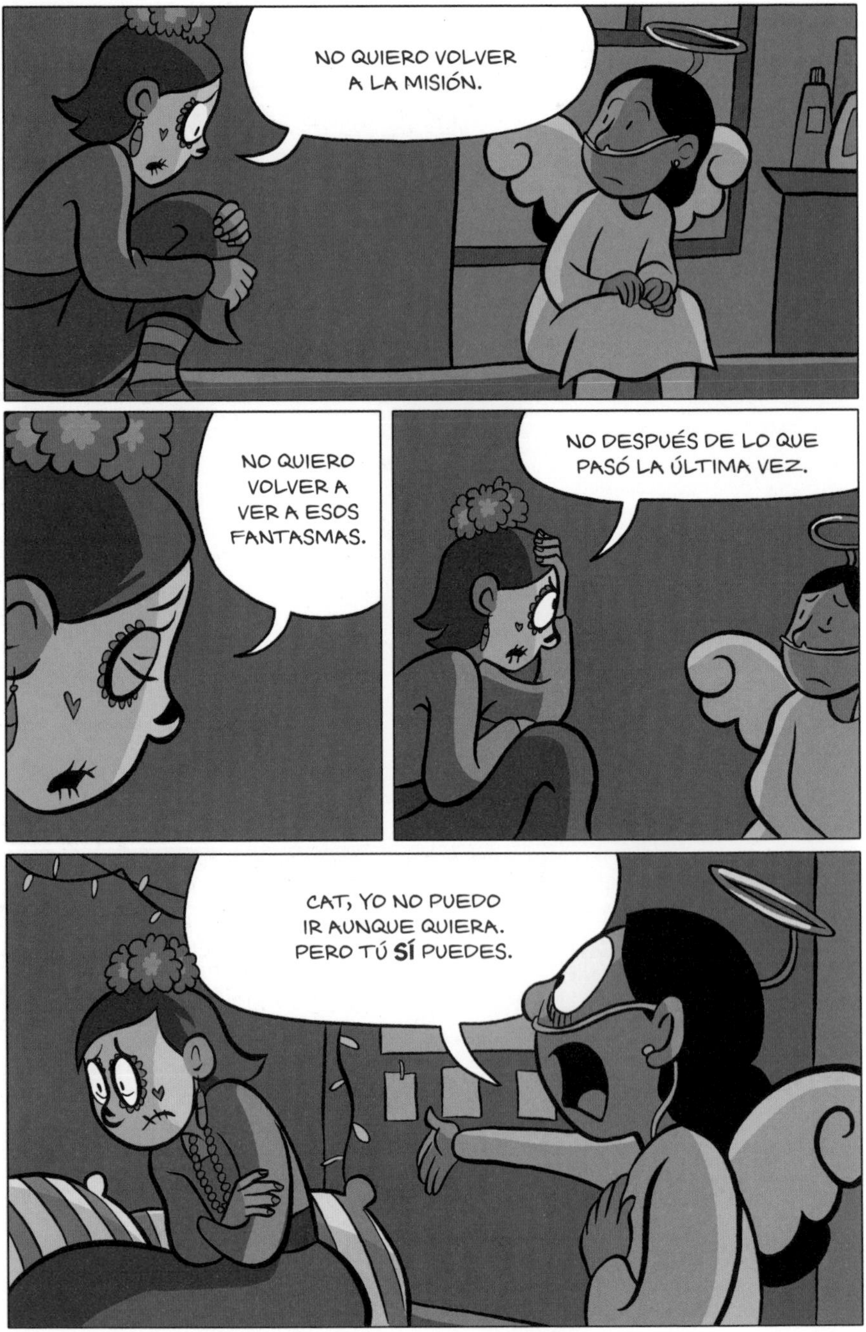
NO QUIERO VOLVER A LA MISIÓN.
NO QUIERO VOLVER A VER A ESOS FANTASMAS.
NO DESPUÉS DE LO QUE PASÓ LA ÚLTIMA VEZ.
CAT, YO NO PUEDO IR AUNQUE QUIERA. PERO TÚ **SÍ** PUEDES.

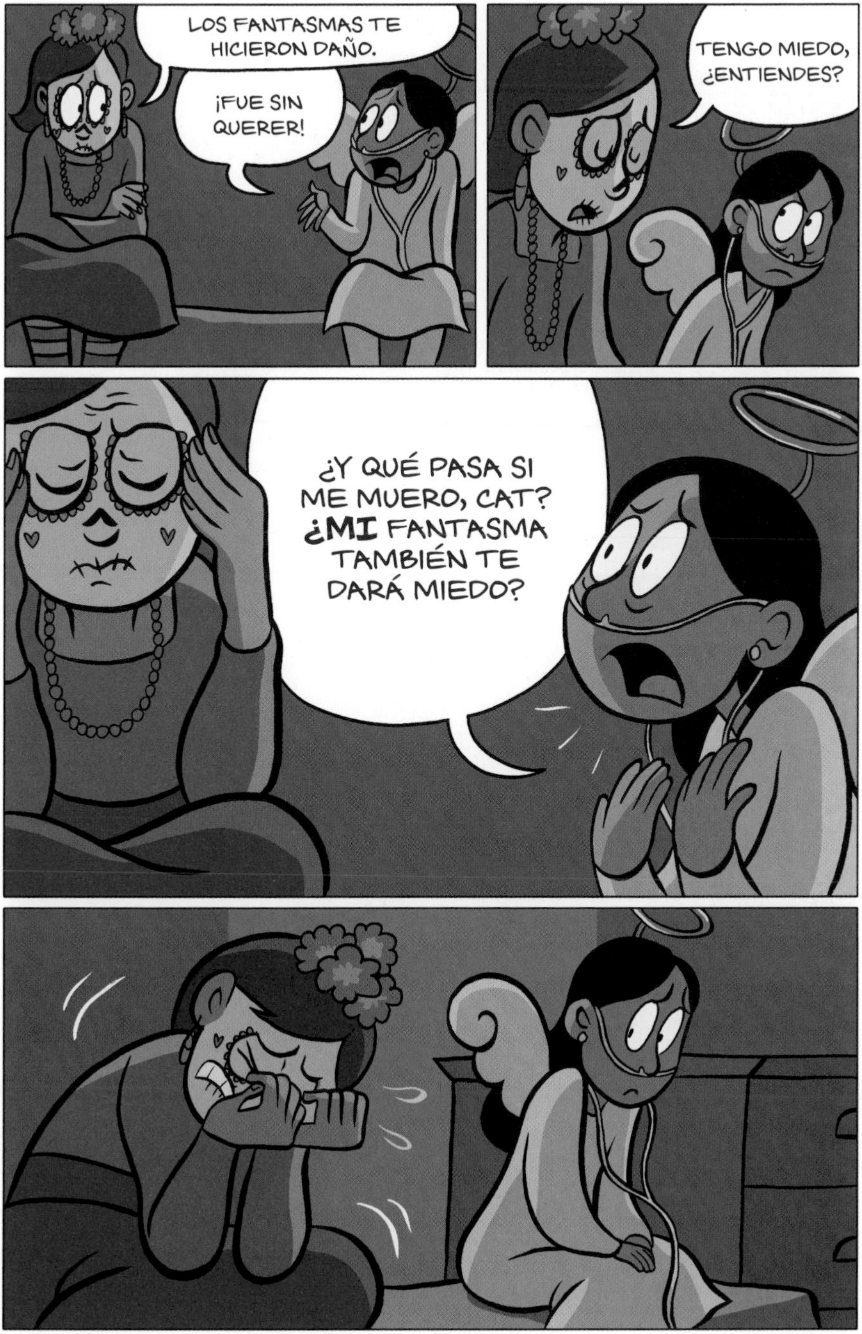
LOS FANTASMAS TE HICIERON DAÑO.
¡FUE SIN QUERER!
TENGO MIEDO, ¿ENTIENDES?
¿Y QUÉ PASA SI ME MUERO, CAT? ¿**MI** FANTASMA TAMBIÉN TE DARÁ MIEDO?

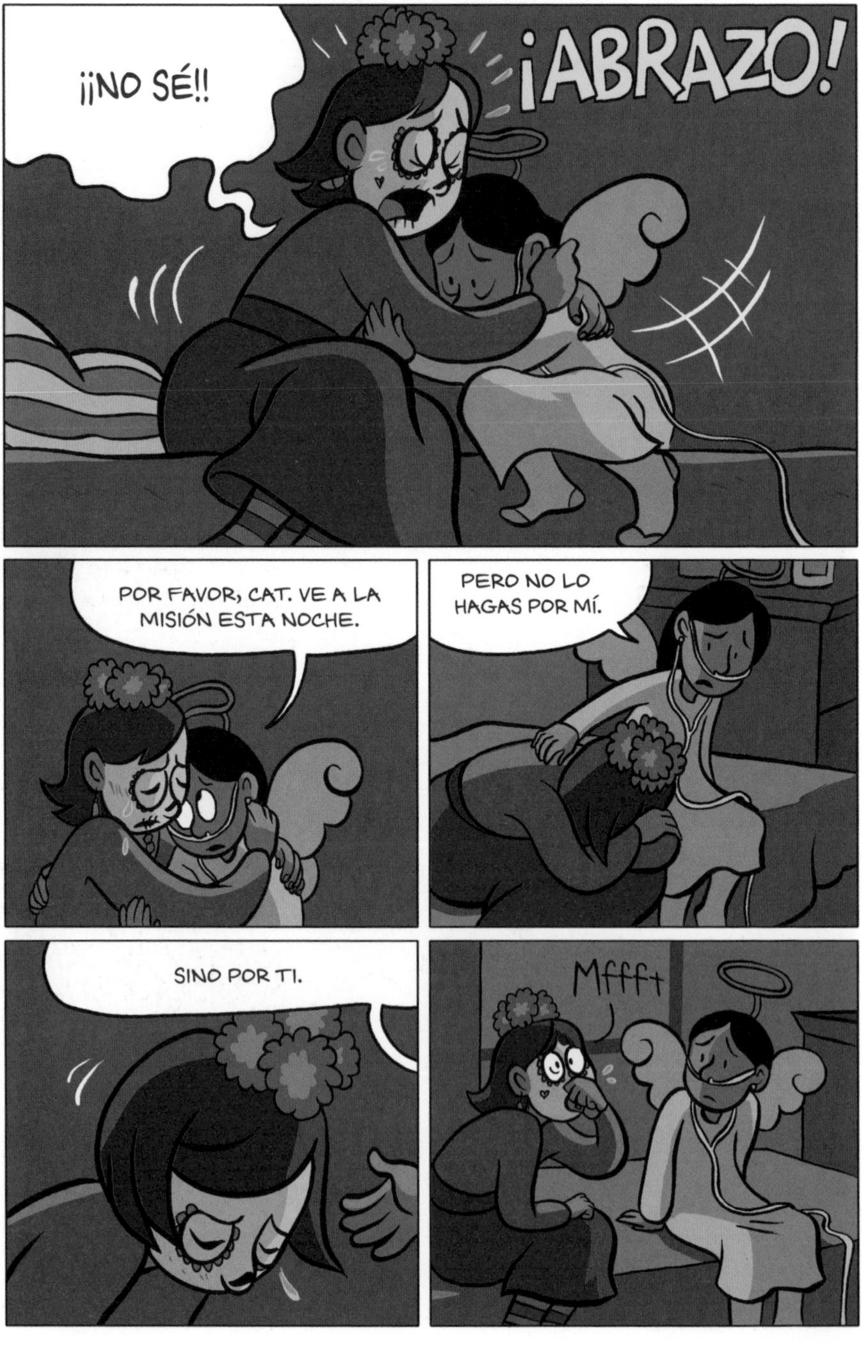
¡¡NO SÉ!!
¡ABRAZO!
POR FAVOR, CAT. VE A LA MISIÓN ESTA NOCHE.
PERO NO LO HAGAS POR MÍ.
SINO POR TI.
Mffft

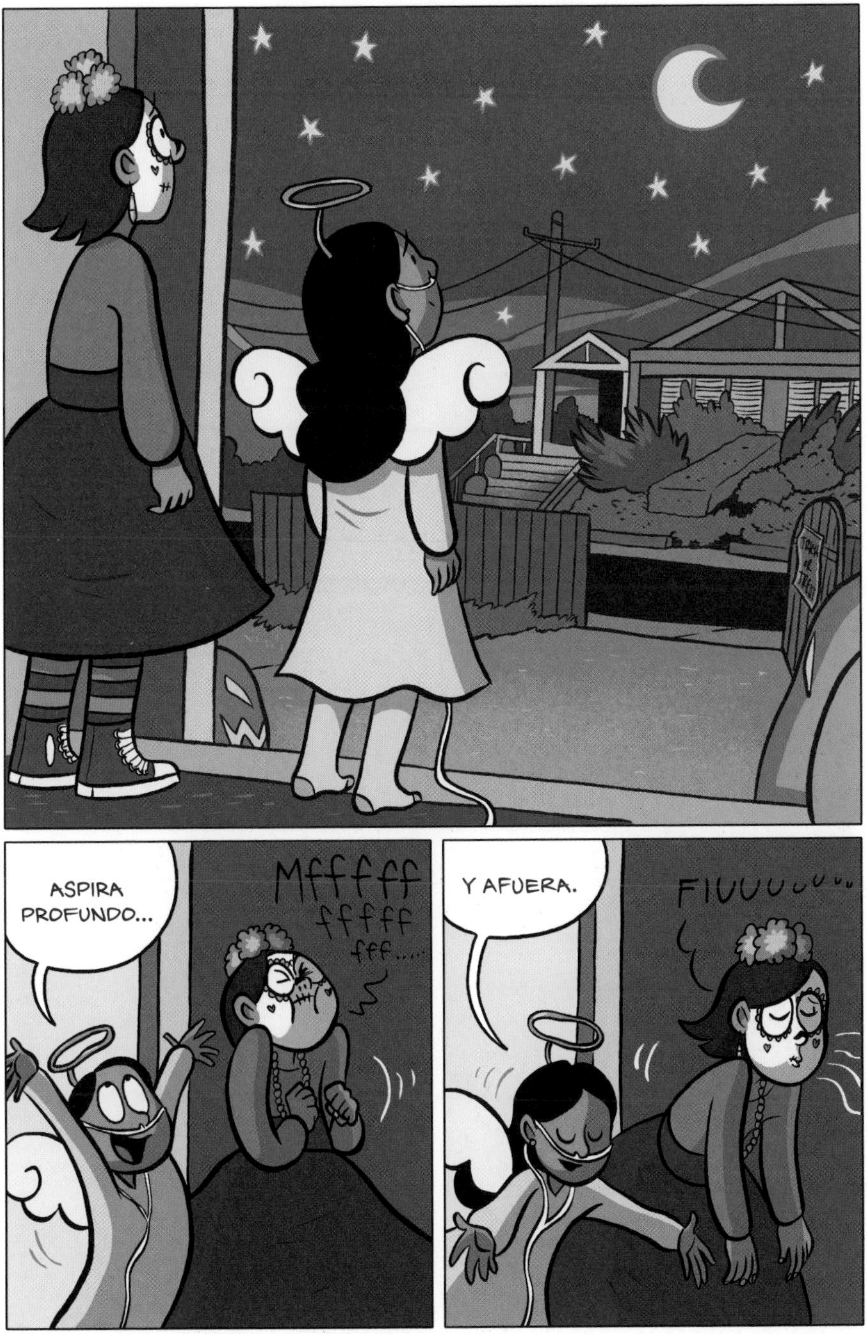
ASPIRA PROFUNDO...
Mfffff
fffff
fff.....
Y AFUERA.
FIUUUuuu..

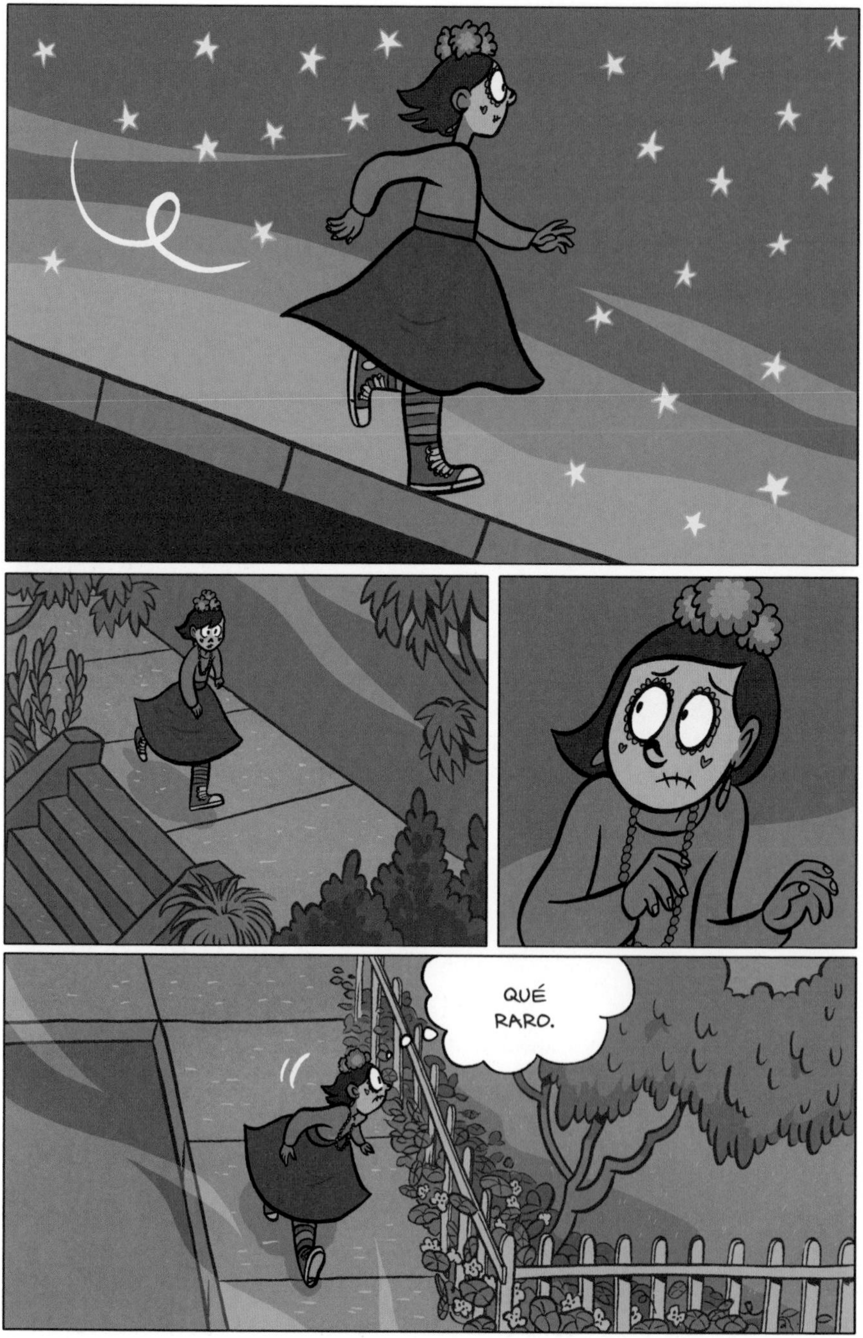
QUÉ
RARO.

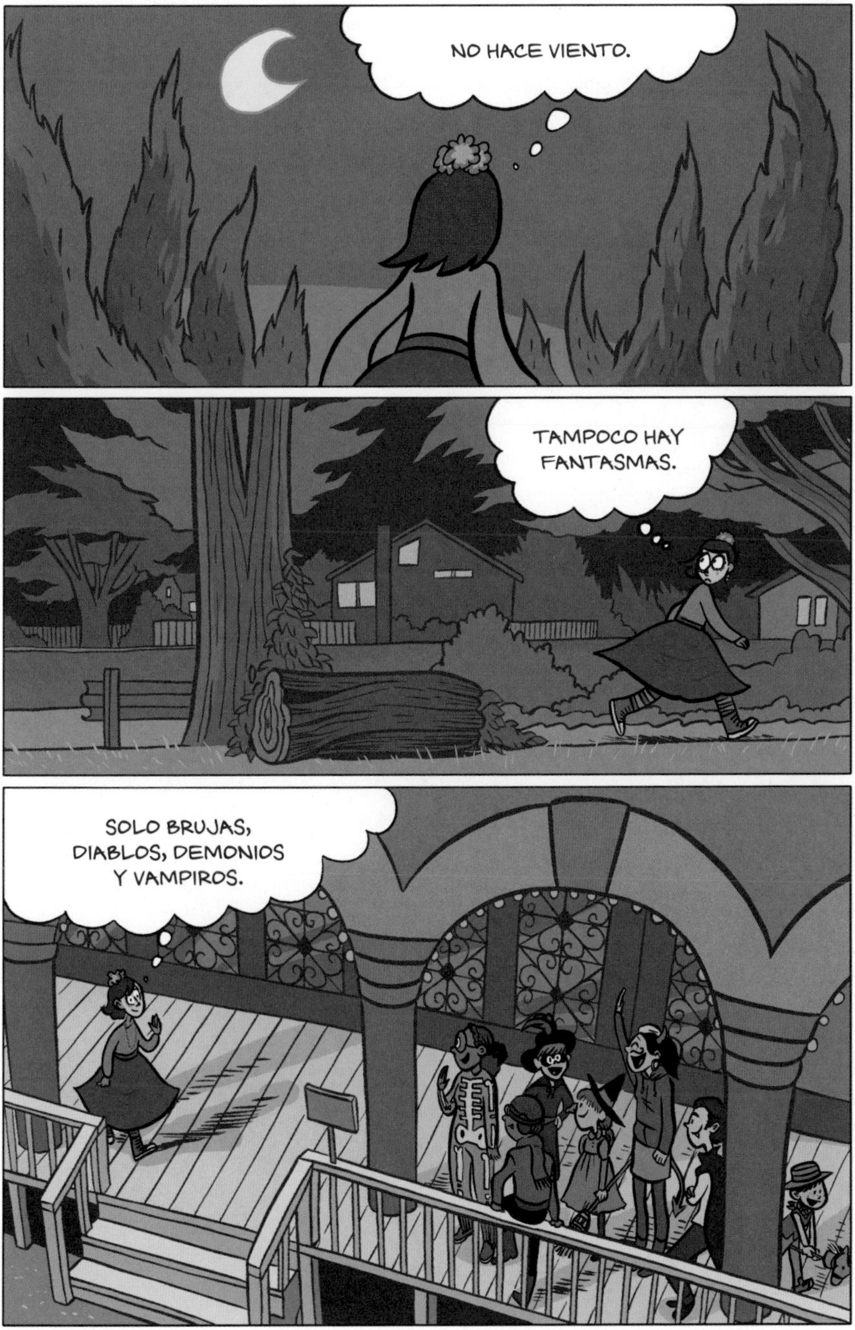
NO HACE VIENTO.
TAMPOCO HAY FANTASMAS.
SOLO BRUJAS, DIABLOS, DEMONIOS Y VAMPIROS.

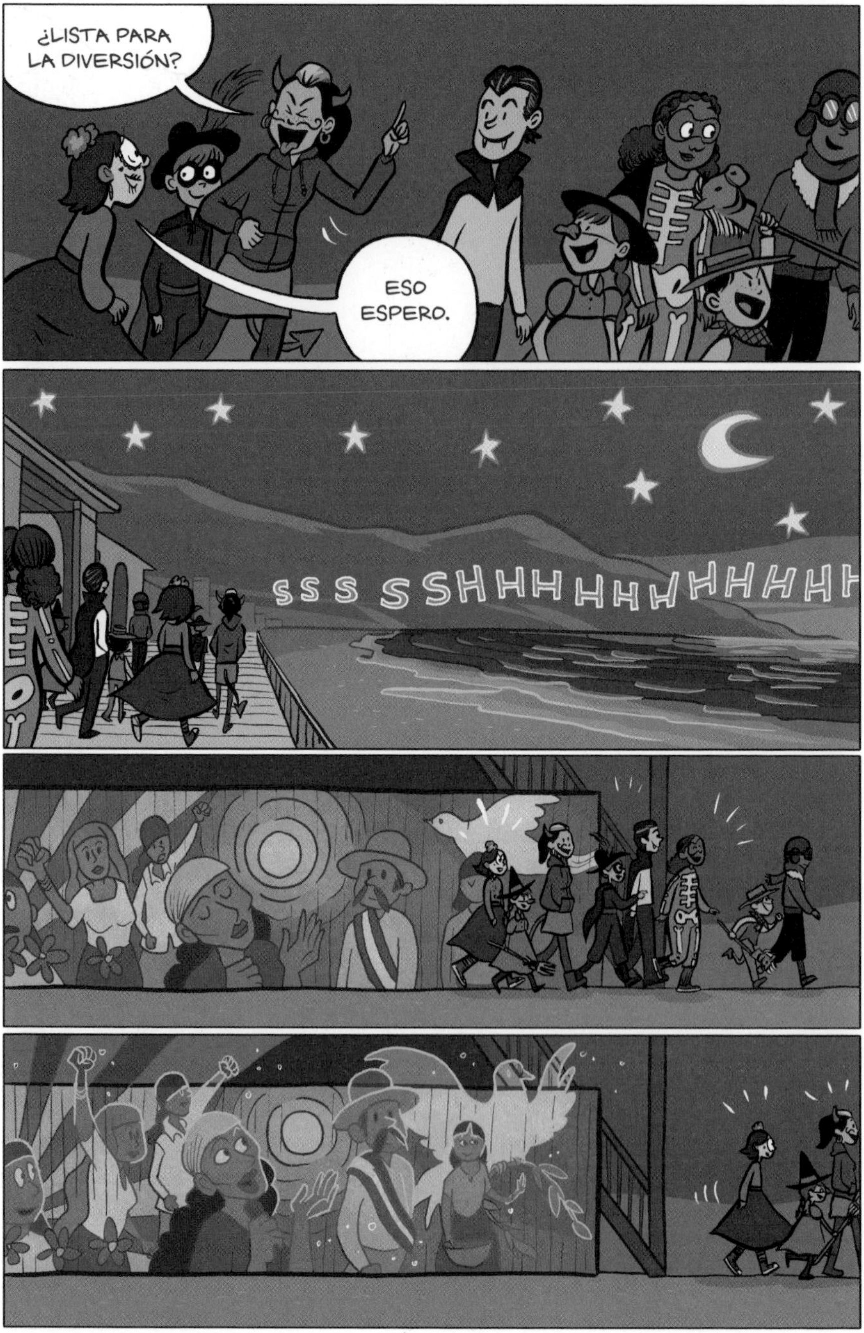
¿LISTA PARA LA DIVERSIÓN?
ESO ESPERO.
SSSSSHHHHHHHHHHHHH

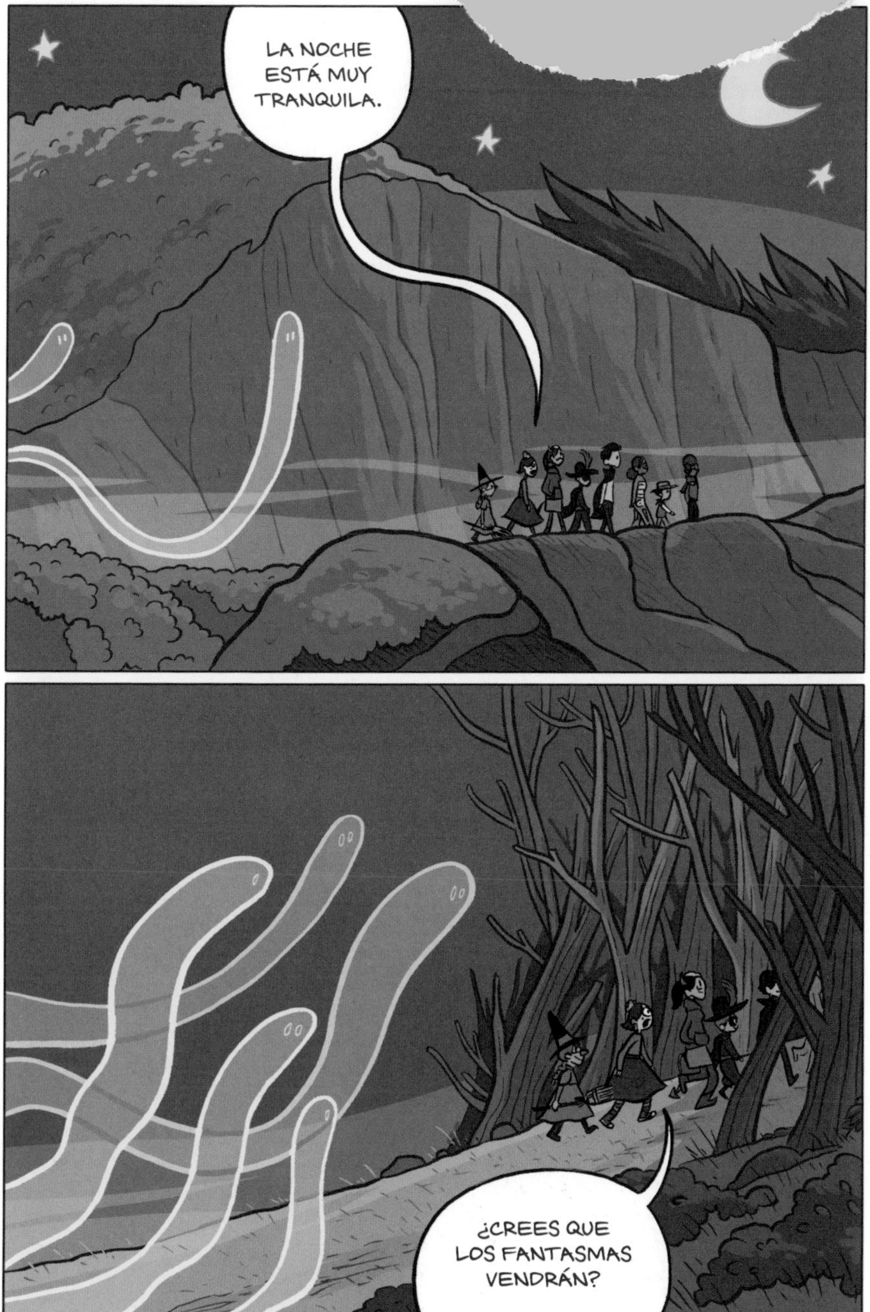
LA NOCHE ESTÁ MUY TRANQUILA.
¿CREES QUE LOS FANTASMAS VENDRÁN?

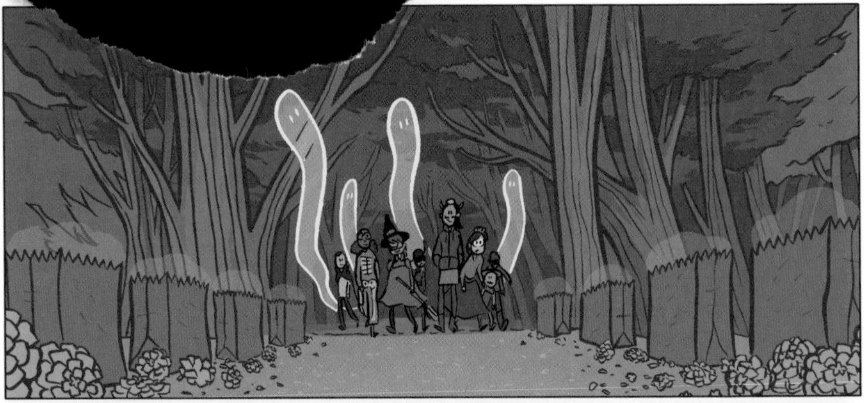

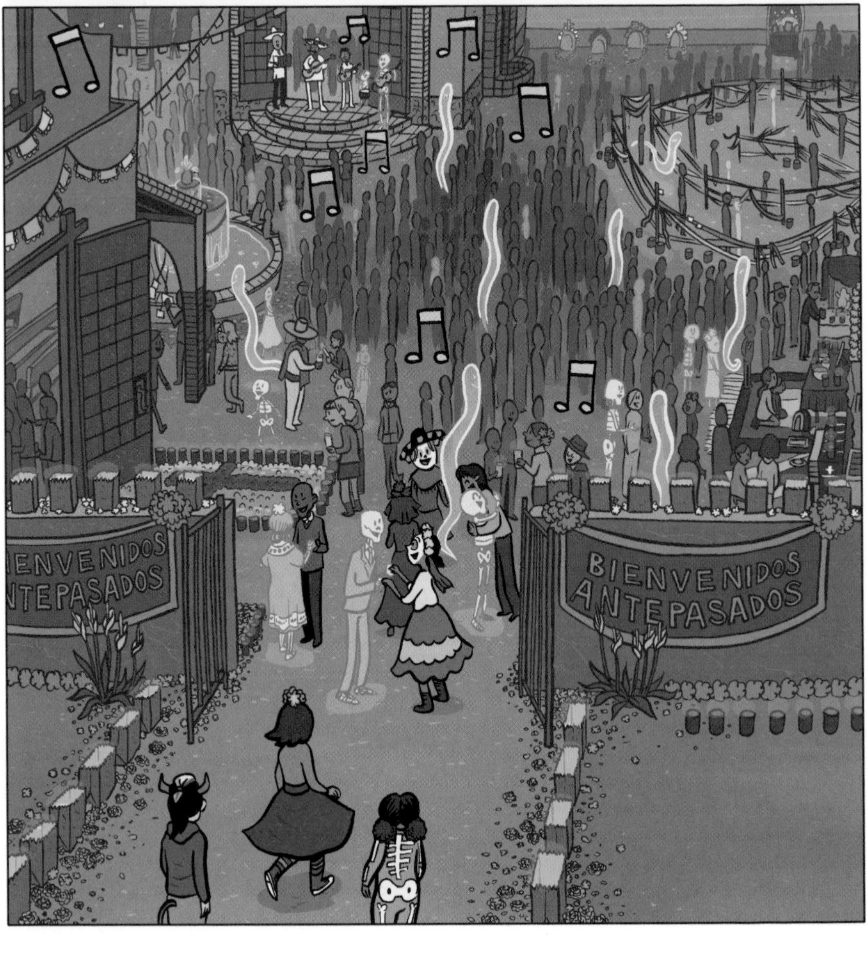
BIENVENIDOS
ANTEPASADOS

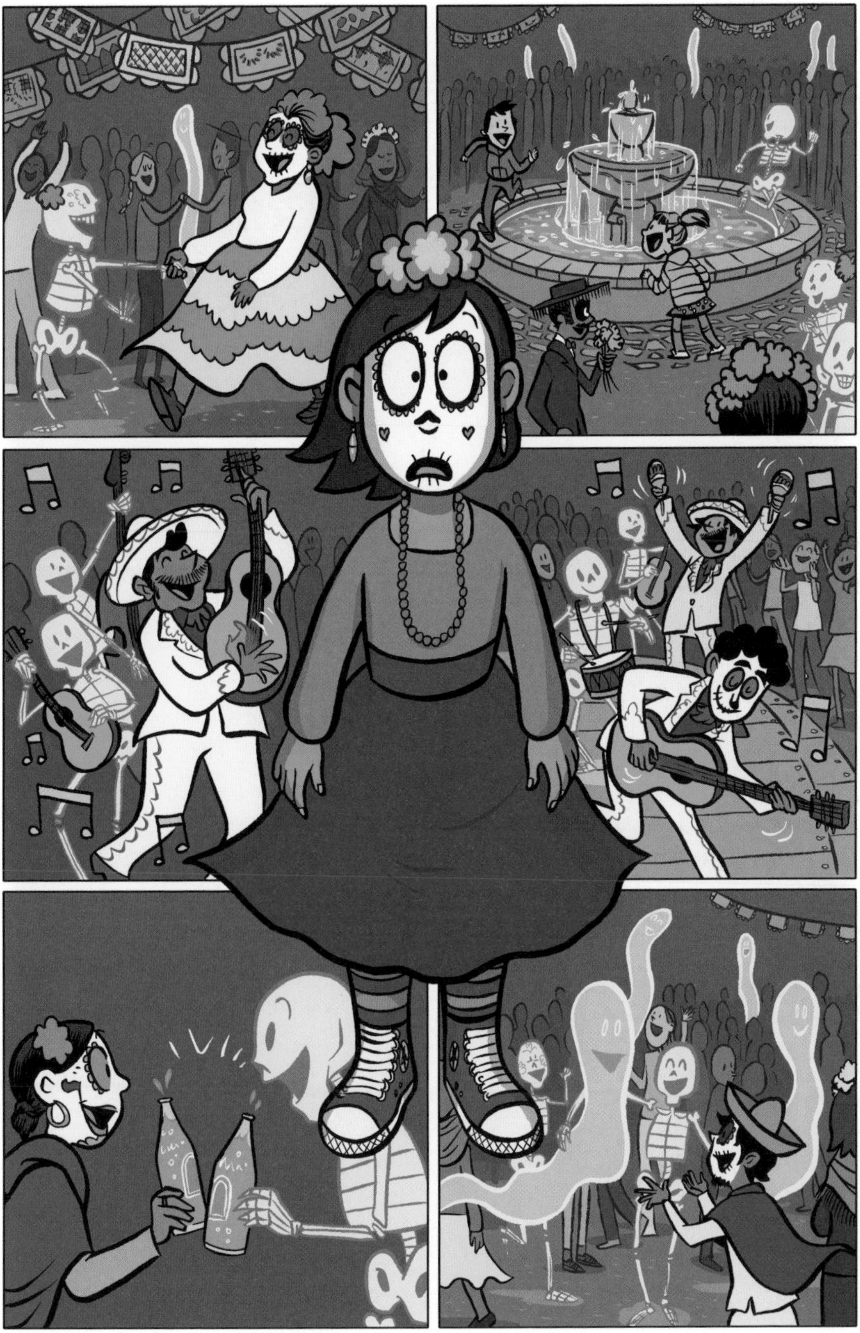

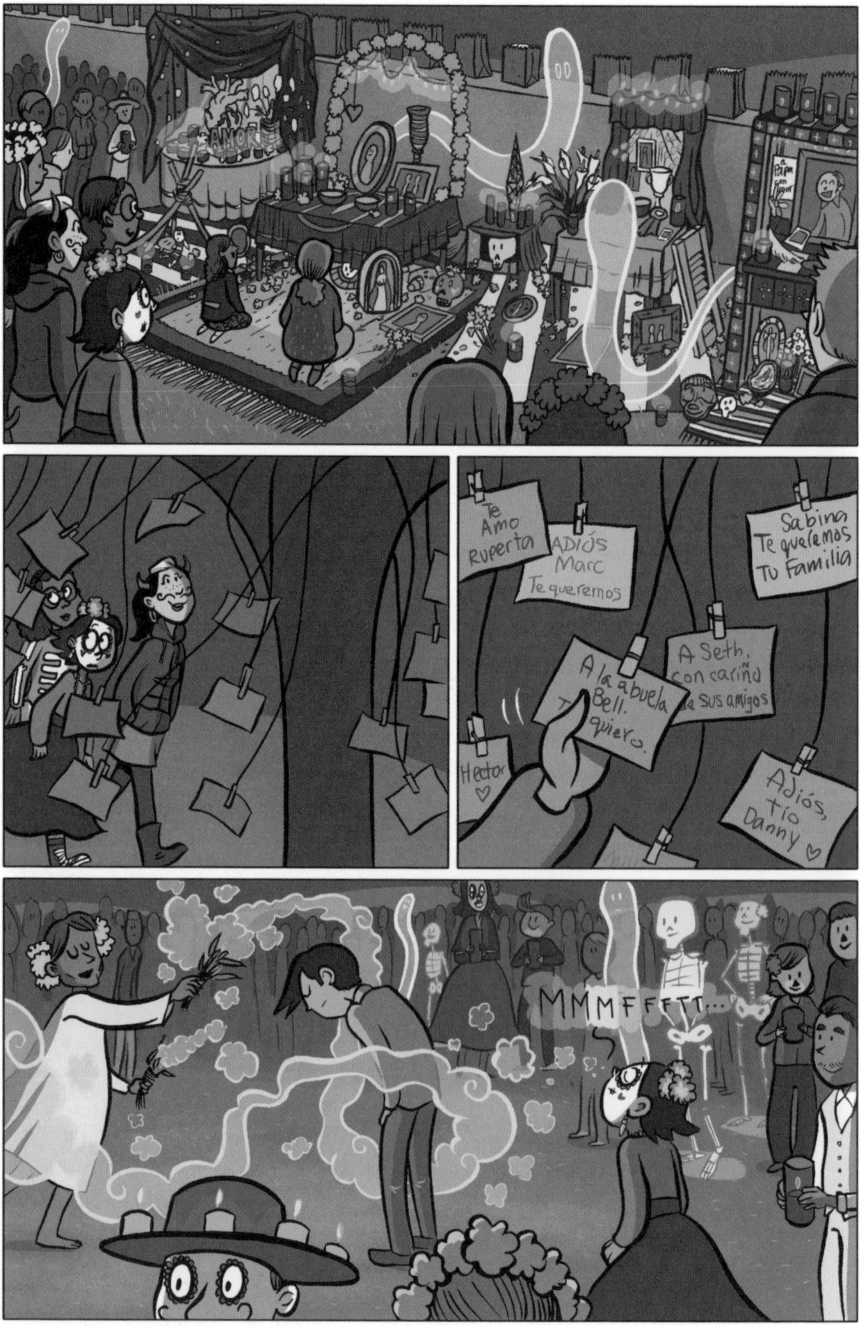
AMOR
Te Amo Ruperta
ADIÓS Marc Te queremos
Sabina Te queremos Tu Familia
A la abuela Bell. T quiero.
A Seth, con cariño SUS amigos
Hector
Adiós, tío Danny
MMMFFFTT...

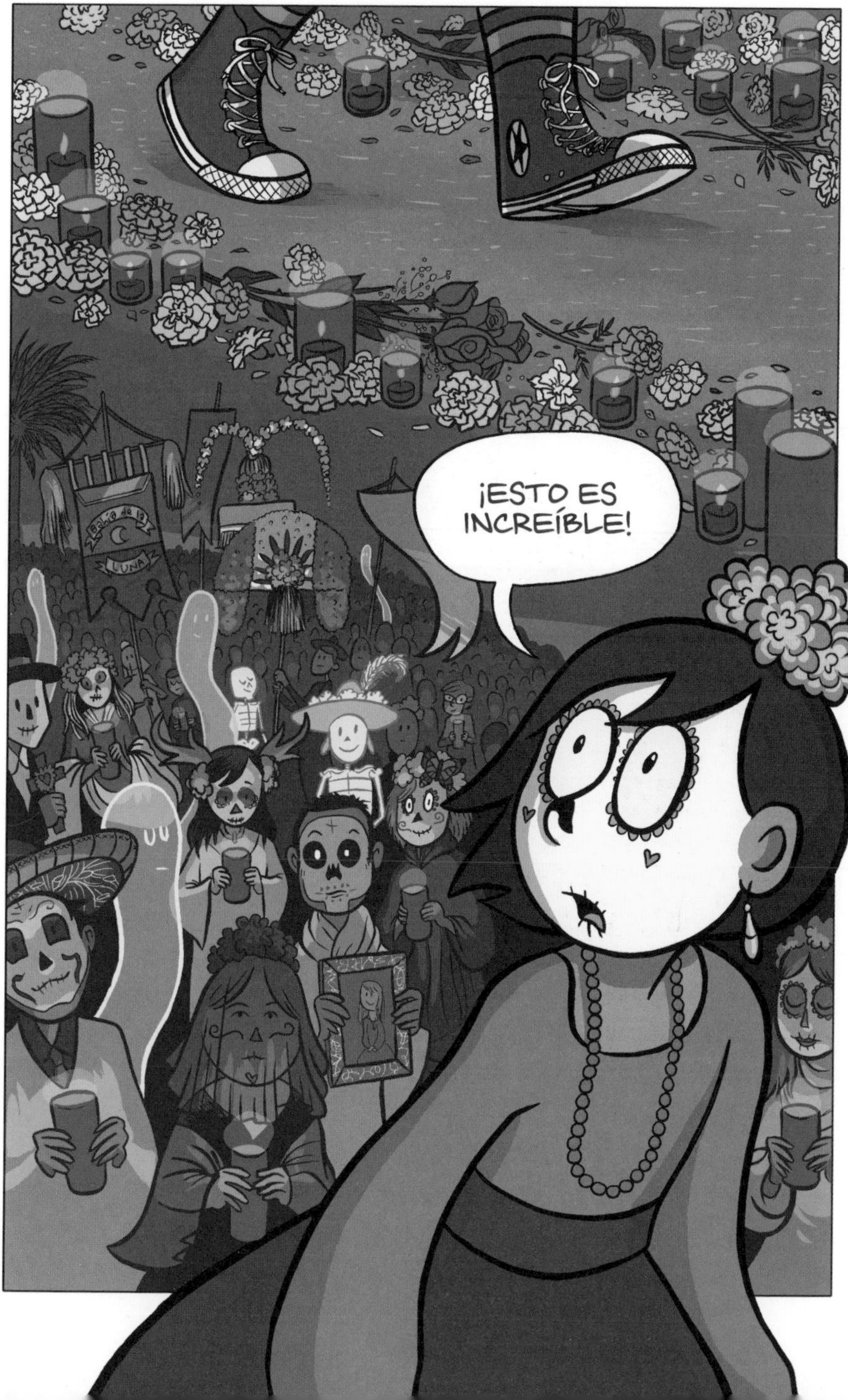
Bahía de la
LUNA
¡ESTO ES INCREÍBLE!

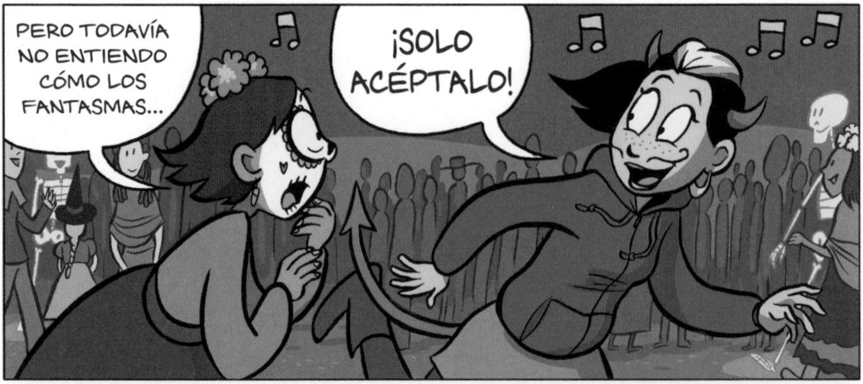
PERO TODAVÍA NO ENTIENDO CÓMO LOS FANTASMAS...
¡SOLO ACÉPTALO!

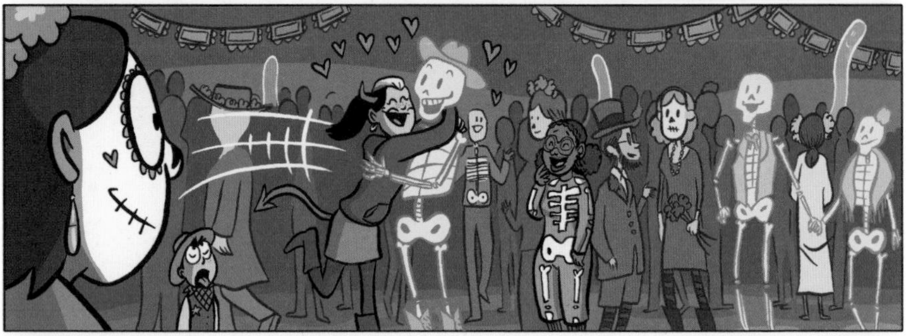

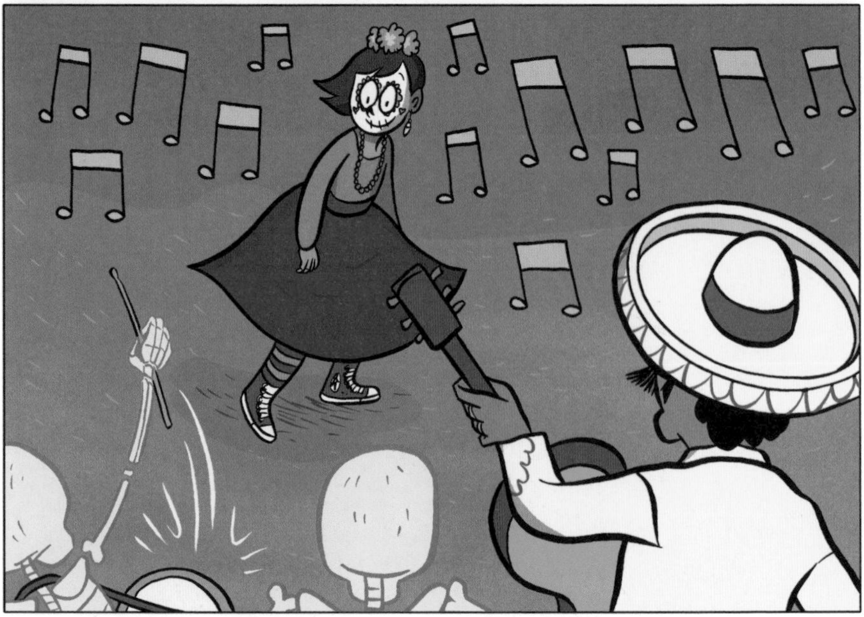

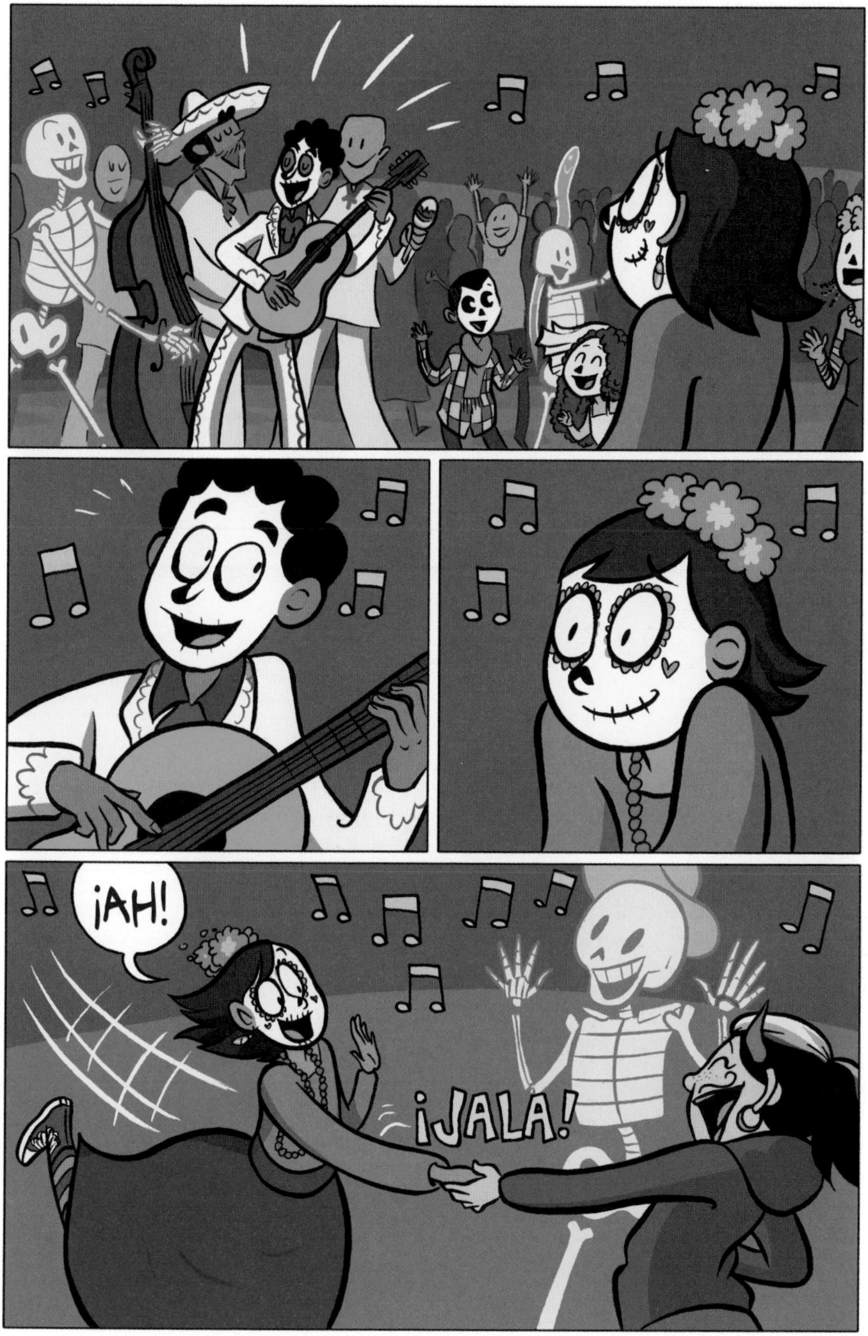
¡AH!
¡JALA!

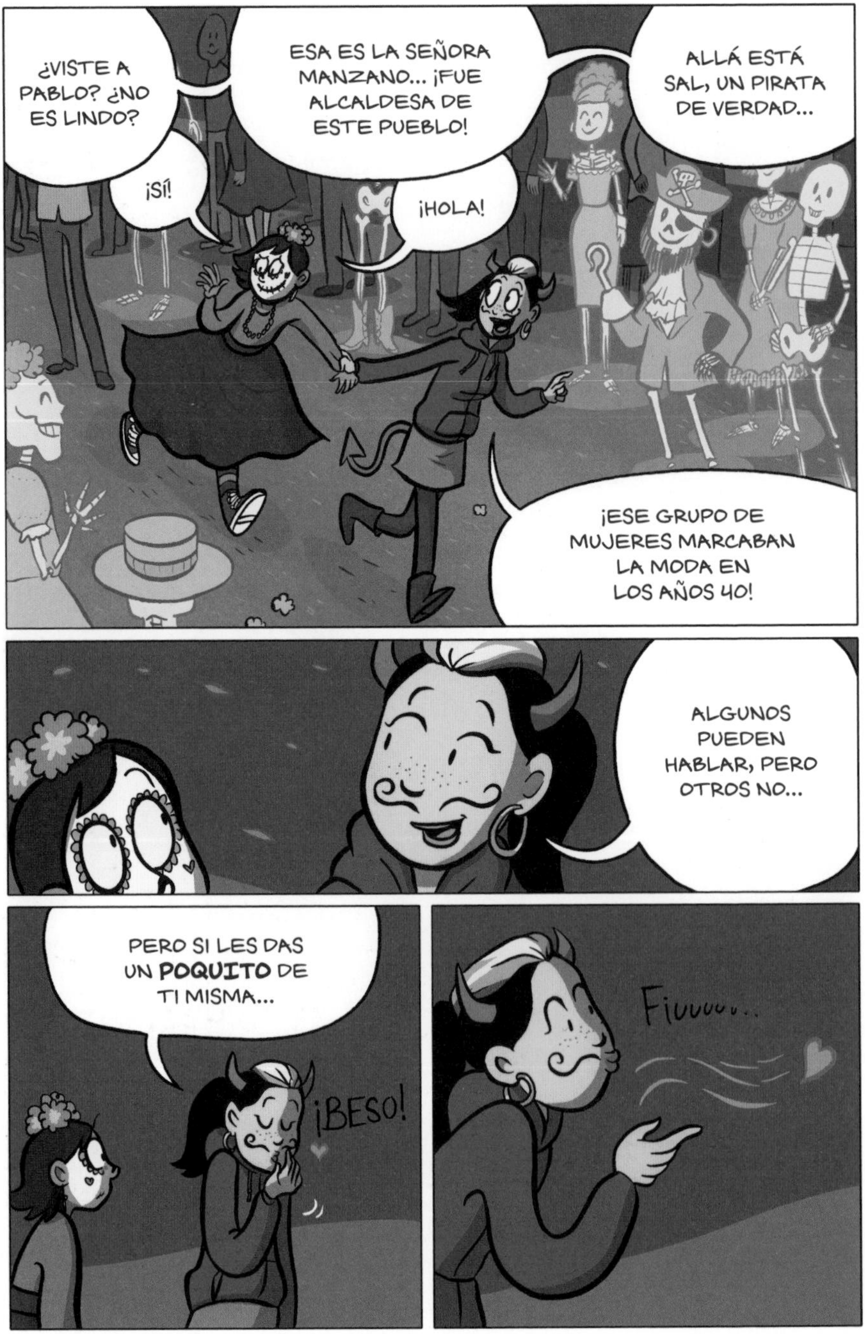
¿VISTE A PABLO? ¿NO ES LINDO?
¡SÍ!
ESA ES LA SEÑORA MANZANO... ¡FUE ALCALDESA DE ESTE PUEBLO!
¡HOLA!
ALLÁ ESTÁ SAL, UN PIRATA DE VERDAD...
¡ESE GRUPO DE MUJERES MARCABAN LA MODA EN LOS AÑOS 40!
ALGUNOS PUEDEN HABLAR, PERO OTROS NO...
PERO SI LES DAS UN **POQUITO** DE TI MISMA...
¡BESO!
Fiuuuuu...

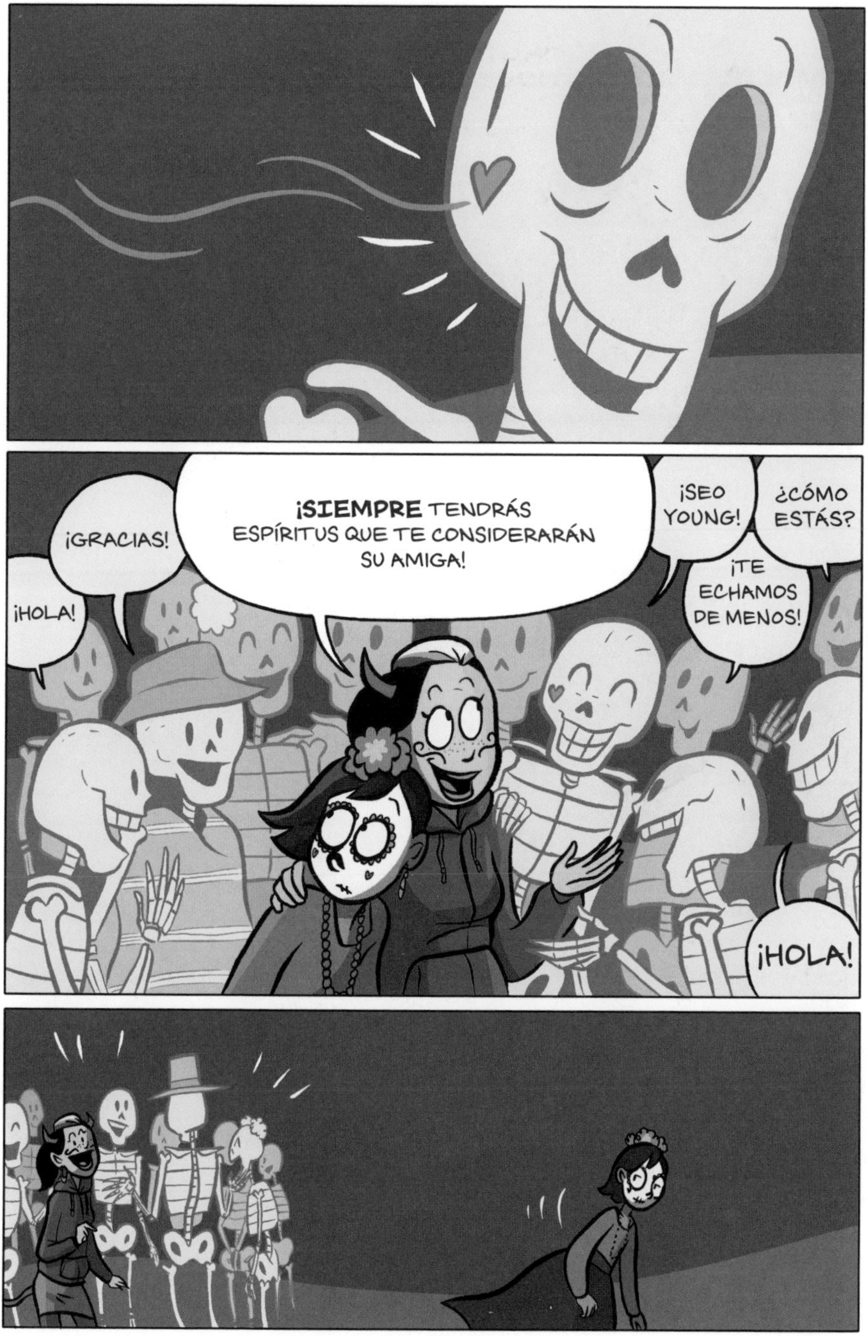
¡GRACIAS!
¡HOLA!
¡SIEMPRE TENDRÁS ESPÍRITUS QUE TE CONSIDERARÁN SU AMIGA!
¡SEO YOUNG!
¿CÓMO ESTÁS?
¡TE ECHAMOS DE MENOS!
¡HOLA!

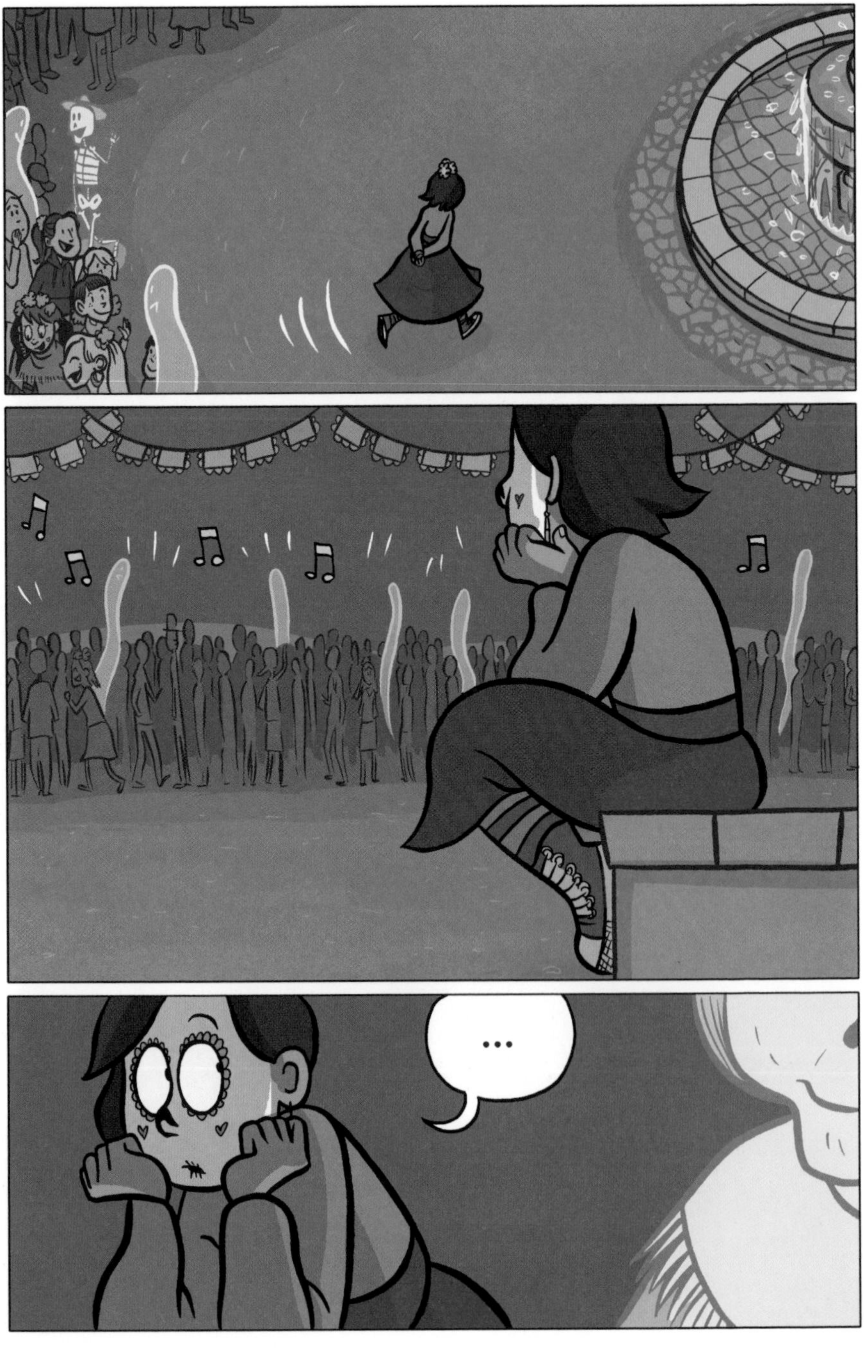
...

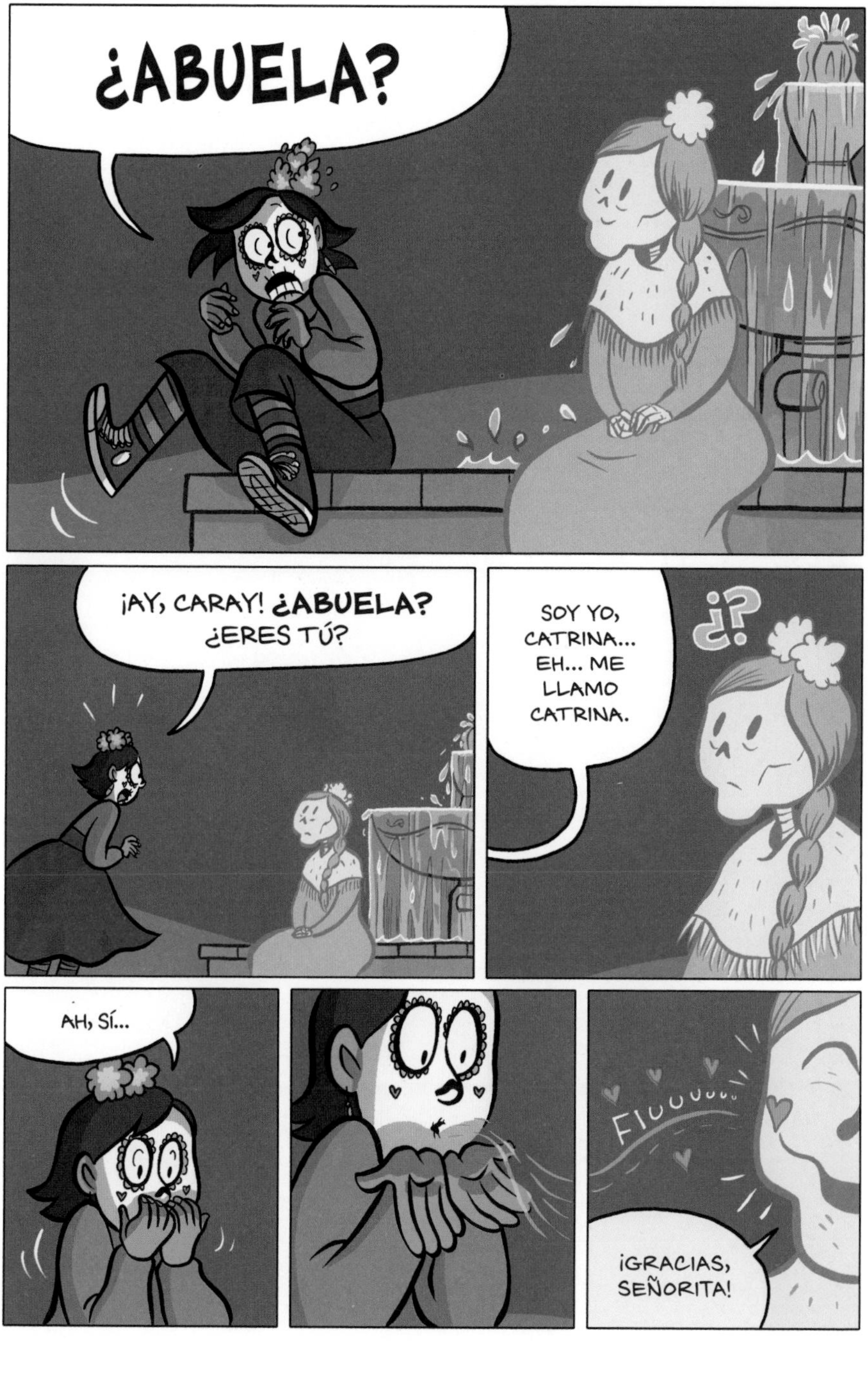
¿ABUELA?
¡AY, CARAY! ¿ABUELA? ¿ERES TÚ?
SOY YO, CATRINA... EH... ME LLAMO CATRINA.
¿?
AH, SÍ...
FIUUUUUU
¡GRACIAS, SEÑORITA!

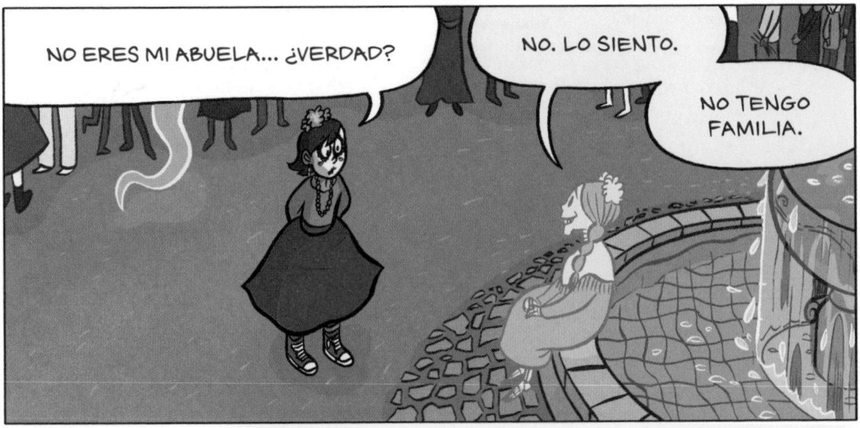
NO ERES MI ABUELA... ¿VERDAD?
NO. LO SIENTO.
NO TENGO FAMILIA.

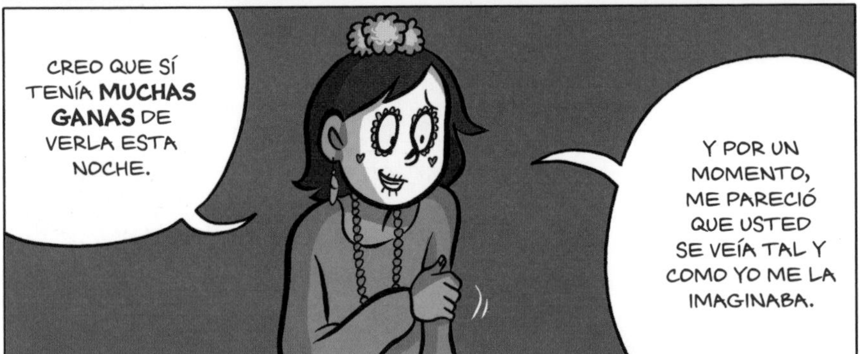
CREO QUE SÍ TENÍA **MUCHAS GANAS** DE VERLA ESTA NOCHE.
Y POR UN MOMENTO, ME PARECIÓ QUE USTED SE VEÍA TAL Y COMO YO ME LA IMAGINABA.

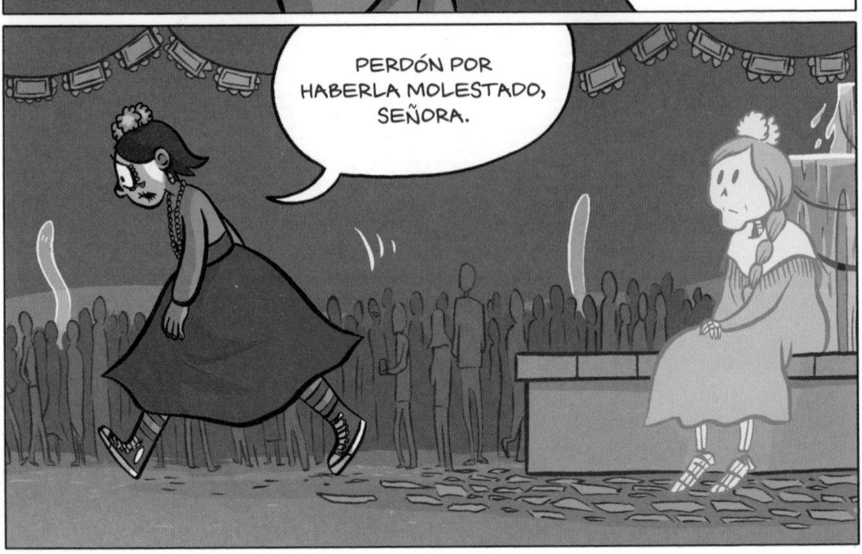
PERDÓN POR HABERLA MOLESTADO, SEÑORA.

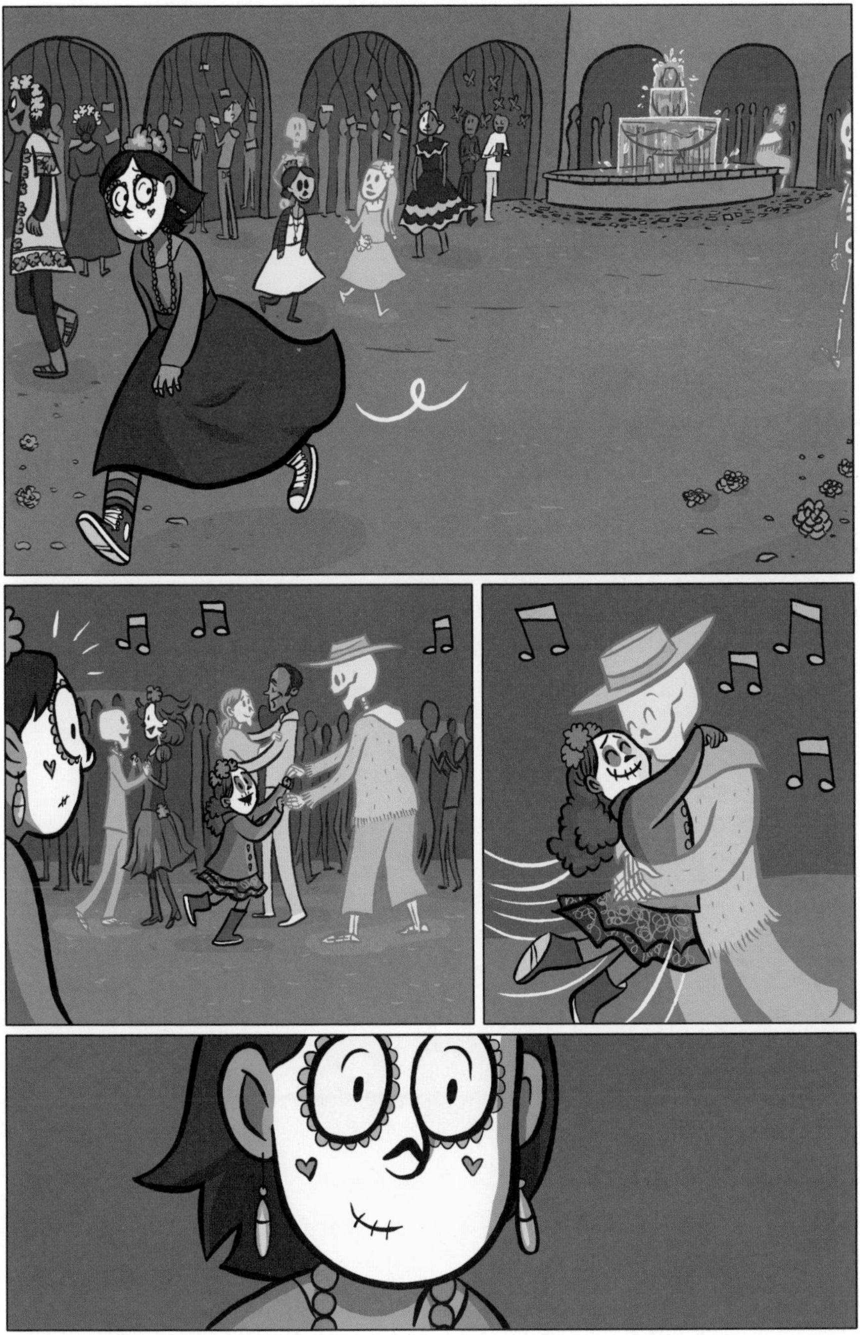

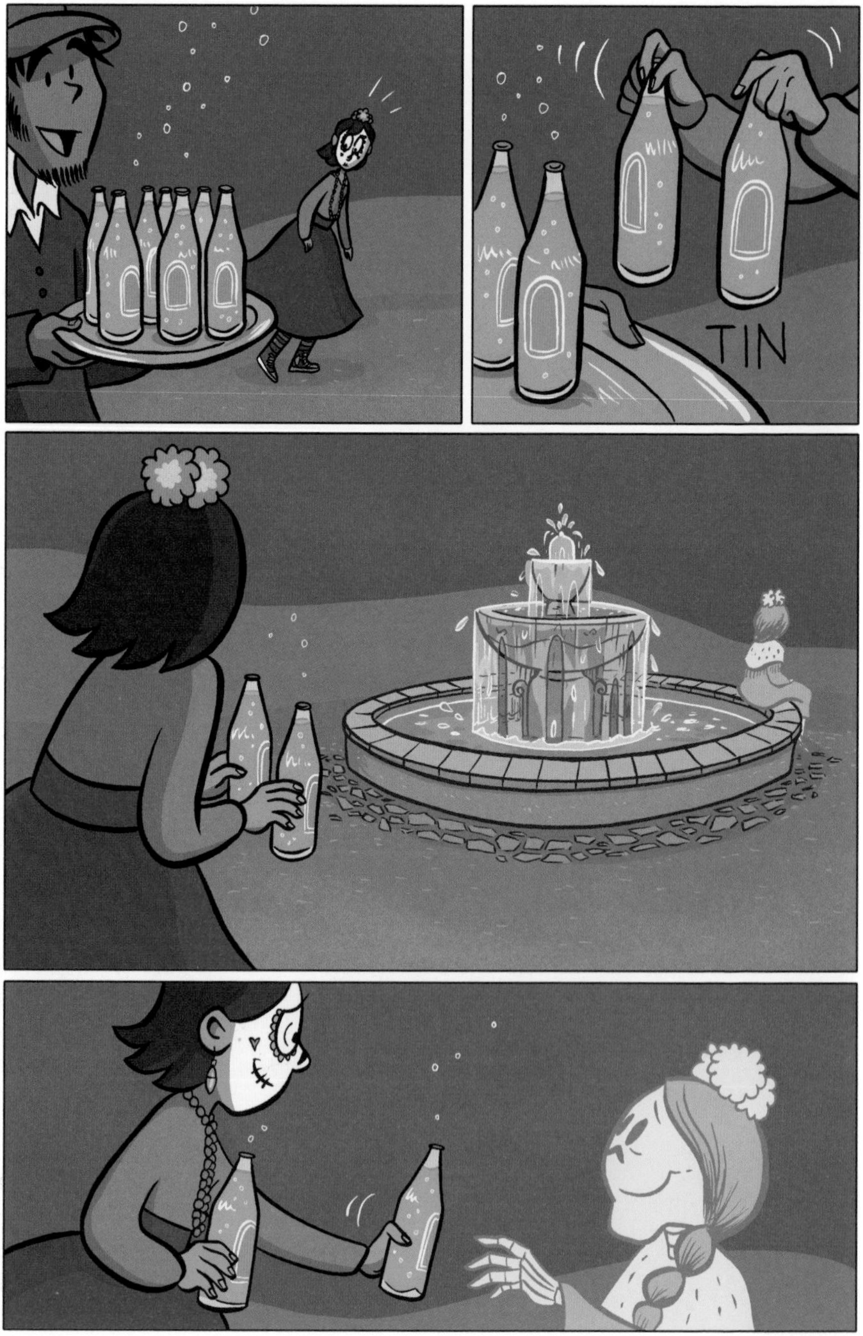
TIN

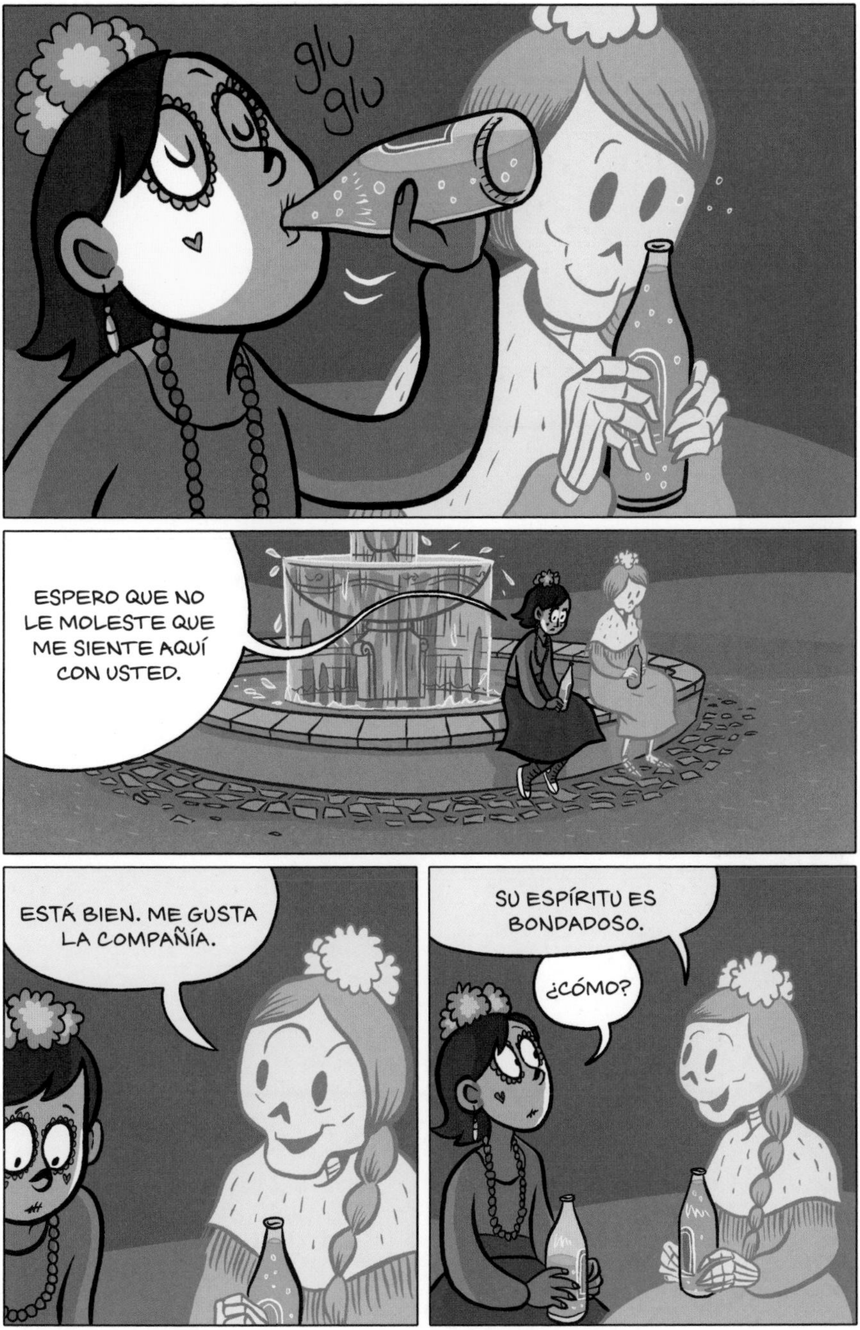
glu glu
ESPERO QUE NO LE MOLESTE QUE ME SIENTE AQUÍ CON USTED.
ESTÁ BIEN. ME GUSTA LA COMPAÑÍA.
SU ESPÍRITU ES BONDADOSO.
¿CÓMO?

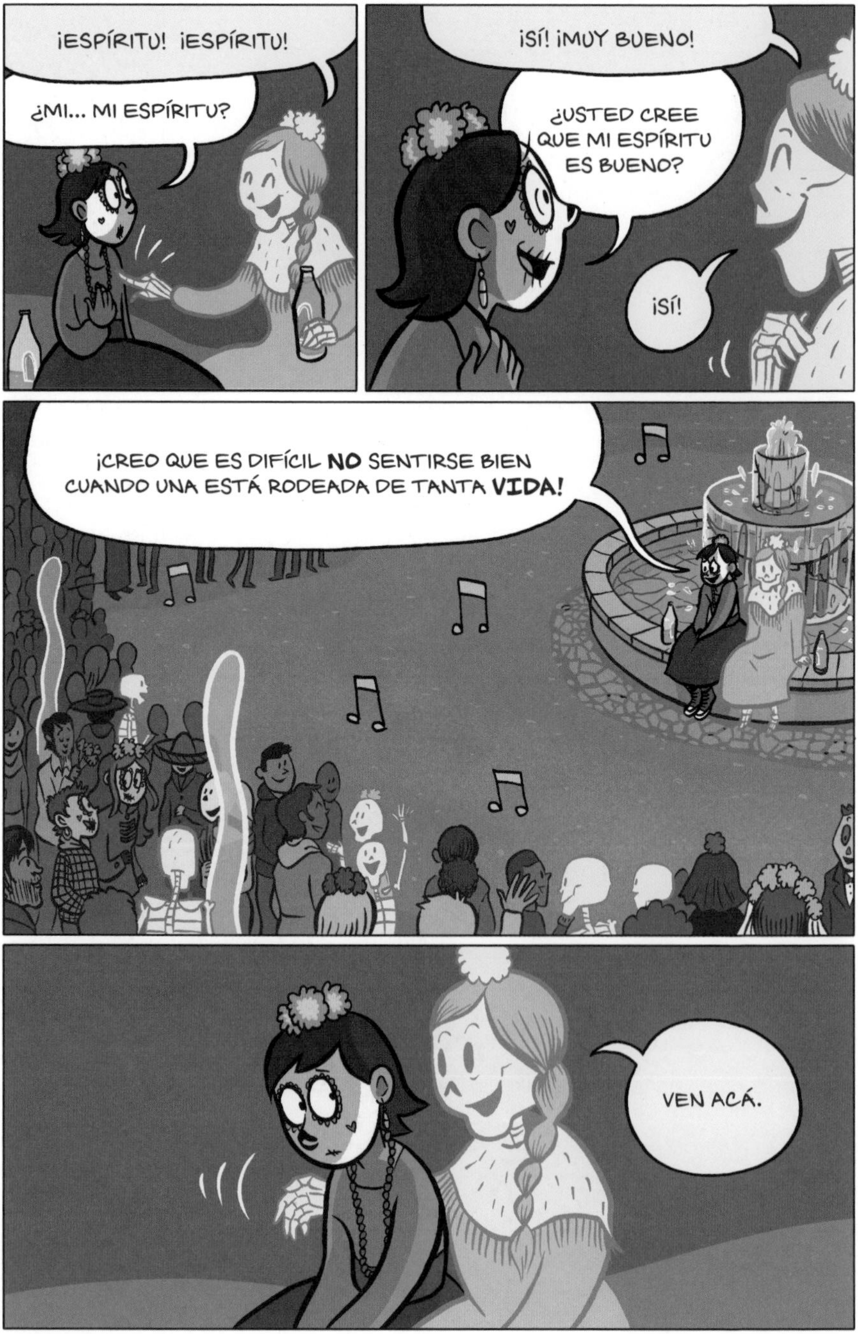
¡ESPÍRITU! ¡ESPÍRITU!
¿MI... MI ESPÍRITU?
¡SÍ! ¡MUY BUENO!
¿USTED CREE QUE MI ESPÍRITU ES BUENO?
¡SÍ!
¡CREO QUE ES DIFÍCIL NO SENTIRSE BIEN CUANDO UNA ESTÁ RODEADA DE TANTA VIDA!
VEN ACÁ.

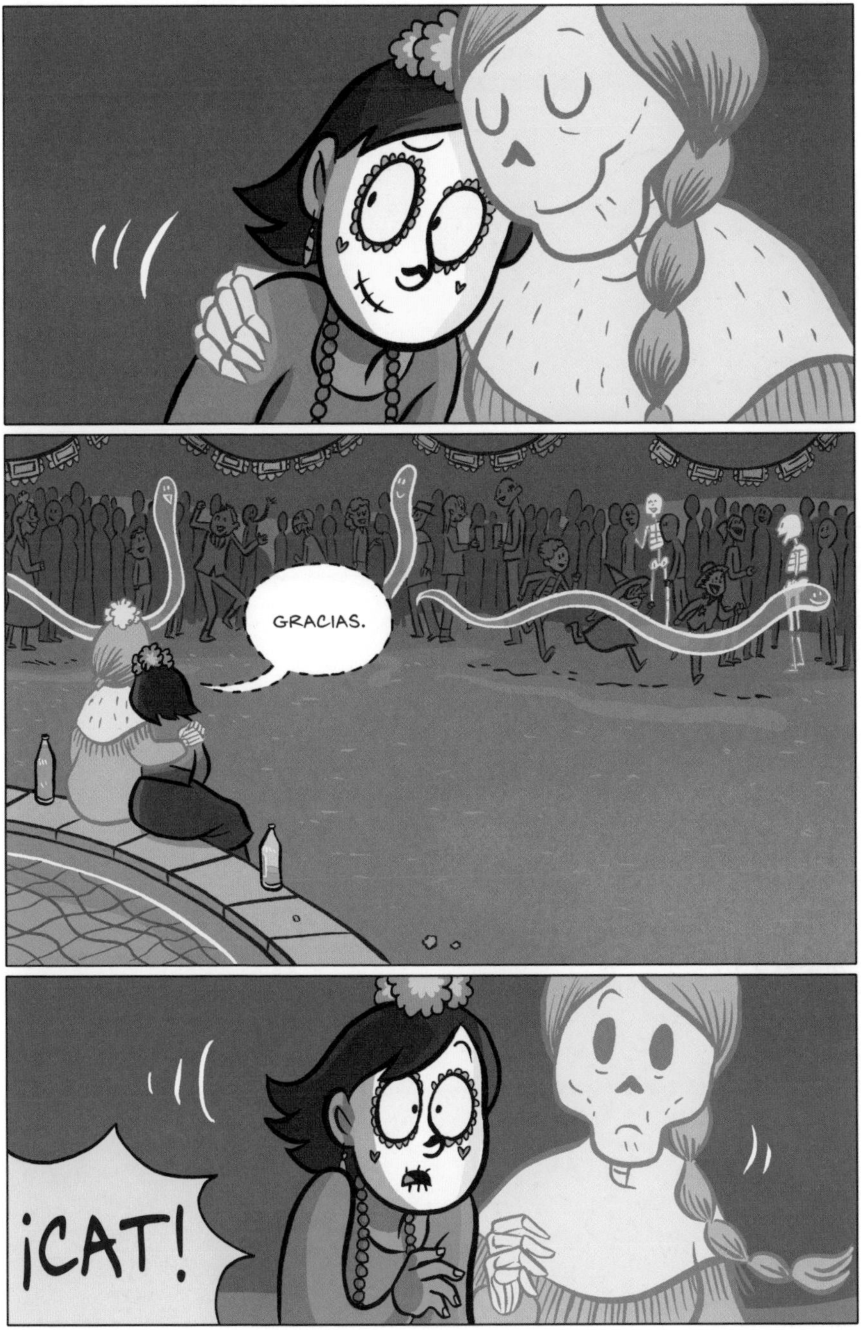
GRACIAS.
¡CAT!

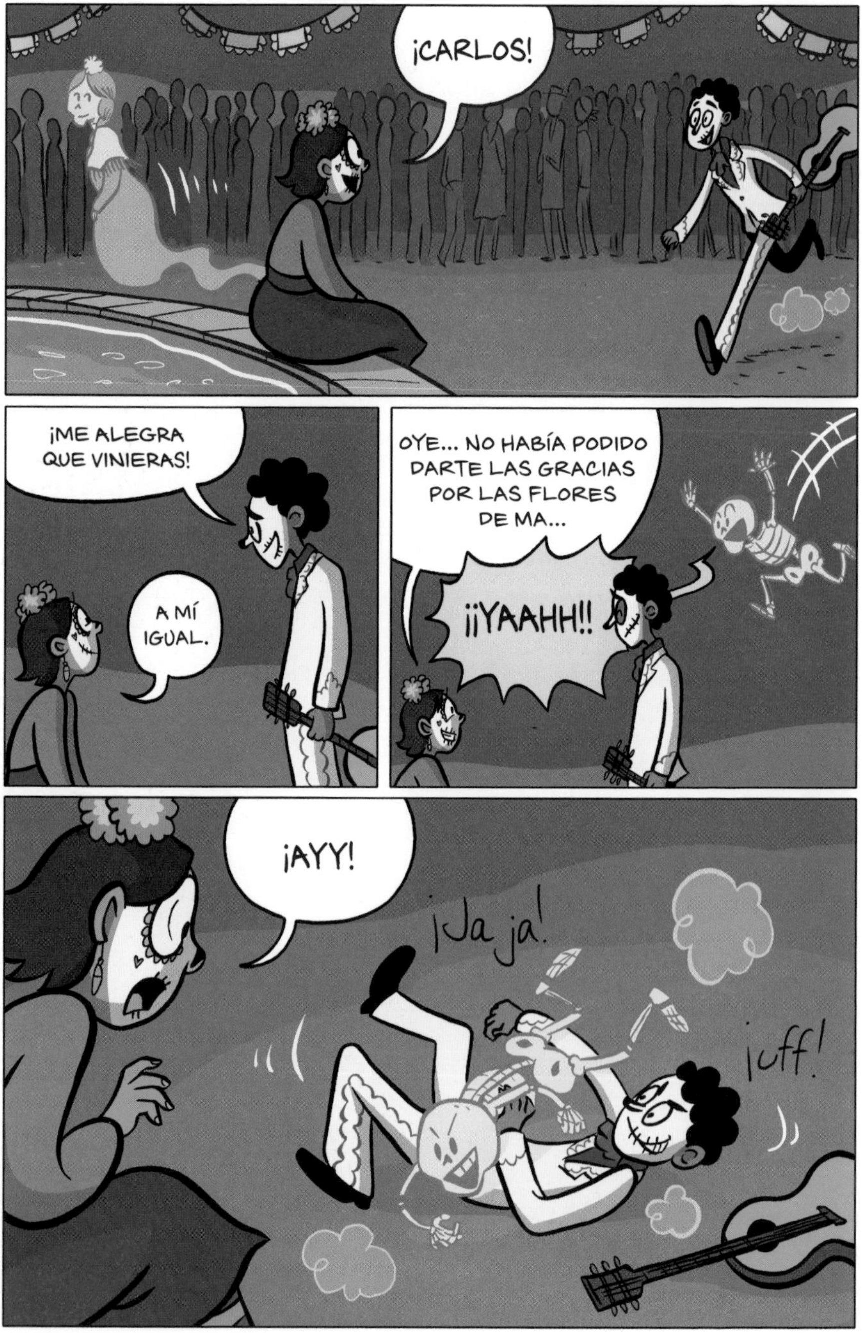
¡CARLOS!
¡ME ALEGRA QUE VINIERAS!
A MÍ IGUAL.
OYE... NO HABÍA PODIDO DARTE LAS GRACIAS POR LAS FLORES DE MA...
¡¡YAAHH!!
¡AYY!
¡Ja ja!
¡uff!

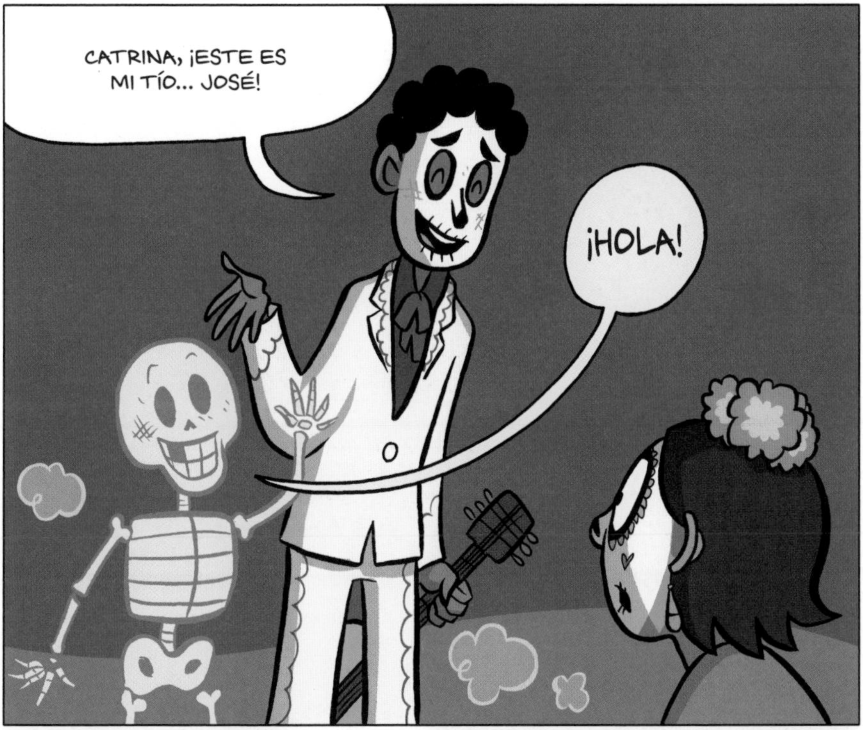
CATRINA, ¡ESTE ES
MI TÍO... JOSÉ!
¡HOLA!

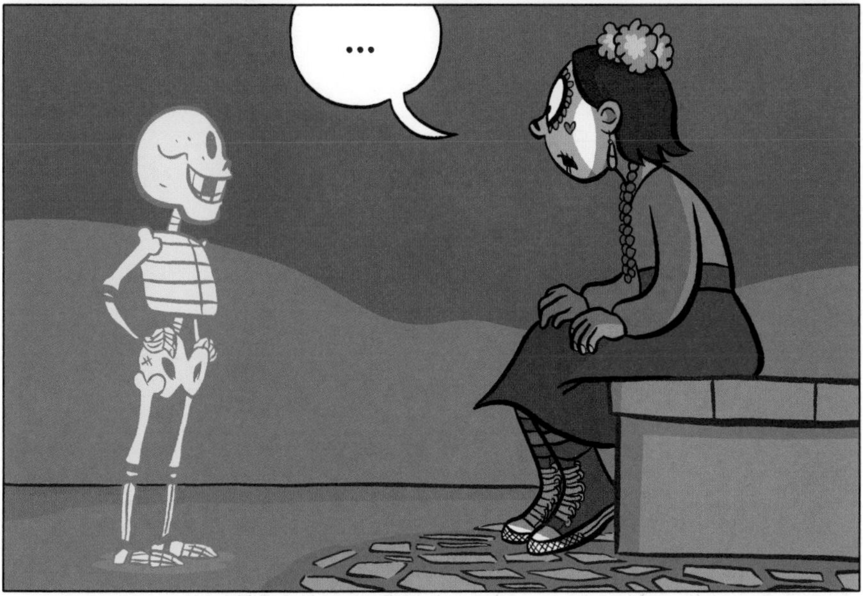
...

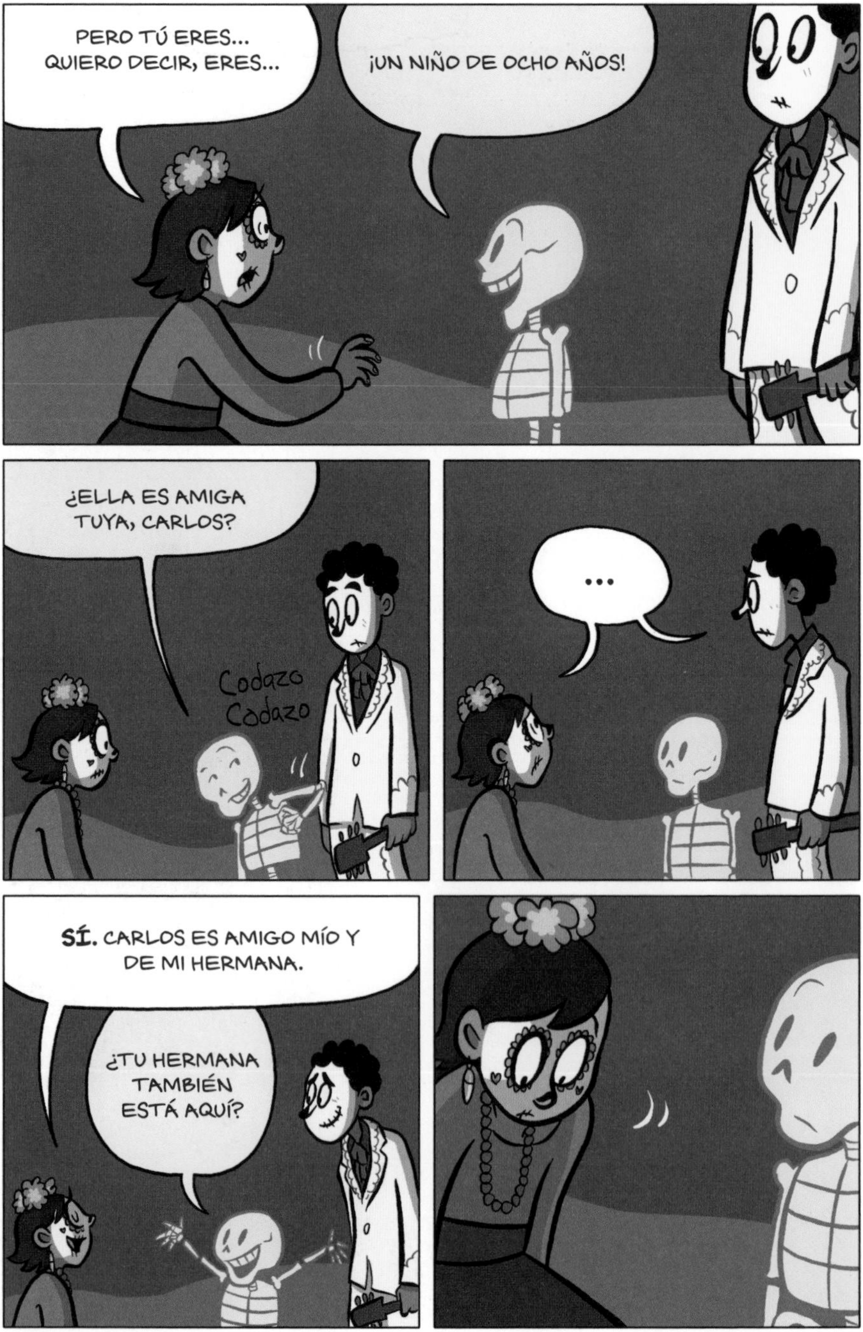
PERO TÚ ERES...
QUIERO DECIR, ERES...
¡UN NIÑO DE OCHO AÑOS!
¿ELLA ES AMIGA TUYA, CARLOS?
Codazo Codazo
...
SÍ. CARLOS ES AMIGO MÍO Y DE MI HERMANA.
¿TU HERMANA TAMBIÉN ESTÁ AQUÍ?

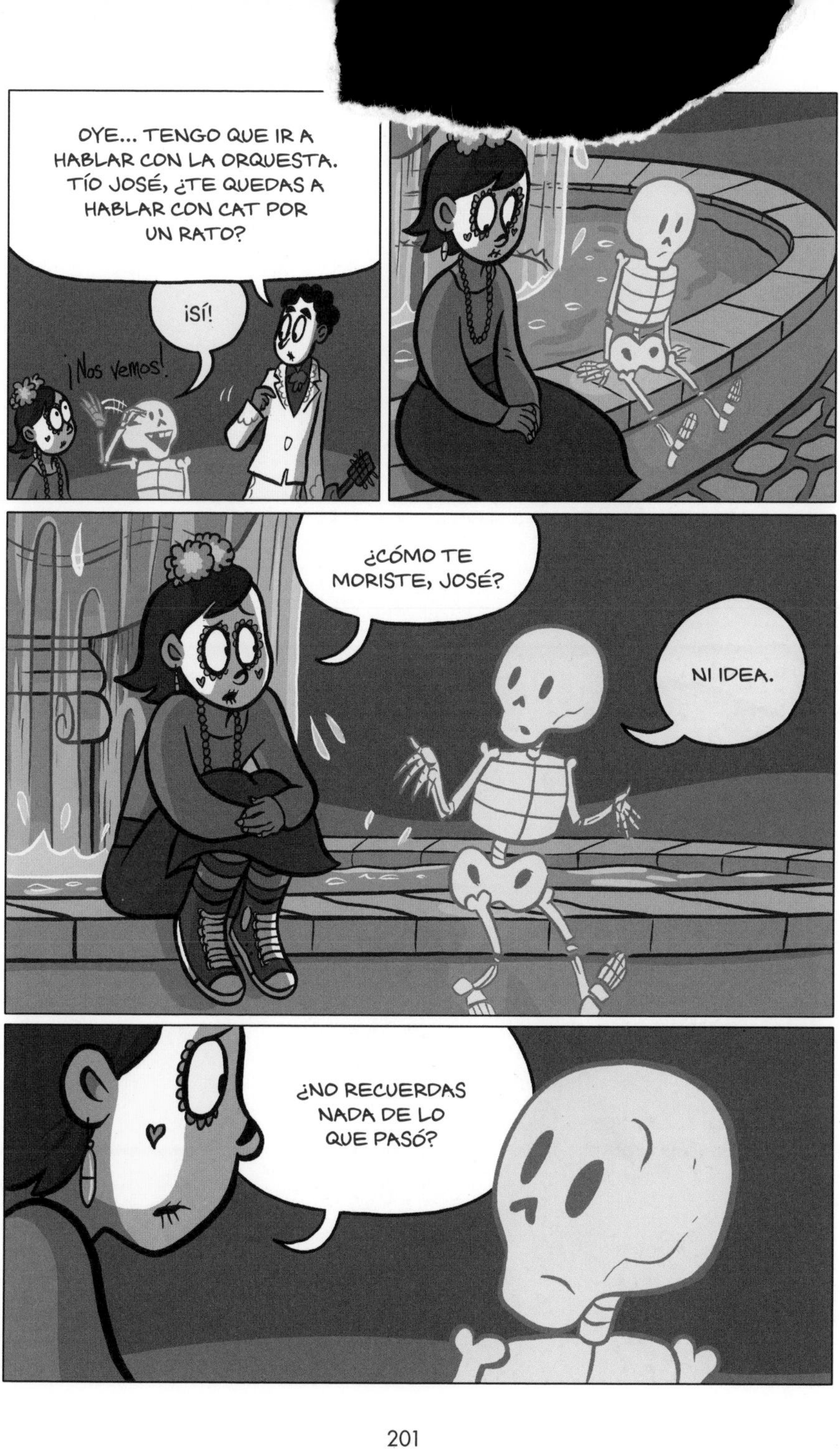
OYE... TENGO QUE IR A HABLAR CON LA ORQUESTA. TÍO JOSÉ, ¿TE QUEDAS A HABLAR CON CAT POR UN RATO?
¡SÍ!
¡Nos vemos!
¿CÓMO TE MORISTE, JOSÉ?
NI IDEA.
¿NO RECUERDAS NADA DE LO QUE PASÓ?

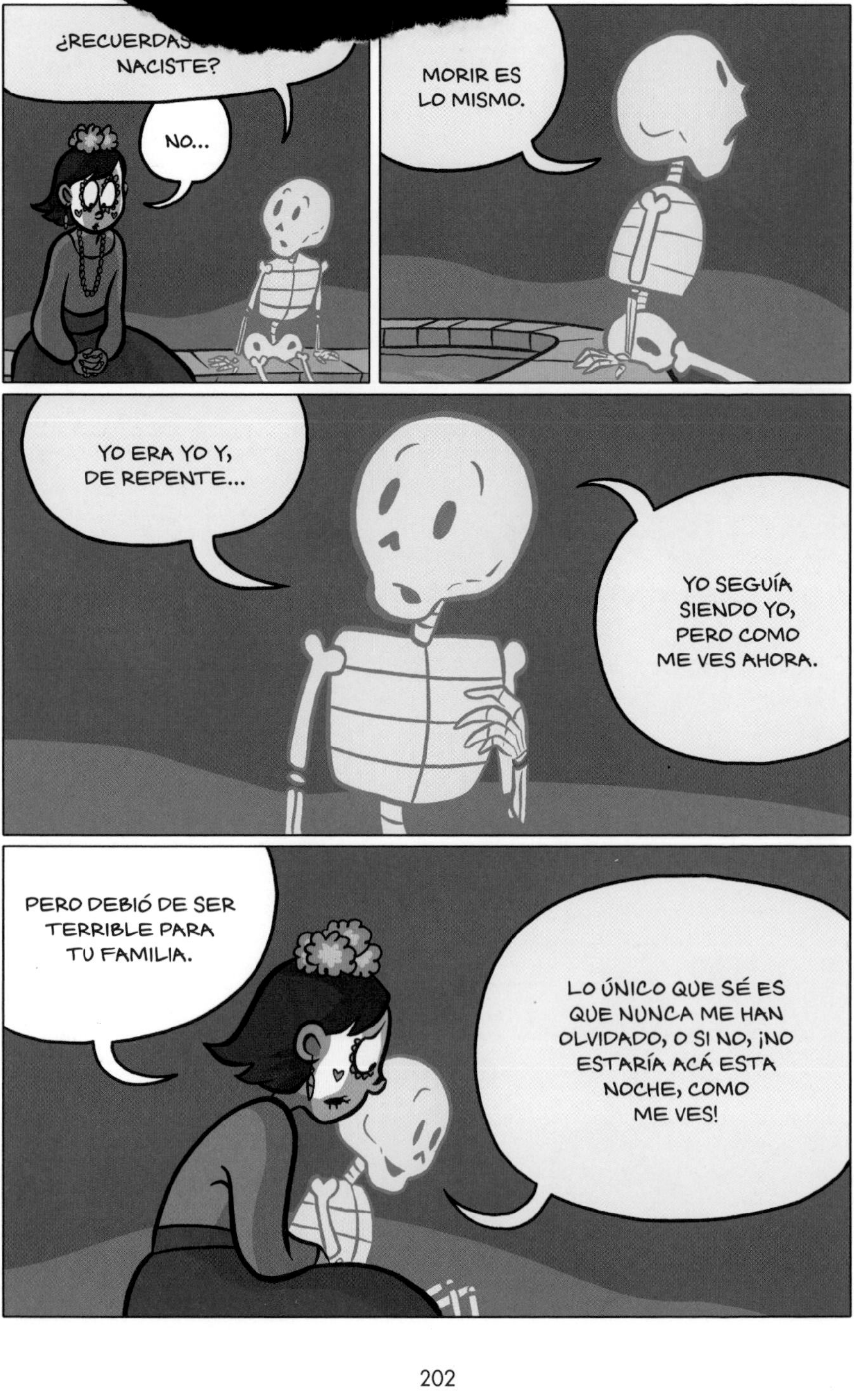

¿RECUERDAS [redacted] NACISTE?
NO...
MORIR ES LO MISMO.
YO ERA YO Y, DE REPENTE...
YO SEGUÍA SIENDO YO, PERO COMO ME VES AHORA.
PERO DEBIÓ DE SER TERRIBLE PARA TU FAMILIA.
LO ÚNICO QUE SÉ ES QUE NUNCA ME HAN OLVIDADO, O SI NO, ¡NO ESTARÍA ACÁ ESTA NOCHE, COMO ME VES!

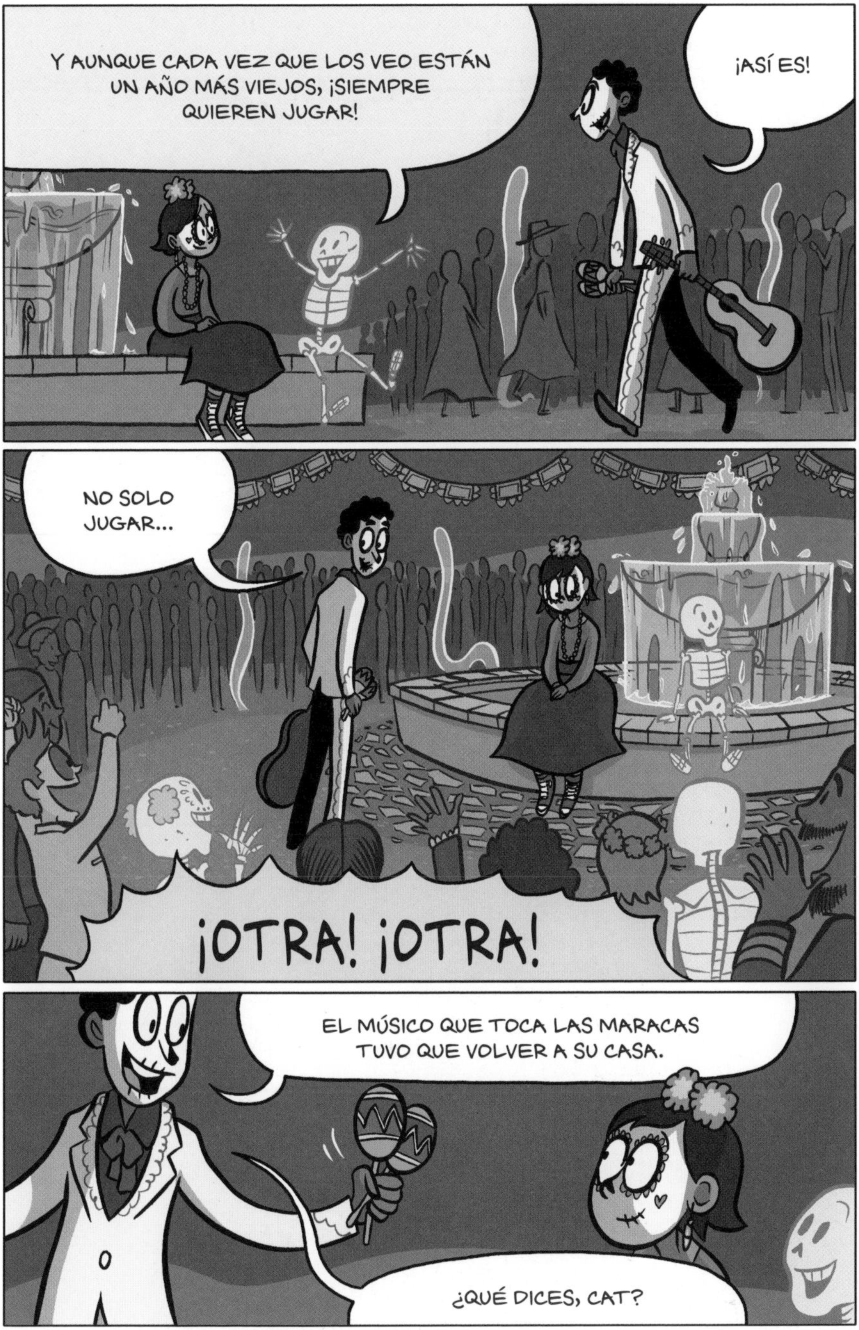
Y AUNQUE CADA VEZ QUE LOS VEO ESTÁN UN AÑO MÁS VIEJOS, ¡SIEMPRE QUIEREN JUGAR!
¡ASÍ ES!
NO SOLO JUGAR...
¡OTRA! ¡OTRA!
EL MÚSICO QUE TOCA LAS MARACAS TUVO QUE VOLVER A SU CASA.
¿QUÉ DICES, CAT?

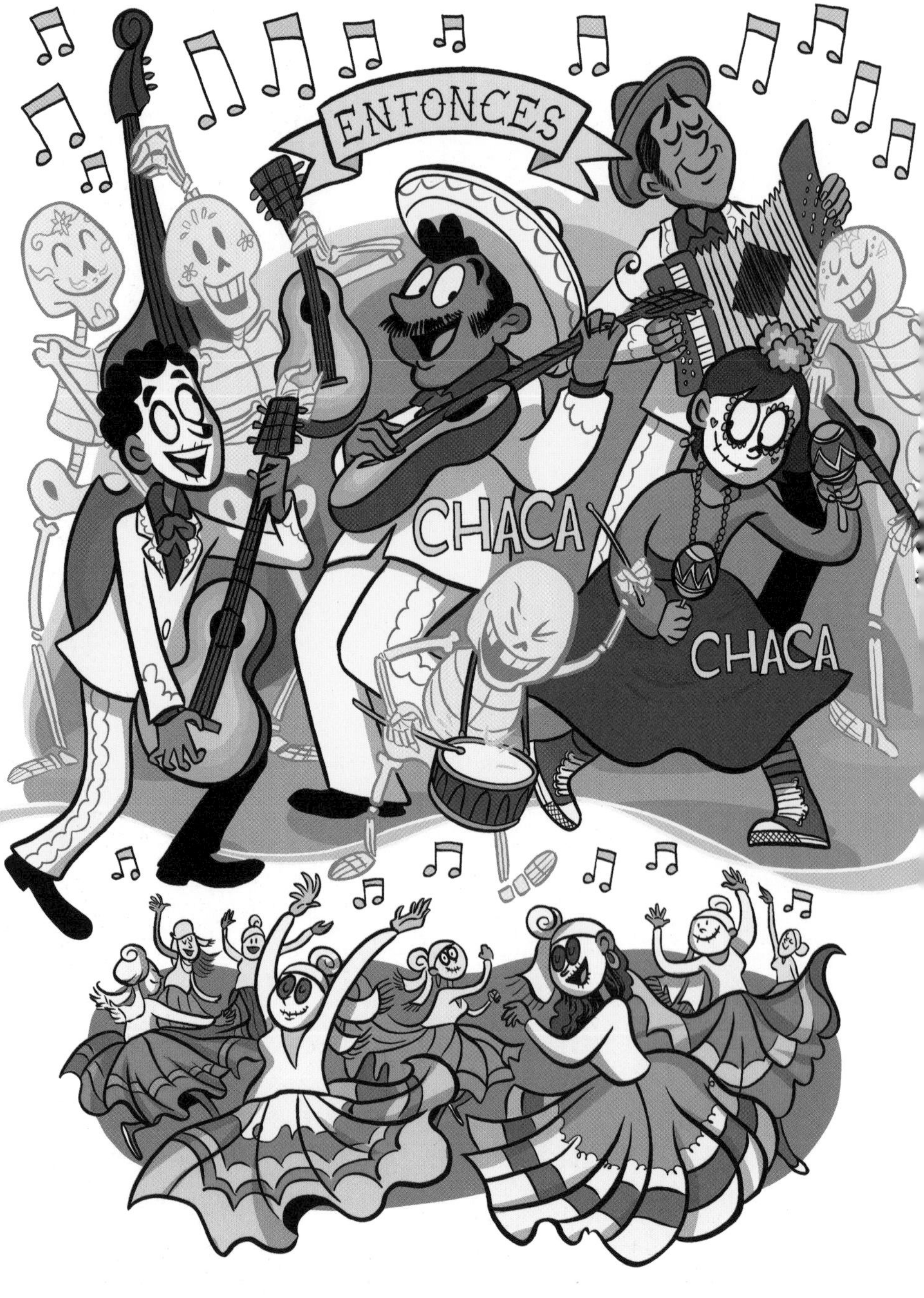
ENTONCES
CHACA
CHACA

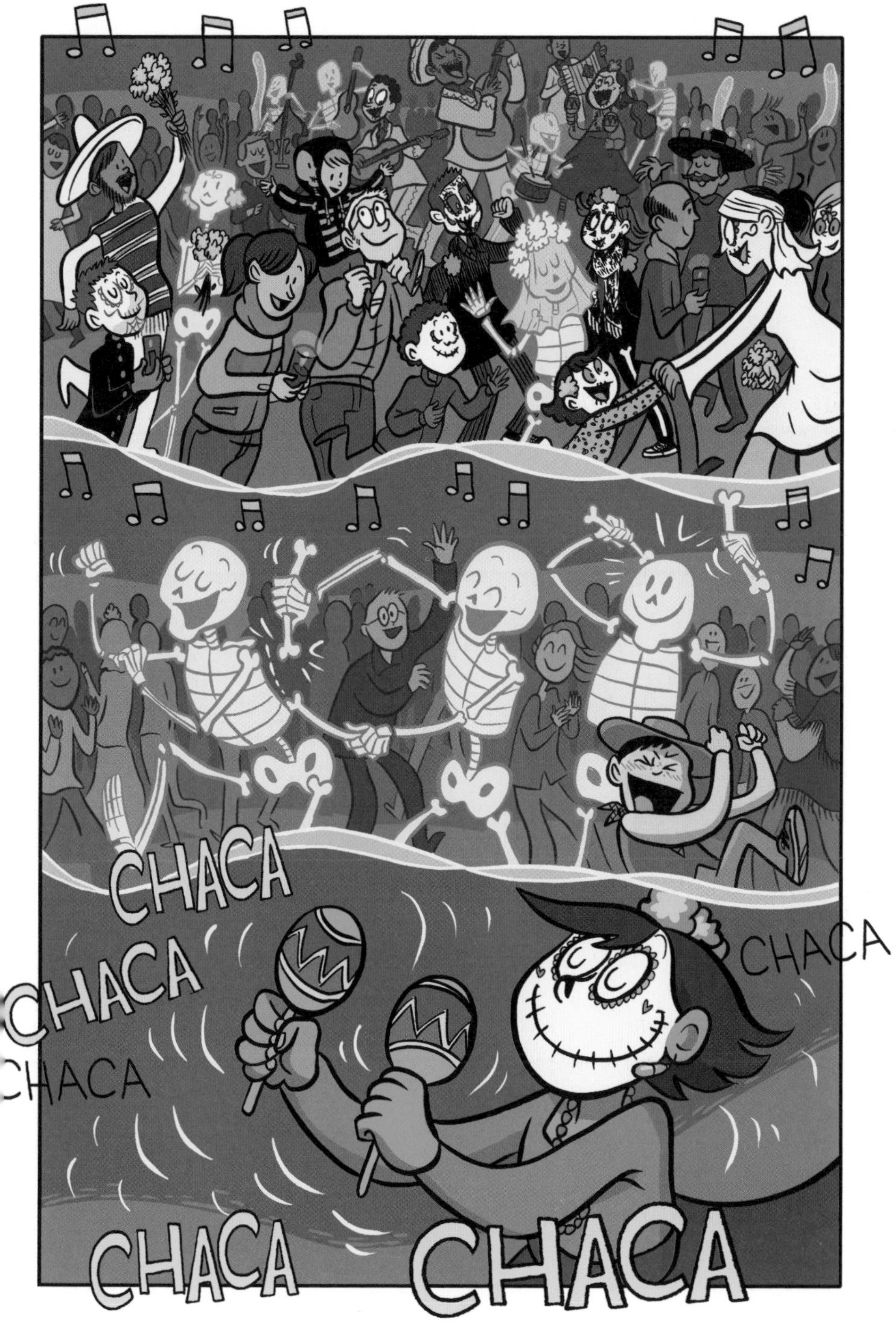
CHACA
CHACA
CHACA
CHACA
CHACA
CHACA
CHACA

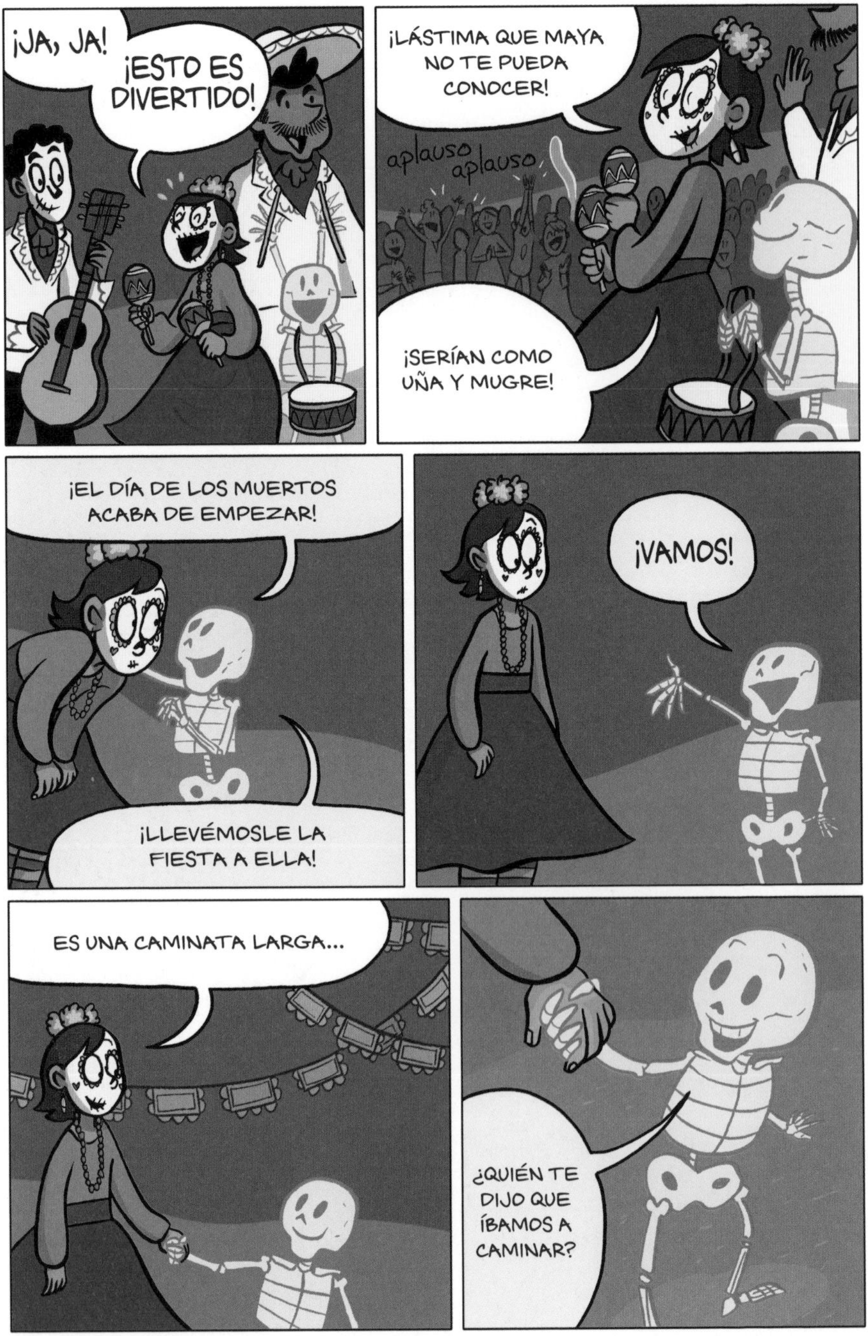
¡JA, JA!
¡ESTO ES DIVERTIDO!
¡LÁSTIMA QUE MAYA NO TE PUEDA CONOCER!
aplauso aplauso
¡SERÍAN COMO UÑA Y MUGRE!
¡EL DÍA DE LOS MUERTOS ACABA DE EMPEZAR!
¡LLEVÉMOSLE LA FIESTA A ELLA!
¡VAMOS!
ES UNA CAMINATA LARGA...
¿QUIÉN TE DIJO QUE ÍBAMOS A CAMINAR?

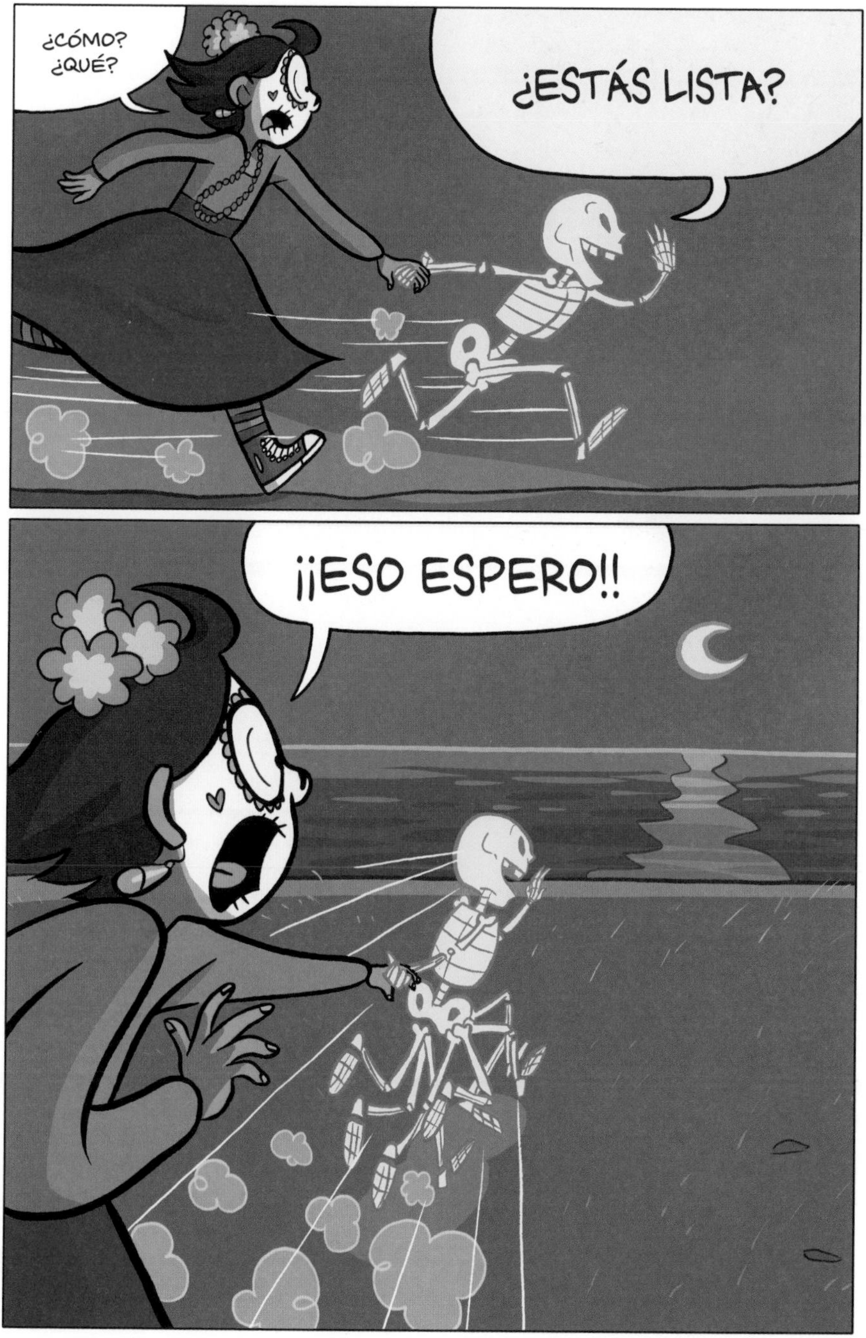
¿CÓMO? ¿QUÉ?
¿ESTÁS LISTA?
¡¡ESO ESPERO!!

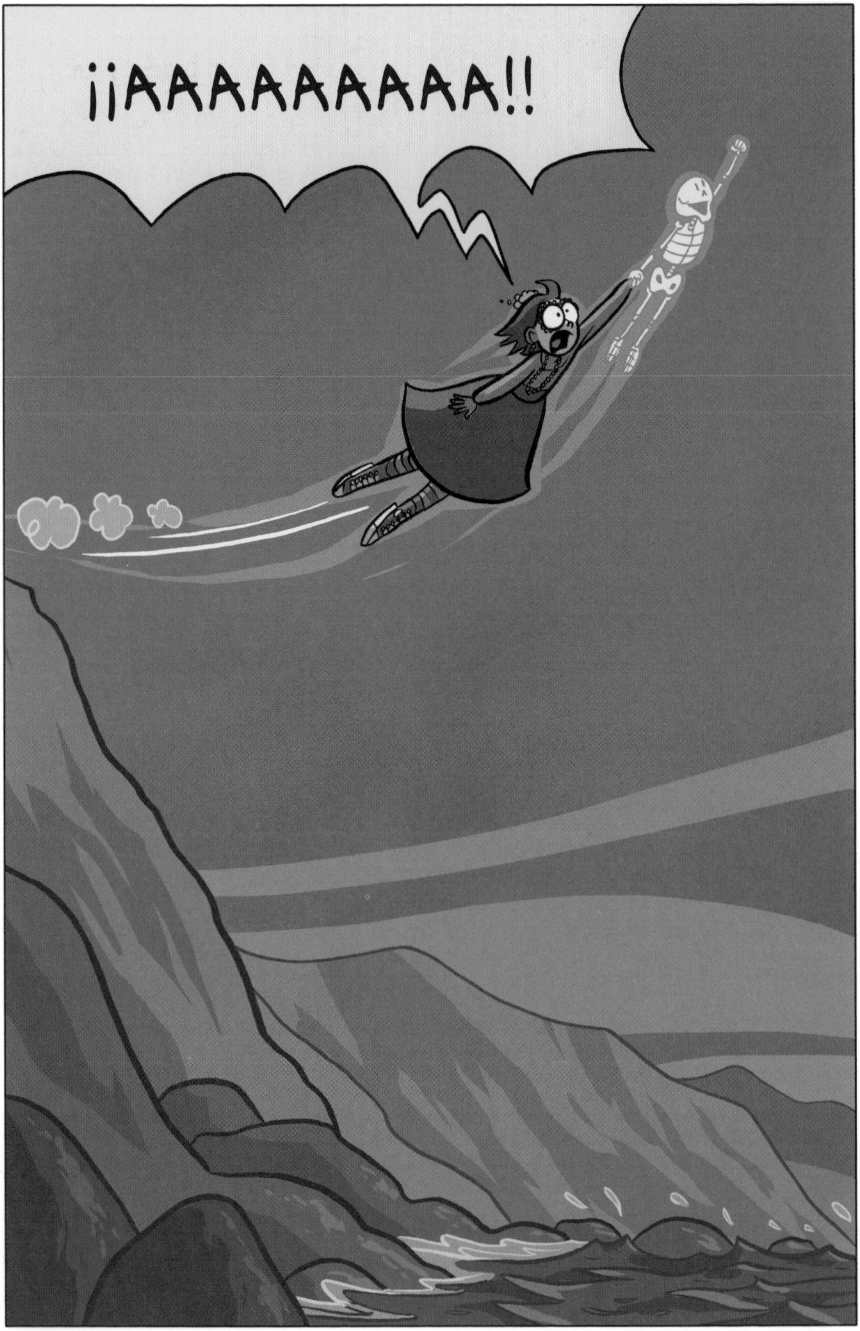
¡¡AAAAAAAAAA!!

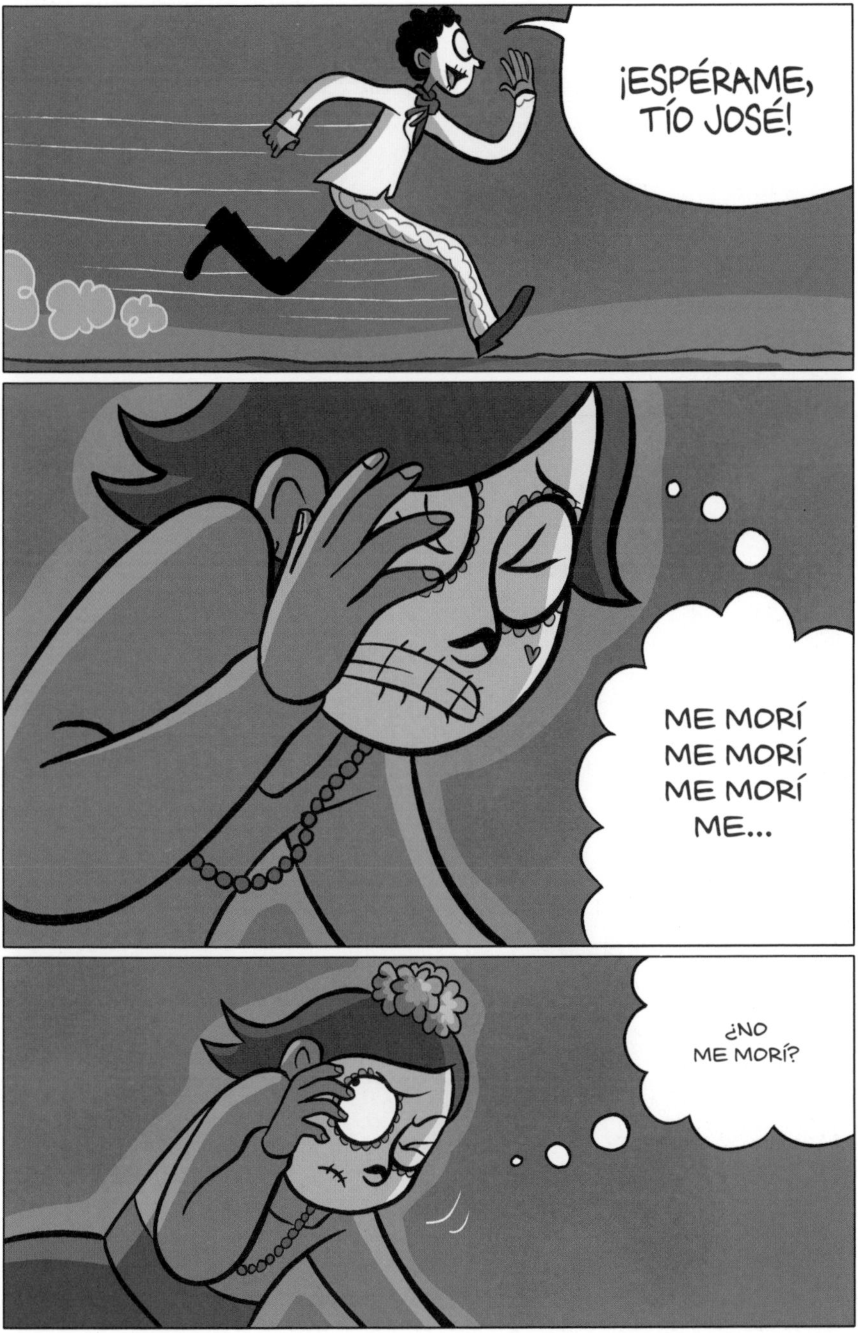
¡ESPÉRAME, TÍO JOSÉ!
ME MORÍ
ME MORÍ
ME MORÍ
ME...
¿NO
ME MORÍ?

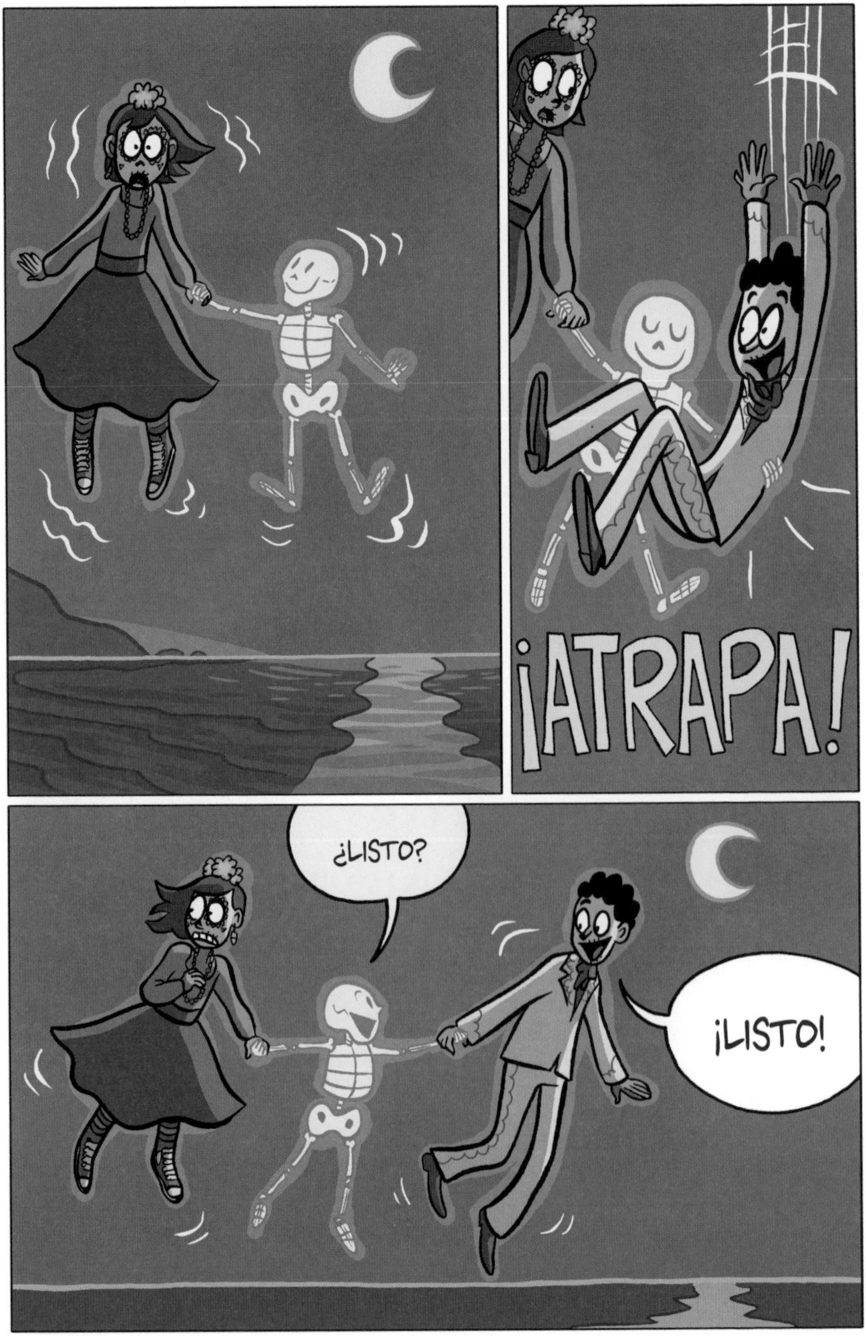
¡ATRAPA!
¿LISTO?
¡LISTO!

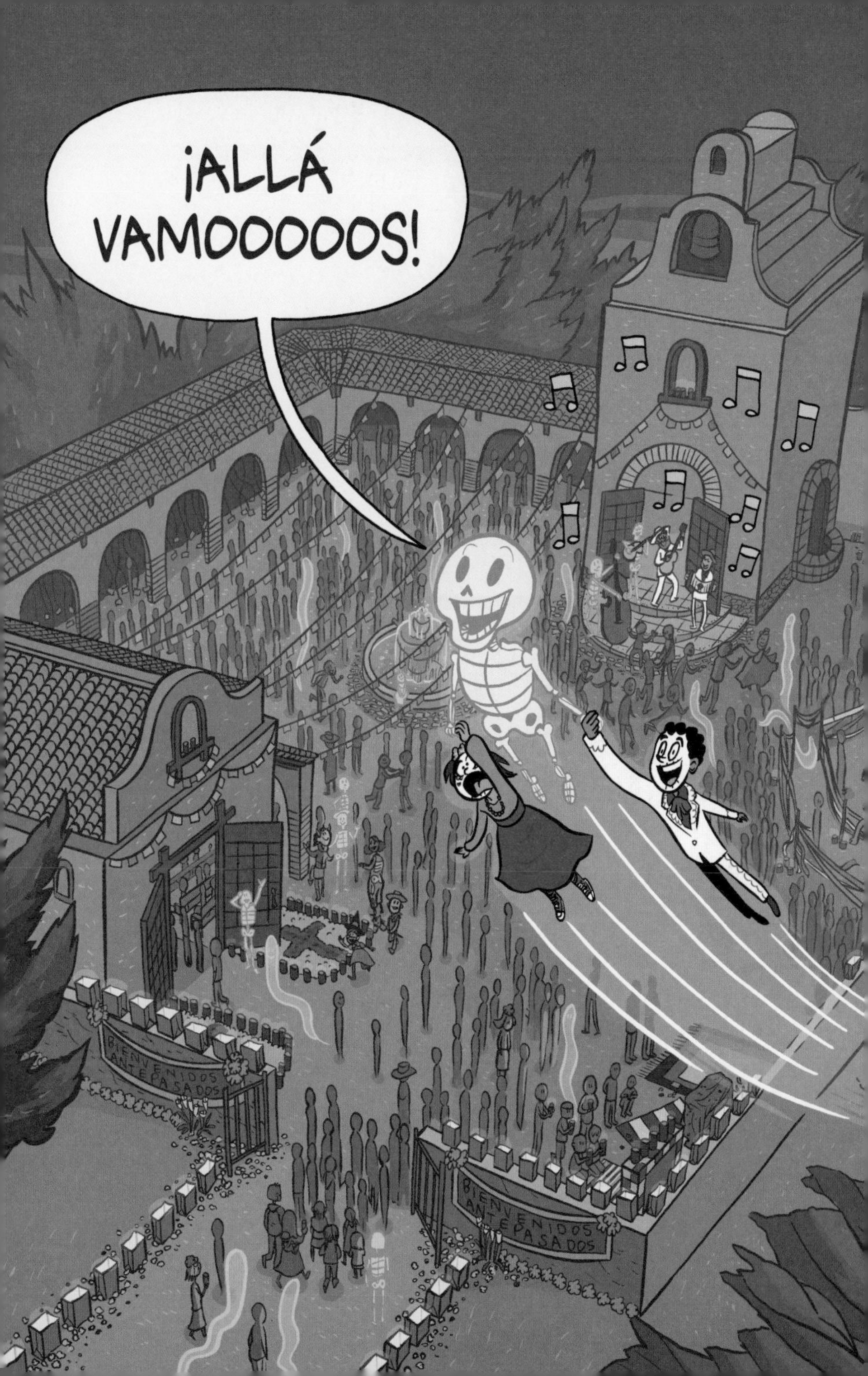
¡ALLÁ VAMOOOOOS!
BIENVENIDOS ANTEPASADOS
BIENVENIDOS ANTEPASADOS

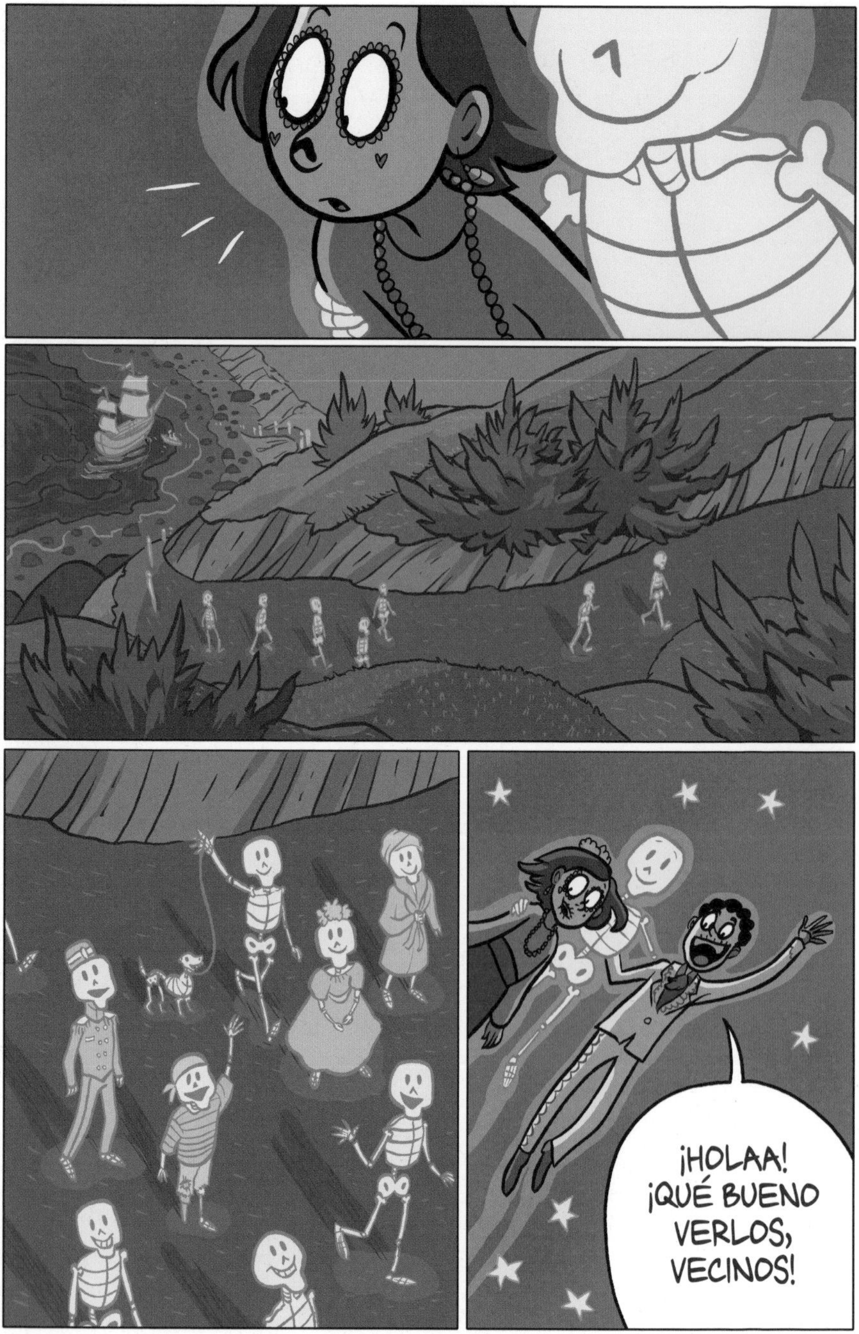
¡HOLAA! ¡QUÉ BUENO VERLOS, VECINOS!

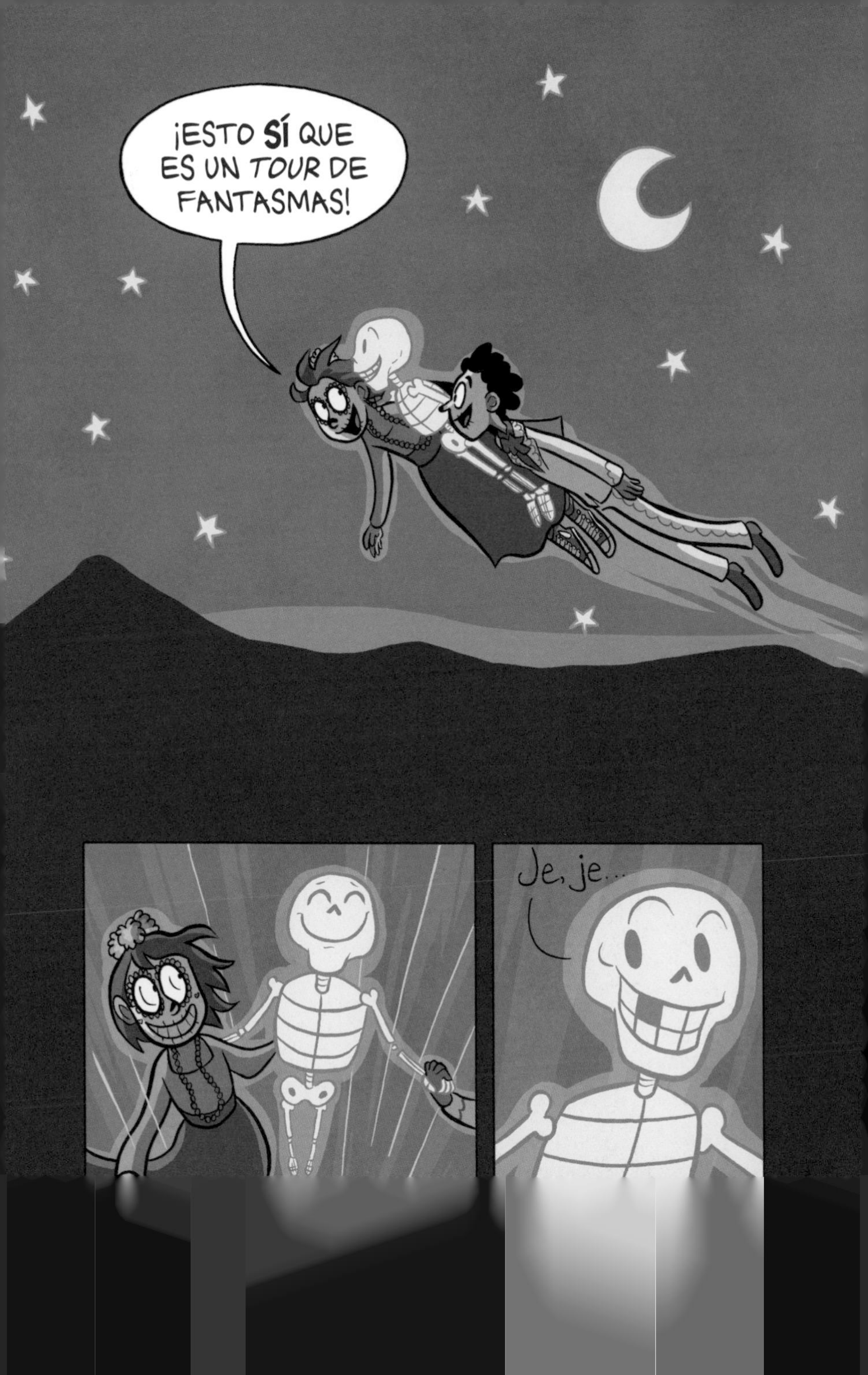
¡ESTO SÍ QUE ES UN TOUR DE FANTASMAS!
Je, je...

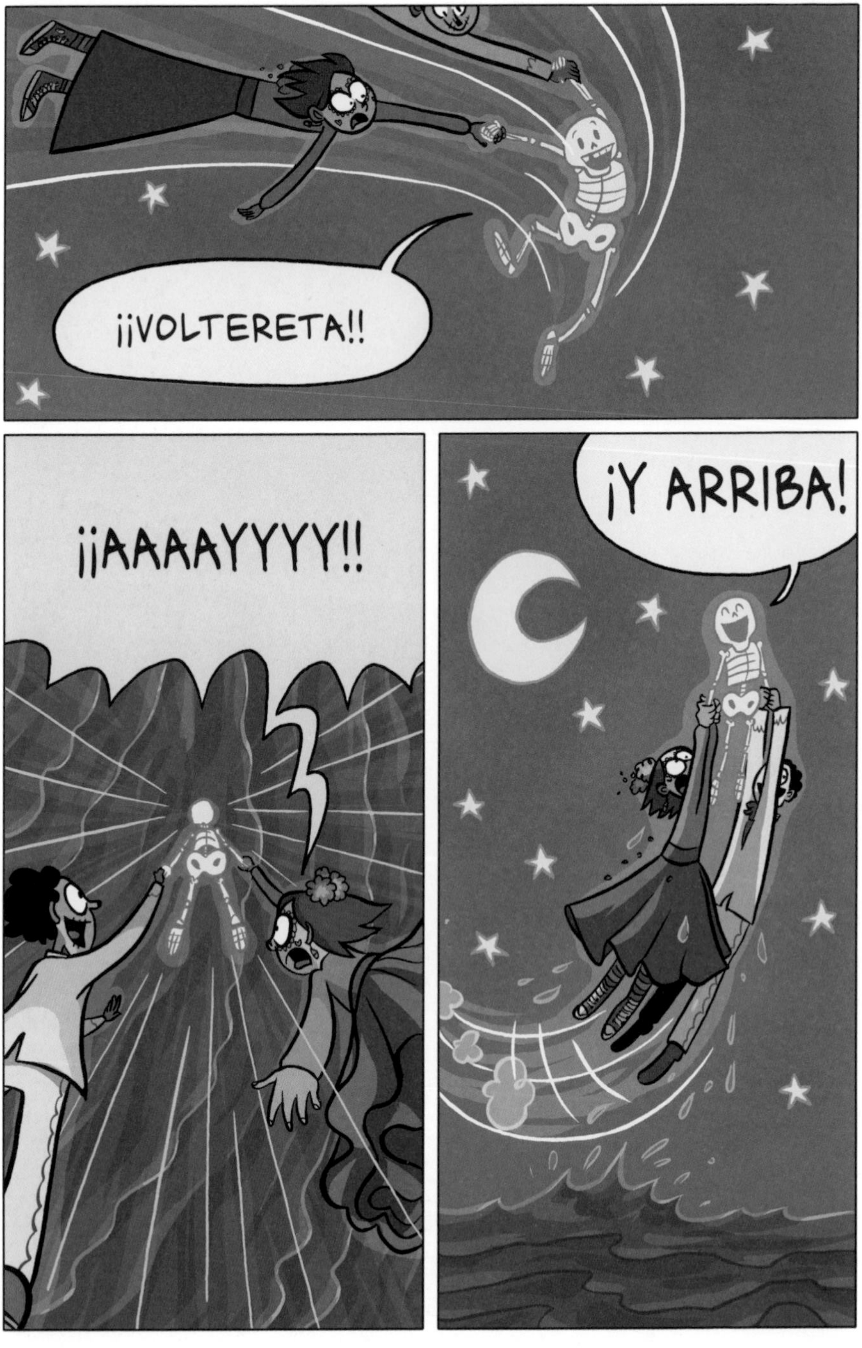
¡¡VOLTERETA!!
¡¡AAAAYYYY!!
¡Y ARRIBA!

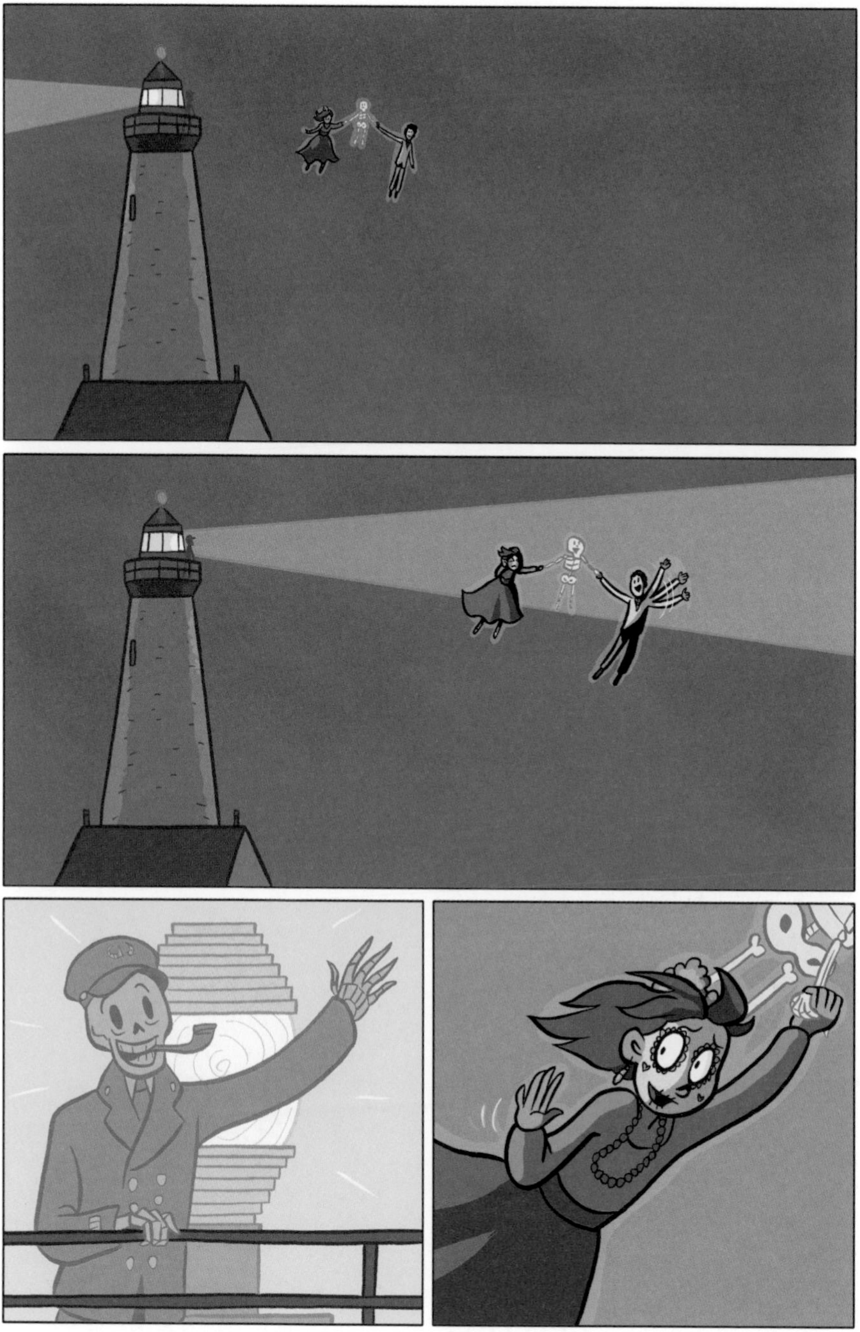

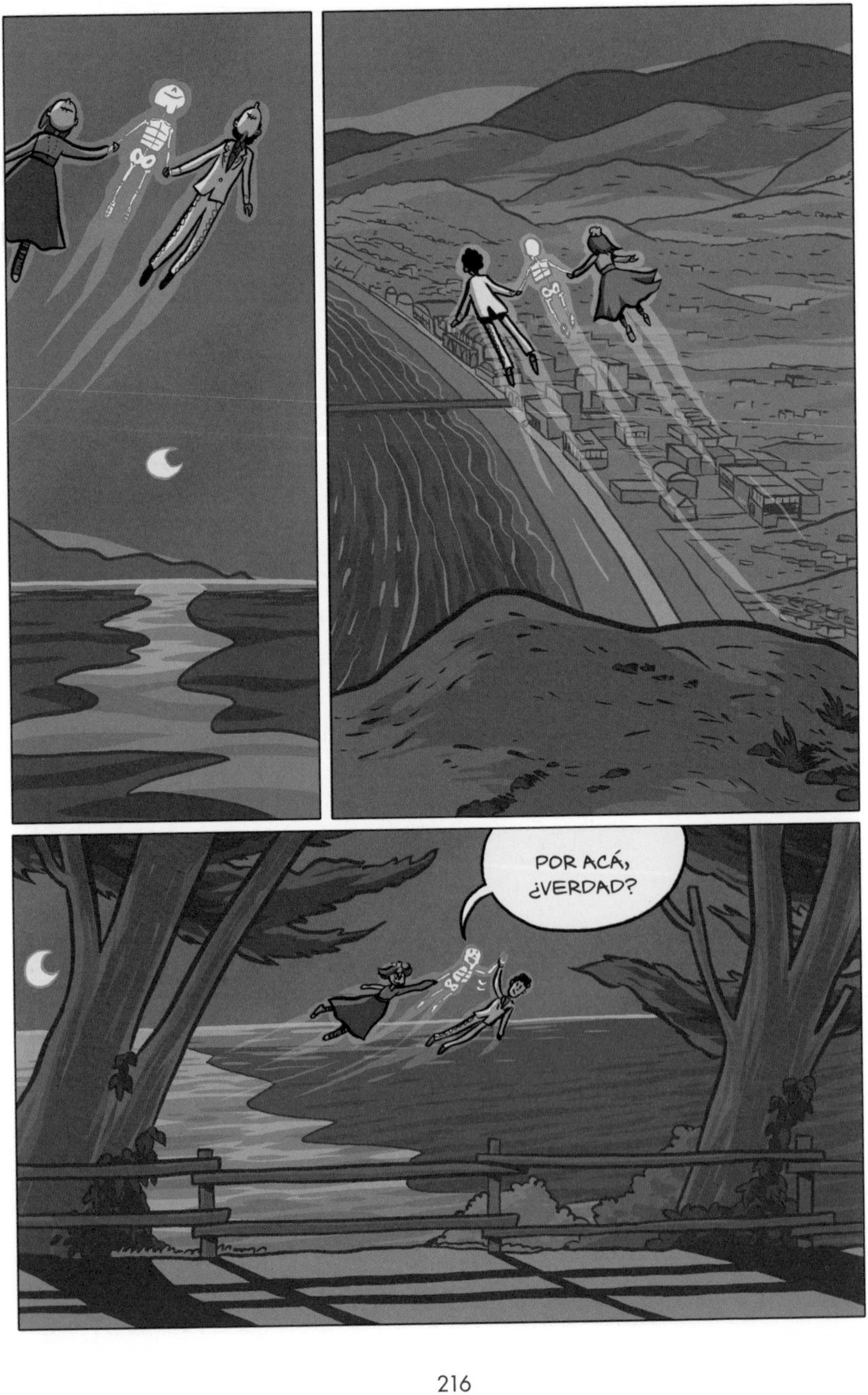
POR ACÁ, ¿VERDAD?

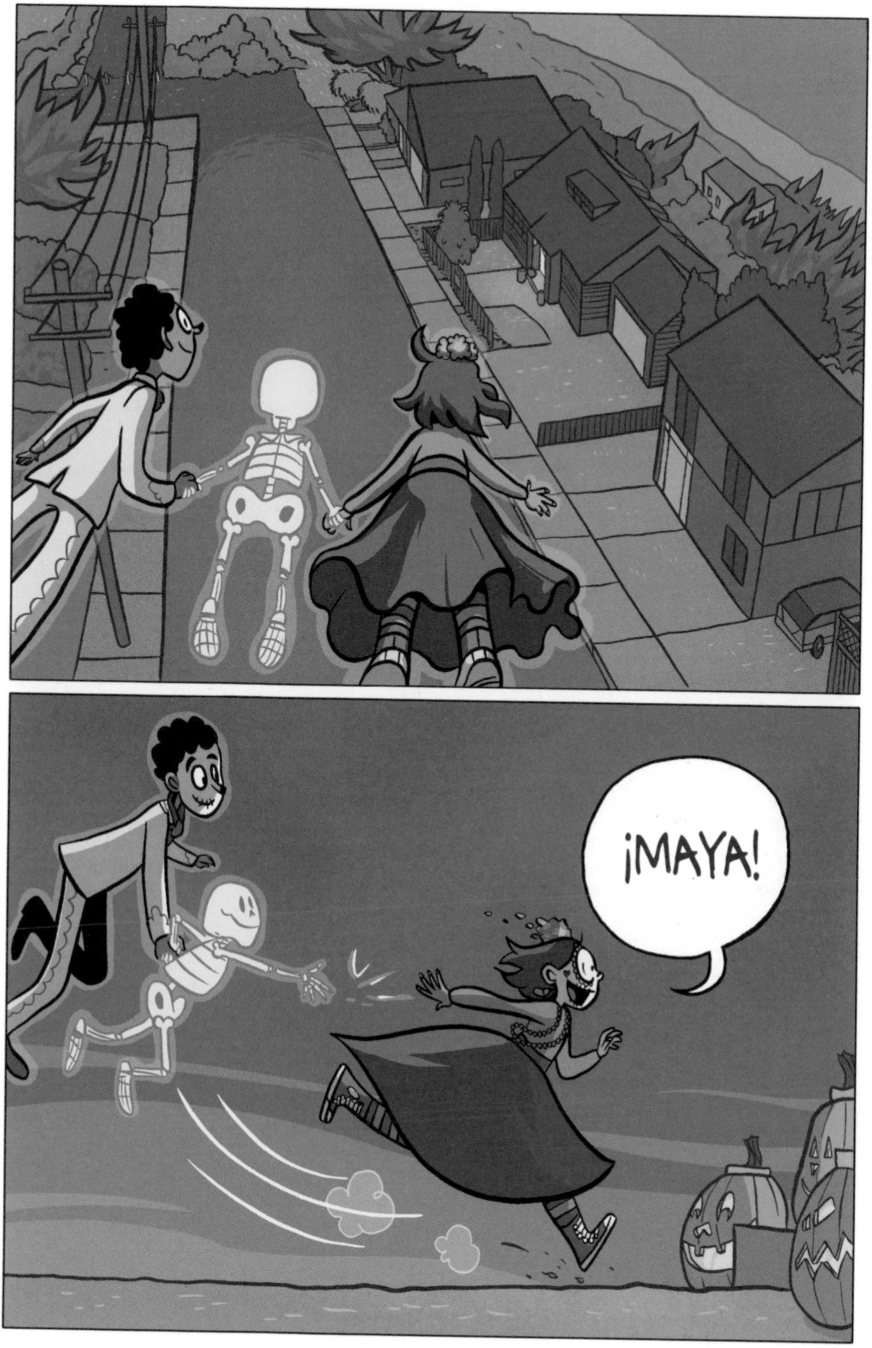
¡MAYA!

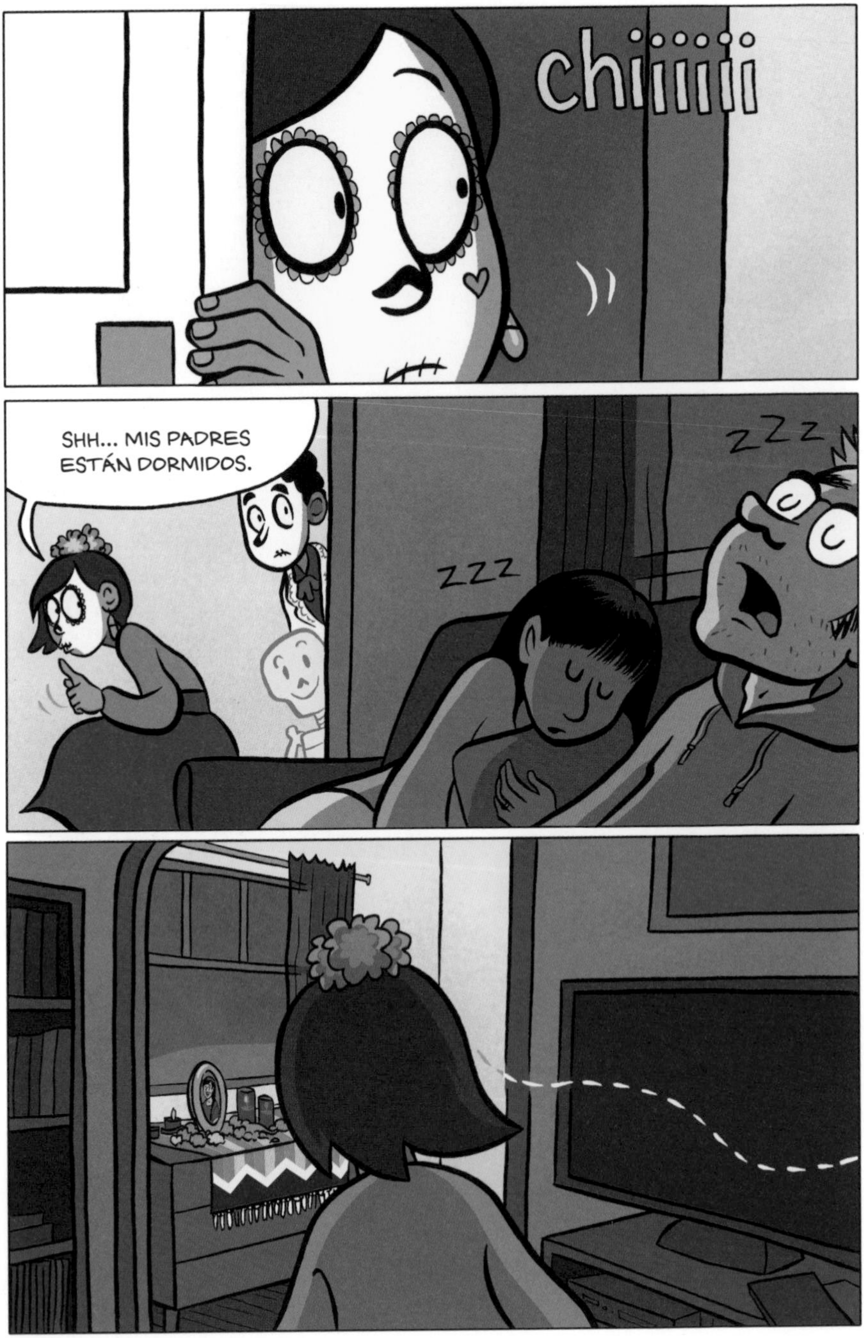
chiiiiii
SHH... MIS PADRES ESTÁN DORMIDOS.
ZZZ
ZZZ

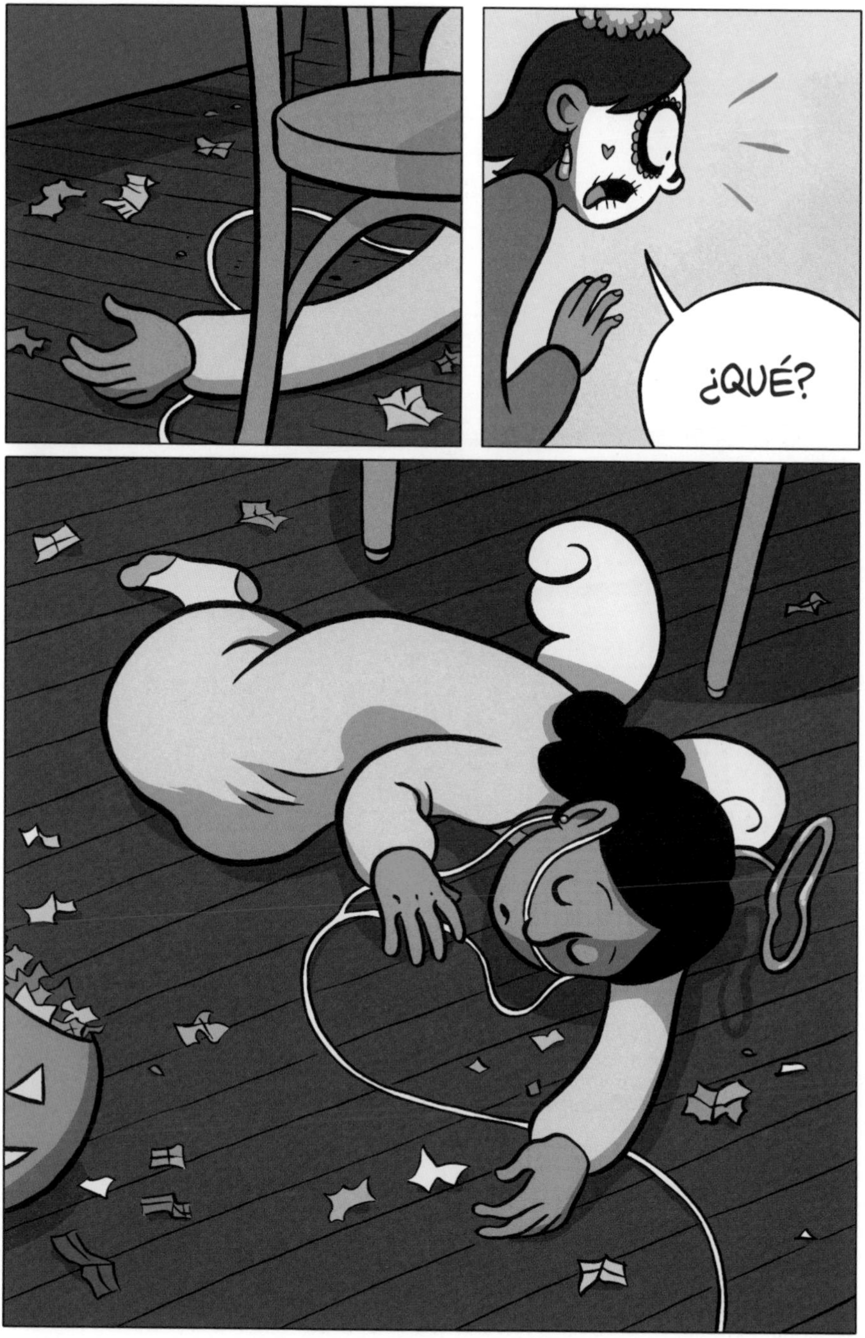
¿QUÉ?

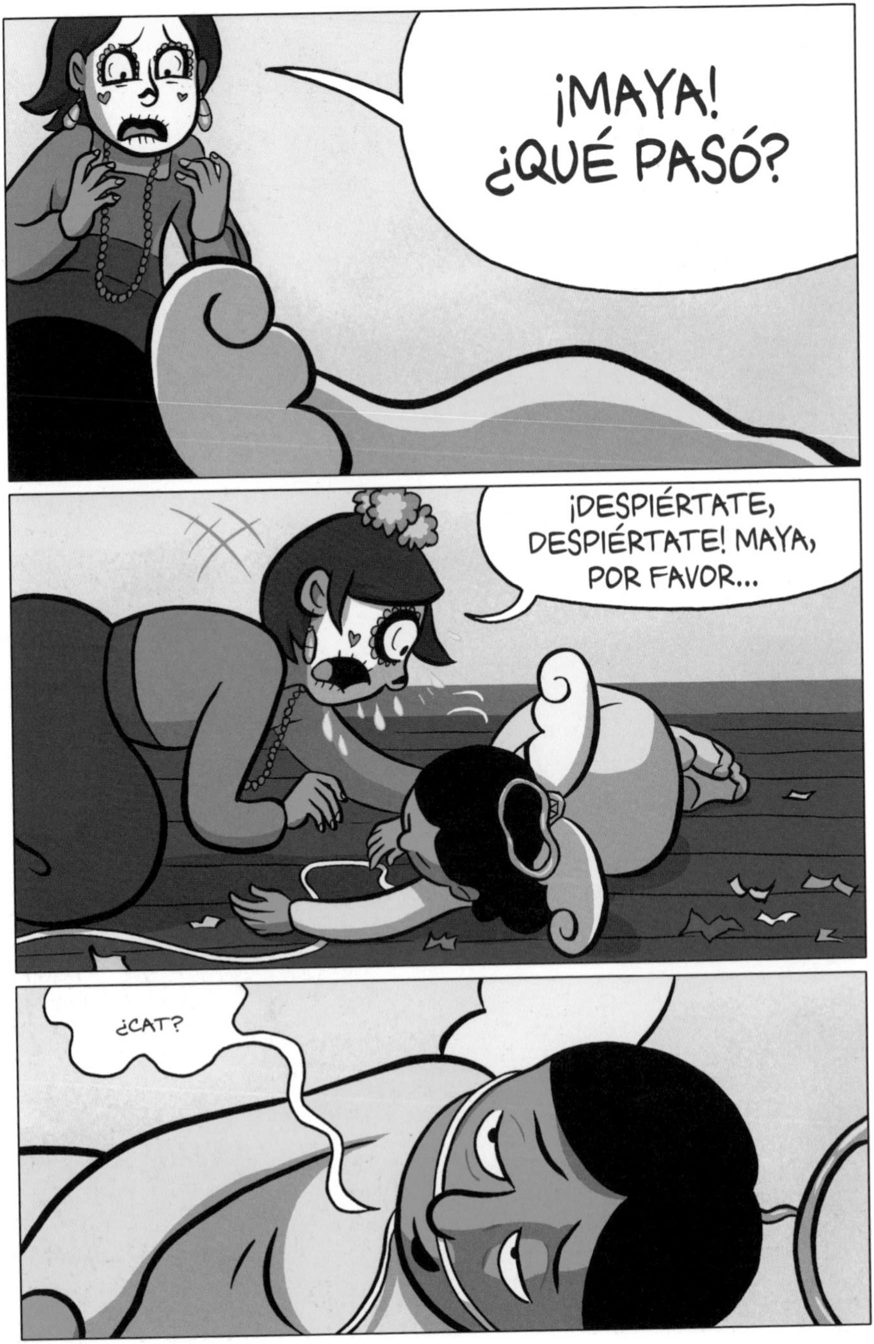
¡MAYA!
¿QUÉ PASÓ?
¡DESPIÉRTATE, DESPIÉRTATE! MAYA, POR FAVOR...
¿CAT?

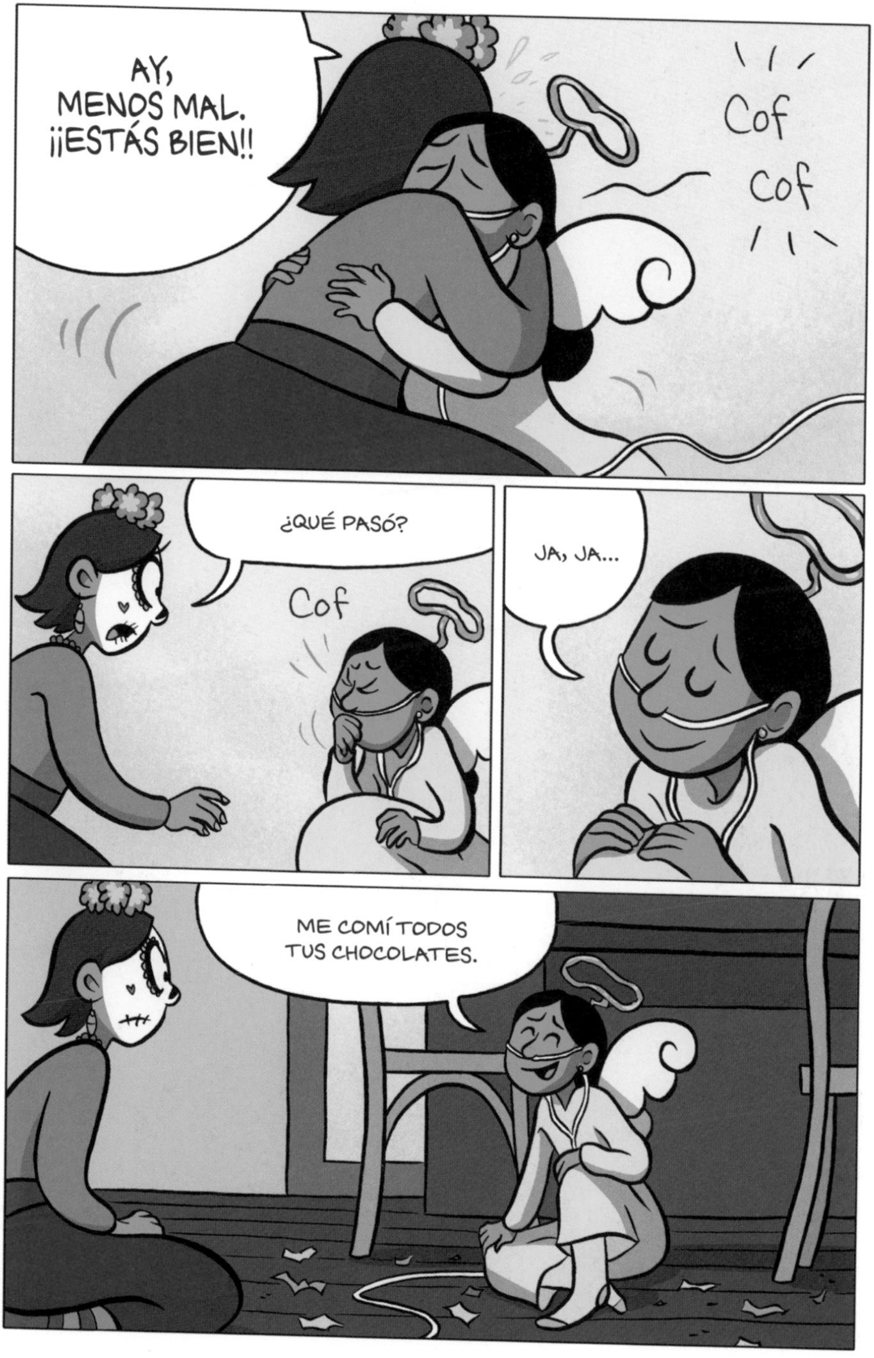
AY, MENOS MAL. ¡¡ESTÁS BIEN!!
Cof
Cof
¿QUÉ PASÓ?
Cof
JA, JA...
ME COMÍ TODOS TUS CHOCOLATES.

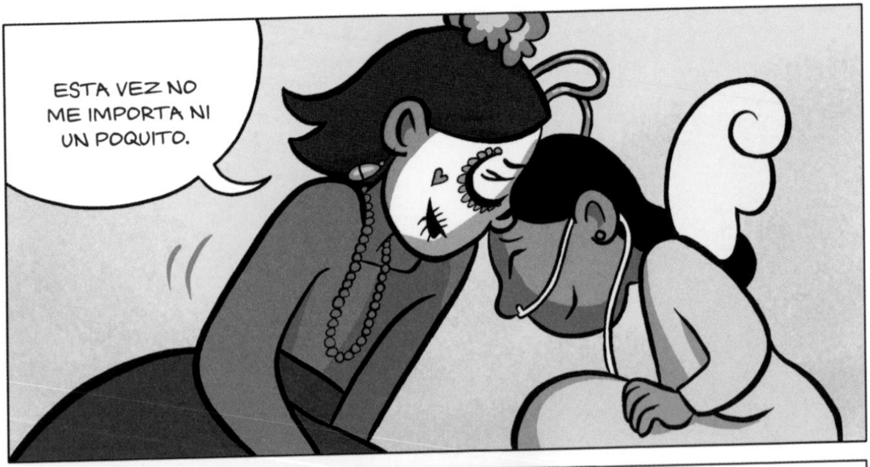
ESTA VEZ NO ME IMPORTA NI UN POQUITO.

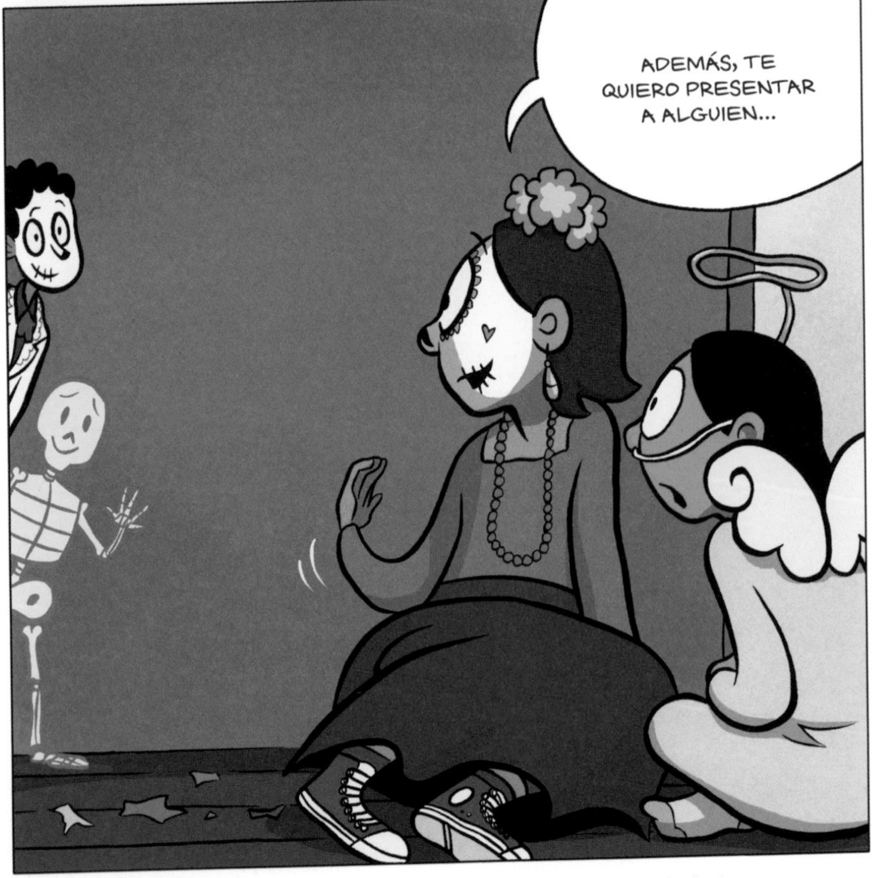
ADEMÁS, TE QUIERO PRESENTAR A ALGUIEN...

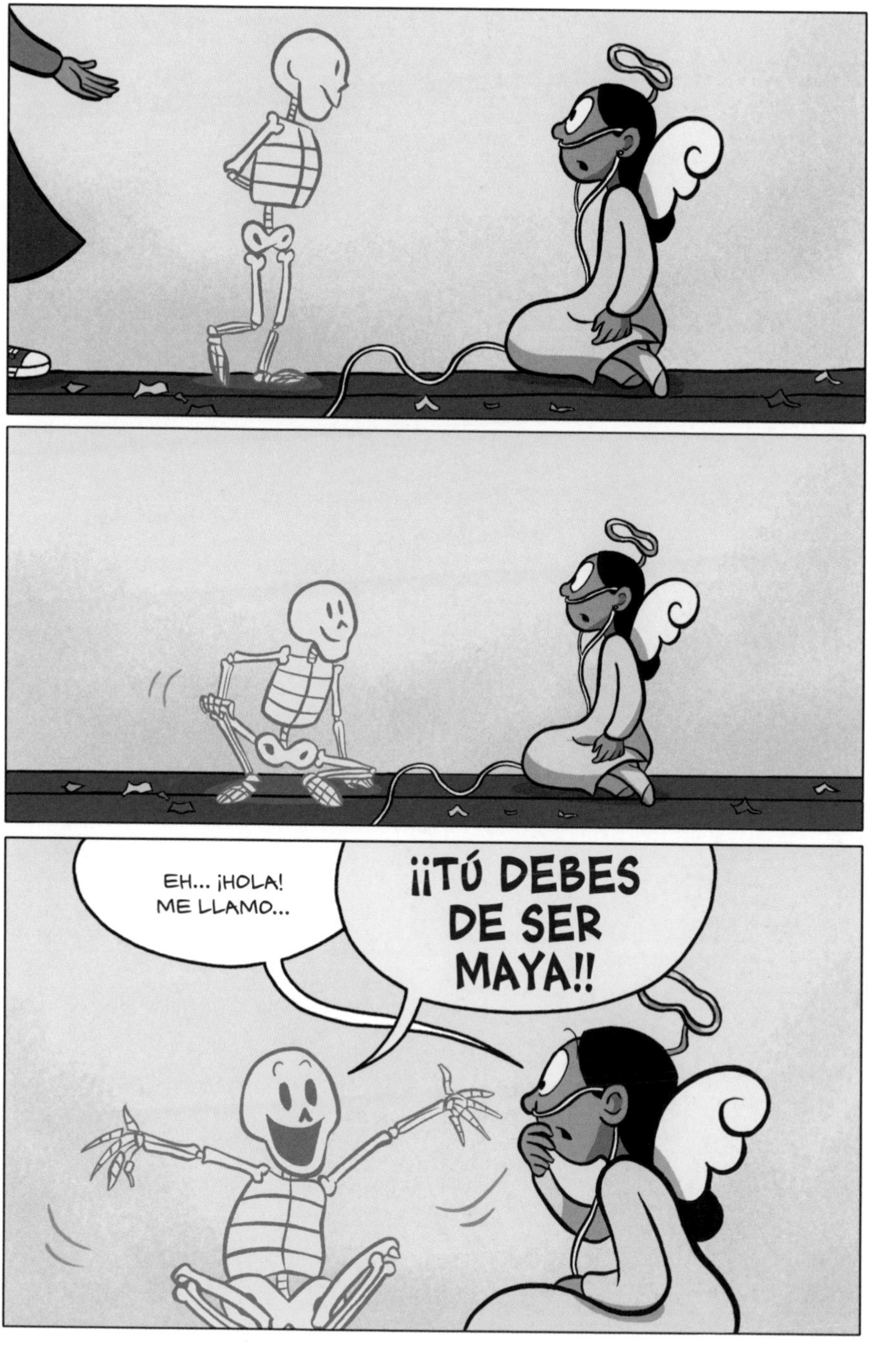
EH... ¡HOLA! ME LLAMO...
¡¡TÚ DEBES DE SER MAYA!!

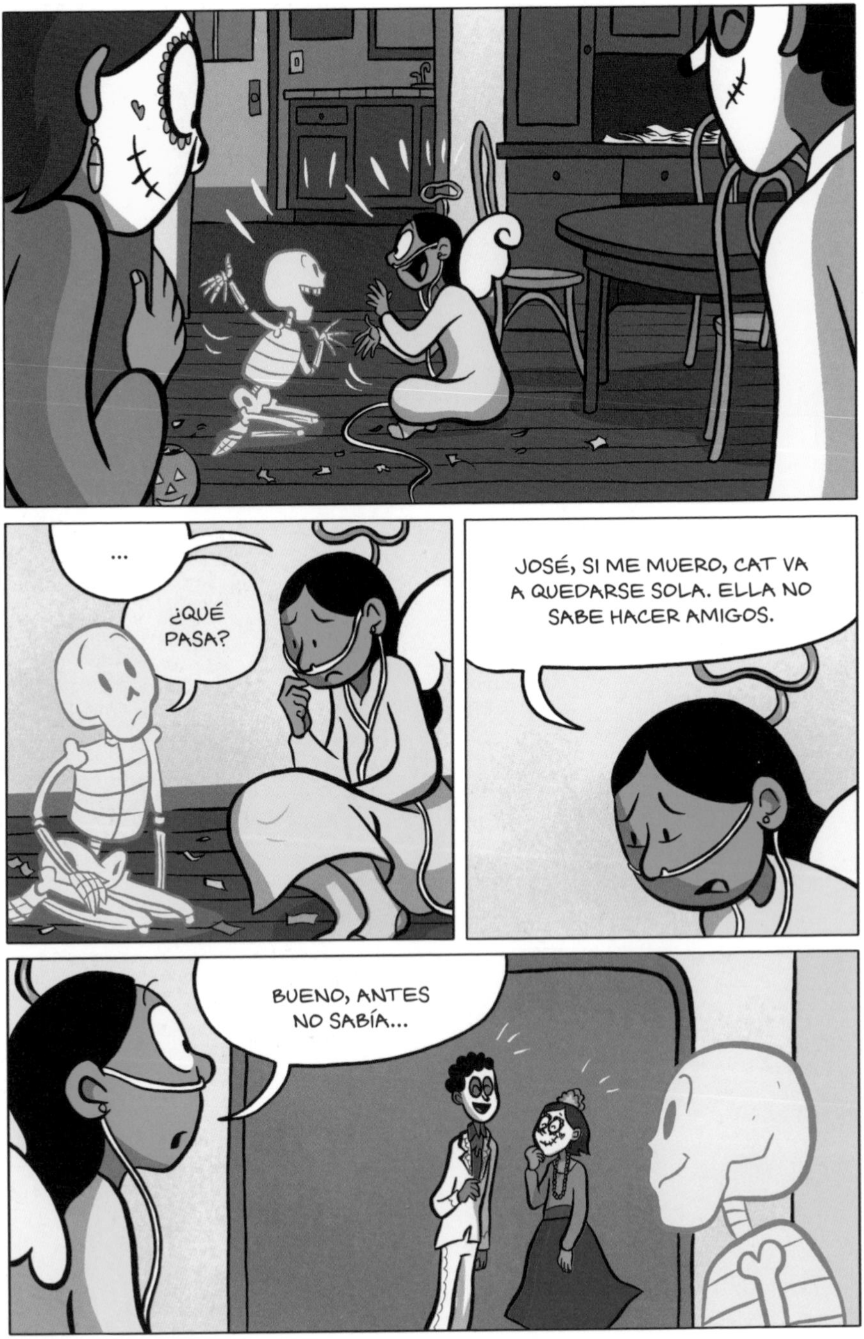
...
¿QUÉ PASA?
JOSÉ, SI ME MUERO, CAT VA A QUEDARSE SOLA. ELLA NO SABE HACER AMIGOS.
BUENO, ANTES NO SABÍA...

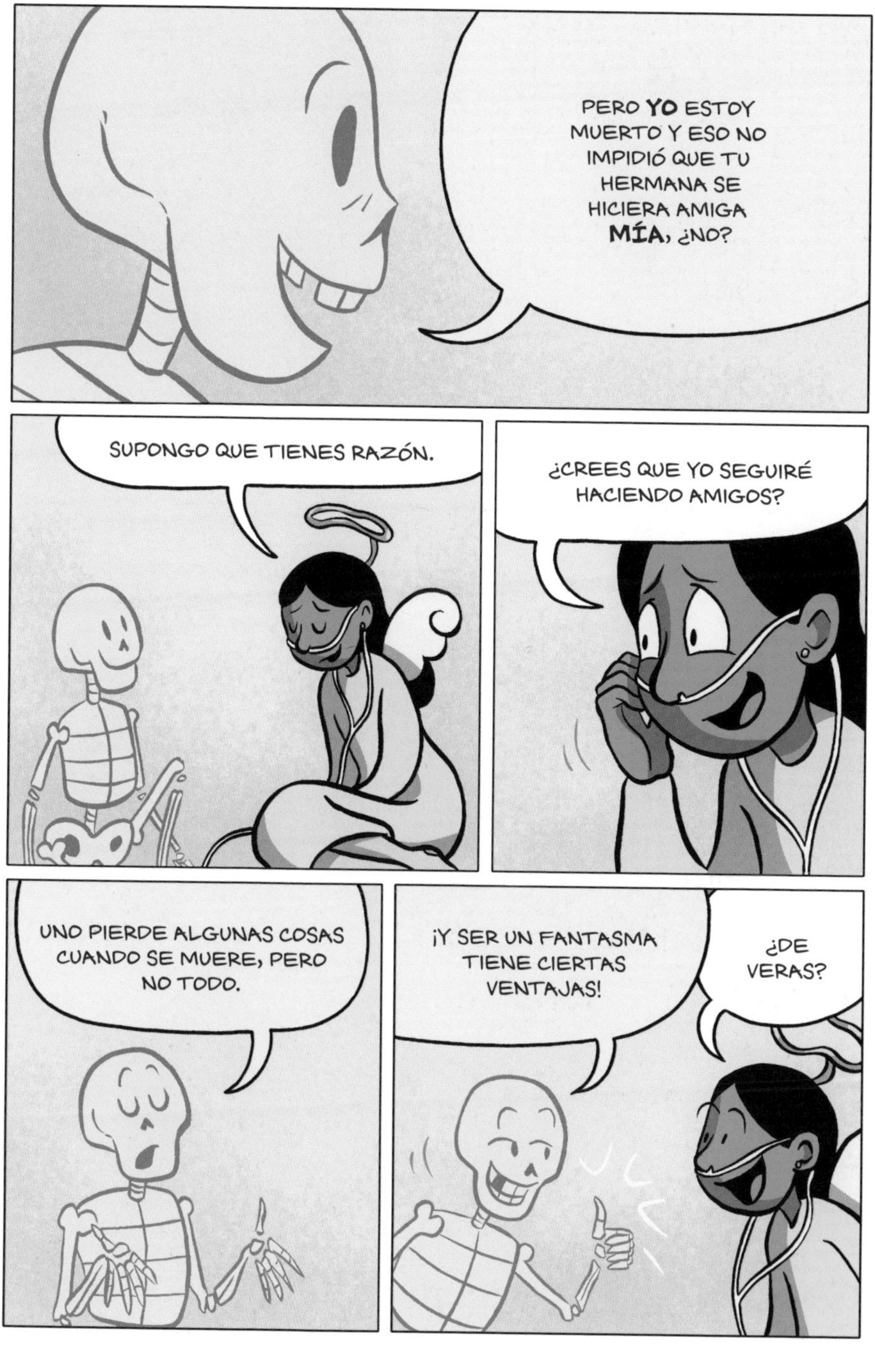
PERO YO ESTOY MUERTO Y ESO NO IMPIDIÓ QUE TU HERMANA SE HICIERA AMIGA MÍA, ¿NO?
SUPONGO QUE TIENES RAZÓN.
¿CREES QUE YO SEGUIRÉ HACIENDO AMIGOS?
UNO PIERDE ALGUNAS COSAS CUANDO SE MUERE, PERO NO TODO.
¡Y SER UN FANTASMA TIENE CIERTAS VENTAJAS!
¿DE VERAS?

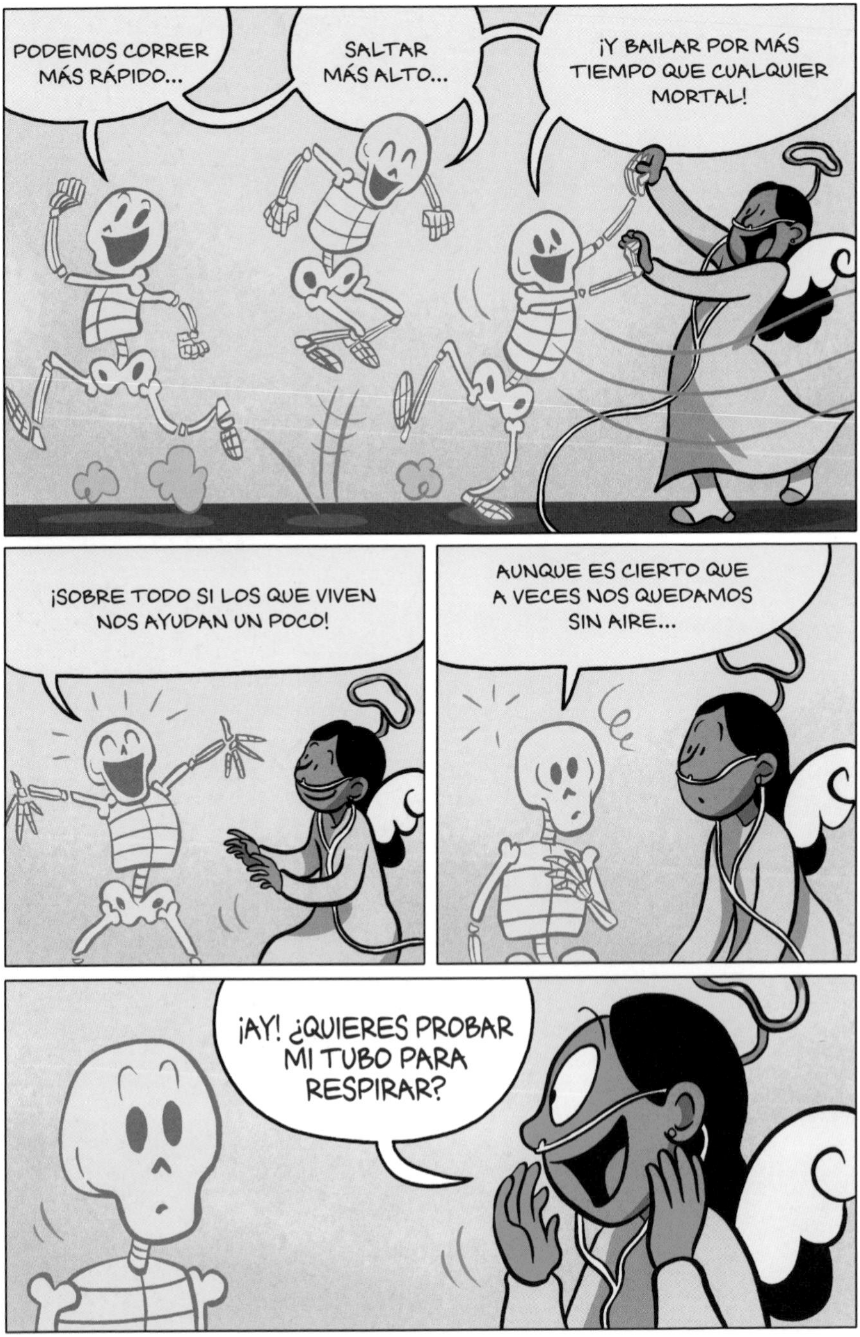
PODEMOS CORRER MÁS RÁPIDO...
SALTAR MÁS ALTO...
¡Y BAILAR POR MÁS TIEMPO QUE CUALQUIER MORTAL!
¡SOBRE TODO SI LOS QUE VIVEN NOS AYUDAN UN POCO!
AUNQUE ES CIERTO QUE A VECES NOS QUEDAMOS SIN AIRE...
¡AY! ¿QUIERES PROBAR MI TUBO PARA RESPIRAR?

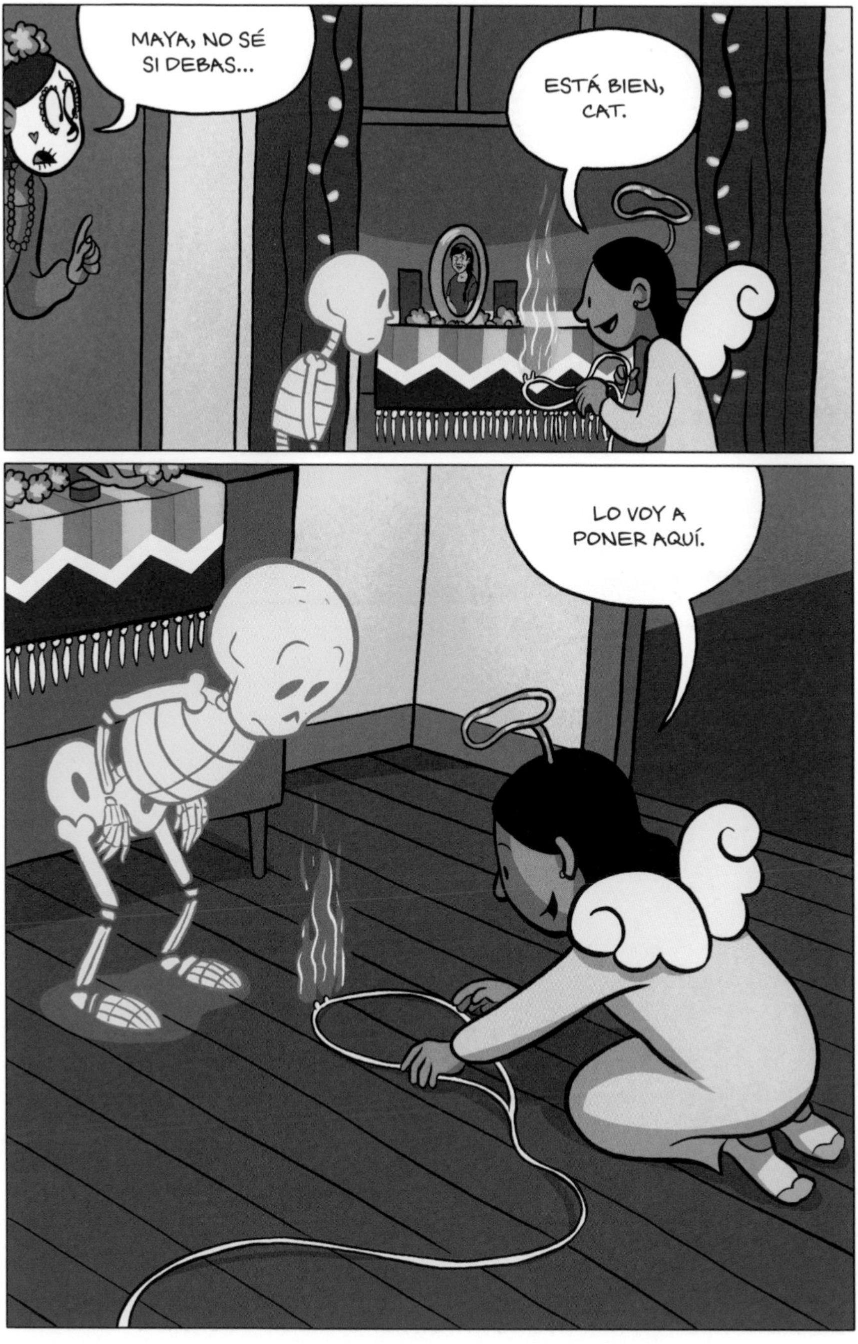
MAYA, NO SÉ SI DEBAS...
ESTÁ BIEN, CAT.
LO VOY A PONER AQUÍ.

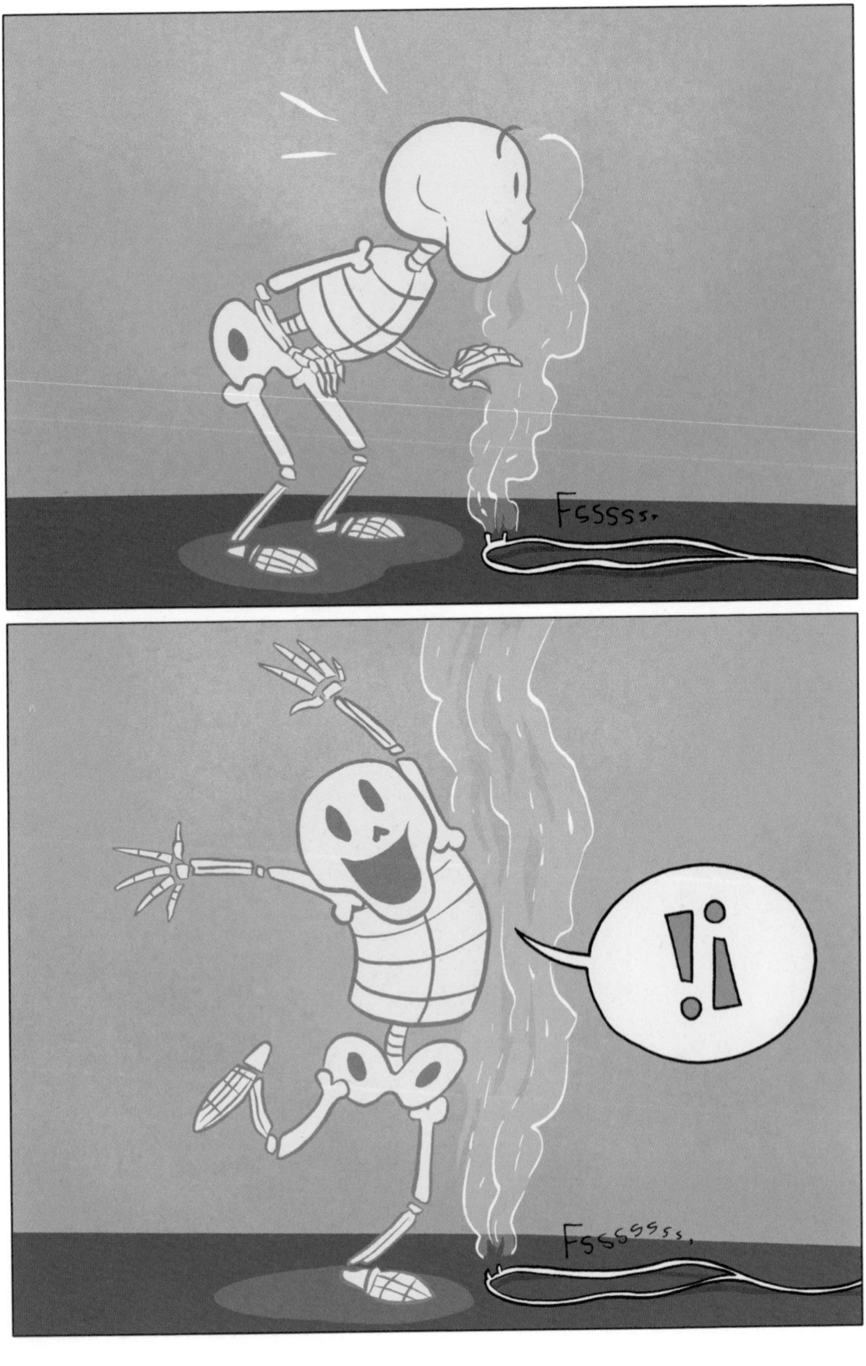
Fsssss.
!¡
Fsssssss.

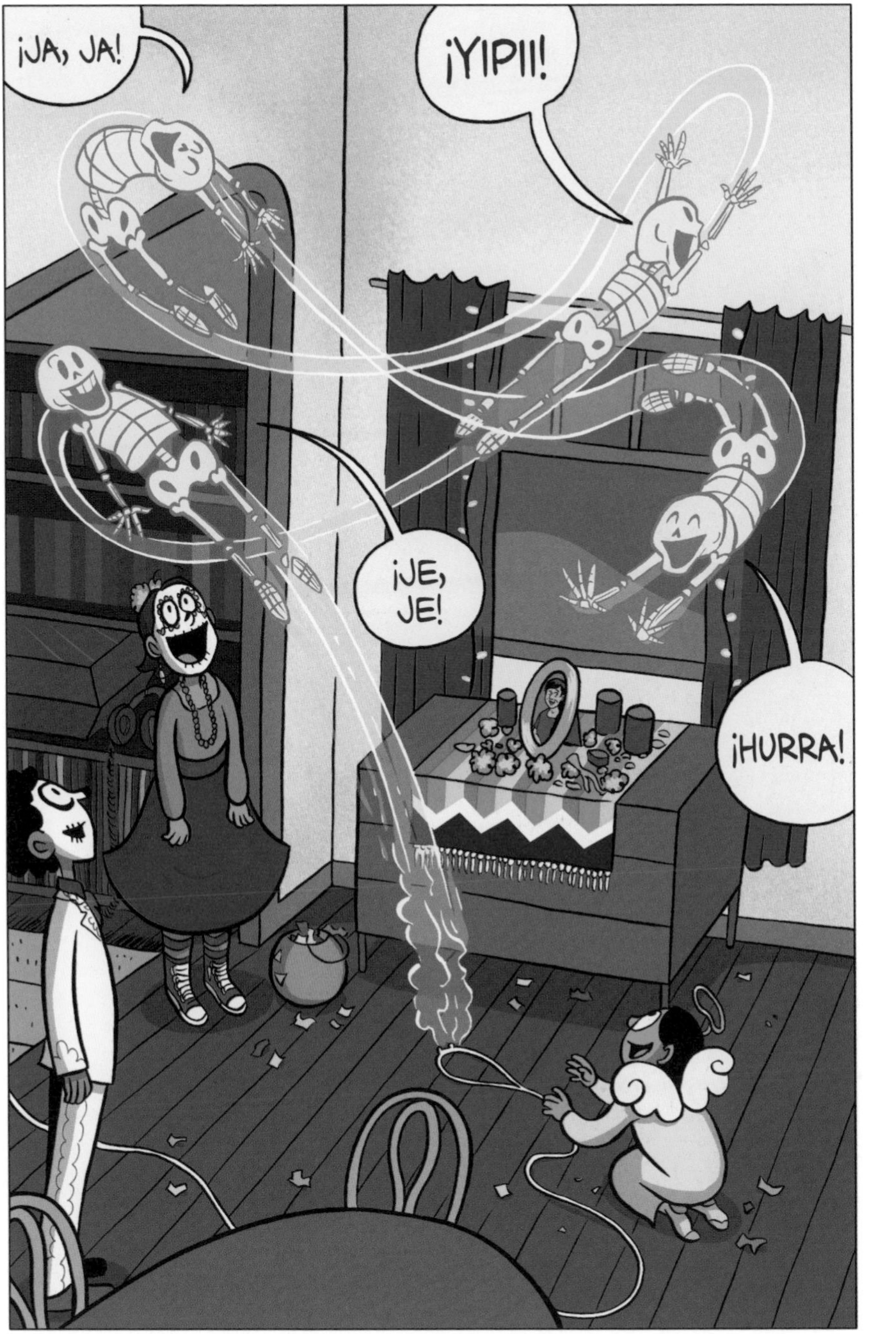
¡JA, JA!
¡YIPII!
¡JE, JE!
¡HURRA!

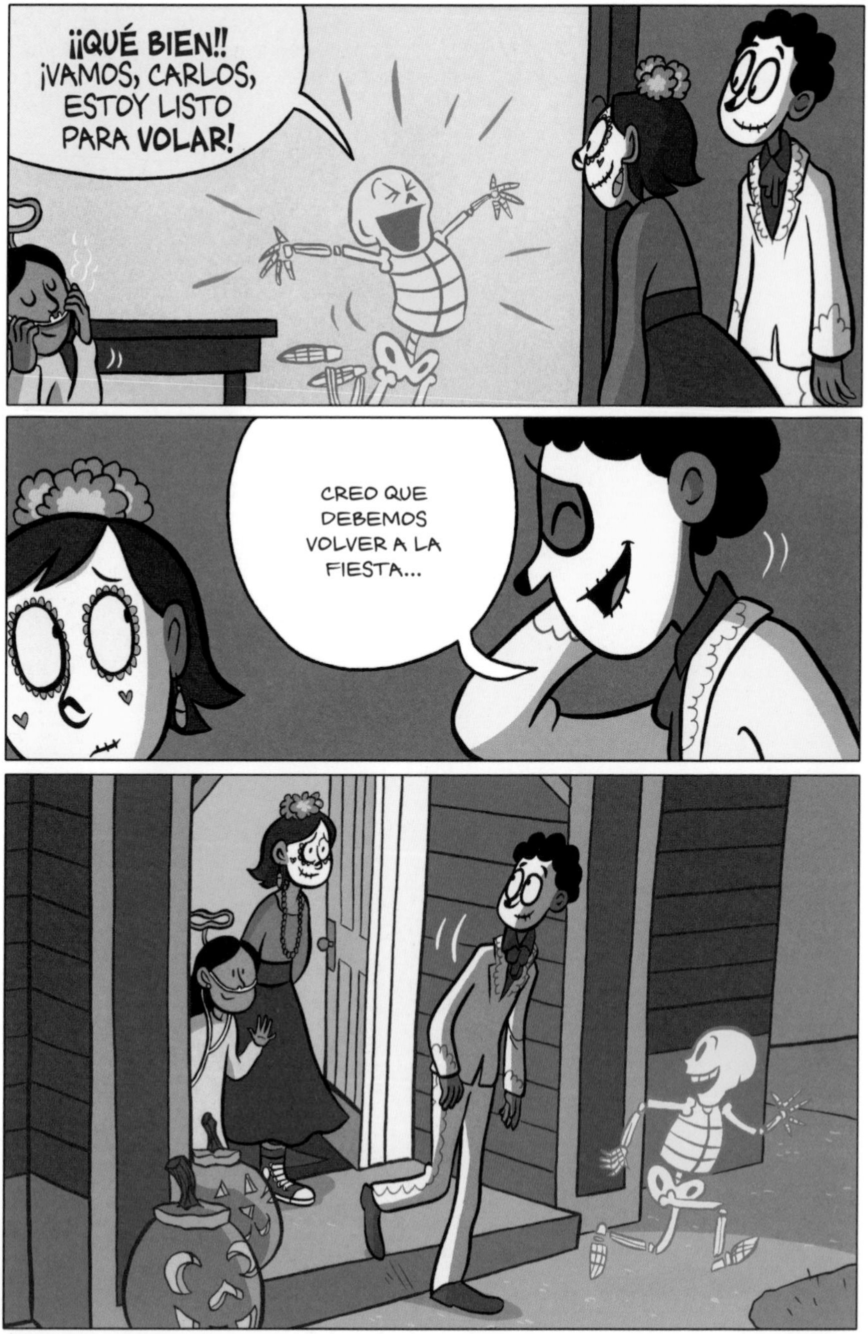
¡¡QUÉ BIEN!! ¡VAMOS, CARLOS, ESTOY LISTO PARA VOLAR!
CREO QUE DEBEMOS VOLVER A LA FIESTA...

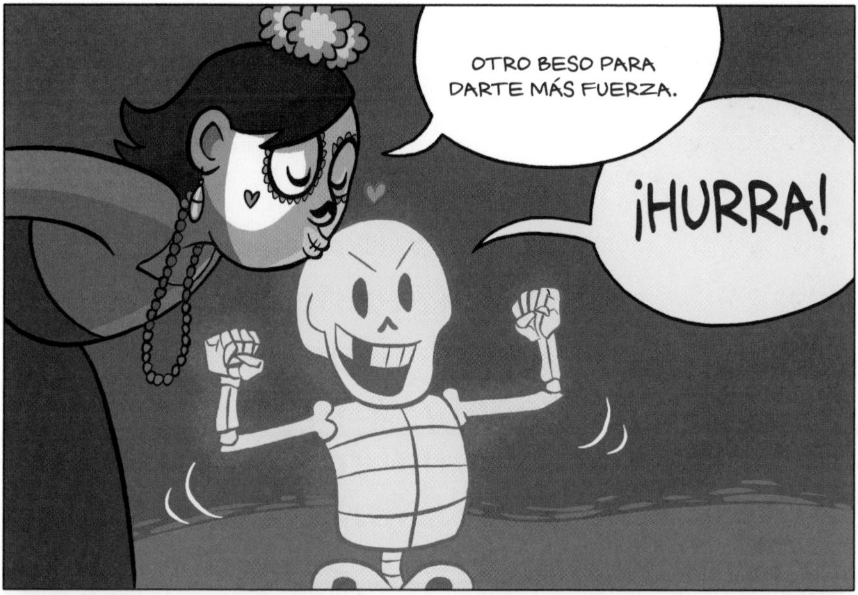
OTRO BESO PARA
DARTE MÁS FUERZA.
¡HURRA!

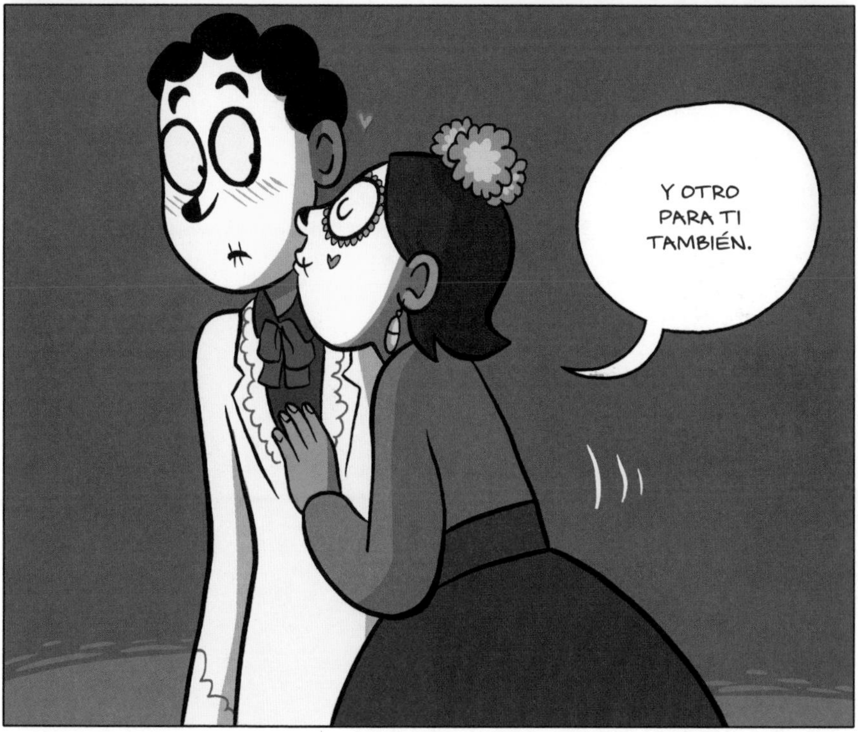
Y OTRO
PARA TI
TAMBIÉN.

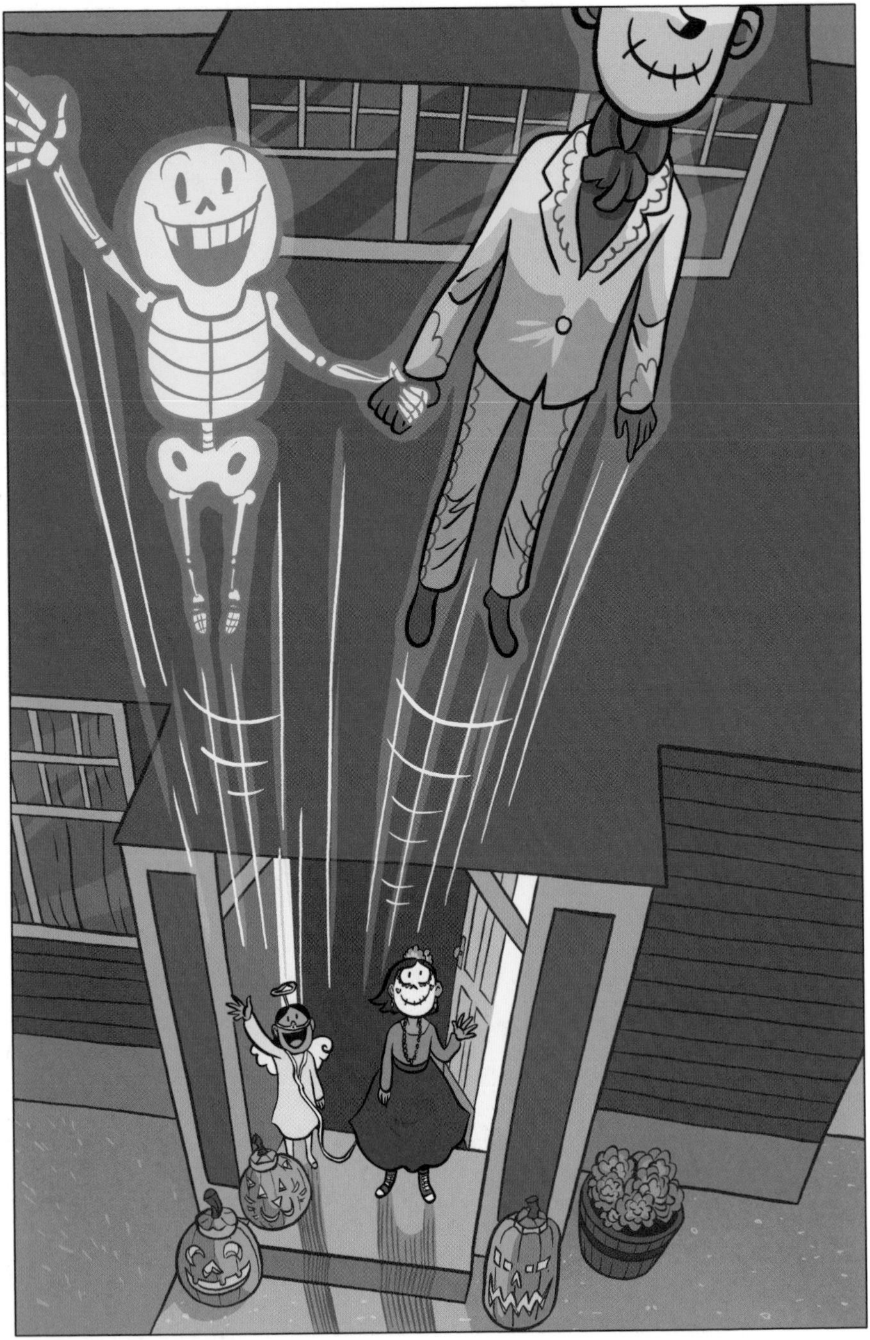

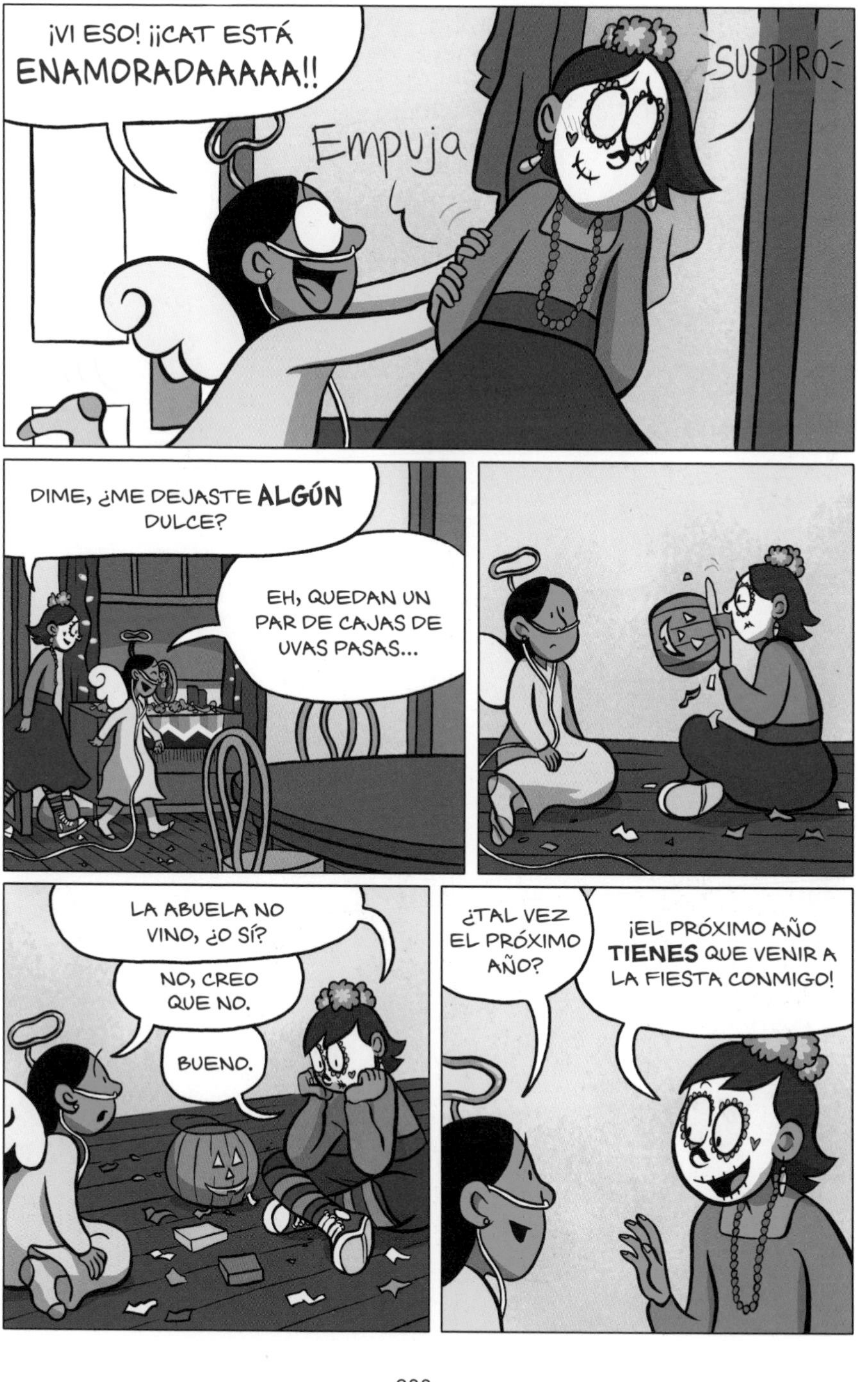
¡VI ESO! ¡¡CAT ESTÁ ENAMORADAAAAA!!
Empuja
SUSPIRO
DIME, ¿ME DEJASTE ALGÚN DULCE?
EH, QUEDAN UN PAR DE CAJAS DE UVAS PASAS...
LA ABUELA NO VINO, ¿O SÍ?
NO, CREO QUE NO.
BUENO.
¿TAL VEZ EL PRÓXIMO AÑO?
¡EL PRÓXIMO AÑO TIENES QUE VENIR A LA FIESTA CONMIGO!

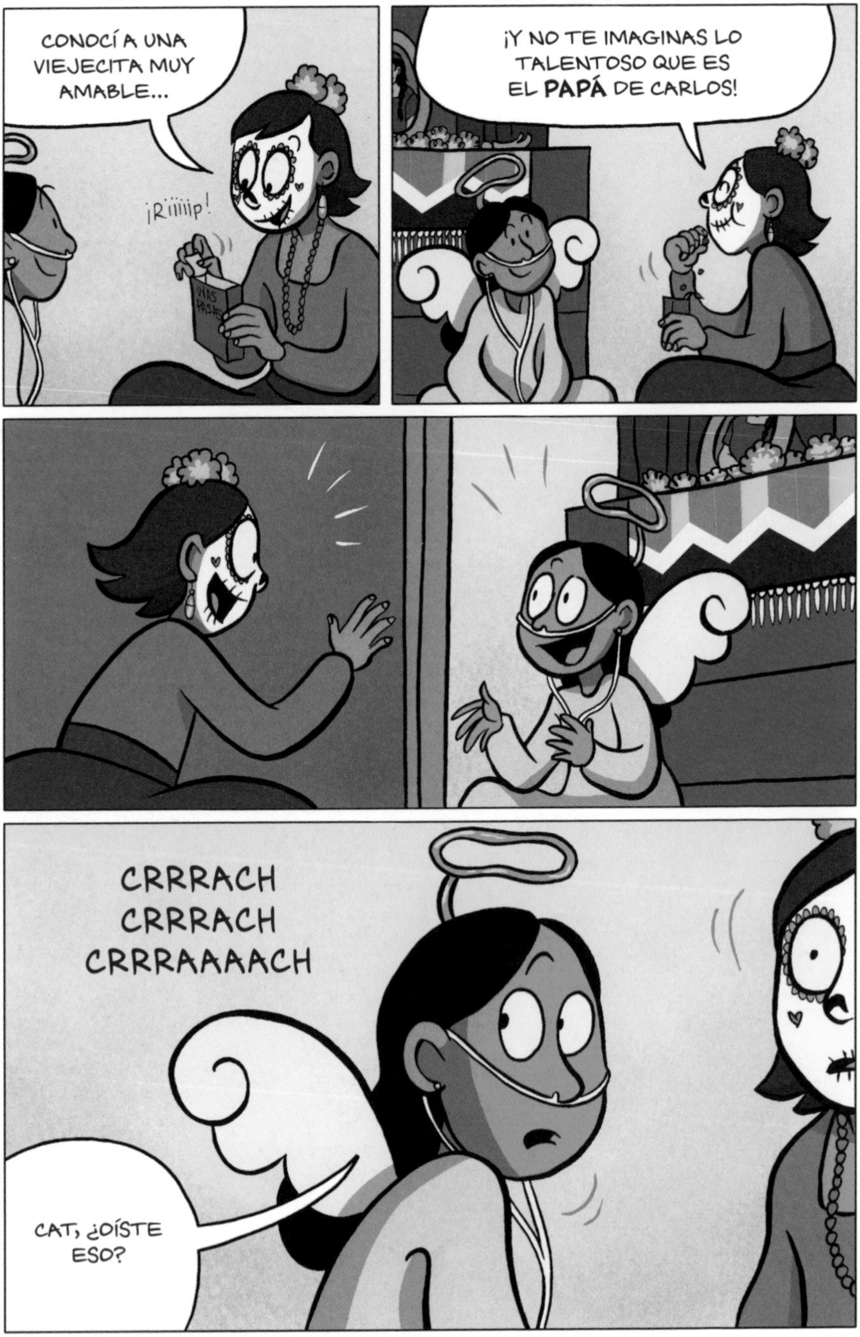
CONOCÍ A UNA VIEJECITA MUY AMABLE...
¡Riiiiip!
UVAS PASAS
¡Y NO TE IMAGINAS LO TALENTOSO QUE ES EL **PAPÁ** DE CARLOS!
CRRRACH
CRRRACH
CRRRAAAACH
CAT, ¿OÍSTE ESO?

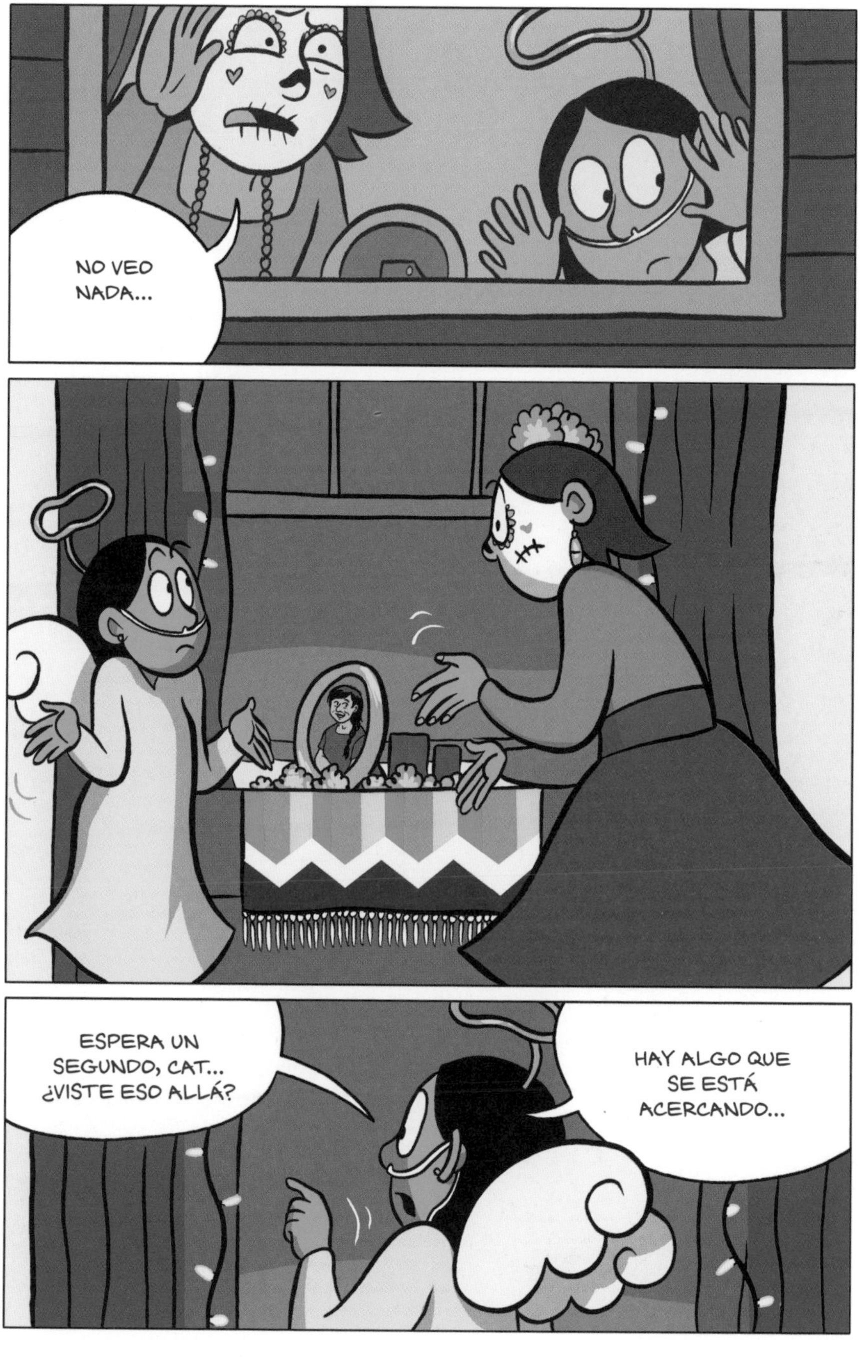
NO VEO NADA...
ESPERA UN SEGUNDO, CAT... ¿VISTE ESO ALLÁ?
HAY ALGO QUE SE ESTÁ ACERCANDO...

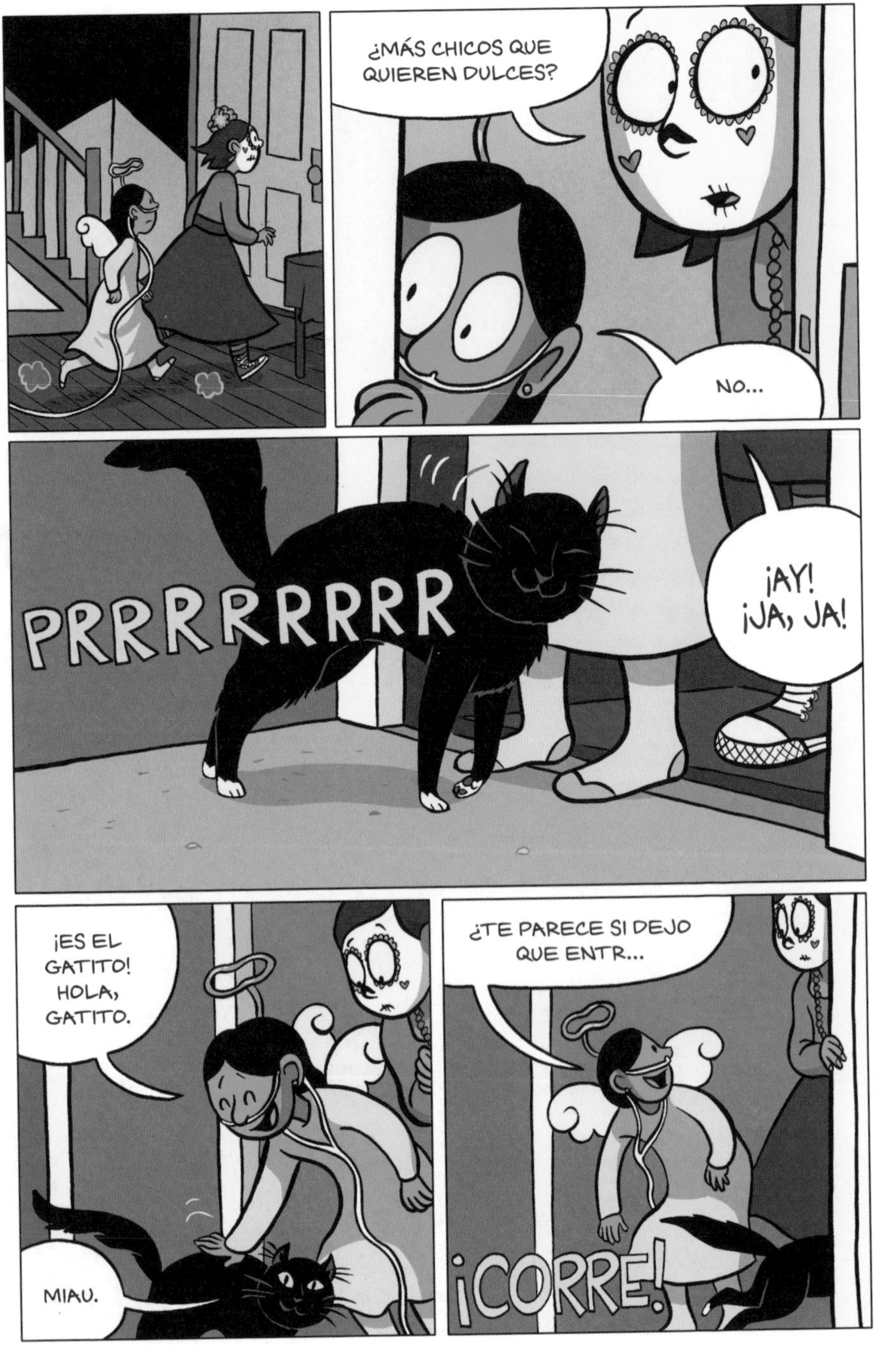
¿MÁS CHICOS QUE QUIEREN DULCES?
NO...
PRRRRRRRR
¡AY! ¡JA, JA!
¡ES EL GATITO! HOLA, GATITO.
MIAU.
¿TE PARECE SI DEJO QUE ENTR...
¡CORRE!

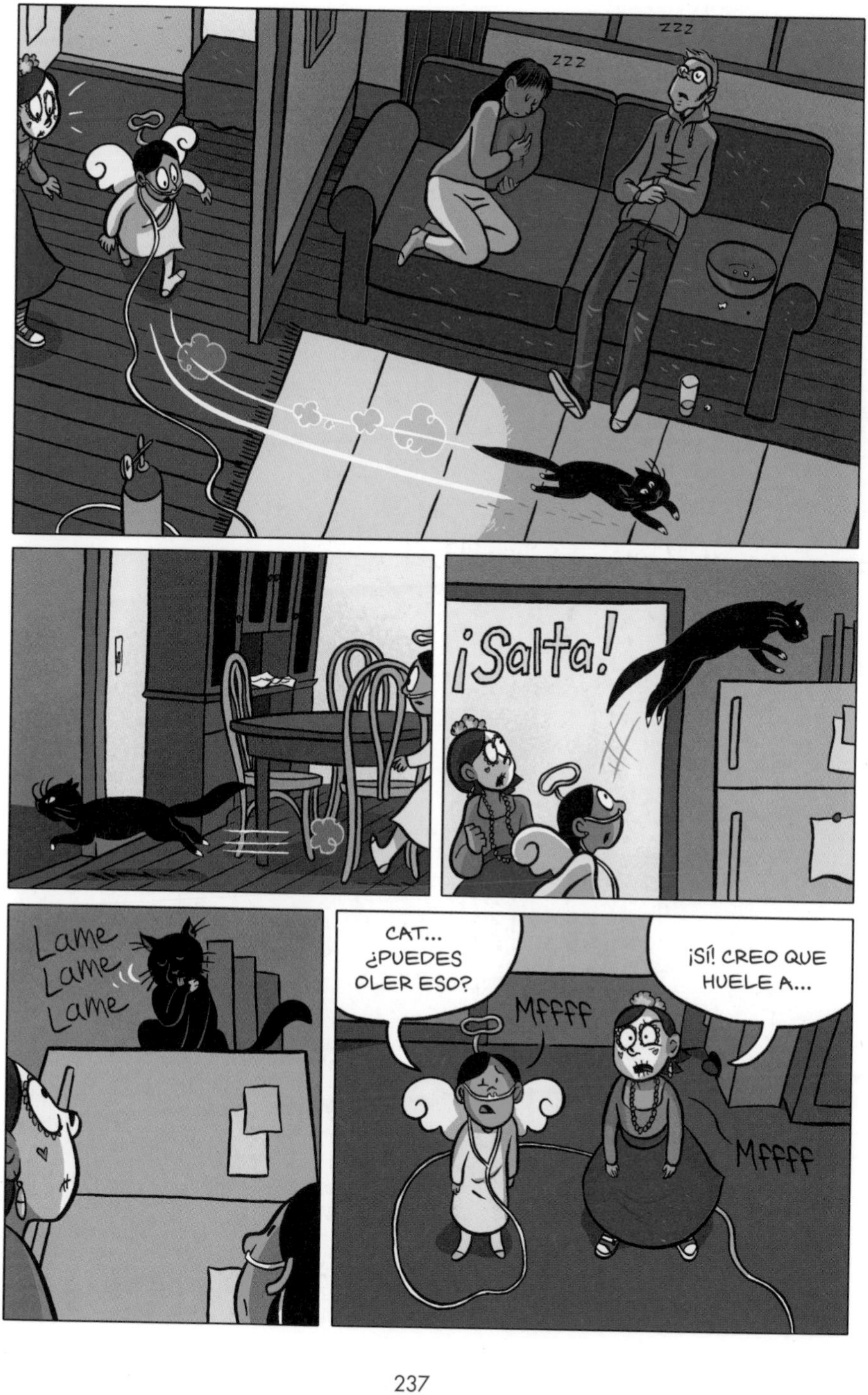
ZZZ
ZZZ
¡Salta!
Lame
Lame
Lame
CAT… ¿PUEDES OLER ESO?
Mffff
¡SÍ! CREO QUE HUELE A…
Mffff

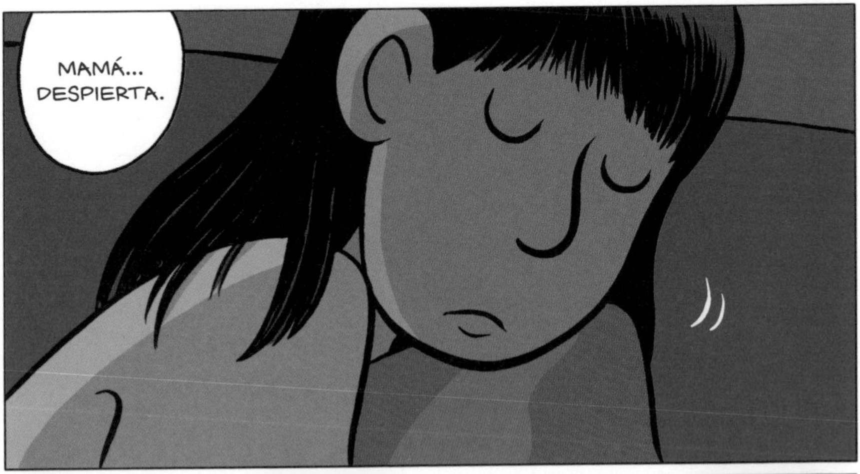
MAMÁ...
DESPIERTA.

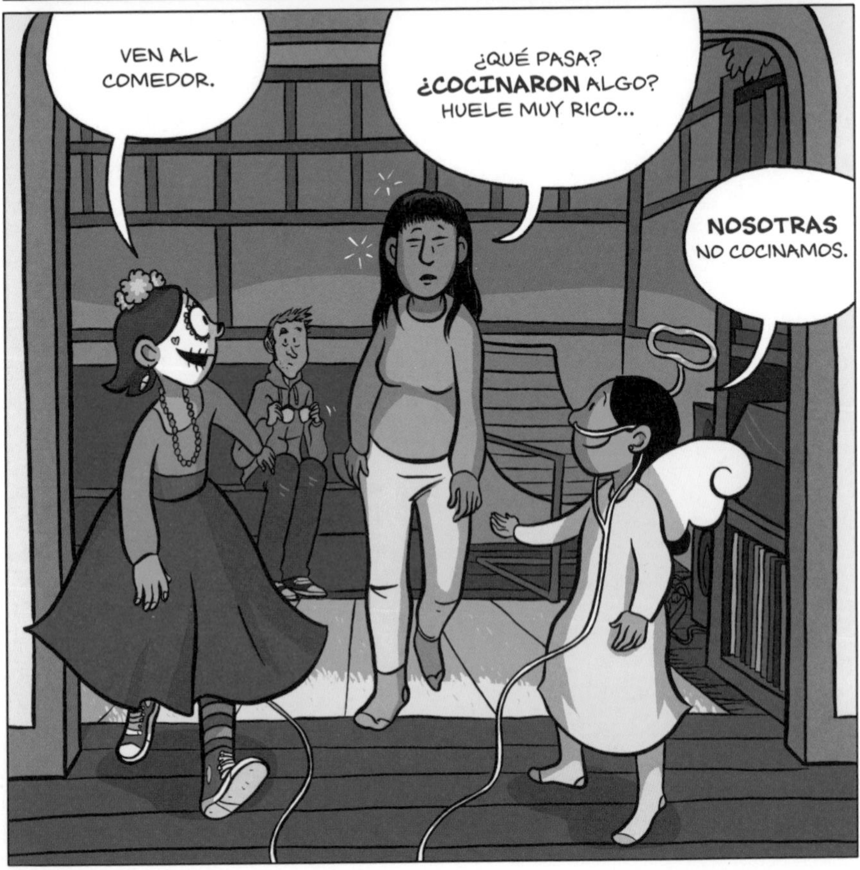
VEN AL COMEDOR.
¿QUÉ PASA? **¿COCINARON** ALGO? HUELE MUY RICO...
NOSOTRAS NO COCINAMOS.

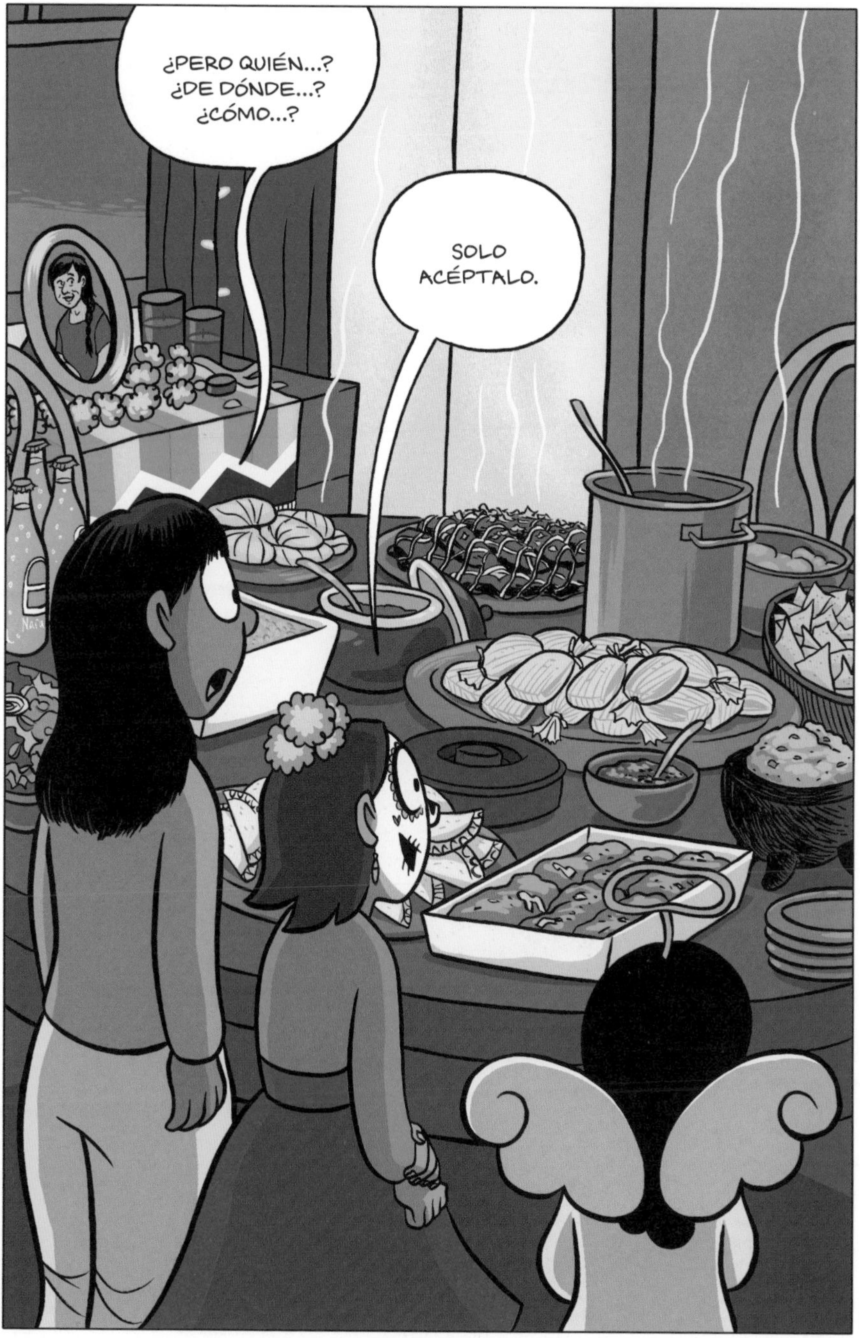
¿PERO QUIÉN...?
¿DE DÓNDE...?
¿CÓMO...?
SOLO
ACÉPTALO.

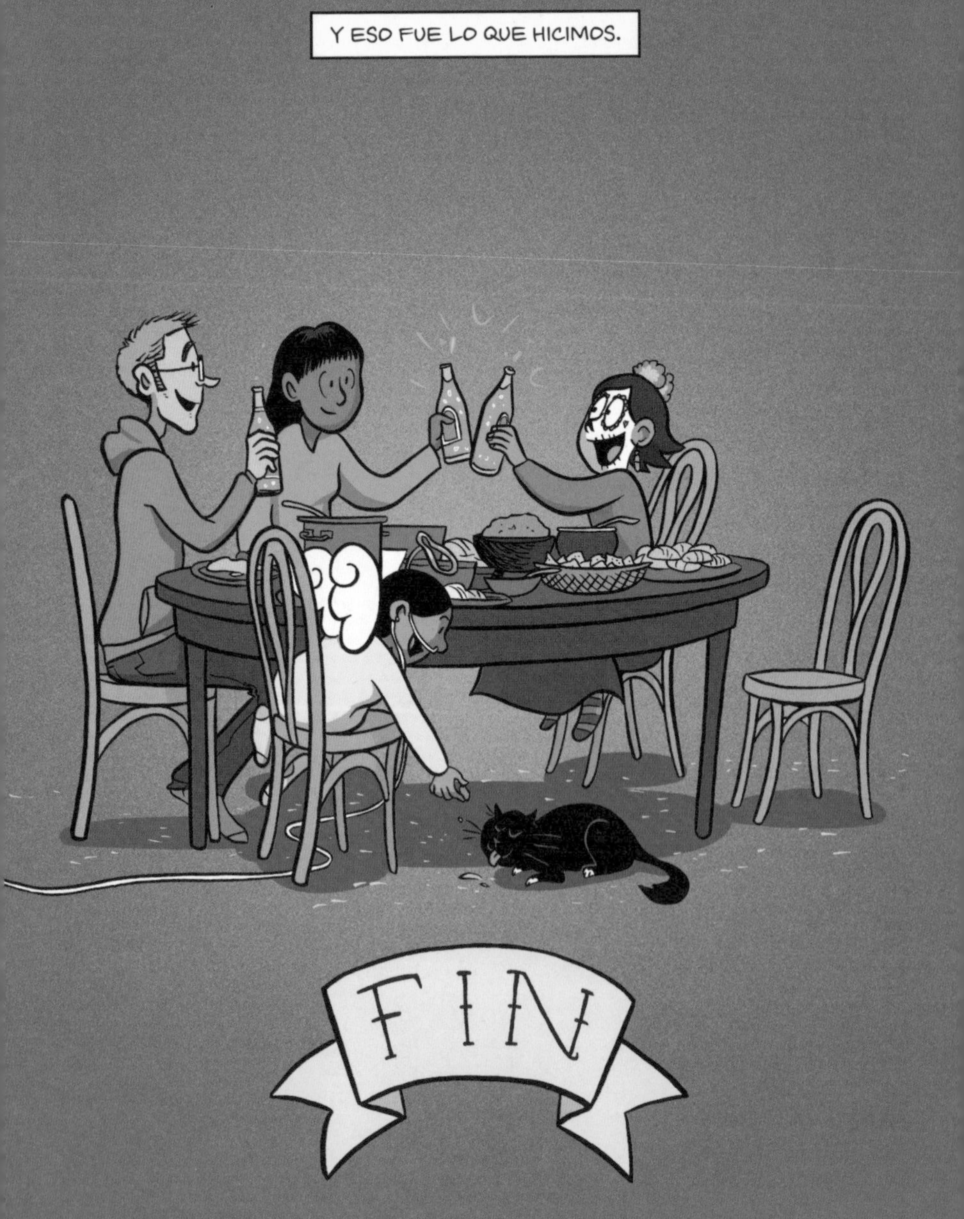
Y ESO FUE LO QUE HICIMOS.
FIN

UNAS CUANTAS NOTAS SOBRE

FANTASMAS

BAHÍA DE LA LUNA

Bahía de la Luna está inspirada en la brumosa costa norte de California, donde crecí. Siempre he apreciado la costa ventosa, los torcidos cipreses y, sobre todo, el pueblo costero de Half Moon Bay, famoso por sus campos de alcachofa, sus granjas de calabaza y el ambiente alegre y relajado de Halloween. Quería que Bahía de la Luna fuera parecida a eso, y que sus habitantes transmitieran esa atmósfera tranquila, misteriosa y un poco embrujada.

DÍA DE LOS MUERTOS

El Día de los Muertos es una antigua tradición que se celebra en México y en muchas partes del mundo. En lugar de llevar luto por la muerte de los seres queridos, la cultura mexicana opta por celebrar y honrar a los muertos cada año a principios de noviembre, haciendo ofrendas en casas, parques y cementerios, y decorándolas con flores, comida, fotos y otros objetos personales. Aunque el Día de los Muertos representa el más allá, ¡tiene algo que es indiscutiblemente alegre!

Yo tuve la fortuna de participar en la celebración anual del Día de los Muertos de San Francisco mientras creaba este libro. Miles de personas se reunieron para disfrazarse, hacer altares, prender velas y recordar a sus seres queridos. Es una de las experiencias más hermosas, respetuosas y conmovedoras que he vivido. Muchas de las imágenes que aparecen en la escena de la celebración en *Fantasmas* provienen directamente de esa noche, en la que me senté a dibujar y a observar todo lo que pasaba a mi alrededor. El proceso de creación de este libro se parece al proceso de dejar que las cosas del pasado que nos rondan se vayan. Hacer las paces con nuestros fantasmas es una idea tan profunda como la idea de la vida. Y, a fin de cuentas, el amor va más allá de la vida y de la muerte.

FIBROSIS QUÍSTICA

La fibrosis quística es una enfermedad genética que llena los pulmones de una mucosidad gruesa y pegajosa que dificulta la respiración y ocasiona frecuentes infecciones. Algunos de los tratamientos a los que Maya debe someterse durante esta historia son el chaleco vibratorio, que está diseñado para aflojar la mucosidad de sus pulmones (facilitando que tosa); los nutrientes adicionales que se le administran por el estómago mientras duerme; y, eventualmente, un tubo que le provee oxígeno. Después de las infecciones, es posible que se formen cicatrices en los pulmones, lo que reduce el espacio disponible en ellos para que circule el aire. En algunos casos, a los pacientes de fibrosis quística se les debe hacer un trasplante de pulmón. Aunque no hay cura, avances en el tratamiento de la fibrosis quística han mejorado la esperanza de vida de los pacientes. Yo decidí escribir sobre la fibrosis quística porque respirar es un gran tema de esta historia. Los fantasmas no pueden respirar y Maya no puede respirar muy bien. Cat tiene pulmones normales, pero suele sufrir de ansiedad y a veces hay que recordarle que se detenga y respire profundamente. Puedes aprender más sobre la fibrosis quística en www.cff.org.

CUADERNO DE DIBUJO

Estos bosquejos fueron hechos en 2008, ¡ocho años antes de la publicación de *Fantasmas*! Los personajes, la historia y el ambiente han rondado mi cabeza por mucho tiempo.

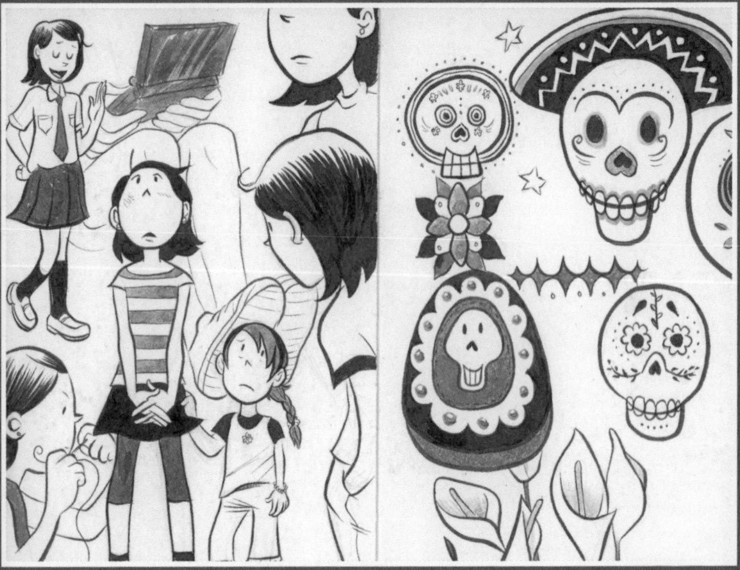

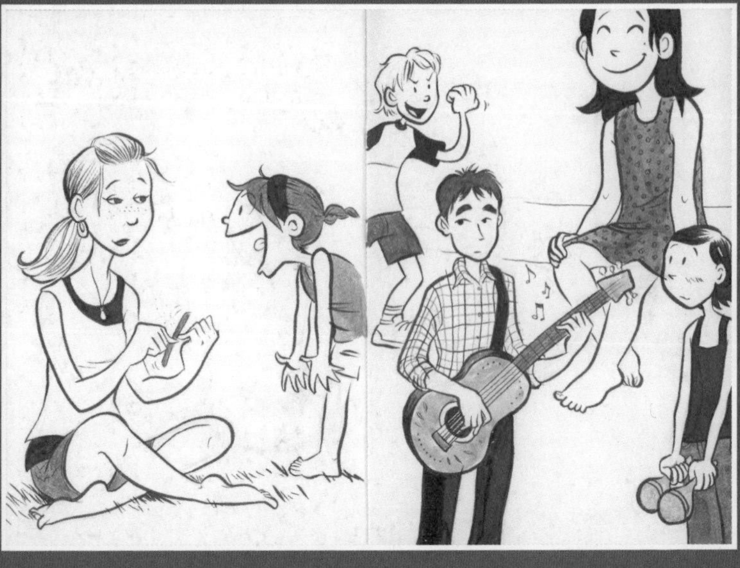

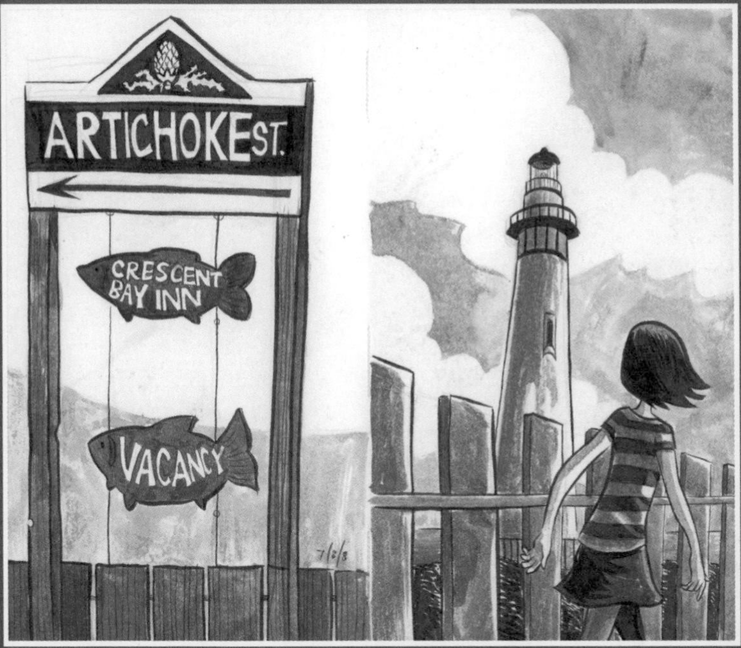
ARTICHOKE ST.
CRESCENT BAY INN
VACANCY

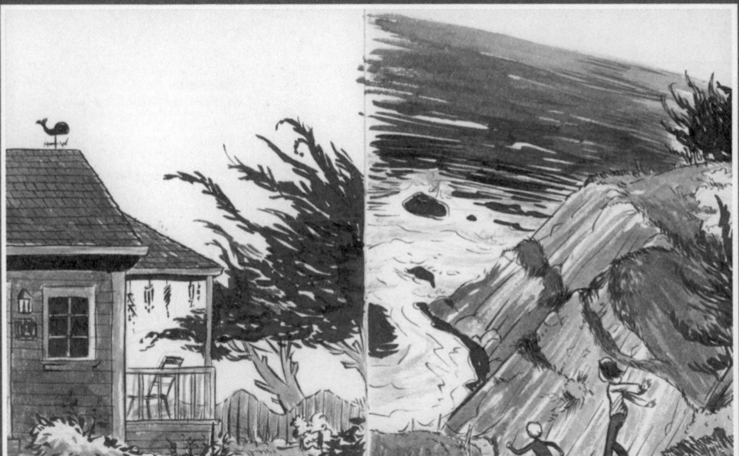

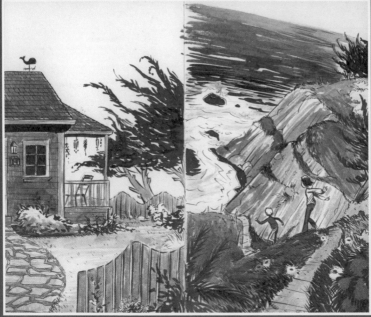

Mi prima Sabina Castello Collado, a quien el cáncer se llevó a los trece años, me sirvió de inspiración para escribir este libro. Sabina fue una de las chicas más inspiradoras que he conocido: enérgica, alegre y nada propensa a dejar que su enfermedad la definiera o la detuviera. La extrañamos mucho y nunca la olvidaremos.

Los padres de Sabina, Suzanne y Dioni, y sus hermanos, Sophia y Adonis, también me impactaron con su profundo amor por su hija y hermana. Son personas increíbles y les agradezco por todo lo que son y todo lo que hacen. Un agradecimiento especial a Sophia por ser una de las hermanas mayores más espectaculares que he conocido.

Gracias a Dave Roman y a las familias Cuevas, Roman, Rigores y Fernandez por su apoyo. Un agradecimiento especial a Tammy Diaz Cuevas por hablar sobre tamales conmigo.

La comunidad que se congrega alrededor de la fibrosis quística, sobre todo las valientes familias que han contado su historia en internet, me ayudó mucho a entender la enfermedad y fue una fuente permanente de inspiración.

Mis editores, Cassandra Pelham y David Saylor, alimentaron este proyecto desde su comienzo y me ayudaron en el trayecto que lleva de un mar a otro. No conozco a otras dos personas mejores con quienes perderme por los cerros ventosos de la creación de una novela gráfica.

Gracias a Phil Falco, Sheila Marie Everett, Lizette Serrano, Tracy van Straaten, Lori Benton, Ellie Berger, Bess Braswell, Antonio Gonzalez,

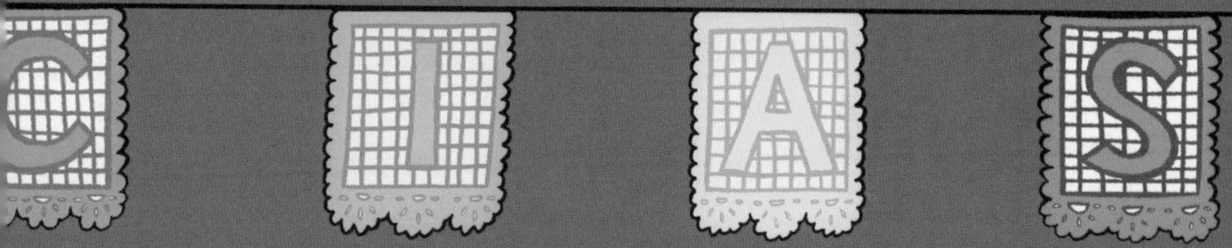
C I A S

Caitlin Friedman, Michelle Campbell, Emily Heddleson y al resto del increíble equipo de Scholastic. Adoro trabajar con todos ustedes.

Braden Lamb merece una ronda de aplausos rompehuesos muy especial por colorear el arte de este libro, traduciendo las notas y las referencias de la atmósfera de Bahía de la Luna a un maravilloso mundo tecnicolor. ¡Y muchas gracias al equipo Braden de asistentes, Shelli Paroline y Rachel Maguire!

Agradecimientos adicionales a mis asistentes en el estudio, Alexandra Graudins y Kristen Adam, por aportar tanta ayuda, ánimo permanente y galletas; a mi fabulosa agente, Judy Hansen; a la experta rotulista Jenny Staley; a Sofia Vasquez-Duran por hablar de salud y medicina conmigo; a Jewels Green por sus inteligentes ideas sobre la fibrosis quística; y a Ashley Despain, mi amiga en todo lo relacionado con el arte, la introspección y los esqueletos.

Gracias a los autores, artistas, cineastas y fotógrafos que me inspiraron a pensar en los espíritus, el realismo mágico, la historia y la comida deliciosa. Gracias a la comunidad de los cómics, a los bibliotecarios, libreros, maestros y a todos los que han apoyado mi trabajo con tanto entusiasmo. Gracias al estado de California, mi musa de toda la vida. Gracias a mi familia, a la que parece no importarle vivir en la neblina; yo también lo haré si es necesario, siempre y cuando ustedes permanezcan acá. Gracias a mis amigos, que son una fuente continua de amor, apoyo e ideas. Estaría perdida en la oscuridad sin ellos.

Finalmente, un brindis con soda de naranja a mis lectores, jóvenes y viejos, que son interminablemente fantásticos. —Raina

BIBLIOGRAFÍA

Aunque *Fantasmas* es una obra de ficción, realicé muchas entrevistas a familiares y amigos, y tomé referencias de las fuentes que listo a continuación durante la creación de este libro.

LIBROS

Carmichael, Elizabeth and Chloë Sayer. *The Skeleton at the Feast: The Day of the Dead in Mexico*. Austin: University of Texas Press, 1991.

Greenleigh, John y Rosalind Rosoff Beimler. *The Days of the Dead: Mexico's Festival of Communion with the Departed*. Portland: Pomegranate Communications, 1998.

Hyams, Gina y Masako Takahashi. Day of the Dead Box. San Francisco: Chronicle Books, 2001.

Stavans, Ilan, ed. *Wáchale! Poetry and Prose about Growing Up Latino in America*. Chicago: Cricket Books, 2001.

Tonatiuh, Duncan. *Funny Bones: Posada and His Day of the Dead Calaveras*. New York: Abrams Books for Young Readers, 2015.

Winningham, Geoff, Richard Rodriguez, y J. M. G. Le Clézio. *In the Eye of the Sun: Mexican Fiestas*. New York: W. W. Norton & Company, 1996.

ARTÍCULOS

Delsol, Christine. "La Catrina: Mexico's Grand Dame of Death." *SFGate*. Octubre 25, 2011. http://www.sfgate.com/mexico/mexicomix/article/La-Catrina-Mexico-s-grande-dame-of-death-2318009.php#photo-1824635

Gawande, Atul. "The Bell Curve." *The New Yorker*. Diciembre 6, 2004. http://www.newyorker.com/magazine/2004/12/06/the-bell-curve

Trivedi, Bijal P. "Doorway to a Cure for Cystic Fibrosis." *Discover*. Julio 30, 2013. http://discovermagazine.com/2013/september/14-doorway-to-a-cure

Wineland, Claire. "Living Life from a Hospital Room." CNN. Octubre 23, 2014. http://www.cnn.com/2014/10/23/health/cystic-fibrosis-clairity-project/

SITIOS WEB

Fundación de la Fibrosis Quística: www.cff.org
Día de los Muertos en México: www.dayofthedead.com
El Proyecto Marigold: www.dayofthedeadsf.org
Calaveras de azúcar mexicanas: www.mexicansugarskull.com
SOMArts: www.somarts.org

RAINA TELGEMEIER es la autora No. 1 de la lista de libros más vendidos del *New York Times*, ganadora múltiple del Eisner Award por sus libros *Smile* y *Sisters*, dos memorias gráficas basadas en su infancia. Es también la creadora de *Drama*, que fue nombrado un Stonewall Honor Book y fue seleccionado como una de las diez mejores novelas gráficas para adolescentes de YALSA. Raina vive en la bahía de San Francisco. Para conocer más acerca de ella, visítala en www.goRaina.com.